SANDRA BROWN es autora de cincuenta y cinco novelas que han figurado en las listas de superventas del *New York Times*. Brown comenzó su carrera de escritora en 1981, y desde entonces ha publicado sesenta y ocho novelas. Desde 1990, cuando *Imagen en el espejo* figuró en las listas de libros más vendidos del *New York Times*, todas sus novelas se han convertido en best sellers. Hasta la fecha, Brown ha vendido setenta millones de ejemplares en todo el mundo y ha sido traducida a treinta y tres lenguas. Su página web es la siguiente: *www.sandrabrown.com*

Título original: *French Silk*
Traducción: María Magdalena Ferrer Peralta
1.ª edición: mayo 2010

© 1992 by Sandra Brown
© Ediciones B, S. A., 2010
   para el sello Zeta Bolsillo
   Consell de Cent, 425-427 - 08009 Barcelona (España)
   www.edicionesb.com
Primera edición original publicada por Warner Bross, New York. De esta edición,
publicado por acuerdo con Maria Carvainis Agency, Inc. y Julio F.Yáñez Agencia
Literaria.

Ante la imposibilidad de contactar con el propietario de la traducción, la editorial
pone a su disposición todos los derechos que le son legítimos e inalienables.

Printed in Spain
ISBN: 978-84-9872-363-2
Depósito legal: B. 9.417-2010

Impreso por LIBERDÚPLEX, S.L.U.
Ctra. BV 2249 Km 7,4 Polígono Torrentfondo
08791 - Sant Llorenç d'Hortons (Barcelona)

Sedas de Francia

SANDRA BROWN

AGRADECIMIENTOS

Durante la época en que escribí *Sedas de Francia*, solicité la ayuda de varias personas que me ofrecieron con generosidad y entusiasmo su tiempo, sus conocimientos y su experiencia. Mi más sincero agradecimiento al señor John DeMers, del hotel Fairmont, de Nueva Orleans; y al señor Jerry Jensen, del hotel Ponchartrain, de Nueva Orleans. Me habría sido imposible escribir este relato sin la ayuda de la oficina del fiscal del condado de Orleans. Mi agradecimiento también al señor Harry Connick (padre), por poner a mi disposición a su personal, especialmente al ayudante del fiscal, Timothy McElroy, jefe de la división de Interrogatorios.

Deseo expresar mi gratitud especialmente a Metsy Hingle, quien con toda seguridad conoce a todo el mundo en la ciudad y me abrió puertas que de otro modo habrían permanecido cerradas. Mi agradecimiento más sincero a Jean Wilson y Jeanne Wilson, las mejores guías y conductoras que hubiera podido encontrar, que me llevaban a donde necesitaba cuando tenía que estar en algún lugar determinado, y me proporcionaron una gran información «interna».

Agradezco a Mary Adams que me permitiera echar un vistazo a un mundo ajeno a mi experiencia.

A mi amiga y ayudante Becky Higgins, que fue tolerante conmigo y aprendió de primera mano lo que significa realmente la palabra «authorities», muchas gracias.

Y estoy agradecida a la seductora ciudad de Nueva Orleans, ese lugar místico, mágico y maravilloso que sigue teniendo el poder de intrigar e inspirar.

SANDRA BROWN

PRÓLOGO

Un grajo azul bajó volando en picado y se posó sobre la punta del pie del querubín desnudo. Demasiado engreído para chapotear en la fuente con el desenfado del modesto gorrión, el grajo bebió un sorbo de agua y después salió volando del patio. Pareció que despreciaba la serenidad encerrada dentro de los viejos muros de ladrillos cubiertos de enredaderas colgantes y en flor. Los abejorros zumbaban con tesón entre los capullos de colores pastel. Cestas colgantes de helechos todavía goteaban después de un chubasco nocturno. Sobre las hojas cerosas de los arbustos de filodendros y camelias, las gotas de lluvia destellaban como si fueran diamantes expuestos a la radiante luz del sol.

«Entonces, Rapunzel se soltó su encantadora cascada de cabellos dorados y el príncipe utilizó aquellos rizos gruesos para escalar el muro de piedra de la torre.»

Claire Laurent, que escuchaba atentamente, dirigió una mirada escéptica a su madre.

—¿Y eso no duele, mamá?

—En los cuentos de hadas no, cariño.

—Ojalá yo tuviese el cabello largo y dorado. —La niña suspiró, melancólica.

Mary Catherine acarició la maraña de ondas color caoba de su hija de cinco años.

—Tu cabello es tan hermoso que no hay palabras para describirlo.

La tranquilidad del patio se quebró bruscamente cuando tía Laurel irrumpió en él por la puerta de tela metálica.

—¡Mary Catherine, han vuelto! Y esta vez traen un papel que dice que pueden llevarse a Claire.

Mary Catherine dirigió una mirada inexpresiva a su tía.

—¿Quién ha vuelto?

Claire lo sabía. Aunque su madre lo hubiera olvidado, Claire recordaba al hombre del traje oscuro que olía a caramelos mentolados para el aliento y a brillantina para el cabello. Había estado dos veces en la casa, contaminando el salón de tía Laurel con sus olores ofensivos. Una mujer con una gran cartera de cuero lo acompañaba siempre. Hablaban con tía Laurel y Mary Catherine sobre Claire como si ella fuera sorda o no estuviera presente.

Claire no comprendía todas las palabras, pero captaba la naturaleza de aquellas conversaciones, que siempre dejaban a tía Laurel trastornada y a su madre con un enorme sufrimiento. Después de la última visita de esa gente, guardó cama durante tres días y no dejó de llorar. Fue uno de sus peores ataques y eso apenó aún más a tía Laurel.

Claire se escabulló detrás de la silla de hierro forjado donde su mamá estaba sentada y trató de encogerse y hacerse invisible. El temor le atenazaba la garganta y le hacía latir violentamente el corazón dentro de su pequeño pecho.

—¡Oh, Dios mío! ¡Oh, Dios mío! —A tía Laurel le temblaba la barbilla. Estrujaba el pañuelo entre sus manos rechonchas—. No sé qué hacer, Mary Catherine. ¿Qué puedo hacer? Dicen que pueden llevársela.

El hombre apareció primero. Sus ojos de halcón se movieron rápidamente por todo el patio de forma autoritaria. Su porte era tan dominante como el del grajo azul. Por fin, su mirada se posó sobre la encantadora joven que se hallaba sentada en el patio y cuya figura se recortaba, como un retrato viviente, contra el pintoresco fondo.

—Buenos días, señorita Laurent.

Claire, que observaba desde su escondite, detrás de su madre, lo vio sonreír. No le gustó su sonrisa. Era tan poco sincera como la llamativa mueca de una máscara de carnaval. Incluso al aire libre, percibía el olor nauseabundo a tónico capilar y su aliento mentolado.

Las palabras pronunciadas por tía Laurel la aterraron. ¿Llevársela adónde? Ella no quería ir a ningún sitio sin su mamá. Si ellos se la llevaban, ¿quién cuidaría de su mamá? ¿Quién le daría palmaditas en el hombro y le cantaría en voz baja cuando se sintiera triste? ¿Quién la seguiría cuando se escapara de casa durante uno de sus ataques?

—Usted ya no puede decidir en lo referente a la custodia de su hija —dijo a Mary Catherine aquella mujer aburrida con el horrible vestido gris. Hablaba con dureza y su cartera de cuero parecía que le pesaba en el brazo.

—Éste no es un buen ambiente para su hija. Usted quiere lo mejor para ella, ¿verdad?

Mary Catherine se llevó una mano bien formada hacia el pecho, nerviosa, y sus dedos empezaron a juguetear con el collar de perlas que colgaba del cuello de encaje de su vestido.

—No entiendo nada de todo esto; todo es tan... confuso.

El hombre y la mujer intercambiaron una mirada. El hombre dijo:

—Esté usted tranquila, señorita Laurent. Su hijita

estará bien cuidada. —Hizo una seña brusca con la cabeza a la mujer. Ella dio unos pasos alrededor de la silla y asió a Claire por el brazo.

—¡No! —Claire se soltó de la mano húmeda y caliente de la mujer y retrocedió—. Yo no quiero irme con usted. Quiero quedarme con mi mamá.

—Vamos, ya está bien, Claire. —La mujer susurró con dulzura mientras esbozaba una leve sonrisa—. Vamos a llevarte a una casa donde hay muchos niños con los que podrás jugar. Te gustará. Te lo prometo.

Claire no la creyó. Ella tenía la nariz puntiaguda y los ojos furtivos de las ratas que merodeaban por las basuras en los callejones del barrio. No era hermosa, ni su piel suave, ni olía bien y, a pesar de que intentaba hablar amablemente, su voz no poseía las inflexiones melódicas de la de su mamá.

—No iré —declaró Claire con la obstinación de una niña de cinco años—. No iré a ninguna parte sin mi mamá.

—Me temo que tendrás que venir.

La mujer alargó la mano para coger nuevamente a Claire. Esta vez la agarró con fuerza, aunque Claire luchó por desasirse.

—¡No! ¡No! —Las uñas de la mujer se clavaron en su brazo y le rasgaron la piel—. ¡Suélteme! ¡Yo me quedo con mamá y con tía Laurel!

Gritó, se sacudió y pataleó, agitó los brazos, hundió con fuerza los talones de sus zapatos de charol negro en los ladrillos e hizo todo lo que se le ocurrió para liberarse de la mujer, pero fue en vano.

Tía Laurel había recobrado su compostura y estaba regañando al hombre por separar a una criatura de su madre.

—Mary Catherine sufre ataques de melancolía, pero ¿quién no los tiene? La única diferencia es que los de ella son más intensos. Es una madre maravillosa.

Claire la adora. Yo le aseguro que es completamente inofensiva.

Haciendo caso omiso de las súplicas encarecidas de tía Laurel la mujer empujó a Claire por la puerta de tela metálica hacia el interior de la cocina. La niña miró hacia atrás y vio a su madre todavía sentada en la silla, iluminada por la delicada luz solar.

—¡Mamá! —gritó—. ¡Mamá, no dejes que me lleven con ellos!

—¡Basta de gritar! —La mujer zarandeó a Claire con tanta violencia que ésta se mordió la lengua sin querer, lo que la hizo gritar más fuerte a causa del dolor.

Arrancada de su letargo por los sollozos de su hija, Mary Catherine se dio cuenta de repente de que Claire estaba en peligro. Se levantó de la silla de hierro forjado con tal ímpetu que ésta se volcó hacia atrás y rompió dos ladrillos del patio. Corrió hacia la puerta de tela metálica y, cuando casi la hubo alcanzado, la mano del hombre cayó sobre su hombro.

—Esta vez no podrá hacer nada para impedírnoslo, señorita Laurent. Estamos autorizados legalmente a llevarnos a su hija de esta casa.

—Antes lo mataré. —Mary Catherine agarró por el cuello un jarrón que estaba encima de la mesa del patio y lo blandió hacia la cabeza del hombre.

Con un tremendo golpe, el cristal chocó con la carne. El golpe abrió una herida de unos siete centímetros en la sien del asistente social. Cuando Mary Catherine dejó caer el jarrón, éste se hizo añicos sobre los ladrillos. El agua empapaba la parte delantera del traje oscuro del hombre. Las rosas se esparcieron caprichosamente alrededor de sus pies.

El hombre rugió con rabia y dolor.

—Completamente inofensiva. ¡Y una mierda! —gritó a tía Laurel, que se precipitó para detener a Mary Catherine.

Mientras su boca se llenaba de sangre por el corte que se había hecho en la lengua, Claire continuaba luchando con la mujer, que la arrastraba por la casa. El hombre se movía pesadamente detrás de ellas y se limpiaba con un pañuelo la sangre que fluía por su sien. Blasfemaba a sus anchas.

Claire mantuvo fijos los ojos en su madre mientras le fue posible. El rostro de Mary Catherine estaba distorsionado por el sufrimiento mientras luchaba para soltarse de tía Laurel. Sus brazos se extendían suplicantes hacia su hija.

—Claire, Claire. Mi pequeña.

—¡Mamá! ¡Mamá! ¡Mamá!...

Claire se sentó de repente en su amplia cama. Algo le oprimía el pecho y no podía respirar bien. Tenía la boca seca y la garganta irritada por haber gritado en silencio mientras soñaba. Tenía la camisa de dormir pegada a su piel sudada.

Apartó la colcha de la cama, levantó las rodillas hasta el pecho y apoyó la frente sobre ellas. No alzó la cabeza hasta que los últimos vestigios de la pesadilla se desvanecieron y los recuerdos retrocedieron hasta la guarida de su subconsciente.

Se levantó de la cama y descendió por el pasillo hasta la habitación de su madre. Mary Catherine dormía plácidamente. Aliviada, Claire bebió agua de la pila del cuarto de baño y regresó a su dormitorio. Se enfundó en una camisa de dormir limpia y alisó las sábanas antes de acostarse otra vez. Pasaría un rato, lo sabía, antes de que pudiera volver a conciliar el sueño.

Últimamente sufría pesadillas que la obligaban a revivir los peores momentos de su atormentada infancia. El origen de esos sueños no era un misterio para ella. Sabía de dónde procedían. Era la misma presencia maligna que en aquellos momentos ponía en peligro la paz y la seguridad que había conseguido a fuerza de tanto trabajo.

Creía que aquellas angustias estaban tan dentro de ella que jamás podrían salir al exterior. No obstante, resucitaban por culpa de un intruso malévolo. Él constituía una amenaza para aquellos que amaba. Estaba causando estragos en su vida.

A menos que tomara medidas drásticas para alterar el curso de los acontecimientos, arruinaría el futuro que ella había planeado.

1

Al reverendo Jackson Wilde le habían disparado en la cabeza, en el corazón y en los testículos. Inmediatamente, Cassidy consideró que aquello era una pista significativa.

—¡Vaya lío!

La exclamación de la médico forense era un eufemismo, pensó Cassidy. Suponía que el arma homicida había sido un revólver del 38, de cañón corto, disparado a corta distancia. Balas de punta hueca. Decididamente, el autor quería asegurarse de que acababa con la víctima. Había tejido desparramado por la cabecera de la cama y por las sábanas. La sangre empapaba el colchón y formaba un charco debajo del cuerpo, aquel cuerpo que aparte del daño devastador ocasionado por las balas no estaba destrozado ni descuartizado. A pesar de lo horroroso del espectáculo, Cassidy había visto casos mucho peores.

Lo que hacía que aquella escena del crimen fuera especialmente confusa era la identidad de la víctima. Cassidy había oído el sorprendente boletín de noticias en la radio del coche mientras luchaba con el tráfico de la hora punta de la mañana. Inmediatamente hizo un viraje ilegal en U, aunque no tenía por qué correr hacia el lugar del crimen sin autorización. Los policías que habían acordonado la parte del hotel Fairmont lo reconocieron y automáticamente supusieron que estaba allí para representar oficialmente a la oficina del fiscal de distrito del condado de Orleans. Nadie se había extrañado de que se presentara en la suite San Louis, en el séptimo piso, que se hallaba atestada de detectives que con toda probabilidad destruirían las pruebas en su avidez por recogerlas.

Cassidy se acercó a la médico forense.

—¿Qué opinas, Elvie?

La doctora Elvira Dupuis era corpulenta, tenía el cabello gris y su aspecto era hombruno. Su vida sexual era a menudo blanco de cotilleos, pero ninguno de los chismosos hablaba por propia experiencia. Elvie era apreciada por unos pocos y despreciada por la mayoría. Nadie, sin embargo, discutía su competencia profesional.

A Cassidy le encantaba tenerla en el estrado como testigo de la acusación. Podía contar con que sus respuestas serían rotundas e inequívocas. Cuando juraba sobre la Biblia, parecía sincera. Siempre causaba una profunda impresión en los miembros del jurado.

En contestación a su pregunta, la patóloga de mediana edad se ajustó más las gafas sobre su rostro cuadrado.

—De entrada, mi opinión es que la herida de la cabeza fue la que le causó la muerte. La bala destruyó la mayor parte de su materia gris. La herida del pecho parece demasiado desplazada hacia la derecha para haber tocado el corazón, si bien no podré descartar que sea la herida mortal hasta que le haya abierto el pecho. El disparo en los huevos probablemente no lo hubiera matado, al menos no al instante. —Levantó la mirada hacia el ayudante del fiscal y sonrió con malicia—.

Pero puedes estar seguro de que habría entorpecido enormemente su vida sexual.

Cassidy hizo una mueca de dolor por empatía.

—Me pregunto cuál fue el primer disparo.

—No se puede precisar.

—Yo diría que el de la cabeza.

—¿Por qué?

—La herida del pecho, si no le causó la muerte, lo habría inmovilizado.

—Se le habrían llenado los pulmones de sangre. ¿Y qué más?

—Y si alguien me hubiera disparado en la entrepierna, instintivamente habría intentado protegerme la zona.

—¿Agonizando y se agarra los huevos?

—Algo así.

Ella agitó la cabeza en señal de negación.

—Wilde tenía los brazos estirados a los lados. No había señal de lucha o de reacción de ninguna clase. Apostaría a que se sentía perfectamente cómodo con quienquiera que estuviese aquí y se lo cargase. Incluso es posible que estuviera dormido. No vio lo que se le venía encima.

—En la mayoría de los casos, las víctimas no lo ven venir —refunfuñó Cassidy—. ¿A qué hora supones que ocurrió?

Levantó la mano derecha del cadáver y la hizo girar alrededor de la articulación de la muñeca para comprobar la rigidez.

—A medianoche. Quizás antes. —Dejó caer de nuevo la mano del cadáver sobre la sábana y preguntó—: ¿Puedo quedármelo ya?

Cassidy lanzó una mirada final a aquel cuerpo brutalmente asesinado.

—Todo tuyo.

—Me encargaré de que te llegue una copia del informe de la autopsia tan pronto como lo tenga listo. No llames ni empieces a incordiarme para pedírmelo antes de que haya terminado o lo único que conseguirás es que tarde más tiempo.

La doctora Dupuis había dado por sentado que sería él quien representaría a la acusación en el caso. Sin embargo, en aquellos momentos todavía no estaba a cargo de la investigación. Era cuestión de tiempo. Conseguiría el caso.

Cassidy se apartó a un lado a fin de dejar sitio al equipo forense para maniobrar y llevó a cabo una inspección ocular de la habitación del hotel. Ya habían esparcido polvo sobre los objetos de la mesita de noche para buscar las huellas. Todo estaba cubierto de una película negra y fina. Estaban colocando cuidadosamente, por separado, varias cosas en bolsas de plástico y las etiquetaban. Podía descartarse que el robo hubiera sido el móvil. Entre los objetos de la mesita de noche había un reloj de pulsera Rolex.

Un fotógrafo de la policía tomaba fotos. Otro policía que llevaba guantes quirúrgicos estaba a cuatro patas en el suelo y examinaba las fibras de la alfombra.

—¿Se ha permitido ya la entrada a la prensa?

—No —respondió el funcionario que estaba a cuatro patas.

—Procurad que tarden lo máximo posible en entrar y mantened en secreto la información esencial. Nuestra oficina preparará más tarde, cuando conozcamos los hechos, una declaración. —El funcionario recibió las instrucciones asintiendo con la cabeza.

Cassidy dejó que los policías realizaran su tarea y entró en el salón de la suite. Sobre los ventanales habían colocado cortinas opacas, lo que hacía que la habitación pareciera poco iluminada y triste a pesar de la decoración en colores blanco y pastel. Hundida en el rincón de un sofá, tapizado en terciopelo color melocotón había una mujer joven, con la cabeza inclinada, el rostro enterrado en sus manos. Sollozaba sin parar. Sentado junto a ella había un hombre también joven. Parecía nervioso, incluso asustado, mientras trataba en vano de consolarla.

Los estaba interrogando un detective de la brigada de homicidios del NOPD, el Departamento de Policía de Nueva Orleans. Howard Glenn pertenecía al departamento desde hacía más de veinte años, a pesar de que era un granuja y no caía especialmente bien a sus colegas. Su aspecto no atraía a los compañeros ni invitaba a la amistad. Iba sucio y desaliñado, fumaba Camel sin filtro uno tras otro y, sobre todo, parecía salido de una película negra de 1940. Sin embargo, todos los que estaban encargados de hacer cumplir la ley en la zona lo respetaban por su tenaz método de investigación.

Cuando Cassidy se aproximó, Glenn levantó la vista y lo saludó:

—Hola, Cassidy. Has venido muy deprisa. ¿Te envía Crowder?

Anthony Crowder era el fiscal del distrito del condado de Orleans, el jefe de Cassidy. Éste eludió la pregunta e hizo un gesto con la cabeza, señalando hacia la pareja sentada en el sofá.

—¿Quiénes son?

—¿Es que no ves la televisión?

—Los programas religiosos no. Nunca he visto su programa.

—Pues qué lástima. Ahora ya lo han suprimido —dijo Glenn entre dientes, tras volver la cabeza de modo que sólo Cassidy pudiera oírlo.

Cassidy lanzó una ojeada por encima de su hombro al interior del dormitorio, donde Elvie Dupuis supervisaba el traslado del cuerpo empaquetado desde la cama a la camilla de la ambulancia.

—Vaya si lo han suprimido.

—Ésta es la esposa del evangelista, Ariel Wilde —le informó Glenn—. Y Joshua, el hijo de Wilde.

El joven levantó la vista hacia Cassidy, quien alargó la mano derecha.

—Éste es Cassidy, el ayudante del fiscal.

Joshua Wilde y él se estrecharon la mano. El apretón fue bastante firme, pero las manos del joven eran suaves, blandas y bien cuidadas; no eran las manos de un obrero. Tenía unos expresivos ojos castaños y el cabello de color marrón ceniza, con una onda larga a modo de flequillo. Era bien parecido, casi guapo. Si hubiera nacido uno o dos siglos antes en otro continente, habría frecuentado salones elegantes y se habría dedicado a escribir poesía romántica. Cassidy dudaba que alguna vez hubiera lanzado una pelota de béisbol, acampado o jugado a saltar el potro con otros chicos.

Su voz era tan sureña y cultivada como un barril de Jack Daniels.

—Encuentre al monstruo que le ha hecho esto a mi padre, señor Cassidy.

—Lo intentaré.

—Y que se haga justicia con él lo más rápidamente posible.

—¿Con él? ¿Está usted seguro de que fue un hombre quien mató a su padre, señor Wilde?

Joshua Wilde estaba nervioso.

—No, en absoluto. Únicamente quería decir... He empleado el pronombre masculino en un sentido genérico.

—Así pues, podría haber sido una mujer.

Hasta ese momento, la viuda no se había dado por enterada de las presentaciones y seguía llorando encima de un pañuelo de papel arrugado. De repente, Ariel Wilde echó hacia atrás su cabellera pálida y lacia y se concentró en Cassidy, con una mirada salvaje y fanática. Su tez estaba tan pálida como la lámpara blanca de yeso que había en el extremo de la mesa; sin embargo, poseía unos hermosos ojos azules realzados por unas pestañas extraordinariamente largas y unos trémulos reflejos debidos a las recientes lágrimas.

—¿Es así como resuelve usted los casos de asesinato, señor...? ¿Me puede repetir su nombre?

—Cassidy.

—¿Soluciona los crímenes con juegos de palabras?

—Algunas veces, sí.

—Usted no es mejor que este detective —replicó ella, y dirigió una mirada despectiva hacia Howard Glenn—. En lugar de perseguir al asesino, nos ha estado interrogando a Josh y a mí.

Cassidy intercambió una expresiva mirada con Glenn. El detective se encogió de hombros, concediendo tácitamente permiso a Cassidy para intervenir.

—Antes de que podamos «perseguir al asesino», señora Wilde —le explicó—, tenemos que saber exactamente lo que le ha pasado a su esposo.

Ella hizo un gesto hacia el lecho bañado en sangre de la habitación contigua y gritó:

—¿No es obvio lo que ha pasado?

—No necesariamente.

—Bien, pues nosotros no sabemos lo que ha pasado —gimió ella teatralmente antes de apretar el pañuelo de papel contra sus pálidos labios—. Si hubiéramos sabido que lo iban a asesinar anoche, ¿cree que habríamos dejado solo a Jackson en la suite?

—¿Dejaron solo al reverendo Wilde anoche? ¿Dónde estaban? —Cassidy se sentó sobre el borde del diván contiguo. Miró bien a la mujer y a su hijastro. Ambos parecían tener alrededor de treinta años.

—Estábamos en mi suite. Ensayando —contestó Joshua.

—¿Ensayando?

—La señora Wilde canta en todos los servicios de

su cruzada y en el programa de televisión —apuntó Glenn—. El señor Wilde toca el piano.

Muy hábil por parte del señor Jackson Wilde mantener su congregación como una empresa familiar, pensó Cassidy. Él ya tenía prejuicios contra los predicadores televisivos, y hasta el momento no había visto nada que le hiciera cambiar de idea.

—¿Dónde está su suite, señor Wilde? —preguntó.

—Al otro extremo del pasillo. Papá había reservado todas las habitaciones de este piso.

—¿Por qué?

—Tenía esa costumbre. Para garantizar nuestra intimidad. Los seguidores de mi padre suelen intentarlo todo para acercarse a él. Amaba a la gente, pero necesitaba descanso e intimidad entre ceremonias. Él y Ariel ocupaban esta suite. Yo cogí la segunda más grande para que pudieran poner allí un piano para ensayar.

Cassidy se volvió hacia la viuda.

—Esta suite tiene dos dormitorios. ¿Por qué no estaba usted durmiendo con su marido?

La señora Wilde respondió con un gesto de desdén:

—Él ya me lo ha preguntado —explicó, y lanzó otra mirada despreciativa hacia el detective Glenn—. Anoche regresé tarde y no quise molestar a Jackson. Estaba exhausto, así que dormí en la otra habitación.

—¿A qué hora volvió?

—No me fijé.

—¿Sabe usted qué hora era cuando ella se marchó de su habitación? —preguntó Cassidy, mirando a Joshua inquisitivamente.

—Me temo que no. Era tarde.

—¿Pasada la medianoche?

—Mucho más tarde.

Por el momento, Cassidy lo dejó estar.

—¿Habló usted con su marido cuando volvió, señora Wilde?

—No.

—¿Entró y le dio un beso de buenas noches?

—No. Abrí la puerta que da directamente a mi dormitorio desde el pasillo. Debería haber comprobado si estaba bien —añadió, lloriqueando—. Pero creí que dormía plácidamente.

Cassidy levantó la vista hacia Glenn y con una mirada severa le advirtió que no soltase el chiste fácil. Pero el detective dijo:

—Por desgracia, la señora Wilde no descubrió el cuerpo de su marido hasta esta mañana.

—Cuando no respondió a la llamada telefónica para despertarlo... —añadió ella, con voz quebrada. Usó el pañuelo de papel para secarse la nariz—. Pensar que estaba allí dentro... muerto todo el tiempo... mientras yo dormía en la habitación de al lado.

A punto de desfallecer, se desplomó encima de su hijastro. Él le colocó el brazo alrededor de los hombros y le habló suavemente por entre sus cabellos.

—Supongo que es todo por ahora. —Cassidy se puso en pie.

Glenn lo siguió hasta la puerta.

—Esto huele a podrido a más no poder, ¿no te parece?

—Oh, no lo sé —respondió Cassidy—. Parece demasiado perfecto para ser mentira.

Glenn soltó un resoplido desagradable mientras buscaba un Camel en buenas condiciones dentro del paquete estrujado que extrajo del bolsillo de su camisa.

—Me estás tomando el pelo, ¿verdad? Se ve a la legua. Ellos tienen un lío y se han deshecho del predicador para tener el campo libre.

—Puede que sí —replicó Cassidy, sin comprometerse—. O puede que no.

Glenn lo miró fijamente mientras encendía el cigarrillo.

—Un muchacho listo como tú no se dejará engatusar por esos bonitos ojos azules, ¿verdad Cassidy? ¿Y todos esos lloriqueos? Joder, antes de que llegaras estaban rezando juntos en voz alta. —Dio una calada profunda al Camel—. No te habrás creído que están diciendo la verdad, ¿no?

—Por supuesto que creo que dicen la verdad. —Cuando Cassidy cruzó la puerta, lanzó una ojeada por encima de su hombro y añadió—: Del mismo modo que creo que yo sería capaz de mear en medio de un huracán.

Bajó solo en el ascensor y cuando éste se abrió se encontró con un pandemónium. El vestíbulo del hotel Fairmont era tan grande como una manzana de la ciudad. Normalmente era un dechado de refinamiento y lujo majestuoso, con sus paredes negro mate, los muebles tapizados en terciopelo rojo y los adornos de hojas doradas. Un hotel de mucha solera. Sin embargo, aquella mañana estaba atestado de gente enojada y frustrada. La policía trataba de ignorar a los periodistas agresivos que pretendían averiguar frenéticamente los hechos que rodeaban el inesperado asesinato de Jackson Wilde. Los huéspedes del hotel, que un rato antes habían sido abordados por la policía e interrogados en el salón de baile, ahora eran despedidos sistemáticamente; sin embargo, parecían reacios a abandonar el hotel sin desahogar su cólera e interrogaban al personal, que, por su parte, trataba de apaciguarlos.

Cassidy se abrió paso a codazos por entre la ruidosa multitud. Oyó a una mujer con el acento gangoso de la región del Medio Oeste dando por sentado que un psicópata andaba suelto por el hotel y que todos ellos estaban destinados a ser sacrificados en sus lechos.

Un hombre gritaba con toda la potencia de su voz que «ellos» se acordarían de esto, si bien no quedaba claro quiénes eran «ellos».

Los discípulos del reverendo Jackson Wilde, tras enterarse de la muerte de su líder, contribuían a aumentar la confusión al congregarse en el vestíbulo, convertido en una capilla temporal. Lloraban copiosa y ruidosamente, rezaban juntos de forma espontánea, cantaban himnos e invocaban la ira del Todopoderoso hacia el asesino del predicador televisivo.

Mientras se dirigía a la entrada de la calle University, Cassidy trató de eludir a la prensa local, pero no tuvo éxito. Los periodistas lo rodearon.

—Señor Cassidy, ¿vio usted...?

—Nada.

—Señor Cassidy, ¿estaba él...?

—Sin comentarios.

—Señor Cassidy...

—Más tarde.

Maniobró para pasar entre ellos, eludiendo las cámaras, desviando los micrófonos tendidos hacia él y, prudentemente, declinó hacer ninguna declaración hasta que el fiscal Crowder le encargara oficialmente representar a la acusación en el caso del asesinato de Wilde.

Suponía que Crowder se lo encomendaría a él.

No, no había nada que suponer. Debía hacerlo.

Cassidy deseaba tanto llevar aquel caso que casi percibía el sabor del mismo. Además, lo necesitaba.

Pavoneándose, Yasmine cruzó las puertas automáticas del aeropuerto internacional de Nueva Orleans. Un mozo, empequeñecido por la extraordinaria estatura de la mujer y deslumbrado por las piernas que asomaban por debajo de la minifalda de cuero, caminaba con dificultad detrás de ella cargado con dos maletas.

Al sonido de una bocina, Yasmine localizó el Le-Baron de Claire aparcado junto al bordillo, según habían acordado. El mozo colocó las maletas de la mujer en el interior del maletero que Claire abrió desde el tablero de mandos, recibió su propina y seguidamente Yasmine se sentó en el asiento del acompañante, con un despliegue de muslos dorados y una vaharada de perfume de gardenias.

—Buenos días —saludó Claire—. ¿Qué tal el vuelo?

—¿Te puedes creer lo de Jackson Wilde?

Claire Laurent echó una ojeada por encima de su hombro izquierdo y se metió con osadía en el flujo errático del tránsito, peligroso por los autobuses, taxis y camionetas que recogían y depositaban pasajeros de las líneas aéreas.

—¿Qué ha hecho esta vez?

—¿No te has enterado? —Yasmine se mostró sorprendida—. Por Dios, Claire, ¿qué has estado haciendo esta mañana?

—Revisar facturas y... ¿Por qué?

—¿No has visto las noticias de la televisión? ¿Ni has oído la radio? —Yasmine observó que en el coche se oía una cinta.

—He evitado deliberadamente los boletines de noticias toda la semana. No quería que mi madre oyera las críticas que Jackson Wilde nos dirige por las buenas mientras está en la ciudad. Por cierto, hemos recibido otra invitación para participar en un debate con él y la he rechazado.

Yasmine aún miraba boquiabierta a su mejor amiga y socia.

—¿En serio que no lo sabes?

—¿Qué cosa? —Claire preguntó, riendo—. ¿Está atacando otra vez a Sedas de Francia? ¿Qué ha dicho esta vez? ¿Que arderemos en el fuego eterno? ¿Que sería mejor que me reformara o algo por el estilo? ¿Que estoy corrompiendo las costumbres de Norteamérica con mis exhibiciones pornográficas del cuerpo humano?

Yasmine se quitó las gafas de sol, grandes y oscuras, que llevaba cuando quería evitar ser reconocida, y miró a Claire con los ojos felinos que durante una década habían adornado las portadas de innumerables revistas de modas.

—El reverendo Jackson Wilde ya no volverá a decir nada de ti, Claire. No volverá a calumniar a Sedas de Francia ni a nuestro catálogo. No hará nada, cariño —dijo ella, con el típico acento de los barrios negros de su infancia—. Al tío lo han hecho callar para siempre. Está muerto.

—¿Muerto? —Claire frenó en seco, lo que las impulsó hacia delante.

—Más muerto que un bacalao, como solía decir mi madre.

Claire la contempló con el rostro pálido y expresión incrédula, y repitió:

—¿Muerto?

—Por lo visto, se pasó en alguno de sus sermones. Enfureció a alguien lo suficiente como para que lo matara.

Nerviosa, Claire se humedeció los labios.

—¿Quieres decir que lo han asesinado?

Un conductor furioso hizo sonar la bocina. Otro hizo un gesto obsceno mientras rodeaba su coche y las adelantaba a toda velocidad. Claire se vio obligada a levantar el pie del freno y volvió a pisar el acelerador. El vehículo se puso en marcha dando sacudidas.

—¿Qué te pasa? Pensaba que lo celebrarías.

La reacción de Claire ante la noticia del asesinato de Jackson Wilde fue de desconcierto.

—¿Quieres que conduzca yo?

—No, no. Estoy bien.

—No tienes buen aspecto. La verdad es que haces muy mala cara.

—He pasado una noche horrible.

—¿Mary Catherine?

Claire negó con la cabeza.

—Algunas pesadillas que me han tenido despierta.

—¿Pesadillas sobre qué?

—No tiene importancia. Yasmine, ¿estás segura de lo de Jackson Wilde?

—Lo he oído en el aeropuerto, mientras esperaba mi equipaje. Tenían una televisión encendida en el mostrador de Avis. La gente se apiñaba alrededor. Pregunté qué sucedía, y esperaba oír algo similar a la explosión del *Challenger*. Y un hombre dijo: «A ese predicador de la televisión le dispararon anoche.» Y puesto que tengo un muñeco vudú con la imagen de cierto predicador de la televisión, eso naturalmente despertó mi interés. Me acerqué más al aparato y yo misma oí las noticias.

—¿Lo asesinaron en el Fairmont?

Yasmine la miró con curiosidad.

—¿Cómo lo sabes?

—Tengo entendido que es donde se hospedaba. Me lo dijo André.

—André. Me había olvidado de él. Apostaría a que esta mañana tiene una buena rabieta.

Antes de que Yasmine pudiera comentar más cosas acerca de su amigo común, Claire le hizo otra pregunta.

—¿Quién descubrió el cuerpo?

—Su esposa. Lo ha encontrado esta mañana en su cama, con tres agujeros de bala.

—¡Dios mío! ¿A qué hora lo encontró?

—¿A qué hora? Joder, y yo qué sé. No lo han dicho. ¿Qué importa eso? —Yasmine se quitó el pañuelo de la cabeza y dejó suelto el cabello largo al estilo afro que la caracterizaba. De su enorme bolso extrajo varias pulseras y las deslizó por sus esbeltas manos. A continuación, se colocó unos pendientes redondos gigantes. Únicamente con estos pocos cambios cosméticos, se empezó a vislumbrar la imagen de la modelo étnica más famosa desde Imán.

—¿Han detenido ya a alguien?

—No.

Yasmine aplicó con un pincel de punta muy fina brillo de coral a sus labios. Después de ponerse un poco de colorete en las mejillas, contempló su exquisito rostro desde todos los ángulos en el espejo retrovisor.

La hora punta había pasado, pero, como de costumbre, había mucho tránsito en la autopista. Claire serpenteó por ella con la soltura que le proporcionaba la experiencia y la familiaridad. Había vivido en Nueva Orleans toda su vida. Puesto que Yasmine ahora dividía su tiempo entre Nueva Orleans y Nueva York, Claire solía recogerla en el aeropuerto.

—¿Ha dejado pistas el asesino? ¿Han encontrado el arma homicida?

Con impaciencia, Yasmine colocó el espejo retrovisor otra vez en su sitio.

—Era solamente un boletín de noticias, ¿sabes? No han dado demasiados detalles. Los periodistas perseguían a un individuo de la oficina del fiscal para obtener una declaración, pero él no dijo ni pío. ¿A qué vienen tantas preguntas?

—No puedo creer que esté muerto. —Claire vaciló antes de decir la última palabra, como si le costara pronunciarla—. Anoche predicó en el Superdome.

—Eso sí que salió en las noticias. Allí estaba él, en la pantalla de la tele, la cara roja, el cabello blanco erizado, gritando algo respecto al infierno. Imploraba a todos los norteamericanos que se arrodillaran y suplicaran pidiendo su redención. —Las cejas finas de Yasmine se juntaron—. ¿Cómo iba el Señor a oír las oraciones de los demás si Wilde gritaba tan fuerte? —Se encogió de hombros—. Me alegro de que finalmente lo hayan hecho callar. Ahora ya nos lo hemos sacado de encima.

Claire dirigió una mirada de reproche a Yasmine.

—No deberías decir eso.

—¿Por qué no? Es lo que siento. Por nada del mundo me pondré a llorar y a fingir dolor por su muerte. —Soltó un sonido de burla—. Deberían condecorar al que ha librado a este país de una plaga como ésa.

El reverendo Jackson Wilde había utilizado su programa de televisión como un foro para su cruzada contra la pornografía. Había adoptado aquel tema como una misión especial, comprometiéndose a erradicar la obscenidad de Norteamérica. Sus acalorados sermones hacían enloquecer a miles de seguidores. Como consecuencia de ello, artistas, escritores y gente que pertenecía al mundo de las artes creativas se veían atacados personalmente y con virulencia, a la vez que sus obras se prohibían y en algunas ocasiones incluso se destruían.

Muchos veían la cruzada televisiva del predicador como una amenaza mucho más seria que la prohibición de las insignificantes revistas pornográficas. Lo consideraban un peligro para los derechos garantizados en la Primera Enmienda. Las definiciones legales de lo que era o no era obsceno resultaban confusas, y puesto que el Tribunal Supremo de Estados Unidos no había logrado establecer un criterio claro, los adversarios de Wilde rechazaban, por supuesto, que su criterio restrictivo se usara como norma general para esa valoración.

Y había estallado la guerra. Se libraban batallas en teatros, librerías, bibliotecas y museos de ciudades y pueblos. Aquellos que se oponían al reverendo Wilde fueron tachados genéricamente de «infieles incrédulos». Se los calificó como los herejes, brujas y paganos de esta época, un anatema para todo verdadero creyente.

Debido a que el catálogo de la línea de lencería Sedas de Francia había sufrido la censura de Jackson Wilde, Claire, como creadora de dicha empresa, había saltado al primer plano de la actualidad. Durante meses, Wilde despotricó contra el catálogo, incluyéndolo en la misma categoría de las revistas de pornografía dura. Yasmine había estado de acuerdo con el criterio de Claire de que debían ignorar a Wilde y sus ridículas afirmaciones en lugar de tratar de defender lo que ninguna de ellas consideraba que necesitara ser defendido.

Sin embargo, a Wilde no se le ignoraba fácilmente. En vista de que sus sermones no lograron provocar la respuesta que él deseaba —un debate televisivo—, utilizó el púlpito para atacar a Yasmine y a Claire personalmente, tachándolas de indecentes, lascivas y Jezabeles contemporáneas. Sus sermones contra ellas se habían vuelto incluso más acalorados cuando, una semana antes, llevó su cruzada a Nueva Orleans, sede de Sedas de Francia. Yasmine estaba en Nueva York ocupada en otros negocios, de modo que Claire tuvo que soportar sola los violentos insultos de Wilde.

Por eso Yasmine se sorprendió tanto de la reacción de Claire ante la noticia de la muerte de Wilde. Sedas de Francia era una creación de Claire. Ella lo había concebido. Su perspicacia comercial, fértil imaginación e instinto sobre lo que las mujeres de Norteamérica deseaban, habían convertido el negocio de ventas por correo en un éxito sin precedentes. Para la misma Yasmine, aquello había logrado prolongar una carrera en declive. Había sido su salvación, aunque ni siquiera Claire se daba cuenta de hasta qué punto.

Ahora, el hijo de puta que había amenazado acabar con todo aquello estaba muerto. Según Yasmine, eso era un motivo de celebración.

Sin embargo, Claire no lo veía así.

—Puesto que Wilde nos ha etiquetado como sus

enemigas, y dado que lo han asesinado, no creo que debamos permitir que se nos oiga regocijarnos con su muerte.

—Me han acusado de un montón de cosas, Claire, pero nunca de ser hipócrita. No tengo pelos en la lengua. Lo que siento, lo digo. Tú te educaste en un invernadero de finura, mientras yo tenía que usar uñas y dientes para sobrevivir en Harlem. Soy como un torbellino, y tú apenas mueves el aire cuando andas. Tengo una bocaza tan grande como el túnel Lincoln. Mi voz podría fundir la mantequilla.

»Pero hay un límite incluso para tu paciencia, Claire Louise Laurent. Este predicador te ha estado jodiendo durante casi un año, desde la primera vez que empezó a insultar al catálogo de Sedas de Francia desde su púlpito dorado. Fue como azotar públicamente a tu bebé por ser un niño malo.

»Tú has resistido su censura de mente estrecha con un aplomo y una gracia dignos de tus raíces sureñas. Pero ahora, sinceramente, en lo más hondo de tu ser, ¿no te alegras de que ese piadoso hijo de puta esté muerto?

Claire miró al vacío, más allá del emblema del capó de su coche.

—Sí —respondió, tranquila y lentamente—. En lo más hondo de mi ser me alegro de que el hijo de puta esté muerto.

—Mmm. Bien, puede que sea mejor que sigas tu primera idea y pienses alguna otra cosa para decirles.

—¿Decirles?

Claire salió de repente de su trance y Yasmine dirigió su atención hacia la siguiente manzana. Varias camionetas de la televisión, provistas de antenas parabólicas, se hallaban aparcadas a lo largo de la calle Peters, frente a Sedas de Francia. Los periodistas y los operadores de vídeo se apiñaban alrededor de ellas.

—¡Maldita sea! —estalló Claire—. No quiero verme metida en esto.

—Bien, prepárate, pequeña —replicó Yasmine—.
Tú eras uno de los blancos favoritos de Jackson Wilde.
Tanto si quieres como si no, estás metida en esto hasta
el cuello.

2

—No has conseguido sentencias condenatorias en tus últimos tres casos.

Cassidy esperaba aquella frase. Aun así, la crítica le dolió. En lugar de demostrar su nerviosismo, adoptó un aire de seguridad en sí mismo.

—En esos tres casos sabíamos de entrada que las pruebas no eran concluyentes, Tony. En cada uno de ellos, todo lo que los abogados defensores tuvieron que decir fue: «Pruébelo.» Hice todo lo que pude con las pocas pruebas que tenía y usted lo sabe perfectamente, ¡maldita sea!

El fiscal Anthony Crowder cruzó sus manos peludas y regordetas sobre su chaleco y se recostó en el respaldo del sillón de cuero del escritorio.

—Esta conversación es precipitada. La policía ni siquiera ha detenido todavía a nadie. Podrían pasar meses antes de que lo hicieran.

Cassidy movió la cabeza con obstinación.

—Quiero trabajar con ellos en la investigación para asegurarme de que no se escapa nada de vital importancia.

—Entonces tendré al comisario de policía todo el

día tocándome las narices cuando empieces a entrometerte en lo que debería ser un asunto estrictamente de su departamento.

—Me alegro de que mencione al comisario de policía. Ustedes son compañeros. Hable con él. Intente conseguir que Howard Glenn lleve el caso Wilde.

—Ese desastrado...

—Fue el primero que llegó al lugar del crimen y es bueno. El mejor.

—Cassidy...

—No se preocupe, no me saldré de mis límites. Pondré en práctica todas mis habilidades diplomáticas.

—Tú no tienes habilidades diplomáticas —le recordó el fiscal—. Desde que entraste en esta oficina hace cinco años, has hecho algún buen trabajo, pero la mayor parte del tiempo has sido como un dolor de muelas.

Cassidy se rió con aire confiado, imperturbable ante la áspera reprimenda de Anthony Crowder. Sabía muy bien cuáles eran los sentimientos del fiscal hacia él. Extraoficialmente era el heredero forzoso de Crowder. Cuando finalizara su mandato al año siguiente, había planeado retirarse. Se sabía tácitamente que Cassidy sería el primer candidato a la oficina de Crowder y que conseguiría el cargo. Podía exasperar al anciano, pero Crowder reconocía a Cassidy la misma ambición y firmeza de carácter que en otros tiempos lo caracterizaron y guiaron a él.

—Yo he seguido y ganado más casos para usted que cualquier otro abogado del departamento —arguyó Cassidy, sin falsa modestia.

—Lo sé —contestó Crowder con brusquedad—. No hace falta que me lo recuerdes. Sin embargo, tú también eres el que me ha causado más problemas.

—No puedes conseguir nada si temes provocar que se desencadene alguna tempestad.

—En tu caso han sido maremotos.

Cassidy se inclinó hacia delante y miró con firmeza a Crowder. Sus penetrantes ojos grises habían intimidado a testigos vacilantes, impresionado a jueces cínicos, hecho decidir a jurados escépticos y, en su vida privada, habían hecho superfluas las palabras de amor.

—Déme este caso, Tony.

Antes de que Crowder pudiera expresar con palabras su decisión, su secretaria asomó la cabeza por la puerta.

—Ariel Wilde está dando una rueda de prensa. Está en directo en todas las emisoras de televisión. He pensado que podía interesarte. —Se marchó y cerró la puerta tras de sí.

Crowder alargó el brazo para coger el mando a distancia de su escritorio y encendió el televisor situado al otro extremo de la sala.

Las facciones hermosas y pálidas de la viuda aparecieron en la pantalla. Parecía tan frágil y desamparada como un ángel refugiado; sin embargo, detrás de su voz se ocultaba una convicción férrea.

—Esta tragedia no pondrá fin a la cruzada de mi marido contra la obra del Diablo. —Dichas palabras le valieron un coro de amenes de los fieles seguidores que empujaban contra las hileras de guardias de seguridad, periodistas y fotógrafos que la rodeaban.

»Satanás sabía que estábamos ganando esta batalla. Tuvo que tomar medidas desesperadas. Primero utilizó esta ciudad corrompida como una herramienta contra nosotros. Los funcionarios de la ciudad se negaron a conceder a mi marido la protección para las veinticuatro horas del día que había solicitado.

—¡Mierda! —gruñó Crowder—. ¿Por qué tiene que culpar a la ciudad? Todo el jodido mundo está viendo la televisión.

—Y ella lo sabe mejor que nadie. —Cassidy se levantó de la silla e introdujo las manos en los bolsillos de su pantalón mientras se acercaba más al televisor.

La viuda prosiguió su discurso, mientras unas lágrimas elocuentes se deslizaban por sus mejillas de marfil.

—Esta hermosa ciudad está asociada con el pecado y la corrupción. Dad un paseo por Bourbon Street si queréis ver el poder que tiene el Diablo sobre Nueva Orleans. Jackson Wilde era una conciencia que murmuraba al oído de esta ciudad que se había convertido en un pozo de corrupción moral, una reserva asquerosa de crimen e inmoralidad.

»Al contrario que los pocos aquí presentes, que han venido a darnos su apoyo y a lamentar su muerte, los funcionarios locales estaban resentidos con Jackson por su honradez de inspiración divina. —La cámara enfocó a un grupo sombrío que incluía a un juez, un miembro del Congreso de Estados Unidos y varios funcionarios locales.

Crowder soltó un sonido grosero.

—¡Políticos!

—Algunos pensaban que Jackson Wilde y los votantes eran buenos compañeros de cama.

—Antes me tiraría a una cabra —gruñó Crowder.

—A mi marido se le trató con una indiferencia que rayaba en la hostilidad —gritó Ariel Wilde—. ¡Esa indiferencia ante su seguridad le ha costado la vida!

Cuando el rugido de conformidad de la multitud disminuyó de intensidad, prosiguió:

—Y entonces el Diablo utilizó a uno de sus demonios para hacer callar a su enemigo más acérrimo, el reverendo Jackson Wilde, atravesándole el corazón con una bala. ¡Pero no nos callaremos! —vociferó, elevando sus delgados brazos y agitando los puños—. Mi amado Jackson está ahora con el Señor. Le han sido concedidos el descanso y la paz que tenía bien merecidos. Alabemos al Señor.

—¡Alabemos al Señor! —repitió el gentío como un eco.

—Pero mi obra no ha finalizado. Continuaré la cruzada que Jackson empezó. ¡Y finalmente ganaremos esta guerra contra la inmundicia que quiere contaminar nuestros corazones y nuestras mentes! Esta congregación no se detendrá hasta que Norteamérica esté limpia de la carroña que llena sus cines y librerías, hasta que los museos que subsisten gracias a los dólares de vuestros impuestos se vean libres de la pornografía que se quiere hacer pasar por arte. Haremos de este país un ideal que sirva de ejemplo para el resto del mundo, un país libre de obscenidad, una nación cuyos hijos se eduquen en un ambiente de pureza y luz.

Se oyó un grito de aprobación. La policía tuvo dificultades para contener a la multitud allí agolpada. El ángulo de la cámara se amplió para captar entera la caótica escena. Ariel Wilde, aparentemente agotada y a punto de desmayarse, se alejó cogida del brazo de su hijastro. El séquito de Wilde cerró filas alrededor de ella para protegerla.

Primeros planos de la multitud tomados al azar mostraban rostros bañados en lágrimas, ojos cerrados y apretados que expresaban una angustia conmovedora, labios que se movían en silenciosa oración. Los discípulos afligidos se cogieron del brazo y empezaron a cantar al unísono el himno de Jackson Wilde *Adelante, soldados de Cristo*.

Mediante un golpecito suave y rápido de la muñeca, Anthony Crowder apagó el televisor.

—¡Malditos hipócritas! Si tanto les importa el bienestar de sus hijos, ¿por qué no están en sus casas y les enseñan la diferencia entre el bien y el mal, en lugar de manifestarse por un santo muerto? —Suspiró con exasperación y señaló con la cabeza hacia la televisión—. ¿Estás seguro de que deseas verte metido en ese lío, Cassidy?

—Por supuesto que sí.

—Extraoficialmente hablando, esto va a ser un follón enorme, sobre todo cuando la policía empiece a presentar sospechosos.

—Lo que hasta ahora está limitado a seiscientas personas, a todos aquellos que anoche estaban en el hotel Fairmont y en los alrededores.

—Yo lo reduciría rápidamente... a la viuda y al hijastro.

—Ellos también encabezan mi lista —sonrió Cassidy, con simpatía—. ¿Significa esto que tengo el caso?

—De momento.

—¡Vamos, Tony!

—De momento —repitió el anciano en voz más alta—. Te estás metiendo en una situación crítica y, seguramente, llegará a estallar. Me duele pensar lo que ocurrirá si provocas a Ariel Wilde. La quieren y adoran tanto como a su marido. Podrías provocar una revuelta si alguna vez la tienes que detener por asesinato.

—Habrá escaramuzas, seguro. Estoy preparado para eso. —Cassidy regresó a su silla y se sentó—. Ya me he encontrado antes en situaciones de este tipo, Tony. No me molesta.

—No te molesta, diablos. Te encanta.

—Me gusta ganar. —La mirada de Cassidy se encontró con la de su superior. Su sonrisa se fue desvaneciendo hasta que sus labios formaron una línea delgada y firme—. Ésa es la verdadera razón por la que quiero este caso, Tony. Ahora no se lo digo de cachondeo. Necesito una victoria. La necesito más que nada en el mundo.

Crowder asintió con un movimiento de cabeza, reconociendo la sinceridad de su protegido.

—Hay casos menos explosivos en los que puedo meterte si lo único que quieres es una victoria.

Cassidy negó con la cabeza.

—Necesito conseguir una gran victoria, y entregar al asesino de Jackson Wilde a la justicia será uno de los golpes legales más sonados de este año, si no de esta década.

—Así que lo que quieres es salir en los periódicos y en el telediario de la noche —comentó Crowder, frunciendo el entrecejo.

—Usted me conoce de sobras, de modo que me niego a responder a ese comentario. Esta mañana he empezado un curso intensivo sobre Jackson Wilde. No me gusta ese predicador ni lo que defendía. En realidad, discrepo de todo lo que predicaba. Su versión del cristianismo no coincide con la que me enseñaron en las clases de catequesis.

—¿Asististe a clases de catequesis?

Cassidy también ignoró aquella pregunta maliciosa e insistió en el punto que deseaba dejar claro.

—Wilde podía ser muchas cosas, pero ante todo era un ser humano con derecho a vivir y a llegar a la vejez. Alguien le negó ese derecho. Desnudo e indefenso, fue asesinado por alguien en quien confiaba.

—¿Cómo lo sabes?

—No había señales de que nadie hubiera entrado por la fuerza en ninguna de las puertas de la suite. Las cerraduras no habían sido forzadas con palancas. Conque, o bien el asesino tenía una llave o Jackson lo dejó entrar. Aparentemente, Jackson estaba tumbado en la cama, y dormía o hablaba con quienquiera que fuera el que lo matase. Era un fanático religioso, tal vez el más peligroso desde Rasputín, pero no merecía que alguien le volara la tapa de los sesos a sangre fría.

—Y el corazón y los huevos —añadió Crowder.

Los ojos de Cassidy se entrecerraron.

—Eso es muy curioso, ¿verdad? El disparo en la cabeza y en el corazón bastaban para matarlo y rematarlo. ¿Por qué también en los huevos?

—El asesino estaba cabreado.

—Cabreado de verdad. Huele a desenfreno, ¿no le parece? A venganza femenina, por ejemplo.

—¿Crees que la mujer se lo cargó? Como Jim Bakker y Jimmy Swaggart, ¿crees que Wilde salía con una jovencita y Ariel se enteró?

—No lo sé. Simplemente tengo la corazonada de que lo asesinó una mujer.

—¿Y eso por qué?

—Porque sería lo lógico —respondió Cassidy—. Si usted fuera una mujer y deseara vengarse de un tío, ¿no es ahí donde le pegaría un tiro?

Claire estaba sin aliento cuando llegó a su apartamento, situado en las oficinas de Sedas de Francia. Había oído a Yasmine y a su madre hablar en otra habitación, pero bajó por el pasillo sin que la oyeran, se dirigió directamente a su dormitorio y cerró la puerta tras de sí.

La llegada de Yasmine y Claire a Sedas de Francia había provocado una algarada entre los periodistas que rodeaban el edificio. Las acosaron desde el mismo momento en que salieron del vehículo. Claire tuvo la tentación de agachar la cabeza y entrar rápidamente en el edificio, pero sabía que negarse a hablar sería prolongar lo inevitable. Los periodistas no se marcharían hasta que hiciera una declaración. Seguirían obstaculizando el desarrollo normal de su negocio, molestarían a sus vecinos y posiblemente serían una fuente de preocupación para su madre.

Puesto que no estaba muy segura de lo que sería capaz de decir Yasmine, Claire le pidió que entrara y procurara que Mary Catherine no se enterara de lo que sucedía en el exterior. Después de ser asaltada por las cámaras, Yasmine hizo lo que Claire le pedía.

A Claire le hicieron docenas de preguntas a gritos, pero ella sólo respondía algo de cada una antes de que le lanzaran la siguiente. Resultaba imposible contestarlas todas y, de todas maneras, no tenía intención de hacerlo. Finalmente levantó las manos y pidió silencio. Por los micrófonos que tenía ante ella dijo:

—Aunque el reverendo Jackson Wilde me había declarado una pecadora y su enemiga, siento muchísimo su muerte. Deseo dar el pésame a su familia.

Empezó a acercarse a la entrada de Sedas de Francia, pero unos reporteros vociferantes le cortaron el paso.

—Señorita Laurent, ¿es cierto que a pesar de las repetidas invitaciones del reverendo Wilde, usted se negó a tener un debate con él?

—No eran invitaciones, eran desafíos. Yo sólo quería que me dejara en paz para ocuparme de mis negocios.

—¿Cómo responde usted a sus alegaciones de...?

—No tengo nada más que decir.

—¿Quién lo asesinó, señorita Laurent?

La pregunta hizo que Claire se detuviera en seco. Contempló estupefacta al osado periodista que con rudeza le había hecho aquella pregunta. Aquel hombre sonrió con afectación y sostuvo la mirada de ella sin acobardarse. Los demás se callaron de repente, esperando su respuesta con expectación.

En ese instante alarmante, Claire se dio cuenta de que su conflicto con Jackson Wilde no había terminado. Estaba muerto, pero no se había librado de él. En realidad, posiblemente lo peor todavía estaba por venir. ¿Por qué el periodista le había preguntado específicamente por el asesino? ¿Tenía una fuente fidedigna en el departamento de policía? ¿Había oído rumores acerca de posibles sospechosos?

Aunque mantuvo la compostura, el temor recorrió

la columna vertebral de Claire como heladas yemas de dedos. A pesar del calor sofocante y el elevado índice de humedad, sintió frío hasta en la médula de los huesos.

—Perdone. Es todo lo que tengo que decir.

Se abrió paso con decisión entre los periodistas y no se detuvo hasta que se halló a salvo en el interior, arriba, en su apartamento. La experiencia la había dejado temblorosa y agitada. Tenía la ropa húmeda y pegada al cuerpo, por lo que se la quitó con frenética rapidez. En el cuarto de baño, se inclinó sobre la pila y se mojó el rostro, la garganta, el pecho y los brazos con agua fría.

Ya más fresca, se puso un mono de algodón sin tirantes, uno de los modelos más populares del catálogo de verano de Sedas de Francia, y se recogió el cabello, que le llegaba a los hombros, en una cola de caballo. Al salir del cuarto de baño, contempló serenamente el enorme armario de madera de cerezo situado al otro extremo de la habitación.

Hacía tres años, cuando eligió aquel viejo almacén como cuartel general de Sedas de Francia, convirtió el último piso en su apartamento privado. Era solamente el segundo lugar en el que Claire había vivido. Antes lo había hecho en la casa de su tía abuela Laurel en la calle Royal, cerca de Esplanade.

Tras la muerte de tía Laurel, Claire y Mary Catherine se cambiaron de casa. Sin embargo, Claire aún no había tenido valor suficiente para vaciarla y venderla. No se decidía a deshacerse de las pertenencias de tía Laurel, dado que aquella extraña mujer, a la que la gente se refería con crueldad como vieja solterona, las había apreciado mucho, probablemente porque compensaba la falta de un marido e hijos. La casa de la calle Royal estaba intacta.

El armario de madera de cerezo constituía la única

excepción, lo único que Claire se había llevado consigo cuando se trasladó. Siempre lo había admirado. Sus líneas bien definidas armonizaban bien con el diseño moderno del apartamento. Pidió especialmente al arquitecto que diseñara una pared en su dormitorio lo suficientemente grande para que cupiese el mueble.

Claire cruzó la alfombra hacia el armario, abrió las puertas, se arrodilló frente a los cajones y tiró con fuerza del último del fondo para abrirlo. Tuvo que hacer un poco de esfuerzo porque era muy pesado: estaba lleno hasta los topes de recortes de periódicos y revistas. Las fechas que figuraban en los mismos abarcaban varios años.

Claire se había pasado muchas horas estudiando los artículos, analizando la información que contenían y asimilando su reacción ante ésta. Lamentaba tener que destruirlos. Coleccionarlos había sido para ella un pasatiempo fascinante, que creaba hábito.

Sin embargo, tenía que deshacerse de ellos. De inmediato. Sería una locura por su parte conservar documentación impresa de cada paso que había dado el reverendo Jackson Wilde.

La suite del hotel estaba atiborrada de gente. Algunos eran simples curiosos que merodeaban por allí; otros trataban en verdad de ayudar. Todos parecían confusos por la pérdida repentina de su líder y caminaban sin rumbo fijo por la suite, se reunían en grupos pequeños y se dispersaban, agitando la cabeza y murmurando, con lágrimas en los ojos, la frase «no me lo puedo creer» como si fuera un estribillo.

Después de que Cassidy la interrogara, Ariel dejó la suite San Louis. Sus habitaciones actuales eran más pequeñas y menos lujosas. Su intimidad era limitada. El constante flujo y reflujo de personas que lloraban la muerte de Wilde era enloquecedor. Hizo una señal a Josh, quien inmediatamente corrió a su lado. Tras un breve intercambio de palabras en voz baja, el joven alzó la voz con el fin de atraer la atención de todo el mundo.

—Ariel está exhausta. Les rogamos, por lo tanto, que abandonen la suite y la dejen descansar. Si alguno de nosotros necesita algo, se lo comunicaremos enseguida.

Quienes formaban el séquito de Wilde salieron, sumidos en la soledad y el abandono. Dirigían miradas de compasión a la viuda, que estaba acurrucada en un rincón del sofá, con las piernas dobladas bajo el cuerpo. Su vestido negro parecía que la consumía lentamente: era como si aquella mujer se fundiera dentro del mismo.

Tan pronto como Josh cerró la puerta detrás del último rezagado, Ariel se sentó y balanceó sus piernas en el sofá.

—Gracias a Dios que se han ido. Y apaga ese maldito aparato. No quiero verla. —Señaló el aparato de la televisión. Habían quitado el volumen, pero la imagen de una mujer tratando de eludir a una horda de periodistas llenaba la pantalla.

—¿Quién es? —preguntó Josh.

—Es la de Sedas de Francia. Hace un minuto que pusieron su nombre en la pantalla.

—Así que ésa es Claire Laurent —comentó Josh, y retrocedió un poco para poder verla mejor—. Me preguntaba cómo sería. No tiene cuernos ni un rabo puntiagudo como papá quería que todo el mundo creyera. Ni tampoco parece una prostituta. A mí me parece todo lo contrario.

—¿A quién le importa lo que a ti te parezca? —Ariel se dirigió al televisor y lo apagó ella misma.

—¿No sientes curiosidad por lo que la señorita Laurent tenga que decir? —preguntó Josh.

—Ni la más mínima. Ya recibirá lo que se merece, pero no hoy. Todo a su debido tiempo. Pide algo de comer al servicio, ¿quieres? Estoy hambrienta. —Entró en la habitación contigua.

Joshua Wilde, el hijo del primer matrimonio de Jackson Wilde, de veintiocho años de edad, llamó al servicio de habitaciones y ordenó una comida ligera para su madrastra. Imaginó que una viuda apenada no debía de estar demasiado hambrienta. Para él ordenó una *muffuletta*, una especialidad de Nueva Orleans a la que se había aficionado.

Mientras esperaba que les trajeran lo que había pedido, se dirigió a la ventana y miró hacia abajo. En la calle, la gente vivía su vida cotidiana como si nada extraordinario hubiera sucedido. ¿Es que no se habían enterado? ¡Jackson Wilde había muerto!

Josh todavía no lo había asimilado, a pesar de que había visto el cadáver y la sangre derramada. En realidad, no es que esperara que la Tierra dejara de girar, pero había pensado que ocurriría algo trascendental en el mundo que marcara la muerte de su padre. Jackson ya nunca volvería a llenar una sala con aquella energía chisporroteante y parasitaria que dejaba a los demás sin fuerza vital. Nunca se volvería a oír su voz, ni elevada en una plegaria ni abrumada por la maldad. Josh no volvería jamás a tener que soportar una de las gélidas miradas de su padre, que tan a menudo expresaban decepción o asco, siempre críticas.

Hacía siete años, la madre de Josh, Martha, había muerto con tan poca fanfarria como había vivido. Josh se enteró de la noticia de que había muerto de forma fulminante, tras un ataque de apoplejía, mientras él estaba en Nueva York, estudiando música en Juilliard. Nunca pudo decirle adiós. Su vida había sido tan insignificante que su muerte apenas representó una pausa en la operación bien engrasada del ministerio de su padre. Cuando ella murió, Jackson empezaba a ampliar su ministerio de forma activa a la televisión por cable. Trabajaba mucho, era incansable. Inmediatamente después del funeral de su esposa, regresó a su oficina para trabajar unas cuantas horas, a fin de no desperdiciar el día por completo.

Josh no perdonó nunca a su padre esta muestra particular de insensibilidad. Y por esa causa no se sentía culpable por el apetito que ahora hacía rugir su estómago, a pesar de que pocas horas antes había visto el cadáver ensangrentado de su padre.

Y por el mismo motivo tampoco se sentía culpable por cometer adulterio con la segunda esposa de su padre. Argumentaba que algunos pecados estaban justificados, aunque no hubiera referencias bíblicas que respaldaran esta creencia.

Ariel era solamente dos años mayor que Josh, pero cuando salió del dormitorio vestida con una camiseta demasiado grande para ella y su largo cabello apartado de la cara y sujeto con pasadores, parecía varios años más joven que él. Tenía las piernas y los pies desnudos.

—¿Has pedido postre?

Jackson siempre se burlaba de ella por ser tan golosa y nunca le permitía que comiera algo dulce sin montar una trifulca.

—Bizcocho relleno de chocolate —respondió Josh.

—Delicioso.

—¿Ariel?

—¿Qué?

Esperó hasta que ella volvió su rostro hacia él.

—Sólo hace algunas horas que descubriste el cadáver de tu marido.

—¿Pretendes que pierda el apetito?

—Supongo que sí. ¿No estás al menos un poco trastornada?

La mujer adoptó una actitud hosca, defensiva.

—Tú sabes lo mucho que he llorado antes.

Josh se echó a reír, sin ganas.

—Has sabido llorar en el momento adecuado desde aquella noche en que te acercaste a mi padre para pedirle una oración especial para tu hermanito, al que habían condenado a cadena perpetua. Le desgarraste el corazón y durante el siguiente servicio ya cantabas junto a él.

»He visto lo eficaces que son tus lágrimas. Los demás podrán creer que son auténticas, pero a mí no me engañas. Las utilizas cuando te conviene o cuando deseas algo. Nunca porque estés triste. Eres demasiado egoísta para sentir tristeza. Rabia, frustración y celos, quizá, pero nunca tristeza.

Ariel había perdido mucho peso desde que se había casado con el padre de Joshua, hacía tres años. En aquella época era más bien rolliza. Ahora sus pechos eran más pequeños, pero las areolas todavía eran anchas y los pezones grandes y protuberantes. Josh se odió a sí mismo cuando los percibió debajo de su camiseta de algodón al ponerse ella las manos en las caderas.

—Jackson Wilde era un hijo de puta malvado, rencoroso y egocéntrico. —Sus ojos azules no pestañearon ni una sola vez—. Su muerte no va a quitarme el apetito, porque no siento en absoluto que esté muerto. Excepto si eso afecta de algún modo a la congregación.

—Y tú ya te encargaste de eso durante la rueda de prensa.

—Efectivamente, Josh. Yo ya he puesto los fundamentos para continuar el ministerio. Alguien tenía que pensar en el futuro —añadió ella, con sarcasmo.

Como si tuviera un fuerte dolor de cabeza, Josh hundió las puntas de sus dedos de músico, largos y esbeltos, en las raíces de sus cabellos y apretó los ojos.

—Dios mío, qué fría eres. Siempre calculando. Siempre planificando. Implacable.

—Porque siempre lo he tenido que ser. Yo no me crié rica como tú, Josh. Tú llamas a la casa de tus abuelos en las afueras de Nashville una granja —se burló ella—. Mi familia sí que tenía una granja de verdad. Era sucia y olía a estiércol. Yo no ayudaba a cuidar caballos fabulosos como hacías tú, sólo cuando te apetecía. Tanto si lo deseaba como si no, tenía que quitar los hierbajos del huerto, desgranar guisantes y cebar a un cerdo para que estuviera gordo el mes de noviembre, cuando hacíamos la matanza.

»Solamente tenía un par de zapatos. Era el hazmerreír de las niñas del colegio porque llevaba ropa de segunda mano. Desde los doce años, los sábados por la noche me tocaba esquivar a mis tíos borrachos cuando me intentaban meter mano con torpeza, y luego me veía obligada a mirar sus rostros engreídos desde lo alto del coro los domingos por la mañana. Oh, sí, siempre asistíamos a la iglesia los domingos y escuchábamos sermones que glorificaban la pobreza. Sin embargo, jamás me creí una palabra de todo aquello.

Sacudió la cabellera rubio platino, larga y lisa.

—Yo era pobre, Josh, y eso es una mierda. Te hace mezquino. Hace que te desesperes. Llegas a un punto en que harías cualquier cosa para escapar de la pobreza. Ésta es la causa por la que mi hermanito pasará en la cárcel el resto de su vida. Cuando lo enviaron allí, yo supe que tenía que hacer algo drástico o acabaría peor que él. De modo que sí, es cierto, me acerqué llorando a tu padre. Y si me hubiera pedido que le limpiara el culo o se la chupara allí mismo, también lo habría hecho.

»Él me enseñó que el dinero lo cambia todo. Ser rico y mezquino es muchísimo mejor que ser pobre y mezquino. Si eres pobre, vas a la cárcel por tu maldad, pero si eres rico puedes hacer lo que te dé la gana y nadie te pondrá las manos encima. Yo soy maquinadora, de acuerdo, lo seré durante el resto de mi vida, porque no quiero volver a ser pobre.

Hizo una pausa para tomar aliento.

—No intentes decirme que sientes que él nos haya dejado, Josh. Tú le odiabas tanto como yo, si no más.

Él no podía mirarla a los ojos.

—Supongo que mis sentimientos se pueden calificar de ambiguas. No siento ningún remordimiento. Pero al contrario de lo que me imaginaba, no me siento tampoco aliviado.

Ariel se acercó al joven y le rodeó el cuello con los brazos.

—¿No lo ves, Josh? Si lo hacemos bien, esto puede ser el principio para nosotros. El público nos adora. Podemos continuar como antes, pero la vida será mucho mejor sin que él nos atosigue continuamente.

—¿De veras crees que nuestro adorado público nos aceptará como pareja, Ariel? —Sonrió lánguidamente ante su ingenuidad. ¿O era su rapacidad lo que le divertía?

En realidad, él no podía recriminarle nada. No había gozado de los privilegios con los que él se crió y a los que no había dado importancia. Incluso antes de que se convirtiera en un nombre conocido en todos los hogares, Jackson Wilde tuvo seguidores fieles y generosos. Las bandejas para donativos siempre estaban llenas. Eso, junto con la herencia de Martha, sumaba unos ingresos considerables. A Josh nunca le faltó nada material.

La primera vez que la vio, Ariel llevaba un vestido chillón y barato y exceso de bisutería. Su forma de hablar y su acento vulgar le resultaron ofensivos al oído. A pesar de eso, admiró la audacia que la mujer desplegó al acercarse a su padre y solicitar oraciones para su hermano convicto.

Actualmente era esbelta, ágil e iba inmaculadamente arreglada. Pero Josh sabía que cuando Ariel se miraba en el espejo, todavía veía a una joven desesperada, rechoncha, desaliñada, que hacía un último esfuerzo, para alterar el curso de su vida. Cuando contemplaba sus manos con la manicura hecha, veía indefectiblemente la porquería del huerto metida bajo sus uñas.

—El público aceptará nuestra nueva relación con el tiempo —decía ella—, si metemos en eso al Señor con suficiente frecuencia. Podemos explicar que luchamos contra nuestro amor romántico porque no nos parecía correcto. Pero que después, a través de la oración y del estudio de la Biblia, Dios nos convenció de que siempre había sido su santa voluntad. Se lo tragarán. A todo el mundo le gustan los finales felices. —Lo besó en los labios con suavidad, juguetona, y dejó una ráfaga de su aliento en el interior de la boca de él—. Te necesito ahora, Josh.

Él cerró los ojos herméticamente, tratando con valentía de rechazar la lascivia que se acumulaba en su cuerpo.

—Ariel, no deberíamos acostarnos durante un tiempo. Creerán...

Ella se acercó más e hizo que su pelvis chocara contra la de él.

—¿Quién creerá qué?

—La policía... ese señor Cassidy, de la oficina del fiscal. Nos puede hacer parecer sospechosos.

—No seas tonto, Josh. Tú eres mi coartada y yo la tuya, ¿no te acuerdas?

La sangre fría de Ariel era exasperante, pero su atracción hacia ella se basaba en la frustración y la prohibición. En lugar de zarandearla, que es lo que le hubiera gustado hacer, deslizó sus manos por debajo de la camiseta de la mujer, la rodeó por la cintura y la atrajo hacia él con rudeza. Sus labios se abalanzaron sobre los de ella. Apretó su lengua contra la boca ansiosa y húmeda de Ariel, mientras la parte posterior de sus manos acariciaba los huesos de la pelvis de ella.

El miembro del hombre estaba hinchado y excitado. Se sentía impaciente por quitarse la ropa, pero en el momento en que empezaba a bajarse la cremallera, llamaron a la puerta.

—Debe de ser nuestra comida —suspiró Ariel. Lo besó por última vez, le rozó la bragueta abultada con la mano y seguidamente se escapó de sus brazos.

—Dile al camarero que lleve la bandeja al dormitorio. Comeremos primero.

—¿Cassidy?

—Soy yo. —Hizo juegos malabares con el auricular del teléfono, pues trataba de bajar el volumen del aparato con el control remoto y, al mismo tiempo, que no le cayeran al suelo el bocadillo de mortadela y la cerveza.

—Soy Glenn. Me han asignado oficialmente el caso Wilde.

«Estupendo —pensó Cassidy—, Crowder ha entrado en razón.» El detective Howard Glenn sería la persona clave, el principal enlace entre él y el departamento de policía. Una vez hubiera seleccionado el grupo de oficiales para investigar el caso, él, Cassidy, estaría constantemente informado del curso de los acontecimientos.

Sabía que era difícil trabajar con Glenn. Era un patán, muy descuidado en todos los aspectos... excepto en su labor como detective. Pero Cassidy estaba dispuesto a pasar por alto los defectos del carácter de Glenn a cambio de su competencia profesional.

—¿Has conseguido algo? —preguntó; había dejado a un lado el insípido bocadillo.

—Ha llegado el informe del laboratorio. Ahora lo estamos examinando.

—¿Y qué dice?

—No hay huellas dactilares aparte de las de él, las de su esposa y las de la camarera que se encarga de la suite. Por supuesto, hay cientos de fragmentos de huellas que pertenecen a la gente que estuvo en esa suite antes que él.

Si bien Cassidy se imaginaba algo por el estilo, eran malas noticias.

—¿Algún rastro del arma?

—Nada de nada. Sea quien fuere el que haya entrado en la suite de Wilde para matarle, salió de allí con el arma.

La ausencia del arma asesina significaba que resolver el caso y conseguir una sentencia condenatoria sería un verdadero reto. Por suerte, a Cassidy le gustaban los retos, y cuanto más difíciles, mejor.

—¿Cuándo podrán poner escuchas telefónicas en el lugar? —preguntó al detective.

—Es lo primero que haré mañana por la mañana. ¿A quién más además de la esposa y el hijo?

—Eso lo hablaremos por la mañana. Llámame.

Cassidy colgó, dio otro mordisco a su bocadillo, bebió otro sorbo de cerveza tibia y dirigió nuevamente la atención al televisor. Había llamado temprano a la emisora de televisión por cable que emitía *La hora de oración y alabanza de Jackson Wilde* para pedirles copias de todas las cintas grabadas disponibles. Los directores de la emisora le enviaron rápidamente las cintas grabadas a su oficina. Y él se las llevó a casa, donde podía verlas sin interrupciones.

Los programas estaban realizados con mucho ingenio. Wilde ponía en escena un espectáculo deslumbrante, echaba a volar palomas blancas y disponía de una orquesta, un coro de quinientas voces, un púlpito dorado, y el piano de espejo de Joshua, parecido al que había pertenecido al difunto Liberace.

El formato no variaba nunca. El programa se abría con un toque de trompeta tan potente que serviría para anunciar el Día del Juicio Final. El coro se ponía a cantar, se soltaba a las palomas, que producían una ráfaga de alas blancas, y Wilde descendía por una ondulante escalera como si acabara de vestirse para entrevistarse con el Todopoderoso, que es exactamente lo que insinuaba en sus comentarios iniciales.

Ariel, que siempre vestía de blanco inmaculado y como únicas joyas lucía un anillo de boda de oro y unos discretos pendientes de perlas —Wilde subrayaba que los únicos bienes que atesoraban eran sus gratificaciones espirituales—, se presentaba con sonido de trompetas de fondo. A continuación, el público disfrutaba de un primer plano de Joshua Wilde mientras tocaba en el piano la introducción de la primera canción de Ariel.

Su voz, insignificante a más no poder, se veía enormemente realzada por la orquesta, el coro y un sistema de sonido cuyo astronómico precio habría hecho buena mella en la deuda nacional. Ariel repartía sonrisas beatíficas entre su esposo, Josh, el público y el cielo. Invariablemente, hacia el final de la canción, al menos una lágrima elocuente y destelleante se escapaba de sus celestiales ojos azules.

Cassidy era escéptico por naturaleza y raras veces creía algo a pie juntillas. Aun teniendo esto en cuenta, seguía sin comprender cómo alguien de mediana inteligencia podía dejarse embaucar por el espectáculo mediocre de Wilde. Sus sermones eran distorsiones descaradas del Evangelio. Predicaba con más vehemencia de admoniciones que de la gracia, más de la condena que del amor, más del fuego eterno que del perdón. Hablaba más de Satanás que de Cristo. Resultaba fácil entender por qué los clérigos de la mayoría de sectas cristianas organizadas lo despreciaban.

A Cassidy también le resultaba evidente por qué Wilde era capaz de inducir a tal fanatismo a sus seguidores de mente estrecha. Les decía exactamente lo que deseaban oír: que tenían razón y que cualquiera que discrepara de ellos estaba equivocado. Por supuesto, Dios estaba siempre de su lado.

Después de ver varias veces las cintas y tomar notas mientras lo hacía, Cassidy apagó el televisor y se dirigió a su dormitorio. Una reserva considerable de camisas y calzoncillos limpios le hizo ver que podía esperar otro par de días antes de pasar por la lavandería.

Cuando estaba casado, Kris se ocupaba de su ropa, igual que se ocupaba de la casa, hacía la compra y cocinaba. No se habían divorciado porque ella fuera negligente. Y en comparación con la mayoría de hombres, a él se le podría haber juzgado como un marido relativamente bueno. Siempre se acordaba de los aniversarios y de los cumpleaños, poseía un sexto sentido que le decía cuándo olvidarse del sexo, y en esas noches se abstenía de pedirlo.

La disolución de su matrimonio de cuatro años se debió más a la apatía que a la animosidad. Se había roto debido a presiones externas, y su amor no fue lo bastante fuerte para superarlas. Kris ni siquiera se planteó cambiar de ciudad y, después de un incidente de vital importancia que desequilibró la vida perfectamente equilibrada de Cassidy, él lo único que deseaba en el mundo era mudarse.

Cuando se enteró de que había una plaza vacante en la oficina del fiscal de distrito de Orleans, Louisiana, solicitó el puesto y el divorcio el mismo día. Lo último que supo de Kris es que seguía viviendo en Louisville, que volvía a estar felizmente casada y esperaba su segundo hijo. Le deseaba toda la felicidad del mundo. Ciertamente, Kris no tenía la culpa de que a él el trabajo le importara más que ella, y de que cuando su carrera empezó a ir cuesta abajo, tuviera que replantearse todas las cosas que integraban su vida, incluido su matrimonio.

En algunos aspectos, todavía estaba encadenado a sus errores pasados. Había cargado con el peso de esos problemas durante cinco años y todavía no se había liberado por completo de ellos. Tal vez nunca podría. Sin embargo, su matrimonio no era un eslabón de esa cadena. Había sido una ruptura limpia y poco sentimental. Sólo pensaba en su ex esposa cuando sentía un fuerte deseo sexual y no había ninguna mujer disponible a su alrededor, o cuando necesitaba camisas limpias. Aquello no era justo para Kris. Ella se merecía algo mejor. Sin embargo, así eran las cosas.

Se desnudó y se metió en la cama, pero estaba demasiado preocupado para dormir. Observó con sorpresa que además tenía una semierección. La causa no era el deseo por una mujer. Se trataba de restos de excitaciones que buscaban una salida. Se sentía sobrecargado, tanto mental como físicamente.

Mientras yacía allí, sin poder dormir, pasó revista a los hechos del caso Wilde, y tuvo que reconocer que realmente había muy pocos. Lo único que sabía a ciencia cierta era que resultaría un caso muy difícil y que, como una puta celosa, consumiría su vida durante meses, incluso durante años.

No se sentía descorazonado ante esa perspectiva, se moría de ganas de empezar. Había examinado los escritos y los boletines de prensa que informaban del asesinato. Que él iba a dirigir la investigación y a representar a la acusación en el caso cuando estuviera listo para juicio era un hecho consumado. Había solicitado la oportunidad de hacerlo y se la habían concedido. Ahora tenía que demostrar a Crowder que no se había equivocado al depositar su confianza en él.

Cassidy también tenía que demostrárselo a sí mismo.

3

El edificio estaba situado en la calle North Peters, a una manzana de distancia del lugar donde ésta se unía con Decatur. Era el último de una serie de deteriorados almacenes de ladrillos que habían resistido hasta entonces el curso del progreso en ese viejo distrito industrial del barrio Francés. La mayoría de los edificios, incluida la cercana fábrica de cerveza Jax, habían sido remodelados por dentro, conservaban su fachada y se habían convertido en restaurantes de moda y galerías comerciales.

El resultado de la renovación había sido una mezcla discordante de Nueva Orleans auténtico y mercantilismo absurdo. Los veteranos del barrio, que deseaban conservar el clima místico del Vieux Carré, consideraban aquella comercialización algo abominable, una profanación de la singularidad del barrio. Aquellos que se aferraban a este criterio lo hacían con tenacidad, desafiantes, como denotaba la fachada de Sedas de Francia.

Los viejos ladrillos habían sido pintados de color blanco, si bien la parte lateral del edificio que daba al cruce de la calle exhibía las crueles marcas de la edad. De acuerdo con la arquitectura criolla, había postigos negros barnizados en todas las ventanas. En los pisos segundo y tercero se habían añadido enrejados de color negro que simulaban balcones. Por encima de la entrada, colgado de dos cadenas negras iguales, había un discreto letrero en el que figuraba el nombre del negocio escrito en cursiva.

Sin embargo, Cassidy pronto descubrió que la puerta principal era también meramente decorativa y que la verdadera entrada al almacén era una puerta pesada de metal situada en la parte del edificio que daba a la calle Conti. Al llamar oyó un fuerte timbre de escuela que sonaba en el interior del almacén. Pocos segundos después se abrió la puerta.

—¿Qué desea?

La mujer que se hallaba frente a él tenía la complexión de un estibador. En el brazo tenía un tatuaje que decía RALPH, escrito con letras azules dentro de un corazón rojo. Tenía el labio superior empapado de sudor, que se colgaba de los pelillos de un bigote poco poblado. Encajaba en un taller de lencería como un defensa en un baile de presentación en sociedad. El corazón de Cassidy sintió lástima de Ralph.

—Me llamo Cassidy. ¿Es usted Claire Laurent?

La mujer emitió un sonido semejante a una sirena de niebla.

—¿Se trata de una broma?

—No. Estoy buscando a Claire Laurent. ¿Está aquí?

Ella le dirigió una mirada suspicaz.

—Espere un momento.

Abrió la puerta con el pie, levantó el auricular de un teléfono de pared y marcó dos cifras.

—Hay un tipo aquí que quiere ver a la señorita Laurent. Es un tal Kennedy.

—Cassidy —rectificó él, con una sonrisa cortés.

No era un Schwarzenegger, pero se las apañaba bien en

una pelea normal. Sin embargo, no tenía ganas de enfrentarse con «remolcador» Annie.

La mujer rectificó el nombre y luego, mientras esperaba instrucciones, dirigió una mirada feroz a Cassidy. Tapando con la mano el auricular del teléfono, escupió por encima del hombro de él. Finalmente escuchó algo y luego dijo:

—La señorita Laurent desea saber de qué se trata.

—Soy de la oficina del fiscal.

Sacó la cartera de cuero del bolsillo del pecho y la abrió para mostrarle sus credenciales.

Eso le valió otra mirada feroz y una lenta ojeada de desconfianza.

—Es de la oficina del fiscal. —Después de un momento colgó el teléfono—. Por aquí. —No parecía contenta de que su jefa hubiera decidido recibirlo. Sus suelas de goma golpeaban el suelo de cemento como si fuera aplastando una cucaracha a cada paso. Lo condujo por hileras inacabables de cajas de mercancías que estaban siendo etiquetadas y cargadas para su envío.

Grandes ventiladores fijados a las paredes a nivel del techo soplaban fuerte y con mucho ruido, pero solamente lograban hacer circular aire caliente y húmedo. Sus aspas partían los rayos de sol que penetraban, y creaban un efecto estroboscópico que daba al almacén un aire surrealista.

Cassidy notó que le bajaba un hilillo de sudor por la cara y perdonó a la mujer el hecho de que tuviera el labio superior húmedo. Se quitó la chaqueta y se la echó al hombro. A continuación se aflojó el nudo de la corbata. Mientras atravesaba el almacén observó que estaba inmaculadamente limpio y muy bien organizado. Las atareadas empleadas, a las que no parecía afectar el calor, charlaban alegremente. Algunas lo miraron con curiosidad, pero ninguna lo hizo como el «remolcador» Annie. Supuso que la desconfianza formaba parte de su trabajo, que obviamente consistía en desembarazarse de escoria y de tipos indeseables como él.

Cuando llegaron al montacargas, ella abrió las pesadas puertas dobles.

—Segunda planta.

—Gracias.

Las puertas se cerraron con un ruido metálico, dejándolo encerrado en un ascensor más amplio que el cuarto de baño de su apartamento. Mientras subía, se remangó la camisa hasta los codos.

Salió a un pasillo que atravesaba el edificio a lo ancho. De él partían otros pasillos y despachos de los que provenían sonidos de actividad de oficina. Directamente frente a él había unas puertas dobles y anchas. De modo instintivo supo que encontraría a la señorita Laurent detrás de aquellas puertas.

En efecto, las puertas se abrieron y mostraron una oficina enmoquetada y con aire acondicionado, exquisitamente amueblada hasta el último detalle, incluso había una recepcionista sonriente situada tras un escritorio de cristal y laca negra.

—¿Señor Cassidy? —preguntó ésta amablemente.

—Sí, soy yo.

No esperaba encontrar un despacho tan lujoso en el piso superior de un almacén corriente. No debería haberse quitado la chaqueta ni aflojado la corbata. Sin embargo, no tuvo tiempo de rectificar antes de que la recepcionista lo condujese hasta otras puertas dobles.

—La señorita Laurent le espera. Pase.

La mujer abrió la puerta y él entró. En ese momento recibió la primera de una serie de sorpresas. Se había imaginado que encontraría una oficina sofisticada, que armonizaría con la lujosa recepción En lugar de eso, ante él halló un espacio de trabajo... y espacio era la palabra operativa. Allí parecía que había metros y metros de espacio. La sala era tan ancha como el edificio y la mitad de profunda. Una pared de ventanales ofrecía una vista panorámica del río Misisipí. Había varias mesas de dibujo, cada una equipada con toda clase de accesorios, tres maniquíes sin cabeza, caballetes de pintor, una máquina de coser, muestras de tejidos... y una mujer.

Estaba sentada en un taburete alto, inclinada sobre una de las mesas de dibujo, con un lápiz en la mano. Cuando la puerta se cerró tras Cassidy, alzó la cabeza y lo miró a través de un par de gafas cuadradas de montura de concha.

—¿Señor Cassidy?

—¿Señorita Laurent?

Después de quitarse las gafas y colocarlas junto con el lápiz encima de la mesa, se dirigió hacia él con la mano derecha extendida.

—Sí, soy Claire Laurent.

Su rostro, su figura y su porte no eran en absoluto lo que él esperaba. Durante unos momentos, mientras estrechaba cortésmente la mano de la mujer, se sintió un poco aturdido. ¿Qué aspecto había supuesto que tendría Claire Laurent? ¿Sería otro «remolcador» Annie? ¿Otra muñequita como la recepcionista? No era ni como la una ni como la otra. Parecía difícil que ella y la portera pertenecieran a la misma especie y mucho menos que fueran del mismo sexo. Porque si bien Claire Laurent vestía pantalones anchos del color del tabaco maduro y una camisa de seda holgada y bien confeccionada, ciertamente no había nada masculino en ella. Ni tampoco era vivaracha y monilla como la secretaria.

Era alta. Esbelta. Tenía las espaldas anchas, como marcaba la moda. Sus pechos eran compactos, pero absolutamente discernibles. Dio por sentado que usaba sostenes de encaje, pues vislumbró dicho material entre las solapas suaves de su camisa color marfil. Tenía los ojos del color del whisky caro y si el whisky tenía una voz, debía de sonar como la de ella, como una mezcla de satén y madera ahumada.

—¿Quería verme?

—Sí —respondió Cassidy, y soltó la mano de la mujer.

—¿Desea beber algo?

Ella señaló hacia una parte de la sala en la que había un diván con almohadones mullidos y una mesita baja entre dos sillas tapizadas. En una de ellas había una cesta de la que sobresalía algo que parecía ser una labor de ganchillo o punto. Sobre la mesa había varios botellones que reflejaban los últimos rayos del sol de la tarde y proyectaban arcoiris sobre las paredes de yeso blanco y el suelo de madera dura.

—No, gracias. Nada.

—¿Quiere que le cuelgue la chaqueta? —Claire alargó la mano para cogerla.

Él casi se la pasó, pero se lo pensó mejor.

—No, gracias. Estoy bien así. Siento ir tan informal, pero abajo es como una sauna.

Como ella no era lo que había imaginado, a Cassidy le costó unos minutos recuperar el control. Le gustaba controlar siempre las situaciones, y de alguna manera quería que ella pagara el que le despojara de aquel control. Se sentía malhumorado y había hecho aquel comentario de forma inocente; sin embargo, su intención era molestarla y ella debería de ser tonta de remate si no lo captaba. Y no lo era. Ni mucho menos.

Los ojos de Claire pestañearon, a la defensiva, pero obviamente decidió pasar por alto el comentario.

—Sí, algunas veces ahí hace un calor insoportable. Siéntese, por favor.

—Gracias.

Cassidy se dirigió a una de las sillas y se sentó, con la chaqueta sobre las rodillas. Ella se sentó en el diván, frente a él. Cassidy observó que el carmín de sus labios estaba desapareciendo, como si se hubiera mordido el labio inferior, profundamente concentrada. Tenía el cabello castaño claro, que brillaba como el fuego a la luz solar. Seguramente se había pasado la mano o el lápiz por los cabellos porque las ondas y los rizos estaban desordenados.

Cassidy descubrió de inmediato varias cosas acerca de ella. En primer lugar, Claire Laurent era una mujer trabajadora. No estaba llena de afectaciones femeninas y vanidad. Era también una mujer que intentaba ocultar su nerviosismo tras la hospitalidad. Tan sólo el pulso que latía en la parte inferior de su garganta suave y elegante la delataba.

Desde la garganta, los ojos de Cassidy se trasladaron a un abalorio que llevaba colgado al cuello con un hilo negro de seda. Ella siguió la mirada hacia abajo y comentó:

—Me lo regaló mi amiga Yasmine.

—¿Qué hay dentro? —El frasco diminuto que se apoyaba sobre su pecho contenía un líquido transparente—. ¿Un filtro de amor?

Sus ojos grises se encontraron con los de ella con un chasquido casi audible. De repente, Cassidy lamentó haberse acostado la noche anterior con una semi erección. También hubiera deseado que su visita de aquel día allí no hubiera sido oficial.

Claire quitó el tapón del frasco. Al final de una varilla corta había un minúsculo carrete. Se lo llevó a los labios y sopló. Docenas de burbujas diminutas e iridiscentes salieron a presión del frasco y ascendieron hacia el rostro de la mujer.

Él se rió, en parte porque las burbujas lo sorprendieron y en parte para liberar algo de la energía que se acumulaba en su interior.

—Una distracción caprichosa para los momentos en que el trabajo me deprime —comentó—. A menudo

Yasmine me regala cachivaches como éste porque dice que me tomo a mí misma demasiado en serio. —Sonriendo, volvió a tapar el frasco.

—¿Es cierto?

Ella lo miró directamente a los ojos.

—¿Si es cierto qué?

—Que se toma a sí misma demasiado en serio.

Por su reacción, él se dio cuenta de que había traspasado sus límites.

La mirada de ella se congeló. Aún cordial, pero con un indicio de impaciencia, preguntó:

—¿Por qué ha venido a verme, señor Cassidy? ¿Tiene relación con aquel cheque sin fondos que denuncié a la oficina del fiscal?

—¿Un cheque sin fondos? No, me temo que no.

—Entonces estoy desorientada.

—El reverendo Jackson Wilde. —Soltó el nombre sin preámbulos. Aquello fue como un desafío, aunque ella no se dio por aludida, simplemente continuó mirándolo con curiosidad. Él se vio forzado a añadir—: Supongo que habrá oído que lo han asesinado.

—Desde luego. ¿No me vio en la televisión?

Aquello lo dejó estupefacto.

—No. ¿Cuándo salió?

—El día que encontraron el cuerpo del reverendo Wilde. Anteayer, ¿verdad? Los periodistas vinieron aquí para conocer mi reacción. Y no debió de ser tan dramática como deseaban porque no salí en el telediario de la noche.

—¿Se sintió aliviada o decepcionada de que hubieran prescindido de usted?

—¿A usted qué le parece? —Su sonrisa se había desvanecido.

Cassidy cambió de táctica.

—¿Qué sabe del asesinato?

—¿Saber? —repitió ella, y se encogió de hombros—. Sólo lo que he leído en los periódicos y he visto en la televisión. ¿Por qué?

—¿Conocía al reverendo Wilde?

—¿Quiere usted decir si lo conocía personalmente? No.

—¿Nunca se vieron?

—No.

—Sin embargo, él la conocía a usted. —Permaneció en silencio, aunque no se la veía tan tranquila, fría y controlada como unos momentos antes—. ¿No es así, señorita Laurent? Lo suficientemente bien como para que la prensa local quisiera saber su opinión cuando lo encontraron muerto.

Ella se humedeció los labios con una lengua rosada y exquisita que distrajo a Cassidy por unos momentos.

—El reverendo Wilde me conocía de nombre, como la propietaria de Sedas de Francia. Me condenó desde su púlpito como una pornógrafa. Me llamaba «vendedora de obscenidades».

—¿Y cómo le sentó eso?

—¿Cómo cree usted que me sentó? —Exteriorizando de repente la agitación que él había percibido tras su aspecto tranquilo, Claire se puso en pie y dio la vuelta al diván, que quedó entre ellos.

—Apostaría a que no le hacía ni pizca de gracia.

—Tiene usted toda la razón, señor Cassidy. No me hacía ninguna gracia. El término obscenidad no se puede aplicar a mi negocio ni a mi catálogo.

—¿Sabía usted que se hallaba en la lista negra de Wilde?

—¿A qué se refiere?

Cassidy extrajo una hoja de papel del bolsillo de la chaqueta que todavía estaba sobre sus rodillas. La desdobló y se la pasó a Claire, aunque ella no hizo el menor movimiento para cogerla.

—Entre los efectos personales de Wilde —dijo

él—, encontramos esta lista manuscrita con nombres de las publicaciones, *Playboy*, *Hustler*, todas las revistas donde salen mujeres desnudas. Junto con el catálogo de Sedas de Francia.

Aquella mañana en la que Glenn y él habían comentado las pocas pistas que tenían en relación con el caso, Glenn no demostró mucho interés en aquella lista. El veterano detective centraba su investigación en Ariel y Joshua Wilde. Según su opinión, ellos eran los principales sospechosos.

Probablemente tenía razón, pero Cassidy no quería dejar ningún cabo suelto. Su propuesta de investigar a Sedas de Francia le valió un indiferente encogimiento de hombros por parte de Glenn, quien obviamente pensó que aquello era una pérdida de tiempo.

Después de conocer a Claire Laurent, Cassidy no lo creyó así. Ella apenas encajaba en el perfil psicológico de un criminal, pero lo que sí era cierto es que se trataba de una persona misteriosa y que había tenido una batalla personal con el predicador.

Ella echó una ojeada al papel durante un momento, y luego gesticuló con enfado.

—No sé nada de esta lista. Mi catálogo no tiene nada en común con esas revistas.

—Por lo visto, Wilde creía que sí lo tenía.

—Estaba equivocado.

—Señorita Laurent, su empresa iba a ser difamada y hostigada hasta que usted se viera obligada a abandonar el negocio. Según la fecha que figura aquí, Wilde hizo una promesa sagrada unas cuantas semanas antes de morir y la firmó con su propia sangre.

—Es obvio que estaba loco.

—Tenía miles de seguidores fieles.

—También los tuvo Adolf Hitler. Algunas personas son ovejas a las que se les tiene que decir lo que deben creer porque son incapaces de pensar por sí mismas. Si se les dice con la suficiente frecuencia lo que desean oír, siguen a cualquiera y se tragan cualquier información errónea que se les dé. Les han lavado el cerebro. A mí me dan lástima, pero son libres de tomar sus propias decisiones. Lo único que yo quiero es que me dejen en paz para tomar las mías. Ésa es la única batalla que tuve con Jackson Wilde. Él trataba de imponer sus creencias a todo el mundo. Si a él no le gustaba mi catálogo, pues muy bien. ¿Pero quién le daba derecho a condenarlo?

—Él hubiera dicho que Dios.

—Pero solamente tenemos la palabra de Wilde, ¿no es así?

Estaba más tensa que una cuerda de guitarra que amenaza romperse de golpe. Sus pechos se elevaban y descendían, alborotando el líquido del frasquito que llevaba colgado del cuello. Cassidy descubrió otra cosa más respecto a Claire Laurent en aquel momento acalorado. Bajo su fría reserva latía un corazón apasionado.

De repente, Cassidy se dio cuenta de que estaba de pie, aunque no recordaba haberse levantado.

—Usted tenía un verdadero problema con este predicador televisivo y con lo que pudiera hacer a su negocio, ¿no es cierto, señorita Laurent?

—Era él quien tenía el problema, no yo.

—La había declarado su enemiga y estaba empeñado en no dejarla levantar cabeza hasta conseguir vencer.

—Por consiguiente, era su propia cruzada. Yo no participaba en ella.

—¿Está segura?

—¿Qué quiere decir?

—¿No se había declarado abiertamente la guerra entre ustedes dos?

—No. Yo lo ignoraba.

—¿Dónde estaba usted la noche del ocho de septiembre?

Ella echó la cabeza hacia atrás de golpe.

—¿Qué ha dicho?

—Creo que ya me ha oído.

—El ocho de septiembre fue la noche en que asesinaron a Wilde. ¿Debo entender que me está usted implicando?

—Ésa es más o menos la idea.

—Puede irse usted directamente al infierno.

Las concisas palabras de Claire todavía electrizaban el espacio entre ellos, cuando detrás de Cassidy se abrieron las puertas dobles. Él volvió de repente la cabeza, casi esperando que el «remolcador» Annie irrumpiera en la habitación para desalojarlo a la fuerza del edificio.

La mujer que entró tenía un aspecto demasiado delicado incluso para doblar las alas de una mariposa.

—¡Oh, Dios mío! —exclamó cuando vio a Cassidy. Se llevó la mano al pecho y dijo—: Ignoraba que teníamos visita. Querida Claire, deberías de haberme dicho que íbamos a recibir a alguien esta tarde. Me hubiera puesto algo más apropiado.

Claire recobró la compostura, se dirigió hacia la otra mujer y la cogió del brazo.

—Estás tan encantadora como de costumbre, mamá. Ven a conocer a nuestro invitado.

Mientras observaba cómo se acercaban, Cassidy deseó con toda su alma poder controlar aquella situación. Había perdido el control cuando aquella amazona de la portería lo había dejado entrar y todavía no lo había recuperado por completo. Aquel leve control de la situación por el que había estado luchando se escapó en el momento en que apareció aquella mujer que ahora se hallaba junto a Claire.

—Mamá, éste es el señor Cassidy. Está... aquí por

cuestiones de negocios. Señor Cassidy, ésta es mi madre, Mary Catherine Laurent.

—Señora Laurent —dijo él. Ella extendió la mano de forma recatada. Él tuvo el impulso loco de doblar el torso y besársela, porque eso parecía ser lo que ella esperaba. Pero se limitó a apretar suavemente sus dedos y luego los soltó.

Sobre su rostro terso y juvenil ondeaban cabellos castaños suaves. Levantó la vista hacia él, e inclinó la cabeza a un lado.

—Es usted el vivo retrato de su padre, señor Cassidy. Recuerdo cuando asistía a los bailes vestido de uniforme. Dios mío, las chicas nos desmayábamos a su paso.

Ella se colocó los dedos en la mejilla como si deseara ocultar su rubor.

—Él sabía que era bien parecido y destrozaba nuestros corazones desvergonzadamente. Fue un pícaro redomado hasta que conoció a su madre, aquel verano que ella vino de visita desde Biloxi. La primera vez que la vio, llevaba un vestido de organza color albaricoque y tenía una camelia prendida en el cabello. Se enamoró de ella al instante. Hacían una pareja encantadora. Cuando bailaban parecían levantar polvo de estrellas a su paso.

Desconcertado, Cassidy miró a Claire en busca de ayuda. Ella sonreía como si todo lo que su madre estaba diciendo fuera totalmente lógico.

—Siéntate, mamá. ¿Quieres un poco de jerez?

Cassidy sintió una ráfaga del perfume de rosas de Mary Catherine cuando ésta se sentó en la silla que había junto a la de él y decorosamente se tapó las rodillas con la falda.

—Puesto que ya casi son las cinco, supongo que podría permitirme tomar un poco de jerez. Señor Cassidy, usted beberá conmigo, ¿verdad? No es muy correcto que una dama beba sola.

¿Jerez? Él nunca había probado aquel mejunje y no le importaba no probarlo jamás. Lo que le apetecía en aquel momento eran uno o dos tragos de un buen Chivas. Pero la sonrisa de curiosidad de Mary Catherine era demasiado irresistible incluso para un agotado fiscal como él. Dios quisiera que no la tuviera que hacer subir jamás al banquillo de los testigos. Una sonrisa de aquella mujer y cualquier jurado quedaría convencido al instante de que la luna estaba hecha de queso cremoso Filadelfia si así lo decía ella.

—Me gustaría tomar un poco —se oyó decir a sí mismo. Dirigió una sonrisa a Claire; ella no se la devolvió. Su expresión era gélida, en contraste con el cálido color de su rostro, que parecía incluso más rosado por las sombras proyectadas por los últimos rayos de sol.

—Hábleme de la academia naval, señor Cassidy —dijo Mary Catherine—. Me sentí muy orgullosa por sus padres cuando lo aceptaron.

Con la ayuda de una beca de baloncesto, Cassidy había asistido a la escuela secundaria en su pequeña ciudad natal de Kentucky y, a continuación, se pasó un año trabajando para reunir el dinero suficiente para asistir a la universidad. Lo que sí era del todo cierto era que jamás había sido candidato a ninguna academia militar. Un trabajo de voluntario en el ejército de la era post-Vietnam lo ayudó a pagarse los estudios en la facultad de derecho después de licenciarse.

—Salió todo como yo había planeado —contestó a Mary Catherine cuando aceptó la copa de jerez que ella vertió para él de una de las centelleantes botellas de cristal.

—Claire, ¿quieres un poco? —Mary Catherine levantó una copa hacia su hija.

—No, gracias, mamá. Todavía tengo trabajo que hacer.

Mary Catherine movió la cabeza con tristeza y dijo a Cassidy:

—Siempre está trabajando. Es demasiado para una mujer joven, si me permite la expresión. Sin embargo, tiene mucho talento.

—Ya lo veo. —Él ya había observado los diseños enmarcados que colgaban de las paredes.

—Intenté enseñarle a hacer punto y ganchillo —dijo la mujer, y señaló la cesta que ahora estaba a sus pies—. Pero a Claire Louise sólo le interesaba hacer vestidos. Empezó con muñecas de papel. Cuando los vestuarios de los libros se terminaban, ella misma se los dibujaba, pintaba y cortaba.

La mujer sonrió con cariño hacia su hija.

—Los vestidos que dibujaba eran mucho más bonitos que los de los libros. Después de las muñecas de papel, empezó a coser. ¿En qué año pediste una máquina de coser para Navidad?

—Me parece que tenía doce años —respondió, tensa.

Cassidy se dio cuenta de que no le gustaba que hablaran de ella delante de él.

—¡Doce! —exclamó Mary Catherine—. Y desde el día que se la regalaron se pasó todo el tiempo cosiendo, haciendo vestidos a partir de los patrones que compraba o que ella misma diseñaba. Siempre ha sido muy hábil con el hilo y la aguja.

Las mejillas de Claire se sonrojaron y encogió la cabeza tímidamente.

—Por supuesto que no apruebo algunas de las prendas que Claire confecciona ahora. Tapan muy poca cosa. Pero supongo que estoy anticuada. A las jóvenes ya no se las enseña a ser modestas, como ocurría en mi generación. —Bebió un sorbo de jerez y luego lo miró con interés—. Dígame, señor Cassidy, ¿consiguió alguna vez su tío Clive encontrar petróleo en Alaska? Un negocio desagradable y arriesgado, el del petróleo.

Antes de que Cassidy pudiera responder a la pregunta acerca de su inexistente tío Clive, se abrió de nuevo la puerta que tenían detrás. Esta vez llegó una ráfaga de aire, como si la hubieran abierto de un empujón desde el otro lado. A Cassidy le sobresaltó tanto el aspecto de la mujer que entró, que se levantó de un salto y casi derramó su copa de jerez.

—¡Gracias a Dios! —exclamó la mujer cuando vio a Mary Catherine—. Temía que se hubiera escapado otra vez.

La recién llegada medía al menos un metro ochenta, y sus extremidades eran tan largas y gráciles como las de una gacela. Su cuerpo espectacular estaba envuelto en un kimono de rizo blanco que le llegaba hasta la mitad de los muslos. Alrededor de la cabeza se había enrollado otra toalla a modo de turbante. Incluso sin maquillaje su rostro era fascinante —ojos color ágata muy separados, una nariz pequeña y recta; labios carnosos; una mandíbula cuadrada y una barbilla bien definida; los pómulos altos y prominentes. Su forma de andar cuando irrumpió en la habitación tenía el porte altivo de la realeza africana.

—Lo siento, Claire. Le dije a Harry que se marchara temprano y decidí darme una ducha rápida. Cuando salí, Mary Catherine había desaparecido. Todo el mundo se ha marchado ya a casa. Dios mío, creí que esta vez la había pifiado de verdad.

—Todo va bien, Yasmine.

—¿Quién es? —Se volvió hacia Cassidy con franca curiosidad.

Claire los presentó de modo superficial. Él estrechó una mano tan larga como la suya, pero mucho más esbelta. Incluso vista de cerca su piel era perfecta, parecía que no tenía poros y era del color del café muy cremoso. Estaba salpicada de gotas de agua, lo cual indicaba que ni siquiera había tenido tiempo de secarse. Sin duda alguna, solamente llevaba aquel albornoz. Pero no expresó modestia alguna cuando le dedicó una deslumbrante sonrisa blanca.

—Encantada de conocerlo, señor Cassidy.

—Lo mismo digo. Admiro su trabajo.

—Gracias. —Ella miró a Claire buscando una aclaración a aquellas palabras y luego se volvió de nuevo hacia Cassidy—. ¿Se supone que debo saber quién es usted y por qué está aquí?

—No.

Se produjo un silencio breve y embarazoso. Claire lo rompió finalmente.

—Yasmine, por favor, ¿quieres acompañar a mamá arriba? Puede llevarse su jerez. Subiré a cenar tan pronto como acabe mis negocios con el señor Cassidy.

Yasmine miró a su amiga con extrañeza, pero la expresión de Claire permaneció impasible.

—Vamos, Mary Catherine —le dijo—. Claire tiene negocios que atender.

Mary Catherine no discutió. Se levantó y volvió a extender la mano a Cassidy. Esta vez, el hombre decidió seguir el juego y alzó el dorso de la mano de ella hasta sus labios. Ella sonrió con afectación y le pidió que saludara a la familia de su parte. Luego, dejando atrás una mezcla de perfume de rosas y jerez, salió de la habitación del brazo de la asombrosa Yasmine.

Tan pronto se cerró la puerta tras de ellas, él se volvió hacia Claire:

—Lo siento. Sé que puede ser muy duro. Mi padre padeció la enfermedad de Alzheimer durante varios años antes de morir.

—Mi madre no padece la enfermedad de Alzheimer, señor Cassidy. Lo único que ocurre es que a menudo confunde el presente con el pasado. A veces cree que unas personas son otras, gente a quien ella conoció antes.

—¿Antes de qué?

—Antes de llegar al estado en que se encuentra ahora —respondió ella con dureza—. Está lo que algunos denominarían fuera de sus cabales, chiflada, mochales, como una regadera. Estoy segura de que usted ya ha oído todos esos términos tan crueles. Yo sí que los he oído. Muchas veces. Ella ha estado así durante toda mi vida. Y si bien le agradezco que la haya tratado con tanta amabilidad, no tengo ninguna intención de discutir su enfermedad mental con usted. En realidad, no tengo la intención de discutir nada con usted.

Claire se levantó, indicando que, por lo que a ella se refería, la reunión había acabado.

—Yo no conocía a Jackson Wilde, señor Cassidy. Si es eso lo que ha venido a indagar aquí, ahora ya lo sabe. Lo acompañaré a la puerta.

Cuando ella pasó majestuosamente junto a él, la cogió del brazo y la detuvo.

—Todavía no lo ha cogido. Y si lo ha hecho, es demasiado lista para demostrarlo.

—Suélteme el brazo.

El tejido de su manga era tan suave y frágil que parecía que los dedos de él lo fundían y tocaban la piel de la mujer. Los nudillos de Cassidy estaban sumergidos en la redondez de su pecho. Lentamente y visiblemente arrepentido aflojó los dedos y la soltó.

—¿Qué es lo que se supone que tengo que «coger», señor Cassidy?

—Que no he venido aquí para darle palique y tomar jerez.

—¿No?

—No. He venido para interrogarla formalmente acerca del asesinato de Jackson Wilde.

Ella respiró de forma súbita y entrecortada y tembló, pensativa.

—Esto es ridículo.

—No si se tiene en cuenta todo lo que usted podría perder si los planes de él respecto a su negocio se hubieran llevado a cabo.

—Eso no habría ocurrido jamás.

—Puede que usted quisiera asegurarse de que jamás ocurriera.

Ella se pasó la mano por el cabello y recobró visiblemente su compostura, a la vez que las arrugas de consternación se borraban de su frente. Cuando levantó su vista otra vez hacia él, sus facciones eran como las de una muñeca de porcelana.

—Señor Cassidy, ya se lo he dicho, nunca me he encontrado con el reverendo Wilde. Nunca mantuve correspondencia directamente con él. Ni jamás hablamos por teléfono, aunque hubo personal de su congregación que se puso en contacto conmigo para desafiarme a un debate público con él, a lo que yo repetidamente me negué. No he tenido nada en absoluto que ver con él. Y, desde luego, yo no lo maté.

—Era una amenaza para su negocio.

—Era un fanático iluso —gritó ella, perdiendo otra vez la compostura—. ¿Cree usted sinceramente que habría podido derribar el imperio *Playboy*?

—Pero usted es una presa más pequeña.

—Cierto. ¿Y qué?

—Que usted también tiene el cuartel general aquí, en Nueva Orleans. Tal vez cuando él trasladó su cruzada a esta ciudad usted aprovechó la oportunidad de hacerlo callar para siempre.

Ella cruzó los brazos sobre el estómago, satisfecha.

—Eso hubiera sido bastante obvio, ¿no cree? Tal vez usted me crea capaz de cometer un asesinato, señor Cassidy, pero por favor, nunca subestime mi inteligencia.

—No —replicó él con suavidad, mientras se perdía dentro de la profundidad de sus ojos color ámbar—. Puede estar segura de que no lo haré.

Su mirada duró unos cuantos segundos más, pasando de ser acusadora a expresar algo parecido al interés. A Cassidy eso lo intranquilizó profundamente. Sin embargo, fue Claire quien desvió la mirada.

—Es evidente que no tiene ninguna prueba física que me relacione con el crimen.

—¿Cómo lo sabe?

—Porque no existe ninguna. Yo no estuve allí. —Levantó la barbilla—. Usted ha venido aquí porque busca indicios, escarba entre la basura para encontrar un caso, porque ni su oficina ni la policía han detenido a ningún sospechoso y ya han pasado setenta y dos horas desde que se cometió el asesinato. La viuda acusa a las autoridades locales de negligencia, incompetencia e indiferencia. La prensa está presionando y los seguidores de Wilde piden una justicia rápida y segura.

»En resumen, señor Cassidy, que usted necesita una cabeza de turco. —Hizo una pausa para tomar aliento.

»Comprendo su problema, pero mi comprensión no llega al punto de soportar que se me insulte y se viole mi intimidad. Por favor, márchese.

Cassidy quedó impresionado por la eficacia y precisión de su discurso. Era verdad que Crowder se estaba poniendo nervioso por la delicada situación creada por el asesinato de Wilde. Los reportajes de la prensa acerca de la investigación de la policía se iban volviendo más maliciosos y sarcásticos.

Ariel Wilde y el séquito del difunto predicador cada vez criticaban más a todo el mundo, desde el honorable alcalde al último poli del escalafón. La viuda quería trasladar el cuerpo de Wilde a Tennessee para enterrarlo allí, pero la policía era reacia a entregárselo; aún esperaban, a pesar de la minuciosa autopsia de Elvie Dupuis, encontrar alguna pista que previamente se les hubiera pasado por alto. La situación en general, tal y como Crowder había previsto, se había convertido en desagradable, se había montado un follón enorme.

Claire Laurent tenía toda la razón. La triste realidad era que Cassidy no tenía ni una mínima prueba que la relacionara a ella o a algún otro con la escena del crimen. Por otra parte, desde que entró en la habitación, tuvo la impresión de que ella ocultaba algo. Se había comportado de una forma excesivamente cortés, pero su instinto le decía que no quería que él estuviera allí.

Cuando era abogado defensor, el mismo instinto visceral le había advertido siempre de cuándo su cliente era culpable a pesar de sus afirmaciones de inocencia. Era este sexto sentido lo que le permitía saber cuándo un testigo mentía. Era un escalofrío visceral de victoria o de derrota que sentía justo antes de que se leyera el veredicto. Aquel instinto raramente fallaba. Él tenía confianza y fe en él.

Sabía que Claire Laurent era más de lo que aparecía en la superficie. Sus ojos podían ser las ventanas de su alma, pero los postigos estaban cerrados. Sólo ocasionalmente se podía vislumbrar algo de la mujer que vivía tras ellos. Era algo más que una inteligente mujer de negocios y una hija leal, algo más que un amasijo de atractivos cabellos, más que una de esas bocas por las que Cassidy agradecía que algunas leyes fueran imposibles de aplicar. En ella había elementos que conservaba cuidadosamente ocultos. ¿Por qué?

Cassidy resolvió ahondar hasta descubrirlo.

—Antes de irme...

—¿Sí, señor Cassidy?

—Desearía ver un ejemplar de su catálogo.

4

A Claire le sorprendió la petición.

—¿Por qué?

—He tratado de comprar un ejemplar en varios quioscos y no he conseguido encontrar ninguno.

—El catálogo no se vende en las tiendas. Se envía por correo únicamente a los suscriptores.

—¿Qué es lo que contiene que molestaba y enfurecía tanto al reverendo Wilde?

—Debería habérselo preguntado a él.

—Muy bien, pero como él ya no está disponible para hacer comentarios —contestó él, secamente—, me gustaría verlo por mí mismo.

Ella había creído que cuando la prensa local dejara de acosarla para conseguir una declaración, sus preocupaciones en relación con el asesinato se habrían acabado. Nunca pensó que recibiría una visita de un ayudante del fiscal, si bien se felicitaba por lo bien que había manejado la situación hasta el momento. Pero ahora precisamente deseaba con toda su alma que él se marchara para poner en orden sus pensamientos. Por otra parte, no quería parecer hostil, o más concretamente, no quería dar la impresión de que tenía algo que ocultar. Al fin y al cabo, solamente había pedido el catálogo. Mientras sus preguntas no tomaran un cariz demasiado personal, ella no consideraba que hubiera peligro alguno en seguirle la corriente.

—No faltaba más, señor Cassidy. Siéntese, por favor.

Le dio la última edición trimestral del catálogo de Sedas de Francia. Para evitar que el hombre notase su mirada nerviosa, se puso a mirar por la ventana. Surcaban el cielo los brillantes colores de la puesta del sol. El río se había vuelto del color del latón fundido.

—Oficialmente es la hora del cóctel. ¿Le apetece ahora una copa?

—¿Tiene que ser jerez? —preguntó él.

—¿Vino o algo más fuerte?

—Whisky escocés, si tiene.

—¿Con hielo, agua o soda?

—Con hielo.

Claire preparó la bebida y para ella se sirvió un vaso de vino tinto. Cuando regresó al sofá, Cassidy estaba hojeando el catálogo. Lo dejó caer abierto sobre sus rodillas, pestañeó y echó de golpe la cabeza hacia atrás como si le hubieran dado un golpe en la barbilla. Dejó escapar un suspiro de asombro.

—¡Vaya!

Mirando la página del revés, Claire comentó:

—Intentamos atraer la fantasía femenina.

Con los ojos todavía fijos en las brillantes páginas, Cassidy sonrió y añadió, con sorna:

—Pues yo no tengo nada de femenino y estoy a punto de empezar a fantasear. Perdóneme por haber notado que esta modelo está prácticamente desnuda.

—Está vestida.

—Con un...

—Dos piezas.

—Eso no deja lugar en absoluto para la imaginación.

—Ése es nuestro negocio, señor Cassidy. Vendemos lencería y accesorios de tocador. Y queremos que nuestras clientes se sientan mimadas, atractivas y deseables cuando usan nuestras prendas.

—Oiga, que yo no soy Jackson Wilde. No tiene que defender sus artículos ni su estrategia de ventas ante mí. Todo lo contrario. ¿Qué tengo que hacer para suscribirme al catálogo?

Cuando él la miró y sonrió, una extraña sensación nerviosa agitó el diafragma de Claire. Los hombres no flirteaban con ella a menudo, ya que la mayoría de los que conocía eran estrictamente socios del negocio. Había coqueteos ocasionales en los aviones o en los ascensores, pero raras veces iban más allá de un contacto visual o un saludo casual. No consentía que las cosas fueran más lejos. Por ello, su reacción a la sonrisa pícara de Cassidy fue inesperada y sorprendente. Bebió unos sorbos de vino en un intento por calmar aquella sensación.

—En realidad, el catálogo es cosa de Yasmine —explicó—. No las suscripciones, por supuesto. Utilizamos un servicio de telemarketing para eso. Se puede decir que Yasmine lo crea. Empieza con un concepto y luego diseña la composición.

—Y posa como modelo.

Volvió la revista hacia Claire. Un anuncio de una página entera dedicado a un pijama de seda presentaba ciento ochenta y tres centímetros de Yasmine reclinada sobre una cama desordenada. La chaqueta del pijama desabrochada no dejaba al descubierto nada excepto las curvas íntimas de sus pechos. Los pantalones le quedaban unos dos centímetros y medio por debajo del ombligo. Bastante decente. Sin embargo, los labios húmedos ligeramente separados y la mirada de tigresa hambrienta hacían que la fotografía fuera provocativa.

—Los modelos que ella usa se venden —dijo Claire.

Él estudió la foto durante varios segundos.

—Ya veo por qué...

—Y también es lista. Empezó haciendo de modelo para pagarse la escuela de arte —le explicó Claire—. Incluso después de empezar su carrera de modelo ella continuó estudiando. Cuando formamos nuestra sociedad...

—¿Cómo y cuándo sucedió eso?

—Hace seis años. Yo tenía un negocio pequeño y me dedicaba a hacer lencería por encargo, sobre todo para ajuares. Quería ampliar el negocio, conque me llevé los diseños a Nueva York con la esperanza de encontrar a alguien que los fabricara y los comercializara. No tuve éxito —dijo ella con tristeza, recordando todos los «no, gracias» corteses pero contundentes que había recibido en la Séptima Avenida.

»Conocí a Yasmine por casualidad en un pase de modelos. Charlando amistosamente me preguntó qué había idó a hacer a Nueva York. Por supuesto, me encantó y halagó que me felicitara por mis muestras. Incluso me encargó algunas prendas para ella. Hicimos buenas migas y comimos varias veces juntas. Ella es guapísima, sobre eso no hay discusión. Pero también es una inteligente mujer de negocios que sabe que la carrera de modelo es corta. Y comprendió lo que yo deseaba hacer.

—¿Qué era?

—Diseñar y confeccionar una línea única de lencería y venderla a un precio que la mujer de la calle pudiera pagar. Cada temporada creamos nuevos modelos y diseños con la intención de que disparen la imaginación del comprador. Ofrecemos artículos diferentes y excitantes, pero a precios asequibles. Las mujeres pueden comprar sujetadores, braguitas y combinaciones en Penney's. Pero Sedas de Francia les vende prendas de fantasía. Hemos convertido la lencería sexy en respetable.

—Jackson Wilde no la consideraba respetable.

—Yo tampoco lo respetaba a él.

Cassidy indicó con un ligero movimiento afirmativo de cabeza que había captado la idea.

—Volviendo a Yasmine. ¿Cuándo la incluyó en el negocio?

—A la semana siguiente de conocernos.

—¿Tan pronto?

—Yo sabía que funcionaría. Ella buscaba una nueva empresa donde poder utilizar su talento artístico. Yo necesitaba su habilidad profesional. A cambio de una participación en el negocio, me presentó a personas del mundillo que podían financiarnos. Cuando salió el primer catálogo, no pudimos atender todos los pedidos. Al cabo de tres años habíamos devuelto el dinero a todos nuestros inversores. El negocio continúa yendo viento en popa.

—Un sueño hecho realidad.

—Gracias.

Cassidy volvió otra página.

—Mmm. También utilizan hombres.

—Ésa es una innovación reciente. Yasmine me expuso la idea. Me gustó y diseñé algunas prendas interiores para hombres.

—Apostaría a que Wilde se oponía concretamente a esto.

El anuncio mostraba a una mujer inclinada hacia un guapo joven que estaba recostado sobre un sillón de cuero con respaldo. La mujer se apoyaba sobre las manos, las cuales estaban colocadas sobre los brazos del sillón. Llevaba la bata de satén abierta.

—¿Hay alguna duda respecto a dónde tiene la mano izquierda este tipo?

—¿Cree que es erótico, señor Cassidy?

—Hostia, pues claro que sí —le replicó con voz poco clara—. ¿Usted no? —Levantó la vista hacia ella y Claire sintió como si alguien le mordiera la barriga con dientes afilados pero juguetones.

Bajó la mirada hacia el anuncio.

—A mí me estimula de otra forma. El precio de la bata de la modelo es de ciento veinticinco dólares. Es el artículo más caro de toda la colección. Las prendas se confeccionan en Hong Kong. Nos cuestan una parte del precio de venta. Incluso después de la confección, el embalaje, el envío y la manipulación que se precisa para hacerlo llegar al cliente, nos queda un margen de beneficio enorme. Miro esa fotografía y espero que cada mujer que la vea se sienta encantada y haga un pedido.

—Con la esperanza de seducir a un individuo de ojos color zafiro y músculos abdominales firmes.

Claire se rió.

—¡Caramba, señor Cassidy! Es usted un sexista descontento y con doble moral.

La risa de ella sólo consiguió que él frunciera más el entrecejo.

—¿Usted cree? No me hace gracia la idea de que eso sea cierto.

—Pero preferiría que el joven no apareciera en la foto.

—Uno siente que no puede competir con él.

—Ahora comprenderá cómo se siente una mujer cuando su amante se come con los ojos a la modelo de las páginas centrales de una revista. Nosotros provocamos la imaginación de nuestras suscriptoras haciéndoles sentir que pueden ser tan encantadoras como las modelos del catálogo. El mensaje que transmitimos es que toda mujer puede ser bella y deseable. «Ponte esto y te adorarán.» Quizá su única fantasía consista en seducir a un tipo que se pasa el día en el sofá pegado a la tele para que deje de ver el fútbol de los domingos.

Tras escuchar cuidadosamente la explicación de Claire, Cassidy volvió a concentrarse en el catálogo. Claire se mantuvo en silencio y observó cómo los ojos grises del hombre recorrían las páginas. De vez en cuando, él levantaba la copa hasta sus labios. Tenía una boca amplia, recta, masculina, suavizada solamente por un labio inferior más carnoso y un hoyuelo vertical en la mejilla izquierda.

Desde un punto de vista puramente objetivo, era muy apuesto. Los cabellos grises de sus patillas lo hacían atractivo. Su cabello color castaño le cubría la parte superior de las orejas de forma atractiva. Pocos hombres eran más altos que Yasmine, pero cuando Cassidy y ella se estrecharon las manos, Claire notó que él le pasaba unos seis u ocho centímetros. Tenía un aspecto físico muy cuidado y, sin embargo, el brazo que descansaba sobre su rodilla parecía vigoroso y había fuerza en su mano llena de venas.

Después de mirar todas las páginas, cerró el catálogo.

—Gracias.

—De nada. ¿Cree usted que lo que decía Jackson Wilde estaba justificado? ¿Cree usted que es obsceno?

—Extraoficialmente, no, qué demonios. Es sensual, erótico, pero no porno. Oficialmente tengo que ser imparcial.

A ella le complació saber que no pretendía lapidarla. Dejó su vaso de vino sobre la mesa y se levantó.

—Llévese ese ejemplar. Tal vez se decida a hacer un pedido.

Cassidy cogió el catálogo y también se levantó.

—Lo dudo. Llevo siempre los típicos calzoncillos de algodón.

—Tal vez le gustaría ponerse un par de calzones cortos de seda para estar por casa.

—Tal vez. ¿Tiene usted una pistola?

La pregunta la cogió desprevenida, sobre todo por

haber sido formulada tras aquel comentario tan apaciguador.

—No, señor Cassidy.

—¿Tiene usted acceso a alguna?

—No.

—Volviendo a mi primera pregunta: ¿dónde estaba usted la noche que asesinaron a Jackson Wilde?

Ella volvió a reprimir una réplica airada y respondió con calma:

—No recuerdo haber salido. Creo que pasé una tarde tranquila en casa.

—¿Lo puede corroborar alguien?

—¿Necesita corroboración? ¿Cree que estoy mintiendo?

Claire sostuvo la mirada de él, a pesar de que le resultaba interminable y la hacía sentir violenta.

—Gracias por la copa —dijo él finalmente. Cogió la chaqueta y se la echó sobre el hombro, sosteniéndola con su dedo índice.

—De nada.

Cassidy se sintió atraído por los grandes ventanales. Era la hora del crepúsculo. Desde aquel lado del edificio había una estupenda vista panorámica del río. Las luces encendidas en el malecón y el puente sobre el río destelleaban en una gama de tonos que iba del púrpura oscuro hasta el oro reluciente.

—Una vista fabulosa.

—Gracias.

Ella se había asegurado de conservar la codiciada vista comprando la propiedad que se extendía desde su esquina hasta el malecón y convirtiéndola en un aparcamiento. Era un negocio rentable, además de una manera de asegurarse que un hotel de muchos pisos o un centro comercial no le tapara la vista. El terreno se había revalorizado mil veces desde que lo adquirió, pero no se desprendería de él a ningún precio.

—Le enseñaré la salida.

Salió por la puerta delante de él, pasó por el elegante despacho de recepción y entró en el ascensor. Cuando estaban bajando, él preguntó:

—¿Qué hay en el tercer piso?

—Mi apartamento.

—No hay mucha gente que tenga esa original costumbre de vivir encima del lugar donde trabaja.

—En el Vieux Carré se hace.

—Habla como una experta en la materia.

—Nací aquí y nunca he vivido en ninguna otra parte. Incluso vivía aquí cuando iba a la universidad, y cada día me desplazaba en tranvía hasta Tulane.

—¿Tuvo una infancia feliz?

—Muy feliz.

—¿Sin trastornos importantes ni crisis?

—Nada de todo eso.

—¿Ni siquiera con su madre?

Claire se encogió de hombros.

—Puesto que nunca la conocí de otra manera, me adapté a su enfermedad como lo hace cualquier niño con un padre minusválido.

—¿Y qué hay de su padre?

—Murió cuando yo era un bebé. Mamá nunca volvió a casarse. Vivíamos con nuestra tía Laurel. Poco después de su muerte, nos trasladamos aquí.

—Mmm. ¿Su madre ha vivido siempre con usted?

—Así es.

—¿Nadie más?

—Yasmine, cuando está en la ciudad.

—¿Quién es Harry?

—La señorita Harriet York, nuestra ama de llaves y la enfermera de mamá. No duerme aquí a menos que yo salga fuera de la ciudad.

—¿Con qué frecuencia ocurre eso?

—Dos veces al año viajo a Europa y a Oriente para

comprar telas. También tengo que ir a Nueva York varias veces al año.

—¿Con cuánta frecuencia viene Yasmine a Nueva Orleans?

—Eso depende.

—¿De qué?

—De varias cosas.

—¿Como cuáles?

—Pues de lo adelantado que tengamos el próximo catálogo. —No había necesidad de explicarle que los viajes de Yasmine a Nueva Orleans recientemente se habían hecho muy frecuentes ni cuál era la causa. Proporcionarle información voluntariamente sería estúpido.

Cuando era niña, Claire aprendió a no confiar en las autoridades. Podían utilizar la información contra ti si eso podía ser útil a la burocracia. A pesar de sus manos varoniles y el hoyuelo vertical en el mentón, el señor Cassidy era un burócrata.

—¿Alguna cosa más, señor Cassidy?

—Muchas. ¿Qué hace Yasmine en Nueva Orleans esta vez?

Claire dejó escapar un suspiro de resignación.

—Estamos discutiendo nuestro próximo catálogo. Ha desarrollado el concepto y ya ha escogido el lugar para las fotografías. Juntas estamos decidiendo qué artículos vamos a incluir y qué modelos vamos a utilizar.

—¿Y qué hace el resto del tiempo? Cuando no está en Nueva Orleans, quiero decir.

—Vive en Nueva York.

—¿Trabajando como modelo?

—Hasta el año pasado tenía un contrato en exclusiva con una empresa de cosméticos. Estaba harta de aquello, por lo que ahora sólo posa como modelo para el catálogo de Sedas de Francia. Entre sus responsabilidades aquí y controlar sus inversiones, siempre tiene mucho que hacer.

Claire se sintió aliviada cuando llegaron al primer piso. El camino nunca le había parecido tan largo, el ascensor tan pequeño y asfixiante. La mirada penetrante de él hacía que deseara cubrirse con una capa protectora.

Él abrió las pesadas puertas. Claire murmuró un apresurado muchas gracias y entró en el almacén cavernoso. Se hallaba en silencio, en calma y ahora ya sumido en la oscuridad. Los ventiladores de las ventanas estaban inmóviles. El almacén había actuado como una cámara de combustión, acumulando el calor sofocante de toda la tarde, que en aquel momento parecía haber adquirido cuerpo. No solamente se adhería a la piel, también la penetraba y le alcanzaba los pulmones.

Tan sólo había encendidas unas luces de seguridad situadas estratégicamente, las cuales proyectaban charcos de luz sobre el suelo de cemento liso y brillante.

Claire no se detuvo en esas islas circulares de luz. Le recordaban las cárceles de las películas, siniestros reflectores buscando a los fugados condenados.

Quitó los cerrojos de la puerta principal y la mantuvo abierta a su visitante inoportuno.

—Adiós, señor Cassidy.

—¿Tiene ganas de librarse de mí, señorita Laurent?

Claire se hubiera dado de bofetadas por ser tan transparente. Con torpeza, buscó una salida lógica.

—Mamá está en tratamiento. Tiene que comer a determinadas horas. No quiero que cene tarde por mi culpa.

—Muy hábil.

—¿Qué cosa?

—Esa excusa. Tendría que ser un verdadero hijo de puta si lo pusiera en duda, ¿no?

—Es la verdad.

Su astuta sonrisa burlona expresaba que él sabía que ella estaba mintiendo, pero prefirió pasarlo por alto.

—Una pregunta más y me marcho. Se lo prometo.

—Usted dirá.

—¿Ha tenido alguna vez problemas con la policía?

—¡No!

—¿La han arrestado alguna vez?

—Usted me dijo una pregunta, señor Cassidy. Ya van dos.

—¿Se está negando a contestar?

¡Maldito! Claire no soportaba que un representante de la autoridad dominara la situación, pero negarse a contestar sólo empeoraría las cosas.

—Nunca me han detenido, pero me ofende su pregunta.

—Objeción anotada —replicó él, sin arrepentimientos—. Buenas noches, señorita Laurent. Volveremos a vernos pronto.

Claire se alegró de estar entre las sombras, pues así él no vería su expresión de alarma.

—Le he dicho todo lo que sé.

Él le dirigió otra mirada severa.

—No lo creo. —Cassidy había enrollado el catálogo y lo utilizó ahora para llevárselo a la frente en un saludo burlón—. Gracias otra vez por la copa. Tiene usted un whisky muy bueno.

Claire le dio con la puerta en las narices, volvió a colocar los cerrojos de seguridad en su sitio y se apoyó contra el frío metal. Estaba sin aliento, como si hubiera corrido muchos kilómetros. Su corazón latía con tanta violencia que le dolía. Tenía la piel cubierta por una capa fina de sudor, lo cual atribuía al calor... a pesar de que sabía perfectamente que ése no era el motivo.

5

La lengua de él exploraba los duros pezones de ella y sus alrededores. Aquellas caricias provocaron que la mujer pronunciara sonidos de orígenes paganos.

—Me estás matando, cariño —jadeó ella—. Oh, por Dios, no pares. No pares. —Ella aprisionó el lóbulo de la oreja de su compañero entre sus dientes blancos y fuertes, y lo mordió con fuerza.

Él gruñó de dolor; sin embargo, aquella salvaje sensibilidad aumentó su excitación. Sus dedos se clavaron con fuerza en el trasero firme de la mujer mientras la sujetaba contra sus caderas y la penetraba profundamente. Su boca capturó un pezón tenso y lo chupó con fuerza.

Ella lanzaba alaridos y le agarraba mechones de pelo, se contoneaba contra él salvajemente, perdida entre las sensaciones de su orgasmo. Unos segundos después, él se corrió con estallidos largos y estáticos, jadeando, retorciéndose y haciendo muecas.

La piel de Yasmine estaba empapada en sudor. Relucía y reflejaba la luz de la lamparilla situada junto a la cama como si fuera bronce brillante, pero jamás una estatua de bronce había sido esculpida de forma tan exquisita como ella.

Se incorporó sobre el cuerpo extenuado y débil del congresista Alister Petrie y contempló su rostro sonrojado con adoración.

—No ha estado mal, cariño —murmuró mientras lo besaba afectuosamente en los labios—. Has encontrado mi punto G.

Con los ojos aún cerrados, él se rió entre dientes.

—Quítate de encima mío, zorra insaciable, y prepárame algo de beber.

Yasmine se levantó de la cama con movimientos gráciles y se dirigió al tocador, donde ya estaban preparados una botella del whisky escocés preferido de él, un recipiente con hielo y dos copas. Había prendas de vestir esparcidas sobre los muebles y por la alfombra. Lo único que ella llevaba puesto era un par de enormes pendientes de oro que rozaban sus hombros suaves cuando movía la cabeza.

El juego amoroso empezó cuando él entró en la suite del hotel. Mientras se daban un beso largo y apasionado, ella guió la mano de él por debajo de su falda y la aprisionó entre sus muslos abiertos.

—Ya sabes lo que tienes que hacer, cariño. Vuélveme loca.

—¿Quieres decir así? —Sus dedos separaron la carne húmeda y se introdujeron dentro de ella—. Es una suerte para ti que tus clientas lleven puestos los artículos que vendes —murmuró él mientras la acariciaba—. ¿Qué pasaría si la gente decidiera no usar ropa interior?

—Que la gente disfrutaría muchísimo más.

Se despojaron ávidamente de sus ropas sin comprometer la carnalidad del beso ni la estimulación manual y cayeron desnudos encima de la cama, en una maraña de extremidades marrones y blancas.

Yasmine preparó la bebida mientras lo observaba a través del espejo. El momento en que ella más lo adoraba era inmediatamente después de hacer el amor, cuando su cabello arenoso estaba en desorden, algo poco frecuente en él, y sus labios estaban blandos y relajados. Ambos eran casi de la misma estatura, pero él tenía más fuerza de lo que aparentaba su cuerpo delgado y firme. La capa de sudor sobre el pecho liso de él le recordó lo vigorosamente que hacía el amor, y sintió entonces otro hormigueo de expectación entre sus muslos. Él apiló las almohadas detrás de su espalda y se incorporó, apoyándose en la cabecera de la cama. Mientras regresaba a la cama con la bebida, Yasmine la removió con su dedo índice, y luego se lo pasó a él por los labios.

—¿Cómo está?

Él chupó la punta del dedo de ella.

—Sabe a ti —replicó con voz ronca—. Y a mí. Delicioso. Perfecto.

Yasmine sonrió complacida, le dio el whisky con hielo y se tumbó en la cama, acurrucada a su lado. Él la besó en la frente.

—Todo lo haces perfecto, Yasmine. Eres perfecta.

—¿No me tomas el pelo? —Yasmine se acurrucó más cerca de él y se llevó uno de sus pezones a la boca, lo humedeció y lo agitó con la lengua.

—No te tomo el pelo —gimió él.

—Yo sería una esposa perfecta para ti.

La reacción de él fue brusca y negativa. Se puso rígido y no precisamente de deseo.

—No estropees las horas que pasamos juntos, Yasmine —le recomendó él con amabilidad—. Es muy difícil conseguir estos ratos. Y para mí son muy valiosos. No los estropees sacando a relucir un tema que nos hace infelices a los dos.

Ella se volvió para quedar boca arriba y se puso a contemplar el techo.

—A mí no me hace infeliz pensar en convertirme en la señora de Alister Petrie.

—No es eso lo que quería decir. Tú ya sabes lo que quiero decir.

—Pienso en ello constantemente. Es lo que más deseo en el mundo —respondió, furiosa. Sus ojos se inundaron de lágrimas, que brillaron en la suave luz.

—Yo también, querida. —Dejó el vaso en la mesita de noche y se colocó de lado para poder estar frente a ella—. Eres muy hermosa. —La mano de él se deslizó suavemente sobre el pecho de ella. Sus pezones eran sólo un poco más oscuros que su piel y extremadamente sensibles. Él se inclinó, besó uno y lo excitó con ligeros y suaves movimientos de sus labios.

—¿Soy estúpida porque te quiero? —preguntó.

—Yo soy el estúpido.

—¿Tienes la intención de abandonarla alguna vez?

—Pronto, Yasmine, pronto. Tienes que confiar en mí porque debo escoger el momento adecuado. Es una situación difícil. Habrá que utilizar mucha diplomacia para salir de esto sin hacer daño a nadie, sobre todo a ti.

Se habían conocido hacía un año en Washington D. C., en una recepción de gala de una embajada de una nación africana. Yasmine había sido invitada porque se decía que tenía raíces en ese país. Se desconocía la fuente que había inventado tal historia, pero a su agente le gustó y la fomentó con fines publicitarios. En realidad, era una historia más romántica e intrigante que la verdadera, es decir que su familia había vivido en Harlem durante cuatro generaciones.

Enfundada en su vestido de lamé dorado y radiante, uno de los compañeros del guapo y joven congresista se la presentó a éste. Durante unos minutos Alister se quedó mudo, pero las risas y las bromas de ella pronto lo tranquilizaron. Ignoraron a los demás invitados a la recepción y, finalmente, se marcharon juntos en una limusina que estaba a disposición de ella y acabaron la noche en la cama de un motel de los alrededores.

Hasta la mañana siguiente él no le confesó que tenía esposa e hijos en Nueva Orleans. La pasión que Yasmine había exhibido en la cama no lo había preparado para la pasión de su furia desatada. Ella gritó, lo insultó con palabras escandalosamente sucias y lo amenazó con maldiciones vudús que lo despojarían de su virilidad y lo dejarían impotente.

—Las jodes y luego las olvidas, ¿no es así, congresista? Pues muy bien, cariño, no estás tratando con una chavala imbécil normal y corriente. Yo soy Yasmine. Nadie me jode y luego se marcha tan tranquilo.

En cuanto pudo calmarla, le explicó su triste situación.

—Mi familia y la de mi mujer eran amigas. Belle y yo crecimos juntos.

—¿Y eso qué coño tiene que ver?

—Por favor, Yasmine, escúchame. Tú no sabes cómo es la sociedad de esa región.

—Entiendo lo suficiente. He leído novelas históricas. Sé que los blancos ricos se casan con señoras blancas y ricas, pero que se divierten en la cama con fulanas negras.

Pronunciando el nombre de ella entre gemidos, el senador se desplomó sobre el borde de la cama y, desesperado, se mesó los cabellos con ambas manos.

—Te juro... Oh, Dios mío, nunca me creerás. —Levantó la vista hacia ella, suplicante—. Nunca he amado a Belle. Pero cuando murieron mis padres, los suyos me tomaron bajo su protección. Hice lo que esperaban de mí, lo que era lógico. He sido un buen marido y he intentado quererla. Dios sabe que lo he intentado.

»Tienes todo el derecho a estar enfadada conmigo, Yasmine —añadió—. Tendría que haberte dicho que estaba casado antes de que nos marcháramos juntos de la fiesta, antes de que las cosas se descontrolaran. Es más, después de conocerte, tendría que haber dado media vuelta y marcharme. Porque entonces yo ya sabía que, bueno... me has deslumbrado.

Era un hombre atormentado que luchaba entre el deseo y el honor.

—Pero la atracción hacia ti era demasiado fuerte. Y estaba anonadado. Sencillamente tenía que estar contigo. —Inclinó la cabeza y contempló la alfombra que se hallaba entre sus zapatos—. Ahora que ya sabes lo de mi familia, tienes todo el derecho a despreciarme.

Alzó sus torturados ojos hacia los de ella.

—Pero jamás olvidaré nuestra única noche juntos. Ha sido la experiencia más satisfactoria y más erótica de mi vida. Perdóname, pero me niego a disculparme por eso. —Tragó saliva, visiblemente emocionado—. Tengo treinta y cuatro años, pero hasta esta noche no he sabido lo que se siente cuando uno se enamora.

El corazón de Yasmine se enterneció. Se arrodilló y lo abrazó. Los dos lloraron, rieron juntos y, luego, volvieron a hacer el amor. A partir de esa mañana se encontraron siempre que sus agendas lo permitían, robando unas pocas horas dichosas en Washington, Nueva York o en Nueva Orleans. Yasmine no se sentía culpable por tener una aventura con un hombre casado. Para ella, el adulterio era solamente una palabra. Lo que compartía con Alister estaba bien. Lo que estaba mal era aquel matrimonio.

Ahora, ella murmuró con ternura:

—Me siento muy sola sin ti, cariño. Deseo estar siempre contigo. No veo llegar el día en que ya no tengamos que encontrarnos en secreto.

—A mí también se me está acabando la paciencia, pero estoy haciendo progresos.

—¿Cómo?

—Le estoy sugiriendo a Belle, muy sutilmente, como comprenderás, que quizá no se sienta realizada. Que quizá nos casamos antes de que ella tuviera la oportunidad de descubrirse a sí misma. La cosa va por ahí.

—¿Y funciona?

—He notado cierta frialdad.

El corazón de Yasmine dejó de latir durante un momento y una sonrisa de esperanza iluminó su rostro solemne.

—Y nosotros ya no... ya sabes, ya no dormimos casi nunca juntos. Hace meses que no lo hacemos. —Atrajo a Yasmine hacia él y murmuró con fervor en su cabello—: Gracias a Dios que es así. Cada vez que tenía que estar con ella sólo pensaba en ti. En el tacto de tu cuerpo, en tu olor y en tu sabor. Y en cómo mi deseo por ti me vuelve loco.

Sus bocas se encontraron, se fundieron; el deseo se reavivó. Los labios de Yasmine acariciaron el pecho y el vientre de Alister; a continuación se llevó el pene de él a la boca y utilizó su lengua experta para ponerlo duro como una piedra. Se levantó entonces y lo provocó frotando la punta reluciente contra sus pezones, y su desvergonzada sexualidad paralizó al senador. Su rostro enrojeció y se agarró a las sábanas. Cuando finalmente la penetró, casi habían enloquecido de deseo. Ambos llegaron al orgasmo con una rapidez febril.

Alister se duchó mientras Yasmine holgazaneaba en la cama desordenada. A ella le gustaba gandulear tanto tiempo como fuera posible entre las sábanas que llevaban los olores almizcleños del sudor y el sexo de ambos.

Finalmente, con esfuerzo, Yasmine se levantó y se vistió. Antes de que él llegara, se había quitado las bragas y las había guardado dentro de su gran bolso de cuero. Cuando introdujo la mano en éste para recuperarlas, su mano tropezó con algo que le resultó familiar.

Su revólver.

Alister salió del cuarto de baño.

—¡Huy! —Dejó caer la toalla con la que se estaba secando y levantó las dos manos, como si se rindiera—. ¿Es que mi actuación no ha sido satisfactoria?

Riendo, Yasmine apuntó con el arma a la entrepierna del senador.

—¡Bang bang!

Él también se rió y, acto seguido, recogió su ropa y empezó a vestirse.

—¿Qué diablos estás haciendo con eso?

—No lo sé. —Él le dirigió una mirada interrogadora—. Quiero decir que creía que la había perdido.

—Ojalá la hubieras perdido. No deberías llevar esa cosa por ahí.

—Donde me crié, un trasto de éstos te ayudaba a garantizar tu supervivencia. —Sopesó la pistola en la palma de su mano—. Creía que lo había extraviado en alguna de las maletas en uno de mis viajes entre aquí y Nueva York. Me imaginaba que aparecería antes o después, pero ignoraba que se hallaba en este bolso cuando salí con él esta noche. —Se encogió de hombros y guardó otra vez la pistola dentro del bolso—. Me alegro de que el señor Cassidy no llevara una orden de registro.

—¿Cassidy? ¿El ayudante del fiscal?

Yasmine se puso el vestido.

—Ah, no he tenido la oportunidad de contártelo antes. Esta tarde ha venido a ver a Claire.

—¿Para qué?

—Nunca te lo creerías. Por el reverendo Jackson Wilde.

Alister, estirándose los puños de la camisa, se miró en el espejo del tocador del hotel.

—¿Qué le pasa?

—Quería saber qué hizo Claire la noche en que asesinaron a Wilde.

Alister se volvió para mirarla.

—Deja de bromear.

Yasmine se echó a reír mientras se ajustaba su enorme cinturón.

—Claire reaccionó de la misma manera. Ese evangelista chalado era como un dolor de muelas cuando estaba vivo, y ahora nos está haciendo la puñeta desde la tumba.

—¿Cuál es la relación? Además de la obvia.

—Wilde tenía una «lista negra», como la denomina Cassidy. Una lista de las revistas que pretendía hundir. El catálogo de Sedas de Francia era una de ellas. ¿Tú sabías algo de eso?

—¿Cómo iba a saberlo?

—Bueno, tú y Wilde erais muy amiguetes —replicó ella en tono juguetón.

—Asistí a algunas recepciones para darle la bienvenida a la ciudad porque Belle pensó que me beneficiaría políticamente. Por mi parte, creo que era un farsante.

—Amén. Me pregunto quién tuvo el placer de hacerlo callar para siempre —dijo ella con una sonrisa malvada—. La policía debe de andar como loca buscando sospechosos. Cualquiera de la lista tenía motivos para matarlo, pero como Sedas de Francia tiene aquí en Nueva Orleans su cuartel general, Cassidy pensó que quizá... Ya te puedes imaginar la historia.

»De todos modos —añadió, mientras se ponía sus pulseras—, no habría sido demasiado adecuado que yo anduviera por ahí con un revólver, ¿verdad? Sobre todo si la oficina del fiscal descubre que yo estaba en Nueva Orleans contigo aquella noche y no en Nueva York como cree todo el mundo. Si eso saliera a la luz, ¿corroborarías mi coartada?

—No hables así ni en broma, Yasmine. —La cogió por los hombros—. Conozco la reputación de Cassidy: es ambicioso y astuto y siempre se tira a la yugular. Parece como si intentara relacionar Sedas de Francia con el asesinato de Wilde, y a nosotros nos puede parecer una tontería, pero puedes estar completamente segura de que va en serio.

—Bueno, pues yo no estoy preocupada. No tiene nada contra Claire. No puede construir un caso basándose en que su catálogo aparece en una lista estúpida.

—Por supuesto que no.

—¿Entonces por qué arrugas la frente?

—Porque no quiero que vaya husmeando a tu alrededor.

—A mí no me ha interrogado.

—Eso no quiere decir que no lo haga. Si lo hace, no puedo servirte de coartada. Escucha, Yasmine —dijo, impaciente—, hasta que ponga fin a mi matrimonio, que será en el momento que yo crea oportuno y a mi manera, es imprescindible que nadie se entere de lo nuestro.

—Ya lo sé —respondió ella, enfadada.

—No puedes decirle a nadie —a nadie— que nos estamos viendo.

Estaba contenta de haber sacado el tema, pues hacía mucho tiempo que deseaba hablar de aquello.

—Quiero contarle a Claire lo nuestro, Alister. No soporto engañarla y hacer comedias como que venga a recogerme al aeropuerto cuando ya hace doce horas que estoy en la ciudad. ¿No puedo confiárselo a ella? No se lo contará a nadie.

Él ya negaba obstinadamente con la cabeza antes de que ella hubiera formulado la pregunta.

—No, Yasmine. No puedes decírselo a nadie. ¿Me lo prometes?

Enfadada, ella le apartó las manos de su hombros. Sus ojos brillaban peligrosamente.

—¿Tanto miedo tienes de que se filtre algo y le llegue a Belle?

—Así es. Si alguna vez se enterara de la verdadera

razón por la que quiero el divorcio, trataría de impedirlo por todos los medios. Y cuando se diera cuenta de que estoy decidido y que es inevitable, pondría pretextos para prolongar indefinidamente los trámites.

Exhaló un suspiro y atrajo a Yasmine hacia él.

—¿No te das cuenta? ¿Por qué proporcionar motivos a Belle para que nos haga más daño del que ya nos estamos haciendo? Lo hago por ti. No quiero que te veas mezclada en un sucio escándalo. Nadie comprendería lo que hay entre nosotros. La gente pensaría lo peor.

Ella rodeó el rostro de él con sus dos manos.

—Te quiero, Alister, pero te mataría si creyera que me estás mintiendo.

Él volvió la cara hacia la palma de su mano y la besó.

—Deseo estar contigo más que cualquier otra cosa en el mundo. Quiero casarme contigo, tener hijos, todas esas cosas.

Se besaron hasta que la ternura se convirtió en pasión.

—No podemos, Yasmine. —Apartó la mano de ella de su bragueta—. Ya llego tarde.

—No llegas tan tarde, cariño —murmuró ella, seductora, mientras le bajaba la cremallera de los pantalones.

Sin embargo, llegó el momento en que él tuvo que marcharse. No servía de nada que ella hiciera pucheros, llorara, lo amenazara o lo intentara engatusar. Cuando se tenía que ir, se tenía que ir. Era así de sencillo. A ella no le gustaba, pero había aprendido a aceptarlo. Ella hacía que sus despedidas fueran lo menos dolorosas posible.

—¿Cuándo te veré?

—Esta semana tengo que asistir a varias reuniones con el comité de reelección —le contestó, mientras comprobaba que no se olvidaba nada en la habitación—. Llegará noviembre antes de que nos demos cuenta. Luego hay una reunión familiar en Baton Rouge durante el fin de semana. Será una mierda, pero tengo que ir.

—¿Estarán allí Belle y los niños?

—Por supuesto. —Con la punta de los dedos, el hombre le alzó la barbilla y la besó de nuevo—. ¿Qué tal el domingo por la noche? Aquí. Ya buscaré alguna excusa. Estarán cansados después del fin de semana. Probablemente me podré escabullir una hora, más o menos.

—El domingo por la noche —aceptó ella, fingiendo estar contenta. Todavía faltaban cinco días.

—Si se me presenta algún problema, te llamaré.

Yasmine tenía un teléfono privado en su habitación del apartamento de Claire; si ella no estaba, nadie lo contestaba.

Ya casi había cruzado la puerta cuando se volvió de nuevo hacia ella.

—¿Necesitas dinero, Yasmine?

La sonrisa melancólica de la mujer se desvaneció.

—¿Por los servicios prestados? —estalló ella—. ¿Cuánto te imaginas que vale una de mis mamadas?

—Solamente quería ayudarte.

—Jamás te debería haber dicho que tenía problemas de liquidez.

Varios meses atrás, en un momento de debilidad, Yasmine le había mencionado que sus gastos eran ligeramente más elevados que sus ingresos. Cada mes tenía un poco menos de dinero. Algunos de sus acreedores empezaban a amenazarla.

—Es más grave que un problema de liquidez, Yasmine —comentó Alister con sensatez—. Llevas meses en apuros financieros.

Cuando expiró su contrato con la línea de cosméticos, la compañía decidió no renovárselo porque querían «una nueva imagen», una rubia rebosante de juventud y vitalidad. Yasmine fingió que no la afectaba aquella decisión, pero fue un golpe para su ego. Siempre había sabido que la carrera de las modelos de portada de revista era breve, pero cuando ese último contrato importante finalizó, la amarga realidad de ser una vieja gloria le causó momentos de depresión. Al menos sus medios de vida no dependían exclusivamente de aquel contrato.

Ni tampoco había tenido en cuenta hasta aquel momento lo lucrativo que había sido. No había reducido su tren de vida para compensar la pérdida. Además, algunas de sus inversiones no habían sido tan rentables como había previsto. Aunque pareciera difícil de creer, Yasmine estaba arruinada.

—La situación es temporal, Alister —replicó con aspereza—. Mi contable y yo estamos trabajando para encontrar una solución. Las cosas ya han empezado a cambiar. Y en ningún caso aceptaría dinero de ti. Eso haría que me sintiera como una puta. No vuelvas a ofrecérmelo.

—¿Y qué hay de Claire? Le encantaría ayudarte.

—No es más su problema que el tuyo. Es mi problema y lo solucionaré.

Yasmine tuvo la impresión de que él quería seguir discutiendo y se alegró de que no lo hiciera. En lugar de eso, volvió y le dio un palmadita en el culo.

—Descarada y sexy. No es extraño que te quiera tanto. —Le dio un beso rápido en la boca—. Hasta el domingo.

Yasmine y Claire llegaron a Sedas de Francia al mismo tiempo. Yasmine pagó al taxista y luego se reunió con Claire en la puerta.

—¿Qué estás haciendo por ahí fuera a estas horas de la noche?

Claire dio la vuelta a la llave y a continuación desconectó la alarma.

—Podría hacerte la misma pregunta, pero ya sé la respuesta, ¿no es cierto? —Después de volver a conectar la alarma, atravesaron el almacén en dirección al ascensor.

—No seas sarcástica —contestó Yasmine—. ¿Dónde has estado?

—Paseando. Y no estaba siendo sarcástica.

—¿Has salido sola a dar un paseo a estas horas? Te podrían haber atacado.

—Conozco el barrio Francés palmo a palmo. No tengo ningún miedo.

—Pues deberías tenerlo —respondió Yasmine mientras entraban en el ascensor—. Cuando vagabundeas por esas calles sola de noche, estás pidiendo problemas a gritos. Lo menos que podrías hacer es llevar contigo una póliza de seguridad.

—¿Una póliza de seguridad? —Claire bajó la vista al lugar donde Yasmine golpeaba suavemente la parte lateral de su bolso—. ¿Una pistola? ¿Te has comprado otra? —Habían hablado de la pistola cuando Yasmine comentó que había desaparecido.

—No hubo necesidad. A fin de cuentas no la había perdido.

—Ojalá la hubieras perdido de verdad.

Salieron del ascensor en el tercer piso. Claire se dirigió a la habitación de Mary Catherine para comprobar que dormía plácidamente en su cama. No había estado fuera más de media hora, pero sabía que su madre podía desaparecer en mucho menos tiempo.

—¿Todo va bien? —preguntó Yasmine cuando Claire se reunió con ella en la cocina—. Me sorprende que la hayas dejado sola.

—Necesitaba respirar un poco de aire. Necesitaba pensar. Esperaba que regresaras, pero... —Se encogió de hombros.

Yasmine lanzó al suelo la manzana que había cogido del frutero colocado encima del mostrador.

—Está bien, ya van dos indirectas. En vez de ir tirando estos pequeños dardos envenenados, ¿por qué no vas al grano y lo sueltas de una vez? Dime que desapruebas que tenga esta aventura.

—Desapruebo esta aventura.

Las dos mujeres intercambiaron una mirada hostil. Yasmine fue la primera en desviar la mirada. Se desplomó sobre un taburete y murmuró:

—¡Joder! —Y empezó a desgarrar la piel de una manzana con sus afiladas uñas.

Claire se dirigió a la nevera y se sirvió un vaso de zumo de naranja que Harry había exprimido aquella mañana.

—Lo siento, Yasmine. No tenía ningún derecho a decirte eso. ¿Quién soy yo para juzgar tu vida privada?

—Eres mi mejor amiga, ya ves tú. Eso te da derecho a expresar tu opinión.

—Que me tendría que haber callado.

—Nuestra amistad se basaba en la sinceridad.

—¿Ah, sí? Yo también lo había creído siempre así, pero tú no has sido sincera. Ni siquiera me has dicho cómo se llama.

—Si pudiera decirte algo de él, de verdad que lo haría.

Claire estudió los músculos faciales tensos y los ojos enrojecidos de su amiga. Había estado llorando. Claire se sentó en un taburete al lado de Yasmine, le quitó la manzana que sostenía entre sus manos nerviosas y las estrechó entre las suyas.

—He sido grosera sólo porque estoy preocupada. Y estoy preocupada porque te sientes desgraciada el noventa por ciento del tiempo. Ésa es la razón de que no me guste esa aventura. Eres desgraciada, Yasmine. En teoría, se supone que estar enamorado hace feliz a la gente.

—Las circunstancias no son precisamente ideales. En realidad, es el peor guión que te puedas imaginar —respondió, con una triste sonrisa.

—Está casado.

—Premio.

Claire ya se lo temía, pero el hecho de saberlo ahora a ciencia cierta no hacía que se sintiera mejor.

—No podía concebir otra razón para que lo mantuvieras en secreto. Lo siento.

Para Claire era evidente que el sufrimiento de Yasmine era auténtico y profundo. No era una aventura romántica caprichosa como habían sido tantas de sus anteriores historias amorosas. Cuando se hicieron amigas, Yasmine tenía una vida social muy agitada. Salía desde con atletas profesionales a magnates de negocios, pasando por estrellas de cine y hombres de la realeza extranjera.

Hacía aproximadamente un año que los tormentosos romances de Yasmine habían cesado y empezó a ausentarse durante lapsos de tiempo indeterminados hacia destinos no confesados. Estaba evasiva y reservada. O eufórica o muy deprimida, y sus cambios de humor eran frecuentes y drásticos. Y ahora aún continuaba igual. Por lo que Claire sabía, no salía con nadie aparte de aquel amante secreto. Sin lugar a dudas su amiga estaba enamorada, y aquella aventura amorosa la hacía terriblemente desgraciada.

—¿Os veis aquí, en Nueva Orleans? —preguntó Claire con dulzura.

—Él vive aquí —respondió Yasmine.

Claire se mostró sorprendida.

—¿Lo conociste aquí?

—No. En realidad nos conocimos en… uh, por el

Este. El año pasado. Fue también pura coincidencia que ambos viviéramos en Nueva Orleans.

—Una coincidencia oportuna. —Claire se odiaba por lo que estaba pensando: que el hombre sabía muy bien lo que hacía y que se aprovechaba de que Yasmine tuviera negocios en la ciudad en que él vivía.

—No tan oportuna —replicó Yasmine con una mueca de dolor—. Él se vuelve loco ante la idea de que su mujer se entere de lo nuestro antes de tener la oportunidad de hablarle de divorcio.

—¿Es eso lo que piensa hacer?

Yasmine movió la cabeza.

—Sí —respondió, malhumorada—. Eso es lo que piensa hacer. ¿Crees que yo tendría una aventura seria con un hombre casado si no se tratara realmente de amor? Tan pronto como sea posible, se divorciará de ella y se casará conmigo.

—Yasmine...

—Lo va a hacer, Claire. Él me quiere. Yo sé que me quiere.

—Estoy segura de que te quiere —murmuró Claire sin convencimiento. Si él la quería tanto, ¿por qué le causaba tanta tristeza?, se preguntó—. ¿Tiene hijos?

—Dos. Un chico de diez años y una niña de seis. Adora a sus hijos. Ya he pensado en ellos, Claire. No creas que no lo he hecho. Me pregunto lo que el divorcio significará para ellos. ¡Oh, Dios mío!

Apoyó los codos sobre el mostrador y ocultó su rostro entre las manos.

—Cuando pienso que voy a deshacer una familia me dan náuseas. Sin embargo, él no quiere a su mujer. Nunca la ha querido. El sexo entre ellos siempre ha sido un desastre.

Probablemente, el silencio de Claire transmitió su escepticismo a Yasmine, porque ésta levantó la cabeza y la miró.

—De verdad —insistió ella—. Él me lo dijo, pero yo ya lo sabía incluso antes que me lo dijera. La primera vez que se la chupé, él estaba tan abrumado que creí que se echaría a llorar. Y me dijo que su mujer preferiría morir antes que dejar que él colocara su boca «ahí abajo», aunque nunca se le ocurriría una cosa así. Es católica de pies a cabeza. Cree que no existe el sexo sin sentimientos de culpabilidad, conque para ella lo único que sirve es la posición del misionero.

Yasmine jamás había sido remilgada cuando hablaba de sexo. Antes de esta aventura, a menudo entretenía a Claire con los sórdidos detalles de su activa vida amorosa.

Ahora apuñalaba la superficie del frío mármol con la uña del dedo índice.

—Yo soy lo mejor que le ha sucedido jamás, Claire. Yo sería una buena esposa para él.

—¿Entonces por qué no rompe por las buenas? ¿Por qué torturaros a los dos?

—No puede —contestó ella, agitando melancólicamente la cabeza—. El divorcio afectará profundamente a su carrera. Es muy famoso. Está en estrecha relación con su familia política y con los amigos de ambos. Dios mío, será un follón. Tiene que pensarlo bien y esperar el momento oportuno. Hasta entonces tengo que ser paciente y aguardar ansiosamente a que llegue el día en que podamos estar juntos.

Claire era menos optimista y sintió que era su deber como amiga hacer de abogado del diablo.

—Yasmine, las aventuras como ésta raras veces salen bien.

—¿Aventuras como ésta? ¿Y cómo cojones sabes tú cómo es?

Claire se dio cuenta de que Yasmine estaba sacando el genio, de modo que controló el suyo.

—Lo único que te digo es que va contra toda probabilidad. Los hombres que gozan de buena posición en la comunidad raras veces abandonan a sus esposas y a su familia por sus amantes, Yasmine. —Y dulcemente le preguntó—: ¿Es blanco?

—¿Y qué más da si lo es?

La frialdad de la reacción de Yasmine indicó que sí lo era.

—Esto es el sur, Nueva Orleans. Los hombres aquí tienen una tradición de...

—Él no es así —interrumpió Yasmine con vehemencia—. Es la persona con menos prejuicios raciales que jamás he conocido. —Claire se esforzó en sonreír.

—Estoy segura de que lo debe de ser o tú no podrías amarlo. —Sabía cuándo tenía que ceder. El estado mental de Yasmine no podía conducir a una discusión sincera. Estaba herida y, a semejanza de cualquier animal herido, atacaría violentamente a quien tratara de ayudarla—. Perdóname por haber sacado el tema.

—No te pongas protectora, Claire.

—No lo hago.

—¡Joder que no! —Yasmine se levantó de un salto del taburete—. Dudo que hayas creído ni una sola palabra de todo lo que te he dicho. Seguramente te crees que lo único que hace es joderme por puro placer.

Claire echó hacia atrás su taburete y se levantó.

—Buenas noches. Me voy a la cama.

—Estás huyendo de una discusión.

—Exacto —gritó—. Me niego a discutir contigo sobre este tema porque es una situación sin salida. Si digo algo negativo, saltarás en su defensa. Me tiene sin cuidado quién es tu amante o lo que es. Lo único que me importa es tu felicidad. Si quieres vivir de esta manera, es asunto tuyo. Mientras no afecte a tu trabajo, no tiene nada que ver conmigo.

—¿Que no? ¿Y qué me dices de tus celos?

—¿Celos?

—No te hagas la inocente conmigo, Claire. Veo que es una pose falsa. Estoy locamente enamorada de un individuo que está dispuesto a cambiar su vida por mí, mientras que tu vida personal es tan estéril como la de una monja.

Claire contó hasta diez en silencio. Cuando Yasmine estaba enfadada consigo misma, provocaba una pelea con el fin de dirigir su rabia en otra dirección. Era un defecto de carácter que Claire, durante el curso de su amistad, había aprendido a tolerar. De todos modos, no por conocido la exasperaba menos. Al día siguiente, por la mañana, Yasmine se excedería en sonrisas sinceras y disculpas, se llamaría a sí misma puta egoísta y suplicaría a Claire que la perdonase, pero Claire no se sentía aquella noche dispuesta a realizar aquel ejercicio extenuante.

—Piensa lo que quieras. Estoy muy cansada. Buenas noches.

—Ese Cassidy... ¿tiene nombre de pila?

—Lo ignoro.

Claire apagó las luces mientras descendía por el vestíbulo en dirección a su dormitorio. Yasmine no cogió la indirecta. Se pegó a los talones de Claire como un cachorro pesado.

—¿Estuviste fría y desagradable con él?

—Estuve hospitalaria.

—¿Se dio cuenta de que lo estabas engañando?

Claire se detuvo de repente y se dio la vuelta para enfrentarse a Yasmine.

—¿De qué estás hablando?

—Eres endiabladamente hábil en ser ambigua, Claire, pero por la primera impresión que he tenido del señor Cassidy, dudo que se trague ese tipo de trolas de una mujer.

—Estoy segura de que no me consideraba una mujer en ese sentido. Estaba aquí en misión oficial.

—Estuvo un montón de tiempo.

—Tenía que hacerme un montón de preguntas.

—¿Las contestaste?

De nuevo Claire dirigió a su amiga una mirada dura.

—Sólo unas cuantas. Quería relacionarme con el asesinato de Jackson Wilde, y no existe relación alguna.

—¿Lo encuentras sexy? —preguntó Yasmine.

—Supongo que te refieres al ayudante del fiscal y no al predicador.

—Estás siendo ambigua, Claire. Responde a la pregunta.

—No he pensado demasiado en el aspecto del señor Cassidy.

—Pues yo sí. Es sexy de una manera enigmática, intensa. ¿No te parece?

—No me acuerdo.

—Apostaría a que folla con los ojos abiertos y los dientes apretados. Me pongo cachonda sólo de pensarlo.

Yasmine trataba de provocarla. Claire se negó a morder el anzuelo y se metió en su dormitorio.

—Creía que estabas enamorada.

—Lo estoy. Pero no estoy ciega. Ni muerta.

A través de la puerta cerrada del dormitorio de Claire, Yasmine añadió:

—Y aunque te gustaría que el señor Cassidy o cualquier otro hombre pensara que en tus bragas se pueden formar carámbanos de hielo, no es así, Claire Laurent.

Cuando oyó los pasos de Yasmine que se alejaban, Claire se miró en la puerta de espejo del armario. Aunque era completamente impropio de su manera de ser, estaba agitada, confusa y temerosa.

Y el señor Cassidy era la causa.

6

Andre Philippi acabó de cenar y colocó con cuidado los cubiertos de plata sobre el borde del plato. Se limpió la boca con la almidonada servilleta de lino, la dobló y la dejó a un lado. Luego llamó al camarero encargado del servicio de habitaciones para que retirara la bandeja. El pato asado estaba un poco reseco y la salsa vinagreta para los espárragos frescos y fríos tenía demasiado estragón. Enviaría una nota al jefe de cocina.

Como encargado de noche del hotel Fairmont de Nueva Orleans, Andre Philippi exigía a todo el personal la máxima perfección. Sencillamente, no toleraba que se cometieran errores. La insolencia o un servicio descuidado eran motivos de despido inmediato. Andre creía que a los clientes del hotel se les debía de tratar como invitados mimados de la casa más refinada.

En el pequeño lavabo contiguo a su despacho privado se lavó las manos con jabón francés en crema, hizo gárgaras con líquido para enjuagues a fin de prevenir la halitosis y se secó a conciencia el bigote fino como una raya de lápiz y los labios. Con las manos se alisó el cabello impregnado en brillantina, el cual llevaba peinado liso hacia atrás desde las entradas, en primer lugar porque éste era el estilo más esmerado que podía lucir, pero también para combatir la tendencia natural de su cabello negro a rizarse. Se miró las uñas limpias. Al día siguiente iría a que se las cortasen, limasen y abrillantasen. Tenía una cita semanal permanente para hacerse la manicura a la que nunca faltaba.

Siempre pensando en el presupuesto del hotel, apagó conscientemente la luz del lavabo y volvió a entrar en su oficina. En condiciones normales, su posición en el hotel no hubiera justificado el hecho de disponer de una oficina privada, pero Andre era el empleado más antiguo, incluyendo los ejecutivos veteranos de alto nivel.

Además sabía guardar un secreto.

Durante el ejercicio de su cargo se le habían concedido muchos privilegios debido a que sus superiores requerían con frecuencia su discreción. Mantenía en secreto los vicios de éstos, desde la predilección por los jovencitos de uno a la adicción a la heroína de otro. El despacho privado era solamente expresión del reconocimiento que Andre se había ganado gracias a su carácter.

Otras muestras de aprecio del personal del hotel y de los huéspedes que habían precisado de sus servicios especiales iban ganando interés compuesto en diversos bancos de la ciudad, convirtiendo así a Andre en un hombre rico. Raras veces tenía ocasión de gastar dinero, excepto para mantener su guardarropa bien provisto y adquirir flores para la tumba de su *maman*. Dos veces por semana llegaban al cementerio sofisticados ramos de flores tan exóticas como lo había sido la mujer. Aquellos arreglos florales eran más elaborados que los que le enviaba su padre cuando Andre era todavía un muchacho. Para él eso era muy importante.

No era alto, pero su pose rígida le confería presencia. Si bien no tendía a ser vanidoso, sí era meticuloso. Comprobó su aspecto en el espejo de cuerpo entero situado en la parte trasera de la puerta de su cuarto de baño. Sus pantalones aún conservaban la raya que parecía haber sido hecha con la hoja de una navaja. El clavel rojo que llevaba en el ojal de la solapa todavía se conservaba fresco. El cuello y los puños de su camisa blanca almidonada estaban tan tiesos que una pelota de tenis hubiera rebotado en ellos. Siempre vestía traje oscuro de corte impecable, camisa blanca y corbata tradicional. Se hubiera sentido cómodo con chaqué y polainas, pero eso podría atraer la atención de sus huéspedes hacia él en lugar de hacia el excelente servicio que recibían. Y eso para Andre habría significado un fracaso. Andre Philippi se consideraba a sí mismo un sirviente de los huéspedes del hotel Fairmont y se tomaba su trabajo muy en serio.

Después de llamar a la puerta, en el despacho de Andre entró un joven con uniforme de camarero del servicio de habitaciones.

—¿Ha acabado con su bandeja?

—Sí, ya he terminado. —Estudió con ojo crítico el aspecto del joven camarero y su técnica mientras volvía a cubrir los platos de servir con las tapaderas y los colocaba de nuevo en la bandeja.

—¿Esto es todo por esta noche, señor Philippi?

—Sí, gracias.

—Seguro que sí.

Andre frunció el entrecejo al oír aquella expresión de despedida, pero, en términos generales, el camarero había actuado bien. Indudablemente regresaría a la cocina y junto con sus amigos del personal del hotel se pondría a hacer bromas hasta que se le volviera a asignar un servicio. Andre no tenía muchos amigos.

Asistió a las mejores escuelas privadas, incluyendo la Universidad de Loyola. Pero debido a que nunca pudo reivindicar a su padre, y viceversa, siempre fue un marginado social. No le importaba. El único mundo que existía para él era el del hotel. Lo que acontecía en el exterior de sus muros apenas le interesaba, no le importaba. Carecía de ambición. Su intención no era la de ocupar una posición prominente. Para él, la máxima felicidad sería morir cumpliendo con su deber en el hotel Fairmont. Su pequeño apartamento se hallaba tan cerca del hotel que podía ir y venir a pie, pero en realidad se lamentaba del tiempo que tenía que pasar allí. Si se lo permitieran, jamás abandonaría el Fairmont.

Andre solamente tenía un vicio. Y ahora se lo iba a permitir, del mismo modo que un amante de la buena mesa saborearía una copa de licor después de cenar. Al abrir el cajón de su escritorio lanzó una mirada hacia el retrato enmarcado y autografiado. Ah, Yasmine. Tan exquisita. Tan hermosa. «Para un tipo cojonudo», había escrito ella antes de firmar con ampulosas florituras.

Era algo más que un admirador ferviente de Yasmine. Durante años le había profesado un afecto que rayaba en la obsesión. No se trataba de una atracción sexual. Eso hubiera sido algo profano. No, él la veneraba del mismo modo que un amante del arte codiciaría una pintura imposible de conseguir. La admiraba, la adoraba y anhelaba su felicidad, igual que había anhelado que su hermosa *maman* fuera feliz.

Finalmente cerró el cajón, sabiendo que esa noche tendría otras oportunidades de contemplar el rostro impresionante que jamás se alejaba de su mente. Ahora, sin embargo, había llegado el momento de iniciar la inspección del mostrador principal que realizaba cada hora. Parecía que las cosas iban como la seda. Descubrió una colilla encima de la alfombra, frente a los ascensores, pero a un chasquido de sus dedos un botones se abalanzó hacia el lugar para retirarla. Sacó una rosa que se estaba marchitando de uno de los adornos florales y preguntó cortésmente a los huéspedes que regresaban si todo estaba a su gusto. Ellos le aseguraron que, como de costumbre, todo era perfecto.

Cuando cruzó el vestíbulo, se estremeció al recordar aquella horrible mañana que siguió al asesinato de Jackson Wilde. ¡Qué incidente tan espantoso para su hotel!

No lamentaba especialmente que el predicador televisivo hubiera muerto. El hombre había satisfecho sus propias necesidades antes de satisfacer las de los demás. Su sonrisa ocultaba un carácter desagradable. Se reía demasiado abiertamente, hablaba de una forma demasiado corrosiva, estrechaba las manos con excesiva cordialidad. Andre había obsequiado a aquel hombre y a su familia con toda la cortesía posible, pero no lo había hecho de corazón, pues sentía una especial antipatía personal por Jackson Wilde.

Andre todavía estaba resentido. El asesinato de Wilde había dejado tras de sí un velo mortuorio sobre el hotel. Ningún hotel podía garantizar que tal cosa no ocurriera nunca en alguna de sus habitaciones, a pesar de las medidas de seguridad que se tomaran. No obstante, algunos periodistas locales habían tenido la desfachatez de sugerir que el hotel debería compartir la responsabilidad.

Bueno, los abogados ya se estaban ocupando de ese aspecto. Eso estaba más allá del reino de Andre. Pero se sentía inquieto al recordar las caóticas secuelas —aquel vestíbulo sereno abarrotado de policías y periodistas y huéspedes legítimamente descontentos que fueron interrogados como si de bellacos se tratara—. Había sido como presenciar cómo unos gamberros callejeros apaleaban a una venerable anciana.

Lo que debería ser obvio para las autoridades es que alguien había llegado de la calle, había subido en un ascensor hasta la séptima planta y había sido recibido en la habitación por Wilde. Después de dispararle y sin atraer la atención de nadie, el asesino se había marchado de la misma manera. ¿Es que todos los huéspedes que había aquella noche en el hotel tenían que ser tratados como sospechosos? ¿Estaba justificado que la policía sospechara de todo el mundo? Andre no lo creía así. Ésa era la razón por la que no tenía ningún escrúpulo en proteger a aquellos que con toda probabilidad no se habían enfrentado a Jackson Wilde.

Siguiendo la rutina, los policías también habían interrogado a Andre. Parecía que no ponían en duda sus afirmaciones. El señor Cassidy, sin embargo, era otra cosa. Había sido muy minucioso y más tenaz que aquel detective con dos nombres de pila. Cassidy no había acusado abiertamente a Andre de mentir, pero el ayudante del fiscal parecía saber que ocultaba información.

—Mire, señor Phillipi —le dijo, acercándose más a Andre con una expresión con la que pretendía inspirar confianza—, a mí no me importa qué negocios de drogas se estaban cociendo arriba, en las habitaciones, aquella noche. No vamos a detener a nadie por escándalo público aunque ese alguien estuviera con una prostituta que le atara las manos a un mueble y le hiciera fotos pornográficas. A mí me tiene sin cuidado quién se tiraba a la esposa de quién. Lo que necesito saber es la identidad de cada una de las personas que entraron en el hotel aquella noche. Sé que usted vigila cuidadosamente toda la noche la zona del vestíbulo. Ve a muchísima gente. Alguien a quien usted considere insignificante puede que no lo sea. Cualquier pequeña información podría ser vital.

—Lo comprendo, señor Cassidy —respondió Andre con rostro impasible—. Pero ya he hecho la lista de todas las personas que vi aquella noche. He dado órdenes al personal para que le preste toda su colaboración. Usted tiene acceso a nuestro ordenador.

—Que usted y yo sabemos que solamente guarda lo que se le dice que guarde. Es más fácil borrar datos que entrarlos. —Cassidy había alzado la voz, demostrando su impaciencia. Cuando se dio cuenta de eso, cambió de táctica, asumiendo el tono de un padre cariñoso a punto de castigar a su hijo—. ¿Por qué no se sincera conmigo, Andre? Si descubrimos que nos oculta información, podríamos implicarlo. Me disgustaría mucho que las cosas llegaran a ese punto, ¿a usted no?

Cassidy podía ir cambiando de táctica hasta agotar las expresiones de su rostro, pero no lograría sacar nada de Andre. Estaba decidido a no revelar en ningún caso información que comprometiera a personas que él respetaba. Los hechos que no tenían absolutamente nada que ver con el asesinato del reverendo Jackson Wilde no eran asunto del señor Cassidy.

El señor Cassidy no procedía originariamente de Crescent City*. Tenía la idea equivocada de que la ley era absoluta, rígida y aplicable a todos por igual. Sin duda creía que las leyes generales afectan a todo el mundo. Evidentemente, todavía no había aprendido el código del honor que imperaba en Nueva Orleans. Tal vez los forasteros no comprendieran ni adoptaran dicho código, pero Andre sí.

Cuando Claire entró en la zona de la cocina, su madre estaba sentada sola en el rincón del desayuno. Estaba completamente vestida y se había maquillado. Eso era buena señal. Había días que Mary Catherine no podía levantarse de la cama, se quedaba allí aprisionada por la depresión.

—Mmm. Qué bien huele el café, mamá —comentó Claire, mientras se ponía los pendientes.

—Buenos días, querida. ¿Has dormido bien?

—Sí —mintió Claire. Mientras removía la leche en

* Así se denomina también a la ciudad de Nueva Orleans. (N. de la T.)

el café, miró por encima del hombro y sonrió a su madre. Su sonrisa se heló cuando vio el rostro familiar que llenaba la pantalla del televisor portátil situado en el estante. Sintonizaba un canal que transmitía un boletín de noticias matinal.

—No debería gritar de esa manera —observó Mary Catherine—. Es muy desagradable. Una señora debería cultivar una voz suave para hablar.

Ariel Wilde estaba rodeada de periodistas, todos deseosos de retransmitir sus últimas y más atroces críticas a la ciudad, al municipio y a las autoridades estatales que se habían negado a entregarle el cuerpo de su esposo para llevarlo a Nashville.

Claire se sentó cuidadosamente frente a su madre. Miraba más a Mary Catherine que la televisión.

—Tendrían que permitir que la señora Wilde enterrara a su marido tan pronto como fuera posible —dijo Mary Catherine—, pero es difícil que personas tan desagradables inspiren lástima en los demás.

—¿Por qué dices que son desagradables, mamá?

Mary Catherine la miró con evidente sorpresa.

—Vamos, Claire, ¿es que te has olvidado de todos los problemas que este predicador te causó, de todas las cosas horribles que dijo? Era un ser humano detestable y, por lo visto, su mujer también.

«Éste es uno de sus días lúcidos», pensó Claire. No ocurría a menudo, pero en tales días lo que Mary Catherine decía tenía lógica y se daba perfecta cuenta de todo lo que sucedía a su alrededor. Cuando su mirada era clara y su voz sonaba llena de convicción, se podía dudar fácilmente que alguna vez pudiera ser de otra manera. Mirándola ahora, Claire se preguntaba qué provocaba esos períodos de cordura y también los demasiado frecuentes ataques. Durante décadas, los médicos habían intentado diagnosticar y curar el problema y siempre habían fracasado.

—Las cosas que ese hombre dijo de ti eran odiosas —continuó—. ¿Por qué no se podía meter en sus propios asuntos y dejarte en paz?

Claire estaba estupefacta por la vehemencia de su madre.

—Ahora ya no tengo que preocuparme más de él, mamá.

Los labios de Mary Catherine formaron una sonrisa beatífica.

—Oh sí, ya lo sé. Murió de tres heridas de bala. —Cambiando bruscamente de tema, empujó un plato con cruasanes hacia Claire—. Coge uno, querida. Están buenísimos.

—De momento sólo tomaré café —respondió Claire, distraída—. Mamá, hace días que quiero hablar contigo de algo muy importante.

—Me gusta este hombre del tiempo, ¿a ti no? Tiene una manera de decir las cosas muy agradable.

—¿Mamá? —Claire esperó hasta que Mary Catherine volvió a centrar su atención en ella—. ¿Recuerdas que te presenté al señor Cassidy el otro día?

—Por supuesto. Hace tan sólo unos minutos ha salido en la televisión y citaron sus palabras en un programa de noticias. Cuando lo conocí no sabía que fuera tan importante. Será quien entablará las acciones judiciales del caso Jackson Wilde en nombre de la oficina del fiscal.

—Es cierto. Y puesto que el reverendo Wilde se había mostrado tan hostil hacia mí, el señor Cassidy quiso conocerme. Es posible que vuelva otra vez.

—Vaya, es estupendo. Fue muy amable.

—Bueno, él... él no siempre es tan amable. Debido a su trabajo, a menudo tiene que preguntar a la gente montones de cosas. Preguntas personales acerca de su vida, sus antecedentes. Tiene que hurgar en su pasado y tratar de descubrir cosas que ellos preferirían que se mantuvieran en privado. —Hizo una pausa para permitir que asimilara sus palabras. Mary Catherine la miró con curiosidad—. Si el señor Cassidy volviera y empezara a preguntarte cosas acerca de los años que vivimos con tía Laurel, ¿qué le dirías?

Mary Catherine estaba perpleja.

—Supongo que le diría lo estupendo que fue.

Claire respiró con alivio, tomó la mano de su madre y la apretó afectuosamente.

—Lo fue, ¿verdad que sí? Pasamos horas maravillosas en casa de tía Laurel.

—Todavía la echo de menos, ¿sabes? El próximo domingo, después de misa, le llevaremos flores a la tumba. —Mary Catherine se levantó y se dirigió hacia el escritorio empotrado—. Ahora, Claire, tendrás que perdonarme. Tengo que preparar la lista de la compra antes de que llegue Harry. Es muy olvidadiza, si no le apunto todas las cosas que necesitamos del mercado, no se acuerda de nada.

Mary Catherine empezó a añadir cosas a la lista de la compra mientras Claire la observaba con una arruga de preocupación en su rostro. Era inevitable que Cassidy volviera. Sólo esperaba que no fuera entonces. Se alegraba de que Mary Catherine tuviera un buen día, pero prefería que Cassidy hablara con su madre un día en el que ésta no pudiera conversar tan lúcidamente acerca de Jackson Wilde y de su asesinato.

El grifo del agua fría estaba abierto al máximo y, a pesar de todo, aún salía tibia. Cassidy supuso que debería estar agradecido de que el chorro de la ducha fuera potente. Cuando el agua le golpeó la parte trasera del cuello, la tensión se relajó en parte. Pero no del todo. Finalmente se enjabonó, se lavó el cabello con champú, se aclaró con agua limpia y salió de la ducha.

En ese momento su café ya estaba listo. Siguió el fuerte olor a café de Nueva Orleans con achicoria hasta la cocina del tamaño de un sello de correos y se sirvió una taza. Aquella bebida amarga que quemaba le proporcionó una doble ración de cafeína y optimismo. Quizás ese día ocurriría algo.

Se dirigió con pasos silenciosos hasta la puerta principal de su estudio Metairie y la abrió para recoger su periódico de la mañana. La mujer que vivía al otro extremo del estrecho pasillo de piedra estaba introduciendo cartas en su buzón de correos.

Le echó una ojeada y sonrió divertida.

—Buenos días, Cassidy.

Él agarró el nudo de la toalla que se había enrollado alrededor de la cintura.

—Buenos días.

—Hacía tiempo que no se dejaba ver.

Ignoró el doble sentido y respondió:

—He estado ocupado.

—Ya lo he leído. —La mujer señaló con la cabeza el periódico que él llevaba doblado bajo su brazo desnudo. Desde ahí, los ojos de ella se aventuraron hacia la mata de pelo empapada que se hallaba en su bajo vientre—. ¿Ha tenido ocasión de usar aquella muestra de jabón que le di la semana pasada?

Ella trabajaba en la Maison Blanche y representaba una línea internacional de cosméticos. Constantemente le dejaba muestras de su colección masculina delante de la puerta. Gracias a ella, Cassidy tenía más cosméticos que los travestis que se pavoneaban por los clubs de la calle Bourbon. Él seguía fiel a Dial y a un poco de loción para el afeitado, pero no quería herir los sentimientos de la mujer. Sintiendo un hormigueo en cada folículo capilar que ella examinaba, contestó:

—Sí, era estupendo.

—¿Huele bien?

—Mmm.

Ella lo miró a los ojos y mantuvo la mirada. Aquellos ojos ya no sabían qué decir. Él interpretó la expresión como lo que era. Acarició la idea de invitarla a entrar en su estudio a tomar cruasanes y a ponerse cómoda, pero rechazó el pensamiento antes de que acabara de tomar forma.

—Bueno, se me hace tarde. ¡Adiós!

Cerró la puerta unos segundos antes de que la toalla anudada se le resbalara por las piernas y cayera al suelo. Su vecina, Penny o Patty o Peggy o algo por el estilo, era bonita y estaba disponible, por lo que él sabía. Ya se le había insinuado con anterioridad, y él la había ignorado por una u otra razón, sobre todo por falta de tiempo e interés.

Posiblemente esta mañana debería aceptar la sutil invitación de la mujer. Tal vez echar un polvo era justo lo que necesitaba para mejorar su humor. «Joder, lo dudo», murmuró. Si fuera tan fácil, haría días que se habría librado de su depresión. No era tan difícil conseguir una mujer.

De una patada quitó del paso la toalla mojada y entró desnudo en la cocina. Empezó a beber sorbos de café mientras esperaba que del tostador saltaran dos tostadas de pan de trigo. Al abrir su ejemplar del *Times Picayune*, observó que las informaciones del asesinato de Wilde habían sido relegadas a la cuarta página. Sin embargo, escrito con mucha claridad, había un artículo que sugería que las autoridades estaban desconcertadas. Había fuertes alusiones a la incompetencia. Para aquellos que no lo supieran ya —y, puesto que los medios de comunicación estaban saturados de reportajes, parecía imposible que hubiera quien aún no conociera los hechos—, la escena del crimen había sido reconstruida según el comunicado de prensa que Cassidy había ayudado a elaborar.

El periodista citaba las palabras de Cassidy y explicaba que las fuerzas conjuntas del departamento de policía y de la oficina del fiscal estaban siguiendo varias pistas importantes, lo cual era cierto, y que era inminente una detención, lo cual era mentira. Ni por asomo estaban a punto de detener a nadie. No tenían ni una mierda de pista.

Sus tostadas saltaron del tostador. Untó ambas con mantequilla, espolvoreó por encima azúcar y canela y mordisqueó un pedacito de una. Claire Laurent surgió en su mente. Su boca debía de saber a mantequilla caliente y azúcar con canela.

«¡Maldita sea!» Apretó las manos contra la superficie del mostrador, y se inclinó hacia delante y hundió la barbilla en el pecho. Si bien no hacía ni cinco minutos que se había duchado, empezó a sudar: las gotitas le resbalaban por las sienes, el pecho, la espalda y el vientre. La excitación se concentró alrededor de su sexo como jirones de niebla sobre un canal y se sintió burlado, provocado y, para su gran frustración, experimentó una reacción considerable.

Desde su visita a Sedas de Francia sufría sudores nocturnos. Al igual que la malaria, aquellos síntomas de debilitación se presentaban noche tras noche. Lo debilitaban, lo enloquecían, lo excitaban. Deseaba dar la culpa de su enfermedad de adolescente al producto que fabricaba Sedas de Francia. Si un individuo normal miraba a unas cuantas modelos con escasa ropa interior, se excitaría. Era una regla de la naturaleza. Todas las prendas que aparecían en el catálogo Sedas de Francia eran eróticas. O bien eróticas/inocentes, eróticas/despreocupadas o eróticas/ardientes. Pero siempre eróticas.

Aquellas páginas brillantes eran definitivamente excitantes pero él había visto los desplegables centrales de revistas eróticas desde los doce años y jamás se había visto atacado por una fiebre como aquélla. La diferencia radicaba en la mujer que había inspirado el catálogo. Claire Laurent era tan provocativa como la mercancía que vendía. No podía apartarla de su mente y no necesariamente a causa de su investigación. Más de una vez se había preguntado si aquellas condenadas pompas de jabón que ella había soplado no serían en realidad un filtro vudú de amor.

—¿Cómo te fue ayer por la tarde en el almacén de ropa interior? —le había preguntado Crowder durante su rutinaria reunión matutina.

—¿Se refiere usted a Sedas de Francia?

—¿Es que hay algún otro sitio de éstos implicado en el caso?

—Está muy bien organizado. No tenía ni idea de que se tratara de un negocio tan caro.

—No me importa para nada el negocio. ¿Has hablado con la tal Laurent?

—Sí. Largo y tendido.

—¿Alguna cosa?

—Ella dice que nunca conoció personalmente a Wilde.

—¿Y?

—Básicamente eso.

—¿Y tú la creíste?

Por razones que no acertaba a comprender del todo, Cassidy respondió con evasivas.

—No me dio ninguna razón para que no la creyera. —Puesto que Crowder esperaba una explicación más detallada, se la proporcionó, hablándole de Mary Catherine y de la modelo, Yasmine.

—Ya la conozco —replicó Crowder—. La vi una vez en el programa de Johnny Carson. Es de infarto.

—Sí, así es. La señora Laurent, es decir, la madre, está mentalmente incapacitada.

—No me digas. ¿En qué sentido?

Crowder le pedía detalles. Cassidy no tenía ninguno. Él dudaba que Crowder deseara oír que su polla se ponía dura cada vez que pensaba en Claire Laurent. No sería precisamente buena cosa para un ayudante del fiscal que trataba de fundamentar un caso de asesinato, especialmente uno del que dependía su carrera. Ésta era la clase de caso jugoso con mucha publicidad con el que soñaban los jóvenes fiscales ambiciosos. Y le pertenecía a él.

Le habían concedido una oportunidad de oro para demostrar a Crowder que era capaz de tomar las riendas del puesto cuando el anciano se retirara. Necesitaba convencer a los votantes de que era el hombre adecuado para aquel duro cargo. Y necesitaba demostrarse a sí mismo, como lo estaba haciendo desde hacía cinco años, que era buen tipo y que no debería estar entre rejas.

Todo eso sería doblemente difícil de realizar si uno de sus sospechosos lo ponía sudoroso y cachondo.

Claire Laurent no podía haber cometido un asesinato a sangre fría. «Mira cómo trata a su madre», se decía a sí mismo.

Esa lógica no valía ni un real y Cassidy lo sabía. Había conocido a asesinos terribles que podían llorar a voluntad, especialmente cuando sus madres estaban cerca.

«Por tanto olvidemos los sentimientos. Míralo desde un punto de vista práctico. No hubiera sido lógico que asesinara a Wilde. Arriesgaba más si lo asesinaba y la descubrían que si los planes de él para arruinar su negocio hubieran tenido éxito. ¿Correcto? Correcto. Ella no lo habría hecho.»

Incluso así, había algo en el esquema de Sedas de Francia que no encajaba. ¿Qué había de raro allí? Repasó mentalmente a todas las personas que había visto allí: «remolcador» Annie, la recepcionista, Claire, Mary Catherine, Yasmine. De repente se le ocurrió una cosa. «No había hombres.»

No había hombres. En el almacén sólo trabajaban mujeres. Harry, el ama de llaves, era un diminutivo de Harriet. ¿Tenía algún significado concreto aquella exclusividad? ¿Era Sedas de Francia un ejemplo fundamental de discriminación sexual a la inversa? ¿Había algo más en la relación entre Claire y Yasmine que amistad y negocios?

El pensamiento le dejó un sabor amargo en la boca, más fuerte que el café y la achicoria. Echó el poso en la pila de la cocina.

No, eso no podía ser. Lo hubiera notado. Ellas se habían comunicado en silencio, como confidentes, no como amantes. En cualquier caso, Claire no era una asesina.

Por otra parte, Cassidy tenía la impresión de que Claire era una mujer que, en caso de haber asesinado ya a un hombre, no sentiría remordimiento en hacerle añicos los huevos sólo por placer.

Sonó el teléfono.

—Soy Glenn.

—Buenos días.

El detective gruñó como si no estuviera de acuerdo.

—He recibido una llamada del comisario de policía. Dice que la Wilde —y este juego de palabras se ha de tomar literalmente— exige que soltemos el cuerpo. Tenemos que soltarlo, Cassidy.

Se mesó los cabellos húmedos con los dedos.

—Mierda. Supongo que no tenemos otra opción. Pero déjame que los interrogue otra vez a ella y a su hijastro.

—Ya hemos tomado sus declaraciones. Los he interrogado docenas de veces. Va a empezar a parecer un acoso.

—Lo sé, pero quiero intentarlo una vez más. Estaré ahí en media hora.

La entrevista con Ariel y Joshua Wilde tuvo un mal comienzo.

Cuando Cassidy llegó, ellos ya estaban sentados en su oficina. La viuda llevaba un vestido de seda negra, lo que la hacía parecer frágil, pálida e incuestionablemente inocente.

—Señor Cassidy, nos marchamos a Nashville dentro de una hora. No queremos perder nuestro vuelo.

—Le pido disculpas —respondió él, dando la vuelta a su escritorio y sentándose—. He encontrado mucho tráfico. Me encargaré de que lleguen a tiempo al aeropuerto, aunque eso signifique que la policía tenga que escoltarlos.

Aquello pareció que gustaba a la mujer, que se recostó hacia atrás en su asiento.

—Gracias.

—De camino hacia aquí me han informado que el ataúd con el cuerpo del reverendo Wilde también irá a bordo de ese vuelo.

Ella se limpió los ojos con un pañuelo bordado.

—Asesinaron a Jackson hace más de una semana. No solamente han sido incapaces de arrestar a su asesino sino que me han impedido enterrarlo.

Cassidy la aplaudió mentalmente. Era condenadamente buena. La falda le cubría recatadamente las rodillas; llevaba el cabello pálido y lacio peinado hacia atrás y sujeto con una diadema negra de terciopelo. No pretendía de ningún modo resultar seductora y, sin embargo, rezumaba un inexplicable carisma.

Su hijastro tenía puesta una mano consoladora sobre el hombro de ella.

—Ésta ha sido una prueba muy dura para nosotros, señor Cassidy. Especialmente para Ariel.

—Estoy seguro de ello.

—Deseamos llevar el cuerpo de papá a casa, enterrarlo y luego descansar. De todos modos, nuestro plan es regresar a Nueva Orleans tan pronto como arresten al culpable. Deseo preguntarle personalmente por qué lo hizo.

—A mí también me gustaría preguntárselo. —Cassidy abrió el archivo que uno de los funcionarios le entregó antes de entrar allí—. Para mayor claridad, me gustaría volver a verificar con ustedes algunas horas.

Revolvió los papeles para que la pregunta pareciera más justificada.

—Ustedes, ustedes tres, acompañados de unas cuantas personas de su acompañamiento, llegaron al hotel... ¿cuándo?

—A las diez y cinco —replicó Ariel con impaciencia—. Señor Cassidy, esto ya lo hemos repetido mil veces.

—Sé que parece repetitivo, pero algunas veces, al volver a describir los sucesos, un testigo recuerda algo que previamente había olvidado. Le ruego que me disculpe.

Ella exhaló un suspiro de resignación.

—Llegamos a las diez y cinco. Todos estábamos hambrientos. Comimos en el Sazerac, que está al nivel del vestíbulo. Estoy segura de que los empleados del hotel podrán confirmarlo.

—Ya lo han hecho. ¿Alguien se levantó de la mesa en algún momento?

—Creo que no. Josh, ¿recuerdas si alguien se levantó de la mesa durante la comida?

—No. ¿Por qué es eso tan importante, señor Cassidy?

Aún había que aclarar cómo había entrado el asesino en la suite de Wilde. Cassidy creía que alguien del círculo más íntimo pudo tener acceso a una llave y esperaba a Wilde cuando éste volvió de cenar.

—Sólo quería comprobarlo.

—No recuerdo que nadie se levantara hasta que

hubimos terminado —contestó Ariel—. Subimos todos juntos en el ascensor y bajamos en las plantas que se nos habían asignado.

—¿Era un grupo alegre?

—Todos estaban aún llenos del Espíritu.

—¿El espíritu?

—El Espíritu Santo. Dios bendijo de forma especial la ceremonia de aquella noche.

—Ya veo. —Cassidy revolvió entre más papeles—. Así pues, señora Wilde, ¿usted, su marido y Josh bajaron juntos del ascensor en el séptimo piso?

—Así es. Jackson siempre reservaba una planta exclusivamente para nosotros, para que la familia gozara de completa intimidad.

—Mmm.

—Di a Jackson un beso al salir del ascensor y luego fui a la suite de Josh a ensayar nuestros cantos para la ceremonia del día siguiente.

—¿Siempre cantan ustedes con el estómago lleno, señora Wilde?

—¿Cómo dice?

Cassidy se recostó hacia atrás en su sillón y deslizó un lápiz por entre sus dedos mientras los miraba fijamente a los dos.

—He conocido a algunos cantantes. Pero nunca he conocido a ninguno que le gustara cantar justo después de comer. Un estómago lleno obstruye el diafragma, ¿no es cierto?

—¿Qué tiene que ver eso?

—Usted dijo que fueron a la suite de Josh a ensayar.

—Puedo explicárselo —le respondió Josh rápidamente—. Cuando Ariel y yo ensayamos fuera del auditorio, sólo trabajamos las entradas, el ritmo, esas cosas. Ella no canta a pleno pulmón hasta que estamos en el interior de la sala, donde los técnicos de sonido pueden graduar los niveles de los micrófonos.

—Oh —replicó Cassidy—. Tal vez por eso nadie la oyó cantar aquella noche.

—No había nadie más en el séptimo piso, ¿lo recuerda? —Ariel le refrescó la memoria amablemente.

—Eso es cierto. Pero las habitaciones que están por encima y por debajo de la suite de Josh estaban ocupadas y, sin embargo, la gente que estaba allí no oyó en ningún momento cantar ni tocar el piano.

—¿Qué está insinuando, señor Cassidy?

—Que es posible que usted fuera a la suite de Josh para hacer otro tipo de música.

La viuda se puso en pie de un salto y lanzó una mirada furiosa a Cassidy.

—¿Cómo se atreve?

—Nadie puede corroborar su relato, señora Wilde.

—Tampoco nadie puede contradecirlo.

—Y yo creo que usted lo planeó así.

—Piense lo que quiera.

—Creo que para continuar con la aventura que tienen, uno de ustedes, o los dos, se deslizó vestíbulo abajo aquella noche y disparó a su marido mientras dormía. Lo dejaron allí toda la noche y, luego, a la mañana siguiente, representaron aquella comedia para la prensa y para el público.

Los ojos azules de ella se entrecerraron de forma amenazadora.

—El Diablo le está utilizando.

—Es muy posible —replicó Cassidy, afable—. Siempre me encuentra a punto.

—¿Está usted dispuesto a detenernos basándose en esta corazonada? —preguntó Ariel con arrogancia.

—¿Sin pruebas? Usted sabe tan bien como yo, señora Wilde, que no podría hacer que el caso progresara.

—Precisamente. —Ella se volvió de espaldas y salió por la puerta.

Josh se quedó, pero compartía la agitación de ella.

—Esa acusación ha sido una impertinencia, señor Cassidy. En vez de molestar a mi madrastra con argumentos desagradables, ¿por qué no se dedica a remover cielo y tierra para encontrar al verdadero asesino?

—Vamos, Josh. —Cassidy pasó deliberadamente a un tono familiar. Si pretendía doblegar a alguno de los dos, ése sería Josh—. Ya sé que se la está tirando. Eso no me importaría un carajo... a menos que se cargara a su viejo para seguir tirándosela.

—¡Cállese de una vez!

—Entonces cuéntemelo todo, maldita sea —exclamó mientras golpeaba la superficie del escritorio con la palma de las manos.

Tras un momento de silencio tenso, Josh preguntó, malhumorado:

—¿Qué quiere saber?

Cassidy reprimió su genio, puesto que intuitivamente sabía que Josh daría marcha atrás si no lo trataba con amabilidad.

—Mírelo desde mi punto de vista, Josh, y saque sus propias conclusiones. Ariel es joven, hermosa, tiene talento y está enamorada de su hijastro joven, guapo y con talento que a su vez también está enamorado de ella. Solamente hay un obstáculo: está casada. El marido que estorba le proporciona a ella un motivo que no puedo descartar. Y ella era la única persona, aparte de su padre, que tenía la llave de aquella suite.

—¿Y qué hay de las camareras? ¿Y el personal del hotel? Los ladrones profesionales no necesitan llaves. Siempre entran en suites de hoteles cerradas con llave.

—A Jackson lo asesinó alguien conocido, una persona a la que le tenía la confianza suficiente para estar ante ella desnudo y tumbado en la cama sin que le importara.

—No fue Ariel.

—¿Fue usted?

El joven se puso pálido.

—Mi padre y yo teníamos nuestras diferencias, pero yo no lo maté.

—¿Sabía lo suyo con su esposa?

—No sé de lo que me está hablando.

La silla reclinada de Cassidy se enderezó de golpe.

—No me venga con cuentos, Josh. ¿Lo sabía?

El joven se retorció bajo la mirada gris y dura de Cassidy. Finalmente se encogió ligeramente de hombros y desvió la mirada.

—No. Creo que no.

Ajá. Ahora ya contaba con la confesión de que los dos estaban implicados en una relación ilícita. Disimuló su reacción de alegría.

—¿Cree que eran lo bastante listos como para ocultárselo a su padre, cuando yo lo adiviné treinta segundos después de conocerlos?

—No es que fuéramos tan listos —dijo Josh con una triste sonrisa—. Pero él era tan egocéntrico que jamás hubiera sospechado que Ariel me prefiriese a mí.

Cassidy lo miró a los ojos y lo creyó.

—Era un verdadero hijo de puta, ¿verdad?

—Sí.

—¿Le odiaba?

—A veces.

—¿Lo suficiente como para matarlo?

—Algunas veces. Pero no lo hice. No podía. No habría tenido valor.

Cassidy también creyó aquello. Joshua Wilde recibió el nombre del guerrero hebreo del Antiguo Testamento, pero el nombre era inadecuado para él. Sin duda, Jackson Wilde, con su voz atronadora y temperamento de ángel vengativo, se había sentido profundamente decepcionado con su hijo de modales finos y voz dulce. Un muchacho podía acumular una gran cantidad de resentimiento contra un padre demasiado crítico y autoritario. Padres mejores que Jackson Wilde habían sido asesinados por hijos sometidos a una fuerte tensión nerviosa. Pero Cassidy no creía que Josh tuviera el coraje para volarle a alguien la cabeza de un disparo.

—¿Y ella? —preguntó Cassidy, señalando con su barbilla hacia la puerta por la cual había salido Ariel con aire ofendido—. Piense antes de contestar, Josh. Podríamos descubrir evidencias incriminatorias en cualquier momento, algo que antes se nos había escapado. Si protege a Ariel, estará encubriendo un asesinato y el castigo es el mismo. ¿Lo mató?

—No.

—¿Pudo hacerlo ella sin que usted lo supiera? ¿Hizo el amor con ella aquella noche, Josh?

Él bajó los ojos, pero respondió sin vacilar.

—Sí.

—¿Se marchó ella de su suite en algún momento?

—No. No hasta que se marchó definitivamente, en algún momento en la madrugada.

Demasiado tarde para cometer el asesinato; Elvis Dupuis lo había situado entre medianoche y la una de la madrugada.

—¿Está seguro?

—Totalmente.

—¿Sospecha que ella lo mató?

—No. —Sacudió la cabeza con energía.

—¿Cómo puede estar tan seguro?

Alzó la cabeza y miró a Cassidy fijamente a los ojos.

—Mi padre era el pasaporte de Ariel hacia la gloria. Sin él, ella no es nada.

Era un callejón sin salida. Eran culpables como dos y dos son cuatro.

El caso era que Cassidy no sabía si eran culpables solamente de adulterio o de un pecado más grave. Pero aunque se hubiesen cargado a Wilde, no tenía pruebas para detenerlos.

—Que tengan un viaje agradable —dijo Cassidy con voz cortante.

Joshua Wilde se quedó sorprendido.

—¿Quiere decir que me puedo ir?

—A menos que quiera firmar una confesión.

—No tengo nada que confesar ni Ariel tampoco. Se lo juro, señor Cassidy.

—Puede que todavía tenga que hacerlo... ante un tribunal. De momento, adiós.

Cassidy lo observó mientras se marchaba; se preguntó entonces si estaba arrojando un asesino a un público ignorante del peligro. De todos modos, razonó, el único peligro que Ariel y Joshua podían plantear al público en general era que les estafara el dinero ganado con el sudor de su frente en nombre del Señor.

Quejumbroso y furioso con el mundo, cogió de un manotazo el auricular después de la primera llamada penetrante.

—Cassidy.

Era Crowder, quien no se alegró demasiado al oír el resultado del interrogatorio.

—El resultado es que se han marchado —resumió Cassidy.

Crowder hizo diversos comentarios escogidos acerca de la viuda y el caos que había dejado como estela detrás suyo.

—Viajará a Nashville oliendo como una rosa, haciendo ver que es una puñetera mártir, y nos deja con un montón de mierda pestilente para que la quitemos con una pala. Cassidy, ¿estás ahí?

—¿Qué? Oh sí, lo siento. Mierda. Correcto.

—¿Qué te pasa?

Cassidy estaba sorprendido ante la carpeta llena de papeles que Howard Glenn acababa de llevarle a su oficina y que había dejado caer sobre su escritorio con expresión triunfante.

—Le volveré a llamar. —Cassidy colgó, dejando a Crowder con la palabra en la boca. Levantó la vista hacia Glenn, que estaba de pie junto el borde de su escritorio, con una sonrisa de autosuficiencia en su rostro sin afeitar.

—Oye, Cassidy, esto podría ser la pista que andábamos buscando. Vámonos.

7

—Esto es suyo, ¿no es así señorita Laurent?

—¿De dónde lo ha sacado? —preguntó Claire al hombre desagradable que estaba frente a ella con la pose y la mirada furiosa de un gladiador.

—Uno de mis hombres lo encontró en el contenedor de basura que hay a pocas manzanas de aquí. ¿No se imaginaba usted que revisaríamos el contenido de los cubos de basura que están cerca de alguien implicado en el caso Wilde?

—Yo no estoy implicada —replicó Claire sin inmutarse.

—Esto indica lo contrario. —Él hombre blandió la carpeta incriminadora a dos centímetros de la nariz de Claire. Ella la apartó a un lado de un golpe.

—Glenn, aléjate —ordenó Cassidy con brusquedad. El hombre odioso puso mala cara pero retrocedió un par de pasos. Cassidy se volvió hacia Claire—. Francamente, suponía que sería más lista. ¿Por qué no tiró la carpeta al río, junto con el arma homicida?

Ella había creído que en las habitaciones de su apartamento, diseñadas para obtener el máximo de espacio y de luz, sentiría menos claustrofobia. Pero cuando había dejado entrar a Cassidy, tuvo la sensación de que las paredes empezaban a cerrarse hacia el centro, sobre todo por culpa de aquel detective, al cual miraba sin ocultar su desagrado. Le resultaba repugnante, no tanto por su aspecto desaliñado como por su sonrisa afectada, malévola y suspicaz.

Cuando Claire vio lo que traían, su corazón empezó a latir violentamente y las palmas de las manos le empezaron a sudar. Se sintió atrapada, temerosa, pero estaba decidida a no demostrarlo.

—Cante, señorita Laurent. ¿Qué hay de esto? —El detective Glenn había dejado caer la carpeta sobre el mostrador de la cocina. Docenas de recortes de periódico revolotearon y se desparramaron por la superficie brillante.

A Claire le molestaba que un representante de la autoridad la acorralara. Su instinto era resistirse, como lo había hecho cuando tenía cinco años. Sin embargo, ya no era una niña. No podía dar patadas, arañar y acurrucarse. Mentir sería absurdo. La tenían atrapada. Ellos lo sabían. Y ella también lo sabía. Lo mejor que podía hacer era capear el temporal.

—Era mía —admitió ella—. Dado que el reverendo Wilde fue asesinado, pensé que sería imprudente por mi parte conservar la carpeta.

—¿Imprudente? —resopló con rabia Glenn—. ¿Es ésa una manera fina de definir una maldita locura?

Los ojos de Claire relampaguearon de furia. Se le puso la espalda rígida.

Cassidy se colocó entre ella y el detective.

—Perdónenos —dijo y empujó al detective hacia la puerta. Tras una discusión en voz baja pero acalorada, Glenn lanzó a la mujer una sucia mirada antes de marcharse cerrando la puerta de golpe.

—Gracias —le dijo ella—. No creo que lo hubiera podido aguantar ni un segundo más. Era desagradable de pies a cabeza.

—No lo he hecho por usted. Lo he hecho por mí. Quiero preguntarle un montón de cosas. Era obvio que Glenn no hubiera llegado a ninguna parte con usted, así que le pedí que me diera una oportunidad.

—¿Qué clase de preguntas?

—¡Qué clase de preguntas! Tenemos pruebas incriminatorias contra usted, señorita Laurent.

—¿Una colección de recortes de periódico? —preguntó Claire en tono de burla—. Me parece muy difícil, señor Cassidy. Estaba a punto de prepararme un bocadillo para comer. ¿Le apetece uno?

Sin apartar los ojos de ella, Cassidy se echó hacia atrás la chaqueta y se colocó las manos sobre las caderas. La contempló como si tratara de comprenderla.

—Es usted dura de pelar, ¿no es así? —preguntó conciso—. Además de mentirosa.

—Usted no me preguntó si tenía una carpeta sobre Jackson Wilde.

—Me ha sorprendido que no haya negado haberla visto. —Con un gesto señaló el montón de recortes de periódico que había sobre el mostrador.

Claire dio la vuelta al mostrador y se dirigió al frigorífico.

—Negarlo me habría hecho parecer culpable de verdad, ¿no cree? ¿Le va bien ensalada de gambas?

—Bien.

—¿Pan integral o blanco?

—¡Dios mío! —musitó él a la vez que se pasaba los dedos por entre los cabellos—. ¿Es que nunca olvida esa hospitalidad sureña?

—¿Por qué tengo que hacerlo?

—Porque Glenn está abajo esperando para arrestarla. Y usted está hablando de pan integral o blanco.

—Nadie me arrestará, señor Cassidy, y ambos lo sabemos.

Sacó todos los ingredientes del frigorífico y siguió

dándole la espalda mientras preparaba los bocadillos. Confiaba en que él no se daría cuenta de que le temblaban las manos.

Pensándolo bien, librarse de la carpeta parecía como una medida desesperada tomada por alguien que tenía las manos ensangrentadas. Había sido estúpido por su parte tirar la carpeta al contenedor de basura. No debería haber dejado nada al azar. ¿Por qué no había hecho lo que él había comentado con sarcasmo y la había tirado al río? Por supuesto, al día siguiente del asesinato, las cosas ocurrieron tan rápidamente que no pensó con claridad. Había cometido un error de juicio que según parecía le iba a costar caro.

También había subestimado a Cassidy y la importancia de su primer interrogatorio. Sus preguntas hicieron que se sintiera inquieta y cautelosa, pero no le produjeron pánico. Con la aparición de la carpeta todo había cambiado. Ahora él sentía más que una ligera curiosidad por los sentimientos de ella hacia Wilde. Sospechaba que ella lo había matado. La vigilarían, buscarían el menor indicio de prueba. Sin embargo, Claire tenía muchísima práctica en desbaratar los planes de las autoridades. La primera lección que aprendió es no dejarse intimidar nunca.

Dio la vuelta para quedar frente a él.

—No tiene pruebas suficientes para hacer que un arresto cuaje señor Cassidy. He coleccionado algunos artículos sobre Jackson Wilde. Pero eso no es ni mucho menos un revólver humeante.

—El revólver está ahora en el golfo —respondió él mientras cogía una aceituna del plato que ella le ofrecía—. Se lo ha llevado la corriente del río.

—Es más que probable. —El mostrador estaba cubierto por los recortes y ella le hizo un gesto con la cabeza hacia la mesa de cristal del comedor—. ¿Tomará té o un refresco?

—Té.

—¿Azúcar?

—Nada.

Tras regresar con dos vasos de té helado con una ramita de menta, se sentó frente a él. Cassidy cogió la mitad de su bocadillo y de un fuerte mordisco le arrancó una esquina.

—Algunos de estos recortes tienen muchos años.

—Mi interés empezó hace muchos años.

—¿Tanto le interesa la religión?

—No, señor Cassidy —replicó ella con una sonrisa tímida—. Soy católica de nacimiento, pero nunca he pertenecido a ninguna iglesia organizada. Ciertamente los predicadores carismáticos de televisión nunca han sido santo de mi devoción. Wilde atrajo mi atención porque lo consideraba uno de los hombres más peligrosos de Norteamérica.

—¿Y por eso pensó que su deber cívico era cargárselo?

—¿Quiere oír mi explicación o no? —le preguntó ella bruscamente.

Él hizo un gesto para que prosiguiera.

—Es usted muy grosero, señor Cassidy.

—Sí, ya lo sé.

Sus ojos se encontraron y se miraron fijamente durante varios segundos. Claire no iba a rendirse, conque empezó a hablar:

—A diferencia de otros predicadores de la televisión, Wilde amenazaba con robar a la gente, no su dinero, sino algo más valioso, los derechos garantizados por la Primera Enmienda. Más o menos cuando salió el primer catálogo de Sedas de Francia, él inició su cruzada contra todo lo que consideraba pornográfico. Desde el principio su mensaje me molestó extraordinariamente.

—¿Porque su influencia podía causar problemas a su negocio?

—No, porque nunca quise encontrarme en una posición en la que tuviera que defender mi trabajo. Vi eso como una posibilidad muy real, y tal como han ido las cosas, mi predicción era correcta. El catálogo de Sedas de Francia no tiene nada en común con la pornografía con niños y las revistas de sadomasoquismo; sin embargo, lo comparaba con ellas y lo vilipendiaba del mismo modo. El reverendo Wilde emprendió una guerra contra la libertad de prensa.

—Usted no puede tener carta blanca respecto a la libertad. De la mano de la libertad va la responsabilidad.

—Estoy de acuerdo. —Ella dejó el bocadillo en el plato y se inclinó ligeramente hacia delante—. Pensar en la explotación de hombres, mujeres y niños para obtener beneficios me produce náuseas, pero ese crimen no se soluciona prohibiendo el erotismo de calidad de los museos y librerías.

»La censura es cosa de la mente, el corazón y la conciencia de cada uno. Si a usted no le gustan las películas X, gástese sus siete dólares en cualquier otra cosa. Si no está de acuerdo con los guiones de un programa de televisión, cambie de canal y no compre los productos que lo patrocinan. Pero permita que aquellos que no comparten su punto de vista vean lo que quieran.

»No es privilegio del Gobierno o de un comité, formado por lo que se llama expertos, o de un predicador el dictar lo que a la gente (los adultos) se le debe o no se le debe permitir ver. Cuando Hitler accedió al poder, una de las primeras cosas que hizo fue quemar los libros que consideraba inadecuados.

—Entonces ¿cualquiera que discrepe con *El guardián entre el centeno* es un neonazi?

—Por favor, señor Cassidy. No me insulte. Lo único que quería decir es que los que no aprueban algo y pretenden imponer su opinión a la fuerza sobre todos los demás demuestran tener una actitud fascista. —Claire notó que le subía una ola de calor a las mejillas. Se sentía tan compenetrada con estas ideas que algunas veces sonaba tan dictatorial e intolerante como Wilde.

»No he entrado voluntariamente en esta guerra, señor Cassidy. Si me hubieran dado a elegir, jamás habría participado. Wilde me arrastró a ella cuando empezó a insultarme desde su púlpito. Yo decidí ignorarlo tanto tiempo como fuera posible y decliné sus reiteradas invitaciones para llevar a cabo un debate público; algo que, probablemente, habría sido inevitable.

—Usted se iba preparando, y por eso guardaba esos recortes.

—Exactamente. Lo único que prueba la carpeta es que yo había investigado a fondo a mi adversario para así saber a lo que me iba a enfrentar si, y cuando, llegara la ocasión.

—¿Por qué no me enseñó su colección de recortes de periódico y me explicó todo esto la otra noche?

—Ya los había tirado.

—Podría haberlo mencionado.

—Podría, es cierto. Pero a usted lo están presionando para que presente a un sospechoso. Los seguidores de Wilde piden que se entable un juicio contra un culpable. Yo no estaba dispuesta a servirle de cabeza de turco, ni siquiera temporalmente. Si usted me hubiera llevado a las oficinas de la fiscalía para interrogarme oficialmente, eso podría haber repercutido negativamente en mi negocio y mi familia.

—Tal vez aún lo haga.

—Y malgastaría su tiempo. Ya le he dicho todo lo que sabía.

Él la miró fijamente.

—Entonces el hecho de subrayar con tinta roja la fecha en que Wilde llegaría a Nueva Orleans fue pura coincidencia.

Color y calor se agolparon nuevamente en su rostro.

—Recuerdo haber subrayado eso, sí. No puedo explicarle por qué lo hice. Tenía un bolígrafo rojo en la mano cuando estaba leyendo el artículo —contestó ella, y se encogió de hombros—. Fue un reflejo.

Cassidy comió rápidamente y dejó el plato vacío. Se limpió la boca con la servilleta y la depositó al lado de su plato.

—En apariencia todo suena enormemente razonable. Es una explicación casi demasiado razonable, señorita Laurent. Es como si hubiera ensayado lo que debería decir en caso de que la carpeta regresara como un fantasma para atormentarla.

—¿Le apetecería tomar café mientras sigue con sus lucubraciones erróneas?

Los labios de él se ladearon formando media sonrisa.

—No, gracias.

Ella llevó los platos de la mesa a la cocina.

—Creía que Harry se encargaba de eso —comentó él en tono locuaz, siguiéndola hasta la barra que separaba las dos habitaciones.

—Normalmente lo hace ella. Esta tarde ha salido con mamá.

—Muy oportuno.

—¿Qué quiere decir? ¿Qué tienen que ver con usted las salidas de mamá?

—Necesitaba que corroborara dónde estuvo usted la noche que asesinaron a Jackson Wilde.

Claire tomó aliento rápidamente:

—No permitiré que interrogue a mi madre, señor Cassidy. Compréndalo y ahórrese tiempo y esfuerzo. Mamá no recordaría ni siquiera lo que ha sucedido esta mañana, y mucho menos lo que ocurrió hace ya unas semanas. Si la presiona, posiblemente no podría darle una respuesta creíble y cualquier intento de obligarla a dar una respuesta sólo la angustiaría, cosa que yo no permitiré.

—Usted no puede esperar que Glenn y yo tomemos su frágil respuesta como una coartada sólida frente a esa pregunta tan importante.

—No tiene usted otra elección —respondió ella, estremeciéndose al oír mencionar el nombre del detective—. Tendrá que conformarse con mi palabra. Estuve en casa aquella noche.

—¿No salió para nada?

El duro brillo de ira de los ojos de Cassidy hizo que se pusiera en guardia. Muy nerviosa, rectificó.

—Tal vez salí. Pero debió de haber sido en todo caso algo breve, porque no puedo dejar sola a mamá durante mucho tiempo, sobre todo por la noche. Francamente, señor Cassidy, no me acuerdo. La fecha carece de significado para mí.

Él la contempló durante un rato y luego preguntó:

—¿Dónde está Yasmine?

—Ayer regresó a Nueva York.

Tal como Claire había predicho, a la mañana siguiente de su disputa Yasmine estaba arrepentida y se disculpó. Se abrazaron, lo olvidaron todo y trabajaron muchísimo para terminar el siguiente catálogo. Yasmine había corrido precipitadamente varias veces a su dormitorio para contestar su teléfono. Antes de regresar a Nueva York había pasado dos noches fuera para volver a la mañana siguiente con aspecto deprimido y triste. Pero la aventura de Yasmine con su amante casado era asunto suyo. Tendría que apañárselas sola.

Claire tenía ya bastante con sus propios problemas, todos provocados por el hombre que la miraba de la misma manera penetrante como lo hizo una vez el personal de Asistencia Social, como si ella fuera un caso digno de estudio y ellos buscaran trastornos en su personalidad o su comportamiento.

—¿Qué es esto? —Cassidy hizo un gesto y señaló una hoja de papel enmarcada colgada de la pared de la cocina.

—Es la receta de tía Laurel de Sedas de Francia. —Cassidy inclinó la cabeza con curiosidad—. Tenía problemas para encontrar un nombre para el negocio de lencería —explicó ella, y sonrió al recordar aquello—. Yasmine y yo habíamos estado deliberando durante meses y no nos poníamos de acuerdo en ninguno. Una tarde fría, se me antojó comer pastel de chocolate y empecé a hojear la caja de recetas de tía Laurel. «Sedas de Francia» —dijo ella, señalando el nombre escrito en una cursiva ininteligible—. Ya lo tenía. Lo supe tan pronto lo vi. A tía Laurel le encantó que pusiera a mi empresa el nombre de su receta, sintió que formaba parte de ella, como si hubiera contribuido a su creación. —Su expresión se entristeció—. Murió unas semanas después de aquello.

Cassidy se acercó más al cuadro y leyó la receta.

—«Echar poco a poco azúcar a una mezcla de mantequilla y chocolate deshecho, añadir vainilla, sin dejar de remover lentamente.» Suena delicioso.

—Lo es. Es sabroso y sensual, y ese contacto con la lengua es el que yo quería que mi lencería tuviera contra la piel desnuda. Ya el nombre en sí implica una satisfacción inmoderada de los deseos.

Cuando Claire dejó de hablar se dio cuenta de lo calmados, unidos y silenciosos que se habían quedado. Él le miró la boca, luego la miró a los ojos, y si él tenía tan buen oído como la vista, seguro que también oía los latidos de su corazón.

Cassidy se aclaró la garganta y puso una barrera entre ellos, como si también hubiera encontrado incómodo el largo silencio.

—Todo esto es muy interesante, pero volvamos al asunto por el que estoy aquí. Su único conflicto con Jackson Wilde era este asunto de la Primera Enmienda, ¿no es así?

—Sí, eso es.

—¿Nada más?

—¿Adónde quiere ir a parar, señor Cassidy? ¿Es que su método de investigación consiste en dar palos de ciego hasta que encuentra algo? Ésta no es una buena manera de gastar el dinero de los contribuyentes. Aprovecharía mejor su tiempo persiguiendo al verdadero asesino. Y yo el mío...

—¿Yasmine y usted son amantes?

La pregunta fue tan inesperada como la caída de una estrella, y la alcanzó con el mismo ímpetu. Ella lo contempló fijamente, estupefacta, con los labios algo separados y los ojos muy abiertos.

—¿Qué es lo que le ha hecho pensar una cosa así?

—¿Lo son o no? —Cuando empezó a reírse, la expresión del hombre se hizo más sombría—. Wilde también fomentó un gran odio contra los homosexuales en este país. Los grupos activistas gays estaban molestos con él por diversos motivos.

—Ya veo. ¿Usted se ha imaginado que él era mi enemigo por partida doble? —preguntó ella, divertida—. Sinceramente, no me estoy riendo de usted, señor Cassidy, es que me imagino cómo reaccionaría Yasmine ante su pregunta. ¿No lee usted la prensa sensacionalista? Ha tenido montones de amantes durante años, todos ellos masculinos, y se ha ganado con tesón la reputación de mujer fatal.

—Eso podría ser una pose.

—Se quedaría hecha pedazos si le oyera decir eso. Aunque usted creyera que yo tengo tendencia hacia el lesbianismo, ¿cómo puede ocurrírsele que Yasmine sea homosexual?

—Porque todo este tinglado es un poco raro.

—¿Tinglado?

—Su negocio.

—¿Qué quiere decir? —preguntó Claire con genuina curiosidad.

—He estado aquí dos veces y todavía no he visto a ningún hombre. Conozco criminales empedernidos que saldrían huyendo de esa amazona que tiene usted guardando la puerta de abajo. Todos los empleados que he visto aquí son mujeres, desde las que doblan papel y lo introducen en las cajas hasta las que conducen las carretillas elevadoras. ¿Qué tiene usted en contra de los hombres?

—Nada.

—¿Está usted casada?

—No.

—¿Lo ha estado alguna vez?

—No.

—¿Prometida?

—No —respondió después de dudarlo un instante.

Él levantó el dedo índice como si columpiara la mentira sobre la punta.

—Inténtelo otra vez.

Claire sintió que crecía en su interior un fuerte sentimiento de ira.

—¿Ha estado fisgoneando, señor Cassidy?

—He hecho mi trabajo. Hábleme de su relación con David Allen.

—¡Maldito sea! ¿Ha ido a molestarlo?

—No ha sido necesario, pero tendré que hacerlo si usted no empieza a hablar.

Claire estaba más que furiosa, pero él había ganado aquel *tour de force*.

—Ocurrió hace mucho tiempo —replicó ella secamente—. Antes de Sedas de Francia. Quería casarse conmigo.

—¿Qué pasó?

Ella pensó en decirle que no le importaba un comino, pero luego recapacitó. Cualquier hostilidad por su parte sólo empeoraría las cosas. Yasmine, que tenía más experiencia en tratar con hombres, dudaba que Cassidy se tragara estupideces de una mujer. Claire estimó que probablemente tenía razón. Además, en realidad aquello no era terreno peligroso. Y podían cruzarlo sin contratiempos.

—David quería que ingresara a mamá en alguna institución —contestó suavemente, bajando los ojos—. Yo no quería ni oír hablar de eso. Me dio un ultimátum, así que le devolví el anillo de compromiso.

—¿No lo amaba tanto como a su madre?

—Es evidente que no.

—¿Ninguna aventura seria desde entonces?

—¿No lo sabe?

—Todavía no. Puedo seguir ahondando o puede ahorrarnos a mí la mano de obra y a usted la vergüenza y, simplemente, contármelo.

—¿Es importante mi vida privada para su investigación?

—Tal vez. Vamos a ello y veremos adónde conduce. —Cassidy se sentó en un taburete de bar y cruzó los brazos.

Demostrando su disgusto por ese tema, Claire dijo finalmente:

—He tenido un par de aventuras, pero nada realmente serio desde que rompí con David. ¿Está satisfecho?

—De momento.

Él se dio la vuelta y durante un rato jugueteó con los recortes esparcidos por la barra.

—¿Dónde está su padre, señorita Laurent?

Claire cambió de lado el peso de su cuerpo.

—Ya se lo he dicho antes. Murió poco después de nacer yo.

—¿No lo recuerda?

—No. Yo era demasiado pequeña.

—¿De qué murió?

Sin dejar de mirarla, Cassidy se levantó del taburete y avanzó lentamente hacia Claire hasta que estuvo tan cerca de ella que ésta se vio obligada a inclinar la cabeza hacia atrás para mirar en el interior de sus ojos penetrantes.

—Me está mintiendo usted otra vez. En su certificado de nacimiento hay un enorme signo de interrogación en el espacio destinado al nombre del padre.

—Hijo de puta. —Echó la mano hacia atrás para darle una bofetada, pero él la cogió de la muñeca y detuvo su mano a pocos centímetros de su mejilla. Lágrimas de rabia y frustración acudieron a sus ojos—. Usted no tiene motivo alguno para escarbar en mi vida privada.

—Un cadáver con tres heridas de bala me da un buen motivo.

Claire liberó su muñeca, apoyó sus brazos cruzados contra el cuerpo y apretó los codos.

—Muy bien, puesto que usted es tan listo, señor Cassidy, ¿de qué otras cosas se enteró en su asquerosa misión de descubrir hechos?

—Los Laurent, sus abuelos, pertenecían a la flor y nata de la sociedad de Nueva Orleans, una familia de solera forrada de dinero. La niña de sus ojos era su única hija, Mary Catherine. Asistió a las escuelas religiosas más distinguidas y la educaron para ocupar el lugar que le correspondía en la sociedad.

»Pero después de una de aquellas fiestas que ella misma mencionó el otro día fue seducida por uno de los jóvenes caballeros ricos que habían asistido a la reunión. Se quedó embarazada. Cuando se dio cuenta, se lo dijo a sus padres, pero se negó a revelarles el nombre del padre. Desgraciadamente, jamás se presentó para asumir sus responsabilidades por la criatura que ella llevaba dentro. Sus padres hicieron lo que creían que estaba justificado: la repudiaron y la desheredaron. Únicamente su tía Laurel, la hermana soltera de su padre, la acogió y se hizo cargo de ella.

»El escándalo fue como una patada en el mismísimo culo de la sociedad y una deshonra para la familia. A los dos años murieron los padres de Mary Catherine, avergonzados hasta el último momento, como decían algunos. Antes de morir, su padre cambió el testamento y legó a la Iglesia su considerable patrimonio.

—Que a su vez también trató a mi madre como a una marginada, a pesar de predicar misericordia, benevolencia y perdón —añadió Claire.

—Sin embargo, es obvio que estuvieron de acuerdo en que su hija ilegítima asistiera a clases de catecismo.

—No, señor Cassidy, el cristianismo lo aprendí de mi tía Laurel. Era una vieja solterona chiflada. La mayoría de la gente consideraba que su vida carecía de sentido. Sin embargo, nos amó incondicionalmente a mi madre y a mí. Durante los ataques de mamá, era tía Laurel la que me tranquilizaba cuando había tormenta, la que me cuidaba cuando yo estaba enferma y me ayudaba en todos los problemas y líos de mi infancia. Ella ha sido la única persona que jamás he conocido que vivió el cristianismo de la manera que Jesús dijo que se tenía que vivir. Ella no predicaba. Ella daba ejemplo.

—¿Pero es exacta mi versión de la historia de su madre?

—Muchísimo. Su primo Charles le ha dado hasta el último detalle.

—¿Cómo sabe usted que mi información proviene de él?

—Porque es el único que queda vivo de la rama de los Laurent.

—¿Tiene usted contacto con él?

Claire rió con amargura.

—No. Gracias a Dios. Nunca. Es tan arrogante y pomposo como los demás. Por lo que tía Laurel me contó de ellos, no me sorprende que repudiaran a mi madre cuando más los necesitaba.

—No era más que una chiquilla.

—Tenía diecisiete años. —Claire inclinó la cabeza a un lado—. Se está ablandando, señor Cassidy. Casi parece sentir compasión.

—Fue a principios de los años sesenta, por el amor de Dios.

—En realidad a finales de los cincuenta. Eisenhower todavía era presidente. Norteamérica aún no había perdido su inocencia. Las señoritas decentes no tenían zonas erógenas.

Cassidy movió su cabeza como si no lo creyera.

—Pero incluso entonces las familias no repudiaban a sus hijas por quedarse embarazadas.

—Los Laurent lo hicieron. Mis abuelos jamás volvieron a hablar a mi madre. Por lo que a ellos respectaba, dejó de existir, y yo también.

—¿Nunca reveló quién fue su padre?

—No.

—¿Y él nunca la reconoció a usted, aunque fuera en secreto?

—No. Estoy segura de que temía las consecuencias. Era un miembro del mismo círculo social y aparentemente disfrutaba de privilegios. Vio lo que le ocurrió a mi madre y no quiso que le pasara lo mismo a él. En realidad no le culpo.

—Y una mierda.

—¿Cómo dice?

—No sería humana si no le echara la culpa.

Claire se sintió como un insecto clavado en un tablero de corcho, y dio marcha atrás cautelosamente.

—¿Está tratando de decir algo, señor Cassidy?

—Quienquiera que matase a Wilde realmente tenía algo contra los hombres.

—¿Eso ha deducido usted? Qué listo es.

—No tanto. Se trata de un caso demasiado obvio. Le dispararon un tiro de más.

—¿Se refiere al disparo en la ingle?

—¿Cómo lo sabe?

—En todos los periódicos se dijo que a Wilde le habían disparado en los testículos. —Sacudió el cabello hacia atrás y lo miró desafiante—. De modo que como yo soy ilegítima y tengo numerosas mujeres en mi nómina, usted ha llegado a la brillante conclusión de que soy yo quien apretó el gatillo para matar a Jackson Wilde.

—No se pase de lista.

—Entonces, no sea ridículo —replicó ella, alzando la voz—. He admitido libremente que aborrecía todo lo que ese hombre defendía. No estaba de acuerdo con nada de lo que decía. ¿Y qué? A mucha gente le pasaba lo mismo.

—Es cierto. Pero sólo unos pocos vieron amenazados sus medios de vida, lo cual coloca su nombre al principio de la lista de sospechosos.

—Pierde usted el tiempo investigándome.

—Yo no lo creo así. Ya la he cogido en demasiadas mentiras.

—Ya he explicado lo de los recortes de periódico.

—No me refiero a eso.

—Le mentí sobre mi padre tan sólo para proteger a mi madre. Seguramente admitirá que ella ya ha sufrido suficiente humillación sin necesidad de que yo le contara a usted su pasado.

—Tampoco me refiero a esa mentira —dijo él.

—¿A cuál entonces? Este suspense me mata.

Él se volvió de espaldas a ella y se dirigió con paso majestuoso hacia la puerta. El traje oscuro le sentaba muy bien. El chaleco a medida se ajustaba perfectamente a su torso elegante y el sastre no había desperdiciado material en los pantalones. Hubiera representado un placer para ella haberse podido concentrar, como harían la mayoría de las mujeres, en su considerable atractivo.

Pero Claire lo veía a través de los ojos de una criatura asustada. No podía separar a aquel hombre de la burocracia que representaba. Había aprendido desde muy temprana edad a temer, aborrecer y a luchar contra ella. Por tal causa proyectaba toda su antipatía sobre él.

¿Cómo se había atrevido a indagar en el triste pasado de su madre? Mary Catherine había sufrido tanto en el pasado que, con el fin de sobrevivir, se había parapetado dentro de un mundo de ensueño. Sus fantasías eran de color de rosa, y la protegían tanto como puertas de hierro. Así había evitado la pena y el desprecio durante tres décadas. Era injusto que se desvelaran sus infortunios para que unos extraños pudieran estudiarlos de nuevo a fondo.

Él había llegado junto a la puerta. Tenía la mano derecha en el pomo. Claire sabía que estaba a punto de probar los límites de la paciencia del hombre, pero no pudo reprimirse. Con sarcasmo le acusó:

—Está echándose un farol.

Él se dio rápidamente la vuelta.

—Me dijo que no conocía de nada a Jackson Wilde. —Levantó la mano que le quedaba libre y con el puño cerrado aferró unos mechones del cabello de ella, obligándola a echar la cabeza hacia atrás. Acercó su rostro al de ella y habló con voz rápida y suave, con énfasis y apremio.

—Usted no pasó una «velada tranquila en casa» la noche en que lo asesinaron. Tengo varias cintas de vídeo de la televisión local por cable, a la que habían contratado para seguir la cruzada de Wilde en Nueva Orleans. Una de las cintas era una grabación del último servicio que él dirigió. Se grabó íntegro.

»Al finalizar el servicio Wilde invitó a la gente a subir, y cientos de personas se congregaron en el estrado desde todas las gradas del Superdome. Entre los primeros en llegar había una mujer joven que le estrechó la mano y habló con él cara a cara.

La contempló con dureza, como si quisiera grabar su rostro en el interior de su cerebro. Luego le soltó el cabello y abrió la puerta, añadiendo cuando salía:

—Aquella mujer era usted, Claire.

Cuando sonó el teléfono, Andre Philippi se sobresaltó y, con cierto sentimiento de culpabilidad, cerró bruscamente el cajón de su escritorio. El timbre era como la voz de la conciencia que le recordaba que estaba contemplando la fotografía del rostro de su amada en horas de trabajo.

Contestó al teléfono y se identificó con voz precisa y formal:

—¿Qué puedo hacer por usted?

—*Bonsoir*, Andre.

—*Bonsoir* —dijo en un tono más cordial, reconociendo instantáneamente a su interlocutor, si bien la voz era suave y sonaba amortiguada—. ¿Cómo estás?

—Todavía tiemblo por lo ocurrido hace dos semanas.

La boquita de Andre formó una mueca de compasión.

—Fue una noche espantosa.

—Te llamo para volver a agradecerte que fueras tan discreto.

—Te lo aseguro, no es necesario que me lo agradezcas. No sentía ninguna obligación hacia la policía. Reunieron a todos mis huéspedes como si fueran un rebaño y les interrogaron como a criminales.

—¿Te encargaste de los detalles?

—No tienes que preocuparte. No existe ninguna evidencia de que estuvieras aquí aquella noche.

—¿Alguien te ha interrogado sobre... sobre aquello?

—La policía —replicó Andre con disgusto—. También hablé con un hombre llamado Cassidy.

—¿Cassidy te interrogó?

—Dos veces. Pero no te preocupes. Sólo contesté a preguntas concretas y no me extendí mucho.

—¿Salió mi nombre a relucir?

—¡No! Y, *naturellement*, yo no lo mencioné.

—Estoy segura de que no lo hiciste —contestó su interlocutor—. Únicamente es que... bueno, a nadie le importa que yo estuviera allí.

—Lo comprendo.

—Confío en tu discreción. La valoro muchísimo.

—Éste es el mejor cumplido que puedes hacerme. *Merci*.

—Necesito pedirte otro favor, Andre.

—Lo consideraré un honor.

—Si Cassidy o cualquier otra persona pregunta directamente por mí, ¿me lo comunicarás?

—*Certainement*. Enseguida. Aunque te aseguro que no tienes motivos para preocuparte de nada.

De forma casi inaudible, su interlocutor le respondió:

—Eso espero.

8

Ariel Wilde tenía un público devoto en los miembros de la junta directiva de la congregación de Jackson Wilde. Se sentían vinculados a ella por deferencia a su reciente viudedad, por veneración al hombre al que habían enterrado el día anterior y por su propio temor de que una empresa tan lucrativa pudiera estar a punto de irse a paseo tras la desaparición de su líder.

Ariel presidía la mesa de reuniones de la sala de juntas situada en el último piso del edificio de oficinas que albergaba la congregación de Wilde en Nashville. Totalmente enlutada, parecía delgada y macilenta, incapaz de alzar hasta sus labios blanquecinos la taza de porcelana transparente llena de un té de hierbas casi incoloro. Parecía que sus ojos llorosos, que habían contribuido en gran parte a hacer de ella la santa patrona de los desamparados, se hundían en el interior de su cráneo. Estaban rodeados de sombras violetas de fatiga y desesperación.

Sólo Ariel sabía que aquellas muestras de dolor desaparecían con agua y jabón.

Volvió a colocar la taza sobre el plato. Aquel leve chasquido producido por el roce de porcelana contra porcelana era el único sonido en la sala. La iluminación indirecta, los oscuros paneles y las tupidas alfombras ayudaban a crear una atmósfera sosegada, similar a la de la funeraria donde Jackson Wilde estuvo de cuerpo presente durante dos días en el interior de un ataúd sellado. Aquellos que estaban sentados alrededor de la mesa de reuniones esperaban excitados y conteniendo la respiración a que hablara la viuda, sintiendo compasión por ella, pero al mismo tiempo tratando de ocultar sus preocupaciones personales.

—Caballeros, permítanme en primer lugar que les dé las gracias, individual y colectivamente, por el apoyo que nos han prestado a mí y a Josh durante estos días oscuros y problemáticos que han seguido a la muerte de Jackson. Ustedes son un tributo vivo para él. La manera en que han estado a mi lado es... bien... —Presa de la emoción, se frotó suavemente los ojos y dejó que las lágrimas hablaran por ellas mismas.

Recobrando su compostura, prosiguió:

—Cuando Jackson estaba al frente, esperaba que ustedes se entregaran al ciento por ciento a él y a la realización de la obra del Señor. En su ausencia, ustedes han mantenido esta tradición. Sé que hablo por él cuando digo lo orgullosa que me han hecho sentir.

Dedicó a cada uno de ellos una sonrisa gentil y luego tomó otro sorbo de té antes de entrar en materia.

—Desgraciadamente, ninguno de nosotros esperaba la trágica desaparición de Jackson. Nos cogió desprevenidos. ¿Quién hubiera podido predecir que un loco haría callar a uno de los mejores mensajeros de Dios?

Estas palabras fueron acogidas con un murmullo de amenes.

—El Diablo espera que nos rindamos y nos retiremos a lamernos nuestras heridas. Espera que nos hundamos bajo el peso de nuestra pena. Cuando hizo callar a Jackson se imaginó que nos haría callar a todos. —Exac-

tamente como lo había ensayado, hizo una pausa estraté-
gica—. Pero el Diablo nos ha subestimado. No nos aco-
bardaremos ni permaneceremos en silencio. El ministerio de Jackson Wilde continuará como hasta ahora.

Una docena de pechos cubiertos con chalecos oscuros se relajaron. La tensión que se escapó de ellos
eran tan palpable como el chorro de vapor que sale de
una tetera con agua hirviendo. El sudor se empezó a
evaporar de las frentes arrugadas. Si no se oyeron los
suspiros de alivio, por lo menos se percibieron.

Ariel apenas pudo contener una sonrisa de autosuficiencia. Ahora los tenía en la palma de la mano. Tal
vez se consideraran hombres de Dios. Sin duda, algunos
de ellos creían de verdad en su misión. Sin embargo, por
encima de todo eran hombres, con las debilidades de los
descendientes de Adán. Habían temido por su futuro.
Creían firmemente que ella iba a anunciar la disolución
de la congregación, y habían rezado pidiendo un milagro. Ella acababa de ofrecerles uno.

Por supuesto, siempre había por lo menos un escéptico.

—¿Cómo, Ariel? —preguntó el dubitativo Tho-
mas—. Quiero decir, ¿cómo podemos continuar sin
Jackson? ¿Quién predicará?

—Yo.

Todos se quedaron boquiabiertos, pasmados. Era
obvio que todos dudaban de su capacidad. Ella sacudió
ligeramente la cabeza y apartó su cabello rubio platino
hacia sus hombros. Fue un gesto de decisión y suprema
seguridad en sí misma.

—Yo... es decir, nosotros... nosotros creíamos que
necesitaríamos a otro predicador.

—Pues bien, todos se han equivocado —dijo ella
dulcemente—. Por este motivo he convocado esta asam-
blea. Para exponer mis planes a todos a la vez y evitar tener que repetirlo.

Ella juntó las manos en el borde de la mesa. La fragilidad de los primeros momentos había sido reemplazada por una temblorosa vitalidad. La chispa de vida que despedían sus ojos, tan apagados momentos antes, se fue incrementando hasta convertirse en fuego.

—Nuestros seguidores tendrán curiosidad por conocer mis sentimientos respecto a la muerte de Jackson. Murió inesperada, violentamente. Eso nos proporciona un tema para al menos una docena de sermones. ¿Y quién podría predicar esos sermones mejor que su viuda?

Los miembros de la junta se miraron unos a otros, estupefactos y mudos.

—El hermano Williams escribió todos los sermones de Jackson. Ahora escribirá los míos —siguió, señalando con la cabeza al caballero sentado a su izquierda, aproximadamente en el centro de la mesa.

Él tosió incómodo, pero no dijo nada.

—Poco a poco dejaremos de poner el énfasis en el asesinato de Jackson y nos moveremos hacia otros campos. Empezaremos con el tema de la pornografía donde Jackson lo dejó, porque este tema ha llegado a identificarse con la congregación. Yo continuaré cantando. Josh seguirá tocando el piano. De vez en cuando podríamos invitar a otro predicador, pero si esas gentes sintonizaban el programa semana tras semana era para vernos a Jackson y a mí, ¿no es cierto? Él ya no está. Pero yo sí. Y si ustedes creen que él predicaba sobre el fuego del infierno y la condena eterna esperen a oírme a mí.

Los hombres se sentían incómodos por su franqueza, pero nadie se atrevió a reprocharle nada. Quería que desde aquel momento quedara claro que ella era indiscutiblemente la que mandaba. Al igual que la palabra de Jackson había sido ley, ahora lo era la suya.

—¿Hermano Raye?

Él se levantó de un salto.

—¿Sí, señora?

—Usted ha cancelado la cruzada de Cincinnati. ¿Por qué?

—Bien, esto, yo... yo supuse que con la..., después de que Jackson...

—No vuelva a tomar una decisión como ésta sin consultarme. Vuelva a incluirla en la agenda. Llevaremos a cabo la cruzada tal y como habíamos planeado.

—Pero sólo faltan dos semanas, Ariel. Usted necesita tiempo para...

—Inclúyala de nuevo en la agenda —repitió ella, con frialdad.

El hermano Raye echó una ojeada furtiva alrededor de la mesa buscando apoyo desesperadamente. Nadie se lo ofreció. Los demás desviaron la mirada. Miró a Josh, suplicante, pero éste se contemplaba las manos, girándolas hacia un lado y hacia el otro como si fueran apéndices extraños que hubieran brotado de sus brazos.

Por fin, el hermano Raye dijo:

—La volveré a incluir de inmediato en la agenda, Ariel. Si usted se ve capaz de hacerlo.

—Cuando lleguemos allí, seré capaz. Ahora, sin embargo, estoy extenuada. —Se puso en pie. Los demás siguieron su ejemplo y se levantaron lentamente, arrastrando los pies con los movimientos inseguros de los boxeadores que han caído y luchan por recuperar su ánimo—. Josh habla por mí y viceversa —añadió mientras se dirigía a la puerta—. Sin embargo, prefiero que todas las preguntas y los problemas se me planteen directamente a mí. Cuanto antes asuma las responsabilidades de Jackson, mejor. Si a alguien le supone un problema esto...

Y abrió la puerta e indicó con la cabeza que eran libres de marcharse si no querían acatar sus reglas. Nadie se movió. Apenas respiraron cuando los ojos de la mujer se clavaron en cada uno de ellos. Finalmente,

Ariel interpretó aquel perplejo silencio como conformidad.

Su pálido semblante se iluminó con una sonrisa angelical.

—Bien, me alegro mucho de que hayan decidido quedarse. Es lo que Jackson hubiera deseado y esperado de ustedes. Y, por descontado, también es la voluntad de Dios.

Mostró otra brillante sonrisa y luego extendió la mano hacia Josh. Sumiso, él se situó a su lado y colocó la mano de ella en el pliegue de su codo. Juntos salieron de la sala.

—Ha sido buena representación —dijo Josh mientras cruzaban la puerta de salida del edificio.

—¿Una representación? —Ariel se acomodó en el lujoso interior de la limusina que les esperaba junto a la acera.

—Vamos a casa —le dijo Josh al conductor antes de cerrar el cristal de separación. Se recostó sobre la mullida tapicería y miró por la ventanilla teñida, tratando de controlar su genio antes de dirigir la palabra a su madrastra.

Finalmente volvió la cabeza hacia ella.

—Podrías haberlo consultado primero conmigo.

—Pareces furioso, Josh. ¿Por qué lo estás?

—No uses tus artimañas conmigo, Ariel. Y deja de pestañear como una maldita coqueta en una tarde de baile. Ese gesto inocente no te servirá conmigo. ¿Es que todavía no lo has aprendido?

Ella apretó los labios con aire resentido.

—Supongo que estás molesto porque no he discutido mis planes contigo antes de exponerlos a la junta.

—¿Has perdido por completo el sentido de la realidad, Ariel? —Estaba en verdad atónito y lo demostraba—. ¿Crees de verdad que tú y yo podemos continuar este ministerio?

—Sé que yo sí.

—Ah, ya veo. Y debido a tu gran corazón, también contarás conmigo.

—No pongas en mi boca palabras que no he dicho.

—¿Por qué iba a hacerlo? —Josh explotó otra vez—. Parece que tienes todas las palabras que necesitas. ¿Pero sabes el significado de alguna de ellas?

A Ariel aquello le molestó, puesto que carecer de educación formal era una cuestión dolorosa para ella.

—¿No crees que soy capaz de mantener unida esta organización?

—No. Aunque creo que estás convencida de que puedes hacerlo. —Le dirigió una mirada inquisidora—. No dejas que nada te detenga, ¿verdad? Ni siquiera la muerte de mi padre.

Ariel fingió que no le importaba y movió la cabeza de hombro a hombro, como si quisiera aliviar la tensión del cuello.

—Mira, Josh: Jackson está muerto y no hay nadie que pueda hacer nada al respecto. Lo hemos enterrado.

—Con más lujo y ceremonia que si hubiera sido una coronación.

—Atrajo la atención de la prensa, ¿no?

—¿Por eso contratamos al coro y a la orquesta y utilizamos a aquellas jodidas palomas?

—¡El propio vicepresidente de Estados Unidos se encontraba allí! —gritó ella—. ¿Eres tan estúpido como para no darte cuenta de lo que eso significa?

—¿Para él? Aproximadamente un millón de votos.

—Y para nosotros, un minuto y medio en las noticias. Publicidad a nivel mundial, Josh. —La rabia de ella había alcanzado ahora su punto culminante—. ¿Es que tú o cualquiera de los tipos de aquella junta de directores sois lo suficiente estúpidos para creer que iba a desperdiciar aquella publicidad gratuita? ¿Creíais que sería tan tonta? Si es así, los tontos sois vosotros. Voy a exprimir la muerte de Jackson todo lo que pueda. Ha sido como un regalo. Yo no lo he pedido.

Josh volvió otra vez la cabeza hacia la viuda y murmuró:

—¿Ah, no?

—¿Qué?

Él no respondió.

—¡Josh!

Obstinado, él seguía de espaldas. Ella le pellizcó el brazo con fuerza.

—¡Maldita sea! —gritó él furioso, y se dio la vuelta.

—Explícame qué intentas decir.

—Sólo me preguntaba en voz alta si deseabas que muriera.

Ella le dirigió una mirada fría con sus ojos azules.

—Vaya, vaya. Últimamente te comportas como un detestable santurrón.

—Supongo que uno de nosotros debe guardar la compostura.

—También estás muy pagado de ti mismo. ¿Te crees que me quería deshacer de Jackson para así tenerte a ti? —preguntó ella desdeñosamente.

—A mí no. Pero tal vez tu propio programa de televisión. —Josh se inclinó hacia delante y murmuró—: ¿Qué pasó durante aquel rato que no estuviste en mi habitación aquella noche, Ariel?

Un destello de alarma apareció en los ojos de la mujer.

—Acordamos que no lo mencionaríamos nunca.

—Por todo lo que la policía podría haber deducido de ahí.

—Precisamente —replicó él con suavidad.

—No valía la pena mencionarlo —dijo ella alegremente, quitándose una mota de polvo imaginaria de su vestido negro.

—Al principio yo también lo creí así. Ahora ya no

estoy tan seguro. Quizá sí que valía la pena mencionarlo. Dijiste que ibas a tu habitación a buscar una partitura.

—¿Y qué?

—Que a pesar de lo que explicamos a la policía, ni estábamos ensayando ni necesitábamos ninguna partitura.

—La quería para más tarde.

—Volviste con las manos vacías.

—No la encontré.

—Estuviste un cuarto de hora fuera, más o menos.

—La busqué por todas partes e intenté no hacer ruido porque Jackson estaba dormido.

—O muerto. Tuviste tiempo suficiente para matarlo. Creo que a Cassidy le interesaría saber algo sobre ese cuarto de hora.

—No puedes decirlo sin implicarte a ti mismo.

Tratando de razonarlo, Josh continuó como si ella no lo hubiera interrumpido.

—En realidad tenías un motivo. Además, papá era un tirano, te estorbaba. Él llegó al estrellato, tú no. Ya no estabas satisfecha con ocupar el asiento trasero; querías ocupar el del conductor. Querías todo el ministerio para ti. Además de tu codicia, estabas harta de que se metiera constantemente con tu voz mediocre, con tu peso, con todo. Conque lo mataste y me usaste de coartada.

—Escúchame bien, gilipollas —respondió ella, volviendo a su lenguaje pre-Jackson Wilde—. Algunas veces lo odiaba tanto que lo habría matado. Fácilmente. Pero él era también lo mejor que jamás me había ocurrido. Si no hubiera sido por Jackson, yo aún estaría traficando con hachís para ganarme la vida, dejando que los palurdos me pellizcaran el culo y viviendo de las mezquinas propinas que repartían a cambio de vislumbrar un poco de escote. Yo sería solamente la hermana de un condenado a cadena perpetua en vez de ser una de las mujeres más apreciadas de Norteamérica, a la que el presidente envía tarjetas y flores.

»No, no lo maté. Pero por nada del mundo lloraré su muerte ni desperdiciaré las oportunidades que se me presenten. Y lucharé con uñas y dientes para conservar lo que tengo.

La limusina tomó el desvío que conducía a la casa. Jackson era lo suficientemente inteligente para saber que a la gente corriente le ofendía la riqueza llamativa, de modo que la casa era como la de un profesional acaudalado, pero no era un palacio. Josh la despreciaba. Si bien era amplia y cómoda, carecía de la elegancia señorial del hogar que su madre había creado para ellos. Ésta era la casa de Jackson de arriba abajo. Su sello estaba estampado en cada habitación. Josh odiaba cada minuto que pasaba bajo su techo.

Sin embargo, en aquel momento nada odiaba tanto como a sí mismo. Porque mientras despreciaba la actitud desenvuelta de Ariel respecto al asesinato de su padre, secretamente la admiraba. Hubiera deseado recuperarse de una forma tan fácil y sin remordimientos como ella. Le ofendía la insensibilidad de Ariel y su ambición sin límites, pero al mismo tiempo sentía celos.

—Sé que tenías planes para tu vida, Josh —dijo ella—. No encajaban con los de Jackson. Por supuesto, él se salió con la suya y tú aún estás resentido por eso.

—No sabes de qué coño estás hablando —respondió él—. Todo eso pasó mucho antes de que tú aparecieras.

—Pero os he oído hablar de eso, a ti y a Jackson. Tuvisteis auténticas batallas para decidir si te convertirías en concertista de piano o entrarías a formar parte de la congregación.

—No necesito que me recuerdes de qué iban aquellas peleas.

—¿Sabes, Josh? Tu padre tenía razón. Tú y yo hemos sacado tres discos de cantos evangélicos. Todos llegaron a disco de oro. Las copias del álbum de Navidad que grabamos la primavera pasada se venderán como churros después de toda esta publicidad. No tendremos que gastarnos ni un centavo en promoción. Se venderá solo en las tiendas.

»Esta congregación te ha hecho rico y famoso, Josh. Ha sido mil veces más lucrativa que si te hubieras quedado estancado tocando esas porquerías clásicas. Piénsalo. —El chófer rodeó el coche y abrió la puerta a Ariel—. Me gustaría que te quedases en la congregación de Jackson Wilde por tu propio bien. Pero si decides marcharte, a mí no me importa en absoluto.

Ya con un pie en la acera, Ariel se volvió y añadió:

—Hay pianistas guapos a porrillo, Josh. Y amantes también.

Cuando entró en el hotel Fairmont, Cassidy estaba excitado, nervioso y empapado. Había tenido que aparcar a una manzana de allí y correr bajo una lluvia torrencial. De camino hacia el bar del vestíbulo se quitó la gabardina y sacudió el agua de lluvia, y luego se peinó con los dedos.

Estaba harto de tanta lluvia. Durante días Nueva Orleans había estado anegada. El tiempo no había sido mejor en Nashville la semana anterior, cuando asistió al funeral de Jackson Wilde.

—Café solo, por favor —dijo a la camarera que se acercó a atenderlo.

—¿Café normal o Nawlins*? —preguntó ella arrastrando las palabras como hacían los nativos del lugar.

* Pronunciación local de *New Orleans*, Nueva Orleans. (*N. de la T.*)

—Nueva Orleans. Sin leche. —También podría haberse inyectado la cafeína por vía intravenosa; últimamente no había dormido mucho, conque qué más daba. Miró el reloj. Todavía faltaban doce minutos para que Andre Philippi llegara a trabajar. Las fuentes de información de Cassidy le habían dicho que se podía ajustar el reloj basándose en la hora en que llegara el encargado de noche.

Mientras lo esperaba, tomó unos sorbos de aquella infusión hirviendo que la camarera le había servido. Finalmente tenía una pista. Él, Glenn y el equipo de policías encargados de investigar el caso habían seguido cientos de informaciones con resultado nulo. Sin embargo, ahora tenía una pista verdadera.

O al menos pedía a Dios que así fuera. Necesitaba encontrar algo. Crowder se estaba impacientando. Se había resistido a dejar que Cassidy fuera a Nashville.

—Si eres incapaz de encontrar al asesino en tu propio territorio, ¿qué te hace pensar que lo encontrarás allí? No puedo justificar el gasto. Que el NOPD envíe a uno de sus hombres.

—El propio Glenn admite que no tiene buena mano con la gente. Especialmente en ese grupo, cantaría como una almeja. Él cree que yo debería ir. Déjeme ir, Tony. Tal vez consiga captar alguna vibración.

Esas palabras provocaron una mirada fulminante de Crowder.

—Las vibraciones de mi culo. ¿Y por qué no consultas a un vidente?

—Eso también lo he considerado —replicó Cassidy, con ironía.

Continuó dando la lata a Crowder hasta que lo agotó y éste le dio permiso para ir a Nashville.

—Sigo pensando que es una empresa inútil.

—Es posible que sí, pero aquí estoy perdiendo el tiempo.

—Acuérdate de que no puedes gastar mucho —gritó mientras Cassidy salía precipitadamente de la oficina.

Por desgracia, Crowder tenía razón. El viaje resultó ser una pérdida de tiempo total. Miles de personas asistieron al funeral del predicador, que tuvo lugar en un ambiente de carnaval. El acontecimiento atrajo a curiosos, a discípulos afligidos y a la prensa del mundo entero, todos compitiendo por vislumbrar una esquinita del ataúd que estaba cubierto por la bandera estadounidense y abarrotado de flores.

A Cassidy sus credenciales le sirvieron para ocupar un lugar cercano al círculo más íntimo de socios y hombres de confianza de Wilde. Si entre ellos había un asesino, él o ella disimulaba muy bien su traición, pues todos mostraban en su rostro la expresión desolada del que no ha podido subir al último bote salvavidas. Nadie parecía alborozado ni siquiera aliviado. Además, si alguien de la organización de Wilde se lo hubiera cargado, ¿qué motivación podía tener? Ellos se beneficiarían solamente mientras él predicara en la televisión, dirigiera sus cruzadas y recibiera los donativos de amor de lo uno y lo otro. Jackson Wilde era una empresa. En su organización, hasta el último mono tenía beneficios. La investigación de Glenn había revelado que Wilde recompensaba muy bien la lealtad.

Como en cualquier otro negocio, había disensiones ocasionales dentro de la organización. Conflictos de personalidades. Celos. Disputas y críticas en voz baja en sus filas. Pero aun así, si uno de los hombres de Wilde hubiera apretado el gatillo, en ese momento esa persona habría acabado con su fuente de ingresos. Eso carecía de sentido.

Quizás había sido un contribuyente resentido, alguien enemistado con Wilde. Cassidy disponía de un mandamiento judicial para revisar los registros de donaciones; Glenn encargó el trabajo a un par de hombres, pero resultó que había cientos de miles de personas y organizaciones que habían contribuido a la congregación a lo largo de los años.

Los únicos sospechosos válidos que asistieron al funeral eran Ariel y Joshua. Cassidy vigiló todos sus movimientos. Josh parecía tan sereno que resultaba catatónico. Contemplaba el ataúd sin pestañear. Era imposible adivinar si estaba conmocionado, indiferente o aburrido con todo aquel asunto.

La viuda mostraba una actitud piadosa y patética en proporciones iguales. A todos los que les dirigía la palabra les deseaba que Dios los bendijese. Les pedía que rezasen. Cassidy la definió como una mariposa con esqueleto de acero. Bajo su fachada angelical, aquella mujer era fría y dura, y probablemente capaz de cometer un asesinato. El problema residía en que las únicas pruebas que tenía contra ella eran circunstanciales. No podía probar su aventura con su hijastro y, en apariencia, adoraba a su esposo y lloraba su muerte.

Quizás el mejor sospechoso no había asistido al funeral. Después de la última entrevista que mantuvo con Claire Laurent, él y el detective Glenn discutieron largo y tendido acerca de ella. Sin embargo, lo único que pudieron sacar en limpio es que era una mentirosa.

En un principio había mentido en lo relativo a su grado de interés por Jackson Wilde. El descubrimiento de la carpeta lo probaba, pero no implicaba nada más. Había tratado de ocultar los aspectos desagradables de su pasado, pero eso sólo evidenciaba la enorme preocupación que sentía por su madre.

Y la cinta de vídeo de la ceremonia de la cruzada revelaba que había mentido al decir que no conocía a Wilde y que se había quedado en casa la noche en que fue asesinado. Pero no la colocaba en la suite del Fairmont con la víctima. No la relacionaba con el arma.

Cassidy y Glenn sabían que un jurado no la condenaría con tales pruebas circunstanciales.

Además, Glenn seguía sin creer demasiado que había sido ella.

—Es una zorra condescendiente y engreída, pero dudo que sea una asesina. Continúo diciendo que fueron la esposa y el hijo. Sabemos que estaban allí. Cosa que no podemos decir de ella.

Pero la prueba que el detective había descubierto aquella tarde podría ser la pista que les faltaba y que le haría cambiar de opinión acerca de la propietaria de Sedas de Francia.

—Ese imbécil del hotel ha mentido —le dijo a Cassidy.

—Eso parece. ¿Me dejas que me ocupe de él? —Sentía un deseo irrefrenable de hacerlo.

—Es tuyo. Si me acercara a ese gilipollas a lo mejor lo estrangularía. Jamás he confiado en un tipo con una flor en la solapa.

Cassidy no desperdició ni un segundo y se dirigió al hotel Fairmont a tiempo para interceptar a Andre Philippi.

Cassidy lo vio en el momento que se acercaba a paso ligero al mostrador de recepción. Tiró un par de billetes sobre la mesa para pagar el café, cogió la gabardina y atravesó el vestíbulo con paso largo y resuelto.

A Andre no le gustó verlo. Su rostro se contrajo con desagrado.

—¿Qué quiere, señor Cassidy? Estoy muy ocupado.

—Lo comprendo, pero yo también.

—Quizá podría llamar mañana y concertaríamos una entrevista.

—Lo siento, pero es muy importante que hablemos ahora. Le pido disculpas por la molestia, pero le prometo que no tardaré más de un minuto. ¿Tiene usted a mano un magnetófono?

—¿Un magnetófono? —Andre lo miró con suspicacia—. Hay uno en mi oficina. ¿Por qué?

—¿Me permite utilizarlo?

Cassidy no esperó su conformidad. Se dirigió hacia la oficina de Andre, confiando en que el hombre lo seguiría, cosa que hizo, rápidamente. Al entrar en la oficina, Cassidy fue directo al aparato, lo puso en marcha e introdujo una cinta.

—Esto es del todo inadecuado, señor Cassidy. Si deseaba verme...

Andre enmudeció cuando por el magnetófono oyó sonar un teléfono. Pudo oír su propia voz que contestaba y luego el inicio de una conversación que empezaba con «*Bonsoir*, Andre».

Reconoció la voz de inmediato. Aparentemente también recordaba la conversación.

Mientras Cassidy lo miraba, pareció que el hombre se desvanecía en su impecable traje negro. Gotas de sudor empezaron a brotar de su frente reluciente. Sus labios apretados se fueron aflojando. Se recostó sobre su escritorio y se aferró a una de sus esquinas para evitar desplomarse.

—*Mon Dieu* —murmuró, mientras el magnetófono continuaba funcionando. Sacó un pañuelo del bolsillo y se secó la frente—. Por favor, por favor, señor Cassidy, apáguelo.

No lo apagó, pero redujo el volumen. Esperaba una reacción, pero no tan drástica. Era obvio que ocultaba más de lo que él había creído en un principio. Sintió el impulso de agarrar al hombre por las solapas y sacudirlo hasta sacarle la información. Tuvo que hacer un esfuerzo para no perder la calma.

—¿Por qué no me explica esto, Andre? Le doy la oportunidad de hacerlo.

Andre se humedeció los labios y jugueteó nervioso con las iniciales bordadas de su pañuelo. Si en aquel momento lo hubieran condenado a muerte, no habría tenido un aspecto más preocupado.

—¿Sabe ella que usted tiene esto?

El corazón de Cassidy empezó a latir con violencia. Estaba a punto de averiguar la identidad de la mujer que hablaba en la cinta. Philippi dio por sentado que ya sabía quién era. «¡No lo estropees!» Cassidy se encogió de hombros, sin comprometerse.

—Es su voz, ¿verdad?

—¡Oh, Dios mío! ¡Oh, madre mía! —gimió Andre, y se encogió aún más—. Pobre Claire. Pobre Claire.

Claire había hablado con Yasmine a larga distancia durante casi una hora. Yasmine estaba deprimida. Claire sospechaba que había bebido un par de copas de más.

—Siempre tiene prisa —gimoteó Yasmine.

Por egoísmo, Claire hubiera preferido que Yasmine mantuviera su amor en secreto. Desde la noche en que se lo había contado, la mayoría de sus conversaciones versaba acerca de él y de la desgraciada aventura que tenían.

—Divide su tiempo entre su familia y tú, Yasmine. No lo tienes para ti sola. Ésta es sólo una de las consecuencias de estar liada con un hombre casado. Debes aceptarlo o terminar con la aventura.

—Lo acepto. Sólo que... bueno, al principio, el tiempo que pasábamos juntos parecía más relajado.

—Y ahora es flas-flas-gracias-señora.

Claire supuso que aquella observación malintencionada molestaría a su antojadiza amiga. Pero Yasmine se rió con una de sus carcajadas guturales que recordaban a los felinos de la selva.

—Qué va. La semana pasada me lo hizo estupendo...

—Entonces no comprendo de qué te lamentas.

Había un punto quejumbroso en la voz de Yasmine. Claire jamás la había visto llorar por nada, ni siquiera cuando la firma de cosméticos eligió a otra modelo para reemplazarla. Aquello fue el principio de los problemas financieros de Yasmine. Ella no sabía que Claire conocía sus dificultades actuales. Claire había pensado en discutir el tema con ella y ofrecerle ayuda en forma de préstamo, pero dado que conocía tan bien el temperamento y el orgullo de Yasmine, se abstuvo. Confiaba en que Yasmine acudiría a ella por voluntad propia antes de que su situación llegara a ser desesperada.

—A veces me pregunto si ésa es la única razón por la que me quiere —dijo Yasmine con una vocecita casi inaudible—. Ya sabes, me refiero a lo que hacemos en la cama.

Claire se dio cuenta de que era más sensato permanecer en silencio.

—Sé que no es eso —se apresuró a añadir—. En nuestra relación hay mucho más que la parte física. Las malditas circunstancias me ponen negra, eso es todo.

—¿Qué ha pasado?

—Él estaba en Washington esta semana por asuntos de negocios y me dijo que se las podía arreglar para incluir en su agenda dos días en Nueva York. Pero el trabajo se alargó más de lo previsto y tuvo que retrasarlo. Solamente pudimos estar juntos un día.

»Cuando se disponía a marcharse esta tarde, creí que me iba a morir, Claire. Hice lo que sé que no debía haber hecho. Le supliqué que no se marchara. Se enfadó. Ahora, ni siquiera puedo llamarlo y disculparme. Tengo que esperar a que me llame él.

Sentada en su mesa de dibujo, Claire apoyó la frente entre las manos y se dio un masaje en las sienes. Se sentía preocupada e irritada. Lo único que resultaría de aquella aventura amorosa sería un corazón destrozado.

Yasmine debería ser lo bastante lista para darse cuenta. Debería poner fin a aquella aventura y dejar de hacer el ridículo. Sin embargo, a ella no le gustaría oír ni ése ni cualquier otro consejo no solicitado.

—Lo siento, Yasmine —dijo Claire sinceramente—. Sé que todo esto te duele y me sabe mal. Deseo verte feliz. Ojalá pudiera hacer algo.

—Ya lo estás haciendo. Me estás escuchando. —Yasmine se sorbió las lágrimas—. Oye, ya es suficiente. Me encontré con Leon y acabamos el programa para las fotografías de la semana que viene. ¿Estás preparada para apuntarlo todo?

Claire cogió un bloc y un lápiz.

—Sí. Oh, espera —exclamó con impaciencia cuando sonó la otra línea del teléfono—. Tengo a alguien en la otra línea. Un segundo. —Oprimió el botón y dijo hola. Pocos segundos después volvió a comunicar con Yasmine—. Tengo que irme. Es mamá.

Yasmine sabía que era mejor no prolongar la conversación.

—Hasta mañana —dijo, y colgó el teléfono.

Claire salió a toda prisa de la oficina y prefirió subir por las escaleras en lugar de esperar el ascensor. Se detuvo en el apartamento menos de un minuto y acto seguido bajó corriendo los dos pisos hasta la planta baja. Mientras corría por el oscuro almacén, introdujo los brazos en las mangas de un impermeable brillante de vinilo negro y se puso en la cabeza un sombrero que hacía juego.

Puesto que ya había quitado los cerrojos y desactivado el sistema de alarma, abrió la puerta de par en par, y se encontró entonces cara a cara con Cassidy.

Se resguardaba la cabeza del aguacero, que ya le había dejado los cabellos pegados a la cabeza. Llevaba el cuello de la gabardina subido y tenía los hombros hundidos hacia dentro. Estaba a punto de tocar el timbre.

Cuando se vieron, ambos se quedaron igual de sorprendidos.

—¿Que quiere? —preguntó Claire.

—Necesito verla.

—Ahora no. —Ella activó de nuevo la alarma, empujó la puerta hasta cerrarla y echó la llave. Pasó junto a Cassidy y corrió bajo la lluvia hacia la parte trasera del edificio. De repente, la mano de Cassidy le inmovilizó la parte superior del brazo y la atrajo hacia él.

—Suélteme —gritó ella, luchando por liberar su brazo—. Tengo que marcharme.

—¿Adónde?

—A un recado.

—¿Ahora?

—Ahora.

—La llevaré en mi coche.

—¡No!

—¿Adónde va?

—Por favor, no me dé el rollo ahora. Déjeme ir y punto.

—Ni hablar de eso. No sin alguna clase de explicación.

Un relámpago iluminó brevemente las facciones fuertes del hombre y la resolución que había esculpida en ellas. No se conformaría con un no y estaban perdiendo tiempo.

—De acuerdo. Lléveme en su coche.

Todavía agarrándola firmemente del brazo, él le hizo dar media vuelta. Su coche estaba aparcado en una zona de carga, junto al bordillo. Tras dejarla en el asiento del acompañante, dio la vuelta al coche y entró. La lluvia le goteaba por la nariz y la barbilla cuando puso el motor en marcha.

—¿Hacia dónde?

—Al hotel Ponchartrain.

9

—Está en la avenida St. Charles —dijo Claire.

—Ya sé dónde está —contestó él—. ¿Por qué demonios tiene tanta maldita prisa por llegar allí?

—Por favor, señor Cassidy, ¿podemos darnos prisa?

Sin más comentarios, Cassidy apartó el coche del bordillo y giró hacia la calle Conti. El barrio Francés estaba tranquilo aquella noche. Los pocos transeúntes que había en la calle pugnaban con sus paraguas mientras circulaban por las estrechas aceras. Los letreros luminosos que anunciaban bebidas y aperitivos exóticos, *gumbo au filé** y cangrejo estofado, bailarinas con los pechos al aire y jazz, aparecían con los perfiles borrosos debido a la lluvia que caía.

Cuando Cassidy se detuvo en un cruce para que pasaran los coches, volvió la cabeza y miró fijamente a Claire. La mirada del hombre fue para ella como una bofetada en la mejilla, casi sentía de nuevo su puño cerrado estirándole del cabello. No esperaba en absoluto que él fuera capaz de ponerle las manos encima, y mucho menos de aquella manera.

* Plato de la cocina criolla con especias. *(N. de la T.)*

A Claire aquello le sorprendió incluso más que el hecho de que la llamara por su nombre de pila, más que el hecho de que él estuviera enterado de que había asistido a la última ceremonia de Jackson Wilde. Había pasado casi una semana. A Wilde lo habían enterrado en Tennessee. Claire no había vuelto a tener contacto ni con la policía ni con la oficina del fiscal y confiaba en que Cassidy hubiera dirigido su investigación en otra dirección. Evidentemente, era esperar demasiado.

Ahora, incapaz de evitarlo, Claire volvió la cabeza y sus ojos se encontraron con los de él, que la miraban de forma penetrante.

—Gracias por traerme.

—No me dé las gracias. Me pagará el viaje.

—Ah. Los hombres siempre exigen algo a las mujeres, ¿no es así? No te harán un determinado favor sin pedir algo a cambio.

—No sea pretenciosa, señorita Laurent.

—No lo soy. ¿No es cierto que todos los hombres afirman que cualquier mujer es hermosa a las dos de la madrugada?

—Machismo a la inversa. Tiene usted una opinión muy baja de los hombres.

—Usted ya llegó a esa conclusión después de nuestro último encuentro. ¿No hemos agotado ya ese tema?

—Mire —respondió él enfadado—. Yo no quiero nada de usted excepto respuestas. Claras, no falsas.

—Eso no es tan difícil. ¿Qué desea saber?

—Por qué me mintió. No, espere. Tendré que ser más explícito, ¿no? Deseo saber por qué me mintió cuando me dijo que no conocía a Jackson Wilde. Usted no sólo lo conocía, sino que se vio con él cara a cara. Se estrecharon las manos.

—Supongo que tendría que habérselo contado —admitió ella arrepentida—. Pero no era importante. ¡No lo era! —dijo Claire con énfasis, después de que él le dirigiera una mirada feroz—. Deseaba encontrarme con mi adversario frente a frente. Eso fue todo.

—Lo dudo muchísimo. Si eso hubiera sido todo, no me hubiera mentido.

—No se lo conté porque estaba avergonzada. Era una actitud absurda e inmadura, pero disfruté de mi ventaja sobre Wilde. Yo lo conocía, pero él a mí no. Creyó que se había ganado mi alma. Era gracioso pensar cómo se habría sentido si hubiera sabido que le daba la bienvenida a su rebaño a uno de los que él consideraba un vendedor de obscenidades.

—De acuerdo. Me lo trago.

—Muy bien.

—Si no fuera por lo otro.

—¿Lo otro?

—También me mintió en lo de no haber estado en el Fairmont aquella noche.

Claire tenía en la punta de la lengua una docena de negativas, pero una mirada al rostro del hombre le impidió formular ninguna. Parecía demasiado seguro de que la tenía atrapada. Hasta que Claire supiera contra qué se estaba enfrentando, sería mejor no decir nada. De lo contrario, tal vez sólo conseguiría enredarse más en la trampa.

Tan pronto hubo un hueco en el tráfico, Cassidy atravesó el cruce y giró a la izquierda, hacia la calle Canal. Con el volante en la mano izquierda, utilizó la derecha para extraer algo del bolsillo superior de su impermeable. Introdujo una cinta en el magnetófono y ajustó el volumen.

El corazón de Claire dio un brinco hasta su garganta cuando reconoció su propia voz que decía: «*Bonsoir*, Andre.» Miró al frente a través del parabrisas salpicado por la lluvia. Mientras subían por la calle Canal, escuchó la grabación de una conversación telefónica que había mantenido hacía poco tiempo con Andre Philippi.

Cuando finalizó, Cassidy sacó la cinta y se la volvió a meter en el bolsillo. Se concentró en dar la vuelta a Lee Circle antes de continuar hacia la avenida St. Charles.

—Ignoraba que usted hablara francés.

—Con fluidez.

—Eso me despistó. No asocié su voz con la de la cinta. No hasta que su viejo amigo Andre la identificó.

—Andre nunca traicionaría a un amigo.

—Pensó que yo ya sabía que se trataba de usted.

—En otras palabras, que lo engañó. —Cassidy se encogió de hombros, admitiéndolo—. ¿Por qué le intervino el teléfono?

—Sabía que escondía algo y necesitaba saber lo que era. Se hace siempre.

—Eso no es una justificación. Es una violación grave de la intimidad. ¿Sabe Andre que usted le tendió una trampa?

—No le tendí una trampa. Cayó en su propio engaño.

Claire exhaló un suspiro, pues sabía lo desconsolado que debía de sentirse Andre.

—Pobre Andre.

—Eso es exactamente lo que dijo él de usted. Pobre Claire. Es evidente que ambos mantienen una relación muy estrecha, siempre pensando el uno en el otro, cuidando el uno del otro. Qué suerte que puedan ir juntos a la cárcel. Quizá podamos conseguir que les asignen celdas contiguas.

Ella le dirigió una mirada penetrante, a la que él respondió con un movimiento brusco de cabeza.

—Bueno, aleluya. Por fin he logrado atraer su atención. ¿Entiende ahora cómo están las cosas? Asesinato en segundo grado implica obligatoriamente cadena perpetua en el estado de Louisiana. ¿Cómo se siente ahora que es una de las principales sospechosas?

Para Claire Louise Laurent las amenazas nunca fueron un freno. Nunca la habían acobardado ni la habían hecho ceder, sino que la hacían sentirse más decidida a mantener su posición.

—Demuestre que soy culpable de asesinato, señor Cassidy. Demuéstrelo.

Él sostuvo la mirada de la mujer durante un lapso de tiempo peligrosamente largo. Claire volvió la cabeza hacia el otro lado cuando el vehículo se aproximó al hotel.

—Déjeme junto al bordillo. No tardaré ni un minuto.

—No, no. Entraremos juntos.

—Lo decía por usted. Está calado hasta los huesos.

—No me disolveré.

Cassidy conectó los intermitentes de emergencia y salió del vehículo. Después de ayudar a Claire a apearse, se precipitaron hacia la marquesina que se extendía sobre la acera. El portero del hotel saludó a Claire rozando su sombrero con la punta de los dedos.

—Buenas noches, señorita Laurent.

—Hola, Gregory.

—Está lloviendo mucho ahí fuera. Pero no se preocupe lo más mínimo. Llegó aquí antes de que empezara a diluviar.

Claire precedió a Cassidy por aquel hotel tan característico de la ciudad, en el que las suites llevaban el nombre de personajes célebres que habían dormido en ellas. El vestíbulo estrecho era elegante y muy europeo, amueblado con antigüedades y alfombras orientales, impregnado de distinción y hospitalidad sureñas.

Mary Catherine Laurent estaba sentada en una silla tapizada a rayas, con los brazos en forma de cisnes dorados, que estaba apoyada contra la pared de mármol. Su vestido estampado de gasa estaba salpicado de gotas de lluvia que aún no se habían secado por completo. El borde de su sombrero de paja rosa se había doblado a causa de la humedad. Llevaba un par de guantes blancos como la nieve y estaba sentada con las manos entrelazadas sobre el regazo y las piernas apretadas, juntas desde el empeine hasta la ingle, los pies planos sobre el suelo. Parecía una jovencita a punto de recibir la confirmación a la que había sorprendido un aguacero imprevisto. Junto a sus pies y al alcance de la mano había una maleta.

La encargada de turno era una mujer con el cabello corto y liso y gafas con montura de concha. Dio la vuelta al escritorio del conserje situado al fondo del vestíbulo.

—La he llamado tan pronto como llegó aquí, señorita Laurent.

—Se lo agradezco muchísimo. —Claire se quitó el sombrero impermeable y se puso en cuclillas frente a su madre—. Hola, mamá. Soy yo. Claire.

—Llegará pronto —dijo Mary Catherine con voz débil y lejana. Sus ojos veían otros tiempos y lugares que nadie más podía ver—. Me dijo que nos encontraríamos aquí esta tarde.

Claire le quitó el triste sombrero de paja a su madre y le alisó los cabellos húmedos, se los apartó de las mejillas.

—Es posible que te hayas confundido de día, mamá.

—No, no lo creo. Estoy segura de que entendí bien el día. Me dijo que vendría a buscarme hoy. Se suponía que tenía que venir con la maleta hecha y estar preparada. Y tenía que encontrarme con él aquí. —Obviamente nerviosa y desorientada, alzó una de sus manos enguantadas y la apretó contra su pecho—. No me siento bien.

Claire levantó la vista hacia Cassidy.

—Por favor, ¿le podría traer un vaso de agua?

Desconcertado por completo, Cassidy contemplaba a las dos mujeres mientras su impermeable goteaba agua sobre el suelo. A petición de Claire, solicitó un vaso de agua al encargado de noche que rondaba por allí.

—Mamá —Claire colocó cariñosamente una mano encima de la rodilla de Mary Catherine—, no creo que venga hoy. Tal vez mañana. ¿Por qué no me acompañas a casa y lo esperamos allí? Ten. El señor Cassidy te ha traído un vaso de agua fresca.

Dobló los dedos de Mary Catherine alrededor del vaso. Mary Catherine lo levantó hasta los labios y bebió un sorbo. Luego elevó la vista hacia Cassidy y sonrió.

—Ha sido usted muy amable, señor Cassidy. Gracias.

—De nada.

Ella se dio cuenta de que el hombre llevaba el abrigo mojado.

—¿Está lloviendo fuera?

Él miró por encima del hombro hacia la entrada, donde el portero fingía con admirable tacto no darse cuenta de nada. Aún llovía torrencialmente. Cassidy respondió:

—Sí, creo que sí.

—¿Puede creerlo? Hacía mucho calor cuando llegué aquí. Puede que ahora lo mejor sea irse a casa. —Ella extendió su mano y la alzó hacia él, quien la tomó y la ayudó a levantarse del sillón. Luego, sin saber qué hacer, Cassidy miró a Claire esperando recibir más instrucciones.

—Si desea seguir su camino —le dijo ella—, llamaré a un taxi para mamá y para mí.

—Yo las llevaré.

Claire hizo un gesto afirmativo con la cabeza y devolvió el vaso de agua al encargado de noche.

—Le estoy muy agradecida. Aprecio su comprensión.

—No es ninguna molestia, señorita Laurent. Jamás causa problema alguno. Pero es algo tan triste..

—Sí, lo es. —Colocó un brazo alrededor de los hombros de su madre y la guió hacia la puerta que el portero mantenía abierta para ellas.

—No se olvide la maleta, señora Laurent —le recordó éste amablemente.

—Yo la llevaré —intervino Cassidy.

Mary Catherine no se daba cuenta de que había truenos y relámpagos mientras esperaban bajo la marquesina a que Cassidy colocara la maleta en el portaequipajes del vehículo. Sabiendo que su madre se hallaba en otro mundo y virtualmente desamparada, Claire la ayudó a entrar y a instalarse en el asiento de atrás.

Durante el camino de vuelta, únicamente habló Mary Catherine. Dijo:

—Estaba segura de que nos teníamos que encontrar hoy. En el hotel Ponchartrain.

Claire inclinó un poco la cabeza y cerró ligeramente los ojos, consciente de Cassidy y de su interés depredador en lo que estaba sucediendo. Cuando llegaron a Sedas de Francia, él cogió la maleta mientras Claire ayudaba a Mary Catherine a entrar y subir al tercer piso. En el ascensor, Claire se encontró accidentalmente con la mirada de él, y desvió la suya de inmediato, negándose a reconocer las preguntas que le formulaban aquellos ojos grises e intensos.

Una vez en el interior del apartamento, condujo a Mary Catherine hacia su dormitorio.

—Volveré enseguida, si quiere esperarme —dijo a Cassidy por encima del hombro.

—La esperaré.

Claire ayudó a Mary Catherine a desnudarse y colocó con delicadeza las ropas pasadas de moda dentro del armario. Después de comprobar que se había tomado su medicina, la metió en la cama.

—Buenas noches, mamá. Que duermas bien.

—Debo de haber confundido los días. Mañana vendrá a buscarme —susurró ella. Y sonriendo dulce y beatíficamente, cerró los ojos.

Claire se inclinó hacia su madre y besó su mejilla tersa y fresca.

—Sí, mamá. Mañana.

Apagó la lámpara, salió de la habitación y cerró suavemente la puerta sin hacer ruido.

Estaba exhausta. Le dolían los hombros a causa de la tensión. El camino desde la puerta del dormitorio de su madre hasta la zona amplia y abierta del salón le pareció interminable. Como un pelotón de fusilamiento, Cassidy la esperaba allí, armado y a punto. No tenía otra alternativa que enfrentarse a él. Empezó a caminar con decisión pasillo abajo.

No lo vio inmediatamente al entrar en la sala. Pensó que quizás había cambiado de idea y se había marchado, y experimentó un instante de alivio... y varios latidos de decepción.

A pesar de negarlo ante Yasmine y ante sí misma, encontraba a Cassidy atractivo. Físicamente, desde luego. Sin embargo, había alguna otra cosa... ¿quizá su dedicación, su tenacidad, su determinación? Le atraían las mismas cualidades que le repelían. Le tenía miedo, aunque ya había demostrado una bondad y una simpatía poco habituales hacia su madre. Mientras sus ojos lo buscaban a través de la oscuridad, lo único que sabía a ciencia cierta con respecto a sus sentimientos por Cassidy es que eran ambiguos.

A través de las sombras lo localizó junto al aparador, en mangas de camisa. De una manera extrañamente íntima, su impermeable colgaba del perchero junto al impermeable y el sombrero de ella. Cuando él se volvió, Claire se dio cuenta de que aún tenía los cabellos mojados y que sostenía en la mano dos copas de

Remy Martin. Se reunió con ella en el centro de la habitación y le ofreció una de las copas.

—Gracias, señor Cassidy.

—Es su licor.

—Gracias de todas maneras.

Claire se alegró de que él no hubiera encendido todas las luces. La luz que provenía de los amplios ventanales era suficiente. De vez en cuando, las nubes hinchadas se iluminaban por relámpagos que hacían que todo el firmamento pareciera una fotografía en negativo. Pero la mayor parte de la ira de la tormenta ya se había apaciguado, dejando una estela de lluvia densa pero no amenazadora. Chorros plateados de agua bajaban por las ventanas, arroyos serpenteantes que caían proyectando sombras ondulantes en el cuerpo de Claire mientras se dirigía hacia las ventanas. El río sólo se distinguía como una banda ancha y oscura bordeada por líneas de luces a lo largo de ambas riberas. Una gabarra vacía traqueteaba río arriba.

El primer sorbo de coñac abrasó el esófago de Claire. El segundo le proporcionó un calor suave por todo el cuerpo, empezando con un ligero escozor en los labios y terminando con un hormigueo en los dedos de los pies.

—En momentos como éste me gustaría ser fumadora —observó ella.

—¿Cómo dice?

Escuchó las pisadas de él mientras se le acercaba.

—He dicho que algunas veces me gustaría ser fumadora. Ésta es una de esas veces. —Se volvió y lo encontró allí de pie, más cerca de lo que ella había esperado. Sus ojos eran del mismo color que la lluvia que golpeaba las ventanas y se concentraban en ella con una intensidad que la dejaba sin aliento.

—Fumar es malo.

—Sí, ya lo sé. Supongo que envidio la relajación inmediata que proporciona al fumador. —Recorrió con sus dedos la curva de su copa—. ¿Ha visto alguna vez a un fumador de puros soplar humo en el interior de su copa de coñac antes de beber un sorbo? —Él hizo un gesto de negación con la cabeza—. Es hermoso el modo en que el humo forma espirales en el interior del cristal. Se inhala el humo cuando se traga el licor. Es provocativo, sensual. Supongo que debe mejorar el sabor del coñac. O quizás el del puro. Lo ignoro.

—¿A quién ha visto hacer eso?

—A nadie. Lo vi en una película sobre sir Richard Burton. Es posible que fuera un hábito que sólo tenía él. O puede que estuviera de moda en el siglo XIX.

La mirada turbadora de Cassidy permanecía fija en el rostro de ella.

—¿Qué le ha hecho pensar en eso, Claire?

Ella se encogió de hombros con aire tímido.

—La noche lluviosa, el coñac.

—¿O trataba simplemente de distraerme?

—¿Se le puede distraer tan fácilmente?

Él vaciló un momento demasiado largo antes de responder con un brusco no. Luego apuró el resto de la bebida y volvió a colocar la copa vacía en el aparador. Cuando se reunió de nuevo con ella junto a las ventanas, estaba completamente dispuesto a trabajar.

—¿Qué ha pasado esta noche?

—Usted estaba allí. Ya lo ha visto.

—Y aún así ignoro lo que ha sucedido. Ha empezado a desvariar, ¿verdad?

—Sí, ha empezado a desvariar.

—Mire, no pretendía que esto sonara...

—Ya sé que no.

—¿Con cuánta frecuencia...? ¿Con cuánta frecuencia le sucede?

—Depende. A veces es un proceso elaborado. Otras veces ocurre de repente. Algunos días está perfectamente lúcida. Otros, como la primera vez que usted la vio, parece que está confundida, senil. —Su voz enronqueció—. En ocasiones se comporta como esta noche, se abstrae completamente de este mundo, vive en otro.

—¿Cuál es el mecanismo que lo desencadena?

—Lo ignoro.

—¿Qué opinan los médicos?

—Tampoco lo saben. Ocurre desde que tengo uso de razón, y sus ataques se han ido haciendo más fuertes y frecuentes a medida que envejece. Lo primero que recuerdo de ellos es que eran poco más que crisis depresivas. Durante sus rachas, como las denominaba tía Laurel, mamá se retiraba a su habitación y lloraba días enteros. Se negaba a levantarse de la cama y a comer. Tía Laurel y yo le dábamos la comida.

—Tendría que haber seguido un tratamiento cuando todo esto empezó. —Claire, crispada, le lanzó una mirada furiosa—. Ha sido una observación, no una crítica —aclaró él.

Claire lo estudió durante un momento. Cuando se convenció de que era sincero, relajó su postura hostil.

—Ahora sé que inmediatamente se le tendría que haber colocado bajo el cuidado de un médico. Una depresión tan profunda es anormal. Pero yo era una niña. Y aunque sus intenciones eran buenas, tía Laurel no sabía cómo enfrentarse a una enfermedad mental. Ni siquiera la reconocía como tal. Mamá era una mujer joven a la que su amado había abandonado. Su familia la había repudiado y desheredado. Tía Laurel no supo interpretar su enfermedad y supuso que lo único que ocurría era que tenía el corazón destrozado.

—Un corazón destrozado que no se curó.

Claire asintió.

—Un día mamá hizo lo que ha hecho esta noche. Se vistió y se escabulló de casa con una maleta llena de sus efectos personales. Yo era muy joven, pero lo recuerdo. Tía Laurel estuvo preocupadísima, hasta que un policía trajo a mamá a casa. Nos conocía, ¿sabe? La había visto caminando por la calle Canal, arrastrando su maleta. Cuando se le acercó y le ofreció ayuda, se dio cuenta de que no razonaba correctamente. Por suerte la trajo a casa en lugar de llevarla a la comisaría de policía. Le ahorró aquella humillación.

—Durante esos ataques, ¿se imagina que se está fugando para casarse en secreto?

—Sí. Supongo que antes de que mi padre la abandonara, le propuso fugarse. A él le debió entrar miedo y la dejó plantada. Mamá se imagina que la viene a buscar al lugar acordado. Estoy segura de que esta noche tomó un autobús o el tranvía y se dejó llevar por St. Charles hasta el hotel Ponchartrain.

—¿Siempre es ése el lugar donde tenían que encontrarse?

—No. El lugar de encuentro varía. No ha tenido nunca claro cuándo ni dónde se supone que tenía que encontrarse con su novio. En lugar de enfrentarse con lo que es obvio, siempre se recrimina no haber entendido bien las instrucciones.

Claire se apartó de las ventanas y miró a Cassidy.

—La noche que asesinaron a Jackson Wilde, mamá se escabulló y se fue al Fairmont. Andre me telefoneó y me dijo que estaba en el vestíbulo del hotel esperando a su novio, conque fui a buscarla Por ese motivo fui allí. Después de enterarme de lo que había pasado le pedí a Andre que no mencionara que había estado en el hotel. Puesto que mi presencia allí no tenía nada que ver con Wilde, él estuvo de acuerdo en proteger mi intimidad. Estoy segura de que usted y sus colegas se han montado su película con la escucha furtiva de nuestra conversación, pero la han interpretado mal.

Claire acunó la copa entre las palmas de las manos

y la vació. Cassidy se la quitó y la volvió a colocar en el aparador.

—¿No sería más cómodo para todos que ingresara a su madre en una institución? —preguntó él.

Claire ya había previsto la pregunta. Se la había planteado cientos de veces a lo largo de todos aquellos años. Su respuesta era siempre la misma.

—Indudablemente, sería lo más cómodo. Pero ¿sería acaso lo mejor?

—Me estoy dando cuenta de que tiene opiniones firmes sobre el tema.

Perturbada, empezó a pasear ante las ventanas.

—Desde que tengo edad de recordar, gente de la comunidad médica, de los servicios sociales y encargados de hacer cumplir las leyes han tratado de obligarme a internarla.

—Y antes trataron de separarla de ella.

Claire cesó de andar y se giró de repente para enfrentarse a él.

—No se le podía escapar ni eso, ¿verdad, señor Cassidy?

—No. Es mi trabajo.

—Su trabajo apesta.

—A veces —admitió él—. En lugar de embaucarme con historias sentimentaloides de su infancia, ¿por qué no fue sincera y me explicó sus problemas con las autoridades?

—Porque es demasiado doloroso de recordar. Aún tengo pesadillas relacionadas con eso. Sueño que los asistentes sociales me sacan a rastras de la casa de tía Laurel mientras yo doy patadas y grito. Mamá se siente confusa e inquieta y yo no quiero marcharme.

—Según los informes, la pequeña Claire Louise Laurent se las hizo pasar moradas. Y yo me lo creo perfectamente.

—Las cosas marchaban sobre ruedas —prosiguió

ella—. Hasta que mamá tenía una mala racha y hacía cosas para provocarlos.

—¿Y qué hay de su tía abuela? Usted la describe como una madre solícita y cariñosa.

—Lo era, pero los expertos —respondió, poniendo énfasis en el vocablo con desdén— no opinaban lo mismo. Era rara y por consiguiente no encajaba con su criterio de libro de texto de lo que era una madre perfecta. Venían a buscarme y me sacaban de casa. En tres ocasiones diferentes me colocaron en hogares adoptivos. Me escapé una y otra vez hasta que se cansaron y me dejaron volver a casa.

»Cuando tenía unos doce años, mamá se escapó y anduvo perdida durante varios días. Por fin la localizamos en un hotel sórdido, pero por aquel entonces la policía ya se había metido en medio. Asistencia Social se enteró y fueron a buscarme. No me estaban educando en un ambiente saludable, dijeron. Necesitaba orientación, estabilidad.

»Les juré que me escaparía una y otra vez de dondequiera que me llevaran y que, hicieran lo que hiciesen, no podrían mantenerme separada de mi madre. Supongo que al final me creyeron, porque nunca más volvieron.

Claire volcó todo el resentimiento acumulado contra Cassidy.

—Me importa un comino lo que los informes digan de mí. Se las hice pasar moradas, sí. Y aún se las haré pasar moradas a quienquiera que trate de separarnos. Ella y yo tenemos que estar juntas. Agradezco el privilegio de poder cuidar de ella.

»Cuando quedó embarazada, podía haber seguido el camino más cómodo... y el que en aquel tiempo estaba más de moda entre la gente rica. Viajar a Europa durante un año y darme en adopción. Según tía Laurel, eso fue lo que mis abuelos le instaron a hacer. O podría haber atravesado el río hasta Algiers y encontrar a alguien allí que la hiciera abortar. Eso habría sido aún más sencillo. Nadie lo hubiera sabido, ni siquiera sus padres.

»Pero ella decidió tenerme y conservarme junto a ella, aunque eso significara sacrificar su herencia y su estilo de vida.

—Su sentido de la responsabilidad es admirable.

—Yo no me siento responsable de ella. Simplemente la quiero.

—¿Por eso no la encierra en un lugar del cual con toda probabilidad no podría salir?

—Exactamente —dijo—. No necesita cerrojos; necesita amor, paciencia y comprensión. Además, sería cruel e inhumano. Me niego a tratarla como a un animal.

—Podría sufrir algún daño vagando sola por las calles, Claire.

De un salto, ella se sentó sobre el brazo acolchado del sofá tapizado en blanco.

—¿Cree que no lo sé? Sin tenerla encerrada aquí, tomo todas las precauciones posibles para evitar que se escape. Yasmine también lo hace. Y Harry. Sin embargo, es tan astuta como una jovencita a punto de huir con su amante. A veces, a pesar de nuestros esfuerzos, es más lista que nosotras, como esta noche, cuando yo pensaba que estaba a salvo, durmiendo.

Durante un momento largo cesó la conversación. Un trueno distante rompió el silencio, pero no resultó molesto. Claire cruzó los brazos sobre la cintura y alzó la vista para encontrar a Cassidy contemplándola con aquella maldita mirada absorta que lo caracterizaba. Aquello hacía que se sintiera incómoda por varias razones, y se preguntó si él sería tan consciente como ella del silencio en aquella oscuridad.

—¿Por qué tengo siempre la sensación de que me mira con lupa? —preguntó, ofendida.

—Usted invita a una inspección minuciosa.

—¿Acaso soy una rareza?

—Es usted un enigma.

—Mi vida es como un libro abierto.

—En absoluto, Claire. Me he tenido que ganar con un gran esfuerzo toda la información que le he sacado. Me ha mentido una vez tras otra.

—Aquella noche fui al Fairmont a recoger a mi madre —respondió ella con aire cansado—. No existía ninguna razón para decírselo.

—Me mintió acerca de su infancia, haciéndome creer que fue fabulosa.

—¿Existe alguien que sea completamente sincero respecto a su infancia?

—Y me mintió cuando me dijo que nunca la habían arrestado. —Claire dejó caer la cabeza hacia delante y exhaló una risa amarga.

—No ha dejado ningún cabo suelto, ¿verdad?

—El día que nos conocimos me pidió que no la subestimara. No me subestime usted tampoco a mí. —Cassidy colocó un dedo bajo la barbilla de la joven e hizo que alzara el rostro—. Cuéntemelo, Claire.

—¿Por qué? Estoy segura que ya lo sabe. Ataqué a un policía.

—Se retiró la acusación.

—Solamente tenía catorce años.

—¿Qué pasó?

—¿No está en los informes?

—Me gustaría oír su versión.

Ella respiró hondo.

—Una amiga mía de la escuela vivía en mi casa.

—Usted la estaba ocultando. Había huido de casa.

—Sí —replicó ella en tono cortante—. La ocultaba. Cuando los policías vinieron a llevársela se puso histérica. Uno trató de esposarla. Hice todo lo que estaba en mi mano para evitarlo.

—¿Por qué la escondía? Incluso cuando la amenazaron con meterla en la cárcel, usted jamás contó a la policía por qué su amiga se ocultaba en su casa.

—Le había dado mi palabra de que no lo contaría. Pero eso pasó hace años y ella... —Hizo un gesto con las manos queriendo decir que ya no importaba—. Su padrastro abusaba sexualmente de ella. La violaba, algunas veces la sodomizaba, cada noche, mientras su madre hacía la vista gorda y pretendía que no estaba ocurriendo nada.

Mascullando palabrotas, Cassidy se pasó una mano por la cara.

—Llegó un momento en que ya no pudo aguantarlo más. No tenía a nadie a quien recurrir. Tenía miedo de que si se lo contaba a las monjas o al sacerdote no la iban a creer... También temía que hubiera represalias en casa. Cuando me lo contó, le prometí que la escondería durante todo el tiempo que ella deseara.

Claire se quedó mirando al vacío durante un momento, recordando lo furiosa que se sintió al ver la inutilidad de sus propias acciones.

—Dos semanas después de que la devolvieran a casa, se escapó otra vez. Debió de abandonar la ciudad. Nadie volvió a oír hablar de ella nunca más.

—Podría haberse ahorrado que la policía la fichara si hubiera explicado lo que estaba sucediendo.

—¿Y de qué hubiera servido que lo hubiera hecho? —preguntó Claire con desdén—. Su padrastro era millonario. Vivían en una casa fastuosa en el Garden District. Aunque alguien la hubiera creído, se hubiera echado tierra sobre el asunto y la hubieran llevado de nuevo a su casa. Además, yo le había prometido que no lo contaría. —Movió la cabeza—. Lo que yo sufrí difícilmente se podía comparar a lo que ella estaba pasando, señor Cassidy.

—Hábleme de Andre Philippi.

Ella le lanzó una mirada beligerante.

—¿Qué quiere saber?

—Los dos asistieron al colegio del Sagrado Corazón.

—De los cursos siete al doce —contestó Claire—. La hermana Anne Elizabeth es la madre superiora. O al menos lo era cuando Andre y yo estudiábamos allí. —Inclinó la cabeza; sus cabellos le rozaron el hombro—. ¿Resulta sospechoso que fuéramos compañeros de clase?

—Hábleme de él —insistió Cassidy, haciendo oídos sordos a su ataque—. Es un hombrecillo extraño.

Instantáneamente, el aspecto de ella se transformó. Se borró todo vestigio de diversión y flirteo, incluso su voz se agudizó.

—Supongo que los tipos atléticos y machos como usted piensan que Andre es «extraño».

—No quería decir nada despectivo.

—Y una mierda.

—¿Es homosexual?

—¿Es eso importante?

—Todavía no lo sé. ¿Lo es?

—No. En realidad, está enamorado de Yasmine como un colegial.

—Pero ¿tiene alguna relación íntima con alguien, hombre o mujer?

—No, que yo sepa. Vive solo.

—Lo sé.

—Por supuesto, cómo no.

—Tengo un informe sobre él —siguió Cassidy—. Tengo uno de todos los empleados del Fairmont, incluso de los que aquella noche no estaban de servicio.

—¿Tiene usted un informe sobre mí?

—Uno bien grueso.

—Me siento halagada.

Cassidy frunció el entrecejo.

—¿Qué hay de los padres de Andre? ¿De dónde procede? No tengo ni la más ligera idea.

—¿Pregunta eso por motivos raciales?

—Mierda —protestó Cassidy—. No, claro que no. ¿Y quiere usted dejar de estar tan a la defensiva?

Claire consideró las alternativas y decidió que era mejor hablar de Andre a Cassidy. Si no lo hacía, fisgonearía por su cuenta, y parecía que cuanto más fisgoneara él, más precaria sería su situación.

—La madre de Andre era mulata cuarterona. ¿Está usted familiarizado con el término? —Él asintió—. Era una mujer excepcionalmente hermosa, algo así como Yasmine. Aunque era inteligente, nunca se graduó en la escuela secundaria. Prefirió aprender las habilidades necesarias para su profesión.

—¿Cuál era?

—Ser una compañera para los hombres. Aprendió las técnicas de su madre. Empezó a tener clientes a los quince años.

—¿Era una prostituta?

El vocablo ofendió a Claire y se lo demostró.

—Una prostituta se sitúa en las esquinas de las calles y aborda a los transeúntes. Aquí hay una diferencia. La madre de Andre cultivaba relaciones multidimensionales con caballeros que a menudo duraban años. A su vez, ellos la compensaban con generosidad.

—¿Eran blancos aquellos «caballeros»?

—La mayoría.

—¿Y uno de ellos fue el padre de Andre?

—Así es. Era un hombre de negocios muy conocido que no pudo reconocer a su hijo pero aceptó las responsabilidades.

—¿Sabe usted quién era?

—Andre lo sabe, pero nunca me ha revelado su identidad.

—Y aunque usted lo supiera tampoco me lo diría.

—No. No se lo diría.

Cassidy reflexionó unos momentos acerca de todo aquello.

—Y como su padre era rico, Andre pudo asistir a los colegios más distinguidos.

—Sí, pero siempre fue un marginado. Los demás niños le decían cosas crueles sobre su *maman* y se burlaban de él llamándole nombres feos. Yo también estaba considerada como un bicho raro porque no tenía una vida familiar normal. Era natural que Andre y yo nos hiciéramos amigos.

»Su madre lo adoraba y viceversa. Al igual que su propia madre había hecho antes con ella, enseñó a Andre todo sobre comidas, vinos, normas de etiqueta, de cómo vestirse, de cómo distinguir entre calidad y basura ya se tratase de joyas, ropa blanca o muebles antiguos.

»Antes de que el padre la instalara en una casa, ella llevaba a Andre consigo cuando se encontraba con sus caballeros. Él la esperaba en los vestíbulos de los hoteles lujosos a los que la gente de color no tuvo acceso hasta principios de los años sesenta.

»Quizá debido a que se le concedió ese privilegio, se enamoró de los hoteles. Para él eran más elegantes y más sagrados que las catedrales, porque no todo el mundo podía disfrutar de ellos. Él tenía un lugar en ellos que les estaba prohibido a los demás niños. Soñaba con dirigir uno. —Con voz lejana añadió—: Me alegro de que sus sueños se hicieran realidad.

—¿Y qué pasó con su madre? —preguntó Cassidy—. ¿Tiene todavía clientela?

—No, señor Cassidy. Se cortó las venas de las muñecas con una navaja. Andre la encontró en el baño una tarde al volver de la escuela.

—¡Dios mío!

—Si no está preparado para el mal olor no debería desenterrar el pasado.

Él exteriorizó su enfado frunciendo el entrecejo.

—¿Cree que todo esto me divierte?

—Si no le divierte, ¿por qué insiste en sacar a la luz el lado oscuro que hay en la vida de cada persona?

—Es uno de los aspectos menos agradables de mi trabajo, Claire. Sin embargo, sigue siendo mi trabajo.

—Contésteme a una pregunta —dijo ella de repente.

—¿A cuál?

—¿Es correcto que me llame Claire?

Se contemplaron durante largo rato mientras la tensión iba en aumento. Por fin, él apartó la mirada de ella.

—No, no lo es.

—Entonces ¿por qué lo hace?

Él se volvió lentamente. Pareció que sus ojos adquirían cualidades táctiles; la tocaban a la vez por todas partes.

—Puede que sea una embustera, Claire, pero no una estúpida —replicó con voz ronca—. Usted sabe por qué.

Ella sostuvo su mirada hasta que la presión en su pecho se hizo insoportable. Sólo dejar de mirarlo habría sido todavía peor, y no conseguía hacerlo. Se sintió atraída hacia él, unida a él por ataduras invisibles.

Se habían quedado tan quietos que, cuando finalmente él se movió, ella dio un brinco instintivo. Pero él sólo alzó la mano para rascarse la nuca, como si le dolieran los músculos.

—Volviendo a Andre, él le telefoneó aquella noche y le dijo que su madre estaba en el Fairmont.

Ella asintió con la cabeza. Resultaba difícil hablar. Su corazón todavía latía a toda velocidad.

—¿Fue usted a recogerla?

—Sí.

—¿Sola?

—Sí. En mi coche.

—¿A qué hora fue eso?

—No estoy segura.

—Claire.

—No lo sé —gritó, agitando la cabeza con impaciencia—. Fue después de la cruzada, porque, como ya sabe, antes fui allí.

Él seguía sin perder la calma, pero Claire se daba cuenta de que no le resultaba fácil.

—Dígame una hora aproximada.

—A medianoche, quizá. No era más tarde.

—¿Cómo consiguió Mary Catherine escaparse de aquí sin que usted lo supiera?

—Ya le he dicho que tiene muchos recursos. Bajó las escaleras, quitó los cerrojos y desactivó la alarma antes de abrir la puerta.

—¿Incluso durante una de sus «crisis» puede tener esa lucidez? ¿Ser tan práctica?

Claire evitó la mirada del hombre.

—A veces.

—Muy bien, entonces cogió usted el coche y se fue al hotel Fairmont.

—Aparqué mal el coche, al otro lado de la calle. Sabía que no tardaría ni un minuto y así fue. Me dirigí apresuradamente a la oficina de Andre. Me entregó a mi madre y nos marchamos. Probablemente no estuve allí más de dos minutos.

—¿La vio alguien más? ¿Algún otro empleado del hotel?

—No lo sé. Supongo que podría preguntarlo.

—Cuente con ello. —Se metió las manos en los bolsillos y contempló las ventanas salpicadas de lluvia. A pesar del severo interrogatorio a que la estaba sometiendo, Claire apreció que el hombre poseía un perfil muy masculino, una postura muy varonil, desde su cabello húmedo hasta las puntas de sus zapatos—. Usted vio a Wilde aquella noche en el Superdome. Más tarde estuvo en el hotel donde lo encontraron asesinado. E hizo un gran esfuerzo por mantenerlo en secreto.

—¿Cuántas veces tendré que explicárselo? Quería proteger a mi madre del cotilleo y la especulación. ¿Tan difícil le resulta entenderlo?

—¿Permaneció usted en la zona del vestíbulo del hotel?

—Sí.

—¿No fue a ninguna otra planta ni a ninguna otra zona del hotel?

—No.

—¿Utilizó el ascensor?

—No.

Él se volvió y apoyó las manos sobre el brazo acolchado del sofá, enmarcando entre ellas las caderas de Claire. Inclinándose sobre ella preguntó:

—Entonces ¿por qué demonios no me lo dijo antes? Si es tan inocente como dice, ¿por qué me mintió?

—Porque usted intentaba implicarme. Mi nombre figuraba en la lista negra de Wilde y por lo visto usted creía que eso era importante. Tenía la carpeta con los recortes de periódico de la que yo había intentado librarme de una forma tan estúpida. Tenía miedo de que si se enteraba de que por algún motivo estuve cerca del Fairmont aquella noche, obraría exactamente como lo ha hecho y llegaría a una conclusión equivocada.

—¿Es equivocada, Claire? ¿La única razón por la que fue al Fairmont aquella noche fue para recoger a su madre?

—Exactamente igual que esta noche.

—Mientras permaneció allí, ¿no hizo que su compañero Andre Philippi la ayudase a entrar futivamente en la suite de Wilde?

—¿Y Wilde se hubiera quedado allí acostado, desnudo, hablando tan tranquilo conmigo, con una extraña?

—¿Cómo sabía que estaba desnudo?

—Porque, durante un mes, los periódicos han estado diciendo cada día que se lo encontró tumbado desnudo sobre la cama. Además, aunque yo hubiera decidido matar a Jackson Wilde, ¿cree que hubiera implicado a otras personas?

—¡Maldita sea, no lo sé! —gritó él.

Con visible agitación, Cassidy hundió la cabeza entre los hombros. Estaba tan cerca que ella podía oler la lluvia en sus cabellos y en su piel. Incluso en la oscuridad, podía ver el lugar donde empezaba a crecer el cabello en la parte superior de su cabeza. Si hubiera girado la cabeza tan sólo un poquito, sus labios hubieran rozado la sien en la que una vena palpitaba de frustración.

Finalmente, él alzó la cabeza y la miró penetrantemente a los ojos.

—Todo está muy claro. Usted tenía un motivo, tuvo la oportunidad, incluso tenía alguien en el interior del hotel que la podía ayudar a llevarlo a cabo. Claire, tiene que admitir que desde mi punto de vista parece culpable a más no poder.

—Entonces, ¿por qué pone esa cara larga? ¿Acaso no es esto lo que usted deseaba? Creía que estaría contento por disponer finalmente de un sospechoso. ¿Cuál es el problema?

Con movimientos lentos y deliberados, él colocó las manos sobre los hombros de ella, la levantó y la atrajo peligrosamente hacia él.

—¿Que cuál es el problema? Creo que he encontrado al asesino. —Deslizó los dedos a través de los cabellos de ella y le rodeó la cabeza—. Pero yo no quería que fuese usted.

Entonces, de repente, apretó con fuerza sus labios contra los de ella. Antes de que Claire pudiera recuperarse de la sorpresa inicial, Cassidy inclinó la cabeza y la besó más profundamente. Ella dejó escapar un sonido involuntario cuando la lengua de él le separó los labios. Ésta transmitía el sabor y la textura de un hombre, una mezcla deliciosa de coñac y fuerza muscular. Enfurecido y excitado, la besó con destreza, sin vencer ninguna resistencia, si bien al principio ella estaba demasiado sorprendida para detenerlo y a los pocos segundos estaba ya demasiado aprisionada en el beso para intentar hacerlo.

Él levantó la cabeza el tiempo suficiente para cambiar de ángulo y deslizar las manos desde la cabeza de la mujer a su cintura, para atraerla hacia él. Estaba excitado. El deseo, a semejanza de los pétalos de un capullo primaveral, brotó en las entrañas de ella. Se apretó contra él.

—¡Oh, Dios mío! —murmuró Cassidy, y escondió la cabeza en el cuello de Claire. A continuación le desabrochó con habilidad los botones de la blusa, luego el sujetador y metió las manos en las copas sueltas. Primero pasó las palmas de las manos rápidamente por encima, y después la acarició a conciencia.

El beso se volvió más salvaje, más lleno de deseo. Claire lo agarraba de la camisa, ya que si lo soltaba caería hacia atrás, no sólo porque él hacía que doblara la espalda de forma dramática, sino porque el equilibrio de ella estaba sufriendo los efectos del beso y de sus caricias.

Los labios de él tiraban de los de Claire mientras su lengua exploraba la boca de la mujer una y otra vez, como si buscara las respuestas que anhelaba. Sus cuerpos ardían, a cual más excitado. Las acariciadoras manos de él cubrían por completo los pechos enrojecidos de ella, cuyos pezones estaban erectos y sensibles.

La intensidad del abrazo era aterradora. Claire se asustó ante una reacción tan feroz. Imaginaba que el control de sí misma se estaba astillando a semejanza de la leña seca que se consume rápidamente por una llama ávida. Pronto perdería el control por completo y eso era la perspectiva más terrorífica de todas. Durante toda su vida, las autoridades habían tratado de decirle lo que era lo mejor para ella. Estaba preparada para resistir.

—¡Déjeme! —Claire movió la cabeza a un lado y apartó las manos de él—. Ha sido un buen intento, pero no logrará sacarme una confesión por estos medios.

Él la soltó de inmediato y retrocedió. Colocó sus puños cerrados sobre las caderas. Respiraba con dificultad; su voz era crispada e irregular.

—Usted sabe perfectamente bien que no la he besado por eso.

—¿Ah no? —insistió ella, con actitud desafiante.

Cassidy se volvió y se alejó pisando fuerte; de un manotazo cogió el impermeable del perchero y de un tirón abrió la puerta. La luz del pasillo bañó la habitación y recortó su silueta en una cuña brillante.

Durante unos momentos se contemplaron en la penumbra.

Luego él cruzó el umbral y cerró la puerta con un golpe.

Claire se desplomó sobre el brazo del sofá. Se cubrió el rostro con las manos y gimió con una actitud de arrepentimiento que habría enorgullecido a la hermana Anne Elisabeth.

—¡Oh, Dios mío! ¡No!

Deliberadamente, con pasión, había besado al hombre que podía y probablemente conseguiría encerrarla en la cárcel durante el resto de su vida.

Cuando abrió la puerta llevaba una camiseta encima de las mallas estampadas.

—¡Cassidy! —exclamó, bastante sorprendida—. ¿Se ha dejado las llaves dentro? —Echó un vistazo al otro lado del pasillo que separaba los apartamentos de ambos, buscando una pista de por qué el hombre había aparecido en el umbral de su puerta a aquellas horas de la noche.

—No. He visto que todavía tenía las luces encendidas —manifestó, como si aquello lo explicara todo.

—Entre.

Patty o Penny o Peggy, su vecina, se apartó a un lado y él entró en una sala de estar muy parecida a la suya, excepto que estaba mucho mejor decorada y muchísimo más pulcra.

—Hace una noche de perros —dijo ella, y señaló el impermeable mojado de Cassidy.

—Lo peor ya ha pasado, creo.

—Siéntese. ¿Quiere una copa?

—No, gracias.

—¡Ya! —Ella le dirigió una sonrisa rápida, de perplejidad—. Le ofrecería marihuana, pero supongo que eso no estaría bien, ¿verdad?

—No.

—¿Tiene hambre? ¿Ha cenado?

—No me acuerdo —contestó él con sinceridad—. Creo que no, pero no tengo hambre.

—Bueno, pues siéntese. Pondré música. ¿Qué clase de música le gusta?

—No tengo preferencia por ninguna en particular. —Se quitó el abrigo y lo echó encima del brazo de un sillón, pero no se sentó.

La mujer puso en marcha un reproductor de discos compactos y empezó a sonar una canción de Randy Travis.

—¿Le gusta la música *country*?

—Está bien.

Ella lo estudió durante un momento y luego se colocó las manos en las caderas.

—Mire, Cassidy, me alegro de que se haya dejado caer por aquí, pero no sé de qué va todo esto. ¿Qué pretende?

—He venido a joder.

Ella parpadeó dos veces, obviamente sorprendida. Luego sus labios esbozaron una amplia sonrisa.

—¿Por qué no lo ha dicho antes?

Ella giró sobre sus talones desnudos y se encaminó al dormitorio.

Cassidy la siguió.

10

Ariel desenvolvió un Snikers del tamaño de un bocadito y se lo introdujo entero en la boca. Sus dientes partieron la cubierta de chocolate, mordieron los cacahuetes crujientes y se hundieron en el relleno de caramelo y turrón de almendras. Saboreó la exquisita combinación de sabores mientras el bombón se derretía y rezumaba sobre su lengua. Después de haber extraído el máximo placer calórico del bombón, chupó el pegajoso caramelo para despegárselo de los dientes.

La mesita de café colocada frente al sofá estaba llena de envoltorios de bombones. Cuando era niña, el presupuesto de su familia no alcanzaba para caprichos, y Ariel tenía suerte si conseguía uno de esos caramelos cada pocas semanas. Durante los últimos años había compensado las privaciones que había sufrido de joven; nunca tenía bastante.

Se estiraba sólo por el mero placer de ver, oír y sentir cómo su pijama de seda se deslizaba sobre sus piernas. El espejo situado al otro extremo de la habitación reflejaba a una mujer fastuosa, rodeada de objetos hermosos que le pertenecían. A Ariel esto le gustaba. En realidad, deseaba gritar de entusiasmo por ese motivo.

La casa en la que creció tenía los lavabos dentro y ésa era la única comodidad de la que podía presumir. Era especialmente horrible, las amplias habitaciones estaban amuebladas de una forma espartana y barata. Se estremecía de asco al recordarlo. Jamás había invitado a amigos allí porque se avergonzaba de la granja vieja, horrible y desvencijada de su familia. También se sentía avergonzada de la gente que vivía allí. Su hermano era más malo que el hambre y solía aterrorizar a todo el mundo. Sus padres siempre le habían parecido viejos, si bien ahora se daba cuenta de que el cansancio los había envejecido más que los años. No obstante, eso no hacía que sintiera más simpatía por ellos. Se alegraba de que estuvieran muertos y enterrados desde hacía tiempo.

Deseaba poder enterrar sus recuerdos de pobreza con la misma facilidad y para siempre. Sin embargo, en cuanto empezaba a sentirse satisfecha de su vida actual, aquellos recuerdos se despertaban de su letargo para provocarla. Le recordaban quién era y de dónde procedía antes de que se entregara a la misericordia del reverendo Jackson Wilde.

«Aquellos días de pobreza han terminado para siempre», se juró a sí misma mientras contemplaba lo que la rodeaba en la sala de estar. Objetos de arte llenaban paredes y rincones. La mayoría eran obsequios de los seguidores de Jackson. Él sugería a menudo que regalasen algunas cosas, pero Ariel siempre se había negado a separarse ni de uno solo de los regalos, aunque la casa estuviera cada vez más atiborrada. Instalaría más estanterías o almacenaría cosas en el desván y debajo de las camas, pero guardaría todo lo que le llegase a las manos. Para Ariel, las posesiones equivalían a seguridad. Jamás volvería a vivir sin ellas. Mientras se reafirmaba en aquel juramento, desenvolvió otro Snickers y lo devoró con hedonística fruición.

Cuando Josh entró con una taza de café y el periódico de la mañana, vio inmediatamente los envoltorios de los bombones.

—¿Es ése tu desayuno?

—¿Y qué?

—No son precisamente copos de avena, ¿verdad? —Se hundió en un sillón, colocó la taza junto a su codo y desplegó el periódico—. Es un milagro. Ya hemos dejado de ser noticia de primera página.

El hecho de mirarlo casi agrió el bombón en el estómago de Ariel. Últimamente, Josh era tan divertido como una plaga de langosta. Sin embargo, todavía hacían el amor cada noche. Él era hábil y ardiente y poseía una sensualidad de artista. Los dedos de sus manos se deslizaban por su cuerpo como por las teclas del piano, con vigor y sensibilidad.

Pero mucha de la excitación de acostarse con él en el pasado residía en ponerle cuernos a Jackson. Puesto que el secreto y la culpabilidad ya no añadían sabor a la aventura, hacer el amor se había convertido en algo insípido. Incluso después de un orgasmo, seguía deseando algo más.

Con todo, Ariel no podía explicarse su inquietud y descontento. La cruzada de Cincinnati había resultado excepcionalmente bien. Se habían grabado dos programas de televisión que estaban listos para ser retransmitidos. Durante las grabaciones, la sala de audiciones se llenó hasta los topes.

En aquella ocasión Ariel cantó. Josh tocó el piano. Varios discípulos dieron testimonio con los ojos llenos de lágrimas de lo que Jackson Wilde había significado en sus vidas. Luego Ariel subió al estrado e inició su sermón conmovedor. Necesitó días para aprendérselo de memoria. Cada vez que se le quebraba la voz, cada gesto, todo había sido cuidadosamente coreografiado y ensayado frente al espejo. El tiempo y el esfuerzo habían valido la pena. Antes de que acabara, no quedaba en la sala ni un ojo seco, y las bandejas de colecta de donativos rebosaban de billetes de banco.

Aquellos que semanas antes se habían mostrado escépticos respecto a la habilidad de Ariel a la hora de continuar el ministerio sin el liderazgo férreo de Jackson, la felicitaron efusivamente. Les había demostrado que estaban equivocados: podía ser tan carismática y persuasiva como su marido. La gente había acudido a centenares para verla, y consideraba cada palabra que pronunciaba como una piedra preciosa. Se había metido al mundo en el bolsillo.

Entonces, ¿por qué se sentía ligeramente descontenta?

Porque todavía no era suficiente. Tenía cientos de miles de seguidores, pero ¿por qué no millones? De repente se sentó.

—No estoy de acuerdo.

Josh bajó una de las esquinas del periódico.

—¿Qué dices?

—Que no creo que sea tan malditamente maravilloso que ya no seamos noticia de primera página. —Bajó las piernas del sofá y empezó a vagar por toda la habitación. Como no podía estarse quieta, enderezó los almohadones adornados de borlas, arregló una y otra vez los jarrones de cristal y cambió de lugar las pastoras de porcelana.

—Bueno, si eso hace que te sientas mejor, aquí está nuestro anuncio, en la página quince de la sección dos.

Volvió el periódico hacia ella para que pudiera ver mejor el anuncio. Al otro extremo de la cabecera, impreso con el tipo de letra usado por la congregación, aparecía el título de su programa de televisión. Debajo había un dibujo que la representaba a ella sosteniendo un micrófono frente a la boca, con lágrimas resbalando por las mejillas. La fecha y hora de la emisión estaban impresas debajo.

Ariel estudió el anuncio con actitud crítica.

—*La hora de oración y alabanza de Jackson Wilde* —leyó—. Jackson Wilde está muerto. ¿Por qué no hemos cambiado el nombre del programa?

—¿Para poner qué?

—¿Por qué no «La hora de oración y alabanza de Ariel Wilde»?

—¿Por qué no «La hora de oración y alabanza»?

—Porque es demasiado soso. Además, la gente necesita un individuo con el que identificarse.

—Que eres tú, supongo.

—¿Y por qué no? Ahora soy yo la que más habla.

Josh la observó por encima del borde de su taza de café mientras bebía un sorbo.

—Llama a tu maldito programa como te plazca, Ariel. A mí la verdad es que no me importa un pimiento.

—Eso se ve a la legua.

Josh lanzó a un lado el periódico y se levantó enfurecido.

—¿Qué demonios se supone que quieres decir?

—Quiero decir que si no fuera por mí, todo este tinglado se hubiera ido a pique después de la muerte de Jackson. Tú no tienes huevos para mantener unido a un grupo de *boy scouts*, así que mucho menos una congregación como la nuestra. Para ti es una suerte tenerme a tu lado. De lo contrario te dedicarías a tocar en actos religiosos en tiendas de campaña.

—Haciendo eso sería mucho más feliz. Al menos no me sentiría como un ave carroñera picoteando el cadáver de un muerto.

Una ceja cuidadosamente perfilada con lápiz se arqueó.

—Si te sientes tan desgraciado, ya sabes dónde está la puerta.

Josh la miró ofendido, pero, tal como ella sabía que haría, se echó atrás. Se dirigió al piano y, después de probar unos cuantos acordes, empezó a tocar una obra clásica con todo el brío y el valor de los que carecía cuando se tenía que enfrentar a situaciones difíciles.

Cuando finalmente se calmó, levantó la vista hacia ella, pero continuó tocando el piano.

—¿Sabes lo que es práctico de verdad? Que no eres consciente de que eres el hazmerreír.

—¿El hazmerreír? —repitió Ariel, ofendida—. ¿De quién?

—De todos los que están en la organización. Te ciega tu vanidad desmesurada. La gente se ríe de ti a tus espaldas. ¿Por qué crees que ya han dimitido dos de los miembros de la junta?

—Porque no les gusta que los dirija una mujer. Yo amenazaba su masculinidad. ¿A quién le importa? No los necesitábamos para nada.

—Esta congregación que tú presumes de mantener unida se está viniendo abajo, Ariel. Pero tienes un ego demasiado hinchado para darte cuenta. —Deslizó sus manos sobre las teclas, acabó de tocar la pieza y luego empezó otra—. Es probable que papá esté sentado en algún lugar del cielo riéndose de nosotros.

—Se te están reblandeciendo los sesos.

Él sonrió con suficiencia.

—Todavía le tienes miedo, ¿no es cierto, Ariel?

—Tú eres el único que le tiene miedo.

—Yo lo admito —replicó él—. Tú no.

—Yo no le tengo miedo a nada ni a nadie.

—Todavía te tiene dominada.

—Y una mierda.

—Entonces, ¿por qué comes como un leñador y luego lo vomitas todo? —Finalizó la pieza musical con un fortísimo que marcó el signo de interrogación de su pregunta.

El tono engreído de Ariel perdió fuerza.

—No sé de qué estás hablando.

—Sí, claro que lo sabes. Lo has estado haciendo durante meses. En cuanto acabas de comer entras en el cuarto de baño. Te atiborras de cosas como barras de caramelo y luego te obligas a vomitarlas. Eso es una enfermedad. Se llama bulimia.

Ella movió los ojos.

—¿Quién eres tú? ¿El cirujano general? De esta manera puedo controlar mi peso. Las cámaras de televisión añaden por lo menos siete kilos. No quiero parecer una ballena blanca cuando bajo por aquella maldita escalera.

Él alargó la mano y rodeó la delgada cintura de la mujer, haciéndole dar la vuelta de forma que pudiera ver cómo sus largos dedos casi se superponían.

—No cuentas simplemente las calorías, Ariel. Te atiborras y luego provocas el vómito.

Ella apartó la mano de Josh de un tirón.

—Muy bien, ¿y qué pasa si lo hago? Jackson siempre se metía con mi peso. Tenía que hacer algo para librarme de los kilos que me sobraban.

—¿Nunca te diste cuenta de cómo era él? —preguntó Josh con una triste sonrisa—. Era un maestro en aprovecharse de la debilidad de los demás. Así controlaba la mente de las personas. Constantemente insinuaba a mi madre que era estúpida, hasta que ella se lo empezó a creer. Durante los últimos años de su vida, no se atrevía a dar su opinión sobre nada por miedo a que la dejara en ridículo.

»Tú sabes cómo se cebaba en mí. Siempre me decía que yo carecía del talento musical que anhelaba. Cada vez que se le presentaba la oportunidad, me recordaba que sólo servía para aporrear el piano con música religiosa, y aún para eso era mediocre.

»Y en cuanto a ti, la tenía tomada con tu peso. Sabía que eso te preocupaba, conque lo utilizaba para mantenerte humilde. Era tan astuto como Satanás, Ariel. Era tan sutil que incluso ignorabas que te estaba provocando hasta que descubrías que tu autoestima estaba por los suelos.

»Deberías haberle hecho caso omiso cuando te molestaba llamándote "gordita rellena" y se metía con tu glotonería exagerada. Siempre has sido bastante esbelta. Ahora estás al borde de la demacración. Además, como decías hace unos instantes, está muerto. No te podrá chinchar nunca más.

—No, te tiene a ti para que lo hagas por él.

Josh movió la cabeza con resignación.

—Te equivocas, Ariel. No quiero criticarte. Me preocupa tu salud. Yo...

—Un momento, Josh, tengo una idea. —Tendió sus manos hacia las de él y las apretó, haciendo que las notas sonaran sin armonía alguna.

Él apartó sus manos de las de ella.

—¡Zorra! Si alguna vez...

—Ya basta. No quería dañar tus preciosas manos. Escúchame, ¿sabes eso que has dicho antes de que ya no somos noticia? Bien, pues tienes razón. Hemos de hacer algo para que eso cambie.

Él dobló los dedos para comprobar que estaban bien.

—¿Qué es lo que estás tramando? —gruñó.

—Desde que regresamos de Cincinnati hemos estado metidos en este agujero de Nashville: ojos que no ven corazón que no siente. Es hora de que removamos las cosas, de que provoquemos aparecer en algunas primeras planas. Deberíamos dejar claro a los polis de Nueva Orleans que la afligida viuda y el afligido hijo no se han olvidado de que a Jackson Wilde lo asesinaron a sangre fría.

—¿Estás segura de que recordarles eso es buena idea?

Ella le lanzó una mirada gélida.

—Jackson tenía legiones de enemigos. —Unió sus dedos índices en forma de punta y se los colocó sobre los labios—. Uno en particular en Nueva Orleans.

—Dime qué significa esto.

Cassidy estaba de mal humor. Tratar con el detective Howard Glenn no hacía que mejorara su estado. Al día siguiente de acompañar a Claire al Ponchartrain a recoger a Mary Catherine, Cassidy había contado a Glenn todo lo que había sucedido. Todo excepto el beso.

—¿Así que no negó que fuera su voz la que sonaba en la cinta? —preguntó Glenn.

—No, porque ella tenía una buena razón para estar en el Fairmont aquella noche.

—Cargarse al predicador.

—O recoger a su madre, como afirma. —Glenn lo miró con escepticismo—. Mira, Glenn, anoche no pudieron preparar aquella comedia. La inestabilidad mental de Mary Catherine Laurent es auténtica y Cl... la señorita Laurent la protege como una osa a sus oseznos.

Lo había informado acerca de las relaciones de Claire con Andre Philippi.

—Se remonta a la infancia. De modo que es comprensible que él mintiera para proteger la intimidad de ella, y eso es todo.

Glenn estaba buscando un cenicero donde apagar la colilla de su cigarrillo. Cassidy le ofreció una taza de espuma de estireno vacía.

—¡Dios mío! —exclamó Glenn mientras apagaba el cigarrillo—, cuanto más hondo cavamos, más interesante se vuelve esto.

—Sin embargo, tenemos que hacerlo con delicadeza.

—¿Y eso qué significa?

—Yo también quiero llegar al fondo. Puede que

haya algo o puede que no haya nada. Pero uno no puede acercarse a una mujer como Claire Laurent apestando a Camel y soltando palabrotas obscenas. Sigo creyendo que es mejor que me la dejes a mí.

—¿Ah, sí?

—Te encuentra personalmente desagradable.

Glenn instaló su trasero más cómodamente en el sillón y cruzó los tobillos.

—¿Y a ti cómo te encuentra, Cassidy?

—¿Qué pretendes insinuar? —preguntó bruscamente, lanzando la pluma al suelo.

Glenn alzó las manos como si se rindiese.

—Nada, nada. Solamente que es inevitable pensar que es una tía buena. Y que tú no eres precisamente un monstruo. Considerando todas estas cosas...

—Considerando todas estas cosas —le interrumpió Cassidy en tono cortante—, voy a entablar acción judicial contra el asesino de Jackson Wilde, sea quien fuere.

—Entonces no tienes ninguna razón para estar tan susceptible, ¿no?

A partir de entonces, sus conversaciones fueron estrictamente profesionales. Cassidy se maldecía a sí mismo por haberse tragado el anzuelo de Glenn. No lo habría hecho si su conciencia no se hubiera sentido tan profundamente aguijoneada por las insinuaciones de Glenn, y se daba cuenta de que el detective lo sabía. Desde entonces tuvo cuidado de no provocar ningún conflicto de intereses, pero Cassidy estaba seguro de que Glenn no había olvidado el intercambio de palabras.

Aquella mañana, Glenn estaba jugando a las adivinanzas. Había entrado con aire despreocupado y esparció varios listados de ordenador por la mesa del despacho de Cassidy.

En las hojas había miles de nombres, unos pocos de

los cuales aparecían con un círculo hecho con lápiz rojo alrededor. Cassidy eligió uno al azar.

—¿Quién es este Darby Moss?

—No es un nombre que se olvide fácilmente, ¿verdad? —preguntó Glenn retóricamente—. Hace años, cuando todavía hacía la ronda, lo arresté por agresión. Le dio una paliza tremenda a una puta. La tuvieron que llevar al hospital. Y Moss va y contrata a un estafador, a un abogado listillo de Dallas, su ciudad natal. Consiguió que retiraran los cargos. Me cabreé mucho. Pero cuando su nombre apareció en esta lista de contribuyentes a la congregación de Wilde empecé a recordar. Fui a Dallas durante el fin de semana y encontré al viejo Darby vivito y coleando. Es el propietario de tres tiendas de libros porno.

Las cejas de Cassidy se juntaron.

—No me digas.

—Sí. Vende el material normal de masturbación. Cita cualquier perversión, él distribuye una revista que la alimenta, junto con penes falsos, muñecas hinchables, toda clase de mierdas de este tipo. Es curioso, ¿verdad? Cuando regresé, empecé a investigar en el ordenador y descubrí que estos otros nombres estaban marcados de rojo. De una manera u otra, todos manejan el mismo tipo de material contra el que Wilde predicaba.

—¿Y eso qué nos dice? ¿Que cuando ellos contribuían a los gastos él aflojaba?

—Eso parece. Y eso no es todo. —Recorrió la lista con el dedo hasta que lo detuvo sobre otro nombre rodeado de un círculo rojo—. Mira aquí.

—¿Gloria Jean Reynolds?

Glenn extrajo ceremoniosamente una hojita de papel de un bloc de notas del bolsillo superior de su sucia camisa blanca y se la entregó a Cassidy, quien leyó el nombre en silencio y luego alzó los ojos de forma inquisitiva hacia Glenn; éste se encogió de hombros de forma elocuente.

Sonó el teléfono que había en la mesa del despacho de Cassidy. Éste levantó el auricular a la segunda llamada.

—Cassidy.

—¿Señor Cassidy? Soy Claire Laurent.

Su tripa se encogió en un acto reflejo. Lo que menos esperaba en ese momento era oír la voz suave y profunda de Claire. Siempre la tenía presente en su pensamiento, pero las fantasías con que se entretenía no siempre eran las de condenarla por asesinato.

El revolcón con su vecina sólo le había proporcionado un breve alivio. Cuando se marchó del estudio de ella, aún no estaba seguro de cómo se llamaba y aquello hizo que se sintiera como un gusano. La había utilizado del peor modo que un hombre puede utilizar a una mujer. Su única justificación era que ella también había conseguido lo que deseaba de él... y que lo había pedido en muchas ocasiones.

—¡Hola! —le dijo a Claire con fingida indiferencia.

—¿Cuánto tardaría en llegar aquí?

La pregunta lo cogió por sorpresa. ¿Estaría tal vez a punto de confesar?

—¿A Sedas de Francia? ¿Qué pasa?

—Lo comprenderá en cuanto llegue. Por favor, dése prisa.

Claire colgó el teléfono sin añadir nada más. Él sostuvo el auricular a cierta distancia de su oído y lo miró con curiosidad.

—¿Quién era? —preguntó Glenn, mientras encendía un cigarrillo.

—Claire Laurent.

Los ojos de Glenn se entrecerraron mientras observaba a Cassidy a través de una cortina de humo.

—¿Va de cachondeo?

—No va de cachondeo. Ya nos veremos luego.

Tras despedirse del detective, Cassidy se puso el abrigo, salió apresuradamente de su oficina y corrió para coger el ascensor antes de que se cerraran las puertas. Se reprochaba a sí mismo que se diera tanta prisa, pero lo justificaba al recordar el tono de voz de ella. Si bien era tan baja y ronca como de costumbre, había otra particularidad en ella. ¿Irritación? ¿Temor? ¿Urgencia?

A los pocos segundos ya estaba de camino hacia Sedas de Francia, conduciendo con destreza y rapidez hacia el barrio Francés y maldiciendo el tráfico durante todo el recorrido.

Tal y como había dicho Claire, se dio cuenta del motivo de su llamada incluso antes de llegar a Sedas de Francia. Una multitud compuesta al menos por doscientas personas se manifestaba frente al edificio; tan sólo tuvo que leer unas cuantas de sus consignas para adivinar quién había organizado la marcha de protesta.

—¡Maldita sea! —Dejó el coche mal aparcado y cruzó a empujones entre los curiosos hasta llegar cerca de un policía—. Cassidy, de la oficina del fiscal —dijo, exhibiendo sus credenciales—. ¿Por que no disuelve todo esto?

—Tienen permiso.

—¿Quién ha sido el idiota que se lo ha concedido?

—El juez Harris.

Cassidy gruñó para sí. Harris era ultraconservador y había sido un verdadero admirador de Jackson Wilde. Al menos lo aparentaba para obtener votos.

El poli señaló la pancarta que portaba una abuelita.

—¿Es verdad que ese catálogo es tan verde? Tendré que conseguir uno para mi parienta. Podríamos usar algo para animar un poco nuestra vida sexual, ya sabe.

Cassidy no se sintió interesado.

—¿Cuánto tiempo hace que están aquí?

—Una hora, más o menos. Mientras se comporten

pacíficamente tenemos que dejar que se manifiesten. Me estoy muriendo de ganas de que empiecen a cantar otra canción.

Los manifestantes habían cantado tres veces el estribillo de *Adelante, soldados de Cristo* hasta que llegó Cassidy. Se estaban aprovechando de la cobertura de la prensa local, que era muy amplia. Todas las emisoras locales de televisión habían enviado cámaras portátiles y reporteros agresivos. Un fotógrafo provisto de una cámara de treinta y cinco milímetros había subido por la farola situada al otro lado de la calle para conseguir un mejor ángulo.

Cassidy, irritado, se abrió paso a empujones a través de las hileras de discípulos de Wilde hacia la puerta lateral de Sedas de Francia. Tocó el timbre.

—¡Ya les advertí que no volvieran a acercarse a esta maldita puerta! Soy Cassidy, de la oficina del fiscal. La señorita Laurent me ha llamado.

Abrió la puerta la misma mujer que había visto con anterioridad y se encaró a él como un bistec de buey temblando de indignación. Sus ojos eran meras hendiduras de hostilidad en su rostro ancho y tosco.

—No pasa nada —oyó que decía Claire desde detrás de la amazona tatuada.

La mujer se apartó a un lado.

—Gracias —dijo él escuetamente y entró. Ella gruñó y cerró la puerta.

Claire estaba guapa, aunque no en su habitual estilo sosegado. Había perdido su fría reserva. Sus ojos color whisky despedían chispas de ira. Tenía las mejillas encendidas y era obvio que estaba trastornada, pero su cabello y sus ropas desordenadas la hacían más sexy, más excitante y más atractiva que nunca.

—Haga algo, señor Cassidy —pidió ella—. Cualquier cosa. Haga lo que sea para que se vayan.

—Me temo que no puedo hacer nada. Tienen permiso. No tendrá más remedio que aguantar el chaparrón.

Ella alargó rápidamente la mano hacia la puerta.

—Mientras ejercen sus derechos, están violando el mío a la intimidad.

—Cálmese. Una manifestación no puede perjudicar de forma grave su negocio.

—No se trata de mi negocio —replicó ella enfadada—. ¿No ha visto las cámaras de la televisión? Es como si estuviéramos rodando un anuncio gratis. Pero están haciendo estragos en Bienville House —añadió, refiriéndose al hotel de paredes color rosa situado al otro lado de la calle—. Los camiones de reparto no pueden cruzar la calle. Su jefe está a punto de sufrir un ataque de apoplejía. Los huéspedes se quejan. Y el encargado, con quien me une una buena amistad de años, ha telefoneado dos veces, pidiéndome, con toda la razón, que ponga fin a esta locura.

»No solamente eso, también temo por mis empleadas. Cuando el primer turno intentó marcharse, hace un rato, las abuchearon y silbaron como si fueran escoria. Fue entonces cuando lo llamé. No quiero que mis empleadas se vean afectadas por esto.

—Lo siento, Claire. Se lo tiene que agradecer a Ariel Wilde.

—A Ariel Wilde y a usted.

—¿A mí? —repitió él, pasmado—. ¿Cómo diablos me puede usted acusar a mí de esto?

—Nadie se ha manifestado jamás ante mi puerta, señor Cassidy.

—Mire, a mí esto me gusta tan poco como a usted —respondió él, inclinándose y acercando su rostro al de ella—. Ariel quiere que tanto el NOPD como mi oficina aparezcan como un puñado de payasos. Es su manera de recordar al público que aún no hemos solucionado el caso del asesinato de su esposo. Necesitaba otra dosis de publicidad gratuita y ha escogido esta forma para conseguirla.

—Que tenga toda la publicidad que le dé la gana. A mí no me importa. Pero que no se metan conmigo. No quiero verme involucrada.

—Pues eso va a ser difícil, porque ya lo está.

—¡Porque usted ha estado rondando demasiado por aquí! —vociferó Claire.

—No; porque usted me ha mentido desde el principio.

—Sólo para protegernos a mí, a mis amigos y a mi familia de su intromisión.

—Yo solamente hago mi trabajo.

—¿Ah, sí?

No podía responder a aquello, ya que su trabajo no consistía en besar a los sospechosos a quienes interrogaba, que es lo que hizo la última vez que estuvo con ella. De repente, ella también pareció recordarlo. La mujer retrocedió un paso, apresuradamente. Se le había hecho un nudo en la garganta.

—Limítese a dejarme en paz, señor Cassidy, y lléveselos a todos de aquí...

Ella hizo un gesto hacia la puerta, pero antes de que hubiera terminado la frase, un ladrillo entró por la ventana y cayó justo encima de ellos. La ventana se hizo añicos. Cassidy levantó la vista, vio lo que había ocurrido e instintivamente rodeó con sus brazos a Claire. Buscando refugio, se lanzó detrás de un montón de cajas de embalaje y la apretó contra su cuerpo, apoyando su cabeza encima de la de ella para protegerla lo mejor posible de los trozos de cristales que caían. Las empleadas salieron disparadas en todas direcciones, tratando de evitar la lluvia de cristales rotos, que se hicieron añicos al chocar contra el suelo de cemento.

Cuando por fin dejaron de caer cristales, Cassidy aflojó su apretado abrazo.

—¿Se encuentra bien? —Le apartó el cabello de la cara y examinó la delicada piel para ver si tenía algún corte o rasguño.

—Sí.

—¿Seguro?

—Sí, estoy bien. ¿Hay alguien herido?

Sus empleadas iban saliendo poco a poco de sus escondites.

—Todas estamos bien, señorita Laurent.

Cuando Claire se volvió hacia Cassidy, dejó escapar un gritito de asombro.

—Se ha cortado. —Alargó la mano y le tocó la mejilla. Cuando retiró los dedos, los tenía manchados de sangre.

Él sacó un pañuelo del bolsillo de la chaqueta y lo usó para limpiar los dedos de ella antes de secarse la mejilla. Estaban rodeados de trocitos de cristal tan diminutos como el polvo y tan relucientes como diamantes. Cassidy se agachó y recogió del suelo el ladrillo responsable del daño. Con rotulador fluorescente, alguien había escrito encima: PÚDRETE EN EL INFIERNO, HIJA DE SATANÁS.

—Muy bien —dijo Claire en voz baja, como si leyera las palabras toscamente escritas—. Esto ya es demasiado. —Se dirigió hacia la puerta, haciendo crujir los trozos de cristal al pisarlos.

—¡Claire, no!

Sin escuchar su ruego, ella abrió la puerta, salió a la acera y se dirigió hacia uno de los policías. Le estiró de la manga de la camisa para atraer su atención.

—Pensaba que estaba usted aquí para mantener el orden en esta manifestación.

—Ese ladrillo salió de no se sabe dónde. Lo siento, señora.

—Usted lo siente, pero mis empleadas podrían haber resultado gravemente heridas.

—La autorización para manifestarse no permite que se lancen ladrillos —terció Cassidy.

El policía lo reconoció.

—¡Eh! Usted es Cassidy, ¿verdad?

—Así es. Y estoy aquí representando al fiscal Crowder. A partir de este momento, se cancela la autorización. Disperse a esta multitud. Solicite refuerzos si es necesario, pero despeje esta zona inmediatamente.

—No lo sé —contestó el policía vacilando. Los manifestantes estaban ahora con las manos entrelazadas y rezaban. Cassidy se alegró. Mientras tuvieran las cabezas inclinadas y los ojos cerrados no se darían cuenta de la presencia de Claire.

—El juez Harris...

—Que le den por el culo al juez Harris y a su autorización —exclamó Cassidy en voz baja y áspera—. Si no le gusta, que proteste después al fiscal. Pero ahora haga que esta gente se vaya de aquí antes de que provoquen más daños.

—Si alguien resulta herido —dijo Claire—, la señora Wilde y yo vamos a tener que pagar un montón de dinero.

Tomando finalmente una decisión, el policía se dirigió rápidamente al hombre que dirigía en aquel momento una larga oración en voz alta.

—Perdone, señor. Han violado ustedes las normas del permiso. Van a tener que dispersarse.

El líder, a quien obviamente le gustaba el sonido de su propia voz, no quería que le hicieran callar. En el sagrado nombre de Jesucristo empezó a protestar enérgicamente. A continuación se inició una competición de empujones.

Cassidy dijo una palabrota.

—Ya me lo temía. Entre dentro, Claire.

—Ésta es mi guerra. Ya me las arreglaré.

—¿Se las arreglará? ¿Está usted chiflada?

—Les han dado una idea equivocada de mí. Si les explico...

—Es imposible razonar con una multitud. —Cassidy tuvo que elevar el tono de su voz para que se le oyera por encima de los gritos cada vez más fuertes. No tardaría en encontrarse en medio de un disturbio.

—¡Allí está! —gritó alguien de la multitud.

—¡Es ella!

—¡Vendedora de obscenidades! ¡Pornógrafa!

—¡Señoras y señores, por favor! —Claire levantó las manos pidiendo silencio, pero los insultos eran cada vez más groseros. Los periodistas casi se pisoteaban unos a otros tratando de captar la imagen y la voz de Claire en sus cintas de vídeo.

—¡Entre dentro! —Cassidy trató de cogerla del brazo, pero ella se resistió.

—¡Claire Laurent es una puta!

—¡Sedas de Francia es basura!

—¡Abajo con la pornografía!

Cassidy tuvo que inclinarse para poder oír lo que Claire le decía.

—Lo único que quiero es que me den la oportunidad de escucharme.

—¡Maldita sea! Éste no es el momento de hacer discursos.

La multitud empujaba contra la barricada humana de policías que se habían apresurado a entrar en acción. Las voces se iban elevando llenas de ira y odio. Los rostros estaban desfigurados por la maldad. Blandían las pancartas como si fueran armas. Sólo se necesitaba una chispa para que estallara aquella escena tan desagradable.

La inesperada aparición de Mary Catherine Laurent calmó los ánimos de la muchedumbre de forma eficaz e instantánea.

Elegantemente vestida y peinada, como si estuviera a punto de entrar en el patio de una fiesta al aire libre, cruzó la puerta de Sedas de Francia empujando un carrito de servicio de té. Encima del carrito había hileras de tazas Dixie llenas de lo que parecía ser mosto Kool-Aid rojo. Una mujer alta y delgada que vestía uniforme blanco iba detrás de ella con una bandeja llena de galletas en la mano.

Claire siguió la mirada sobresaltada de Cassidy.

—¡Oh, mamá, no! —Claire trató de detenerla, pero ella, con determinación, llevó el primoroso carrito de té hacia la muchedumbre encrespada y hostil.

—Lo siento, Claire —dijo Harriet York cuando pasaba con la bandeja de galletas—. Insistió en hacer esto y se enfadó tanto cuando traté de quitárselo de la cabeza que pensé...

—Lo comprendo —interrumpió rápidamente Claire. Se situó junto a Mary Catherine y le colocó la mano debajo del codo.

—Mamá, será mejor que ahora vuelvas dentro. Esto no es una fiesta.

Mary Catherine miró a su hija con incredulidad.

—Claro, por supuesto que no lo es, Claire Louise. No digas tonterías. Estas personas están aquí en nombre del reverendo Jackson Wilde, ¿no es cierto?

—Sí, mamá. Eso mismo.

—He oído suficientes sermones de ese hombre para saber que se avergonzaría de sus discípulos si los viera comportarse de esta manera. Creo que necesitan que se les recuerde esto. El reverendo Wilde dijo muchas cosas horribles acerca de ti desde el púlpito, pero también defendía el amor a los enemigos. Él nunca hubiera consentido la violencia.

Se dirigió directamente hacia el líder del grupo. Aquellos que la rodeaban se callaron, y el silencio se extendió hasta que cesaron todos los insultos. La sonrisa que Mary Catherine dirigió al hombre hubiera desarmado a un oficial nazi.

—Nunca he conocido a nadie que fuera cruel y despiadado teniendo ante sí galletas y ponche. ¿Señor?

Cogió una taza Dixie del carrito y se la tendió al hombre. Rechazar el gesto de una mujer tan absolutamente inofensiva habría significado mala prensa para la congregación de Wilde y por lo visto el hombre se dio cuenta. Sabía perfectamente que las cámaras portátiles estaban grabando aquel suceso curioso. Contrariado, el hombre tomó la taza de ponche que le ofrecía Mary Catherine.

—Gracias.

—No hay de qué. Harry, pasa las galletas, por favor. ¿Alguien más quiere ponche?

Cassidy observaba, moviendo la cabeza con incredulidad. Una a una, las pancartas fueron bajando y la multitud empezó a dispersarse.

—Tendrían que contratarla en la ONU —dijo.

Claire pasó junto a él, lo esquivó y se acercó a su madre.

—Gracias, mamá. Ha sido un detalle muy bonito. Pero ahora sería mejor que dejaras que Harry te acompañe arriba.

—Me alegro de haber sido útil. Estaban organizando un auténtico jaleo.

Claire besó a su madre en la mejilla. Luego indicó a Harry que la acompañara dentro. Una empleada recogió el carrito de té. Claire pidió a las demás que recogieran las tazas Dixie y las servilletas y barrieran los cristales de la ventana rota que habían caído sobre la acera.

—Cuando hayáis terminado aquí, volved al trabajo —ordenó Claire—. Tratad de recuperar el tiempo perdido. Señor Cassidy, todavía está sangrando. Tal vez sería mejor que subiéramos y dejara que le curase ese corte en la mejilla. ¿Le duele? —le preguntó ella mientras subían en el ascensor.

—No.

—¿Si le doliera lo admitiría?

—¿Para qué? ¿Para arruinar mi...?, ¿cómo era aquello...?, ¿mi imagen de macho atlético?

Ella sonrió, contrariada. Él sonrió a su vez. Continuaron mirándose hasta que el ascensor se detuvo de una sacudida en el tercer piso. Mary Catherine estaba jugando al *gin* con Harry cuando entraron en el apartamento.

Ella levantó la vista de su mano de naipes.

—¿Se han ido?

—Sí, mamá.

—Todo ha vuelto a la normalidad —dijo Cassidy—. Gracias por lo que ha hecho. Pero me gustaría que no se expusiera al peligro de esa manera. La policía lo tenía todo bajo control.

—A veces es más conveniente que uno mismo resuelva sus asuntos.

—Vamos, señor Cassidy —dijo Claire, guiándolo hacia la habitación—. Le está goteando sangre por la camisa.

—*Gin* —oyó decir a Mary Catherine mientras seguía a Claire hacia el espacioso dormitorio. Estaba decorado con diferentes tonos de blanco y marfil. Los muebles eran modernos, excepto un armario macizo situado contra una pared. Los postigos de tablillas estaban cerrados para que no entrara el sol de la tarde, que proyectaba franjas de sombras sobre la cama gigante. Cassidy no podía dejar de preguntarse cuántos hombres habrían dormido allí con ella. Había confesado que tuvo solamente algunas relaciones poco importantes después de romper su compromiso, pero ésa podía ser otra de sus mentiras.

—Aquí dentro —dijo ella, por encima de su hombro, indicándole que la siguiera al interior del cuarto de baño contiguo.

Parecía un escenario de cine de los años treinta. Las paredes eran de espejo. La bañera, empotrada en el suelo, medía un metro de profundidad y el doble de longitud.

Aunque fuera una habitación tan bonita, estaba habitada y la utilizaba una persona de carne y hueso... una mujer de carne y hueso. Una combinación color melocotón colgaba de una percha de porcelana montada en la parte posterior de la puerta. Encima del tocador de mármol blanco había una serie de botellas de perfume. Había una borla esponjosa de lana blanca que no había sido devuelta al recipiente de cristal de polvos corporales, y la tapa de plata de éste estaba ladeada. De un joyero de satén salía un collar de perlas. Dos pinceles, un lápiz de labios y un par de pendientes de oro aún no habían sido guardados. Y el colgante de burbujas también estaba allí.

Todo simbolizaba Claire Laurent: hermosura. Clase. Elegancia. Sensualidad. Cassidy estaba hechizado por aquella saturación de feminidad. Como un chiquillo en una tienda de juguetes, quería tocarlo y examinarlo todo.

—Creo que aquí dentro tengo agua oxigenada.

Oprimió un dispositivo en la pared de espejo y se abrió un compartimento accionado por un muelle. Una sección del mismo dejó al descubierto un botiquín.

—Siéntese.

Tuvo que elegir entre un taburete de tocador con un almohadón de terciopelo blanco, el retrete o el bidé. El taburete de tocador no parecía lo bastante resistente para soportar su peso. En el bidé, ni pensarlo. Se sentó encima de la tapa del retrete.

Claire se acercó a él con una manopla blanca como la nieve que había humedecido previamente bajo el grifo dorado.

—La va a estropear —dijo él, y echó la cabeza hacia atrás—. Puede que las manchas de sangre no desaparezcan nunca del todo, por mucho que la lave.

Ella le dirigió una mirada extraña.

—De las cosas se puede prescindir, señor Cassidy. De la gente no.

Cassidy tenía el corte en el borde del pómulo. Hizo una mueca de dolor cuando ella le aplicó el paño mojado y frío sobre la herida.

—¿Por qué no deja de llamarme «señor»? Llámeme Cassidy.

—¿Cuál es su nombre de pila?

—Robert.

—Un nombre respetable. —Claire dio unos golpecitos a la herida con la manopla antes de tirarla dentro de la palangana, sacar una bola de algodón de un recipiente de cristal y empaparla con agua oxigenada.

—Esto puede que le escueza.

Él apretó los dientes cuando ella le limpió el corte, pero sólo le escoció un poquito.

—Demasiado celta.

—¿Y Cassidy no lo es?

—No quería ser Bob ni Bobby. Desde la universidad siempre me han llamado Cassidy.

Claire apartó la bola de algodón y sacó de una caja de metal del botiquín una tirita. Él observaba las manos de la mujer mientras quitaba las cintas protectoras de la parte esterilizada, pero la miró directamente a los ojos cuando le apretó la tirita encima de la herida.

Sintió el aliento de ella sobre su rostro. Aspiró una ráfaga del perfume que emanaba de la hendidura situada entre sus pechos... los pechos que él había tocado. Se le abría ligeramente la blusa cuando se inclinaba hacia delante y se necesitaba un gran autocontrol para no mirar furtivamente.

—Ya está. Esto será suficiente. —Le tocó la mejilla: las puntas de sus dedos estaban frías. Luego se dio la vuelta para volver a colocar en su sitio las cosas que había sacado del botiquín.

Era una locura. Una chifladura. Podría quedarse bien jodido si dejaba que esto se le escapara de las manos, pero, oh, Dios...

Alzó las manos y la sujetó por la cintura, haciendo que la mujer se volviera para mirarlo de nuevo a la cara.

—¿Claire?

Ella echó las manos hacia atrás, para evitar colocarlas sobre los hombros de él.

—Será mejor que empape esa camisa en agua fría o no se le quitará la mancha de sangre.

—¿Claire?

Involuntariamente, los ojos de ella se apartaron de la mancha de sangre de la camisa para encontrarse con los de él.

—No quiero hablar de eso —replicó ella con aquel susurro ronco con el que Cassidy soñaba cada noche.

—No me interprete mal, Claire. No suelo besar a las sospechosas cuando las estoy interrogando.

—¿No?

—No. Creo que ya lo sabe.

La mirada del hombre se paseó por la mujer, abarcando su rostro hermoso, su garganta tersa, los pechos que tanto lo atraían, la cintura estrecha y el suave ensanchamiento de sus caderas. De modo instintivo, su mano se trasladó de la cintura hasta el vientre de Claire. No era una caricia íntima. No del todo. Probablemente había tres capas de ropa entre la piel de ella y la palma de su mano. Pero en la absoluta quietud de aquella habitación tan íntima de la mujer lo parecía.

Se sintió abrumado por el error que había cometido.

Ella era su principal sospechosa y su tarea consistía en perseguir a los criminales y llevarlos ante la justicia. Su carrera dependía de este caso. Lo ayudaría a ser el mejor candidato para el cargo de fiscal o lo haría quedarse para siempre clavado entre las filas de los ayudantes. O bien ganaría posición y poder o se quedaría como cualquier otro representante de la acusación que trata de echarle el guante a traficantes de drogas o a los que evaden impuestos. Podría redimirse o sería condenado eternamente por aquel error garrafal que marcaba su alma como una mancha oscura.

Y ahora, allí estaba él, a punto de cometer otra lamentable metedura de pata. No podía permitir que sucediera. No volvería a ser negligente en su trabajo.

Apartó sus manos. Claire retrocedió hasta el tocador.

—Creo que no debería tocarme de ese modo nunca más. Le podría costar el caso. Porque si alguna vez me procesaran, Cassidy, yo me aseguraría de que todo el mundo supiera lo de su conflicto de intereses.

—Y yo lo negaría —replicó él sin vacilar—. Sería su palabra contra la mía, Claire. No hay testigos.

—Exactamente como en el asesinato de Wilde. Yo no puedo probar que me besó. Y usted no puede probar que yo haya matado a Jackson Wilde. Así que ¿por qué no consideramos que estamos empatados y ponemos fin a esto antes de que mi vida se trastorne más todavía?

Claire dio media vuelta y salió del cuarto de baño. Él la siguió al dormitorio y, cuando ella casi había llegado a la puerta, él le formuló una pregunta.

—¿Por qué contribuyó con dinero a la congregación de Jackson Wilde?

Claire se quedó de piedra. Volvió su rostro hacia él, repentinamente pálida, y se humedeció los labios con nerviosismo.

—¿Cómo se ha enterado?

Mientras Cassidy la miraba, su optimismo recibió un golpe brutal.

—No lo sabía —respondió con calma—. Lo he adivinado.

Claire se hundió sobre un sillón tapizado. Después de contemplarlo durante unos momentos dijo:

—Muy inteligente.

—No se moleste en mentir. Tengo los informes. Su nombre habría aparecido más pronto o más tarde y todos los datos estarán allí. Conque dígame la verdad, ¿de acuerdo? ¿Cuánto dinero le dio? Y, por el amor de Dios, ¿por qué?

—Hace más o menos seis meses le envié un cheque de cincuenta dólares.

—¿Por qué?

—Había visto su programa. Cualquiera que le enviara un mínimo de cincuenta dólares tenía derecho a recibir tres libros de oraciones, textos piadosos, anécdotas inspiradoras y cosas de ese tipo. Eran unos libros encuadernados con tapas duras, con letras doradas y todo eso. Si los libros no eran lo que se suponía que debían de ser, esperaba acusarlo de fraude postal o de lo que fuera pertinente en ese caso.

—¿Cómo eran los libros?

—Exactamente como los anunciaba.

Se levantó del sillón y se dirigió a las estanterías empotradas en la pared, y volvió con los tres volúmenes, que entregó a Cassidy para que los inspeccionara.

—Wilde era demasiado listo para no enviar lo que prometía. Al menos en algo tangible como son los libros. —Claire abrió los brazos—. Eso es todo. Se lo juro. Era una prueba y él la pasó. Ya lo había olvidado.

Cassidy no detectó ningún signo de engaño ni en su expresión ni en su mirada sincera. Deseaba con toda su alma creerla. Pero había otra cuestión que ella todavía tenía que aclarar.

—Gloria Jean Reynolds —dijo él de repente.

La reacción de Claire fue visible y rápida, una mezcla de asombro y extrañeza.

—¿Qué pasa con ella?

—Ella también hizo una contribución. Considerablemente más cuantiosa que la de usted. Mil dólares.

—¿Qué? —La pregunta se le escapó con una ráfaga de su aliento—. ¿Yasmine contribuyó con mil dólares a la obra de Jackson Wilde? ¿Por qué?

—Eso es lo que intento averiguar.

11

Cuando llamaron a la puerta de su oficina, el congresista Alister Petrie dejó caer la pluma y frunció el entrecejo. Había dado órdenes expresas de que no lo molestaran.

—Lo siento, congresista —se disculpó su secretaria precipitadamente cuando asomó la cabeza por la puerta—. Aquí hay alguien que quiere verlo. Sé que ha ordenado que no le pasen llamadas, pero he creído que estaría conforme en que hiciera una excepción.

Ella era por lo general tan reservada y prudente que su excitación atrajo de inmediato la atención de Petrie. Su rostro aparecía sonrojado y en sus ojos descoloridos había un destello insólito. Quienquiera que este martes por la tarde le estuviera haciendo una visita inesperada debía de ser alguien condenadamente importante.

Se puso en pie y se ajustó la corbata.

—Confío en su discreción, señorita Baines. Si se trata de alguien que he de ver, entonces hágalo pasar.

La secretaria salió. Alister casi se hizo pis en los pantalones cuando Yasmine apareció por la puerta abierta. Como un idiota, dirigió una mirada de culpabilidad hacia el marco de plata que contenía la fotografía de Belle y de sus hijos y que estaba situado en el lugar de honor de su escritorio.

Afortunadamente, la señorita Baines, que entró tambaleándose detrás de Yasmine, estaba demasiado emocionada por la presencia de la estrella para darse cuenta de aquella reacción de culpabilidad. Parloteaba acerca de lo asombrada que se había quedado cuando la famosa modelo... su favorita desde hacía años... había entrado en la oficina y le había pedido una entrevista con el congresista Petrie.

Alister, recuperado en parte de la impresión inicial, esbozó la sonrisa que le había ayudado a ganar su primer escaño en el Congreso.

—Es verdaderamente un gran honor para mí, señorita...

—Llámeme Yasmine, congresista Petrie. Verlo a usted también es un privilegio poco frecuente.

Sonaba como un saludo cordial, sin embargo para Alister era evidente su doble significado, sobre todo dado el énfasis que ella puso sobre las palabras poco frecuente y verlo. En los espectaculares ojos de la modelo había un destello malicioso cuando él dio la vuelta a su escritorio para acercarse a ella. Si su modo de moverse le pareció forzado a la señorita Baines, confiaba en que lo atribuyese al hecho de que le acababan de presentar a una estrella y no a que se tratase de una confrontación con una amante que estaba pensando en hacer de las suyas.

Yasmine llevaba un vestido blanco de un tejido suave y ajustado que se le ceñía al cuerpo. El escote en forma de V, donde el vestido se solapaba sobre su pecho, estaba lleno de cadenas de oro de diferentes modelos. Pulseras de diseño le rodeaban ambas muñecas. Esferas de oro tan grandes como pelotas de golf pendían de sus orejas. Una bufanda con estampado de leopardo, tan grande como un mantel, colgaba por encima de uno de sus hombros y se extendía hasta el borde de su vestido tanto por delante como por detrás.

Tenía un aspecto fabuloso y ella lo sabía. Tan fría y altiva como la sacerdotisa de un templo, permaneció en su terreno y dejó que él se acercara, lo cual hizo con la mano extendida, como un penitente. La muy zorra.

Le estrechó la mano. Con los tacones altos era unos pocos centímetros más alta que él. A él no le hacía ninguna gracia tener que levantar la vista, aunque sólo fuera un poco, para mirarla a los ojos.

—Me siento halagado al pensar que pueda tratarse de una visita social.

Ella se rió, sacudiendo su melena de ébano.

—La semana pasada oí uno de los discursos de su campaña electoral. Me gustó lo que dijo y decidí contribuir a su campaña. Necesitamos más hombres como usted en el Congreso.

—Gracias. Me he quedado... sin habla —tartamudeó él, sonriendo cautivadoramente, pues su atónita secretaria aún seguía allí.

—¿Me permite? —Sin esperar que le dieran permiso, Yasmine se dirigió hacia un sofá de cuero marrón, regalo de Belle en su último cumpleaños.

—Por supuesto, Yasmine. Siéntese. Señorita Baines, ¿nos disculpa, por favor?

—Desde luego. ¿Le apetece beber algo? ¿Café? ¿Té?

—No, gracias —respondió Yasmine exhibiendo su brillante sonrisa—. Pero podría preguntar a mis acompañantes si les apetece algo—. Deslizó de su hombro la fina correa de su bolso de piel de reptil y lo dejó sobre su regazo.

—¿Acompañantes? —preguntó Alister con voz débil. «Dios mío, esto debe de ser una pesadilla.» ¿Cuántas personas sabían que ella estaba aquí? ¿Habría organizado un desfile por la avenida Pensilvania?

—Guardaespaldas, a juzgar por su aspecto —murmuró la señorita Baines—. Estoy segura de que, por ser quien es, tiene que hacerse acompañar a todas partes —añadió.

Yasmine se limitó a sonreír dulcemente, dejando que la mujer sacara sus propias y dramáticas conclusiones. La secretaria, con una sonrisa estúpida, retrocedió y cerró la puerta tras de sí.

Alister tenía los puños cerrados a ambos lados del cuerpo. Mientras se aproximaba a Yasmine, sintió la tentación de pegarle unos cuantos puñetazos fuertes en su rostro perfecto.

—¿Qué carajo crees que estás haciendo? —Mantuvo bajo el volumen de su voz, pero su expresión feroz traducía fielmente la ira que lo embargaba.

Jamás usaba un lenguaje tan soez ante ella, excepto de forma juguetona en la cama. Pero en el barrio en el que ella había crecido, ése era el lenguaje cotidiano, por lo que aquello no la intimidó lo más mínimo. Saltó del sillón como un resorte, dejando caer su bolso al suelo. La bufanda se deslizó de su hombro y cayó también al suelo.

—¿Qué te pasa, cariño? —preguntó ella con sarcasmo—. ¿Acaso no te alegras de verme?

—Lo que quiero saber es si has perdido la cabeza. ¿Estás tratando de hundirme? ¿Quién te ha visto entrar aquí pavoneándote? ¡Dios mío! ¿Lo sabe la prensa? —Se pasó la mano por el rostro mientras una aterradora posibilidad tras otra desfilaba velozmente por su mente como en un infernal pase de diapositivas—. ¿Qué haces aquí?

—Quiero contribuir a tu campaña electoral. —Yasmine se desabrochó los puños de la camisa y antes de que él se diera cuenta de lo que iba a hacer, se despojó del corpiño de su vestido, haciéndolo resbalar por los hombros y dejándolo caer hasta la cintura, donde quedó bloqueado por su ancho cinturón. Sonreía al mismo tiempo que sacaba lentamente los brazos de las mangas.

La ira de él se transformó en lujuria. Sus ojos se movieron hacia abajo para contemplar sus pechos cónicos y prominentes. Los pezones eran oscuros y puntiagudos y se le ofrecían de forma arrogante.

—Te he echado muchísimo de menos, cariño —canturreó ella mientras se subía lentamente la falda por los muslos.

El corazón le latía violentamente, los pulmones trabajaban a pleno rendimiento, tenía las palmas de las manos sudorosas y la sangre circulaba a toda prisa para concentrarse en las ingles. Alister seguía con la vista cómo subía lentamente el bajo de su vestido. Las medias le llegaban hasta la mitad del muslo, donde quedaban sujetas por los ganchos de un portaligas. Él gruñó involuntariamente cuando ella dejó al descubierto el pequeño triángulo que cubría de forma insuficiente su montículo y su denso pelo rizado.

—¡Joder! —murmuró él. El sudor le resbalaba por la frente y goteaba por su rostro—. Si entrara alguien...

—Nadie entrará. Ni siquiera el presidente conseguiría esquivar a Hans y a Franz, que están ahí fuera. Les dije que nadie, lo que se dice ni una jodida persona, debía atravesar esa puerta.

Mientras él permanecía en pie, inmovilizado, ella colocó sus pulgares bajo la banda elástica de su bragas y las empujó hacia abajo por las piernas. Después de quitárselas, las hizo girar sobre el dedo índice.

—Es mejor que te sientes, cariño. Estás un poco pálido.

Le dio un ligero empujón en el pecho y él cayó hacia atrás, aterrizando sobre el sofá de cuero —el regalo de su esposa—. Él no pensó en eso. No pensó en nada excepto en el deseo atronador de su polla. Él alargó las manos para cogerla.

—No tan deprisa. —Ella permaneció en pie delante de él, con los puños en las caderas, las piernas ligeramente separadas—. ¿Por qué no has venido a verme, asqueroso hijo de puta?

—Yasmine, sé razonable —jadeó él—. ¿Puedes imaginarte lo saturada que está mi agenda? ¡Estoy en plena campaña, por el amor de Dios!

—¿Con tu sonriente esposa a tu lado?

—¿Qué se supone que debo hacer? ¿Dejarla en casa?

—¡Sí! —siseó ella, enfadada.

—¿Y eso no podría hacer que todos, especialmente ella, sospecharan algo? Piénsalo. —Intentó nuevamente cogerla y esta vez ella le permitió cruzar las manos sobre su trasero—. ¿Crees que esta separación ha sido fácil para mí? ¡Por el amor de Dios!, no estás bien de la cabeza por presentarte aquí, pero no te puedes imaginar lo que me alegro de verte.

—Al principio no parecías tan contento —le recordó ella—. Creí que te iba a dar un ataque.

—Estaba conmocionado, asombrado. Esto es terriblemente peligroso, pero... ¡Oh, Dios mío, estoy sintiendo tu olor! —Se inclinó hacia delante, hundió el rostro entre los muslos de ella y se acurrucó allí, sorbiendo, besándola con pasión a través del tejido delgado de su vestido—. ¡Qué lástima que no se pueda embotellar esto!

Yasmine le aprisionó la cabeza entre sus manos largas y esbeltas.

—Cariño, estaba hecha polvo. No podía comer. No podía dormir. Vivía pendiente de que sonara el teléfono.

—No podía arriesgarme a telefonearte. —Alister alzó la cabeza hacia sus pechos y se llevó uno de sus pezones a la boca.

—Sí —gimió ella—. Fuerte, cariño, chupa fuerte.

Cogió un pecho con cada mano y los estrujó con fuerza mientras le chupaba el pezón hasta que le dolieron las mandíbulas. Ella se sentó a horcajadas sobre las rodillas de él y hurgó entre sus ropas hasta que su pene palpitante quedó aprisionado entre sus manos acariciadoras.

Él le metió las manos por debajo de la falda, agarró sus caderas y las atrajo hacia abajo con fuerza mientras la penetraba. Yasmine rompió los botones de la camisa con iniciales bordadas de él y luego hundió sus largas uñas en el pecho del hombre, que profirió un gruñido que era a la vez una mezcla de placer y dolor, y restregó con fuerza la barbilla contra los pezones erectos de Yasmine, e hizo que ardieran al rozarlos con la barba incipiente.

Ella cabalgó sobre él con frenesí, estrujando y estirando como un puño cerrado y mojado, como una boca. A través de la niebla de la pasión, él oyó sonar el teléfono muy débilmente en la antesala y la respuesta amortiguada de la secretaria:

—Oficina del congresista Petrie. Lo siento, pero el congresista está ocupado en estos momentos.

Alister casi se rió mientras Yasmine hacía rodar sus caderas hacia delante, luego hacia atrás, mientras metía a la fuerza su pecho dentro de la boca de él. «En estos momentos estoy ocupado follando como un loco con mi amante», pensó. ¿No haría eso que se tambalearan los cimientos de la capital? ¿No es verdad que sus votantes se quedarían asombrados? ¿No lo celebrarían sus enemigos con un día de campo?

Ella se corrió antes que él. Cerrando los brazos con fuerza alrededor de la cabeza de él, murmuró en su oído un canto erótico:

—Ohcariñooohpequeñooohdiosohsíohjoder —mientras un espasmo tras otro lo introducía más adentro y con más fuerza dentro de ella.

El orgasmo del hombre no fue tan vocal, pero sí igual de tempestuoso. Durante los sesenta segundos siguientes, ella se mantuvo abrazada fuertemente a él, con su cabeza descansando sobre su hombro.

Cuando ella se incorporó, su torso brillaba de sudor y realzaban el brillo las cadenas de oro que pendían de su cuello. Sus ojos atigrados todavía ardían. Estaba tan condenadamente hermosa que le quitaba el aliento... el que aún le quedaba.

—Te quiero, hijo de puta.

Él se rió entre dientes, haciendo una ligera mueca de dolor cuando salió de ella y se dio cuenta de que se había puesto perdido.

—Yo también te quiero.

Siempre consciente que entre él y su ruina sólo había una puerta, se preguntó preocupado cuánto tiempo habían estado allí dentro. Sin embargo, no podía hacer que se marchara precipitadamente sin hacerle algunas promesas tranquilizadoras.

—Si no te llamo, sólo es para protegerte. Tienes que creerme, Yasmine. Estoy constantemente rodeado de gente. Apenas puedo escaparme sin que alguien me siga al retrete. Cuando estoy aquí, trabajo día y noche. E incluso es más difícil aún verte en Nueva Orleans.

Ella cogió el rostro de él entre sus manos y atrajo la boca del hombre hacia la suya para darle un beso lento y húmedo.

—Lo entiendo. De verdad que lo entiendo. Lo que pasa es que he estado muy sola sin ti. ¿Podemos pasar hoy la noche juntos?

Él se sintió invadido por la indecisión. Podría ser sensato complacerla. Por otra parte, los riesgos de ser sorprendidos juntos en Washington eran tremendos.

—En serio que no puedo. Tengo programado un vuelo esta tarde a las cinco. Esta noche hay una función para recaudar fondos en Nueva Orleans y no puedo faltar.

—¿Qué vuelo tomas? Yo también iré. Podemos encontrarnos esta noche después de la función.

¡Maldita sea! La situación se estaba poniendo fea.

—No puedo, Yasmine. Se necesitan días para organizar nuestros encuentros, ya lo sabes. —Ella parecía enfadada, decepcionada y suspicaz. Rápidamente la atrajo hacia él y la besó otra vez—. Dios mío, ojalá pudiéramos. Esta semana, más adelante, iré a Nueva York. Dame unos días para hacer los arreglos oportunos.

—¿Me lo prometes?

—Te lo prometo.

Ella se volvió a poner el vestido y se colocó la bufanda al hombro. La camisa de Alister estaba irremediablemente arrugada; esperaba que no se notase debajo de la chaqueta. También tenía el regazo incómodamente pegajoso, pero eso no tenía arreglo.

Yasmine extrajo un cheque del bolso y lo dejó sobre su escritorio.

—Espero que este donativo no me traiga problemas —dijo.

—¿Problemas? —Se estaba arreglando la corbata.

—Mmm. Uno ha regresado de la tumba para torturarme. ¿Te acuerdas que te conté que había enviado un donativo a Jackson Wilde con mi verdadero nombre?

—¿Sí? ¿Y qué? Dijiste que creías que valía la pena intentar sobornarlo.

—Pues no la valió. Perdí mil dólares que no podía permitirme perder. La carta que le envié de recordatorio me fue devuelta con un mensaje escrito a mano: «Un buen intento.» Nunca he sabido si fue el mismo Wilde o uno de sus lacayos el que escribió aquello, pero aparentemente no aceptaba sobornos.

—O tal vez no le ofreciste suficiente dinero.

—Es posible. De todos modos, Cassidy, el ayudante del fiscal, lo ha descubierto. Me telefoneó a Nueva York. Admití que sin demasiado entusiasmo intenté sobornar a Wilde para que nos dejara a Claire y a mí en paz. Me pidió que le enseñara la carta, pero yo la tiré en cuanto la leí.

»Pero esto es solamente la mitad de la historia. Sin yo saberlo, Claire también envió dinero a Wilde, y se puso como una fiera porque no le conté lo de mi donativo. Le di la vuelta a la tortilla y le recordé que ella tampoco me había dicho nada del suyo. Casi tuvimos una pelea por eso.

—¿Y qué problema hay ahora?

—El problema es que Cassidy no se cree nuestras explicaciones y le está dando demasiadas vueltas al asunto.

—Según los periódicos, trata de sacar un caso de la nada. No te preocupes de eso.

—No me preocupo. Todo quedará en agua de borrajas. —Yasmine le dirigió una mirada de soslayo y le guiñó un ojo—. Además, tengo una coartada cojonudamente buena de la noche en que asesinaron al predicador, ¿te acuerdas?

—Claro. Estabas en Nueva York.

—No, estaba haciendo el sesenta y nueve contigo. —Se puso a reír, abrió el cajón central de la mesa de Petrie y echó sus bragas dentro—. Una menudencia para que se acuerde de mí, señor congresista.

—No necesito nada para acordarme de ti. —No en vano era un político. Sabía cuándo tenía que echar leña al fuego y exactamente cuánta. Fingiendo sentir una necesidad acuciante, la atrajo hacia él. Se abrazaron y besaron una vez más. Él trató de ocultar con el beso su impaciencia y de ignorar la desesperación que se ocultaba en el de ella.

Por fin Yasmine se dispuso a marcharse. Entonces, cuando ya tenía la mano en el pomo de la puerta, volvió hacia atrás.

—Alister, si alguna vez me entero de que me estás mintiendo, me cagaré en todo.

—¿Mintiendo? —Él le cogió la mano y se la frotó contra la bragueta. En voz baja le dijo—: Hay cosas sobre las que un hombre no puede mentir.

Por una vez ella no aprovechó la ocasión para acariciarlo. Cuando él le soltó la mano, ella la dejó caer a un lado con indiferencia.

—Simplemente pensaba que debía avisarte de antemano, cariño —dijo ella—. No sólo me enfadaré. Me vengaré.

La voz de contralto, gutural, de Yasmine tenía un tono bajo que le molestó. Antes de abrir la puerta, le dedicó otra sonrisa cordial por guardar las apariencias ante la secretaria. Él y Yasmine se estrecharon las manos. Él le agradeció calurosamente la ayuda financiera, a pesar de que ni siquiera residía en su Estado. Ella se marchó flanqueada por dos enormes gorilas, enfundados como salchichas en trajes negros y baratos.

—Bueno, estoy asombrada —dijo la señorita Baines con exagerada efusión, apoyando la mano sobre su pecho huesudo—. ¿Se lo puede creer?

—No. No me lo puedo creer.

—Y es tan agradable. Parece que una persona tan famosa como ella tendría que ser orgullosa; sin embargo, es como una persona normal.

—Mmm. Bien, volvamos al trabajo, señorita Baines. Por favor, no me pase ninguna llamada a menos que sea la señora Petrie.

—Oh, llamó mientras usted estaba con Yasmine.

Le invadieron el pánico y las náuseas.

—Ahora mismo la llamaré.

—No hace falta. Sólo llamaba para confirmar la hora de su vuelo. Dijo que iría al aeropuerto a recogerlo.

—Oh, estupendo. —Se volvió hacia su despacho particular, pero retrocedió como si le asaltara un nuevo pensamiento—. ¿Le mencionó que Yasmine había venido a verme?

—No.

—Se lo diré esta noche. He oído a Belle hablar de esa modelo. Siempre dice que le gustaría estar tan delgada como ella. —Rió entre dientes y se pellizcó el lóbulo de la oreja de una manera que él sabía que parecía infantil y simpática—. A las mujeres les encanta estar tan esbeltas como las modelos. Jamás entenderé por qué. No es nada atractivo. Ah, a propósito, dejó un cheque de quinientos dólares. Cada centavo cuenta, por supuesto, pero no vale la pena armar un gran revuelo por ello. Probablemente se trate sólo de un gesto publicitario.

Entró y cerró la puerta, con la esperanza de haber causado en la señorita Baines la impresión adecuada, es decir que él había considerado la visita de Yasmine y el donativo para la campaña sólo como un gesto aislado de una famosa caprichosa.

Una vez sentado tras su escritorio, abrió el cajón, sacó las bragas y estrujó el encaje en su puño. Aquel asunto había ido demasiado lejos. En algún momento se le había escapado de las manos. No necesitaba añadir toda esta mierda a las demás presiones. Era un problema que tenía que resolver a la mayor brevedad. Pero ¿cómo?

Yasmine ya le había causado más problemas que todas sus otras amantes juntas. Hasta ahora, la aventura extramatrimonial había valido la pena a pesar de los problemas adicionales. Si bien las amenazas veladas de ella no lo asustaban realmente, ¿quién podía predecir lo que podía hacer una mujer caprichosa como ella? Tenía que tomarse sus advertencias un poco en serio.

Si lo deseaba, Yasmine podía convertir su vida en un infierno. Ella tenía los contactos con la prensa y el perfil público elevado necesarios para hacer fracasar sus oportunidades de reelección. Podía destruir su familia. Maldita sea, a él le gustaban las cosas tal como estaban y quería que continuaran así.

—¡Joder! —musitó, mesándose los cabellos con los dedos. Esta vez no veía una salida.

La única solución era poner fin a la aventura. Tendría que sacrificar un chocho de calidad, pues de otro modo, si todo se descubría debería renunciar a su estilo de vida y a su carrera. Mientras guardaba la ropa interior de Yasmine en el interior del bolsillo de su chaqueta, para tirarla más tarde, tomó la decisión de decirle en la primera ocasión que su aventura se había acabado.

12

Claire estaba en su estudio probando uno de sus patrones sobre un maniquí cuando sonó el teléfono.

—Claire, pon la CNN. Deprisa.

Era Yasmine. No habían hablado desde hacía varios días, desde aquella pelea que tuvieron cuando Claire le reprochó que hiciera un donativo generoso a la congregación de Jackson Wilde.

—¿Qué pasa?

—Lo verás muy pronto y te vas a cagar en todo. Date prisa o te lo perderás. —Colgó el teléfono.

Intrigada, Claire conectó la televisión portátil que le hacía compañía cuando trabajaba hasta altas horas de la madrugada.

Puesto que Yasmine ya la había preparado, no se sorprendió al ver en la pantalla a Ariel Wilde. El entrevistador le estaba preguntando acerca de la reciente manifestación que se celebró frente a Sedas de Francia y que ella admitía tranquilamente haber organizado.

—A nuestros enemigos les gustaría creer que después de la muerte de Jackson Wilde hemos dejado la lucha contra la pornografía. Debo asegurarles que no es así. Esta congregación, bajo mi liderazgo, tiene el propósito de duplicar sus esfuerzos para eliminar el material obsceno en cualquiera de sus formas.

—¿Por qué ha reanudado las acciones contra el catálogo de Sedas de Francia? Hay otras publicaciones mucho más gráficas —preguntó el periodista.

Ariel sonrió dulcemente.

—Los editores de las revistas más gráficas no se hacen los puritanos. No tratan de disfrazar lo que son. Aunque detesto sus productos, siento admiración por su sinceridad. Al menos no son hipócritas como la señorita Laurent, que ni siquiera tiene el valor para enfrentarse conmigo en un debate.

—El catálogo está editado con gusto, señora Wilde. Es sensual, pero yo no lo calificaría de obsceno.

—Representa a hombres y mujeres a punto de realizar el coito. ¿No le parece bastante obsceno?

Evidentemente avergonzado, el periodista se aclaró la garganta.

—Las fotos tan sólo sugieren...

—¿Entonces está usted de acuerdo en que las fotografías son sugerentes?

—No he dicho eso.

Apresuradamente consultó sus notas, pero antes de que pudiera plantear otra pregunta, Ariel dijo:

—Creo que es significativo que el negocio de la señorita Laurent tenga su sede en Nueva Orleans.

El entrevistador mordió el anzuelo.

—¿Significativo en qué sentido?

Ariel fingió que lo reconsideraba.

—Creo que es más prudente que no añada nada más. Mi abogado me ha aconsejado que evite este tema. Sin embargo, me siento obligada a llamar la atención sobre el hecho de que uno de los objetivos en que mi marido puso más énfasis esté localizado en la misma ciudad en que lo asesinaron.

Claire se puso furiosa. Su respiración anhelante llenó el silencio de la sala cavernosa. Se encontró a sí misma caminando hacia el televisor, aunque no recordaba haberse levantado del asiento.

—¿Está usted insinuando que la señorita Laurent tiene algo que ver con el asesinato de su marido? —preguntó el periodista.

—La oficina del fiscal la está investigando —contestó Ariel en tono evasivo.

—¿Basándose en qué pruebas?

—En ninguna, que yo sepa. Estoy segura de que la están investigando a causa de su pasado.

El periodista la miró con extrañeza.

—Claire Laurent —siguió ella— es la hija ilegítima de una mujer mentalmente desequilibrada. —Bajó los ojos y asumió una expresión llena de tristeza—. Al no contar con más guía que ésa durante su infancia ¿tendría algo de extraño que su vida, incluso su vida profesional, esté gobernada por sus pasiones? Piénselo. Es obvio que posee talento. ¿Por qué iba a desperdiciar su creatividad confeccionando lencería de mala calidad y anunciándola de una manera tan vulgar? ¿Y por qué iba a elegir como socia a una mujer que, durante años, ha hecho alarde de un estilo de vida inmoral?

—¿Se refiere usted a la modelo Yasmine?

—Sí. Estas tres mujeres —la señorita Laurent, su madre y Yasmine— tienen un nivel moral muy bajo; estoy segura de que en la oficina del fiscal se les ha ocurrido la misma pregunta que a mí: ¿editar una revista obscena es su único crimen?

Claire apagó el televisor. Si escuchaba otra palabra más explotaría. La rabia hacía que la sangre llegara a toda velocidad a su cabeza. Por ello sentía palpitar los lóbulos de las orejas y se le nublaba la visión.

Ariel Wilde la había herido profundamente en su amor propio. ¿Cómo se atrevía a decir esas cosas en un canal nacional? Hasta entonces, Claire había hecho caso omiso de sus viles críticas relacionadas con el catálogo de Sedas de Francia, pero ahora las invectivas se habían vuelto personales. Ariel había difamado a Mary Catherine y a Yasmine y, además, la había acusado a ella de asesinato. ¿Durante cuánto tiempo más podría mantenerse a la defensiva y no hacer nada? La resistencia pasiva no funcionaba con los Jackson y Ariel Wilde del mundo. Había llegado el momento de actuar.

Dio unos pasos mientras consideraba sus opciones. Aunque detestaba tan siquiera pensar en ello, parecía que no había otra solución que hacer una declaración pública. Cuando se serenó lo suficiente para hablar, hizo una llamada telefónica.

—Redacción.

—Soy Claire Laurent.

Empezó por llamar a una filial de la televisión local. Su nombre había aparecido lo suficiente en las noticias como para que la reconocieran de inmediato.

—Sí, señora. ¿Qué puedo hacer por usted?

—¿Cómo podría ponerme en contacto con la CNN?

—Nosotros conectamos con ellos algunas veces. Puedo decirles lo que quiera.

—Si están interesados en mi réplica a lo que Ariel Wilde está diciendo acerca de mí, que un periodista se ponga en contacto conmigo.

—Sí, señora. Estoy seguro de que alguien la llamará de inmediato.

—Estaré esperando.

Claire colgó el teléfono, detestando lo que acababa de hacer. Consideraba la intimidad un bien muy valioso. Protegía la suya ferozmente, sobre todo por el bien de Mary Catherine, pero también porque sabía de forma intuitiva que la fama manchaba la reputación. Según su criterio, exhibirse públicamente reducía la valía de una persona. Los que buscaban publicidad estaban más allá de su comprensión. A diferencia de Yasmine, a quien le encantaba estar siempre en la cresta de la ola, Claire prefería permanecer en el anonimato. Por esa razón, era a Yasmine a quien la gente asociaba con Sedas de Francia.

Claire lamentaba verse forzada a aparecer en público. También la asustaba. Entre aquel momento y el de su entrevista tenía que pensar en palabras que desmintieran las declaraciones de Ariel Wilde y que salvaguardaran sus secretos.

A la noche siguiente, estaba acostada en la cama mirando una grabación de su entrevista con el periodista de la CNN, cuando sonó el teléfono que tenía junto a la cama. Al principio lo dejó sonar. Luego, recelosa, levantó el auricular, pero permaneció en silencio.

—¿Claire, está usted ahí?

—¿Cassidy?

—¿Por qué no contestaba?

—Porque cada vez que he cogido hoy el teléfono, era alguien que me decía que me fuera al infierno.

—¿La gente de Wilde?

—Sin duda. La mayoría te insulta a gritos y luego cuelga.

—Supongo que Ariel está furiosa. Primero, en esa manifestación que organizó le salió el tiro por la culata. Consiguió el reportaje de televisión que deseaba, pero Mary Catherine hizo que sus seguidores parecieran criminales. Y luego, hoy, realmente la ha puesto en su sitio. He visto su actuación de hace un rato.

—No ha sido una actuación.

—Es una forma de hablar —respondió él—. Estuvo usted muy bien.

—Creía en todo lo que dije. Si Ariel Wilde o cualquier otra persona de su organización difama a mi madre o a Yasmine, presentaré una demanda por daños y perjuicios que sumirá a esa congregación en el caos financiero.

—Estuvo muy convincente.

—Gracias.

—Sin embargo, no negó las alegaciones veladas de Ariel de que usted, de alguna manera, estaba implicada en el asesinato de su esposo. —Hizo una pausa para que ella contestara, pero Claire permaneció obstinadamente en silencio—. Si quiere, puedo conseguir que le cambien inmediatamente el número de teléfono.

—No, gracias. Las llamadas son una lata, pero la novedad pasará pronto y dejarán de llamar.

—¿Por qué no deja puesto el contestador automático?

—Por cuestión de principios. Si estoy aquí, contesto el teléfono. Me niego a cambiar mis costumbres por culpa de ellos.

Cassidy permaneció en silencio durante un momento, luego preguntó:

—¿Ha ido más gente a protestar ante su puerta?

—No —respondió ella, sonriendo por primera vez en veinticuatro horas—. Creo que mamá los curó de una vez por todas.

—Hablando de su madre, ¿está ahí Harry para vigilarla?

—Pasará aquí la noche, ¿por qué?

—Se lo diré cuando llegue. Espéreme abajo.

—Cassidy, ya estoy en la cama. Estoy cansada.

Pero hablaba al vacío. Colgó entonces el teléfono de golpe. Si la quería ver, podría haber quedado con ella para el día siguiente. Debería dejarlo abajo llamando al timbre en vano.

Sin embargo, sacó las piernas por un lado de la cama y se dirigió al cuarto de baño. Todo parecía igual que antes, pero ella sabía que nunca volvería a entrar allí sin acordarse de él, desaliñado y goteando sangre por su camisa. Parecía un pillo y un pendenciero, y sus instintos femeninos respondieron entonces igual que ahora ante el recuerdo de las manos vigorosas del hombre sobre su cintura.

Lo había amenazado con denunciarlo, con explicar cómo un romántico coqueteo con ella podría afectar al caso, pero olvidó mencionar lo que tal coqueteo podría significar para ella.

Se vistió con unos pantalones vaqueros y un jersey de algodón blanco, pues no quería que él pensara que se había acicalado ante la perspectiva de encontrarse con él. Bajó en ascensor al primer piso. Él estaba tocando ya el timbre en el momento en que ella llegaba a la puerta.

—Ha llegado puntual —dijo ella cuando le abrió.

—Es una de mis virtudes.

Él tampoco se había acicalado. Nunca lo había visto con otra ropa que no fuera un traje. Esta noche vestía vaqueros y una camisa deportiva, una chaqueta Levi's vieja y zapatillas de deporte.

—¿Por qué quería verme?

—Salgamos de aquí.

—¿Por qué?

—Aquí fuera puedo pensar con más claridad. —Ella lo miró con curiosidad—. Allí dentro hay demasiado ambiente —añadió, bruscamente.

El barrio comercial situado unas manzanas más allá estaba en plena actividad, pero las dos manzanas que había a ambos lados de Sedas de Francia estaban a oscuras y en calma. Cuando ella se volvió después de cerrar la puerta, Cassidy estaba en el bordillo y caminaba sobre el asfalto por el que habían desfilado los manifestantes.

—Parece preocupado —comentó ella.

—Sí, es posible. —Se detuvo y la miró cara a cara—. Este asunto del donativo...

—Ya se lo expliqué.

—Sí. Y Yasmine también. Pero no me lo creo.

—Ése es su problema.

—De momento —respondió, simplemente—. ¿A qué hora me dijo que fue al Fairmont aquella noche para recoger a su madre?

Claire no esperaba el súbito cambio de tema. La pregunta le provocó un nudo en la garganta.

—Yo... yo ya le dije que no estaba segura, pero supongo que fue alrededor de medianoche.

—¿Cómo es que tardó tanto tiempo?

—¿Cómo dice?

—Andre Philippi dijo que le telefoneó a las once. A esa hora de la noche, se tardan unos cinco minutos en ir desde aquí al Fairmont. Lo sé porque lo he comprobado esta noche. Usted tardó una hora más de lo necesario. ¿Qué hizo que se retrasara tanto?

—Cassidy, le dije que llegué allí alrededor de la medianoche. Pudo haber sido a las once o a las once y media. Ya le dije que no estaba segura.

—¡Es mentira! —Se pegó un puñetazo en la palma de la otra mano. Claire retrocedió un paso—. Usted no fue al hotel Fairmont a recoger a Mary Catherine hasta casi medianoche, porque no habló directamente con Andre hasta entonces. Cuando él llamó a las once, le dejó el recado en el contestador automático, ¿verdad? Usted tenía que llamarle.

Él se acercó hasta tenerla cara a cara.

—Usted no estaba aquí cuando él la llamó a las once. Me ha dicho esta noche que si estaba en casa contestaba al teléfono, ¿no es cierto? Andre le dejó un mensaje en su contestador automático para que supiera dónde estaba Mary Catherine cuando regresase y descubriese que se había marchado.

El corazón de Claire martilleaba.

—Puedo explicárselo.

—Ahórreselo. Estoy harto de sus mentiras. Tengo

razón, ¿no es cierto? —La agarró por el brazo y la atrajo hacia sí—. ¿No es cierto?

Entrar en contacto con el vigoroso cuerpo de él le sobresaltó, pero la actitud despótica del hombre era ofensiva y se soltó de un tirón.

—Sí, tiene razón. —Se apartó de él—. Tengo la costumbre de comprobar que mamá está en su habitación cuando regreso. Aquella noche su cama estaba vacía y su maleta había desaparecido, por lo que me imaginé qué había sucedido. Estaba a punto de salir a buscarla cuando vi la luz del contestador avisando que había un mensaje. Llamé inmediatamente a Andre. Me dijo que había localizado a mamá en el vestíbulo del Fairmont, la había llevado a su oficina y le había dado un vaso de jerez. Estaba aturdida y desorientada cuando llegué allí, como le suele suceder después de sus peores ataques. La traje a casa y la acosté. Ésa es la verdad.

—Oh, la creo. Claire —dijo él—. Lo que quiero saber es dónde demonios estaba usted desde que acabó la cruzada hasta medianoche. ¿Hizo dos viajes al Fairmont? ¿Uno para asesinar a Wilde y otro para recoger a su madre? —Ella no respondió.

—Pudo haber conducido una gabarra en el periodo de tiempo que necesita justificar —dijo en voz alta.

—Fui a dar un paseo.

Era obvio que él esperaba una mentira más elaborada. La simplicidad de su explicación lo cogió desprevenido.

—¿Un paseo?

—Así es. Un largo paseo. Sola. Por el barrio Francés.

—¿A esas horas de la noche? —preguntó él con escepticismo.

—Lo hago con frecuencia. Pregúnteselo a Yasmine. Siempre me riñe por eso.

—Yasmine corroboraría cualquier mentira que usted dijera.

—No es una mentira. Es la verdad.

—¿Por qué escogió aquella noche en particular para dar un paseo?

—Estaba preocupada.

—El asesinato suele causar preocupación.

Claire dio la vuelta sobre sus talones y se dirigió hacia la puerta de Sedas de Francia.

—No tengo por qué aguantar esto.

—Y un cuerno. —Él tendió el brazo de golpe y le agarró la manga, haciendo que se volviera de nuevo—. Estoy furioso de verdad con usted, señorita Laurent. Debería llevarla en este mismo instante a la central para que le tomaran las huellas dactilares y la metieran en la cárcel. Con la ropa ancha color verde vómito no estaría tan guapa, Claire. Y la ropa interior tampoco es del catálogo de Sedas de Francia.

Un estremecimiento de temor la sacudió de arriba abajo. Su mayor temor era que la encarcelaran. No era la claustrofobia lo que le daba pánico, sino la pérdida de libertad. No sería capaz de tolerar el constante control, el hecho de no poder elegir y la privación de la intimidad y la independencia.

El rostro de Cassidy estaba tenso de rabia. Un mechón de cabellos oscuros le caía sobre la frente. Sus ojos brillaban con un destello inquisitivo y penetrante. Por primera vez, Claire le tuvo realmente miedo. Podía perder la paciencia con ella y cumplir sus amenazas. Tenía que hablar enseguida, porque no podía pasar ni una noche, ni un minuto en la cárcel.

—Volví a casa después de la cruzada y...

—¿A qué hora?

Se pasó la mano por el cabello con gesto nervioso.

—Se lo juro, ignoro la hora exacta. Poco después de las diez, creo.

—Eso ya lo puedo creer. La ceremonia concluyó a las nueve y veinte. Contando el tiempo que perdió con el tráfico en el Superdome, pudo llegar aquí hacia las diez.

—Harry se había quedado con mamá. Cuando entré, le di permiso para que se marchase, si bien más tarde me arrepentí de haberlo hecho. Estaba inquieta, no podía dormir. Intenté trabajar, pero sólo podía pensar en Jackson Wilde.

—¿Por qué?

—Lo había visto en la televisión, pero eso no era nada comparado con verlo en persona. Era un orador dinámico. Rezumaba poder, ejercía un control enorme sobre la mente del público. Aunque yo estaba en desacuerdo con todo lo que predicaba, me sentí impresionada por el carisma con que lo hacía. La gente sentada a mi alrededor estaba cautivada. Hasta aquella noche no había captado la fuerza de su influencia. Me dio miedo que realmente pudiera destruir Sedas de Francia. Cuando me acerqué al estrado y lo miré a los ojos, me sentí como David mirando el rostro de Goliat.

Claire dirigió una mirada suplicante hacia Cassidy.

—Tiene que comprender lo que este negocio significa para mí para saber lo que sentí aquella noche. Sólo lo puedo describir como pánico. Todo aquello por lo que había trabajado tanto se veía amenazado por una fuerza inconmesurable. Imaginaba que todo aquello por lo que había luchado se derrumbaba de repente.

Cassidy contestó con suavidad:

—Lo comprendo, Claire, y mejor de lo que cree. —Luego, una vez más, sus ojos le dirigieron una mirada penetrante—. ¿Se sintió tan amenazada que entró a escondidas en su suite y le disparó?

Ella desvió la mirada.

—Ya se lo dije, fui a dar un paseo.

—Tendrá que explicarme algo más creíble.

—¡Es la verdad! Me sentía como si las paredes se fueran cerrando a mi alrededor. Me sentía asfixiada. Incapaz de pensar. Las palabras de Jackson Wilde continuaban sonando en mis oídos. Tenía que salir. —De repente, su mirada se fijó nuevamente en él—. Le llevaré.

—¿Adónde?

—Reconstruiremos el camino que seguí aquella noche. Le enseñaré exactamente por dónde pasé. Trataré de mantener el mismo paso para que se dé cuenta de por qué me perdí la llamada de Andre.

Cassidy, ceñudo, se lo pensó durante un momento.

—De acuerdo. ¿Hacia dónde?

Antes de que ella bajase de la acera y cruzase al otro lado de la calle, él la había cogido del brazo. La mayoría de los edificios de aquel lado de la calle Conti estaban vacíos y a oscuras. Los huecos de las puertas se hallaban cubiertos de sombras densas y tenían un aspecto siniestro. Las ventanas y las puertas estaban cubiertas por tela metálica.

—¿No tiene miedo de pasear por aquí sola por la noche, Claire?

—En absoluto. —Levantó la vista hacia él—. ¿Y usted?

—Vaya si lo tengo —murmuró él, mientras echaba una mirada rápida por encima del hombro. Ella se echó a reír y lo guió para evitar un socavón que había sobre la gastada acera—. Veo que conoce bien la topografía de este lugar.

—Perfectamente bien. Crecí jugando en estas aceras. —Señaló una fábrica de dulces con toldo rosa y dijo—: Aquí hacen pralinés deliciosos. Algunas veces nos daban a los chiquillos los que se les habían roto y no podían vender. Nos los comíamos en la siguiente esquina.

Siguieron caminando en silencio, pasando por delante del edificio de piedra gris que en un tiempo fue el Tribunal Supremo del estado de Louisiana. Giraron hacia la derecha en la calle Royal y ella se detuvo frente a una tienda de antigüedades.

—Aquella noche me detuve aquí para echar un vistazo a este escaparate. Había un broche de esmeralda y marcasita...

—¿Marca qué?

—Aquí está. La tercera fila hacia abajo, el segundo empezando por la izquierda. ¿Lo ve?

—Mmm. Es bonito.

—A mí también me lo pareció. Tenía la intención de volver y mirármelo mejor, pero no llegué a hacerlo. —Claire se quedó allí un momento, contemplando una colección de bolsitos de malla adornados con abalorios, servicios de plata oxidados y joyas de testamentarías, antes de continuar.

Al otro extremo de la calle, dos policías salieron del cuartel general del NOPD del *Vieux Carré*. Los saludaron con un movimiento cortés de cabeza. Uno de los agentes se dirigió a Claire en francés con acento acadiano. Su compañero saludó:

—Buenas noches, señorita Laurent. —El primero miró dos veces a Cassidy, pero si lo reconoció, no lo llamó por su nombre.

Siguieron andando y dejaron atrás los muros color salmón y los postigos verdes del famoso restaurante Brennan. Claire se dio cuenta de que Cassidy la observaba de cerca. Ella invirtió las tornas y empezó a estudiarlo a él.

—No está usted casado, ¿verdad, Cassidy?

—¿Se nota?

—No. Sólo que la mayoría de las esposas no aprobaría su horario de trabajo. —Claire mantuvo su expresión impasible, si bien se alegraba de saber que entre sus pecados no se incluía el de besar a un hombre casado.

—Estuve casado —explicó Cassidy—. Lo estropeé todo.

—¿Se arrepiente?

Él se encogió de hombros.

—No por lo que a ella se refiere. Fue lo mejor para los dos. Supongo que se podría decir que estaba casado con mi carrera. Algo así como usted. —Hizo una pausa, para darle a ella la oportunidad de hacer algún comentario.

Pero ella hizo otra pregunta.

—¿Tiene hijos?

—No. Nunca llegamos a tenerlos. Supongo que eso fue lo mejor. No me hubiera gustado tener que imponer un divorcio a mis hijos. —Se detuvo frente a unos almacenes y miró a través de los escaparates a prueba de robos—. Una armería. Muy oportuno.

—¿Es eso lo mejor que se le ocurre, Cassidy?

—Pensándolo bien, es usted demasiado lista para adquirir un arma tan cerca de su casa y en un barrio donde la conocen tanto.

Ella le lanzó una mirada sagaz.

—Ya lo ha comprobado, ¿no es cierto?

—Sí.

Desde allí se trasladaron a una tienda que sólo vendía pendientes.

—Yasmine es una de sus mejores clientas —le comentó Claire, mientras él contemplaba con asombro la amplia variedad expuesta en el interior.

En aquella zona comercial de élite, la mayoría de las tiendas ya había cerrado. Parecía que el silencio de la calle los envolvía. La calle Bourbon estaba solamente a una manzana de distancia, pero podría haber estado a cien kilómetros. De vez en cuando, unas suaves notas agudas de una trompeta de jazz llegaban a través del aire bochornoso, pero se alejaban enseguida como almas perdidas en busca de refugio. Los barrotes de hierro que rodeaban los balcones situados por encima de sus cabezas contribuían a dar una sensación de aislamiento. Las verjas de hiero forjado con filigranas dejaban entrever patios interiores con fuentes cubiertas de musgo de las que brotaban chorritos de agua, farolas de gas que chisporroteaban y muros de ladrillos resquebrajados que guardaban secretos.

Tropezaron con un gato que escarbaba para buscar comida en una bolsa de basura que había en el bordillo. Dos parejas que vestían sudaderas LSU descendían tambaleándose por la calle, riendo, hablando en voz alta y soez, sorbiendo los Hurricanes en vasos de papel que habían comprado en el bar de Pat O'Brien. Un anciano con barba descuidada que vestía un abrigo grueso impropio de la estación descansaba con aire indiferente apoyado contra un muro del callejón. Dos ancianos que paseaban cogidos del brazo pasaron junto a ellos y dijeron «Buenas noches». Un joven que vestía vaqueros ceñidos negros, un suéter negro de cuello cisne e iba muy maquillado, pasó contoneándose y le echó un beso a Cassidy con sus brillantes labios color escarlata.

Doblaron la esquina en la calle St. Peter frente al café Royal. Claire señaló el doble balcón a Cassidy.

—Creo que es el más bonito del barrio.

La plaza Jackson se cerraba durante la noche, pero las tiendas y los lugares para comer que la rodeaban estaban todavía abiertos.

—Iba a tomar un *cappuccino* aquí —explicó Claire a Cassidy a la vez que se detenía frente a un bar pequeño e íntimo situado debajo de los históricos apartamentos Pontalba Arms. Dos de las mesas situadas fuera estaban ocupadas por amantes que se contemplaban absortos, ajenos al resto del mundo—, pero olí a buñuelos recién hechos, conque...

Señaló hacia el café Du Monde. Esperaron a que pasaran los coches en la acera, donde un saxofonista tocaba para que los transeúntes le echaran monedas dentro de su sombrero, el cual yacía sobre el suelo. El conductor de un carruaje de caballos y un artista callejero que había guardado sus pinceles por aquel día, sostenían una discusión amistosa sobre la temporada de fútbol.

—Estoy de acuerdo con el artista —observó Claire—. Los Saints han de reforzar su táctica ofensiva si quieren participar en la fase final de este año.

—¿Ha entendido a esos individuos? —preguntó Cassidy.

—¿Usted no?

El soñoliento rocín uncido al carruaje llevaba un gran sombrero de fieltro con geranios de plástico rosa brillante alrededor de la corona. Claire le acarició el hocico mientras bajaba del bordillo.

—Ni una palabra. Después de trasladarme aquí, durante un año era como si viviera en un país extranjero. Necesité tiempo para que mis oídos se adaptaran al acento. A veces todavía me cuesta.

—Pero no le cuesta entenderme a mí.

—A usted, Claire, es a quien más me cuesta entender.

Ella señaló hacia una mesa situada en la terraza del café Du Monde. Cassidy sostuvo la silla cromada para que ella se sentara. Un camarero con delantal blanco largo se les acercó con las manos extendidas para darles la bienvenida.

—Señorita Laurent, *bonsoir*. Cuánto me alegro de verla.

—*Merci* —contestó ella cuando él se inclinó para besarle la mano.

—¿Y él es? —preguntó mirando a Cassidy.

Ella le presentó a Claude, el camarero.

—Una ración de buñuelos, por favor, Claude. Y dos cafés con leche.

—Muy bien —respondió él, y se dirigió con paso ligero hacia la cocina.

—Es obvio que viene aquí con frecuencia —observó Cassidy.

—Casi lo han invadido los turistas, pero a mamá todavía le gusta venir, así que la traigo al menos una vez a la semana.

Claude les sirvió lo que habían pedido. Con el olor a levadura de aquellos buñuelos y el aroma del café, a Claire se le hacía la boca agua. Les hincó el diente y se chupó los dedos sin ninguna vergüenza para quitarse el azúcar. Miró a Cassidy, que estaba situado frente a ella, y se echó a reír al ver el azúcar en polvo que tenía alrededor de la boca y le pasó una servilleta de papel del distribuidor automático que había sobre la mesa.

Se zamparon dos buñuelos, se partieron el tercero y, sentados y en silencio, sorbieron la mezcla de café y leche hirviendo.

Claire se sentía contenta de poder estar allí sentada, disfrutando del aroma de Nueva Orleans a sus anchas. Demasiado pronto para su gusto, Cassidy abordó el tema.

—Aquella noche —empezó a decir—. ¿Cuánto tiempo estuvo aquí?

—Unos treinta minutos, supongo.

Él levantó una ceja.

—¿Tanto rato?

—Esto es el Vieux Carré, Cassidy. Al igual que los europeos que vivieron aquí originariamente, nosotros podemos estar sentados a la mesa durante horas. El paso del tiempo es lento. Cuando se atraviesa la calle Canal se debería dejar atrás la tendencia norteamericana a ir siempre deprisa y gozar de la vida. Resistí la tentación y no me comí otra ración de buñuelos, pero me tomé dos tazas de café con leche y al menos pasé diez minutos con cada una.

A petición de ella, Claude reemplazó sus tazas vacías por tazas llenas.

Observando el vapor de su taza, Claire dijo:

—Tenía un montón de cosas en mi mente aquella

noche. Jackson Wilde era solamente una de mis preocupaciones.

—¿Qué más había?

—Mamá. Me preocupaba quién cuidaría de ella si me sucediera alguna cosa. Por ejemplo, si me metieran en la cárcel. —Dirigió a Cassidy una mirada poderosa y luego bajó los ojos hacia su café, al que daba vueltas en la gruesa taza blanca—. Y también pensaba en el catálogo nuevo. Siempre deseo que el que ha de salir supere al último, y temo que se me agoten las ideas.

—Este temor es común entre la gente creativa.

—Lo supongo. Y estaba preocupada por Yasmine.

—¿Por qué?

—Es personal. —La expresión de ella daba pie a pedirle que traicionara la confianza de su amiga, pero él no lo hizo.

—Pues dio usted un buen paseo. —Él se recostó sobre el respaldo de su silla y estiró sus largas piernas. Los tejanos viejos se adaptaban muy bien a su cuerpo, recogían el sexo y ceñían sus muslos. Claire trató de prestar atención a lo que le decía—. Supongo que si se lo pregunto, Claude jurará por la memoria de su santa madre que usted pasó aquí al menos media hora aquella noche.

—¿Cree que estoy mintiendo, Cassidy?

—No —replicó él—. Creo que me ha traído aquí esta noche para que comprobara lo bien que la conocen y la respetan en esta comunidad, y para que me dé cuenta de con qué me tendré que enfrentar si pretendo procesarla. Tiene incluso amistad con los polis del barrio. Un buen abogado defensor presentaría a todos estos testigos, y aunque no pudieran jurar que usted estuvo paseando aquella noche por el barrio Francés, tampoco podrían jurar que no lo hizo.

—Si usted fuera mi abogado defensor, ¿es eso lo que haría?

—Exacto. Si la parte acusadora no posee una prueba indiscutible de evidencia física, yo la haría aparecer como una santa y confundiría al jurado con hechos que no fueran pertinentes.

—Conoce todos los trucos, ya lo veo.

Los labios de él se estrecharon y su expresión se volvió ceñuda.

—Todos los trucos.

Claire llegó a la conclusión de que había muchas cosas de Cassidy que no conocía.

Los periódicos informaban sobre el ayudante del fiscal, no sobre el hombre que había detrás del cargo. Deseaba buscar a aquel hombre, descubrir qué era lo que provocaba aquella expresión introspectiva y pesarosa que ocasionalmente se dibujaba en su rostro; sin embargo, ella tenía sus propios problemas.

—Usted sigue creyendo que cometí aquel crimen, ¿no es cierto?

Cassidy suspiró y desvió la mirada, y pareció que se concentraba en la estatua de Andrew Jackson, sentado a horcajadas sobre su caballo encabritado, que se veía a través de las puertas cerradas de la plaza que había al otro extremo de la calle. Luego, él apoyó los brazos sobre la mesita redonda y se inclinó hacia el otro extremo de la mesa.

—Lo que yo creo que ocurrió es lo siguiente: creo que usted planeó este asesinato hace mucho tiempo, cuando leyó que el reverendo Wilde iba a traer su cruzada a Nueva Orleans.

»Usted compró, le prestaron o robó un revólver del 38. Asistió a la ceremonia y se enfrentó cara a cara con el hombre al que planeaba matar. Ahora ya la conozco lo suficiente para saber que posee la entereza para hacerlo. Probablemente debió de pensar que ésa era la forma más honorable de matar a un hombre, más o menos como sus antepasados, que se citaban en las afueras de la ciudad con pompa y solemnidad para batirse en duelo hasta que uno de ellos moría.

»En cualquier caso, regresó a su casa y le dijo a Harry que se fuera. Esa jugada no funcionó como esperaba, pero en aquel momento pensó que, en caso de que la interrogaran, ella testificaría que usted estaba en casa aquella noche a las diez. Fue al Fairmont y, utilizando a Andre como cómplice, se las arregló para introducirse en la suite de Wilde. Entonces le disparó, probablemente mientras dormía. Luego salió de allí y volvió a su casa.

»Pero el destino le jugó una mala pasada. Mary Catherine se había escapado. Usted llegó a casa, vio que no estaba e, irónicamente, tuvo que volver a hacer el trayecto hasta el Fairmont para recogerla. Apostaría a que no fue muy agradable para usted volver a la escena del crimen tan poco tiempo después de haberlo cometido.

—Eso no es lo que sucedió, en absoluto. ¿No se da cuenta de cuántos fallos hay en su teoría?

—¡Joder, pues claro que sí! Está tan agujereada como un colador. Y ésa es la razón por la que usted no está ya en la cárcel.

Claire necesitó un momento para recuperarse tras esa observación. Preguntó:

—¿Cómo conseguí entrar en su suite?

—Fue muy sencillo. Andre le proporcionó una llave. Mientras Wilde cenaba, usted se introdujo dentro. Probablemente se ocultó en un armario a esperar. Él entró, se duchó y se preparó para acostarse, usted permaneció oculta hasta estar segura de que él dormía y, luego, le disparó.

Claire movió la cabeza en señal de negación.

—Hay algo verdaderamente básico que no encaja en ese guión, Cassidy. Yo nunca habría implicado a mi amigo en un complot de asesinato.

—Lo podría haber utilizado sin que él lo supiera.

—¿Robando una llave del mostrador de recepción?

—No, familiarizándose con el hotel. Hay varios recodos en el pasillo de la séptima planta. Es posible que usted se hiciera invisible en uno de ellos. Cuando la camarera entró en la suite para arreglar la cama de Wilde, se coló detrás de ella mientras la puerta estaba abierta.

—Muy creativo.

Los ojos de él escudriñaron el rostro de ella.

—Sí, Claire. Creativo y peculiar.

Ella bebió un sorbo de café frío, controlando su mano para que no temblara y revelara su nerviosismo.

—¿Cómo sabía que Wilde estaría solo en la habitación? ¿O es que tenía la intención de asesinar también a la señora Wilde si hubiera sido necesario?

—Eso también me ha planteado problemas. Hasta que Josh y Ariel Wilde me dijeron que «ensayaban» cada noche. Es posible que Andre le informara de cuál era su rutina. Usted dio por sentado que Wilde se iría solo a la cama.

—A Wilde no le gustaba lo que yo publicaba en mi revista, y me puso como un trapo sucio desde el púlpito. A mí no me gustaba lo que él predicaba, así que lo maté. De hecho, lo que usted está diciendo es que soy menos tolerante y más radical que Jackson Wilde. Me está colocando al mismo nivel de los locos que han estado telefoneándome y amenazándome con matarme.

Cassidy reaccionó como si le hubieran pellizcado el trasero de repente.

—¿La han llamado y han amenazado con matarla? Eso no me lo había dicho.

No quería decírselo y tendría que haberse mordido la lengua.

—Las amenazas de muerte telefónicas no se tienen que tomar en serio.

Él no se mostró de acuerdo. Sus ojos barrieron la zona como si un asesino acechara entre las sombras.

—Hemos estado aquí al menos media hora —dijo él, y se puso en pie—. Vámonos. —Le sostuvo la silla para que se levantara. Luego, de un salto rápido salió a la calzada, pero se detuvo cuando se dio cuenta de que ella no lo seguía.

—¿Qué pasa? —preguntó, por encima del hombro.

—Hice una parada más antes de irme a casa aquella noche. Allí —dijo, y señaló con la cabeza hacia el río.

Cassidy se colocó de nuevo junto a ella.

—Usted guía. —Cruzaron por el monumento militar que conectaba con la parte pavimentada del malecón conocido como el Moonwalk. Debajo de ellos, la corriente del río lamía plácidamente la grava; en aquel momento no había barcos por allí. Las luces de la orilla opuesta se reflejaban en el agua, que despedía un olor no desagradable a salmuera, petróleo y lodo. Soplaba una brisa húmeda y a Claire le gustaba sentirla en su cabello y en su piel. Era suave y acariciadora, como todo lo bueno del sur.

El Moonwalk era uno de los lugares favoritos de los turistas con cámaras fotográficas, y de los pordioseros, prostitutas, borrachos y amantes. Esa noche sólo algunos transeúntes gozaban de la panorámica. Cuando pasaron frente a una pareja que se estaba besando en un banco del parque, la expresión de Cassidy se volvió irascible.

—¿Por qué no me da un respiro y confiesa?

—¿Aunque no lo haya hecho?

—No, por favor. De eso ya hemos tenido suficiente. Cuatro locos se han declarado ya culpables de la muerte de Wilde.

—Su actitud es ciertamente caballerosa.

—Esos cuatro individuos son confesores crónicos —protestó él—. Por rutina los hemos investigado, pero ninguno de ellos estuvo en las cercanías del Fairmont aquella noche.

Llegaron al acuerdo tácito de hacer una pausa y contemplar el otro extremo del río. Después de un momento, él se volvió hacia ella. Sin ningún preámbulo dijo:

—Conozco a una empleada de la sección de archivos del juzgado. Anteanoche me invitó a entrar en su casa para pasar una velada comiendo espaguetis y haciendo el amor.

Él la miró de forma penetrante, esperando una respuesta. Finalmente, Claire comentó:

—Realmente no se andaba con rodeos.

—Bueno, la parte de sexo iba implícita.

—Ya veo. ¿Y aceptó?

—Sí.

—Oh. ¿Y qué tal?

—Una delicia. Cubiertos de salsa roja de almejas.

Al principio ella quedó desconcertada; luego se dio cuenta de que él intentaba hacer un chiste. Ella trató de reírse, pero descubrió que la idea de que él durmiera con otra mujer no la dejaba indiferente.

—Los espaguetis estaban estupendos —añadió él—. Pero el sexo solamente así así.

—Qué decepcionado debió de quedarse —comentó Claire, tensa.

Él se encogió de hombros.

—Y unas pocas noches antes me acosté con mi vecina. Fue obsceno, y ni siquiera estoy seguro de cómo se llama.

Claire perdió los estribos.

—¿Pretende impresionarme con sus hazañas sexuales? No soy un sacerdote. Yo no le he pedido una confesión.

—Sólo pensé que tal vez querría saberlo.

Con rudeza, Cassidy la atrajo hacia él y sostuvo su cabeza entre las palmas de sus manos.

—Porque estamos metidos hasta el cuello, y usted lo sabe tan bien como yo.

Acto seguido la besó.

13

Besar a Claire era mejor que follar con una docena de mujeres. Su boca era cálida, dulce y suave, y él deseaba continuar amando con su lengua a esa boca durante mil años. Pero no era posible, conque la soltó y retrocedió un paso.

Ella acabó con la respiración ligeramente entrecortada y los labios húmedos y separados, pero, por lo demás, mantuvo la compostura. Sabía ocultar sus emociones muy bien. Sin duda había desarrollado esa cualidad al verse obligada a madurar tan joven. Había tenido que enfrentarse a problemas y decisiones de adultos a una edad en que la mayoría de las niñas juegan con muñecas y organizan fiestas en las que toman el té con ositos de peluche y amigos imaginarios.

Sin embargo, maldita sea, él esperaba provocar en ella más reacción que aquella mirada firme e inmutable. Había presumido de tener dos amantes y luego la había besado íntimamente. ¿Por qué no lo maldecía, lo abofeteaba e intentaba sacarle los ojos con las uñas?

Había dormido con la empleada del juzgado por la misma razón que había llamado a la puerta de su vecina... para aliviar su frustración sexual. Los dos intentos por olvidar a Claire habían fracasado. Mientras la funcionaria había sentido un ansia casi patética por hacerlo con él, él no encontró la desnudez de la mujer tan excitante como sus fantasías de Claire, desnuda y entregándose. Actuó como se esperaba de él, pero sólo físicamente. Su mente estaba en otra parte.

Ahora, la falta de una reacción clara por parte de la mujer lo enfurecía. En los últimos días había estado sufriendo un infierno. Había llegado el momento de repartir un poco de su sufrimiento por ahí.

—¿Fue aquí donde se deshizo de la pistola?

—¿Cómo?

Permanecieron en silencio unos momentos; aquella brusca pregunta desconcertó a Claire.

—Ya me ha oído. ¿Vino directamente aquí desde el Fairmont y echó el arma al río?

—Jamás he tenido un arma.

—Eso no responde mi pregunta, Claire —dijo él alzando la voz—. Usted tiene una legión de amigos y cualquiera de ellos podría haber comprado el revólver.

—Pues ninguno de ellos lo ha hecho. Ni siquiera sé disparar.

—Para volarle los huevos a un hombre a tan corta distancia no se necesita ser muy hábil disparando.

Ella cruzó los brazos sobre la cintura y apretó los codos contra el cuerpo.

—Hace frío aquí. ¿Podemos marcharnos ya?

Cassidy se sentía muy exasperado con ella y con la situación. No obstante, se quitó la chaqueta y se la colocó por encima de los hombros. Deslizó las manos por debajo de sus cabellos para colocarlos por encima del cuello de la chaqueta. Luego le puso los pulgares debajo de la barbilla y le levantó la cabeza.

—Si vino aquí aquella noche, Claire, ¿qué hizo?

—Me senté en uno de esos bancos y estuve mirando el río.

—¿Se sentó en un banco a mirar el río?

—Eso es lo que acabo de decir.

Cassidy hubiera dado cualquier cosa de su propiedad, cualquier cosa que pudiera poseer en el futuro, por saber la verdad que se ocultaba detrás de la serena mirada color ámbar de Claire. Pero no lo consiguió. Y hasta que lo consiguiera tenía que jugar con fuego cada vez que se acercara a ella.

—Es mejor que nos marchemos.

Regresaron a Sedas de Francia paseando en silencio. Cuando llegaron a la puerta, él hizo que se diera la vuelta.

—Claire, quiero recomendarle que se busque urgentemente un abogado.

—¿Cuánto le falta para arrestarme?

—Poco. Su historia está plagada de coincidencias. Si no está mintiendo abiertamente, al menos me oculta la verdad. Puede que esté encubriendo a alguien. Lo ignoro. Pero no es sincera conmigo. Sé que se está apostando al perdedor, pero no existen límites cuando se trata de un asesinato. Mientras el caso siga sin resolverse, yo continuaré escarbando. Antes o después encontraré el elemento que haga que todas las piezas encajen. —Hizo una pausa, dándole tiempo suficiente para que lo contradijera. Lo desilusionó ver que no lo hacía—. Contrate a un abogado, Claire.

Dirigió la mirada unos momentos al vacío para después levantar los ojos hacia él con expresión firmemente resuelta.

—No, no lo haré. Tengo un abogado experto en negocios que se encarga de los contratos de Sedas de Francia y un contable que se ocupa de los impuestos. La expansión de la empresa hizo necesario que los contratáramos, pero nunca me ha gustado la idea de ceder el control, por poco que sea, de las cosas que me pertenecen.

Respiró hondo.

—No voy a confiar mi vida a un extraño. Confío en mi instinto sobre los demás cuando se trata de ver lo que es bueno y malo para mí. Cuando era niña, los asistentes sociales y los jueces, a los que llaman expertos, me decían que lo mejor para mí era vivir separada de la gente a la que amo. Pues bien, estaban absolutamente equivocados o eran unos mentirosos sin escrúpulos. Así que no confío en el sistema, Cassidy. —Se sacudió la chaqueta de él y se la lanzó—. Gracias por el consejo gratuito, pero no quiero ningún abogado.

—Entonces hágalo a su manera —replicó con impaciencia—. Pero creo que comete un error muy grande.

—Al menos es «mi error».

—Y no abandone la ciudad.

—Pasado mañana me voy a Misisipí.

Cassidy se quedó de piedra al oír aquello.

—¿Para qué demonios va allí?

—Para hacer las fotos del catálogo de primavera.

—Cancélelo. O aplácelo.

—De eso ni hablar. Hace semanas que lo hemos programado. El personal ya está contratado. Yasmine no puede cancelar los preparativos. Además, tenemos que hacer las fotografías antes del otoño, mientras las hojas aún estén verdes. No se pueden hacer las fotografías de un catálogo de primavera sobre un fondo otoñal.

—Es interesante, pero el sistema judicial no gira alrededor de sesiones de fotografía.

—Y yo no coordino mis negocios según el calendario del sistema judicial. Tiene pocas opciones, Cassidy. Si no me arresta, tendrá que dejarme ir.

Tenía las manos atadas. Ella lo sabía tan bien como él. Sin ninguna prueba sobre la que basar la acusación, no podía arrestarla, y al igual que ocurrió con Ariel y Josh Wilde, tampoco la podía retener en la ciudad.

Intuyendo su dilema, ella sonrió.

—Buenas noches, Cassidy.

—¡Maldita sea! A usted la divierte todo esto, ¿verdad? —Alargó la mano de golpe y le asió la barbilla, con los dedos clavados en las mejillas—. Escuche —añadió, inclinándose junto a su rostro—, hasta ahora he estado haciendo un esfuerzo especial para otorgarle el beneficio de la duda. Pues se acabó, ¿lo ha entendido? —Se le acercó aún más y su voz se convirtió en un gruñido—. Por supuesto, me gustaría follar con usted, pero no deje que eso se le suba a la cabeza. Antes procesaré y condenaré al asesino de Jackson Wilde. No cometa el error de olvidarlo, Claire. Es posible que esto sea sólo un juego para usted, pero de aquí en adelante jugaré sucio.

Claire apartó las manos de él de su cabeza y le dio un empujón.

—Gracias por los buñuelos y el café con leche, señor Cassidy. Tendría que haber invitado yo.

Se deslizó en el interior de Sedas de Francia y le cerró la puerta en sus narices. Cassidy, furioso, se puso a proferir palabrotas cuando oyó los chasquidos de los pestillos.

Ariel echó a un lado la revista con impaciencia. Era tarde y estaba inquieta. El hombre de Nueva Orleans prometió que la llamaría esa noche aunque fuera muy tarde. Y ahora ya era más de medianoche.

Abajo, Josh tocaba el piano. Hacía horas que tocaba esa detestable música clásica. Ella no encontraba melodía en esa música. Todas las piezas sonaban idénticas. Ni siquiera tenían letras, conque, ¿qué interés tenían? No podía imaginarse cómo alguien podía quedarse absorto escuchándola. Sin embargo, cuando Josh tocaba música clásica al piano, se olvidaba de todo lo demás... de comer, de dormir e incluso del sexo.

No es que ella encontrara a faltar el sexo. Ahora estaba concentrada en asuntos más importantes. La manifestación fue un fracaso. Ella pretendía que se viera a su gente como cruzados realizando una misión de inspiración divina. Y, por el contrario, aquella vieja loca de Sedas de Francia había logrado que parecieran malvados y estúpidos. La prensa local había cubierto ampliamente la noticia, pero se informó del hecho en tono de burla. ¡Ariel Wilde no estaba dispuesta a ser el hazmerreír de la ciudad!

Para recuperar su credibilidad, había conseguido con influencias una entrevista con la ONU que, en su opinión crítica, había salido excepcionalmente bien. Sin difamar a Claire Laurent por completo, había insinuado que era una cobarde por negarse a tener un debate con ella, que era una de las principales sospechosas del asesinato, y que ella y todos los que tuvieran que ver con Sedas de Francia eran escoria inmoral. Por suerte, un seguidor devoto que vivía en Nueva Orleans se había enterado del origen ilegítimo de Claire Laurent. Ariel se planteó insistir machaconamente en su mensaje a las familias de que la inmoralidad genera más inmoralidad.

Pero Claire Laurent había aparecido aquel día en la CNN, tan regia como la princesa Gracia en sus mejores tiempos y hablando con aquella melosa voz cansina que parecía hechizar al entrevistador, y probablemente a la mayoría de los espectadores. Se mostró elocuente y directa sin parecer corrosiva. Había tachado a Ariel de ilusa, pero al mismo tiempo dejó bien claro que iniciaría acciones legales si persistía la persecución.

Era la segunda vez que conseguía que la congregación de Jackson Wilde apareciera como un puñado de imbéciles fanáticos. Ariel simplemente no lo podía aguantar. Alguien tan frío y con tanto autocontrol como Claire Laurent debía de tener secretos. ¿Por qué si no erigir un escudo tan impenetrable de cortesía?

Por ese motivo Ariel contrató a una persona para que vigilara a su rival y le informara a diario. Cuando sonó el teléfono de su mesita de noche, se lanzó a cogerlo. Era la llamada que esperaba.

—Hemos tenido suerte en el primer intento —dijo escuetamente el hombre que estaba al teléfono—. A pesar de todo lo que negó en televisión, continúa siendo una de las sospechosas principales; Cassidy ha ido a verla otra vez esta noche.

Ariel se incorporó y se apoyó sobre las almohadas amontonadas detrás de su espalda.

—¿De verdad? ¿Durante cuánto tiempo la ha estado interrogando?

—Fueron a dar un largo paseo por el barrio Francés.

Cuanto más oía sobre el último encuentro de Claire Laurent con el apuesto, joven y seductor ayudante del fiscal, más rápidamente funcionaban los engranajes de su cerebro. Había estado tan ocupada analizando la información que casi había olvidado la pepita de oro más valiosa.

—Por favor —lo interrumpió ella—. ¿Qué ha dicho usted? ¿Que ellos qué?

—Sí, señora Wilde. Me ha oído usted bien. Se han besado.

Con mucho interés, Ariel escuchó todo el relato sin más interrupciones.

—Gracias —dijo cuando hubo finalizado—. Manténgame informada de lo que vaya sucediendo. Quiero saberlo todo. Recuerde que usted es mis ojos y mis oídos. —Como si hubiera recapacitado, añadió—: Que Dios lo bendiga. Lo tendré presente en mis oraciones.

Josh entró cuando ella colgaba el teléfono.

—¿Quién ha llamado a estas horas de la noche? —Se quitó la camiseta por la cabeza y empezó a desnudarse.

—El tipo de Nueva Orleans que organizó la manifestación delante de Sedas de Francia.

—Qué hecatombe —murmuró, mientras se apoyaba primero sobre un pie y luego sobre el otro para quitarse las zapatillas de deporte.

Ariel no estaba familiarizada con la palabra hecatombe, pero no le gustó cómo sonaba y tomó su crítica como algo personal.

—¿Cómo íbamos a saber que a la vieja mamá chiflada de Claire Laurent no se le ocurriría nada mejor que salir y enfrentarse a una muchedumbre hostil?

Josh se rió entre dientes cuando se metió en la cama junto a ella.

—Tú querías provocar fuegos artificiales y en lugar de eso te dieron pastas de té y un refresco.

—No tiene gracia —replicó ella, sacudiéndose el brazo que él le había colocado alrededor de la cintura. Retiró las sábanas, se levantó de la cama y encendió un cigarrillo, un hábito que había vuelto a adquirir desde que Jackson ya no estaba allí para prohibírselo. Abrió un paquete de Ding Dongs de un tirón y se llevó uno a la boca.

—Mañana quiero llevar el espectáculo de gira —le anunció a Josh con la boca llena de pastel de chocolate—. Iremos a varias ciudades y celebraremos solamente un servicio en cada una. —En ese momento su mente trabajaba a toda velocidad—. Los llevaremos a cabo de un modo especial. Los llamaremos reuniones de oración de emergencia en favor de la captura y procesamiento del asesino de Jackson.

Josh gruñó, se llevó el brazo a la frente y cerró los ojos.

—Ariel, estas cosas necesitan tiempo para planearlas. Tienes que alquilar un local...

—Me tiene sin cuidado si nos reunimos en campos de fútbol —gritó ella—. Quiero que asista mucha gente y que venga mucha prensa, y que tú estés allí también —ordenó; se giró y lo apuntó con el dedo—, que aparezcas destrozado de dolor.

—Tendré que pedirte prestada tu sombra de ojos.

—Vete al infierno.

Ariel se volvió a meter en la cama después de tragarse dos pastillas laxantes para contrarrestar las calorías del Ding Dong.

—Ahora no —gruñó ella cuando Josh se le acercó y le cubrió el pecho con la mano—. Tengo demasiadas cosas en qué pensar.

—Mejor —replicó él—. Estás tan seca que tus huesos hacen ruido cuando hacemos el amor.

—Jódete.

—Eso es lo que tenía pensado, pero... —Josh se echó a reír y hundió la cabeza en la almohada. Ariel estaba demasiado excitada para dormir. Consumía tal cantidad de cafeína y azúcar que era raro que durmiera más de tres o cuatro horas seguidas por la noche. No todas las sombras oscuras que tenía bajo los ojos eran un truco cosmético.

Revivió mentalmente todo lo que sabía acerca de Claire Laurent. Una tía con clase, pensó a regañadientes. Alta. Esbelta por naturaleza. Bien vestida. Facciones clásicas. Era la clase de mujer que Ariel aspiraba a ser, pero sabía en lo más hondo de su ser que todo eso no formaba parte de sus genes. Podría estar intentándolo desde ese momento hasta el día del Juicio y nunca conseguiría aquella elegancia fría. O se nace con ella o jamás se consigue.

Claire Laurent daba largos y relajados paseos por el barrio Francés con el ayudante del fiscal Cassidy, quien juzgaba a Ariel con suspicacia y burla mal disimulada. Parecía saber que por mucho y por muy a menudo que se lavara, nunca se sentiría completamente limpia. ¡Él había besado a Claire Laurent! Qué vergüenza, qué vergüenza. Las posibilidades que le brindaba aquella indiscreción hacían que Ariel sintiera vértigo y casi compensaban la envidia que sentía.

Aquella zorra esnob lo había engatusado. Era así de sencillo. ¿Pensaba tal vez ese hombre que alguien tan presumida como Claire Laurent era incapaz de cometer un asesinato? «Piénselo mejor, señor Cassidy.»

Se mirara como se mirase, había incumplido su deber. Al día siguiente por la mañana, incluso antes de convocar una rueda de prensa para anunciar lo último de «La hora de oración y alabanza de Ariel Wilde», tenía que hacer una llamada telefónica de vital importancia.

A Cassidy le habían advertido de antemano que el jefe estaba buscando guerra, así que las llamadas imperiosas de Tony Crowder no lo pillaron por sorpresa.

—Te está esperando, Cassidy —le informó la secretaria con compasión—. Entra directamente.

Cassidy asumió un aire despreocupado.

—Buenos días, Tony. ¿Quería verme? —Desde detrás de su escritorio, Crowder le dirigió una mirada furiosa. Cassidy se sentó cruzando las piernas—. Me alegro de que me haya llamado esta mañana. Tengo algo que discutir con usted.

—Te retiro del caso de Jackson Wilde.

—¿Qué? —El pie de Cassidy golpeó el suelo con tanta fuerza que hizo que la taza de café de Crowder chocara contra el plato.

—Ya me has oído. Estás fuera del caso. Se lo asigno a Nance.

—No puede hacerlo.

—Ya lo he hecho. O al menos lo haré tan pronto como concluya esta reunión. Y ya ha concluido.

—Y un huevo. —Cassidy se levantó de un salto de la silla—. ¿Por qué va a hacer eso?

—Te lo voy a decir —rugió Crowder—. Todos me están tocando los huevos por este caso. El alcalde. El jefe de policía. Los jueces. Especialmente ese maricón de Harris. Los congresistas. Incluso el cabrón del gobernador ha aportado su granito de arena. Jackson Wilde ya me sale por el culo y estoy hasta las narices. Quiero que esto se acabe y de momento no has conseguido que sea así.

—Lo estoy intentando.

—¿Con Claire Laurent?

Cassidy observó cautelosamente la ira en los ojos de su superior. Apareció inquietud más allá de la rabia.

—Entre otros.

—¿Qué es exactamente lo que estás «intentando» con Claire Laurent?

—Tengo la impresión de que es una pregunta capciosa.

Crowder mantuvo la vista fija en Cassidy cuando éste cogió su taza de café y dio un ruidoso sorbo.

—Esta mañana me ha telefoneado Ariel Wilde.

—Vale, ya lo entiendo —dijo Cassidy, respirando más tranquilo—. Le ha recordado que todavía no hemos arrestado al asesino de su marido, y usted sintió la necesidad de tocarle los cojones a alguien. ¿Va de eso?

—Eso es una parte, pero no todo.

—¿Y bien?

—¿Fuiste anoche con Claire Laurent a dar un paseo romántico a la luz de la luna por el barrio Francés?

Aunque a Cassidy se le cayó el corazón al suelo, su expresión se mantuvo impasible.

—Fui a Sedas de Francia y confronté a la señorita Laurent con la información que obtuve de otras fuentes. —Le explicó lo de las llamadas telefónicas y las discrepancias en cuanto a los horarios—. La señorita Laurent afirma que pasó ese tiempo dando un paseo para serenarse después de encontrarse cara a cara con Wilde en la ceremonia de la cruzada. Ella me sugirió que reconstruyéramos el paseo de aquel día.

—¿Eso incluía una parada en el café Du Monde?

—Sí.

—¿Y un lento paseo a lo largo del Moonwalk?

—Sí.

—En el que probablemente ella se deshizo del arma asesina.

—Eso fue lo que yo le dije —replicó Cassidy, a la defensiva.

—¿Y qué respondió ella?

—Sostiene que nunca ha tenido un arma de ninguna clase y que ni siquiera sabría cómo disparar.

—No se tiene por qué ser demasiado bueno con la pistola para disparar a un hombre en los huevos a corta distancia.

—Esto también lo comenté yo —apuntó Cassidy, riendo.

—¿Crees que esto es divertido?

—No. La risita era mi manera de señalar lo parecidos que somos.

—¿Ah, sí? Yo nunca he tenido un romance con una sospechosa.

Los ojos de Cassidy intentaron morder a los de Crowder.

—Yo tampoco —protestó él, devolviendo a Crowder su mirada severa.

—Eso no es lo que pensó el espía de Ariel.

—¿Espía? ¿De qué carajo está usted hablando?

—Nuestra querida señora Wilde tiene a uno de sus lacayos que vigila a Claire Laurent y la informa de cualquier cosa incriminadora o sospechosa. De momento, la única cosa sospechosa que ha hecho es tener una cita...

—¡No era una cita!

—... con el hombre que muy posiblemente tenga

que acusarla en un tribunal de justicia. Yo me limito a eliminar esa probabilidad retirándote del caso.

—No puede retirarme del caso —gritó Cassidy—. Ya le he explicado por qué dimos aquel paseo.

—No te hagas el listo conmigo. El hombre de Ariel Wilde no se perdió detalle. Le ha contado todos los movimientos que hicisteis y ella me ha informado de todo. Le diste a Claire Laurent tu chaqueta. La abrazaste. La besaste. ¿No es así?

Cassidy asintió con un breve movimiento de cabeza.

—Y según el relato del espía, aquello no fue un besito de cortesía.

—No —le replicó Cassidy con brusquedad—. No lo fue.

—¡Por Dios! —Crowder se levantó y dio un puñetazo sobre su escritorio—. ¿En qué carajo estabas pensando?

Cassidy inclinó la cabeza.

—¡Mierda! —Después de un momento largo y silencioso alzó la cabeza—. Puedo imaginar qué puede significar eso para alguien que desconozca las circunstancias. La estaba interrogando, Tony.

—¡También estabas intercambiando saliva con ella! —bramó él.

En un tono más suave y más razonable, Cassidy añadió:

—Ponía a prueba su defensa para tratar de encontrar el elemento que se nos escapa de su relato.

—¿Así que estás seguro que hay un elemento que se nos escapa?

—Casi seguro. Ignoro si miente para protegerse a sí misma o a otra persona, pero no dice toda la verdad. Desgraciadamente, no puedo arrestarla basándome en una corazonada.

—¿Desgraciadamente? —El fiscal lo estudió con

aquellos ojos perspicaces a los que no se les escapaba nada—. ¿Vas a quedarte ahí sentado y a decirme que no encuentras atractiva a esa mujer?

—No. —Cassidy lo miró fijamente a los ojos—. La encuentro muy atractiva.

Crowder se hundió de nuevo en su sillón y se pasó una mano por su escasa cabellera.

—Debería haberme hecho dentista, como quería mi madre. —Y, gruñendo, añadió—: Al menos no me has mentido. Y lo habría sabido si lo hubieras hecho. Han corrido rumores.

—¿Rumores de qué?

—De que te sientes atraído por la señorita Laurent. El detective Glenn se quejó al comisario de policía y él me vino aquí con el cuento.

—¡Hostia! —exclamó Cassidy, enfadado—. Glenn no tenía ningún derecho a...

—¡Maldita sea! Tenía todo el derecho. Éste también es su caso, ¿te acuerdas? Y no quiere que se vaya al carajo por culpa de un fiscal que tiene en la cabeza un corazón de San Valentín en lugar de cerebro. —Movió la cabeza—. No quiero hacerte esto, muchacho, pero no me dejas otra alternativa. Tengo que retirarte del caso.

—No lo haga, Tony. —Cassidy se levantó del sillón y se inclinó sobre el escritorio de Crowder—. Tengo que seguir con este caso. Llevaré al culpable a juicio y conseguiré que lo condenen. Me va la carrera en ello. No quiero desperdiciar esta oportunidad. Por ningún motivo.

—¿Ni siquiera por una mujer que te atrae?

—Por eso todavía menos.

Crowder lo estudió durante un momento.

—Suena como si dijeras la verdad.

—Así es. —Cassidy reflexionó si plantear o no un tema que nunca mencionaba. De todos modos, la noche anterior había dicho a Claire que en adelante iba a jugar para ganar. También necesitaba convencer de eso a Crowder.

—Tony, seguramente se habrá preguntado por qué dejé de ejercer de abogado defensor cuando me trasladé aquí.

—Pensé que era curioso que dejases de ejercer una profesión lucrativa para cobrar el sueldo que te paga el municipio. Pero después de comprobar tu lista de victorias y derrotas, me consideré demasiado afortunado de tenerte a mi lado para empezar a fisgar. ¿Por qué lo sacas ahora a colación?

Cassidy empezó a caminar arriba y abajo por la oficina de Crowder.

—Como usted ha dicho, ejercía una profesión en la que ganaba mucho dinero. Logré ganar un número impresionante de casos, algunos en el tribunal, otros fuera de él. En otras palabras, mis clientes salían absueltos, y yo estaba muy orgulloso y muy seguro de mí mismo por ese motivo.

—Conozco a tipos así.

Cassidy asintió con la cabeza al comentario de Crowder con aire sombrío.

—Un cliente en particular me contrató para defenderlo. Era un mal bicho con una lista de antecedentes tan larga como mi brazo. Estaba en chirona por agresión, pero sólo cumplió una parte de la condena cuando lo soltaron. Al cabo de pocas semanas de obtener la libertad condicional me llamó por teléfono. Me dijo que alguien me había recomendado muy favorablemente, que había oído que yo no tenía miedo de nada, y que estaba seguro de que yo lo haría salir en libertad.

Se detuvo, cerró los ojos durante un momento y añadió:

—Joder, Tony, el caso es que yo también estaba seguro de eso. Acepté el caso. Esta vez lo acusaban de agresión sexual, si bien la mujer se las pudo arreglar para escapar antes de que él la pudiera violar.

Dejó de pasear y miró por la ventana.

—La víctima tenía poco más de veinte años, era bonita, con buen tipo —empezó a decir en voz baja—. Mi cliente la había abordado al atardecer, cuando ella salía del edificio de oficinas donde trabajaba. No tenía ni la más mínima posibilidad. Lo cogieron literalmente con los pantalones bajados a media manzana del lugar de la agresión. El fiscal rechazó todas las ofertas de acuerdo extrajudicial. Quería a ese individuo entre rejas. El caso fue a juicio. Lo único en lo que yo podía confiar era en mi talento para montar una comedia, y por aquel entonces dominaba aquella técnica como una ciencia —explicó cerrando el puño y apretándolo fuerte.

»Usé todos los trucos que conocía. Cuando acabé de interrogar a aquella chica, el jurado quedó convencido de que era una puta que iba a trabajar con minifalda para seducir a sus compañeros. Todavía recuerdo que yo pensaba que había tenido suerte de que ella fuera pechugona, porque eso daba solidez a mi caso. Me aseguré de atraer la atención del jurado hacia su busto. ¡Joder!

Se frotó los ojos tratando de borrar de su recuerdo la inquietante imagen mental de aquella joven llorosa a la que él había desnudado y acorralado en el banquillo de los testigos.

—La crucifiqué, destruí su reputación, la describí como una calientapollas que había jugado demasiado y que en esa ocasión le había salido el tiro por la culata.

Se quitó la mano de los ojos y miró al vacío, hacia las persianas.

—Fue una defensa preparada de forma brillante. Mantuve al corriente a la prensa local de los detalles sórdidos y luego utilicé el interés que despertaban. Si el jurado emitía un veredicto de culpabilidad, siempre podía echarme atrás y decir que a mi cliente lo había juzgado la prensa. Pero no lo declararon culpable. —Su voz reflejaba el desconcierto que todavía sentía cada vez que pensaba en aquello—. El jurado se tragó mi comedia. Absolvieron al hijo de puta.

—Te habían pagado para hacer aquello —observó Tony.

—Eso no es excusa.

—La mitad de la comunidad legal te daría una palmadita en la espalda y envidiaría tu éxito.

—¿Eso es éxito? ¿Manipular vilmente al jurado y abusar de mi papel de abogado defensor?

—Bueno, exageraste la nota —dijo Tony—. Pero han pasado... ¿cuántos años?, ¿cinco o más? Vamos, Cassidy. Perdónate aquel error.

—Tal vez lo habría hecho si aquello hubiera sido todo.

—¡Vaya! —Crowder se preparó para lo peor.

—Dos semanas después de ser absuelto, mi cliente secuestró a una niña de once años, de quinto curso, del patio del colegio y la llevó a una zona desierta de un parque de la ciudad, donde la violó, la sodomizó y la estranguló con su sujetador de deporte. Y éstos eran solamente los cargos que tenían denominación legal. Los otros no podían (no pueden) ni nombrarse.

Crowder dejó pasar unos momentos de silencio tenso.

—Y después de aquello cerraste tu bufete de abogado.

Cassidy se alejó de la ventana y se enfrentó a su superior.

—Cerré el bufete y mi vida, liberé a mi esposa de la carga de estar casada conmigo y me marché. Y entonces vine aquí.

—Donde has sido un verdadero tesoro para esta oficina.

Cassidy se encogió de hombros, preguntándose si

alguna vez lograría superar su sentimiento de incapacidad. ¿Lograría alguna vez una condena en algún caso que compensara la vida de aquella jovencita? ¿Sería capaz alguna vez de enfrentarse con los afligidos padres y decirles: «Por fin he logrado que se haga justicia»? Nunca. Pero él continuaría intentándolo.

—Jamás volveré a ser negligente en mi cargo, Tony. Y nunca más permitiré que un psicópata se escape, nunca dejaré suelto a un violador o a un asesino entre personas inocentes, cuya confianza la mayoría de las veces traicionamos nosotros y el sistema legal.

—Su confianza no siempre se ve traicionada. De vez en cuando atrapamos al malo.

Cassidy puso en su mirada todo su poder de persuasión.

—No le decepcionaré, Tony, porque no puedo decepcionarme a mí mismo. Le juro que le entregaré al asesino de Wilde, sea quien fuere.

Tony se mordisqueó el interior de la mejilla.

—Está bien, te concederé un par de semanas más —contestó con impaciencia—. Pero considera tu cabeza sobre el tajo y el hacha colgando sobre ella.

—Lo entiendo. —Ahora que el asunto ya estaba arreglado, Cassidy no vio la necesidad de quedarse. Tanto Crowder como él se sentirían violentos si se excedía en dar muestras de gratitud.

Se dirigió hacia la puerta, pero Crowder lo detuvo.

—Cassidy, tengo que preguntarte algo. Si descubres ese elemento que falta, que vincule indiscutiblemente a Claire Laurent con el asesinato, ¿sería un problema para ti procesarla aunque una condena significara cadena perpetua?

Cassidy miró en el interior de su alma, pero ya sabía la respuesta.

—No, en absoluto, lo haría sin ninguna vacilación.

Cuando salió de la oficina, se comprometió a mantener la promesa que había hecho a Claire, a Tony y a sí mismo. Bajo ninguna circunstancia permitiría que sus intereses personales interfirieran en su deber profesional. Salió del edificio de la fiscalía y atravesó la calle hacia el departamento de policía. Howard Glenn estaba sentado detrás de un escritorio desvencijado y desordenado; descansaba sobre un sillón giratorio, con un auricular telefónico acunado entre el oído y el hombro. Cassidy se detuvo junto a la mesa y taladró a Glenn con la mirada.

—Hablaremos después —dijo Glenn por el auricular y colgó.

Cassidy dijo:

—La próxima vez que tengas quejas de mí, no chismorrees. Me lo dices directamente a mí. De hombre a hombre. Y yo haré lo mismo contigo.

—Creí que mis superiores...

—Pues te equivocaste —dijo Cassidy con aspereza—. Controlo mis emociones, mi polla y esta situación, y me toca los cojones que pretendieses que me dieran unos azotes. No lo vuelvas a hacer. Si tienes algún problema conmigo, dímelo ahora.

Glenn pasó el cigarrillo de un lado al otro de la boca mientras estudiaba cuidadosamente al ayudante del fiscal.

—No tengo ningún problema.

—Estupendo. —Cassidy consultó su reloj—. Es casi mediodía. Nos veremos en mi oficina después de comer y discutiremos qué paso vamos a dar a continuación.

14

Las campanas de la catedral de St. Louis repicaron cuando el novio y la novia salieron de entre la lluvia de arroz y felicitaciones de los amigos y familiares. Las damas de honor, con vaporosos vestidos color rosa, se disputaban jubilosas el ramo que la novia les había lanzado. La novia se detuvo para besar a su desconsolada madre y despedirse de ella, mientras que el sonriente novio, impaciente con lo que parecían despedidas interminables, cogió a la novia —vestido de encaje, velo de tul y todo lo demás— en brazos y la condujo hasta la gran limusina blanca que los estaba esperando.

Desde detrás de la verja de hierro que rodeaba la plaza Jackson y justo frente a la catedral, Yasmine observaba la romántica escena con una mezcla fugaz de nostalgia y cinismo. Aquella mañana había leído en las notas de sociedad que el congresista Alister Petrie y su esposa asistirían a la ceremonia nupcial a última hora de la tarde. Yasmine, que había llegado a Nueva Orleans la noche anterior, fue caminando desde Sedas de Francia hasta la catedral y se situó detrás de la verja con la esperanza de vislumbrar a su caballero andante.

Si bien lo había informado de su llegada, él no se

puso en contacto con ella. Tenía la esperanza de que él organizara una noche de amor antes de que ella se marchase a Misisipí para la sesión de fotografía. Estuvo pendiente del teléfono, pero no recibió ninguna llamada ni la noche anterior ni el presente día.

«Supongo que ha estado muy ocupado preparándose para la boda», musitó, enfadada, mientras miraba la procesión de invitados bien vestidos que atravesaba en fila las puertas altas y estrechas de la catedral.

Pero cuando lo divisó, su cólera se evaporó y su corazón empezó a latir con amor y ansia. Él personificaba el sueño norteamericano: un hombre guapo, encantador, de éxito... con el adorno de una esposa adorable. Yasmine había visto a Belle sólo en fotos. Era esbelta y rubia, hermosa de un modo apagado y aristocrático, y no tan insulsa como Yasmine se había imaginado.

Al ver a Belle y a Alister juntos, Yasmine tuvo la sensación de que la sangre le subía a la cabeza. Latía por sus venas con envidia. La sentía palpitar en el cerebro, contra el cráneo, detrás de los ojos, en los tímpanos.

Mientras Alister se movía entre la multitud, estrechando manos y sonriendo, no parecía ser tan tremendamente infeliz como aseguraba ser. Todo lo contrario: parecía complacido y satisfecho, un hombre que tenía el mundo a sus pies. Tampoco parecía que Belle careciera de nada, ni siquiera de felicidad conyugal.

Yasmine apenas pudo contenerse. Su primer impulso fue cruzar a toda prisa las puertas y atacar brutalmente al hombre que la había convertido en una mujer tan desesperada y celosa que se veía obligada a recurrir a espiarlo. Imaginaba la conmoción de los invitados, tan formalmente ataviados y enjoyados, si ella pusiera en evidencia públicamente a Alister Petrie, el mejor entre todos ellos, como un adúltero mentiroso. ¡Y cómo podría entretenerlos con relatos jugosos acerca de lo que él hacía en la cama!

Sin embargo, no podía provocar una escena sin quedar como una celosa estúpida, y no estaba dispuesta a algo así. Se agarró tenazmente a unos cuantos jirones de orgullo, a pesar de que habría sido enormemente satisfactorio presenciar la mortificación de Alister.

Yasmine se apaciguó un poco cuando él la vio. La miró dos veces de forma cómica. La sonrisa se le congeló. La incredulidad horrorizada provocó que sus facciones se tensaran. Durante unos momentos se quedó con la boca abierta, con cara de imbécil.

Mientras se movía a lo largo de la verja, Yasmine conservó su mirada color ágata fija en los ojos temerosos de él. Cuando ella cruzó la puerta, él parecía a punto de salir corriendo. Sintió un placer perverso mientras se dirigía directamente hacia él. Él sacó la lengua en un gesto rápido para humedecerse los labios. Ella se acercó lo suficiente para ver las perlas de sudor que le resbalaban por la frente. En el último momento, Yasmine giró bruscamente y se alejó con un ángulo no mayor de diez grados.

Tomó por la calle Chartres hacia la parte alta de la ciudad. Aunque deseaba ver la reacción de Alister al darse cuenta de que se había escapado por los pelos, no miró ni una sola vez hacia atrás.

Claire y Mary Catherine estaban cenando cuando llegó a Sedas de Francia. Claire se disculpó por no haberla esperado.

—Hay que hacer tantas cosas antes de que nos marchemos mañana que quería cenar temprano.

—No importa. No tengo hambre. —Yasmine no se desmoronó hasta que llegó a la puerta de su habitación, la cual cerró ruidosamente tras de sí para dar a entender a Claire que no deseaba que le hiciera una visita.

Cuando llegó a la inviolabilidad de su habitación, le brotaron las lágrimas que obstinadamente había estado reprimiendo. Durante la siguiente hora y media se meció entre la roja rabia y la negra desesperación. Tan pronto se imaginaba que mataba lenta y dolorosamente a Alister mientras su esposa miraba, como que hacía el amor con él hasta olvidar cualquier otro pensamiento.

Emocionalmente exhausta, yacía sobre su cama con el brazo sobre los ojos. Alguien llamó discretamente a la puerta.

—No quiero hablar en este momento, Claire —gritó.

—No tenía intención de molestarte, pero acaba de llegar algo para ti.

—¿Qué es? —Bajó el brazo y se sentó en la cama—. ¿Un paquete?

—Sí.

Yasmine se dirigió a la puerta con los pies descalzos y la abrió un poco. Claire le alargó una caja plana, larga y delgada. Haciendo caso omiso de la expresión compasiva de Claire, Yasmine cogió la caja, le dio las gracias y cerró la puerta. La caja contenía una rosa de plata, rodeada de papel de tela verde. Era un capullo perfecto de pétalos con reflejos violáceos color lavanda. La dulzura del gesto atravesó su alma como una espina. Gimoteando con el corazón herido, acunó el capullo contra su pecho y cayó sobre las almohadas llorando a lágrima viva.

Varios minutos después, el timbre del teléfono la hizo volver a la realidad. Rodó hacia la mesita de noche y levantó el auricular.

—Lo acabo de recibir —dijo ella, pues sabía quién era su interlocutor incluso antes que se identificara.

—Cariño.

El hecho de oír aquella voz hizo que las lágrimas se le volvieran a agolpar en los ojos.

—Pensaba que estarías furioso conmigo por espiarte.

—Al principio lo estaba —admitió él.

—Parecía que te acabaras de tragar una pelota de golf cuando me viste a través de la verja.

—Si la novia me hubiera agarrado de los huevos no me habría asombrado tanto. —Los dos se rieron en voz baja. Luego añadió—: No puedo culparte por espiarme, Yasmine. He sido un cerdo. Mi campaña de reelección ha consumido mi tiempo y mis energías. Estoy ocupadísimo. Todo el mundo tira de mí desde mil direcciones diferentes. Te he descuidado. Por necesidad, pero... lo que te estoy diciendo es que lo siento. Ten paciencia conmigo, cariño. Cuando hayan pasado las elecciones, las cosas serán diferentes. Ya lo verás.

—Tú y Belle parecéis muy felices juntos, Alister —comentó ella mientras se enrollaba lentamente el cable del teléfono al dedo. Las disculpas de él sonaban sinceras, pero no podía quitarse de la cabeza la imagen feliz de Alister y su esposa juntos delante de la iglesia.

—Supongo que ella es feliz —dijo él—. Carece de las pasiones que tengo yo. Que tenemos nosotros. Desde que dejé de hacer el amor con ella, ni siquiera lo encuentra a faltar. Todo lo que deseaba era un marido con éxito y unos niños hermosos. Eso ya lo tiene. No sabe lo que es la verdadera pasión. ¡Dios mío! —se quejó—. No hay comparación entre vosotras, Yasmine, tienes que saberlo.

—No, no hay comparación. Ella te tiene a ti y yo no.

—Yo vivo con ella —respondió él con suavidad—. Pero no es la dueña de mi corazón. No es en ella en quien pienso a todas horas del día. Quiero estar contigo en este momento.

—Veámonos —ofreció ella, ansiosa.

—No puedo. Estaremos ocupados con esta mierda de boda durante el resto de la velada. Después de la recepción hay una fiesta y después una reunión aún más íntima. Es esencial que alterne con estas personas. Son influyentes. Tres cuartas partes del capital de Louisiana están representadas aquí esta noche. Me he escabullido solamente el tiempo suficiente para pedir que te enviaran la rosa y llamarte.

—Me marcho mañana, Alister —dijo ella, tratando de que no se notara su voz plañidera—. Estaré en Misisipí al menos una semana.

Tras una ligera pausa, él dijo:

—El próximo jueves por la noche. ¿Podrás hacer una escapada a Nueva Orleans?

—Sí. Rosesharon está a sólo dos horas de aquí. Será una noche larga para mí, pero tengo que verte.

—Hasta el jueves, entonces.

Después de concretar sus planes, Yasmine dijo con voz entrecortada:

—No puedo esperar.

—Ni yo tampoco, pero me tengo que ir ahora mismo. Belle me echará en falta pronto. Se suponía que sólo iba a hacer una breve llamada de negocios.

—Te quiero, Alister.

—Uups. Ahí está. Me hace señales para que me una a la fiesta. Te veré el próximo jueves.

Alister ni siquiera dijo adiós antes de colgar el teléfono. Descorazonada, Yasmine colgó. Estuvo sentada durante mucho rato en el borde de la cama, mirando al vacío, inmovilizada por la desesperación. Jamás en su vida se había sentido más deprimida. Ni siquiera la rosa la alegraba ya. La había abrazado tan fuerte que ya empezaba a marchitarse.

Finalmente reunió la suficiente energía para dirigirse a su tocador, donde se contempló en el espejo. Ni siquiera las lágrimas habían estropeado la perfección de su rostro. Estudió su imagen objetivamente, luego preguntó: «¿Por qué carajo tienes que pasar por todo esto, zorra estúpida?»

No era justo. Alister estaba en una fiesta riendo,

bebiendo champaña, bailando, rodeado de gente que pensaba que era un tipo maravilloso. Y aquí estaba ella, Yasmine, la diosa de las pasarelas y de las portadas de las revistas, llorando en soledad.

—¿Qué tiene de malo esta cara? —preguntó al espejo.

Los hombres eran unos hijos de puta. Todos los hombres. Desde el padre despótico que abandonó a su madre cuando Yasmine todavía llevaba pañales, a su amante actual, eran unos canallas, viles y desgraciados hijos de puta, que casi nunca tenían que dar cuenta de sus actos. Pocas veces les daban su merecido.

Por supuesto que había excepciones. Una vez cada cien años alguno obtenía el castigo que se merecía. Como Jackson Wilde.

Claire estaba lavando los platos de la cena cuando oyó gritar a Mary Catherine. Tiró la esponja en la fregadera y corrió desde la cocina hasta la sala de estar. Mary Catherine estaba sentada en un sillón leyendo la edición de la tarde del *Times Picayune*. El color se había desvanecido de su rostro. Le temblaban las manos.

—Mamá —gritó Claire, alarmada—. ¿Qué pasa? —Corrió a toda prisa al lado de Mary Catherine y cogió el periódico que se había deslizado de sus dedos inertes—. ¡Dios mío! —murmuró Claire, después de leer sólo unos cuantos párrafos del relato de la primera página. Se dejó caer encima del brazo del sillón donde estaba su madre.

—¿Cree el señor Cassidy que tú asesinaste al reverendo Wilde, Claire?

—Él sólo hace su trabajo, mamá.

—¿Te besó?

—¿Qué importa eso? —preguntó Claire, con amargura—. Alguien ha dicho que lo hizo.

Mary Catherine se cubrió el rostro con las manos.

—Todo eso es culpa mía. Mis pecados se proyectan en ti. Si yo no hubiera pecado...

—¡Mamá, déjalo ya! —Claire apartó las manos de su madre de su rostro desfigurado—. Eras joven. Te enamoraste y te entregaste. Tú no fuiste la pecadora. Cometieron un pecado contigo.

—Pero el periódico dice que a causa de tu educación trataste de seducir al ayudante del fiscal para librarte de los problemas. Oh, Claire, lo siento. Nunca quise que te juzgaran por algo que hice yo.

—Esto —contestó Claire, dando un manotazo al periódico— es la obra de una mujer malintencionada, corrompida y malvada. Ariel Wilde intenta que aparezca como culpable con el fin de desviar la atención de ella. ¿Qué nos importa lo que ella piense de nosotras? Que crea lo que quiera.

—Pero la demás gente, el señor Cassidy... —Su rostro reflejaba su tormento. Con voz ronca y atropellada murmuró—: Si él hubiera venido a buscarme, como me había dicho... Yo estaba allí, a la hora, con mis cosas. Estoy segura de que dijo que nos encontraríamos hoy. Pero no estaba allí y...

—Escucha mamá —Claire se situó rápidamente frente al sillón y estrechó las manos de Mary Catherine entre las suyas—, se me acaba de ocurrir una idea estupenda. ¿Por qué no te vienes mañana con nosotras a Misisipí?

—¿A Misisipí?

—Sí. De vacaciones. ¿No te divertiría pasar unos días fuera? —El rostro atormentado de Mary Catherine empezó a relajarse. Claire insistió en la idea—. Harry puede venir contigo y hacerte compañía mientras yo trabajo. Sí, por favor, ven. Quiero que estés allí conmigo.

Mary Catherine se llevó tímidamente una mano a

la garganta, con un aspecto tan agitado como el de una chica sin pareja a la que acaban de invitar a bailar.

—Bueno, Claire Louise, si realmente me necesitas allí...

—Te necesito, mamá. —Claire ayudó a Mary Catherine a levantarse y apartó el periódico de su vista—. Empieza a elegir lo que quieras llevarte. Llamaré a Harry y le diré que pase aquí la noche. Nos marcharemos temprano por la mañana. He alquilado una camioneta, así que habrá sitio de sobra. Nos detendremos a desayunar en algún lugar por el camino. ¡Oh, será un viaje estupendo! Hace siglos que no viajábamos juntas.

—Sí, hace siglos —repitió Mary Catherine mientras se dejaba llevar hacia su habitación—. Me llevaré aquel vestido nuevo para salir por las tardes.

—No lo olvides. Aquel tono de azul te sienta muy bien.

Tan pronto como Mary Catherine desapareció en su habitación, Claire recogió el periódico de la tarde y leyó el exasperante artículo. Era basura, pero inculcaba en la mente del lector que Claire Laurent, la editora del escandaloso catálogo de Sedas de Francia, era una lagarta que había intentado utilizar la seducción como un arma para evitar que la procesaran por asesinato.

Claire trató de localizar a Cassidy por teléfono, pero no lo consiguió. Después de serenarse un poco, llegó a la conclusión de que era mejor no hablar con él. Tampoco debía de estar contento con aquella publicidad. Sería mejor para ambos manejar la situación individualmente y no como equipo, ya que eso serviría únicamente para alimentar las insinuaciones de Ariel acerca de una aventura poco ética y completamente impropia.

Llamó a Harriet York, le explicó el cambio de planes y luego habló con los propietarios de Rosesharon para asegurarse de que tenían otra habitación disponible. Tan pronto como llegó Harry Claire la dejó para que ayudara a Mary Catherine a hacer las maletas mientras ella bajaba a su taller para hacer una llamada de larga distancia. Encontró al abogado que cuidaba de sus negocios de Nueva York a punto de irse a cenar, pero el hombre la escuchó con paciencia mientras le leía la mayor parte del artículo del periódico.

—Le advertí que no me calumniara otra vez —le dijo Claire cuando terminó la lectura—. Está haciendo ondear un trapo rojo ante mis narices, provocándome para que le ponga un pleito.

—Eso es lo que me preocupa —contestó el abogado—. Quiere prolongar la enemistad a muerte contigo y aprovecharse de la publicidad que eso genera. No tiene nada que perder intentándolo. En cambio, tú aborreces la publicidad. A menos que quieras que tu vida privada se haga más pública de lo que ya se ha hecho...

—No quiero.

—Entonces te aconsejo que la ignores.

—¡Maldita sea! —murmuró Claire—. Sé que tienes razón, pero me fastidia echarme atrás. ¿De qué sirven los ultimátums si no los pones en práctica?

—Es como los famosos que amenazan con demandar a los periódicos sensacionalistas por las verdades a medias que publican. El litigio únicamente crea más publicidad adversa. Es una situación sin salida. A menos que quieras que todos tus trapos sucios se aireen públicamente, tienes las manos atadas.

—¿Pero por qué permitir que continúe diciendo todo lo que le dé la gana acerca de mí y de mi familia?

—No puedes tener las dos cosas, Claire. Si se te ocurre insinuar lo que se puede decir o no a la prensa, tienes que estar preparada para la reacción. Ariel Wilde podría decir entonces que te amparas en los derechos de libertad de expresión y de libertad de prensa de la Primera Enmienda solamente cuando te conviene.

Claire suspiró.

—Nunca lo había considerado desde ese punto de vista.

—No me sorprendería que su objetivo final fuera ése —dijo el abogado—. Le gustaría ver cómo te comes tus palabras en ese tema de la censura.

Todavía lo discutieron unos momentos más antes de que Claire dijera:

—Realmente no me queda otra alternativa que continuar ignorándola.

—Ése es mi consejo. Ella es un incordio, pero en realidad no puede hacerte daño.

—No me preocupa por mí. No me importa en absoluto lo que Ariel Wilde o cualquier otra persona diga de mí. Es por mamá. Que alguien la calumnie me saca de mis casillas. Ella y Yasmine son la única familia que tengo. Somos un grupito muy unido siempre vamos a una en todo.

—Lo sé. Por eso me asombró tanto ese otro asunto.

—¿Qué otro asunto?

Entonces le dio las malas noticias de verdad.

Las dos señoras Monteith eran casi idénticas. El cabello de Grace era de un rojizo más oscuro que el de Agnes, pero aparte eso no había mucha diferencia entre aquellas dos mujeres rollizas. Eran cuñadas, explicaron a Claire cuando se registró en la pensión conocida como Rosesharon.

—Nuestros maridos eran hermanos —explicó Agnes—. Los perdimos con pocos meses de diferencia.

—Y en lugar de entrar en pleitos para ver quién había heredado qué de esta casa, pensamos que lo mejor era unir nuestras fuerzas —añadió Grace.

—A las dos nos encanta cocinar. Era lógico, por lo tanto, invertir en nuestra diversión favorita.

—Sin embargo, el lugar no estaba preparado para recibir huéspedes.

—Así que vendimos parte del terreno y con lo que sacamos decidimos contratar a algún decorador famoso para que reformara la casa de arriba abajo.

—Pues la decoradora hizo un trabajo realmente maravilloso —observó Claire, lanzando una ojeada por todo el amplio recibidor. La casa había sido restaurada con el esplendor de antes de la Guerra.

—«El» —dijo Agnes en un susurro teatral, mientras movía sus cejas moradas—. Aunque era más remilgado que la mayoría de las mujeres que conozco.

—¡Agnes! —la amonestó Grace, con una risita entre dientes que trató de disimular tapándose la boca con su mano cubierta de manchas de vejez y venas.

Mientras imprimía la tarjeta de crédito de Claire, Agnes dijo:

—Tienen preparadas sus habitaciones. Si alguien se pierde las comidas normales, encontrará en la cocina zumos, bebidas frías, fruta y galletas. El desayuno se sirve entre las siete y las ocho y media, pero siempre hay una cafetera recién hecha en el aparador del comedor. La comida es un bufé frío informal. Entre las tres y media y las cinco se pueden tomar té y bocadillos. El bar lo abrimos a las cinco, pero exceptuando el vino que servimos con la cena, las bebidas alcohólicas se pagan aparte. Cada cliente se prepara su bebida alcohólica y confiamos en la buena fe de nuestros huéspedes. La cena es la única comida formal. Se sirve a las siete y media.

A Claire le cayeron muy bien y confiaba en que ninguno de sus empleados se aprovechara de su hospitalidad o de su ingenuidad.

—Procuraremos cumplir el horario. Sin embargo, si nos retrasamos, les agradeceré un poco de flexibilidad.

—Por supuesto, querida. Ustedes son nuestros primeros huéspedes «trabajadores». Estábamos muy excitadas esperando el momento. Sólo nos podría pasar algo mejor: que filmaran aquí una película —dijo Agnes con exagerada efusividad.

—Y nos encanta su catálogo —intervino Grace—. Cuando llega por correo, nos peleamos por ver quién lo hojea primero.

—Me alegra oírlo. —Claire estaba contenta de poder sonreír. No podría conservar la cara larga durante mucho rato aunque la amenazaran con matarla—. Por lo que he visto hasta ahora, su hogar será un fondo muy hermoso para nuestras fotos.

Se había quedado impresionada cuando salió de la autopista y siguió el camino de grava flanqueado por árboles que llevaba hasta Rosesharon. Aunque se acercaba la época de la caída de las hojas, el césped y los jardines de flores que rodeaban la casa todavía estaban verdes y exuberantes. Había muebles blancos de jardín agrupados bajo la sombra de árboles de largas ramas.

La casa parecía un pastel nupcial. Los ladrillos estaban pintados de un tono rosa crema pálido. Las seis columnas corintias estriadas y los demás adornos eran blancos. Había una galería que circundaba la casa y daba sombra un balcón situado en la segunda planta. Claire estaba muy complacida con la elección de Yasmine.

—Queremos que su estancia aquí sea muy agradable —dijo Grace—. Recuerde, éste es nuestro hogar. Como nuestros huéspedes, la casa está a su disposición.

Un alboroto en la galería atrajo la atención de la mujer hacia la puerta principal. Un joven de baja estatura, enjuto y fuerte, que vestía traje de lino blanco y una camisa polo amarilla, abrió la puerta de tela metálica e hizo una entrada triunfal.

—¡Claire! —dijo con voz entrecortada cuando la

divisó—. ¡Dios mío!, esto es verdaderamente guay. ¡Querida! —Le besó las dos mejillas y luego acercó el fotómetro que llevaba colgando del cuello por un cordón negro al rostro de ella y verificó la lectura—. ¡Oh, esto va a ser estupendo! Me muero por empezar, si no me muero primero por el calor tan sofocante. ¿Cómo lo aguantan los de aquí? Pero la casa es guay, guay de verdad. Yasmine ya lo había dicho, pero tú ya sabes que esa zorra tiene tendencia a exagerar.

Leon era uno de los fotógrafos de modas más solicitados de Nueva York. Su extravagancia sólo era superada por su talento con la iluminación y las lentes. Cuando no pasaba por uno de sus ataques de mal genio o chismorreaba con mala idea, podía ser muy divertido.

Leon aún no había dejado de hablar.

—La escalera es para morirse. Tenemos que colocar allí a una de las chicas en posición lánguida, como si se hubiera desmayado. —Hizo una pose—. Los ojos casi cerrados, ya sabes. Haré la foto desde arriba. Quizás al atardecer, con la luz del sol iluminando únicamente los lugares adecuados. Sí, sí —añadió, dando unas palmadas con las manos—. Alguien con una melena larga que se abra en abanico por detrás de su cabeza. Zarcillos húmedos pegados a las mejillas. ¡Oh, Dios mío! Se me pone la piel de gallina sólo de pensarlo.

Los demás del equipo lo siguieron hacia el interior y cayeron sobre los sillones como soldados heridos.

—¡Caray, qué calor hace! —exclamó una de las modelos mientras se apartaba un mechón de cabello rubio con mechas del cuello.

Había cuatro modelos femeninas y dos masculinos. Yasmine ya los había utilizado antes en el catálogo. Constituían un grupo jovial, y a todos se los llamaba por su nombre de pila: Felicia, Dana, Liz y Alison. Eran jóvenes, núbiles y hermosas. Kurt, el modelo masculino, moreno y callado, llevaba su exuberante cabello negro largo hasta los hombros. Podía parecer elegante y europeo o bien peligroso y salvaje. El otro hombre, Paul, era rubio y de ojos azules. Los «tipos» que representaba eran el muchacho de la casa de al lado y el *yuppy* con camisas de marca.

A la encargada del vestuario la conocían en el mundo de la industria de la moda simplemente como Rue. Era una arpía de mediana edad, de facciones duras y una voz semejante a la de una mezcladora de cemento. Jamás se la veía sin un cigarrillo negro y acre colgándole de los labios.

La maquilladora era una mujer asiática de piel de porcelana y expresivos ojos de liebre. La peluquera, paradójicamente, carecía prácticamente de cabello. Lo llevaba muy corto, casi al rape. Lo compensaba con pendientes que le colgaban hasta el pecho.

El ayudante de Leon, tan gordinflón y rosadito como un recién nacido, era un joven muy modesto que raras veces hablaba y siempre estaba a la sombra de su jefe.

—Quizá deberíamos instalarnos todos en nuestras habitaciones —dijo Claire—. Tan pronto como hayáis deshecho las maletas, me gustaría reunirme con Leon y Yasmine para revisar la lista de las fotografías.

Las Monteith avisaron a dos mozos de habitaciones para que ayudaran a llevar los equipajes. Antes de que cada uno se fuera por su lado, Claire se hizo oír entre el jaleo.

—Modelos, antes de cenar me gustaría que fuerais todos al Winnebago para probaros la ropa. Rue ya ha etiquetado las ropas con vuestros nombres.

Los modelos se dividieron en tres grupos de dos. Claire ignoraba quién dormía con quién y se hizo el propósito de no averiguarlo. Demasiado chismorreo podría dañar la camaradería durante la sesión fotográfica. Si se daba algún minidrama durante su estancia allí, prefería no saber nada al respecto.

Mary Catherine compartía una habitación con Harry. Leon y su ayudante ocupaban una habitación. Claire y Yasmine tenían una doble para las dos. Rue, la peluquera, y la maquilladora habían optado por dormir en el Winnebago. Claire estaba contenta. En otras circunstancias, tal vez no habrían encontrado una habitación libre para su madre y Harry.

Por suerte podría concentrarse en su trabajo sin tener que preocuparse de que Cassidy interrogara a su madre. Ésa fue la razón principal para alejar a Mary Catherine de Nueva Orleans.

15

Claire se levantó temprano y mientras tomaba café, consultó con Leon, Rue y Yasmine las fotografías programadas para aquel día.

—¿Qué os parecería colocar ese tocador anticuado en nuestra habitación para una de las fotografías de interiores? —preguntó a Yasmine.

Yasmine respondió entusiasmada:

—Deberíamos fotografiar a la modelo por detrás, mirándose al espejo; y en éste podría reflejarse uno de los chicos, que la observa a través de las puertas del balcón. Podríamos correr esas cortinas transparentes y así solamente se vería la silueta de un hombre.

—Sería una buena foto para realzar aquel sujetador sin espalda que diseñaste, Claire —propuso Rue, en medio de un golpe de tos.

—¿Leon?

—Suena estupendo. Pero tendremos que esperar a un día nublado para tomar las fotos de interiores. Quiero aprovechar esta magnífica luz del sol mientras dure.

El tiempo cooperó con los deseos de Leon. En consecuencia, las sesiones matinales fueron bien. Al mediodía habían completado tres escenas.

—Seguiremos después de comer —dijo Claire a todos cuando subían en tropel los peldaños de la puerta de entrada hacia la anhelada sombra de la galería, donde Agnes Monteith los estaba esperando con un teléfono portátil en la mano.

—Una llamada para usted, señorita Laurent. Un tal señor Cassidy. Le dije que estábamos sirviendo la comida, pero insistió.

—Sí, ya me lo imagino. —Claire frunció el entrecejo y cogió el teléfono, pero esperó hasta que todos hubieron entrado antes de decir—: ¡Hola, Cassidy! —Su voz distaba mucho de ser amistosa.

—¿Cómo va por Misisipí?

—Hace mucho calor.

—Mucho menos que aquí.

—¿Ah, sí?

—No se haga la inocente. Crowder me las está haciendo pasar moradas.

—¿Por culpa del artículo del periódico?

—¿Lo vio?

—Antes de marcharme de Nueva Orleans. Según Ariel Wilde, soy más o menos una furcia, ¿no?

—Mucho jaleo por un besito de nada.

No fue exactamente «un besito», pero Claire se abstuvo de decirlo.

—Debió pensar en las consecuencias antes de besarme.

—Lo pensé. En aquel momento, las consecuencias no parecían importar un carajo.

Sin aliento y sofocada por el exceso de calor, Claire se hundió en el sillón de mimbre más próximo, deseando poder pensar en algo que decir para llenar el embarazoso silencio. Finalmente Cassidy dijo:

—Ariel telefoneó a Crowder incluso antes de comunicar la noticia a la prensa. Aparentemente ha contratado a alguien para que la vigile.

Saber que alguien, un extraño, la vigilaba en secreto, hizo que Claire se sintiera como si necesitara darse un baño.

—¡Mal rayo la parta! ¿Por qué no nos puede dejar en paz? ¿Y por qué no puede usted también dejarme en paz?

—Mire, los dos últimos días tampoco han sido exactamente una fiesta para mí.

—Supongo que Crowder no estuvo demasiado contento con usted —observó Claire.

—Me amenazó con retirarme del caso.

—Y usted no quiere, ¿verdad?

—No.

—¿Cómo ha respondido Crowder públicamente al artículo del periódico?

—Lo ha negado todo.

—¿Cómo puede hacerlo? —preguntó Claire.

—Es la palabra de Ariel contra la nuestra. A quién va a creer el hombre de la calle, ¿a una beata chiflada o al fiscal del condado?

—¿Y Crowder está dispuesto a mentir para protegerlo a usted?

—A mí, no. Mentiría para proteger a la oficina. Ante todo, es un político y apoya al sistema con tanta ferocidad como usted se opone a él.

Claire trataba de asimilar lo que le había dicho cuando, de repente, la asaltó un pensamiento escalofriante.

—Y con el fin de recuperar los favores de Crowder, usted casi se ve obligado a procesarme. Ésa es la única manera en que puede demostrar al hombre de la calle que usted es imparcial y que mis poderes de seducción no lo afectan para nada.

—¡No, maldita sea! —replicó él con aspereza—. Esto no es cierto en absoluto.

—¿No?

—Está bien, en cierto modo es cierto. Pero no tiene nada que ver con la política ni con Crowder. La única persona a la que tengo que demostrar algo es a mí mismo. Yo solicité este caso. Y ahora que lo tengo, es mi responsabilidad entregar a la justicia al asesino de Jackson Wilde. —Con voz más suave, añadió—: Sea quien fuere. Por eso...

—Por eso ¿qué?

—Por eso esta mañana he obtenido una orden de registro de Sedas de Francia.

La declaración de Cassidy le revolvió el estómago. La sola idea de que sus cosas personales fueran manipuladas por extraños era inaguantable.

—¡No puede hacer eso, Cassidy!

—Lo siento, Claire, pero puedo. Y ya lo he hecho. En realidad, ahora vengo de allí.

Y colgó el teléfono sin despedirse.

Cuando Claire se unió al grupo para comer el bufé frío, mantuvo obstinadamente su sonrisa y trató de actuar con despreocupación, pero por lo visto no logró engañar a nadie.

Mary Catherine la cogió por su cuenta.

—¿Va todo bien, querida? Pareces trastornada.

Claire apretó la mano de su madre con afecto.

—Estoy bien, mamá.

—La llamada era del señor Cassidy, ¿no es cierto? ¿Te volvió a hacer preguntas acerca del reverendo Wilde?

—No. No era nada de eso. ¿Te lo estás pasando bien? ¿Qué habéis hecho esta mañana tú y Harry?

Mary Catherine se extendió en una amplia descripción de sus actividades. A Claire le resultaba difícil concentrarse en lo que su madre le decía. Hizo observaciones adecuadas en los momentos oportunos, pero su mente estaba en el registro policial de su propiedad privada. Sólo Dios sabía lo que pensarían sus empleadas. Más tarde les telefonearía y aseguraría que no tenían que preocuparse por nada.

Aquella tarde cumplió con todas sus tareas, pero su mente volvió una y otra vez a los extraños uniformados que estaban hurgando en los cajones de su cómoda, la de Yasmine y la de Mary Catherine, metiendo las narices en sus documentos oficiales, revolviendo los armarios y manipulando sus efectos personales.

Jamás perdonaría a Cassidy por aquello.

—Querida, ¿sabes dónde están mis gemelos de oro?

Alister Petrie salió de su vestidor con los faldones de la camisa fuera. Él y Belle tenían que asistir al cabo de media hora a un banquete para recaudar fondos para la campaña. Se estaban retrasando. Había regresado a casa después de su discurso electoral de aquella tarde con el tiempo justo para ducharse y cambiarse de ropa antes de enfrentarse de nuevo con otra multitud de posibles contribuyentes y votantes.

—Están aquí, encima de mi tocador.

Belle estaba sentada en el taburete de terciopelo acolchado que había frente al tocador y se cepillaba su rubia cabellera con corte de paje. Era el mismo peinado que llevaba cuando asistía al instituto y conservaba el cabello sedoso y brillante gracias a tratamientos caros a base de aceite caliente y cortes mensuales.

—¿Has tenido la ocasión de verme hoy en acción? —le preguntó él mientras se acercaba a ella abrochándose la camisa.

—No, querido. He estado muy ocupada preparándome para esta noche. Estoy segura de que tuviste un éxito arrollador.

Tendió la mano por detrás de ella para coger los gemelos.

—Dos canales de televisión...

Echó la mano bruscamente atrás, como si le hubieran mordido una cobra.

Sus gemelos estaban metidos en un diminuto montón de encaje que reconoció de inmediato. Se le encogió el estómago de repente. Durante unos momentos interminables temió que iba a vomitar encima de los frascos de cremas de belleza y las botellas de perfume de Belle.

Sus ojos se encontraron con los de ella en el espejo. Con mucha frialdad, Belle acabó de colocarse un par de pendientes de diamantes.

—Encontré eso en el bolsillo de la chaqueta de un traje que mandé a la tintorería para limpiarlo. Como esposa tuya que soy, tengo la costumbre de revisar tus bolsillos antes de enviar las cosas a limpiar. Deberías haberlo sabido y haber tenido más cuidado.

—Belle, yo...

—¿Tú qué, Alister? —Se giró en el taburete y levantó la vista hacia él con una expresión demasiado dulce para ser sincera—. ¿Te has aficionado a usar ropa interior de mujer? —Cogió las cintas de encaje elástico que sostenían el pequeño triángulo—. ¿Cómo se les llama a los que tienen esta afición? ¿Travestidos?

Ahora, ya recuperado de la conmoción inicial de ver las braguitas tanga de Yasmine encima del tocador de su mujer, empezó a enfadarse. Otros hombres tenían aventuras y no tenían que dar cuentas. ¿Por qué a él le tocaba siempre representar el papel de arrepentido?

—No me hables en ese tono, Belle.

—Muy bien —dijo ella, utilizando las cintas elásticas como si fueran un tirador antes de dejar caer otra vez la prenda encima del tocador—, entonces la otra conclusión que se puede sacar es que tienes una aventura extraconyugal.

Belle se levantó y lo apartó bruscamente a un lado. De todas las poses estudiadas de Belle, aquel ademán arrogante era el que más le crispaba los nervios. Con unos cuantos gestos estudiados y unas palabras calculadas, podía hacer que se sintiera torpe, estúpido e insignificante.

¡Él era miembro del Congreso de Estados Unidos, por Dios! Nadie, ni siquiera su esposa lo iba a humillar. Jamás confesaría tener una fulana y mucho menos pediría perdón.

Belle sacó del armario un vestido vaporoso de gasa y entró en la habitación con el vestido a medio poner sobre sus caderas cimbreantes.

—Súbeme la cremallera —ordenó, después de introducir los brazos por las mangas bordadas de lentejuelas.

Cuando le hubo subido la cremallera, ella volvió el rostro hacia él.

—No soy tan estúpida como para creer que me eres fiel. Por supuesto, debes de tener otras mujeres. Ahora tienes una y tendrás muchas más. Eso no es lo que me importa.

—Entonces, ¿por qué lo sacas a relucir? —preguntó Alister con agresividad. Podía haberse deshecho discretamente de las bragas y evitarle aquella escena tan desagradable. Pasaba el día recibiendo palos por docenas de sitios diferentes. No necesitaba tener además follón en casa.

—Lo saco a relucir para poner de relieve tu asombrosa estupidez.

Alister se enfureció.

—Espera un puñetero momento. Yo...

Ella levantó las dos manos.

—Ahórrate tu indignación justificada; Alister. No puedes permitirte el lujo de comportarte así. Escúchame y presta mucha atención a lo que voy a decirte.

Belle entrecerró los ojos.

—Si yo me he enterado de que eres infiel a tus votos matrimoniales, también se enterarán los demás. Has sido increíblemente estúpido y tremendamente descuidado. Más pronto o más tarde alguien lo descubrirá, igual que lo he hecho yo.

»Durante toda la campaña has engatusado bien al público. Has cultivado un electorado fuerte y sólido. —Hizo una pausa para tomar aliento—. ¿Cómo crees que fanáticos de la Biblia como los seguidores de Jackson Wilde te considerarían si se descubriera que has cometido adulterio? Incluso muerto, Wilde está de moda. Todavía podemos utilizar su influencia. Tú has criticado a los encargados de hacer cumplir la ley por no ser capaces de encontrar a su asesino. Pero todo eso no serviría de nada si tu imagen cristiana resultara ser falsa. ¿Estás dispuesto a sacrificar unos cuantos miles de votos por algunas horas...? —Hizo un gesto con la mano señalando las bragas que se hallaban sobre el tocador.

—Jodiendo. Se dice jodiendo, Belle. —Él se deleitó al ver la repentina palidez de su rostro y la rigidez de su espina dorsal—. Y si tú no fueras tan remilgada en la cama, yo no tendría...

—No lo digas. —Ella le apuntó con el dedo índice al centro del pecho—. No le des ahora la vuelta a la tortilla, no me eches a mi la culpa. Se trata de tu error, Alister. Y desde ahora pongo en tu conocimiento que yo no voy a sufrir las consecuencias de esto. Me gusta ser la señora de Alister Petrie, la esposa del congresista. Y tengo el firme propósito de continuar siéndolo.

»Pero si te descubren, si alguien averigua que eres un marido embustero y traidor, no esperes que yo haga como la señora de Gary Hart. No daré testimonio de que eres un esposo y padre maravilloso y cariñoso. No quiero quedar en ridículo.

»Además —prosiguió Belle bajando la voz hasta adquirir un tono más confidencial—, tú sabes lo que significaría que yo retirase mi apoyo financiero a tu campaña. —Alister sintió que su rostro palidecía. Belle sonrió—. Nadie sabe (todavía) que si no fuera por mi patrimonio no habrías ganado tu primer escaño en el Congreso. Y sin mis contribuciones no ganarás éste. Piénsalo. La próxima vez que sientas la necesidad de joder, como lo has dicho tú de un modo tan encantador, ejercita tus derechos maritales.

Ella golpeó la pechera de la camisa almidonada de Alister con la punta de una de sus uñas de impecable manicura.

—Hacerme desgraciada sería extremadamente imprudente, Alister. Pon fin a esa aventura. De inmediato.

Belle se puso de puntillas y lo besó suavemente en los labios.

—Es mejor que te acabes de vestir o llegaremos tarde. Procura que te queden unos cuantos minutos para dar las buenas noches a los niños. —Se detuvo en la puerta del dormitorio y con un gesto de la cabeza señaló hacia el tocador—. Y ten la bondad de deshacerte de eso para que no tenga que volver a verlo nunca más.

Alister estaba a punto de estallar y no podía hacer nada en absoluto. Visto desde fuera, había sido un matrimonio perfecto. Mientras las cosas fueran como Belle quería, la vida estaría llena de armonía. Sin embargo, él la conocía perfectamente. Parecía tan frágil como una orquídea de invernadero. Pero si se enfadaba podía ser tan malvada como un vampiro.

Estaba demasiado reprimida para poder disfrutar del sexo sano y terrenal. A ella le gustaban las cosas bien cuidadas y limpias, organizadas, bien planeadas y controladas. Lo que le molestaba no era que él tuviera una amante. La verdad es que probablemente se sentía incluso aliviada de que él no la importunara con el sexo con tanta frecuencia. Lo que le molestaba era el momento que él había elegido para tener una aventura y el hecho de no haberlo sabido ocultar debidamente. Belle no era la que llevaba la voz cantante. Y eso era lo que la enfurecía.

Él se acercó al tocador y levantó las bragas de encaje. Su aventura con Yasmine ya lo había separado demasiadas veces de su buen juicio. Se estremeció al pensar que un periodista listillo proclamara a los cuatro vientos su aventura con la famosa modelo de color. Pero qué se suponía que tenía que hacer, ¿sobrevivir solamente con el sexo estéril y falto de inspiración de su lecho matrimonial? ¿Esconderse bajo tierra hasta después de las elecciones? Era imposible pasar desapercibido durante una campaña política. Él era como un pararrayos y necesitaba aparecer constantemente en público para ganar votantes.

Los dos intereses eran incompatibles. Tenía que renunciar a algo. No podía tenerlo todo.

Mientras manoseaba la braga de encaje y pensaba en aquella extraña tarde en su oficina de Washington, fue apareciendo una sonrisa en sus labios y se rió entre dientes.

—¿Quién ha dicho tal cosa?

La atmósfera del restaurante era tan melancólica como el humor de Cassidy. Era uno de aquellos tugurios familiares que ofrecían descuentos a los polis a cambio de una protección mínima y unos cuantos malos consejos. El detective Glenn lo había sugerido. Era la clase de lugar que a él le gustaba, sucio y deprimente. Cassidy hubiera preferido cualquier otro sitio, hablando de cualquier tema excepto del único que les había ocupado durante la comida, consistente en hamburguesas poco apetitosas, patatas fritas grasientas, pastel de coco pastoso e innumerables tazas de café aceitoso.

—He estado reflexionando, ¿sabes? —dijo Glenn cuando encendió uno más de una interminable cadena de cigarrillos—. Podría ser que una de esas chavalas hubiera tenido algo con Wilde. Algo de naturaleza romántica. ¿Has pensado en eso alguna vez?

—No —replicó Cassidy, ofendido de oír que alguien se refería a Claire como una chavala—. ¿Qué te hace pensar eso?

—Que Yasmine es una calentorra con una lista de novios de más de un kilómetro. ¿Con quién va ahora? No se ha sabido de ningún romance suyo desde hace un año. Es extraño, ¿no?

—¿Crees que salía con Wilde?

Glenn se encogió de hombros.

—Puede que aquellos donativos que le hizo fueran en pago de otra cosa muy diferente.

—La nicotina se te ha subido a la cabeza —dijo Cassidy con acritud, apartando el aire contaminado que había frente a su rostro.

—Bueno, después de todo lo que hemos encontrado hoy, me creería cualquier cosa de ella. —Silbó—. Vaya mierdas más raras.

Cassidy no dijo nada, pero continuó jugueteando con el distribuidor de servilletas roto situado en el extremo del mostrador.

—Y la Laurent tampoco ha salido oliendo a rosas, ¿verdad?

—No —replicó Cassidy, sosegadamente—. Ella tampoco. Pero lo que hemos encontrado sigue sin probar nada.

—No, pero nos vamos acercando. —Glenn sorbió ruidosamente su café—. ¿Qué piensa Crowder? Se lo dijiste, ¿verdad?

—Sí. Ya le he informado.

—¿Y?

—Contestó que cogiéramos la pelota y que corriéramos con ella —refunfuñó Cassidy de mala gana.

—Así que...

Cassidy levantó la cabeza y miró al detective, al otro lado de la mesa astillada.

—¿Así que qué?

—Así que, ¿te vas a quedar ahí sentado como si hubieras perdido a tu último amigo o vas a erguir ahora mismo la cabeza, poner tu polla a buen recaudo, tu culo en marcha y vas a echar a correr?

16

Amenazaba lluvia en Rosesharon. El alto índice de humedad afectaba a los que no estaban acostumbrados y la gente estaba de mal humor. Durante la mañana, las nubes se fueron haciendo más oscuras y la atmósfera más asfixiante. Los modelos que no tenían que trabajar en aquel momento se retiraron a descansar a sus habitaciones con aire acondicionado. Puesto que el tiempo era demasiado inestable para las fotografías de exteriores, decidieron hacer algunas interiores utilizando el tocador del dormitorio de Claire y Yasmine.

A sugerencia de Rue, Dana posaba con el sujetador sin espalda. Llevaba bragas de satén color marfil a juego, medias hasta el muslo y zapatos de tacón alto forrados de satén color marfil. Claire preguntó a las Monteith dónde podría localizar en el cercano pueblo a alguien que le prestara un vestido de novia.

—¡Qué casualidad! Nosotras tenemos uno —exclamaron al unísono.

Su sobrina había celebrado su boda en Rosesharon hacía varios meses y todavía guardaban su vestido en el desván. Aseguraron a Claire que su sobrina se sentiría muy halagada de que lo utilizaran en el catálogo de Sedas de Francia. Lo trajeron y lo sacaron de la bolsa que lo protegía. Afortunadamente no era completamente blanco, por lo que combinaba con el color de la lencería. Rue lo planchó mientras murmuraba:

—Justo lo que necesitábamos. Más jodida humedad.

Ahora, el vestido de novia colgaba al lado del tocador, sugiriendo que Dana era una novia que se arreglaba para la ceremonia. El tocador se había colocado de forma que en el espejo de tres cuerpos se reflejaran las puertaventanas abiertas que daban al balcón. Iba a ser difícil tomar aquella foto sin que se reflejaran también Leon y todo su equipo de iluminación.

—Quiero que Dana se sujete el cabello hacia arriba —dijo Yasmine—, de manera que podamos tener una vista completa de la forma del sostén.

La maquilladora no había terminado todavía de maquillar el cuerpo de Dana, por lo que Yasmine pidió a Claire que se sentara sobre el taburete mientras estudiaban la posición de la iluminación para que encajara con los espejos y los ángulos de la cámara.

Claire se sentó y se miró en el espejo.

—No tengo mucho aspecto de novia —dijo, mirando con aire crítico su reflejo en el espejo. Tenía la camisa de hilo arrugada y con el sudor se le había corrido casi todo el maquillaje—. Como mucho, parezco la novia de Frankenstein.

—Levántate el pelo por encima del cuello —le dijo Yasmine.

—Cómo no. —Se recogió el cabello en una trenza que luego levantó hasta lo alto de la cabeza, manteniendo los codos paralelos a los hombros.

Sus ojos observaron que los ventanales se movían. En aquel momento Cassidy abrió las cortinas delgadas y entró en la habitación. Se detuvo, sorprendido. Sus ojos se encontraron en el espejo.

—¡Perfecto, Claire! —gritó Yasmine—. ¡Es perfecto! ¡Ésa es exactamente la expresión que yo deseaba! ¿Lo has visto, Dana? Sorprendida. A la expectativa. Como sin aliento.

Pero cuando Yasmine miró por encima del hombro y vio que Cassidy era la causa de la expresión nerviosa de Claire, su entusiasmo se enfrió rápidamente

—¿Qué está haciendo usted aquí? —preguntó con evidente disgusto—. ¿Lo has invitado tú? —dijo, dirigiéndose a Claire.

—No —contestó ella, con los ojos fijos en el ayudante del fiscal.

Leon dejó el equipo de iluminación a su ayudante, se acercó tímidamente a Cassidy y a continuación le colocó la mano sobre el brazo.

—¿Y usted quién es?

—Es un poli de Nueva Orleans —replicó Yasmine.

Cassidy sonrió con amabilidad, pero diplomáticamente se soltó de Leon.

—No soy un poli.

Claire se levantó y colocó a la modelo en su sitio.

—Necesitamos tomar esta foto. ¿Todo el mundo preparado?

Dana se sentó en el taburete del tocador. Rue y las otras estilistas se congregaron a su alrededor. Yasmine volvió a consultar con Leon los distintos enfoques de las fotografías.

Claire, que trataba de ocultar su enfado, arrastró a Cassidy a un rincón de la habitación.

—¿Qué pretende viniendo aquí?

—Ignoraba que iba a encontrarme en el escenario principal cuando atravesé las... eh... las cortinas. —Se distrajo por un instante al ver a Dana, que parecía una novia radiante y tremendamente seductora bajo la luz dorada que Leon proyectaba sobre ella.

—Nuestras sesiones fotográficas están estrictamente prohibidas a los visitantes —dijo Claire en tono cortante al percibir la dirección de la mirada de él—. Padres, novios, incluso maridos y mujeres están prohibidos. Esta restricción es obligatoria para proteger la intimidad de los modelos y los impulsos creativos de todos los que participan.

—Lo siento, esta vez tendrá que hacer una excepción.

—¿O qué?

—O traeré una orden judicial.

—¿Otro registro? ¿Tendré que decirle a mis empleados que se preparen para un terremoto?

Él frunció el entrecejo y le lanzó una mirada tímida.

—¿Cómo sabía dónde estábamos? —le preguntó ella, malhumorada.

—Tengo todo un pelotón de detectives a mi disposición. Encontrarla ha sido muy fácil.

—Me sorprende que las señoras Monteith le hayan permitido entrar. Creía que la casa sólo estaba abierta a los huéspedes.

—Soy un huésped.

—¿Qué? —exclamó Claire. Cuando se dio cuenta de que había atraído la atención de los demás hacia ellos, bajó el tono de voz, pero ésta seguía transmitiendo su enfado—. Teníamos que ser los únicos aquí. Lo dejé claro cuando hice las reservas.

—Las Monteith tenían una habitación libre. Mis credenciales las han convencido para alquilármela.

—No lo quiero aquí, Cassidy.

—No. Estoy seguro de que no. Especialmente porque le traigo malas noticias.

Ella cruzó los brazos sobre la cintura.

—Eso es lo único que me ha traído. Muy bien, ¿de qué se trata? Dígalo de una vez.

Él echó una ojeada por encima del hombro. Los demás estaban ocupados o hacían ver que lo estaban.

Al igual que Claire, él debía de sentirse inhibido por la presencia del equipo. Se la llevó hacia el pasillo para poder hablar con ella a solas.

Mirando hacia los dibujos de la alfombra, murmuró su nombre con un tono que sonaba como de arrepentimiento, luego alzó la cabeza y la miró.

—¿Sabía que practica el vudú?

—¿Quién, Yasmine? —Él asintió con la cabeza y Claire hizo un ligero gesto con los hombros indicando que lo sabía—. En Nueva Orleans hay mucha gente que lo conoce superficialmente. Después de estar allí tanto tiempo, empezó a sentir cierto interés. Tiene unos cuantos amuletos vudús, unas cuantas velas que representan...

—Su habitación de Sedas de Francia estaba completamente llena de toda clase de porquerías relacionadas con la magia negra.

—Eso no quiere decir nada. Desde que la conozco se ha interesado superficialmente por todas las religiones, desde el judaísmo hasta el budismo. A veces lleva una cruz cristiana y tiene una pulsera con una cruz egipcia. Estos símbolos no significan nada para ella.

—Esto va más allá de dijes y bisutería, Claire. También encontraron un muñeco vudú, una efigie de Jackson Wilde.

—¡Eso no significa nada! —gritó ella suavemente, pues no deseaba atraer la atención de los demás—. ¿Es eso todo lo que encontraron? Difícilmente se puede fundamentar un caso de asesinato en la existencia de un muñeco absurdo.

—No encontraron nada en Sedas de Francia, ni en las oficinas ni en el apartamento, que la vinculara a usted directamente con el asesinato de Wilde.

Poco a poco, para no evidenciar su alivio, Claire exhaló un suspiro contenido.

—Podría haberle dicho que no encontrarían nada, pero usted no me habría creído.

—Espere.

—Ah, hay más —replicó ella—. Las malas noticias.

Parecía que los ojos de él querían atravesar el cráneo de ella.

—Las muestras de las fibras de la alfombra de su coche coinciden con algunas de las que se extrajeron con el aspirador de la habitación de hotel de Jackson Wilde. Las pruebas fueron concluyentes. Me ha estado mintiendo, Claire. ¡Maldita sea, usted estuvo allí!

Josh dio unos golpecitos a la puerta del cuarto de baño.

—Ariel, ¿te encuentras bien? —El sonido de sus esfuerzos para vomitar había atraído a Josh a la habitación del hotel de Tulsa contigua a la suya—. ¡Ariel! —llamó, golpeando con insistencia—. ¡Abre la puerta!

Oyó cómo tiraba de la cadena del retrete. Poco después, Ariel quitó el cerrojo de la puerta y la abrió.

—Dios sabe que no tengo demasiada intimidad, Josh, y agradecería tener un poco al menos cuando estoy en mi propio cuarto de baño.

Si bien durante las últimas semanas él la había visto cada vez más desmejorada, se quedó boquiabierto ante el aspecto de la mujer. Alrededor de los ojos tenía círculos oscuros y temía que no se debían al maquillaje. Sus mejillas estaban hundidas, lo que hacía que su rostro pareciera el de un cadáver. Cuando se volvió de espaldas a él, Josh se dio cuenta de que los huesos de los hombros se marcaban excesivamente bajo su vestido.

—Conseguirás caer enferma. —La siguió hasta el armario, donde ella empezó a revolver entre los vestidos. Era obvio que trataba de decidir cuál ponerse para los dos programas de noticias de la televisión local y la entrevista del periódico que estaban programados para aquel mismo día, algo más tarde.

—Me encontraría bien si no fuera porque tengo dolor de cabeza, que va empeorando con tus sermones.

—Si comieras una comida equilibrada te desaparecería el dolor de cabeza.

—Anoche comí como una cerda.

—Y luego entraste en el lavabo y vomitaste.

Ella lo miró enfurecida mientras sacaba un vestido del armario y lo tiraba sobre la cama.

—Ariel, come algo —suplicó Josh—. Necesitas alimentarte. Te espera un día muy ajetreado.

—Deja de incordiarme.

—Necesitas comer.

—¡Ya he comido!

Señaló con la mano la bandeja del servicio de habitaciones. Él la inspeccionó. El bufé frío estaba intacto; solamente faltaba el café.

—Tomar café no es comer.

—Ahora me gustaría cambiarme —dijo Ariel con impaciencia—. Como bien has dicho, el programa de esta tarde es exhaustivo.

—Suspéndelo.

Ella lo miró boquiabierta, como si a Josh le hubieran surgido cuernos de repente.

—¿Qué?

—Suspende el programa y pasa el resto de la tarde en la cama.

—¿Te has vuelto loco? No puedo hacer algo así.

—Quieres decir que no quieres.

—Está bien. No quiero. Lo que quiero es que esta noche el auditorio se llene hasta los topes. Quiero a la gente vociferando fuera, peleándose por entrar para poder rezar con nosotros.

Josh masculló una palabrota entre dientes.

—Ariel, esto es una locura. Llevamos diez días de un lado para otro. Entrevistas durante el día, seguidas de reuniones de oración que duran horas. Viajando toda la noche para ir a la siguiente ciudad y poder volver a empezar el día siguiente. Te estás destrozando.

—Esta gira está dando resultados.

—Es físicamente extenuante para nosotros.

—Si no puedes resistir el calor...

—Esto no tiene nada que ver con ese follón de Nueva Orleans ¿verdad? Tú no estás montando esas estúpidas comedias de las reuniones de oración para obligar a la policía a que entre en acción. Lo estás haciendo por el bien de tu propia imagen. Lo que estamos llevando a cabo no es una misión santa. Es una gira destinada a satisfacer el ego de una persona. El tuyo, Ariel.

—¿Y qué importa si es así? —gritó ella—. ¿Acaso no participas también en los beneficios? No veo que te quejes cuando las cámaras de la televisión te enfocan tocando el piano. ¿Lograría tu insignificante talento esa clase de propaganda ante la prensa si no fuera por mí y mi ingenio? ¿Eh? Respóndeme a eso.

—Poseo algo más que «insignificante talento».

Ella dio un bufido nada halagüeño.

—¿Eso es lo que crees? Jackson no opinaba así. Sentía pena por ti cada vez que empezaba a despotricar sobre la falta de talento de su hijo. Ahora empiezo a creer que tenía razón.

—¿Qué quieres decir?

Ella desvió la mirada.

—Llegaremos tarde.

—¿Qué quieres decir? —repitió él, gritando.

El rostro de ella se tiñó de una expresión malvada.

—Sólo que tu padre se avergonzaba de tenerte en el escenario con nosotros. No podría contar las veces que me dijo que la única razón de conservarte allí con nosotros era porque eras su único hijo. ¿Qué otra cosa podía hacer? ¿Despedirte y contratar a alguien con más empuje y más presencia que tú, que es lo que le hubiera

— 334 —

gustado? Siempre me decía que en realidad no le servías para nada. No tenías cerebro para los negocios, no eras un orador elocuente ni tenías cualidades de líder. Se conformaba con que hubieras aprendido a acompañar al piano algunas canciones y que no tuvieras que poner ladrillos para ganarte la vida.

Antes de que Josh se diera cuenta de lo que estaba haciendo, sus manos se cerraban alrededor de la delgada garganta de la mujer.

—Eres una zorra mentirosa. Eres una maldita mentirosa. —La sacudió con fuerza mientras apretaba sus pulgares contra la laringe.

Ariel alzó las manos y le clavó las uñas, pero los dedos largos y vigorosos del joven no se aflojaron.

—Papá sabía que yo tenía talento y eso le asustaba. Pensaba que si yo tenía mis propios sueños, podría llegar a ser más importante y más famoso que él.

—Suél... ta... me —dijo ella, sofocada.

De repente, Josh recuperó el buen sentido y vio los ojos de su madrastra que se salían de sus órbitas ribeteadas de círculos oscuros. La soltó tan bruscamente que la mujer se tambaleó hacia atrás y chocó contra el armario antes de recuperar el equilibrio. Tosiendo y respirando con dificultad, ella lo contempló con desprecio.

—Estás loco.

A Josh le costaba respirar casi tanto como a ella. La violencia latente que inesperadamente había brotado le aterró.

—Él nos ha hecho esto —dijo Josh con voz crispada—. Todavía nos lo está haciendo. Es como si el hijo de puta no hubiera muerto.

De nuevo cogió por los hombros a Ariel y le hizo dar la vuelta. Le puso la mano en la nuca y empujó su rostro hasta pocos centímetros del espejo.

—¡Mira! ¡Mírate! Pareces un fantasma. Esto te lo

está haciendo él y tú se lo permites. Él es la razón de que te estés muriendo de hambre. Ahora dime quién es el que está loco.

Tan asqueado de sí mismo como de ella, la dejó contemplando su imagen esquelética en el espejo, abandonando precipitadamente la habitación.

Después de comer, el equipo se dirigió al porche trasero con puerta de tela metálica de Rosesharon. Como parte del decorado utilizaban una antigua nevera manual para hacer helados que alguien había encontrado en el garaje anexo de las Monteith. La pintura azul que cubría la tina de madera estaba descascarillada y se pelaba. Las cintas de metal enmohecido que sujetaban los listones verticales habían manchado la madera que estaba al descubierto. La nevera ya no servía para nada, pero todo el mundo estuvo de acuerdo en que era estupendo como elemento decorativo.

Liz, la modelo, estaba sentada sobre un taburete para ordeñar y llevaba un camisón largo de batista blanca con una hilera de botones diminutos que se extendía desde el escote redondo y pronunciado hasta el último volante situado a mitad de la pantorrilla. Llevaba los primeros botones desabrochados y la falda recogida en su regazo, por encima de los muslos, que mantenía separados rodeando la nevera. La impresión que Claire quería provocar era que Liz estaba haciendo funcionar la nevera mientras Kurt, al fondo, descansaba tumbado en una hamaca de macramé blanca.

—Es machista —dijo Yasmine.

—No, si parece que ella se está divirtiendo —discutió Claire.

—Parece blandengue —se quejó Leon con petulancia, mientras ajustaba el enfoque de su cámara—. No resulta lo bastante tórrido.

—Joder, pues será lo único que no lo es aquí. —Rue tosió y encendió un cigarrillo—. ¡Dios mío! ¿Cómo se las arreglan los seres humanos para sobrevivir aquí? ¿Han visto alguna vez en su vida las hojas de otoño?

—Puede que Liz necesite sudar —sugirió la maquilladora con timidez.

—Y yo puedo rociarle el cabello con agua —se ofreció la peluquera—. Para que parezca que ha sudado.

—Probémoslo.

—Por el amor de Dios, deprisa. Me estoy derritiendo literalmente —dijo Leon.

—Te sentirías mejor si te quitaras esa espantosa camisa —le propuso Yasmine con sarcasmo.

Leon vestía una camisa de seda de manga larga de color rosa flamenco.

—Pero es que éste es uno de mis colores preferidos.

—Es un color asqueroso.

—Zorra. No reconocerías algo de moda ni que...

—Por favor, vosotros dos —dijo Claire con cansancio—. Intentemos hacer esta fotografía.

—Voy a tener las señales de este trasto marcadas en el culo durante toda mi vida —se lamentó Kurt, mientras se movía incómodo en la hamaca.

Pocos minutos antes habían decidido que apareciera como una silueta poco definida en la hamaca, con una pierna bronceada y vigorosa colgando a un lado. Estaba desnudo y lo cubría una toalla, que se quitaría cuando empezaran a tomar la fotografías.

—Ten paciencia, Kurt.

—¿Lo dices con doble sentido? —preguntó Rue.

Habían mojado ligeramente el cabello de Liz y ahora se le pegaban al cuello y al pecho unos rizos húmedos.

—Así me gusta mucho más —dijo Claire a la peluquera—. Gracias.

La maquilladora humedecía con agua el rostro y el

torso de Liz para simular un saludable brillo de transpiración.

—Mmm —suspiró Liz—. ¡Qué bien se está!

—Sí, sí, está mejor —gritó Leon—. Está estupendo. Oh, sí, ahora ya lo estoy sintiendo.

—Enséñanos un poco el escote, Liz —dijo Yasmine.

La modelo se inclinó hacia delante como si se acercara a la manivela de la nevera.

—¡Ooooh! ¡Perfecto! —chilló Leon.

—Espera —ordenó Claire—. Esos pezones. —El agua fría había provocado que los pezones de la modelo se irguieran bajo el tejido de la camisa.

—¿Y qué más da? —Leon bajó la cámara de forma teatral, molesto por la interrupción.

—No quiero que salgan erectos —replicó Claire—. Dejemos que se relajen.

—Pero si siempre hemos enseñado pezones.

—Debajo del sostén están relajados.

—Otras veces hemos fotografiado pezones erectos —protestó Yasmine.

—Tiene razón. Sí que lo has hecho —dijo Leon—. Lo sé muy bien, yo mismo hice las malditas fotos.

—Debajo de tejidos opacos, los pezones que sobresalen están bien —explicó Claire—. Pero así se ve vulgar. Se puede distinguir el contorno y el color, y no me gusta. No quiero que parezca que nos dedicamos a fotografiar un concurso de camisetas mojadas.

—¡Pero si tienes ahí un hombre desnudo! —protestó Leon con un tono estridente que amenazaba con hacer añicos la cristalería de la familia Monteith.

—Pero solamente es una ilusión. Es sugerente sin ser obsceno. —Claire mantuvo la voz cuidadosamente controlada—. Fin de la discusión.

—¡Oh, por el amor de Dios! —murmuró Leon—. ¿Desde cuando te has convertido en la señorita Puritana?

—Desde lo de Jackson Wilde —contestó Yasmine en tono de burla.

Claire dio la vuelta de golpe y se enfrentó a su amiga con sorpresa e indignación.

—¡Qué cosa tan ridícula de decir, Yasmine! Wilde no fue nunca el barómetro por el que yo juzgaba lo que era de buen gusto y lo que no lo era. Él ciertamente no era mi conciencia. Y tú lo sabes.

—Lo único que sé es que no eres la misma desde que lo encontraron muerto. Relájate. Nunca más te señalará con el dedo.

Las observaciones insensibles de su amiga enfurecieron a Claire, sobre todo porque Cassidy estaba escuchando. Había roto sus estrictas normas y le había permitido observar desde la periferia de los escenarios, pensando que a lo mejor si le revelaba este aspecto de su vida, dejaría de indagar en otros. Su presencia no parecía desconcertar a nadie excepto a ella. Le ponía los nervios de punta, a pesar de que desempeñaba su trabajo con la competencia de siempre.

Claire tuvo la sensación de que los oídos de él se agudizaban ante la observación de Yasmine, pero cuando lo miró, su expresión permanecía impasible y no dejaba traslucir lo que estaba pensando.

—Limítate a hacer las fotos y acaba con ésta de una vez —dijo por fin, malhumorada.

Terminaron en media hora y el grupo sumiso se empezó a dispersar. Claire dijo a Yasmine en tono bajo:

—Me gustaría verte en nuestra habitación lo antes posible.

Cinco minutos después, Yasmine abrió la puerta del dormitorio y entró despacio.

—Ya sé que estás cabreada.

Claire había pasado aquellos minutos sentada en una de las dos camas individuales, apoyada contra la cabecera de madera de palo de rosa tallada. Detrás de su espalda había colocado unas cuantas almohadas forradas con fundas de hilo que olían a detergente y a almidón. Dejó la carpeta sobre su regazo y se quitó las lentillas.

—En las actuales circunstancias, Yasmine, opino que tus comentarios acerca de la muerte de Jackson Wilde estaban fuera de lugar y han sido de mal gusto.

Una de las cejas perfectas de Yasmine se arqueó:

—¿A quién le importa una mierda lo que tenga que ver con él o lo que yo haya dicho de él?

—La mierda le importa al ayudante del fiscal Cassidy. —Claire tiró la carpeta a un lado y balanceó las piernas sobre el borde de la cama—. Ojalá no hablaras tan frivolamente del asesinato de Wilde ni te mostraras tan aliviada por el hecho de que ya no pueda acosarnos nunca más.

—No me cabe en la cabeza que te creas que un comentario dicho en broma pueda influir en la opinión de Cassidy acerca de tu culpabilidad o tu inocencia.

Claire se abstuvo de responder. Finalmente levantó la vista hacia Yasmine y dijo con voz grave:

—Ése no es el verdadero motivo por el que estoy enfadada contigo.

Entonces Claire le contó la conversación que sostuvo con el abogado que se cuidaba de sus negocios la noche antes de partir hacia Misisipí. En el instante en que Claire mencionó su nombre, los ojos de Yasmine relampaguearon de rabia.

—Ese chivato hijo de puta. Le advertí que no te lo contara.

—¿Entonces es verdad? ¿Le pediste que me convenciera de que pusiera nuestras acciones en Bolsa para así poder vender tu paquete?

—Valía la pena intentarlo. Tengo que sacármelas de encima. Y ésa es la única manera de conseguirlo.

—¿La única manera? —gritó Claire—. ¿No podías acudir a mí?

—¿Toda humildad, admitiendo que estoy arruinada?

—Maldita sea, Yasmine. Hace meses que sé que estás arruinada.

—Vaya, es fantástico. —La ex modelo se dejó caer sobre el borde de la otra cama individual, con aspecto rebelde y hostil.

Claire suavizó el tono de voz.

—No es motivo para avergonzarse. Has gastado más de la cuenta, eso es todo. A todo el mundo le ocurre una u otra vez. Estaré encantada de prestarte dinero hasta que las cosas te vuelvan a ir bien.

—Eres la última persona a quien pediría dinero.

—¿Por qué?

—Porque tú ya llevas este negocio. No, no empieces a ponerme pegas. Tú lo diriges, Claire. Tú lo has llevado hasta donde está ahora. Tú haces la parte leonina del trabajo. Eres el cerebro que está detrás de este negocio.

—Y tú eres la imagen. Mi pequeña empresa se hubiera quedado igual de pequeña si no hubiera sido por tu ayuda.

Yasmine se encogió de hombros como si su contribución no significara nada.

—Eso fue hace un año, yo nadaba en la abundancia. Supongo que pensé que nunca se acabaría. No supe administrar mi dinero, me dejé aconsejar por «asesores financieros» que probablemente me jodieron la mitad.

—Lo malgastaste en causas perdidas como aquel donativo de mil dólares a Jackson Wilde.

Yasmine levantó las manos como si se rindiera.

—Soy culpable. De todos modos, estoy en la ruina más absoluta. Ésa es la razón por la que quería poner mis acciones de Sedas de Francia a la venta.

Claire movió la cabeza.

—Nunca cotizarán en Bolsa. Si insistes en vender tus acciones, yo te las compraré.

—Y tendré que agradecértelo.

—Yo no lo veo de esa manera. Es por autoprotección. Tú ya sabes lo posesiva que soy cuando se trata de mi negocio.

—Ya lo sé, ya lo sé —replicó Yasmine con tono irascible—. ¡Dios mío! ¿Crees que me fue fácil acercarme a ese bocazas de abogado? Nunca lo habría hecho si no hubiera necesitado tanto el dinero. He vendido mi último abrigo de pieles y todas mis joyas buenas. Estas acciones son todo lo que me queda por liquidar.

—Podrías usarlas como garantía subsidiaria para que yo te haga un préstamo.

—Ya te he dicho que no, ¿de acuerdo?

—No comprendo...

Yasmine saltó fuera de la cama.

—No me machaques, Claire. No quiero un préstamo que venga de ti, pero te venderé las jodidas acciones, ¿de acuerdo? ¿Podemos acabar con esto ahora? Así yo tendré algo de dinero en metálico y la empresa se salvará. ¡Aleluya y amén! Y no quiero volver a oír a hablar de este tema porque en este momento tengo otra crisis en mi vida.

—Eso no es una excusa para actuar a mis espaldas y contra mis deseos. Todos tenemos problemas. —Claire se colocó la mano sobre el pecho—. Yo estoy acusada de asesinato.

—¿Por Cassidy? —dijo Yasmine con un resoplido—. No tiene nada contra ti.

—Han descubierto que el material de la alfombra de mi coche coincide con las fibras que encontraron en la habitación del hotel de Wilde.

Yasmine se mostró sorprendida.

—¿Desde cuándo?

—Desde que obtuvieron una orden de registro contra Sedas de Francia.

—¿Qué?

—Sí. Encontraron ese asqueroso material vudú en tu habitación Yasmine, incluido un muñeco que se parece a Wilde.

—¡Aquello era una broma!

—Eso es lo que le dije a Cassidy, pero no le vio la gracia.

—Pensándolo bien, no lo he visto sonreír en toda la tarde.

—Cree que estuve en la suite del hotel de Wilde la noche en que murió. Esas fibras de la alfombra me sitúan allí.

—¿Cuántos coches con alfombras exactamente iguales a la tuya hay en el municipio de Orleans? Docenas, si no cientos, ¿no?

—Estoy segura de que ésa es la única razón por la que Cassidy no me ha arrestado esta tarde —dijo Claire—. Comentó que un buen abogado defensor obtendría estadísticas sobre todos los Chryslers y calcularía cuántos asesinos potenciales sumarían. —Se dirigió hacia las puertas del balcón—. Tengo miedo, Yasmine.

—Tonterías. Tú nunca has tenido miedo a nada. Por lo menos desde que te conozco.

—Ahora tengo miedo.

—¿De Cassidy?

—En parte. Pero me asusta ante todo no tener controlada esta situación. Es el sentimiento más aterrador que existe... el de que has perdido el control de tu destino.

—Tranquilízate, Claire. Cassidy no te meterá en la cárcel.

—Oh, sí que lo hará —replicó ella con una sonrisa triste—. Cuando crea que tiene pruebas suficientes para conseguir que un jurado me condene, tendrá que arrestarme.

—¿Antes o después de joder contigo? —Claire contempló a Yasmine atónita y sorprendida. Yasmine se encogió de hombros—. El tío tiene tantas ganas de acostarse contigo que lo está pasando fatal. Parece dispuesto a abalanzarse sobre ti en cualquier momento.

—Y leerme mis derechos.

—¡Ni hablar! —contestó Yasmine, sacudiendo la cabeza—. Lo que quiere es verte debajo de él, o en otra postura, pero en cualquier caso moviéndote con él. —Antes de que Claire pudiera rebatir aquello, añadió—: Mira, la primera vez que me acosté con un hombre tenía trece años. Cuando empiezas tan pronto, desarrollas un sexto sentido para estas cosas. Yo huelo cuándo un hombre lo desea. Sé cuándo una mujer está preparada para dárselo. Y vosotros ya estáis tan maduros que podéis explotar en cualquier momento. Él entra en una habitación y tu aura se ilumina... y viceversa. Las vibraciones sexuales son tan espesas que contaminan el aire.

—Cassidy solicitó el caso del asesinato de Wilde. Se le asignó a él porque es bueno. Una sentencia condenatoria le proporcionaría suficientes méritos para presentar su candidatura a la fiscalía del condado. Las vibraciones que notaste en él son de hostilidad y no de lujuria —la contradijo Claire—. Está furioso conmigo porque no le facilito su trabajo. Tan pronto encuentre algo que me sitúe en aquella habitación con Jackson Wilde, hará todo lo que esté en su mano para demostrar que soy culpable.

—Pero nosotras sabemos que no lo eres, ¿no?

Durante varios segundos sus miradas se cruzaron de un extremo a otro de la habitación. En el interior de la cabeza de Claire, el latido de su corazón era tan violento como un martinete. Se sentía mareada.

—Extenderé un cheque por la cuarta parte de tus acciones. Eso te proporcionará algo de dinero en efectivo, pero todavía conservarás una participación en Sedas de Francia. Llegado el caso, puedes volver a comprar las acciones por la cantidad que he pagado —dijo Claire finalmente.

—Gracias —respondió Yasmine sin sonreír.

—Agradécemelo no volviendo a actuar a mis espaldas.

Había perdido la pluma estilográfica.

Cuando se puso la chaqueta para cenar, Cassidy notó que le faltaba la pluma chapada en oro, un regalo de sus padres cuando se graduó en la Facultad de Derecho. La llevaba en el bolsillo superior izquierdo de la chaqueta y raramente salía sin ella.

La buscó encima del escritorio de su dormitorio, pues tal vez no la había visto entre el dinero suelto y otros objetos que había sacado del bolsillo. Pero no estaba allí. Buscó por los bolsillos de sus otras chaquetas, pero fue en vano. Estaba completamente seguro de que no se la había olvidado en ninguna otra parte. Jamás la prestaba y conscientemente la volvía a colocar en el bolsillo después de usarla cada vez.

Recorrió mentalmente cada lugar en que la chaqueta había estado desde que se la puso aquella mañana. Debido al calor sofocante, impropio de la estación, la había colgado en un perchero del vestíbulo cuando salió a dar un paseo por los alrededores de Rosesharon poco después de comer.

¿Era posible que alguien le hubiera robado la pluma? No podía creer que nadie entre la gente de Rosesharon se dedicara a rebuscar por los bolsillos de los demás en busca de tesoros. ¿El personal? No podía imaginarse que las Monteith tolerasen ladrones entre sus empleados, los cuales parecían todos entregados a la comodidad y satisfacción de sus huéspedes.

La pluma no era demasiado valiosa, pero lamentaba profundamente la pérdida por razones sentimentales. Cuando bajó por la escalera para reunirse con el grupo de Claire para cenar, estaba tan desconcertado como aturdido.

Dos de las modelos holgazaneaban en el minibar, incorporación reciente a la casa original. Se abrió paso entre ellas para servirse un Chivas con hielo.

—No se olvide de apuntarlo —dijo la impresionante morena.

—No, no me olvidaré.

—¿Es usted un poli legal o un poli sucio? —le preguntó su compañera, una rubia de piernas largas, en tono de burla.

—No soy un poli. —Cassidy sonrió con simpatía.

—Mmm —murmuró con escepticismo la joven mientras golpeaba suavemente su diente delantero con una de sus uñas. Luego se pasó el dedo por los labios brillantes en una actitud de hacer pucheros—. Apostaría a que puede volverse sucio.

—Y acertaría —dijo, y brindó con ella.

Para decepción de las chicas, Cassidy se disculpó y se dirigió hacia Yasmine, quien estaba de pie junto a una de las ventanas, mirando el césped situado al otro lado de la galería, sobre el cual se proyectaban sombras largas y densas.

—Bonito lugar.

El hombre se ganó una mirada asesina de los ojos de tigresa de Yasmine.

—Si usa expresiones tan triviales ante un jurado sería extraño que alguna vez ganara algún caso, señor Cassidy.

—Únicamente trataba de entablar una conversación cortés.

—Pues pase de mí.

Cassidy bebió un sorbo de su whisky escocés.

—¿Son intencionadas estas vibraciones negativas que capto en usted?

—No me gustan los polis.

Cassidy hizo rechinar sus dientes y repitió lentamente:

—No soy un poli.

—Como si lo fuera.

Era un mujer increíblemente hermosa. Incluso estando tan cerca de ella, no podía encontrar una imperfección en su rostro ni en su figura, y continuar buscando una sería un placer infinito. Pero a él no le gustaba. Tenía una actitud arrogante, una arrogancia que no mermaba ni a base de amenazas ni de marrullerías o halagos, era el tipo de persona a la que él no soportaba someter a interrogatorio en el banquillo de los testigos. Si decidía mentir, ni con dinamita se le podría sacar la verdad.

Con el tipo de lenguaje que sabía que podría provocar una reacción preguntó:

—¿Qué coño te jode tanto?

—Tú, por ejemplo. ¿Por qué no dejas de jorobar a Claire?

—Porque es posible que haya matado a un hombre.

—Sí, claro. Y yo soy uno de los siete enanitos.

—¿No crees que lo hiciera?

Yasmine soltó una exclamación burlona.

—Entonces eso me conduce a ti. Tienes tantos motivos como ella. Puede que no esté aquí para vigilar a Claire. Puede que esté aquí para vigilarte a ti.

Sus hermosos labios se separaron en una amplia sonrisa. Colocó una mano en la cadera, sacó el pecho hacia delante y echó la cabeza hacia atrás como una potra orgullosa.

—Bien, aquí estoy, cariño. Mira a tu potranca.

Él se rió entre dientes.

—En eso difieres de Claire. Ella prefiere que lleve puestas las anteojeras.

—Me tiene sin cuidado que mires hasta que te sangren los ojos. Lo que no quiero es que aceches y molestes a Claire. La pones nerviosa.

—¿Te lo ha dicho ella?

—No ha habido necesidad. La conozco. Aparte de su madre, lo que más ama es a Sedas de Francia. Es una perfeccionista. Estas sesiones fotográficas ya son lo bastante tensas y agotadoras para que encima tenga que ponerse histérica por tu culpa.

—Claire no me parece la clase de mujer que se pone histérica.

—Tú no la conoces como yo. Nunca pierde la calma. Pero por dentro hierve a fuego lento, y las brasas queman hasta... —Dejó la frase sin terminar.

Él alzó una ceja con actitud interrogante:

—¿Y bien? ¿Hasta que qué?

—No importa.

—¿De qué trató vuestra cumbre de esta tarde? ¿Os peleasteis por tus comentarios relativos a Jackson Wilde?

—¿No te encantaría saberlo?

—Sí, me encantaría.

—Que te jodan, Cassidy.

Él la saludó con el vaso de whisky en alto.

—Lo has dicho como si fuera en serio.

—Cuenta con ello, cariño. En este momento toda la población masculina está en mi lista negra.

—¡Oh! ¿Qué hemos hecho?

—Habéis respirado. —Tras decir esto, Yasmine tiró hacia atrás el resto del vino.

—¡A cenar! —Grace Monteith hizo sonar una campanita mientras abría las puertas del comedor.

Cassidy se las había apañado para sentarse frente a Claire. Aunque las modelos eran jóvenes y adorables y hubieran convertido cualquier escenario en una fiesta visual, parecían insustanciales ante Claire Laurent, algo así como comparar el mosto Kool-Aid con el borgoña apetitoso que Agnes Monteith estaba vertiendo en su vaso.

Tras comer su plato de carne asada con verduras, Cassidy analizó a sus compañeros de mesa, tratando de averiguar quién de ellos le había cogido la pluma. Estaba convencido que se la habían robado, probablemente por pura maldad.

Entre las tres estilistas, ninguna le parecía lo suficiente rastrera como para birlar una pluma estilográfica chapada en oro. ¿Los modelos? Aquella tarde todos habían estado ocupados. Era improbable que alguno de ellos o de ellas hubiera tenido tiempo de desvalijarle los bolsillos. ¿Y para qué iban a querer hacerlo?

Tuvo una buena oportunidad de observar a todo el mundo sin llamar la atención ya que Leon llevaba la voz cantante en la conversación, mientras su ayudante comía pulcra y silenciosamente a su lado.

—Me gusta el viejo columpio que hay en la parte oeste del jardín —dijo Leon al tiempo que cubría de mantequilla un panecillo—. Tenemos que hacer algo en el columpio.

—¿Qué tal las mallas? —sugirió Claire.

—Extraordinario —contestó Leon con exagerada efusividad—. Muy adecuado para sentarse con las piernas abiertas. El columpio, quiero decir. —Se rió entre dientes y luego se calmó mientras masticaba sin parar—. Aunque me gusta la idea de contrastar algo de seda contra esas tablas toscas y podridas. Mmm. Lo pensaré. Mientras explorabais, ¿alguno de vosotros ha visto aquella ducha exterior?

—La instalaron para que los campesinos la usaran después de recoger el algodón —explicó Grace mientras les pasaba el postre.

—Esa ducha la usaré yo para una fotografía —anunció Yasmine—, pero mi idea es un secreto.

—Salgo a fumar —dijo Rue, y se levantó de la mesa

para salir a la galería—. Chicas, será mejor que dejéis de atiborraros de esa comida tan apetitosa o mañana tendréis las tripas hinchadas. —Nadie le hizo caso.

—Mañana por la mañana —dijo Leon—, lo primero que quiero es que la modelo que lleve ese camisón largo y transparente...

—Felicia —le informó Yasmine.

—Felicia, querida, mañana te llamarán la primera.

—Mierda —musitó Felicia mientras se tomaba el flan.

—Quiero que la luz de la mañana la ilumine desde atrás. —Leon se colocó las manos delante del rostro y formó ángulos rectos con sus dedos pulgares como si estuviera mirando a través de un marco—. Tal vez tengamos suerte y haya rocío natural. Si no es así, esta amable señora se ha ofrecido a poner en marcha el aspersor. —Cuando Agnes le sirvió una taza de café, él le cogió la mano y le besó el dorso—. De un modo u otro, la hierba estará mojada y brillante. Ya la veo lanzando destellos. Quiero que el borde del vestido de noche esté húmedo y se arrastre. Puede que con un hombro al descubierto. Y que se vislumbre un poquito de teta.

—Kurt podría estar ganduleando en el fondo —sugirió Yasmine—. Por ejemplo, en la galería, con el cabello suelto y solamente con la parte de abajo del pijama.

—Me gusta —chilló Leon—. No te afeites por la mañana, Kurt. Me encantan esas fotografías que sugieren escenas después de un coito. Oh, mi querida Agnes, sus mejillas están ardiendo de verdad. Perdóneme por ser tan directo. ¿Cree que soy terriblemente travieso?

Cassidy, que puso los ojos en blanco ante aquel amaneramiento, dirigió una mirada casual a Claire, que apenas contenía la risa. Ambos, intercambiaron una sonrisa. Incluso entre tanta gente, fue un momento íntimo.

Inmediatamente él sofocó la ternura que brotaba en sus entrañas. Si Claire no fuera su principal sospechosa, haría todo lo que estuviera en su mano para acostarse con ella. Él lo sabía. También lo sabía Crowder. Probablemente ella también. ¡Joder, él se lo había dicho!

«No más momentos íntimos —se dijo a sí mismo con firmeza—. Ni siquiera compartir miradas en la mesa durante la cena.»

Las Monteith los animaron a tomar el café en el salón doble o fuera, en la galería, donde se estaba más fresco desde que se había puesto el sol.

Cassidy siguió a Claire. Ella se detuvo un momento en la escalera para hablar con Mary Catherine y Harry, que estaban a punto de retirarse a su habitación.

—Subiré para daros las buenas noches cuando estéis acostadas —prometió Claire.

—Buenas noches, señor Cassidy.

—Buenas noches, señora Laurent, señorita York.

Sonriendo dulcemente, Mary Catherine se volvió para subir las escaleras. Cassidy le abrió la puerta principal a Claire y juntos pasearon por el porche hasta llegar a la baranda. Claire se sentó sobre ésta y empezó a sorber el aromático café.

—Bueno, ¿qué piensa usted de nosotros?

—Es interesante —contestó él.

—Qué diplomático.

Cassidy se preguntó si debía avisarla de que uno de sus compañeros era un ladrón, pero decidió callarse. Mejor sólo una acusación al día. Aunque informalmente, aquel día ya la había acusado de asesinato.

—Tiene la mirada perdida, Cassidy —dijo ella sosegadamente.

—Estoy pensando en algo que Glenn dijo anoche. —Notó cómo Claire se estremecía al oír mencionar el nombre del detective, pero él prosiguió—. Le pasó por la cabeza la idea de que quizá Yasmine era la amante de Jackson Wilde.

—¡Qué dice! —La taza de Claire chocó ruidosamente contra el plato. Los dejó sobre la baranda—. Su amigo está perdiendo todo contacto con la realidad, Cassidy. Y si usted piensa algo parecido, es que le ocurre lo mismo.

—No es tan descabellado.

Claire levantó la vista hacia él con incredulidad.

—¿Piensa alguna vez antes de soltar esas tonterías? Atienda a lo que dice.

Ahora que había formulado aquella teoría en voz alta, sonaba ridícula, pero insistió para poder asegurar a Glenn que lo había hecho. Además, nunca se sabe a dónde puede conducir un callejón sin salida.

—Yasmine tiene a los hombres en su lista negra. Ella misma me lo ha dicho.

—¿Así que eso convierte a Jackson Wilde en su amante? —preguntó ella—. Él era tan enemigo de Yasmine como mío.

—Sólo en apariencia.

—¿Usted cree que lo llevaban en secreto?

—Posiblemente.

—Es grotesco. Y de todas maneras, estaba en Nueva York la noche en que lo asesinaron.

—¿Está segura?

—Fui a recogerla al aeropuerto a la mañana siguiente.

—Es posible que lo fingiera.

—Se está agarrando a un clavo ardiendo, Cassidy.

—¿Tiene actualmente algún amante?

—No veo que...

—¿Lo tiene?

—Sí —replicó Claire bruscamente.

—¿Quién es? ¿Cómo se llama?

—Lo ignoro.

—¡Y una mierda!

—¡Le juro que no lo sé!

Él la miró con dureza y comprendió que le estaba diciendo la verdad.

—¿Por qué tanto secreto? ¿Está casado?

—Todo lo que sé es que está loca por él —contestó ella en tono evasivo—. De modo que eso envía al garete toda esa estúpida teoría acerca de ella y de Jackson Wilde. Ni siquiera se conocían.

—¿Está también segura de eso?

—Por completo. Me lo habría dicho.

—Es cierto. Ella no miente ni guarda secretos como usted. —Se acercó más a ella—. Puede que usted sí tuviera algo con Wilde. —Las facciones del rostro de ella se crisparon de rabia. La mujer trató de levantarse, pero él le puso una mano sobre el hombro y la obligó a sentarse otra vez en la baranda—. Una pelea a la que se diera mucha publicidad habría sido beneficiosa tanto para él como para usted. Puede que los dos se pusieran de acuerdo y tramaran este pequeño fraude.

—A quién se le ocurrió esto, ¿a usted o al detective Glenn?

Haciendo caso omiso de su pregunta, él continuó presionando.

—Usted le proporcionó a Wilde una causa contra la que hacer una cruzada, una causa que creó un terreno bien abonado por toda la nación y lo convirtió en un predicador famoso.

—A cambio de hacer publicidad gratuita para Sedas de Francia, supongo.

—Exactamente. Usted admitió que sus sermones eran muy buenos para su negocio, no lo contrario.

—¿Entonces por qué lo iba a asesinar y acabar con un chollo tan estupendo?

—Puede que se enterase de que no era usted la única con quien había hecho un trato. Tal vez tenía una legión de mujeres... una tía diferente para cada pecado.

—Usted está enfermo.

—Tal vez la aventura empezó a ir cuesta abajo. ¿El donativo que usted le «ofreció» era el pago de un chantaje? ¿Planeó usted encontrarse con él mientras estaba en Nueva Orleans para acordar una forma de pago? Pero entonces usted decidió acabar con aquello en aquel mismo momento.

Claire se las arregló para levantarse y trató de marcharse, pero él le cortó el paso.

—¿Dónde se veía con Jackson Wilde?

Claire echó la cabeza hacia atrás y lo miró enfadada.

—Ya se lo he dicho. Lo vi una sola vez, cuando invitó a la gente a subir al estrado después del sermón en el Superdome.

—Y usted me mintió respecto a eso. Mientras él imponía sus manos sobre usted y le prometía la vida eterna, ¿le susurró al oído el número de la habitación de su hotel? —La cogió del brazo y la apretó con fuerza—. Claire, usted tenía una colección de recortes de periódico que documentaban su paradero durante años. Él no se echaba un pedo sin que usted lo supiera. Ésa es una conducta obsesiva.

—Ya le expliqué lo de los recortes de periódico.

—No cuela.

—Pues lo cierto es que yo no era su amante.

—Tampoco se acuesta con ningún otro.

—¿Cómo lo sabe?

La pregunta de Claire quedó suspendida entre ellos como la reverberación de un choque de espadas. El aire crujía con hostilidad y pasiones reprimidas. Finalmente, Claire dijo:

—Discúlpeme, señor Cassidy. —Acto seguido, esquivó al ayudante del fiscal y salió por la puerta de tela metálica.

17

Ariel sufrió un colapso durante la ceremonia que se estaba celebrando en el Kemper Arena de Kansas City.

Durante media hora había mantenido hechizada a la multitud que llenaba el local. Vestida de blanco, iluminada por un foco de modo que su cabello parecía un halo resplandeciente y con los brazos levantados, implorantes, hacia el cielo mientras el resto del escenario permanecía a oscuras, creaba la ilusión de un ángel abandonado suplicando que lo dejaran volver al hogar.

En un momento dado su voz se elevó implorante a la vez que su cuerpo se estremecía de fervor y, acto seguido, se desplomó sobre el estrado. Al principio, Josh pensó que se había excedido en su interpretación teatral. Mentalmente la felicitó por su instinto y habilidad dramática. El público, como una sola voz, gritó atónito cuando el pequeño cuerpo de Ariel se perdió entre la voluminosa ropa blanca que la envolvía como si se tratase de un paracaídas deshinchado.

Pero transcurridos varios segundos ella seguía sin moverse, y Josh se levantó, corriendo hacia atrás la banqueta del piano. Cuanto más se acercaba a ella, más deprisa caminaba. O bien el foco que la iluminaba le absorbía el color del rostro o sufría una anemia galopante. Se arrodilló junto a ella y la llamó por su nombre con ansiedad. Cuando trató de incorporarla, yació entre sus brazos tan sin vida como una muñeca de trapo, con la cabeza colgando hacia un lado. Aquello no era una actuación.

—¡Está inconsciente! ¡Que alguien llame a un médico! ¡Que venga enseguida una ambulancia! ¡Ariel! ¡Ariel!

Le dio unos cachetes fuertes en las mejillas. Ella no respondió. Le buscó el pulso en aquella muñeca tan absurdamente flaca. Notó un latido, pero muy débil.

—Échense hacia atrás, dejen que respire —ordenó a aquellos que subían gateando para ofrecer su ayuda.

Todo el mundo en el recinto se había puesto en pie y se creó un alboroto tan ensordecedor que Josh no podía oír ni sus pensamientos. Algunos rezaban, otros lloraban, otros simplemente miraban anonadados. Josh pidió a uno de los coordinadores del programa que ordenara a todo el mundo que se marchara.

—La ceremonia ha terminado.

Todos los esfuerzos de Josh por hacer volver en sí a Ariel fracasaron. Ella no reaccionó hasta que llegaron los enfermeros e iniciaron su examen preliminar.

—¿Qué ha pasado? —murmuró cuando empezó a volver en sí.

—Te has desmayado —le explicó Josh—. Una ambulancia te llevará al hospital. Todo irá bien.

—¿Una ambulancia? —Trató de luchar débilmente contra los enfermeros cuando la colocaron sobre la camilla. Mientras la conducían a la ambulancia, protestó asegurando que se encontraba bien y que no necesitaba ir al hospital.

—¿Tiene usted idea de qué le ha provocado esto? —preguntó uno de los enfermeros a Josh, quien insistió en acompañarlos en la ambulancia—. ¿Es diabética?

—No, que yo sepa. Creo que está exhausta y agotada. Vomita todo lo que come.

El enfermero le tomó la presión sanguínea e informó de todo lo que había descubierto al médico de guardia de la sala de urgencias del hospital St. Luke's. El médico ordenó una inyección intravenosa, pero cuando llegaron al hospital, Ariel todavía parecía encontrarse al borde de la muerte. No había recuperado el color, tenía los labios blanquecinos y los ojos profundamente hundidos. Inmediatamente la llevaron a una sala de exploración a la que no se le permitió la entrada a Josh.

Tenía muchas responsabilidades de las que ocuparse. El vídeo con el desmayo de Ariel se había emitido por televisión como una noticia. Periodistas, fotógrafos y simpatizantes acudieron al hospital en tal cantidad que la policía tuvo que montar un dispositivo especial. A pesar de no estar habituado a hablar en público, Josh habló breve y emotivamente ante las cámaras y micrófonos.

—La señora Wilde se ha agotado en su esfuerzo por buscar justicia por el asesinato de mi padre. Los médicos me han dado buenas razones para ser optimista. Tan pronto como sepa algo más se lo comunicaré. Por favor, recen por ella.

Mientras sorbía el café que había comprado en la máquina y esperaba el parte sobre el estado de Ariel, Josh trató de asimilar sus sentimientos. Hacía solamente unos días que se había enfadado tanto con Ariel que la hubiera matado. Ahora temía que ella no sobreviviera. ¿Qué pasaría si no podía volver a dirigir la congregación? ¿Qué pasaría si se disolvía? ¿Qué haría él durante el resto de su vida?

Supuso que encontraría trabajo en alguna orquesta de baile y que se vería condenado durante toda su vida a tocar el piano en ceremonias *mitzvah*, en las sinagogas y en bailes de veteranos de guerras extranjeras. Podía también dedicarse a recorrer los bares de los hoteles

Holiday Inn. Ante ese pensamiento deprimente, se pasó los dedos por el cabello y dobló la cabeza sobre las rodillas en posición de oración.

—¡Dios mío!

Odiaba el espectáculo circense en que se había convertido la congregación, pero disfrutaba enormemente apareciendo en público. Ariel tenía razón en eso. A pesar de que despreciaba la hipocresía del montaje religioso, éste le había dado la oportunidad de tocar el piano casi cada noche. Era un trabajo estable y para un músico eso era un lujo. Su público era leal y generoso. Tocar para ellos, escuchar sus aplausos, le proporcionaba una confianza en sí mismo que no hubiera encontrado en ningún otro sitio. Vivía de esa aprobación del público, aunque sólo se tratase de un símbolo. Sin eso moriría. O desearía morir.

¿Qué haría él si el espectáculo se iba abajo con Ariel?

—¿Señor Wilde?

—¿Sí? —La doctora era joven y atractiva, y parecía más bien una maestra de parvulario que médica en un departamento de urgencias de un gran hospital urbano—. ¿Cómo está? ¿Se pondrá bien?

—La señora Wilde está empezando a desarrollar un trastorno alimenticio que se conoce como bulimia, pero creo que lo hemos cogido a tiempo. Parece que gozaba de buena salud antes de empezar a atiborrarse de comida para luego vomitarla. Con consejos y una dieta adecuada, puede curarse. No creo que ni su salud ni la del bebe hayan sufrido lesiones irreversibles.

Josh se quedó muy quieto y dirigió hacia la mujer una mirada vacía.

—¿El bebé?

—Así es —dijo la doctora, sonriendo—. Su madrastra está embarazada.

Claire Louise Laurent jamás había experimentado celos. Durante su infancia no hubo nunca nada ni nadie que la hiciera sentir celos. No tuvo que rivalizar con nadie por el amor y las atenciones de su madre.

Poseía una autoestima sana, lo cual era un milagro teniendo en cuenta una infancia tan poco ortodoxa. Siempre se había sentido satisfecha de sí misma y nunca deseó ser otra persona diferente. Competía únicamente consigo misma, siempre luchando por perfeccionarse sin comparar su aspecto, sus posesiones o logros con los de los demás.

De modo que cuando esta emoción brotó y la envolvió como la niebla, se sintió aturdida y avergonzada. Sobre todo porque el objeto de sus celos era Yasmine.

—Esto es verdaderamente maravilloso. —Leon pronunció con reverencia las palabras, como si a través del visor de su cámara hubiera sido testigo de un milagro sagrado—. Eres sin duda la mejor, querida. Siempre lo has sido. Jamás habrá otra Yasmine.

—Lo has entendido, cariño —respondió Yasmine por encima del hombro, mientras movía con descaro el trasero.

Las nubes que el día anterior amenazaban lluvia habían desaparecido y, mientras algunos oscuros nubarrones se recortaban todavía contra el horizonte, en aquel momento el sol caía a plomo sobre Rosesharon y el personal se reunió alrededor de la ducha exterior. La temperatura era de treinta y tantos grados con una humedad casi del ochenta por ciento. Claire achacaba su mal humor al calor bochornoso e implacable; sin embargo, sabía que ésa no era la verdadera causa.

Yasmine había mantenido en secreto su idea hasta el momento en que estuvieron a punto de hacer la fotografía.

—Quiero ponerme éste —dijo sacando un pijama blanco de algodón fino.

—Me preguntaba qué había pasado con este pijama —comentó Claire.

—Lo tenía escondido. —Aquel conjunto de dos piezas con pantalones cortos no parecía ser el tipo de prenda que Yasmine solía elegir. Prefería posar con artículos más sofisticados.

—¿No es demasiado sencillo para ti?

—No de la manera que lo voy a usar —ronroneó Yasmine con una sonrisa perversa.

—¿Cómo lo harás?

—Ven a la ducha de fuera y te lo enseñaré.

«Bien, ya se ha descubierto su secreto», pensó Claire con amargura mientras observaba cómo Yasmine adoptaba una serie de poses y Leon disparaba fotografía tras fotografía, obligando a su ayudante a hacer juegos malabares con las cámaras, los objetivos y las luces.

Yasmine había prescindido de entrada de la parte superior del pijama y había enrollado hacia arriba los pantalones cortos hasta ajustarlos a la parte más alta de sus muslos, en la entrepierna. Adoptó la primera pose situándose debajo de la cabeza de la ducha, de espaldas a la cámara. Luego abrió el grifo. El agua burbujeó sobre su melena negra. Brillaba sobre aquellos brazos que ella utilizaba con la gracia de una bailarina para adoptar una postura asombrosa tras otra. El agua chorreaba por su tersa espalda en arroyos sedosos. En aquel momento, los pantalones cortos ya estaban empapados y se le pegaban a sus nalgas firmes. El tejido se adaptaba a huecos y curvas brillantes, sinuosas y seductoras. Tenía un dominio absoluto de su cuerpo, era la máquina con la que trabajaba y estaba preparada para actuar con óptima precisión.

Claire quería protestar por la sensualidad tan evidente de las fotografías, como hizo el día anterior con los pezones erectos de la modelo. Pero sus motivos para querer iniciar una discusión eran diferentes. La realidad era que Yasmine parecía una obra de arte. Tal perfección jamás podría ser tachada de obscena. La imagen que había creado era erótica, sí, pero no pornográfica. Era una fiesta de sensualidad humana, no propaganda de degeneración moral. Y puesto que aparecería un primer plano del pijama en una foto pequeña al lado de la grande, Claire no podía quejarse de que el pijama no estuviera bien representado en el catálogo.

Nadie estaría tan espectacular con aquel pijama como Yasmine, pero la fantasía de parecerse a ella haría que se vendieran a miles. Evidentemente Claire no habría dudado en aplaudir la inspiración de Yasmine, al igual que el resto del equipo, si no fuera por Cassidy, que miraba boquiabierto a Yasmine como un adolescente loco por el sexo y hechizado ante la visión de su estrella favorita.

Claire estaba sofocada, rabiosa, nerviosa, aturdida y celosa, y todo por culpa de él. Cassidy era el responsable de ese inoportuno resentimiento juvenil que la devoraba por dentro.

Debería ordenarle que abandonara la escena. Pero él querría saber por qué, y si ella le decía que estaba molestando a todo el mundo, los demás lo negarían y eso equivaldría prácticamente a admitir que su presencia únicamente la exasperaba a ella.

Yasmine era sin duda alguna hermosísima, pero Claire jamás había estado celosa de ella con anterioridad. Yasmine cultivaba una imagen de sexualidad salvaje, algo que, pensado con calma, para Claire siempre había resultado divertido. Jamás había despertado su envidia. Yasmine estaba simplemente siendo Yasmine cuando se estiraba y adoptaba posturas ante la cámara. Estaba en su elemento. No intentaba seducir a Cassidy deliberadamente.

—¿Te gusta, Claire? —preguntó Yasmine por encima del hombro.

—Sí —replicó ella desapasionadamente—. Muy bonito.

Yasmine bajó las manos y se giró en redondo. No se molestó en taparse los pechos desnudos.

—¿Bonito? No se supone que tiene que ser bonito.

—¿Cómo se supone que tiene que ser?

—Pues cualquier cosa menos bonito. Se supone que tiene que llamar la atención y ser excitante. Se supone que tiene que lograr vender este maldito pijama que, francamente, es de los modelos más sosos que jamás has diseñado. Carece de estilo, de elegancia, no tiene nada de nada. Estoy tratando de infundir algo de vida a un artículo que de lo contrario sería un gran fracaso.

El discurso de Yasmine estaba cargado de tanta antipatía que hizo callar incluso a Leon. Un silencio muy tenso se extendió entre el grupo. Incluso Rue, que coleccionaba sarcasmos para lanzarlos en los momentos más inoportunos, fumaba en silencio. Los demás encontraron otros puntos a los que dirigir sus miradas que no fueran Claire ni Yasmine. Ya las habían visto enfrentarse en otras ocasiones, pero nunca hasta ese punto.

El pecho de Claire estaba a punto de estallar a causa de la presión interna, pero se volvió hacia Leon y le preguntó con calma:

—¿Has hecho todas las fotografías que necesitabas?

—Creo que sí. A menos que creas que necesitamos más. —Se comportaba con desacostumbrada docilidad y hablaba en voz baja, como si temiera provocar una explosión.

—Confío en tu juicio, Leon.

—Entonces ya he terminado.

—Está bien. Gracias a todos. Es todo por hoy. Nos veremos a la hora de cenar.

Claire les volvió la espalda y se dirigió hacia la casa. Caminaba deprisa, deseando únicamente llegar a la refrescante y sombría intimidad de su habitación, donde podría alimentar sus celos en soledad.

Ya casi había llegado a la galería cuando Cassidy le cortó el paso.

—¿Por qué ha hecho eso? —El sudor humedecía el cabello que le rodeaba el rostro. Parecía tan sofocado y malhumorado como ella.

—No estoy de humor para uno de sus interrogatorios, Cassidy.

—Respóndame. ¿Por qué ha permitido que Yasmine la dejara en ridículo delante de todo el mundo?

—Yasmine se ha puesto en ridículo a sí misma. Ahora, apártese de mi camino. —Se las arregló para esquivarlo y consiguió subir unos cuantos escalones antes de que él le cortara una vez más el paso.

—Ayer no estaba de acuerdo con fotografiar los pezones erectos; sin embargo, hoy, Yasmine no podía parecer más desnuda si hubiera estado desnuda. No lo entiendo.

—Ni tiene por qué.

—¿Por qué le molestan unas poses y otras no?

—Porque existe una sutil distinción entre sensualidad y provocación abierta. Y busco fotografías que exciten sin ser ofensivas.

—Usted sabe por experiencia que eso es algo puramente subjetivo.

—Por supuesto. Pero yo soy el primer juez, y poseo un gusto excelente —declaró ella en tono autosuficiente pero seguro—. Confío en mi juicio respecto a lo que es calidad y lo que es cuestionable.

—¿Le han gustado las poses de Yasmine?

—Ya he dicho que sí, ¿no?

—Pero no parecía que le gustaran de verdad y todo el mundo se dio cuenta, en especial Yasmine.

—Mi trabajo no consiste en alimentar el ego de Yasmine.

—No, su trabajo es vender sus productos y aquella fotografía venderá pijamas.

Ella se apartó un mechón de cabello de la frente.

—¿Tiene esto algún propósito, Cassidy?

—De repente se ha sentido incómoda con la sensualidad de Yasmine. ¿Por qué?

—¿Cree usted que era sensual? No sé ni por qué se lo pregunto, cuando era tan evidente que sí lo creía. Tenía los ojos clavados en ella.

Él le dirigió una mirada extraña, burlona, lo que hizo que Claire se enfureciera aún más.

—Bueno, ¿es que no es cierto?

—Yo no estaba particularmente pendiente de mi reacción —contestó él en voz baja—. Pero es evidente que usted sí.

Al darse cuenta de que estaba peligrosamente cerca de revelar demasiado, Claire desvió la cabeza.

—¿Es todo, Cassidy?

—No. ¿Qué clase de relación tiene usted con Yasmine que le permite que la insulte de esa manera? Cualquier otra persona le habría devuelto la pelota.

—Yasmine ataca a los demás sólo cuando está enfadada consigo misma. Yo lo entiendo.

—Ayer la atacó con aquel chiste acerca de Wilde. ¿Qué pasa? ¿Por qué está enfadada consigo misma?

—Eso a usted no le importa un pimiento. —Cassidy dio un paso rápido hacia un lado y evitó así que la mujer se escapara. Encolerizada, Claire levantó la vista hacia él—. Está bien, le explicaré algo. Esta noche Yasmine se va con la camioneta a Nueva Orleans a ver a su amante. Tiene previsto regresar mañana por la mañana temprano.

—Entonces, ¿cuál es el problema?

—Creo que se pelearon la última vez que estuvieron juntos.

Durante unos momentos, Cassidy dirigió la mirada hacia un punto situado más allá del hombro de ella.

—¿Va a coger la camioneta?

—Mmm.

—¿Alguna vez conduce su coche?

—Está fantaseando otra vez, Cassidy.

Los ojos de él se volvieron hacia los de ella.

—El razonamiento que se oculta detrás de esa pregunta es de aficionado y además transparente. Usted desea saber si Yasmine conducía mi coche la noche que Jackson Wilde fue asesinado. Pero ha olvidado que aquella noche ella estaba en Nueva York y que yo conducía mi coche.

Él se acercó más a ella con actitud amenazadora.

—Me quita un peso de encima que lo recuerde, Claire. Empezaba a creer que había olvidado que su coche la relaciona con el asesinato de Wilde.

—En apariencia.

—Temporalmente. Más pronto o más tarde aparecerá una pista que la señalará como la asesina.

Claire se estremeció y contestó en voz baja:

—Discúlpeme. Me voy adentro. —Cruzó la puerta principal sin que él la detuviera, pero la alcanzó en el vestíbulo. Puso una mano encima de la de ella, que descansaba sobre la barandilla.

—Claire, ¿por qué lo hace? ¿Por qué se limita a volver la espalda y a alejarse cuando yo formulo esa clase de acusaciones? ¿Por qué no las niega?

—Porque no tengo por qué hacerlo. Soy inocente mientras no se demuestre lo contrario. No tengo que temer nada de usted.

—Y unas narices. —Cassidy se inclinó hacia delante, forzando las palabras a través de sus dientes—. Simplemente, no puede continuar dando la espalda al tema. No la he seguido hasta Misisipí por capricho, ¿sabe?

—Entonces, ¿por qué ha venido aquí? ¿Por qué me

impone su presencia? ¿Por qué interfiere en mi trabajo? ¿Para intimidarme con aventuras inexistentes con
Jackson Wilde? ¿Para tratar de levantar una barrera entre Yasmine y yo? ¿Divide y vencerás? ¿Es ésa su estrategia actual?

—No, vine porque no tuve elección. Las pruebas
contra usted ya no son circunstanciales. Hemos obtenido algo tangible de aquellas fibras de alfombra. De
momento he evitado que la arresten formalmente.

—¿Por qué?

—En primer lugar, porque no deseo hacer el ridículo ante un jurado si no la condenan por falta de
pruebas más concluyentes.

—¿Y en segundo lugar?

El péndulo del reloj de pared oscilaba hacia un
lado y hacia el otro, marcando con fuerza los segundos
que pasaron mirándose. Por fin, Cassidy respondió a la
pregunta:

—Porque quiero otorgarle el beneficio de la duda.
Pero Glenn y los que ostentan alguna autoridad están
impacientes por cerrar este caso.

—Les hacen efecto los discursos rimbombantes de
una mujer histérica.

—Que además resulta que está embarazada.

Claire dejó escapar un audible suspiro.

—¿Embarazada?

—Ariel Wilde se desplomó la otra noche durante la
celebración de un encuentro de oración en Kansas City.
Si hubiera visto las noticias se habría enterado.

En las habitaciones de huéspedes de Rosesharon no
había televisores. Durante su estancia, el huésped estaba
prácticamente incomunicado con el mundo exterior a
menos que leyera el periódico local, el cual apenas publicaba noticias nacionales e internacionales.

A Claire le daba vueltas la cabeza.

—¿Está embarazada?

—Así es —replicó él en tono cortante—. Eso la elimina prácticamente como sospechosa.

—No necesariamente.

—Puede que para usted no. Puede que tampoco para mí. Pero para todos los demás, está fuera de toda sospecha. ¿De qué lado cree usted que se pondría la simpatía del público? ¿Del de la señora que personifica la maternidad y la bondad o del de la mujer que publica fotografías indecentes?

—Tal vez no sea hijo de Jackson —dijo Claire con voz totalmente desesperada, como quien se aferra a un clavo ardiendo—. Podría ser de Josh.

—Lo sé. Y usted también lo sabe. Pero el hombre de la calle no. Todo lo que ve en su Panasonic en color es a una viuda embarazada santa y afligida, con el aspecto de que lo último que se le pudiera ocurrir fuera cometer adulterio con su hijastro y asesinar a su esposo a sangre fría.

»Esté preparada, Claire. Ariel aprovechará esta baza al máximo. Usted ya ha experimentado dos veces la manipulación de los medios de comunicación de que es capaz ella. La amenaza de denunciarla por difamación le tiene sin cuidado. Pintará con palabras el retrato de un monstruo inmoral y oportunista que se cobró la vida de su esposo e impuso la tragedia en su vida y en la de su bebé nonato. En vista del terreno que ya ha preparado, ¿qué rostro cree usted que tendrá ese monstruo en la mente de la mayoría de la gente? —Él se acercó aún más a ella—. ¿Empieza a comprender las consecuencias negativas de ese embarazo?

No solamente las empezaba a comprender, sino que ya se habían instalado en los huecos de su corazón donde se alojaban sus temores más ocultos. Sin embargo, sería una locura permitir que Cassidy supiera que estaba asustada.

—¿Qué quiere de mí? —preguntó, desafiante.

—Una confesión.

Ella profirió un sonido de desdén.

—Entonces, ¡maldita sea, no permita que la acuse sin protestar! Patalee. Grite. Golpéeme el pecho con los puños. Enfurézcase, pierda los estribos. No se oculte tras esa fachada fría; eso la hace parecer aún más culpable. No puede permanecer al margen por más tiempo, Claire. ¡Luche, por el amor de Dios!

—No rebajaría mi dignidad a tal nivel.

—¡Su dignidad! —bramó él. Las facciones de su rostro se pusieron tensas de rabia—. La cárcel es poco digna, Claire. Y también lo es un proceso por asesinato. Y la vida en prisión. —Su aliento abrasaba el rostro de Claire—. ¡Maldita sea! ¡Dígame que mis sospechas son erróneas! Déme algo definitivo que eche por tierra todo lo que la apunta como sospechosa.

—Hasta que me procesen, no me preocuparé por defenderme. El procedimiento judicial...

—¡Que se joda el procedimiento! ¡Dígamelo a mí!

—¿Señor Cassidy? —La voz trémula provenía de Mary Catherine, quien rondaba por la entrada del comedor—. ¿Por qué grita a Claire? ¿No se la va a llevar, verdad?

—¡Por supuesto que no, mamá! —exclamó Claire.

—Porque no puedo permitirle que se la lleve.

Claire se colocó rápidamente al lado de su madre y le pasó un brazo por los hombros.

—El señor Cassidy y yo estábamos solamente... discutiendo una cosa.

—Ah.

¿Dónde estaba Harry?, se preguntó. ¿Por qué no estaba con su madre?

—Todo va bien, mamá. Te lo prometo. ¿Te encuentras bien?

Mary Catherine esbozó una trémula sonrisa.

—Tenemos chuletas de cerdo rellenas para cenar,

¿verdad que suena delicioso? Quiero decirles que quiten toda la grasa de las de tía Laurel. Es la única manera de que coma cerdo, ya lo sabes. De lo contrario se le indigesta. Oh, perdóneme, señor Cassidy, por discutir un asunto tan poco delicado delante de usted.

Cassidy aclaró su garganta.

—No se preocupe.

—Tía Laurel quiere llevarse algunos esquejes de los rosales de aquí para plantarlos en el patio. ¿Verdad que es una idea estupenda, Claire Louise?

—Sí, mamá, estupenda.

Mary Catherine pasó junto a Claire y se dirigió hacia el perchero situado cerca de la puerta, de donde colgaba la chaqueta deportiva de Cassidy. Extrajo algo del bolsillo de su falda y lo deslizó en el interior del bolsillo superior de la chaqueta. Sin decir nada acerca de su extraña acción, continuó la conversación.

—Claire, querida, te estás ruborizando.

—Fuera hace mucho calor.

—¿Estás sudando, querida? Eso no es en absoluto digno de una señorita. Quizá deberías tomar un baño y cambiarte antes de cenar.

—Lo pensaba hacer, mamá. Precisamente ahora iba a subir.

—Trabajas demasiado. Tía Laurel y yo lo comentábamos esta tarde a la hora del té. Realmente deberías cuidarte.

Mary Catherine le pellizcó la mejilla con cariño antes de perderse de vista escaleras arriba arrastrando los pies. En el instante que oyeron cerrarse la puerta de su dormitorio, Cassidy se dirigió al perchero e introdujo la mano en el interior del bolsillo superior de la chaqueta.

—Vaya, no me lo puedo creer.

—¿Qué es eso? —Él sostenía una pluma estilográfica en la mano—. ¿Es suya?

Con una sonrisa triste, él contestó:

—La eché en falta la tarde en que llegué, después de que dejé mi chaqueta aquí colgada durante un rato. Pensé que alguien la había robado, aunque no se me ocurría quién podía quererla. No es una pluma cara, pero para mí es valiosa, porque fue un regalo de mis viejos, y los dos están muertos.

Claire apretó las puntas de los dedos contra sus labios y le volvió la espalda. Se apoyó contra una de las ventanas altas y estrechas que flanqueaban la puerta principal, con la frente contra el cristal, que había retenido algo de frescor durante la tarde sofocante.

Cassidy se situó detrás de ella.

—Eh, no tiene importancia, Claire.

Su voz era suave, amable, inspiraba confianza. Cuando colocó las manos sobre los hombros de la mujer y le hizo dar la vuelta hasta que quedó frente a él, ella tuvo la tentación de apoyar la cabeza contra su pecho, como lo había hecho en la ventana. Sería un gran alivio desahogarse y contárselo todo.

—Oh, Cassidy, ojalá...

—¿Qué? —preguntó él amablemente.

Ella ladeó la cabeza entre los hombros. Por supuesto, a él no le podía decir lo que de verdad deseaba, así que solamente le dijo:

—Ojalá no hiciera tanto calor. Ojalá lloviese. Ojalá hubiéramos acabado y pudiera volver a casa y poner en orden mi oficina y mi hogar, los cuales estoy segura que la policía dejó hechos un asco.

Se mordió el labio inferior para contener las lágrimas de frustración y miedo.

—Ojalá nunca hubiera oído hablar de Jackson Wilde. Ojalá usted me hubiera contado lo de su pluma. Se lo podría haber explicado todo hace días.

—La he recuperado y eso es lo único que importa. Olvídelo.

Pero ella no podía olvidarlo y se sintió impulsada a explicar las acciones de su madre.

—Mire, algunas veces mamá coge cosas. No las roba porque no es consciente de que está haciendo algo incorrecto. Solamente «las toma prestadas». Nunca se olvida de devolver las cosas que ha cogido. Es inofensiva e inocente, de verdad.

—Sssh, Claire. —Cassidy colocó los dedos entre los cabellos de ella y le dio un beso rápido en los labios—. La creo.

Pero cuando el hombre hundió la cabeza para darle un beso más profundo, ella lo apartó de un empujón y lo miró a los ojos.

—No, no me cree, Cassidy.

De repente ya no estaban hablando ni de su madre ni de la pluma estilográfica. Claire sacudió lentamente la cabeza.

—Usted no me cree en absoluto.

18

Yasmine se marchó antes de cenar. El lugar vacío en la mesa del comedor suscitó la curiosidad de los demás, y Claire la satisfizo sin entrar en detalles.

—Esta noche Yasmine tenía una cita en Nueva Orleans, pero será un viaje rápido de ida y vuelta. Volverá mañana por la mañana a primera hora.

Leon estaba entusiasmado por las fotografías que había hecho aquel día. Su entusiasmo, acrecentado por varios vasos del excelente vino de la cena, propició su elocuencia durante la velada. Deleitó a sus fascinados oyentes con relatos picantes sobre los famosos y aspirantes a famosos que frecuentaban los siempre variables lugares de moda de Manhattan.

—Por supuesto, no es como en los viejos tiempos, cuando el Studio 54 estaba en su apogeo —comentó con melancolía—. Es una lástima que, con todo eso del sida y las drogas, nadie celebre ya fiestas de verdad.

Inmediatamente después de cenar, Claire se disculpó. Se estaba organizando un campeonato de Trivial Pursuit. Sabía por experiencia que esos juegos invariablemente se volvían hostiles. Alegando agotamiento, acompañó arriba a Mary Catherine y a Harry, y se quedó en la habitación charlando con su madre hasta que la pastilla para dormir hizo efecto. Mary Catherine no mencionó la pluma estilográfica de Cassidy, ni reveló indicio alguno de que recordase que la había cogido.

En su prisa por marcharse a Nueva Orleans, Yasmine había dejado su habitación como si por allí hubiera pasado un ciclón. Claire se pasó media hora recogiendo los vestidos del suelo y ordenando el tocador. El cuarto de baño no presentaba mejor aspecto. Después de arreglarlo, se obsequió con un baño de agua fría para tratar de relajarse y dejar de pensar en el embarazo de Ariel Wilde y los efectos negativos que le podría reportar.

Después de bañarse se echó polvos de talco por el cuerpo y se puso una camisola de seda, corta hasta las rodillas, del color de las perlas antiguas y caras. Se recogió el cabello en un moño en lo alto de la cabeza y se lo sujetó con un pasador. A continuación amontonó unas cuantas almohadas contra la cabecera de la cama y se reclinó en ellas. Quería encender la lámpara que tenía junto a la cama, pero la oscuridad era muy relajante. Más que repasar el programa del día siguiente, lo que de verdad necesitaba era dormir.

Pero sus pensamientos no descansaban. Al igual que niños revoltosos, no se portaban bien y no la dejaban en paz. Sólo podía mantener los ojos cerrados durante unos breves instantes antes de que se abrieran de golpe obstinadamente. La cama en la que había descansado durante varias noches se había convertido en un jergón lleno de bultos y nudos. La almohada se calentaba con demasiada rapidez. La estrujó varias veces a medida que su impaciencia aumentaba con el insomnio. De la escalera llegaban carcajadas procedentes del salón, donde todavía se seguía jugando. Deseaba que todo el mundo se callara y se fuera a dormir.

Claire culpaba al colchón, a la almohada y al ruido

de su incomodidad, pero sabía que la verdadera razón de aquello, al igual que de sus celos de la tarde, era algo profundo que residía en su interior. No formaba parte de su carácter enfadarse con sus amigos y compañeros de trabajo, con su entorno y consigo misma. Le disgustaba ser de esa manera.

Sin embargo, tenía miedo a ahondar demasiado en busca de una explicación. Sabía por intuición que lo que provocaba aquel cambio de carácter era algo que prefería no reconocer. Era mejor eludirlo que afrontarlo. No quería enfrentarse con lo que la estaba volviendo loca. Puede que ignorándolo simplemente desapareciera.

Oyó un ruido que sonó como si alguien estuviera corriendo muebles de un lado a otro sobre los suelos de madera dura. Eran truenos. Intentó en vano dormirse, pero oía cómo la tormenta se iba acercando progresivamente a Rosesharon. Los relámpagos iluminaban la habitación a través de los visillos transparentes de los ventanales. Podía ser que esta vez las nubes se disolvieran en lluvia refrescante. Hasta el momento, lo único que habían traído era una gran sensación de expectación a una atmósfera ya demasiado cargada para poder respirar.

A medida que se acercaba la tormenta, que se hacía más intensa, más se agudizaba el desasosiego de Claire.

Cassidy no quiso participar en el torneo de Trivial Pursuit y prefirió dar un paseo por los alrededores de la finca. Sin embargo, la humedad sofocante y las picaduras de los mosquitos pronto lo obligaron a regresar.

No se detuvo en el salón para desear buenas noches a los demás, subió directamente las escaleras para ir a su habitación. Se detuvo para escuchar la puerta de Claire, que estaba junto a la de él, pero no oyó nada.

Ninguna luz se filtraba por la rendija de debajo de la puerta, lo que le hizo pensar que, tal como ella había dicho, se había acostado temprano.

Una vez en su habitación se desnudó por completo. Por Dios, el calor era sofocante incluso dentro de la casa. Se planteó la idea de bajar y coger una cerveza del bar, pero decidió no hacerlo. Podría tropezarse con Agnes o Grace, quienes siempre estaban dispuestas a enzarzar a sus huéspedes en conversaciones interminables. La hospitalidad sureña estaba muy bien hasta que resultaba empalagosa. Aquel día no estaba de humor para charlar. No deseaba la compañía de nadie, excepto de sí mismo, y se encontraba casi insoportable.

Después de tomar una ducha rápida para refrescarse, se tendió sobre la cama y encendió un cigarrillo. Hacía dos años que había dejado de fumar, pero se sentía inquieto. Además, necesitaba tener ocupadas las manos mientras su pensamiento daba vueltas en círculos incesantes.

Claire tenía un motivo. Claire tuvo la oportunidad. Se podía vincular a Claire directamente con la escena del crimen por medio de las fibras de la alfombra de su coche. La coartada de Claire era frágil. Claire era su mejor baza para conseguir la condena que necesitaba desesperadamente, tanto por razones personales como profesionales.

Sin embargo, no deseaba que Claire fuera culpable.

«¡Mierda!» Tuvo la sensación de que aquella palabra flotaba en la oscuridad mucho tiempo después que se desvaneciera el sonido. Se había colocado a sí mismo en una posición muy jodida. Si hacía caso a lo que le dictaba su conciencia y a la ética de su profesión, tenía que abandonar el caso. Crowder ya le había dado un plazo límite para entregarle un sospechoso. Cada vez le quedaban menos días. Si lo sustituían de repente por otra persona, encajarlo sería un infierno.

Pero ¿qué pasaría si solicitaba ser relevado antes de que se cumpliera el plazo límite? Crowder pensaba que personalmente estaba demasiado involucrado en el caso, por lo que con toda probabilidad se sentiría aliviado ante su petición. La decisión no afectaría su relación. En realidad, tal vez le haría ganar el favor de su protector. Crowder simplemente le asignaría el caso a otro.

No, no era una buena idea. Ese otro, casi seguro, sería más agresivo y listo y le pondría las esposas a Claire en cuanto regresara a Nueva Orleans. La detendrían por asesinato en segundo grado. Le tomarían las huellas dactilares. La fotografiarían. La encarcelarían. Se ponía enfermo sólo de pensarlo.

Por otra parte, no podría vivir con la idea de permitir que una mujer culpable quedara en libertad porque él se sentía atraído por ella. Sólo que no era tan sencillo como eso. Nunca lo había sido. Desde que por primera vez entró en Sedas de Francia y conoció a Claire Laurent, nada había sido fácil ni rutinario.

Era como si estuviera embrujado. Sedas de Francia poseía un ambiente que lo desconcertaba e intrigaba. No era el viejo edificio en sí, ni siquiera el barrio Francés. Había estado allí muchas veces desde que se trasladó a Nueva Orleans. Lo encontraba encantador, pero nunca se había sentido como si viajara a través del túnel del tiempo, al otro lado del cual todas las cosas se movían con lentitud y nada era lo que parecía.

No era el lugar físico lo que lo hipnotizaba. Era Claire. Ella emanaba un aire de misterio que lo confundía. Esa cualidad anónima era peligrosamente romántica, completamente seductora y potencialmente desastrosa. Lo atrapaba como una telaraña invisible. Cuanto más luchaba contra ello, más profundamente cautivo se sentía. Incluso ahora, cuando debería pensar en cómo atraparla, imaginaba al mismo tiempo un medio para protegerla para que no la llevaran ante los tribunales.

Es una locura, pensó, agitando la cabeza porque se sentía culpable. Y a pesar de todo continuaba pensando en ello. No había ningún mal en explorar las alternativas. En realidad, ¿no era esa la forma profesional, responsable y sensata de enfocarlo?

¿Quién más era un posible sospechoso?

Ariel Wilde. Ahora estaba embarazada, pero podría haberse cargado a su marido por varias razones. No obstante, sería difícil procesarla y quedar como un héroe. Siempre podía plantear dudas acerca de quién había engendrado a su hijo. Pero un buen abogado defensor impugnaría esta línea de interrogatorio. El juez podría definirse a favor de la defensa, y con eso acabaría todo. Cortado de raíz. El jurado no sabría nunca nada de la aventura de Ariel con su hijastro y a Cassidy lo despreciarían por calumniar a una piadosa futura madre.

Joshua Wilde. La voz interior de Cassidy le decía que el joven carecía de agallas para matar a una mosca, mucho menos a un padre tirano. Pero, por otra parte, había tenido huevos para tirarse a la esposa de su viejo.

El problema para procesar a Ariel o a Josh consistía en que no tenía ni un átomo de evidencia física contra ninguno de los dos. Todo era circunstancial y conjetural. Si los miembros del jurado seguían las instrucciones del juez y albergaban dudas razonables, Ariel y Josh quedarían libres. El ayudante del fiscal, Cassidy, habría perdido su credibilidad y habría dejado suelto al verdadero asesino.

La perspectiva era inimaginable. Su principal objetivo consistía en asegurarse de que eso no sucediera. Por encima de todo, se había comprometido a coger al tipo malo y procesarlo.

O procesarla.

Pensar en Claire hizo que soltara una gran profusión de tacos mientras apagaba el primer cigarrillo, prácticamente sin haberlo fumado, y encendía otro. La recordaba cómo la había visto aquella tarde. Su desaliño lo atraía. El sudor daba a su piel un brillo saludable. La humedad había provocado que el cabello alrededor de su rostro se rizara de forma seductora. Estaba acalorada y molesta, y cuando hizo que se enfrentara a los celos y al deseo, se mostró demasiado orgullosa para reconocer aquellas dos debilidades humanas.

Cassidy, que se sentía inquieto y a disgusto, rodó fuera de la cama y se enfundó unos tejanos. No se molestó en abrochárselos antes de abrir la puertaventana y salir a la galería. El aire era todavía más sofocante que antes. No corría ni una pizca de brisa.

Echó una ojeada a los ventanales de la habitación de Claire y vio que estaba a oscuras. Dormía. Contempló el firmamento; las nubes bajas parecían hinchadas y magulladas. El olor a lluvia era penetrante; sin embargo, no notó que le cayera ni una gota. La atmósfera estaba cargada de electricidad, como si fuera a suceder algo trascendental.

Aún no había terminado de cruzar por su mente este pensamiento cuando la luz de un rayo atravesó el firmamento justo por encima de las inmóviles copas de los árboles.

Cuando el cielo se rasgó a causa de un rayo brillante y zigzagueante, Claire dio un salto y se sentó en la cama. Contuvo la respiración a la espera del trueno, que golpeó por fin el tejado de la casa como un latigazo que hizo vibrar violentamente ventanas y objetos de cristal. Lo siguió una fuerte ráfaga de viento. La puertaventana se abrió de repente, batiendo hacia dentro y golpeando las paredes de la habitación. Los visillos transparentes ondeaban como velas desplegadas repentinamente al viento.

Claire se levantó de la cama y atravesó la habitación. Los árboles de Rosesharon se balanceaban impulsados por un viento furioso que parecía no soplar en ninguna dirección concreta. Le despeinó el cabello y le pegó la camisa al cuerpo. Otro relámpago iluminó durante unos momentos la galería.

Fue en ese momento cuando vio a Cassidy. Allí estaba, de pie junto a la baranda, sin camisa, fumando, mirándola fijamente. Trató de retroceder para guarecerse de nuevo en su habitación y cerrar la puertaventana y, sin embargo, fue incapaz de moverse. La mirada fija de él la inmovilizó. Sin articular palabra, Cassidy se separó de la barandilla y se dirigió hacia ella con paso lento, rítmico y depredador.

El corazón de Claire se disparó y empezó a latir con la misma violencia que el viento enloquecido. Su mente giraba de forma errática, como si estuviera a merced del viento. Dijo las primeras palabras que le acudieron a la mente:

—No sabía que fumase.

Cassidy siguió sin decir nada, pero continuó andando hacia ella de la misma manera peligrosa. No se detuvo hasta que la tuvo al alcance de la mano. Claire se sintió atraída hacia él por un tirón físico e inexorable, como si él tuviera un imán poderoso dentro del pecho.

—Creo que por fin va a estallar una tormenta —dijo Claire sin aliento.

Él lanzó el cigarrillo por encima de la baranda y a continuación la cogió y la atrajo hacia él con la fuerza del siguiente trueno. El beso que depositó sobre la boca de ella fue tan despiadado como el viento. Abrió el pasador que le sujetaba el cabello y lo dejó caer despreocupadamente al suelo; luego pasó los dedos por entre los cabellos e inclinó su cabeza primero a un lado y después al otro, de modo que la boca de Claire se vio obligada a obedecer las exigencias salvajes de la suya.

El cuerpo de Cassidy emanaba calor a través de su piel, a través del pelo que cubría su pecho. Su deseo sexual desatado se filtró hasta el interior de Claire, quien reaccionó, al reconocer de repente aquel deseo como la causa de su reciente malestar. Floreció y se extendió por todo su cuerpo... una necesidad dulce y dolorosa por aquel... por Cassidy.

Los dedos de ella se clavaron en la carne de los hombros del hombre; se arqueó contra él. Cassidy emitió un sonido profundo y sensual. Su boca abandonó la de ella para buscar el hueco de su cuello. La cabeza de Claire cayó hacia atrás en reconocimiento del placer que le producían los movimientos de succión de sus labios.

Cassidy deslizó la mano hacia abajo por la espalda de ella, por sus nalgas, la levantó un poco más y la colocó más cerca de él, empujando su miembro erecto contra la hendidura de ella. Bajó un tirante del camisón y dejó uno de sus pechos al descubierto. Primero buscó el pezón, y cerró sus labios alrededor de éste y lo lamió con frenesí. Pequeños gritos suaves de placer se escaparon de entre los labios entreabiertos de Claire hasta que él los silenció otra vez con un beso.

La ira de la tormenta los cubría ahora por completo. El fortísimo viento aullaba. Los relámpagos iluminaban el cielo y los truenos retumbaban. El agua caía torrencialmente. Cortinas de lluvia caían por el techo de la galería y chocaban contra los pies desnudos de ambos. Ellos permanecían ajenos a todo aquello.

Hasta que oyeron voces que se acercaban.

A fin de disfrutar de la lluvia, dos de las modelos habían decidido pasar por la galería para ir a sus habitaciones en lugar de seguir el pasillo interior. Claire apartó a Cassidy de un empujón y miró hacia la esquina de la casa, por donde en cualquier momento aparecerían las modelos.

Él la cogió de la mano, entró en la habitación de

Claire y la arrastró tras él. Acababa de cerrar la puerta-ventana cuando las modelos dieron la vuelta a la esquina, donde se detuvieron para contemplar la tormenta.

Cassidy empujó a Claire contra los ventanales y de repente se encontraron irremediablemente atrapados entre los visillos transparentes. Cualquier objeción que ella pudiera haber formulado fue silenciada por el beso que él le dio. Le introdujo la lengua en la boca y la exploró provocativamente. Sus manos se situaron debajo del camisón de Claire. Ella las sintió cálidas y fuertes contra su trasero cuando él le levantó uno de los muslos y lo colocó encima del suyo. Con los nudillos le acarició suavemente el vello púbico. Claire contrajo el vientre de modo instintivo y casi profirió un grito. Para amortiguar el sonido, él le cubrió la boca con la suya.

Fuera, una de las modelos dijo:

—Pues llueve de verdad. Jamás he visto rayos como éstos.

—¡Chss! Vas a despertar a Claire.

Claire estaba totalmente despierta. Cada fibra de su cuerpo respondía a las caricias de Cassidy. Los dedos de él separaron los labios de su sexo y uno de ellos se deslizó en el interior de éste. Con un sutil movimiento de flexión, lo extendió por completo antes de contraerlo poco a poco una y otra vez. Claire se aferró a él. El hombre finalizó un beso apasionado y le dirigió una mirada ardiente y dura mientras continuaba acariciándola.

—Es mejor que nos vayamos también a la cama.

—¿A qué hora te llamarán?

—A las ocho y media.

Un chillido.

—Cuidado, está resbaladizo. Casi me caigo.

—A Rue se la llevarán los demonios si te presentas mañana con moratones.

Cassidy sacó el dedo y localizó el corazón dilatado de la sexualidad de la mujer. Le acarició la resbaladiza y pequeña protuberancia en sentido circular. Claire parpadeaba frenéticamente mientras intentaba mantener los ojos abiertos. La imagen de Cassidy se hacía borrosa. Observó que le caía el cabello por encima de las cejas y que tenía las facciones tensas y los ojos febriles.

Claire se vio envuelta por una oleada de placer. Luchó contra él, pero en vano, ya que pronto recorrió su cuerpo como una droga potente introducida en la vena. Calor instantáneo. Un choque pasional. Una ráfaga de sublimidad.

Las voces de las modelos se habían desvanecido, y solamente se oían los sonidos de la tormenta y la sedosa aspereza de sus jadeos. Cassidy la rodeó con sus brazos y la condujo a la cama, donde la depositó antes de tumbarse él. Le quitó el camisón y luego sus manos se movieron por encima de sus pechos sonrosados. Las puntas de sus dedos se arrastraron por encima de sus pezones y las sensaciones concentradas allí eran tan intensas que Claire exhaló un gemido. Él bajó la cabeza y los besó con apremio y ternura a la vez. Ella le cogió mechones de cabello, consciente de que debería poner fin a aquello y también de que era tan inútil como tratar de detener la lluvia torrencial.

Él le besó el vientre. Ansiosa, ella murmuró:

—¿Cassidy?

—Chss. —Él sopló suavemente sobre su delta de vello.

—¿Cassidy?

Haciendo caso omiso de la vacilación de ella, le cogió las caderas con las manos y la alzó contra su boca abierta. Con la lengua investigó el centro húmedo y dulce de la mujer, lo golpeó perezosamente, explorándolo en profundidad, frotó la nariz contra éste con cariño, luego lo besó con fruición, como si chupara el néctar de una fruta exquisita. Con la punta de la lengua volvió a despertar aquella diminuta semilla de feminidad.

El placer fue aumentando hasta que se volvió insoportable.

—Por favor —suplicó ella entrecortadamente.

Él se arrodilló entre sus muslos y la penetró. Claire sentía su aliento forzado y ardiente contra su cuello. Lo oyó gruñir: «¡Oh Dios mío, Dios mío!» A continuación empezó a moverse, a estirarse y acariciarla hasta que ella se olvidó de todo excepto de él.

La piel de la espalda de Cassidy estaba húmeda. Sus músculos se ondulaban bajo las manos de ella. Las introdujo en los tejanos de él y tomó su trasero entre las manos, empujándolo contra ella. Él murmuró de placer. Se besaron. Los labios de él sabían a almizcle, a algo prohibido. Ella los lamió con delicadeza, luego con avidez.

Él asió el pecho de Claire con la palma de la mano y con el dedo pulgar acarició el centro erizado, para luego mesarlo ligeramente entre sus dedos. La espalda de Claire se arqueó fuera del colchón. Contuvo la respiración y pronunció su nombre. El primer clímax solamente había sido un aperitivo. Esta vez, cuando llegó al orgasmo, se sintió como si formase parte de un castillo de fuegos artificiales. Se encontró envuelta en chispas feroces y cayó a través del espacio por lo que le pareció la eternidad, antes de que la chispa final se extinguiera.

Momentos después, Cassidy se permitió llegar al orgasmo. La abrazó con fuerza y le llenó el oído de mensajes eróticos cuando ella sintió el fluido cálido de él liberarse dentro de su cuerpo.

Saciados, descansaron, la cabeza de él sobre las curvas de los pechos de Claire; ella con las piernas dobladas alrededor de él. Finalmente Cassidy se incorporó y se quitó los tejanos, para luego volver a tumbarse y atraerla hacia él. Claire se acurrucó contra su cuerpo desnudo.

La tormenta había pasado, pero continuaba lloviendo. El trueno lejano le recordaba la noche en que Cassidy la besó por primera vez, la noche en que fueron al hotel Ponchartrain a recoger a Mary Catherine.

Con un escalofrío, Claire apartó aquel pensamiento de su mente. No quería recordar quiénes eran y los papeles opuestos que representaban en un drama de la vida real.

Cassidy percibió su escalofrío y le besó la sien con ternura.

—¿Qué pasa?

—Nada.

—Algo.

Ella suspiró, y en sus labios se dibujó una sonrisa.

—Nunca había practicado sexo tan sucio.

Una risita ahogada se inició en lo más profundo del pecho del hombre, precisamente debajo del oído de Claire.

—Qué bien.

Ella recorrió con la mano las costillas de él, excitada por las sensaciones que le llegaban a través de sus dedos.

—¿Cassidy?

—¿Mmm?

—¿Qué pasará mañana?

Él la obligó a yacer de espaldas, se inclinó sobre ella y le tapó los labios con sus dedos.

—Si ahora hablamos de eso, tendré que marcharme. ¿Es eso lo que quieres? —Le acarició los labios y luego le dio un beso profundo, húmedo, íntimo, entregándole su lengua. Le separó los muslos y se movió contra ella sugestivamente. Volvía a tener una erección.

Ella suspiró.

—No. No te vayas.

19

Andre Philippi estaba emocionadísimo. Yasmine visitaba otra vez su hotel. ¡Yasmine! La criatura más exquisita del mundo.

Daba un paseo rutinario por el vestíbulo cuando la vio entrar. A pesar de que el sol ya se había puesto, llevaba gafas de sol oscuras. Era obvio que no quería que la reconocieran. Si él no hubiera estado tan familiarizado con su rostro, Yasmine podría haber pasado desapercibida incluso ante él. Pero dedicaba más tiempo a contemplar las fotografías de ella que a mirarse a sí mismo en el espejo. Conocía mejor el rostro de ella que el suyo.

Andaba con paso decidido mientras se dirigía hacia la hilera de ascensores. Había uno abierto. Andre se apresuró a entrar para reunirse con ella antes de que empezara a subir.

—Bienvenida, Yasmine. —Le hizo una rápida reverencia.

—Hola, Andre. —Sonrió, se quitó las gafas de sol y las introdujo en su enorme bolso—. ¿Cómo estás? Hacía siglos que no te veía.

Claire los había presentado hacía varios años, en una cena íntima que ella había organizado. Desde entonces se habían visto en numerosas ocasiones. No obstante, a Andre siempre lo emocionaba y halagaba que ella lo considerara un amigo.

—Estoy bien. ¿Y tú?

—No puedo quejarme. —Pareció que su sonrisa se congelaba cuando pronunció aquellas palabras, como si no fueran completamente sinceras.

—¿Estás en la ciudad para trabajar en el catálogo?

—Estamos en Misisipí haciendo las fotografías para el catálogo de primavera. Sólo he venido para pasar aquí la velada.

Andre nunca preguntaba a un huésped la razón de su estancia en el hotel. Eso habría significado traicionar su política, que garantizaba la absoluta intimidad por encima de todo.

—¿Cómo está Claire?

—Francamente, estaba hecha un manojo de nervios cuando me marché esta tarde —contestó Yasmine.

—Oh, Dios mío. ¿Es que Mary Catherine...?

—No, no tiene nada que ver con su madre.

Él guardó silencio cortésmente, esperando que Yasmine le expusiera la causa de la aflicción de su amiga común sin tener que preguntárselo.

Yasmine premió su discreción.

—Supongo que la presión del trabajo la afectó hoy más de lo normal. Ya conoces a Claire. Nunca explota, y ésa es la manera más sana de volverse loco. Se limita a hervir a fuego lento y en silencio, y hace que todos los que están a su alrededor se sientan fatal.

Andre intuyó que había habido un conflicto entre aquellas dos mujeres que él apreciaba y admiraba tanto y respondió con diplomacia.

—Estoy seguro de que el catálogo será digno del esfuerzo que le habéis dedicado.

—Sí, supongo que sí. —La falta de entusiasmo de Yasmine era evidente.

—¿No es verdad que el aspecto creativo del catálogo siempre produce ansiedad? —preguntó, con educación.

—Esta vez más que de costumbre.

—¿Y eso por qué?

—Por Cassidy.

Andre palideció.

—¿Quieres decir que está allí?

—Sí. Siguió a Claire a Rosesharon y se ha convertido prácticamente en un habitual de las sesiones.

Nervioso, se humedeció los labios.

—¿Por qué diablos la está acosando de esta manera?

El ascensor había llegado al piso correspondiente. Andre salió con Yasmine y empezaron a andar juntos por el pasillo alfombrado del hotel.

—Todavía sospecha que Claire asesinó a Wilde.

—¡Pero eso es absurdo! —Andre vaciló, como si su corazón se hubiera caído al suelo de golpe y hubiera tropezado con él.

—Oh, Dios mío. Es terrible. Y todo por mi culpa. —El sudor empezó a brotar de su frente. De su bolsillo superior extrajo un pañuelo inmaculado de hilo y se secó las gotas de sudor—. Si no hubiera caído en su trampa e identificado a Claire como la persona que había hecho aquella llamada grabada...

—¡Vamos! —Yasmine le colocó una mano compasivamente en el hombro—. Claire me dijo lo trastornado que estabas cuando sucedió aquello. Escucha, Cassidy es un tipo listo. De una manera u otra habría descubierto que Claire estaba aquí, en el Fairmont, la noche que dispararon a Jackson Wilde. Tú no revelaste nada que él no hubiera descubierto antes o después.

Ella bajó la voz hasta adoptar un tono confidencial.

—Si quieres saber lo que pienso, creo que Cassidy está más interesado en demostrar que Claire es inocente que culpable.

—Es que lo es —se apresuró a decir Andre—. Claire estuvo aquí aquella noche para recoger a Mary Catherine y nada más. Lo juraría ante un tribunal. Yo haría cualquier cosa para proteger a un amigo.

—Tus amigos cuentan con eso.

A Andre aquel comentario le pareció enigmático e inquietante. Quería volver a insistir en el hecho de que creía que Claire era inocente, pero Yasmine empezó a alejarse.

—Espero que pronto podamos vernos con más tiempo, Andre.

Él le tomó la mano, se inclinó y se la besó.

—*Au revoir*, Yasmine. Tu belleza incandescente proyecta luz sobre todos los que te rodean.

Aquella sonrisa que la había hecho famosa apareció en su rostro.

—¡Vaya con el puñetero! ¡Pero si eres un poeta!

—Lo confieso —admitió tímidamente. Ella nunca llegaría a enterarse de cuántas horas dedicaba a componer odas a su belleza y encanto.

Ella le acarició la mejilla con la palma de la mano.

—Eres un verdadero caballero, Andre. ¿Por qué no podrían ser todos los hombres tan bondadosos, considerados y leales como tú? —La sonrisa de Yasmine se volvió triste. Retiró la mano, y acto seguido se dio la vuelta y se alejó. Él no la siguió. Eso hubiera sido impropio. Sin embargo, esperó a que alguien le abriera la puerta de una habitación tras llamar y decir su nombre en voz baja.

Andre no envidiaba al hombre que la esperaba al otro lado de la puerta. Su amor por Yasmine no era sexual. Ese amor se originaba en el alma y se hallaba en un plano más elevado que el del reino físico. Con todo su corazón deseaba que ella experimentara amor y felicidad en sus diversas facetas, viniesen de donde vinieran.

Regresó al ascensor prácticamente flotando, en un estado de euforia. Yasmine le había tocado la mejilla con cariño. Había sentido su mano suave y refrescante, como las caricias de su madre cuando era un muchacho. También había algo en sus ojos que le recordaban a su madre... un patetismo familiar que guardaba perfectamente bien en la memoria. Sin embargo, apartó aquel pensamiento de su mente y no permitió que amargara el gozo burbujeante del momento.

—¡Mamón hijo de puta! ¡Follamadres! —Yasmine puso como un trapo sucio a Alister Petrie con una letanía de obscenidades.

—Un lenguaje encantador, Yasmine.

—Cierra tu boca mentirosa, jodido hijo de puta.

La furia irradiaba de ella como las ondas incandescentes de una estufa. Su cuerpo estaba tenso y congestionado de rabia. Lanzaba llamas desde las profundidades de sus ojos.

—Nunca has tenido la intención de abandonar a tu esposa, ¿verdad?

—Yasmine, yo...

—¿La has tenido?

—Durante un año de elecciones, sería suicidarse políticamente. Pero eso no quiere decir...

—Maldito embustero. Asquerosa rata de mierda maloliente. Te mataría.

—Por el amor de dios.

Alister se pasó los dedos por los cabellos. Aún estaba desgreñado porque habían hecho el amor de forma casi tan feroz como ahora discutían. Se habían empujado, sacudido, apretujado y peleado como si se tratase de una contienda y no de un acto de amor.

—Estás exagerando —dijo él en tono conciliador, tratando de prevenir otro estallido de sus violentos chillidos—. Esto es sólo una separación temporal, Yasmine. Sería mejor...

—Lo mejor para ti.

—Lo mejor para los dos si lo dejamos durante un tiempo, al menos hasta después de las elecciones. Yo no estoy rompiendo nuestra relación definitivamente. ¡Dios mío! ¿Tú crees que deseo algo así? Pues no. Tú eres mi vida.

—¡Y una mierda!

—Te juro que una vez hayan pasado las elecciones, yo...

—¿Tú, qué? ¿Me bendecirás con unas cuantas horas íntimas de sexo cada semana o algo por el estilo? ¿Durante cuánto tiempo? ¿Durante toda la vida? Que te den por el culo, congresista, yo no me conformo con esa mierda.

—No espero que eso te haga feliz. ¡Dios mío!, me sentiría destrozado si así fuera. —Abrió los brazos en un gesto de súplica—. Lo que espero es un poco de comprensión. Mi agenda es una pesadilla, Yasmine. Estoy bajo presión constante.

—Cariño, tú no sabes lo que es presión. —La voz de Yasmine tembló como si fuera un presagio—. Cuando yo haya acabado contigo, ese culo flaco que tienes no valdrá una mierda ni en este Estado ni en ningún otro. Tu negrita está harta de joder contigo. La fiesta ha terminado, cariño. Ahora te toca pagar.

Yasmine se dirigió hacia la puerta y él corrió apresuradamente tras ella.

—¡Espera, Yasmine! Déjame que te lo explique. No estás siendo razonable. —La cogió por los hombros y le hizo dar la vuelta—. Por favor. —La voz de él se quebró en un sollozo—. Por favor.

Yasmine desistió de salir de la habitación, pero sus ojos aún ardían como teas al rojo vivo. Alister tragó aire y parpadeó con rapidez, con el aspecto de un hombre desesperado que suplica para que se aplace su ejecución.

—Yasmine, querida —empezó a decir, vacilante—, tienes que concederme un poco de tranquilidad. Prométeme que no llevarás lo nuestro a la prensa.

Las palabras atravesaron a Yasmine como lanzas, abriéndole cavidades de dolor y agravio.

—A ti no te importa una mierda lo que siento, ¿verdad? ¡Tú solamente piensas en ti mismo y en tu jodida campaña electoral!

—No quería decir eso. Yo...

Yasmine lanzó un grito salvaje, se abalanzó sobre él y le clavó las uñas en la mejilla, de la que empezó a brotar sangre de cuatro arañazos largos. Con la otra mano le arrancó varios mechones de cabello.

Durante un momento Alister se quedó demasiado desconcertado para moverse. Luego, al sentir el dolor, gritó y se llevó la mano a la mejilla.

—¡Estás loca! —gritó cuando retiró su mano chorreando sangre—. Eres una jodida demente.

Yasmine se detuvo unos segundos para constatar el asombro y la congoja del hombre, y luego salió en tromba de la habitación. De camino hacia el ascensor se encontró con un hombre y una mujer en el pasillo del hotel. Estos la miraron y la evitaron. Ella se dio cuenta entonces de que las lágrimas manaban a torrentes de sus ojos y de que llevaba la blusa abierta.

Se la abrochó sin mirar y se la volvió a meter dentro del cinturón cuando bajó en el ascensor hasta la calle. También volvió a colocarse las gafas de sol. Mientras atravesaba el vestíbulo del Fairmont mantuvo la cabeza baja. Divisó a Andre por el rabillo del ojo, pero no se detuvo ni le animó a que se le acercara cuando salió del edificio. Recogió la camioneta alquilada de Claire del aparcamiento y se dispuso a atravesar la calle Canal.

Era un atardecer suave. Mucha gente iniciaba ya el fin de semana. Las calles del barrio Francés estaban abarrotadas de turistas que entorpecían el tráfico motorizado y colapsaban las angostas aceras. A Yasmine le costó encontrar un lugar para aparcar el vehículo y finalmente lo dejó en una zona prohibida. Todavía tenía que andar varias manzanas por la Rue Dumaine para llegar a su destino. Evitó que sus ojos se encontraran con los de otras personas e hizo cuanto estaba en su mano para no llamar la atención.

El lugar todavía estaba abierto, pero si no hubiera sabido que estaba allí, nunca lo habría visto. Algunos clientes curioseaban entre las estanterías las hierbas que se convertirían en amuletos y pociones.

—Desearía ver a la sacerdotisa —dijo Yasmine, en voz baja, a la dependienta, que estaba fumando un porro. La *hippy* entrada en años salió y regresó poco después indicando a Yasmine que la siguiera.

La Sala de las Transformaciones estaba separada de la tienda por una polvorienta cortina de terciopelo de color castaño. Las paredes estaban decoradas con máscaras africanas y esculturas de metal llamadas vé-vé, que evocaban a espíritus poderosos. En una esquina había una cruz de madera de gran tamaño, pero no era un crucifijo tradicional. Enroscada alrededor de poste de madera estaba Damballah, la serpiente, el espíritu más poderoso. En el interior de una jaula de alambre situada en la esquina opuesta había una serpiente pitón que representaba a Damballah. La serpiente se usaba en los rituales vudús que se celebraban en los terrenos pantanosos situados fuera de la ciudad. Sobre el altar había estatuas de santos cristianos, fotografías de personas que aseguraban haber recibido la bendición de los espíritus, velas que parpadeaban, varitas de incienso encendidas, talismanes y huesos y cráneos de animales.

La sacerdotisa estaba sentada en una especie de trono contiguo al altar. Era inmensa y sus enormes pechos se solapaban sobre un vientre formado por varios rollos de grasa. Su gran cabeza estaba envuelta en un turbante. Docenas de cadenas de oro colgaban de su cuello corto y grueso. De al menos la mitad de las cadenas pendían talismanes, relicarios y otros amuletos. Tenía las manos tan grandes como guantes de béisbol. Varios anillos resplandecían en cada dedo. Aquella mujer alzó una de sus manos gigantes e indicó a Yasmine que se acercara.

La sacerdotisa era de Haití, y tan negra como el ébano. Su rostro redondo y ancho estaba grasiento y brillaba por el sudor. En un estado como de trance observó a su visitante a través de ojos soñolientos de pesados párpados, tan pequeños y brillantes como botones de ónice.

Yasmine se dirigió a ella con más reverencia que la que un católico devoto emplearía para dirigirse a un cardenal.

—Necesito su ayuda.

El humo denso del incienso era embriagador. Yasmine sintió que se le iba la cabeza, algo que siempre le ocurría cuando visitaba aquel antro de magia negra. Parecía que de la sacerdotisa, de su parafernalia y de las lóbregas sombras de cada rincón emanaban poderes oscuros.

Con voz apagada y monótona, Yasmine habló a la sacerdotisa de su amante.

—Me ha mentido muchas veces. Es un hombre malvado. Debe ser castigado.

La sacerdotisa asintió con la cabeza con expresión de sabiduría.

—¿Tienes algo de él?

—Sí.

La sacerdotisa levantó una mano llena de anillos y de repente apareció una ayudante, que ofreció a Yasmine un pequeño tazón de loza. Yasmine sacó el tejido humano y las pizcas de sangre seca de debajo de sus uñas y echó cuidadosamente las partículas en el interior del tazón. A continuación extrajo los mechones de cabello de Alister que todavía llevaba enredados entre los dedos de la mano izquierda y los echó también en el tazón.

Luego alzó la mirada hacia la sacerdotisa. Las luces parpadeantes de las velas se reflejaron en sus ojos color ágata, dándoles un aspecto semejante a los de un animal. Sus labios apenas se movieron, pero su mensaje siseante fue claro.

—Quiero que sufra mucho.

Belle Petrie esperaba a Alister en el vestíbulo cuando éste llegó a su casa de estilo neoclásico situada a orillas del lago Ponchartrain. Los niños habían cenado temprano y ya se habían ido a la cama. Antes de marcharse a casa, el ama de llaves y cocinera que trabajaba allí todo el día, había dispuesto la mesa para la cena con la mejor vajilla y había colocado flores frescas en el centro de la mesa.

Belle iba vestida con un pijama de salón de seda color púrpura que crujió contra sus piernas cuando se dirigió a saludar a su marido.

—¡Dios mío! ¿Te lo ha hecho ella? —exclamó Belle mientras le examinaba los arañazos de la mejilla; en su voz no había compasión, tan sólo sorpresa.

—¿Satisfecha, Belle? Estos arañazos demuestran que he hecho lo que te prometí.

—¿Le dijiste que todo se había acabado para siempre y le advertiste que no nos molestara más?

—Exactamente. Y luego cargó contra mí como una maldita pantera.

Cuando Belle profirió un sonido de desdén y agitó la cabeza aunque apenas se despeinó un solo cabello de su corte estilo paje.

—Sube y ponte agua oxigenada en estos arañazos mientras sirvo el vino de la cena.

—No tengo hambre.

—Por supuesto que tienes hambre, querido —dijo ella con una sonrisa falsa—. Date prisa y arréglate la cara. Y baja enseguida, que te estaré esperando.

Alister se tomó aquella sugerencia como lo que era, la manera de comprobar si él obedecía. Con su acostumbrada sutileza, estaba estableciendo los términos bajo los cuales permanecería junto a él, financiaría la campaña y no lo pondría en evidencia como el marido embustero e infiel que era. De allí en adelante, ella escribiría, produciría y dirigiría aquella comedia. Si él quería jugar, debía aceptar su papel y representarlo al pie de la letra.

¿Qué otra opción le quedaba que aceptar sus condiciones, aunque fueran tan poco gratas? Por supuesto, le seguiría el juego durante un tiempo; no le quedaba más remedio que conformarse hasta pasadas las elecciones. Luego, si deseaba continuar su aventura con Yasmine o iniciar una nueva con otra mujer, lo haría sin pensárselo dos veces. Sólo porque lo hubieran cogido una vez, no significaba que tuviera que vivir el resto de su vida como el perrito faldero castrado de Belle. Por el momento, sin embargo, era más prudente fingir.

—Bajaré enseguida.

Arriba, examinó su rostro en el espejo del cuarto de baño. Las heridas todavía estaban frescas, en carne viva, y sangraban. ¿Cómo demonios lo iba a justificar ante su personal y el comité electoral? ¿Y ante la prensa y el electorado? ¿Iba a decir que se había arañado con una rama de árbol? ¿Un nuevo gatito travieso? ¿Quién demonios se lo creería?

Por otra parte, para contradecirlo tendrían que acusarlo de mentir y probarlo. Entonces, ¿por qué estaba preocupado? Aceptarían su palabra porque no tenían otra alternativa.

No se sentía ni siquiera remotamente preocupado de que Yasmine lo lanzara a los sabuesos de la prensa como si se tratase de un trozo de carne fresca. Es cierto que había experimentado un momento de inquietud cuando ella lo miró de aquella manera que hizo que se le helase la sangre en las venas. Pero cuando la mujer se serenara y volviera a entrar en razón, cambiaría de opinión y desistiría de buscar venganza. Después de todo, lo amaba. El amor de ella había sido una maldición que ahora podría convertirse en una bendición. No haría nada para destruir su carrera política, porque probablemente vivía la fantasía de que un día ella acabaría siendo la señora del congresista Petrie.

Además, Yasmine era excesivamente orgullosa. No podía airear su aventura sin quedar también en ridículo. Tenía una carrera que salvar, un negocio que proteger y unos acreedores a los que apaciguar. Lo último que deseaba o necesitaba Yasmine era un escándalo.

¿Pero qué ocurriría si su deseo de venganza era más fuerte que su sensatez? ¿Qué pasaría si ella cantaba?

Alister se encogió de hombros ante su imagen reflejada en el espejo. ¿Y qué? El alboroto público provocado por un escándalo tan manifiesto le haría más daño a ella que a él. Lo único que él tenía que hacer era sentarse cómodamente, mantener unidas sus manos con las de Belle y negar con vehemencia cualquier acusación que hiciera Yasmine. ¿A quién iba a creer la gente? ¿A una mujer de Harlem, histérica, moralmente depravada y prácticamente arruinada o a un caballero sureño rico, emocionalmente estable y felizmente casado?

Con todo eso resuelto en su mente, su ánimo era casi boyante cuando bajó las escaleras. Belle lo besó dulcemente e hizo una mueca de preocupación por la mejilla herida de su marido.

—Ya ha acabado todo —dijo ella, y le ofreció un vaso de vino blanco perfectamente frío—. Cuéntame cómo has pasado el día. —Le sirvió una cena ligera a base de ensalada de cangrejo sobre tostaditas, tajadas de melón, diminutos tomates marinados y sorbetes de frambuesa.

Ya en la sobremesa, ante sus tazas de café, algo chocó violentamente contra la ventana del comedor. Aterrizó con pesadez, con un estrépito que hizo vibrar la gran cristalera.

—¿Qué demonios ha sido eso? —Alister giró la cabeza.

Belle se levantó de un salto de su silla y ésta cayó hacia atrás. Alister se quedó boquiabierto de horror al contemplar la sangre fresca y los majarones aplastados sobre el cristal.

Belle se tapó la boca con la mano para no vomitar.

—¡Dios mío! —jadeó Alister—. Quédate dentro.

—Alister...

—¡Quédate dentro!

Nunca había sido demasiado valiente, conque no fue tanto el valor como la rabia lo que lo impulsó a cruzar la puerta principal de su casa y salir al jardín sumamente bien cuidado. Calle abajo oyó el chirrido de unos neumáticos, pero sonaban demasiado lejos y estaba demasiado oscuro para ver la marca del coche o leer la matrícula.

Se acercó a la ventana del comedor con cautela y temor. Contemplar aquello desde ese lado del cristal salpicado de sangre lo hacía incluso más fantasmal, más real. Podía oler la sangre. Una mancha de Rorschach procedente del infierno.

Se inclinó hacia el otro lado del parterre de flores para inspeccionarlo más de cerca, perdió el equilibrio, cayó entre los arbustos situados bajo la ventana y aterrizó encima de un pollo muerto. Le habían cortado el cuello. El corte era reciente, ancho y muy abierto. Las plumas estaban mojadas y brillaban por la sangre oscura.

El congresista lanzó un grito.

Se puso en pie con dificultad, se debatió para salir de los arbustos y subió los peldaños de la entrada dando traspiés. Una vez a salvo en el interior, cerró la puerta principal de un portazo y puso los cerrojos. Frenéticamente, marcó la combinación de la alarma de seguridad en el panel.

Belle, que se había recuperado de la conmoción inicial, le pidió una explicación:

—¿Quién ha hecho esta asquerosidad en la ventana de nuestro comedor? ¿Te das cuenta de lo que va a costar sacar eso de ahí?

Él deseaba sacudirla hasta que sus dientes blancos y perfectamente rectos castañetearan.

—¿No comprendes lo que significa esto? Quiere verme muerto.

—¿Quién?

—Ella.

—¿Tu antigua amante?

Él asintió, tartamudeando.

—Ella... ella me ha echado una maldición.

—Por el amor de Dios, Alister, contrólate. Te estás poniendo en ridículo.

Él sacudió la cabeza de forma frenética.

—Eso es cosa de la policía. —Belle, siempre fría, se dirigió hacia el teléfono del vestíbulo.

—¡No! —Él arremetió contra el auricular y arrancó el cable de la pared—. No.

—Alister, no te estás comportando racionalmente. ¿Qué es lo que tanto te aterra?

Él gruñó una sola palabra.

—Vudú.

20

Yasmine irrumpió en la habitación unos cuantos minutos antes de las seis. Abrió de golpe la puerta del dormitorio, entró con paso firme y se detuvo al ver a Claire acurrucada contra Cassidy entre las sábanas de la cama individual.

—¡Mierda!

La palabrota despertó a Claire de su sueño profundo. Se incorporó, se apartó el pelo de los ojos y agarró la punta de la sábana para taparse los pechos, que estaban sonrosados y sensibles después de haberse pasado la noche haciendo el amor. Al notar que Claire se movía de repente, Cassidy se colocó boca arriba.

—¿Qué pasa? —Siguió la mirada asombrada de Claire hasta encontrar a Yasmine, quien los miró durante unos segundos embarazosos antes de darse la vuelta en redondo y marcharse, cerrando la puerta ruidosamente tras de sí.

—Ha pasado algo. —Claire cogió su camisón, que estaba arrugado a los pies de la cama.

—¿Qué quieres decir? ¿Ha pasado algo con qué? ¿Qué hora es? —Cassidy se incorporó sobre los codos y agitó la cabeza, aturdido.

—A Yasmine le ha pasado algo.

—¿Claire?

Se puso una bata encima del camisón. Al pasar disparada junto a la cama camino de la puerta, Cassidy sacó la mano y la cogió del brazo. Luego dirigió sus ojos soñolientos hacia ella. Claire sabía qué significaba esa mirada, y eso provocó ráfagas nerviosas de placer en su vientre.

—No puedo —murmuró ella con voz llena de sentimiento—. Yasmine me necesita.

—Y yo te necesito.

—Ya me has tenido —le recordó ella con una sonrisa tímida.

—No he tenido suficiente.

Luchando entre la lealtad y el deseo, Claire echó una ojeada a la puerta y luego lo miró a él.

—Tengo que saber lo que le pasa, Cassidy.

—Está bien —gruñó él—. Pero soy mal perdedor. —Levantó la mano de ella hasta su boca y le besó provocativamente la palma de la mano—. Vuelve deprisa.

—Te lo prometo.

El pasillo estaba envuelto en la luz gris violácea del alba. Claire se dirigió a toda prisa a la escalera y bajó de puntillas, para no despertar a nadie. Echó un vistazo rápido a los salones dobles, pero no vio a Yasmine. Estaba a punto de entrar en el comedor cuando percibió movimiento cerca del bar. Cambió de dirección y se reunió allí con Yasmine.

La ex modelo tenía una botella en la mano.

—¿Quieres beber?

—Yasmine, ¿qué pasa?

—¿A ti qué te importa? Por tu aspecto, diría que has pasado una noche increíble en tu camita. Desnudita y acurrucadita con el detective, ¿no es cierto? Mmmmmm. Imagínatelo.

—No es detective y no estás siendo justa. ¿A ti qué te importa si yo me acuesto con Cassidy?

Ella se giró, sosteniendo un vaso largo lleno de vodka.

—Nada. Es verdad. En realidad, no me importa una mierda a quién jodes.

—Con quién jodo —la corrigió Claire—. Si vas a insultarme, al menos hazlo correctamente.

Yasmine dejó el vaso sobre la barra con un fuerte golpe. Trató de reprimir su ira, pero no pudo. Esbozó una sonrisa con las comisuras de los labios.

—Claire Louise Laurent, siempre tan asquerosamente remilgada y correcta. —Sonrió durante unos instantes y luego su rostro se desinfló como un *soufflé*. Bajó la cabeza, se cubrió el rostro con las manos y empezó a sollozar.

Claire la rodeó con un brazo y la condujo hasta uno de los taburetes tapizados del bar.

—¿Qué pasa, Yasmine? —preguntó Claire mientras le acariciaba el cabello hacia atrás—. Para que tú te comportes de una forma tan desagradable debe de haber sucedido algo horrible.

—El cabrón me ha dado la patada.

Claire ya se lo temía. Finalmente había sucedido lo inevitable. Hacía ya mucho que ella sabía que era cuestión de tiempo que el amante casado de Yasmine la plantara, y temía la llegada de ese día. Atrajo la cabeza de su amiga hacia su hombro y dejó que lo usara como almohada mientras lloraba.

—Ese hijo de puta me ha estado mintiendo desde el principio —dijo Yasmine, con la voz tomada por las lágrimas—. Jamás tuvo el propósito de separarse de su mujer. Jamás tuvo la intención de casarse conmigo ni de vivir conmigo. Oh, Claire, he sido tan estúpida. Tan puñeteramente estúpida. —Golpeó el borde de la barra con los puños una y otra vez—. ¿Cómo he podido dejar que semejante imbécil me la jugara?

—El amor distorsiona nuestro juicio. Nos obliga a

hacer cosas que sabemos que nos perjudican. Y, sin embargo, las hacemos.

Yasmine se sentó erguida y se limpió la nariz con el borde de la blusa.

—Incluso me hizo el amor anoche antes de darme la noticia. ¿Has visto qué jeta tiene? Cuando llegué allí, prácticamente se tiró encima de mí. Me dijo que estaba muy guapa, que los días que habíamos estado separados le habían parecido un infierno. Jodimos como conejos, a lo bestia y rápido. —Lágrimas gemelas brotaron de sus ojos y se deslizaron por sus mejillas perfectas—. Yo lo quería, Claire.

—Lo sé. Y lo siento.

—Si miro hacia atrás no entiendo cómo me pude creer sus mentiras. A pesar de que yo fantaseaba con la idea, no me lo imagino luciéndome en Washington.

—¿Washington?

Yasmine soltó una carcajada.

—Esto le podría costar un voto, pero qué más da. ¿Por qué no puedes saberlo ahora? Mi hombre misterioso era el congresista Alister Petrie.

Claire repitió lentamente:

—Alister Petrie.

—¿Lo conoces?

—No, personalmente no. Pero conozco a su esposa, a Belle. Le hice algunas cosas para su ajuar cuando se casaron. Entonces yo trabajaba por encargo. Una de mis amigas me recomendó a ella.

—¿Cómo es?

—Oh, Yasmine, olvida...

—Por el amor de Dios, Claire, compláceme. ¿Cómo es?

—Bonita. Rubia. Delg...

—No es eso lo que quiero decir. Ya sé qué aspecto tiene.

—¿La conoces?

—La he visto. —Las cejas de Claire se arquearon con curiosidad—. Sí, los he espiado un par de veces —admitió Yasmine con impaciencia—. He hecho todas las cosas que una queridita buena se supone que no tiene que hacer. Me quejé. Le exigí cosas. Le di ultimátums. Le supliqué. Le monté escenas. Llamaba a su casa a medianoche sólo para oír su voz cuando contestaba el teléfono. Todas esas estupideces.

»Desde que empezó la campaña para la reelección, ha tenido menos tiempo para estar conmigo. Cuanto menos tiempo pasábamos juntos, más lo acosaba yo. Ésa es una de las razones por las que Alister se cabreó, supongo. Me arriesgaba a que nos pillaran. Él tenía miedo de que Belle se enterara. O puede que se enterase. ¿Quién sabe? Ahora ya no me creo ni una palabra de lo que diga ese jodido embustero.

—Comprendo por qué se sintió atraído hacia ti. Eres tan diferente de ella...

—¿En qué aspecto?

—En todos —replicó Claire—. A mí no me caía bien. Proviene de la aristocracia y se asegura de que todo el mundo se entere. Es fría y arrogante. Presumida. Intolerante. Y yo diría que desapasionada.

—Tal vez en eso no me mintió —murmuró Yasmine.

—Es aventurado decirlo —contestó Claire, vacilante—. Y tú no me vas a creer, pero es cierto. —Cogió las manos de Yasmine y las estrechó entre las suyas—. La relación no era buena o tú no te habrías sentido tan desgraciada durante todo este tiempo. Estarás mejor sin él.

Yasmine sacudió la cabeza.

—No, Claire, estás equivocada. Soy muy desgraciada. En realidad, mi vida entera está arruinada.

—¡Eso no es cierto, Yasmine!

—Es obvio que te has olvidado de mis desastres financieros. El dinero que me pagaste por aquel paquete de acciones no llegó a cubrir ni una ínfima parte de lo que debo a mis acreedores.

—Eso cambiará. Dale tiempo al tiempo. Eres hermosa y posees talento, Yasmine —le dijo ella sinceramente—. Miles de mujeres se cambiarían por ti en un instante. En este momento tienes el corazón destrozado, pero lo superarás.

Los ojos de Yasmine se achicaron y se levantaron en los extremos, lo que le confirió una mirada felina y calculadora.

—Tengo el corazón destrozado, pero no voy a sufrir sola. —Retiró las manos de las de Claire, metió la mano en su bolso y sacó un objeto que hizo retroceder horrorizada a Claire.

—¡Dios mío, Yasmine! ¿Qué haces con esa cosa?

El muñeco vudú era una efigie grotesca del congresista. Ella sostuvo el muñeco en alto y lo contempló orgullosa.

—¿Ves ese pelo que tiene en la cabeza? Es pelo de verdad de Alister. Eso le da más fuerza al hechizo. Y esto —dijo ella, señalando el pene rojo de exagerado tamaño que sobresalía de la entrepierna del muñeco—, bueno, tú ya sabes lo que representa.

Claire estaba horrorizada.

—No hablas en serio, ¿verdad? Unas cuantas velas y amuletos, muy bien, son inofensivos. Pero no puedes creer en serio en hechizos y magia negra.

Yasmine se volvió hacia ella, furiosa.

—¿Por qué no? Tú crees en el parto de una virgen, ¿no es cierto?

Discutir sobre religión era algo inútil. Claire no quería enzarzarse en ese tema, sobre todo ahora que su amiga era emocionalmente frágil. Tuvo la prudencia de guardar silencio mientras contemplaba con fascinación, y horrorizada, cómo Yasmine dejaba el muñeco encima de la barra y se metía la mano en la blusa. Se sacó un amuleto de plata que colgaba de una cadena que llevaba alrededor del cuello. El amuleto consistía en una esfera hueca con filigranas. Estaba llena de una sustancia que Claire no pudo identificar, pero que olía a hierbas.

—Llevando esto cerca de mi cuerpo —dijo Yasmine con voz amenazadora— puedo controlar sus pensamientos. No podrá apartarme de su mente. Lo acosaré día y noche. Haré que se vuelva totalmente loco.

—Yasmine, me das miedo.

Yasmine soltó una risa gutural en voz baja.

—Tu miedo no es nada comparado con el que experimentará Alister antes de que yo haya terminado.

—¿Qué quieres decir con «terminado»? Yasmine, ¿qué te propones hacer?

Haciendo caso omiso de la pregunta, dijo:

—Mira, Claire. Observa. Aprende. Por si alguna vez quieres echarle una maldición a alguien.

Volviendo del revés el cuello de su camisa, dejó al descubierto una hilera de alfileres largos y siniestros. Sacó uno y lo colocó a un lado el tiempo suficiente para encender una cerilla de la caja que estaba encima de la barra. Pasó la cerilla a lo largo de todo el alfiler hasta que éste estuvo tan caliente que a ella le costaba sostenerlo en la mano. Luego se lo clavó al muñeco en el pene rojo y repulsivo.

—Buenos días, Alister —murmuró ella—. ¿Has dormido bien? No pienses ni por un momento en hacer el amor con tu insípida mujer. Ni siquiera si yo te la chupara como tú ya sabes se te levantaría ahora, polla fláccida. —Encendió otra cerilla, calentó otro alfiler y se lo clavó al muñeco en el torso.

Claire la asió por los hombros y la sacudió con fuerza.

—¡Basta ya! Esto es ridículo. Practicar el vudú es peligroso y estúpido y no dejaré que mi mejor amiga se engañe con esto. —La volvió a sacudir—. ¿Me estás oyendo, Yasmine?

Parpadeó para humedecer y aclarar sus ojos, como si Claire la hubiera despertado de un trance.

—Por supuesto que te estoy oyendo. —Con una amplia sonrisa preguntó—: No pensarías que lo hacía en serio, ¿verdad?

—Yo... —empezó a decir Claire, titubeando.

Yasmine se rió.

—Te he engañado bien, ¿verdad? —Volvió a guardar el amuleto en su corpiño y el muñeco en el bolso de bandolera.

—No dejes que Cassidy lo vea —dijo Claire—. Estaba interesado en tu muñeco de Jackson Wilde, pero se lo saqué de la cabeza diciéndole que era una broma. Podría reconsiderarlo.

—Vamos, Claire, relájate. Es como si una gitana te leyera la palma de la mano en carnaval. Uno no se lo cree en absoluto, pero es divertido.

Claire todavía no estaba convencida y su expresión debía de revelarlo. Yasmine le lanzó una mirada incrédula mientras cogía su vaso.

—Todo este cuento de la magia negra es un engaño, pero es divertido fingir que podría hacer daño a Alister. ¿Por qué tengo que ser yo la única que sufra? Me sentiría mejor sabiendo que ese hijo de puta también puede sufrir un poco. —Bebió un sorbo—. Bueno, dejemos ya mi vida amorosa. Cuéntame cómo te cameló Cassidy para convencerte de que te bajases las bragas.

En silencio, Claire volvió a entrar en su habitación. Al estar situada en el lado oeste de la casa, todavía estaba en penumbra. Cassidy aún yacía en la cama, tumbado boca arriba, con las manos debajo de la cabeza, y contemplaba el ventilador del techo que giraba lentamente por encima de él. Tenía un perfil llamativo, vigoroso, masculino, con cada facción bien definida. A ella le encantaba la forma de sus labios, y al mirarlos, recordando el sabor que tenían y lo que sintió cuando estaban en contacto con los suyos, suplicantes o exigentes, se le hacía la boca agua.

Sus bíceps eran redondos y duros como manzanas. Suaves pelos oscuros le cubrían las axilas y se extendían por el pecho, que se elevaba sobre un vientre plano y tenso. Desembocaba en una cintura estrecha y una pelvis incluso más estrecha. Su sexo era grande y firme, y Claire lo conocía perfectamente bien ahora que lo había tocado, olido y saboreado.

Trató de borrar de su mente los recuerdos eróticos cuando cerró la puerta tras de sí. Él volvió la cabeza.

—Hola.

—Hola.

—¿Va todo bien?

—Ahora sí. Antes no. Estaba terriblemente trastornada.

—¿Por qué?

—¿Acaso es asunto tuyo?

Él sacó una de las manos de debajo de su cabeza y se apoyó sobre un codo.

—No saques el aguijón, Claire. Era una pregunta de curiosidad cortés.

Ella se sentó en el borde de la cama, pero le dio la espalda.

—Su amante ha roto con ella. Y no me preguntes quién era porque no puedo divulgarlo.

—No tenía la intención de preguntártelo.

—Entonces... muy bien, no tenemos ningún problema.

—¿De verdad? Tal vez me equivoque, pero por tu tono de voz adivino que sí lo tenemos.

Claire se puso tensa.

—Ahora deberías volver a tu habitación. A Yasmine le gustaría ducharse y dormir un par de horas antes de que empecemos a trabajar.

—Esto no tiene nada que ver con Yasmine.

—De acuerdo, es verdad. —Claire se puso en pie de un salto y se volvió para mirarlo frente a frente. Alargó su mano hacia la puertaventana—. Por si no te has enterado, Cassidy, ya ha salido el sol. Es de día.

—¿Y qué más da? ¿Es que te vas a convertir en una calabaza?

—No, pero tú te convertirás en el ayudante del fiscal que quiere cargarme un asesinato.

—¿Cometiste un asesinato?

—No tengo que contestar a esa pregunta.

—Yo preferiría que no la contestaras, si ibas a decir otra mentira.

—Vete.

Él apartó la sábana y saltó de la cama, desnudo y provocador. Recuerdos carnales de la noche anterior se abrieron paso a codazos en la conciencia de Claire. No fueron bien acogidos, pero estaban allí a pesar de todo y ella se vio forzada a hacerles sitio. Al verlo de esa manera, anheló volverlo a acariciar, volver a sentir sus muslos vigorosos contra los de ella, sentir las manos de él acariciándole el cuerpo.

Claire lo observó mientras se ponía los tejanos viejos y descoloridos que llevaba cuando entró en su habitación la noche anterior. Sin embargo, esta vez tampoco se los abrochó. Se habían amoldado tan bien a su cuerpo hacía tanto tiempo que era imposible que se le cayeran.

—¿Por qué no dejas todas esas estupideces sobre Yasmine y su amante secreto y me cuentas de qué va todo esto?

—No sé de qué me estás hablando.

—No. —Apuntó con uno de sus dedos índices a la punta de la nariz de ella—. No te escondas detrás de este desdén arrogante de escuela de señoritas, Claire. Ahora ya sé que es una pose que adoptas cuando te conviene, cuando quieres evitar una confrontación. Anoche conocí a la verdadera Claire. Ahí —prosiguió él, señalando la cama desordenada.

—¿Por eso me llevaste a la cama, para poder así conocerme mejor?

—Sí. En todos los sentidos.

—Qué romántico. Bien, ¿y cuál fue la verdadera razón?

Él le agarró la mano y la introdujo dentro de su bragueta abierta.

—Déjate de estupideces, bésame y en veinte segundos tu memoria se habrá refrescado.

Ella se soltó la mano.

—Estoy segura de que afirmarás que solamente deseabas hacerme el amor.

—Ésa era más o menos la idea, sí.

—No te creo, Cassidy. Siempre me acusas de que miento. Ahora creo que el que está mintiendo eres tú.

Cassidy profirió una carcajada y movió la cabeza, desconcertado.

—¿Qué? ¿Qué ha pasado durante la media hora que has estado fuera?

—He recobrado el sentido —murmuró ella, y movió la cabeza a un lado.

Él le cogió la barbilla entre los dedos y la forzó a girarla de nuevo.

—No me hables en clave.

—Está bien, te seré franca —replicó ella, liberando su barbilla de las puntas de los dedos de él—. Yasmine me ha dicho cosas que me han hecho recapacitar.

—¿Sobre qué?

—Sobre las palabras románticas.

—¿Volvemos a lo mismo?

La pregunta de Yasmine sobre cómo Cassidy había acabado en su cama la había arrancado de aquel estado cálido y confuso de enamoramiento y la había devuelto a la fría realidad. Aunque se sentía cohibida, le preguntó con tono intencionadamente hostil:

—¿Por qué has dormido conmigo esta noche?

—¿No es lo bastante obvio, Claire?

—Tú quieres que lo crea así.

—Nos deseábamos —replicó él.

—Pero tú empezaste.

—Yo no te forcé.

—No, no te acercaste a mí exhibiendo tu placa de identificación, ni con una cartera repleta de documentos oficiales, ni profiriendo amenazas. Eres demasiado listo para actuar así, porque sabes que guardo rencor a la autoridad y me resisto a ella. Así que te acercaste a mí como un hombre a una mujer. Utilizaste mis celos. Sí —continuó ella, gesticulando furiosamente—. Por alguna razón incomprensible, ayer estaba celosa de Yasmine. Te aprovechaste de eso y del ambiente sexual que reina en nuestras sesiones de trabajo.

»Yasmine comentó que ella había sido una estúpida —prosiguió—. La consolé diciéndole que en alguna ocasión todos nos desviamos de nuestro buen sentido y que por lo general es a causa de nuestras libidos.

»Fue entonces cuando caí en la cuenta de que yo sí que me había comportado como una perfecta estúpida. Me cortejaste y me llevaste a la cama con la esperanza de que por la mañana tendrías a tu asesino. Tal vez contabas con romper mis defensas y conseguir una confesión antes del alba.

—¡Oh, por el amor de Dios! —Tras escucharla cada vez con menos paciencia, Cassidy se mesó los cabellos con los diez dedos y luego se puso las manos en las caderas—. ¿Y en qué preciso momento se supone que iba a tener lugar esta confesión, Claire? ¿Durante el juego previo? ¿O crees que en el momento de alcanzar el orgasmo yo confiaba en que gritaras «soy culpable»? No, espera, ya lo tengo. Esperaba que una vez que hubiéramos jodido hasta la saciedad hablarías en sueños, ¿verdad?

—No tiene gracia.

—¡Maldita sea! Tienes mucha razón, no la tiene —gritó él.

—Si tanto deseabas atrapar a tu asesino, ¿por qué ser tan insidioso? ¿Por qué no me has detenido y punto?

—¿No se te ha pasado por la cabeza que esto me crea un conflicto de intereses? Durante semanas he estado luchando. Anoche deseaba hacer el amor contigo más de lo que deseaba una condena.

—Embustero.

Él se dirigió hacia ella, con pasos largos y furiosos.

—Si te crees que la razón por la que deseaba dormir contigo tenía que ver con este caso de asesinato, es que tu memoria es más breve que el tiempo que tardas en correrte.

Claire le propinó una bofetada con la palma de la mano en la mandíbula con barba de días, que sonó con un fuerte chasquido.

—Lárgate.

Cassidy la cogió de la muñeca y la atrajo con violencia hacia él. La rabia hervía en sus ojos. Durante un momento, Claire creyó que le iba a devolver la bofetada. Finalmente habló, pero con labios tensos y firmes que apenas se movieron para formar las palabras.

—Encantado, señorita Laurent.

Antes de cruzar la puertaventana, se volvió.

—¿Sabes lo que realmente te saca de quicio, Claire? Estás cabreada porque me has mostrado tu verdadera personalidad. Estás enfadada porque has bajado la guardia, porque te gustó muchísimo todo lo que hicimos. Te encantó, desde el primer beso hasta el último suspiro. Y la única que miente acerca de eso eres tú... te mientes a ti misma.

—¿Qué quieres que te diga? —dijo ella encolerizada—. ¿Que eres un amante maravilloso? ¿Es que tu ego masculino necesita elogios a la mañana siguiente de echar un polvo? Está bien, te lo diré. Fue maravilloso. Sabías exactamente qué teclas tenías que apretar, sabías cuándo ser agresivo, cuándo pasivo.

—Gracias.

—No es un cumplido. Desarrollar una técnica tan refinada como la tuya te debe de haber costado años de práctica. ¿Con cuántas otras sospechosas te has acostado, eh? ¿Es así como cuentas los casos ganados? ¡No si las has enviado o no a la cárcel, sino si te las has conseguido follar primero!

—Escucha —replicó él con los dientes apretados—. Nunca he tenido que follar para conseguir una condena.

—¿Ah, no?

—No, jamás he tenido que recurrir a los trucos. Soy demasiado bueno en mi trabajo.

—Bueno, pues si es usted tan puñeteramente bueno, señor Cassidy, ocúpese de sus asuntos y salga de una maldita vez de mi habitación.

21

—Estás estupenda. —Joshua Wilde entró despreocupadamente en la habitación de Ariel del hospital empujando una silla de ruedas. Las enfermeras le habían informado de que ya estaba vestida y esperando a que la acompañaran fuera, donde un enjambre de periodistas se apiñaba para hacerle fotografías y preguntas sobre el último episodio de su dramática vida.

Ariel echó los cerrojos a su maleta.

—¿Es imprescindible la silla?

—Son normas del hospital. Además, tiene algo de bíblico.

Ella lo miró frunciendo el entrecejo por encima del hombro.

Josh aceptó con absoluta ecuanimidad el mal humor de Ariel. Aquella mañana estaba extraordinariamente guapo y gallardo. Como de costumbre, vestía su traje de moda con elegancia y su cabello estaba bien peinado y brillante, con una onda amplia cayéndole sobre la frente. Sin embargo, había una ligereza poco habitual en su paso. El descanso de los últimos días le había relajado y rejuvenecido.

A pesar de que Ariel aún llevaba luto riguroso, estaba especialmente atractiva para alguien a quien acababan de dar de alta en el hospital. Habían hecho venir a una peluquera para que le lavara y secara a mano su larga melena rubio platino. Se había aplicado sus propios cosméticos y deliberadamente había omitido cubrir las débiles sombras situadas bajo sus grandes ojos azules. Aquel efecto tan logrado recordaría al público que la adoraba lo dura que había sido su última experiencia.

No se puso especialmente contenta al ver a Josh y estaba decidida a no compartir su alegre estado de ánimo.

—Sonríes como un tonto. ¿A qué viene eso?

—No es nada —respondió amablemente—. Sólo que me siento feliz.

—Mientras yo he estado aquí enjaulada tú debes de haberte pasado el tiempo tocando el piano.

—Prácticamente todo el tiempo. —Hurtó un plátano de un cesto lleno de frutas, le quitó la piel y le dio un gran mordisco—. Y no he tocado ni un canto evangélico.

—Esa basura clásica —murmuró ella, mientras se miraba por última vez en el espejo de la polvera—. Casi estoy contenta de no haber estado allí para oírlo.

—Sonaba bastante bien, si me permites decirlo.

Ella cerró la polvera con un rápido movimiento de su muñeca y la dejó caer dentro del bolso.

—Conserva tus dedos en forma porque dentro de pocos días ya no podrás tocar más por placer. Tendrás que aporrear el piano para tocar cantos evangélicos otra vez.

La sonrisa de Josh se desvaneció. Lanzó la piel del plátano en la bandeja del almuerzo de ella.

—¿Qué quieres decir con «pocos días»? Los médicos dijeron que debías hacer reposo absoluto durante al menos otro mes.

—Me tiene sin cuidado lo que dijeran. A finales de la semana que viene quiero que se programe otra reunión de oración. Habíamos conseguido tanto impulso... y de repente va y me pasa esto. —Dio unos golpecitos sobre su vientre, como si castigara al niño que llevaba dentro—. Hemos de reanudar la marcha. Cuanto antes, mejor. No voy a abandonar hasta que Cassidy o quien se encargue ahora de la investigación procese a alguien por el asesinato de Jackson.

»Y esto será solamente el principio. Me propongo acudir cada día a los tribunales. El juicio será noticia durante semanas, o meses. Yo quiero estar allí todo el tiempo que dure. A la vista. Una figura trágica. Tengo que aprovechar al máximo la publicidad gratuita. ¿Estás listo?

Mientras esbozaba sus planes había ido revisando el cuarto de baño, el armario y los cajones de la cómoda por si se olvidaba de algo. Luego se volvió hacia Josh, quien había permanecido en silencio durante todo su discurso.

—Dejemos las cosas claras —dijo él lacónicamente—. Aún no has aprendido la lección.

—Comeré, ¿de acuerdo? Puedes dejar de incordiarme con ese asunto.

—Pero la bulimia era sólo la mitad del problema, Ariel. Como sigas así sufrirás otro colapso, ¿es eso lo que pretendes?

—No, eso no es lo que pretendo —respondió Ariel con dulzura empalagosa—. No tengo la intención de ir a parar otra vez al hospital, pero no dejaré mis actividades únicamente porque estaba un poco agotada y tuve un pequeño ataque.

—Y ¿qué hay del bebé?

—¿Qué le pasa?

—¿Es mío?

—No —replicó ella con voz irritada y entrecortada—. Es de tu amado y fallecido padre. Él me hizo esta mala pasada —prosiguió, mientras los ojos le brillaban de malicia.

—¿Estás segura?

—Sí. Tú siempre usas condones. Él nunca lo hacía. El muy hijo de puta.

—¿No deseabas un hijo?

—¡Joder, no! ¿Me has tomado por loca? ¿Para qué iba a querer tener un crío y renunciar a todo por lo que he estado luchando?

—Pero papá deseaba un hijo.

—Oh, naturalmente —contestó ella en tono cáustico—. Ya sabes cómo era. Él y su ego monstruoso. Quería un pequeño Jackson Wilde en el que verse reflejado como en un espejo. —Contempló a Josh con desprecio—. Su primer hijo fue una decepción para él.

Josh bajó los ojos hacia sus manos largas y esbeltas de músico; no había modo de rebatir aquella odiosa verdad.

—Me daba la lata para tener un crío —prosiguió Ariel—. Decía que sería bueno para nuestra imagen y que reforzaría la congregación. Que seríamos más populares que la familia del presidente, decía.

»Yo intenté quitárselo de la cabeza, pero, como de costumbre, el hijo de puta dijo la última palabra. Apostaría a que ahora se estará riendo de mí como un condenado. —Miró hacia el suelo y dio una patada, como si se la dirigiera a su marido, en el infierno—. Te odio, hijo de puta.

—¿Cuándo descubriste que estabas embarazada, Ariel?

Se sacudió la melena por encima de los hombros y miró a su melancólico hijastro.

—Me enteré la noche en que me desmayé, una hora después de que me trajeran aquí y me examinaran.

—¿No lo supiste hasta entonces?

Ariel irguió la cabeza y le dirigió una mirada perspicaz.

—¿Qué insinúas?

—¿Sospechabas que estabas embarazada antes de que papá... muriera?

Ella le volvió la espalda y cogió su monedero.

—¿Y eso qué más da? Él me dejó embarazada. Si viviera, yo tendría que cargar con un crío. Afortunadamente ahora no está en posición de impedirme que lo pierda.

Josh la obligó a volverse con tanta rapidez que el cuello de Ariel crujió ruidosamente.

—¿Perderlo?

Ella se desasió de sus manos.

—No seas ingenuo, Josh. Si crees que voy a renunciar a mi carrera de predicadora de televisión por pañales sucios y papillas de verduras, es que estás muy equivocado. No quiero ningún crío. Nunca lo he querido. —Sonrió con aire satisfecho—. Ésta es una discusión que Jackson se va a perder.

—¿Has pensado en lo impopular que te harás entre tu rebaño de fieles si por algún motivo se enteran de que has abortado?

—No soy tan estúpida —replicó ella—. Todos los que vieron la televisión la semana pasada saben que me desmayé de agotamiento y aflicción. Pronto se publicarán reportajes que dirán que, a pesar de mi embarazo, me estoy dedicando a cumplir la misión de Jackson y a denunciar a sus enemigos. No descansaré hasta que vea a su asesino arrestado y castigado.

»Durante un tiempo utilizaré el embarazo en mi beneficio. Me brotarán las lágrimas cada vez que diga lo emocionado que Jackson se sentiría si supiera que había dejado su semilla viva en mi vientre. ¡Eso sí que sonará bíblico! —añadió ella con una carcajada vulgar.

»Citaré a Abraham y a Sara, y cómo finalmente

Dios premió su fidelidad con un hijo. Luego, al cabo de unas pocas semanas, sufriré un aborto. Piensa en la avalancha de compasión pública que ganaremos entonces. "Le han robado a su esposo, le han robado a su hijo, pero ella continúa valerosamente su cruzada."

Aquel titular imaginario hizo que los ojos le resplandecieran como llamas azules. Miró a Josh y lanzó otra carcajada.

—Vaya, ¿qué pasa ahora, Josh? Parece como si estuvieras a punto de vomitar.

—Me pongo malo sólo de pensarlo.

—No me digas que te entusiasmaba la idea del bebé. ¿Por eso estabas tan alegre últimamente? ¿Te imaginabas haciendo de papá sustituto de tu hermanastro pequeño? —Ella le dio unos golpecitos en la mejilla—. Si no fueras tan tonto, hasta serías un tío majo.

Él le apartó la mano a un lado.

—No soy tan estúpido como tú crees, Ariel. —Con un movimiento brusco de cabeza, enfadado, señaló hacia la silla de ruedas—. ¿Estás preparada?

—Más que preparada. Pero voy andando, no en la silla. —Cogió su maleta.

—No deberías cargar con eso.

—¿Por qué no? Estoy ansiosa por deshacerme del último grillete de Jackson. —Levantó la pesada maleta y se dirigió hacia la puerta.

—Está abierto. —Cassidy levantó la vista del montón de papeles que tenía encima de su escritorio.

El detective Howard Glenn entró y se dejó caer en un sillón despreocupadamente.

—Bienvenido a casa.

—Gracias.

—¿Cómo ha ido?

—Exactamente como ya te dije que iría. La señorita

Laurent mencionó que en este Estado existen cientos de vehículos como el suyo y que Yasmine sólo tiene un interés pasajero en el vudú. Se ha interesado por varias religiones, pero por ninguna en serio. Me he enterado de una cosa. Yasmine tiene un amante misterioso, pero no era Wilde. En estos momentos su aventura se tambalea. Podrías poner a un hombre sobre esa pista.

—Lo haré. Entretanto he comprobado algunas otras cosas.

—¿Y?

Glenn sacó un librito de notas en espiral del bolsillo superior de su chaqueta deportiva de tweed.

—De momento, y aún me queda un largo camino que recorrer, tengo diez sospechosos más que hicieron donativos al ministerio de Wilde. Donativos sustanciosos.

—¿Cómo de sustanciosos?

—De cinco mil a veinticinco mil dólares. —Hizo una pausa para dar tiempo a Cassidy a reaccionar.

—Te escucho.

—Tres de los diez son propietarios de cines clasificados con tres X. Dos de ellos son propietarios y dirigen librerías porno. También tengo dos salones de relax y dos *top-less*. —Dirigió a Cassidy una sonrisa de complicidad, de hombre a hombre.

Cassidy no devolvió la sonrisa.

—Eso son solamente nueve. Has dicho diez.

—Hay una actriz, que está considerada la más calentorra del cine porno.

Cassidy se levantó de su silla giratoria y se dirigió hacia las ventanas. Se metió las manos en los bolsillos de sus pantalones y miró hacia fuera con los ojos perdidos en el vacío.

—Déjame adivinar. A partir del momento en que se hacen los donativos, Wilde aflojó su campaña.

—No he hecho que mis hombres lo comprueben

—replicó Glenn—, pero ésa sería mi primera suposición.

—Puede que Wilde elevara el precio para gozar de su favor y alguien no quiso tragar.

—Puede ser.

Cassidy se dio la vuelta.

—¿Alguna de esas personas estuvo siquiera remotamente cerca de Nueva Orleans la noche que fue asesinado?

—No, eso es lo jodido, ¿sabes? —respondió el detective, pellizcándose pensativamente el lóbulo de la oreja—. Están todos diseminados por todo Estados Unidos. Ninguno vive realmente cerca de Nueva Orleans.

—Esta ciudad tiene un aeropuerto y una terminal de autobuses, por no mencionar las autopistas interestatales.

—No es preciso ponerse tan desagradable, Cassidy.

—Lo siento, pero estoy de un humor espantoso.

—Tienes perfecto derecho a estarlo —le contestó Glenn, y se encogió de hombros, como si le diera igual—. Sólo la actriz admite haber estado alguna vez en Nueva Orleans.

—¿Cuándo?

—Hace mucho tiempo. Estaba en Roma cuando asesinaron a Wilde.

—¿Roma de Italia?

—Es la única.

—¿Se ha verificado eso?

—Conoce a un director de cine italiano que asegura que ha estado viviendo con él en su villa desde el mes de abril.

Un sentimiento de derrota tan pesado como una cota de mallas se apoderó de Cassidy.

—Sugiero que continúes en esa línea, Glenn. Di a tus hombres que repasen esas listas cien veces si es necesario. Examina con cuidado a cualquiera que no encaje exactamente con el perfil de un fanático de la Biblia.

—Estoy de acuerdo —respondió el policía, e irguió la columna vertebral para levantarse—. Pero eso llevará mucho tiempo.

Cassidy frunció el entrecejo y preguntó:

—¿Qué hay de las empresas que han hecho donaciones?

—He investigado unas cuantas. Nada interesante.

—Sigue examinándolas también. ¿Quién está detrás del nombre de la empresa? Un negocio es una buena protección para quien quiere permanecer en el anonimato. Empecemos con las empresas que han tenido conexiones con el sur, principalmente aquí, y a partir de ahí extendámonos a las demás.

El detective asintió con la cabeza y se marchó arrastrando los pies. A Cassidy le hubiera gustado propinarle una patada en el culo para ver si se movía más deprisa. En este momento, no obstante, no podía permitirse gozar de la antipatía de nadie. Tenía muy pocos aliados. Siendo la política de la oficina la que era, nadie quería tener amistad con un perdedor. Cuando se acercaba a la máquina de café, sus compañeros de trabajo se dispersaban como la pólvora.

Al llegar a la ciudad, Cassidy informó a Crowder de que el viaje a Misisipí no había dado resultado alguno. El fiscal no se había tomado bien las malas noticias. Se le estaba acabando la paciencia, le dijo a Cassidy.

—Y a ti se te ha acabado el tiempo. Quiero que me traigas algo concreto a final de esta semana o te retiro del caso.

—Cualquiera que ocupe mi lugar se topará con las mismas paredes de ladrillo, Tony, y no se entenderá tan bien con Glenn.

—Puede que no.

—Yo ya estoy acostumbrado a él. —La expresión

de Crowder permaneció pétrea. Cassidy suspiró—. Mire, no tenemos ninguna prueba aparte de unas cuantas fibras de alfombra que pueden proceder de cualquiera de los diez mil vehículos que hay en este condado.

—Uno de los cuales pertenece a Claire Laurent, quien tenía motivo y oportunidad.

—Pero no puedo probar que estuviera en la suite del hotel con Wilde a la hora del asesinato.

—Con las fibras podría ser suficiente.

—Ni lo sueñe —replicó Cassidy, agitando la cabeza con tozudez—. Yo no me presento ante el jurado hasta que tenga mi culo protegido.

Crowder le lanzó una mirada furiosa.

—Asegúrate de que estás protegiendo tu culo y el mío, y no el de Claire Laurent.

La observación bastaba para que Cassidy se enfureciera y pegara unos cuantos puñetazos a Crowder. No lo hizo, a pesar de todo, y salió hecho una furia de la oficina. Desde entonces no había habido comunicación alguna entre ellos y eso había ocurrido hacía dos días. Las horas iban transcurriendo.

Lo malo de aquello es que Crowder había dado en el centro de la diana. Él quería proteger a Claire. Aunque estaba lo suficientemente enfadado como para estrangularla con sus propias manos, no quería encarcelarla. Pero si era culpable, no le quedaría otro remedio. Tendría que enviarla a la cárcel para el resto de su vida, sin poder disfrutar de reducción de condena, régimen abierto o libertad condicional.

—¡Joder!

Se cubrió los ojos con la parte inferior de las palmas de las manos y apoyó los codos sobre la mesa de despacho. Fue en esta postura de derrotado en la que Joshua Wilde lo encontró momentos después.

Cassidy levantó la vista cuando oyó que llamaban

a la puerta de su oficina. Josh estaba de pie, indeciso, en el umbral.

—La secretaria me dijo que entrara.

—¿Qué quieres? —gruñó Cassidy.

—¿Se encarga usted aún del caso del asesinato de mi padre?

—Eso es lo que decía el *Times Picayune* de esta mañana. Entra. Pero te advierto que estoy de un humor infernal, conque si estás aquí para tocarme los huevos, hazte un favor a ti mismo y márchate ahora.

—No he venido a tocarle los huevos.

—Siéntate. —El joven se sentó en una silla situada frente al ayudante del fiscal.

Cassidy hizo un movimiento de cabeza hacia la fachada del edificio.

—¿Por qué no estás allí abajo apoyándolos?

Desde su regreso de Rosesharon, cada vez que Cassidy entraba en el edificio tenía que abrirse camino a empujones a través de las filas de manifestantes con pancartas que ponían de relieve su incompetencia. Era gente vociferante y hostil que permanecía allí hora tras hora, cantando su tema principal y blandiendo pancartas belicosas cada vez que lo divisaban.

—Es la última idea genial de mi madrastra —aclaró Josh, refiriéndose a la bien organizada manifestación de protesta.

—Creía que acababa de salir del hospital.

—Ha salido, pero ha vuelto a la carga. Y no le va a conceder ni un minuto de respiro hasta que usted haga que condenen a un asesino.

—No es la única —musitó Cassidy para sí—. ¿Por qué no le aconsejas que ponga fin a esa estupidez de ahí fuera? No sirve absolutamente para nada.

—Pero así consigue salir en las noticias de las seis. Y eso es lo que pretende.

—Que esto se ponga feo es solamente cuestión de

tiempo. Hay tipejos miserables que tienen negocios en este edificio, ¿sabes? Le harán daño a alguien. Seguro que Ariel no quiere publicidad negativa.

—Ya se las ingeniará para que le sea positiva.

—Pues no le fue muy bien con sus piquetes delante de Sedas de Francia. Las Laurent os pusieron en ridículo.

—La manera en que Claire Laurent manejó aquella situación hizo que Ariel se pusiera furiosa. —Su expresión de risa disimulada se volvió pensativa—. Es una dama interesante. La mayoría de la gente habría recurrido a las injurias. Pero ella tiene clase. Yo admiro sus agallas.

«Sí —pensó Cassidy desalentado—. Tienes que admirar sus agallas.»

—Bueno, volviendo a Ariel —dijo Josh—, no escucha ningún consejo que provenga de mí. En realidad, no escucha consejos de nadie. Una vez se ha decidido a hacer algo, es implacable, no hay quien la pare.

—¿Estamos hablando de tu madrastra o del general Patton?

—Créame, Cassidy, usted no la conoce como yo. Se ha vuelto loca, sobre todo... sobre todo desde que mataron a mi padre.

Los ojos de Josh se volvieron huidizos y se apartaron de los de Cassidy, quien vio en ello algo de esperanza. Su instinto infalible le decía que estaba a punto de hacer un descubrimiento. Era difícil disimular, pero él hizo ver que no lo impresionaba lo que había oído. Levantó la mano para indicar a Josh que prosiguiera.

—Seguro que usted se ha enterado ya de que Ariel está embarazada.

—¿Tengo que felicitarle?

—¿Quiere decir que si yo soy el padre? —Josh hizo un gesto de negación con la cabeza—. Dice que fue papá. Por eso estoy aquí. —De repente se puso en pie y empezó a pasear a lo largo del escritorio de Cassidy.

—¿Por qué no te relajas y me cuentas lo que te está carcomiendo por dentro? —Cassidy adoptó un tono de voz confidencial, con el que esperaba inspirar confianza e infundir valor al cobarde del hijo del fallecido predicador.

—Le mentí —estalló Josh.

—¿Sobre qué?

—Sobre aquella noche. Le dije que Ariel y yo estuvimos juntos todo el tiempo. La verdad es... que ella... que ella salió de mi suite y volvió a la suya.

—¿Cuándo?

—Más temprano. Alrededor de la medianoche.

—¿Durante cuánto tiempo?

—Quince, quizá veinte minutos.

—¿Habló con tu padre?

—No lo sé. Se lo juro por Dios.

—Deja en paz a Dios. Júramelo a mí.

Josh se humedeció los labios.

—Le juro que no lo sé.

—Está bien. Continúa.

—Se inventó la excusa de que tenía que ir a su habitación a buscar una partitura. Dijo que papá estaba dormido. No volví a pensar en aquello hasta la mañana siguiente. Ella me pidió que no mencionara aquel lapso ni a usted ni a la policía.

El corazón de Cassidy empezó a latir con violencia: sin embargo, él sabía mejor que nadie que no podía esperar demasiado de la palabra de un hombre que confesaba haber mentido en un punto importante. Esto eran solamente rumores. No tendría consistencia ante un tribunal. Seguía sin tener pruebas concluyentes contra la viuda. De todos modos, eso daría un nuevo enfoque a sus investigaciones y apartaría la atención de Claire. Después de tantos días de hambre, aquello parecía una cosecha abundante.

—¿Por qué estuviste de acuerdo en mentir acerca de eso, Josh? —le preguntó.

—Francamente, no creía que tuviera ninguna importancia. Ariel se puso casi histérica cuando descubrió su cuerpo. Estaba tan, ya sabe, lleno de sangre. No creí que pudiera tener nada que ver con el asesinato.

—¿Y ahora qué crees?

Josh se detuvo. Situado de pie junto al borde de la mesa de Cassidy, lo miró frente a frente.

—Ahora creo que lo hizo.

Cassidy tenía miedo de tragar saliva, de parpadear, tenía miedo de que el menor movimiento hiciera añicos la frágil declaración de Joshua Wilde y se desintegrara, que dejara de ser real.

—¿Qué te hizo cambiar de opinión?

Josh era un hombre que estaba en guerra consigo mismo. Al menos ésa era la impresión que causaba. Se limpió el sudor de las palmas de las manos en los pantalones.

—Contrariamente a lo que Ariel declara a los periodistas, este embarazo no la hace feliz. En realidad está furiosa. Tiene la intención de abortar, lo que le servirá para un doble propósito: librarse del bebé y ganarse más simpatizantes.

Siguiéndole la corriente, Cassidy se mostró sorprendido.

—La pintas como un monstruo.

—Usted no sabe de la misa la mitad, señor Cassidy. Se imagina a sí misma como una gran estrella con poder para influir a millones de personas. Debería usted oír los planes que tiene para *La hora de oración y alabanza*. Es algo de lo más extravagante. Para empezar, quiere que el púlpito se convierta en un foro político para candidatos que compartan los puntos de vista de ella sobre asuntos generales. Ya ha invitado a varios conferenciantes. Es ambiciosa y astuta, y está decidida a no permitir que nada ni nadie se interponga en su camino. Se ha pasado de la raya, ha perdido todo contacto con la realidad.

—Volvamos al asesinato.

Josh se sentó de nuevo. Entrelazó sus dedos entre las rodillas y los contempló mientras hablaba.

—Mi padre era un tirano. Jugaba a ser Dios sobre todo el mundo, incluyéndonos a Ariel y a mí. Sobre todo con Ariel y conmigo. La atormentaba porque tenía tendencia a engordar, hasta que sufrió un trastorno alimenticio.

—Los periódicos insinuaron que le habían diagnosticado bulimia, pero el personal del hospital de Kansas City nunca lo confirmó.

—Pues es cierto. Y lo del bebé lo ve como otra de las bromas pesadas de papá. Mire, ella cree que él aún la controla. Creo que ya sabía que estaba embarazada mucho antes de la noche que se desplomó. Creo que estaba furiosa con papá por obligarla a tener un hijo cuando ella le había dejado muy claro que no deseaba ninguno. Creo que lo asesinó por ese motivo.

Cassidy decidió hacer de abogado del diablo, echando abajo los argumentos de Josh, igual que un abogado defensor haría en un caso no mejor preparado que éste.

—En teoría funciona, Josh, pero sigue siendo circunstancial. ¿Oíste a tu padre y a Ariel discutir por este embarazo?

—No. Yo no supe que estaba embarazada hasta la noche que la llevaron a urgencias.

—¿La oíste amenazar a tu padre con matarlo?

—No.

—¿Nunca?

—No. Él no hubiera tolerado que le hablaran de ese modo.

—¿Tu madrastra tiene una pistola?

—No. Al menos que yo sepa. Pero su hermano está en la cárcel.

Cassidy ya lo había averiguado en una investigación previa.

—De acuerdo con los informes de la cárcel, Ariel no ha tenido ningún contacto con su hermano desde hace años, ni siquiera una postal. Dudo que él le proporcionara un arma sin que nadie lo descubriera.

Josh se encogió de hombros.

—Era sólo una suposición. Pudo conseguir un arma a escondidas y deshacerse de ella donde no pudiera ser encontrada.

—Puede ser —respondió Cassidy, sin comprometerse.

—Piense en las heridas. Un hombre deja preñada a una mujer. Ella está furiosa con él por cargarla con un hijo que no desea. Le vuela los huevos de un disparo. ¿Acaso no es lógico?

Cassidy entrecerró un ojo, como si considerase la validez de la hipótesis. Se frotó la nuca.

—Tengo que decírtelo, Josh, esto no se sostiene.

—Imaginaba que mostraría más entusiasmo —contestó, taciturno.

—Cuando Ariel se fue de tu suite aquella noche, ¿llevaba zapatos?

—¿Zapatos? No. Iba descalza, creo. Se había quitado los zapatos cuando hicimos el amor. No creo que volviera a ponérselos. ¿Por qué?

—Todavía estamos comprobando las fibras de la alfombra que se encontraron en la habitación de tu padre. —Hizo una breve pausa—. ¿Alquilasteis tú o Ariel un coche mientras estabais aquí?

—Yo alquilé uno. Me gusta tener mi propio medio de transporte.

—¿Has conducido por todo Nueva Orleans?

—Mucho. Cada día. Alquilé un descapotable y me divertí conduciendo con la capota bajada.

Esta información se podía comprobar fácilmente.

—¿Te acompañó Ariel alguna vez en estos paseos?

—Creo que una. Quizá dos ¿Por qué?

—¿Duermes todavía con ella?

—No. Ya hace semanas que no.

—¿Qué ha pasado?

Josh levantó la vista hacia él, luego la desvió.

—No lo sé. Está tan ocupada con dirigir la congregación que parece no tener nunca tiempo. O está cansada e irritable. O yo le armo una bronca con lo de vomitar y ella se pone furiosa. Ahora que sé lo del bebé...

—¿Qué?

—Bueno, no me parecería correcto hacer el amor con ella mientras lleva dentro a mi hermanastro.

Cassidy se inclinó hacia delante.

—¿Te das cuenta de la ironía que hay en esto, Josh? Estaba bien joder con la esposa de tu padre mientras él vivía, pero ahora que está muerto y ella lleva dentro un hijo de él, te vuelves remilgado.

Josh se puso a la defensiva.

—Es lo que siento.

—Está bien. —Cassidy se recostó en su sillón—. Por el momento digamos que ocurrió de la siguiente manera: ¿preparado? Ariel te dejó solo, volvió a la suite que compartía con tu padre, lo mató con una pistola que nadie sabía que tenía y que no ha sido encontrada y luego regresó otra vez a la cama contigo, suponiendo con mucha razón que tú serías su coartada.

—Así es como yo lo veo.

Cassidy chascó la lengua, consternado.

—Lo que no comprendo es qué motivo tienes para contarme ésto ahora.

—La mentira pesaba sobre mi conciencia.

—¿Conciencia? —repitió Cassidy con mucho escepticismo.

Josh se mostró ofendido.

—Puede que yo fuera adúltero. Admito que me acostaba con la mujer de mi propio padre, pero no quiero compartir un asesinato con Ariel.

Indeciso, Josh se mordisqueó el labio inferior.

—Está bien, es algo más que la conciencia, señor Cassidy. Puede que no lo crea, pero le tengo miedo.

Cassidy soltó un resoplido.

—¡Es la verdad! —exclamó Josh—. Antes de todo esto, yo sabía que era ambiciosa y astuta, pero ahora ha ido demasiado lejos. Es cruel. Ruin. No se detiene ante nada para conseguir lo que quiere. Si alguien la hace enfadar, aunque sea por una pequeñez, lo despide. Sin misericordia. Sin discusión. Zap —dijo él, y golpeó el puño contra la palma de su mano opuesta—. Eliminado.

Bajó los ojos hacia sus manos temblorosas.

—Es como si yo hubiera llevado puestas unas anteojeras. Puede que estuviera tan pendiente de mi padre que no me diera cuenta de cómo era Ariel hasta ahora. Creo que es capaz de hacer casi cualquier cosa para proteger sus intereses. Creo que está desequilibrada. Peligrosamente desequilibrada.

Cassidy le dirigió una mirada larga y pensativa; acto seguido se puso en pie, indicando que la entrevista había llegado a su fin.

—Gracias, Josh. —Le alargó la mano derecha.

El joven se la estrechó; parecía desconcertado.

—¿Ya está? Pensaba que me haría mil preguntas.

—Se harán muchas a su debido tiempo. Voy a ponerme a trabajar en esto de inmediato. Mientras, compórtate normalmente con tu madrastra. Ocúpate de tus asuntos de la manera habitual. No hagas ni digas nada que la haga sospechar que me has venido a ver. Déjala que continúe creyendo que la he eliminado de la lista de sospechosos hace semanas. —Cassidy miró a Josh solemnemente—. Sé que esto no ha sido fácil para ti.

—No, no lo ha sido. Durante años, Ariel y yo nos refugiamos de mi padre el uno en el otro. Supongo que se podría decir que ella dependía de mí y yo de ella. Compartíamos una desgracia y confiábamos en el otro para hacerla más llevadera. Desde que murió no nos hemos necesitado más para llevar a cabo nuestra pequeña venganza. Odiarlo era lo único que nos mantenía unidos.

»Creo que Ariel tiene graves problemas psicológicos que se remontan a su desgraciada y pobre infancia. Me pone furioso, pero ante todo le tengo miedo. Sin embargo —añadió, y movió la cabeza con tristeza—, no puedo permitir que salga impune de un asesinato.

—Josh, dado que tu aventura con Ariel ha durado tanto tiempo, tengo que saber una cosa... ¿serías capaz de testificar contra ella ante un tribunal?

Sin vacilar ni un momento, Josh contestó:

—Sí.

Se despidieron. Tan pronto como Josh salió de su despacho, Cassidy se puso la chaqueta y se arregló la corbata. Tras dar a Josh el tiempo suficiente para salir del edificio, subió en el ascensor al piso superior y se dirigió a la oficina de Anthony Crowder. Hizo caso omiso de la secretaria de Crowder, que le advirtió que estaba terriblemente ocupado y había pedido que no le molestaran. Con una seguridad en sí mismo que hacía días que no sentía, entró sin anunciarse.

—Antes de que empiece usted a gritar, escúcheme: creo que sé quién asesinó a Jackson Wilde.

Crowder tiró sobre la mesa la pluma que estaba usando.

—Adelante.

—Su hijo.

22

Cassidy repitió su conversación con Joshua Wilde prácticamente palabra por palabra. Cuando finalizó, Crowder dejó de tamborilear con los dedos.

—Estoy confuso. Dices que crees que el culpable es el hijo; sin embargo, él afirma que es la viuda.

—Por resentimiento. Contar chismes es una manera cobarde de desquitarse de alguien, y Josh es cobarde.

—¿Entonces de dónde iba él a sacar el valor para matar a su padre?

—Cogió a Wilde cuando era más vulnerable. Desnudo. Tumbado boca arriba. Posiblemente incluso dormido. Josh conocía las costumbres de su padre. Sabía cuál era el momento de atacar. Lo que también se puede aplicar a Ariel, claro está —masculló Cassidy, como si se le hubiera ocurrido de repente—. De todos modos, Josh disparó a Wilde en los huevos para despistarnos, para que pareciera que lo había asesinado una mujer. Incluso me recordó este detalle cuando hablamos.

Crowder dobló sus manos regordetas bajo la barbilla y reflexionó durante unos instantes.

—¿Por qué querría Josh matar a su padre? ¿Por celos?

—Probablemente, si de verdad el bebé de Ariel es de su padre, como ella asegura. Sin embargo, yo creo que tuvo una motivación más fuerte.

—¿Más fuerte que los celos? ¿Dinero?

—No directamente. Es indudable que Josh anhelaba hacerse cargo de la congregación cuando su padre ya no viviera. Se imaginaba que sería el mejor sucesor para salir a escena. Para un joven que ha sido el aprendiz de su padre, que siempre ha vivido eclipsado por la gigantesca sombra de éste, ésa sería una ambición comprensible.

—Y en lugar de eso, es Ariel la que toma las riendas.

—Con las dos manos. Y al igual que antes, Josh se queda en un segundo plano. Sigue siendo el segundo de a bordo. Pero además del objetivo de la congregación, todavía quedan los móviles personales.

—¿Y cuáles son?

—Josh me confesó que Jackson Wilde era un tirano que los maltrataba psicológicamente, tanto a Ariel como a él. Durante toda su vida de adulto fue la cabeza de turco de Jackson. Y al final ya estaba hasta las narices. Así que se armó del poco valor que tenía y se deshizo de su viejo, sólo para conseguir que su madrastra y amante empezara a dar codazos y lo acabara relegando a un segundo plano. Digamos que es frustrante.

—Pasó de un déspota a otro.

—Exacto. Para librarse de ella, hace ver que es la asesina. O tal vez... —Ahora que en su mente se abría un nuevo canal de ideas, se le ocurrieron otras posibilidades—. Tal vez se pusieron de acuerdo para cargarse a Jackson. Luego, por las razones que he citado antes, Josh se ha vuelto un Judas.

—Suena verosímil de las dos maneras. ¿Lo has discutido con Glenn?

—Aún no, pero estará de acuerdo. Siempre ha opinado que fue Ariel o Josh. Querrá colocarlos bajo un microscopio y examinarlos hasta que sepamos todo lo que tienen dentro. Me gustaría que alguien los vigilara.

—El comisario de policía se cagará en todo si le pedimos más hombres.

—Usted me dio de plazo hasta el final de semana, Tony. Juegue limpio y ayúdenos. Hable con el comisario.

Cuando Cassidy volvió a su oficina se sentía como si le hubieran puesto pilas nuevas. Por primera vez en muchos días, la adrenalina corría por sus venas. Tenía un propósito, un nuevo plan de ataque. Lo trabajaría hasta que hubiera agotado todas las posibilidades y se hubiera agotado él mismo.

Lo primero que hizo fue una serie de llamadas telefónicas.

En la primera no necesitó identificarse. Simplemente preguntó:

—¿Te dedicas todavía a informar a aquel periodista de la tele?

El sistema del confidente era de doble dirección. La oficina del fiscal usaba las mismas fuentes que la prensa, algunas veces transmitiendo información que, como una pistola de fogueo, estaba cargada con verdades a medias e insinuaciones deliberadamente engañosas.

—Esta tarde he tenido una conversación extensa y privada con Joshua Wilde. Se marchó de la oficina enfadado y trastornado. Es todo por ahora —dijo Cassidy.

Envió a un ayudante para que comprobara todas las agencias de alquiler de coches de la ciudad.

—Encuentra la que alquiló un coche a Joshua Wilde durante la semana del asesinato de su padre. Quiero saber la marca y el modelo que alquiló, cuántos kilómetros hizo y las condiciones en que estaba cuando lo devolvió. Si era un Chrysler con alfombra azul, quiero que busques el coche y lo lleves inmediatamente al laboratorio de la policía. Gracias.

Tal vez los muchachos del laboratorio encontraran una pizca de sangre seca que resultase ser la de Jackson Wilde y... ¡bingo!, tendría un sospechoso auténtico.

—Ésta será la misión más fácil que hayas tenido —dijo Cassidy al teniente de policía al que habían puesto a cargo del equipo de vigilancia que Crowder había sacado al comisario de policía—. Joshua y Ariel son más visibles que los travestidos de la calle Bourbon. No pueden darte el esquinazo.

Una vez delegadas todas estas responsabilidades, Cassidy se recostó en su sillón y suspiró con una intensa sensación de optimismo. Seguro que aparecería algo. Una prueba no revelada previamente, que apuntaría con un dedo acusador a Josh o a Ariel y se alejaría de Claire.

Había tratado de no pensar en ella desde su amarga pelea en Rosesharon, pero sin éxito. La tenía siempre presente... su cuerpo, su dulce manera de hacer el amor y sus acusaciones furiosas.

Era como si ella hubiera abierto el armario de su alma, encontrado su esqueleto allí y sacudido sus huesos con fuerza. Lo había acusado de engaño y manipulación. En cierto momento, eso podría haber sido verdad. Como abogado defensor, él se había servido de todos los medios necesarios para conseguir absoluciones. Había usado la comedia, las lágrimas, las risas, la burla, lo que fuese, para que sus clientes pudieran salir del tribunal libres de todo cargo.

Si alguna vez le remordía la conciencia, justificaba sus acciones. ¿No era su deber defender a criminales? Incluso los delincuentes tienen derecho a que los defiendan ante un tribunal. Si alguien tenía que llevar el caso ante el juez y el jurado, ¿por qué no él? Se limitaba a hacer su trabajo, se decía a sí mismo.

Él sabía que todo aquello no eran más que justificaciones. Existían formas éticas y maneras razonables de defender y de acusar sin recurrir a los trucos sucios que él había utilizado tan a menudo sólo por presumir.

«Mirad al listo de Robert Cassidy, al niño prodigio que no asistió a una escuela de la Ivy League ni se licenció en derecho en Harvard. Le ha ido bastante bien para ser un muchacho del Kentucky rural, ¿no?»

Ganar era su meta final, no buscar justicia... hasta aquel caso que ganó y por el que pagó un precio tan alto. Cuando Claire lo acusó de engaño y manipulación, no sabía lo cerca que estaba de tener razón con respecto a él en el pasado. Pero no en la actualidad. Ahora él entregaba a los delincuentes a la justicia y hacía que los encerraran donde nunca más pudieran hacer daño a gente inocente.

Este caso no era una excepción. Iría hasta el fin del mundo para asegurarse de que un jurado hacía justicia con el culpable del asesinato de Jackson Wilde, fuera quien fuese.

Que Dios lo ayudara si esa persona resultaba ser Claire Laurent.

Pero no lo sería, se dijo a sí mismo con obstinación. Era inocente. Ninguna mujer tan cálida y generosa en la cama podía haber matado a alguien a sangre fría. Él no sólo le había tocado los labios, los pechos, los muslos y el vientre. Le había tocado también el alma. Si hubiera estado envenenada, él lo habría notado.

Sin embargo, a pesar de lo que Claire dijo, no se acostó con ella para determinar su culpabilidad o inocencia. Aquello fue tan inevitable como la marea. Desde el día en que se conocieron, esa parte de su destino había quedado sellada.

Tan pronto como quedara libre de sospecha, iría a verla y se disculparía humildemente por haberla hecho pasar por aquella horrible pesadilla. Después de todo, ella no lo respetaría si él no se tomara en serio su trabajo de fiscal. Una vez se hubieran pedido perdón mutuamente por sus dudas, volverían hacer el amor.

Aquel pensamiento lo estimuló físicamente y lo devolvió otra vez al presente. Ahora Claire ya habría regresado de Misisipí. Contempló el teléfono de su mesa, tentado de llamarla. Pero no. Estaría todavía enfadada. Era mejor darle unos días más para que se tranquilizara.

Entretanto, él investigaría con diligencia, buscaría el elemento perdido que confirmara la culpabilidad de alguna otra persona y exculpara a Claire.

Ella era inocente.

Claire frunció el entrecejo ante el correo sin abrir que se había amontonado encima de su escritorio. Había facturas pendientes de pago, notas para examinar y un sobre amenazador del Ministerio de Hacienda para abrir. Le faltaba energía para enfrentarse a la rutina del trabajo y atribuyó aquella dejadez al viaje. Había trabajado mucho, con un programa muy apretado, bajo un calor oprimente, bochornoso. Necesitaba y se merecía unos días de descanso antes de reanudar su trabajo. Entonces se dio cuenta de que unos días de descanso no solucionarían su problema.

Alejó el pensamiento depresivo de su mente y se concentró de nuevo en el desorden que había en la mesa. Además del correo sin abrir había periódicos recientes. Según una fuente no revelada pero fidedigna, el ayudante del fiscal Cassidy estaba reorientando su investigación y se concentraba en Ariel y Joshua Wilde.

El nombre de él impreso en negrita en la primera página atrajo la atención de Claire, que lo contempló hasta que perdió la noción del tiempo. Con toda probabilidad habría continuado contemplando y recordando si su madre no la hubiera interrumpido, apareciendo frente a su puerta con una bandeja.

—¿Quieres té, Claire Louise? Pareces tan cansada

últimamente que he pensado que el té te ayudaría a levantar el ánimo.

—Gracias, mamá. Suena maravilloso. Pero solamente si te quedas y lo tomas conmigo.

—Esperaba que me lo pidieras.

Claire sonrió y, cogiendo uno de los periódicos, se dirigió a la zona de sillones donde había recibido a Cassidy por primera vez. Parecía que todo lo que decía o hacía le recordaba a él. A Claire le molestaba el poder tan grande que él tenía sobre su mente. Cassidy no la había llamado ni había intentado verla desde la mañana en que se marchó de Rosesharon sin decir ni adiós. Claire no sabía si sentirse aliviada, descorazonada, insultada o una combinación de las tres cosas.

Los pensamientos sobre él evocaban cada una de las emociones con las que estaba familiarizada. Algunas eran maravillosas de experimentar; otras, desoladoras. Se sorprendía a sí misma sonriendo con coquetería disimulada y al momento siguiente estaba a punto de llorar. Nunca, desde que los asistentes sociales la habían sacado a rastras de casa de tía Laurel, nadie había tenido tanto poder sobre ella.

Mary Catherine colocó la bandeja de plata encima de la mesita baja de café. Le pasó a Claire una servilleta de hilo bordada a mano y luego vertió de una tetera de porcelana una taza de aromático té para cada una.

Charlaron sobre cosas triviales mientras bebían el té y mordisqueaban las pastas que Mary Catherine y Harry habían horneado aquella misma mañana. El viaje a Misisipí le había sentado bien a Mary Catherine. Claire notó un sano y sonrosado color en las mejillas de su madre que la hacían parecer más joven. Tenía los ojos claros y vivaces. Su mirada no tenía la vacuidad que siempre la había alarmado, incluso de niña, porque la reconocía como el preludio de un ataque. Mary Catherine parecía estar más en armonía con lo que la rodeaba. Que

Claire supiera, no había padecido ningún otro lapsus desde que cogió la pluma estilográfica de Cassidy.

Como si le leyera el pensamiento a Claire, dijo:

—Veo que estabas leyendo los periódicos. Dicen que el señor Cassidy ahora cree que a Jackson Wilde lo mataron el hijo o la viuda. ¿No es una tontería?

—¿Una tontería?

—No fueron ellos. Y no creo que el señor Cassidy se lo crea tampoco.

—¿Cómo sabes que no fueron ellos, mamá?

Mary Catherine hizo caso omiso a la pregunta y en cambio formuló otra.

—¿Y por qué está esa gente manifestándose otra vez enfrente de nuestro edificio? —Discípulos de Wilde se manifestaban día y noche frente a Sedas de Francia desde que habían regresado a la ciudad.

»Ojalá se marcharan —continuó Mary Catherine enfadada—. A Harry y a mí nos resulta difícil ir al mercado por las mañanas. Me gusta que salgamos, pero el tener que abrirnos paso entre esa multitud lo estropea todo.

Para Mary Catherine, el hecho de no poder ir al mercado francés sin aquel alboroto le preocupaba más que saber que su hija estaba acusada de asesinato. Pero a Claire eso no la inquietaba tanto como las afirmaciones anteriores de su madre.

—Los piquetes son una molestia temporal, mamá. Cuando hayan detenido a alguien por el asesinato del reverendo Wilde se dispersarán.

—¿Y él volverá alguna vez?

Durante un instante en que el corazón se le paró, Claire pensó que se refería a Jackson Wilde.

—¿Quién, mamá? —preguntó con voz ronca.

—El señor Cassidy.

Los hombros de Claire se relajaron cuando exhaló lentamente el aire.

—No lo sé. ¿Por qué?

Las lágrimas asomaron de repente a los ojos de Mary Catherine. Su labio inferior empezó a temblar.

—Tenía la esperanza de que cuando te enamoraras, tu hombre no te desilusionara como el mío.

Sacó un pañuelo del bolsillo de la falda bordado con sus iniciales. El lino era tan transparente que el pañuelo parecía hilado en vez de tejido a máquina. Olía como los saquitos aromáticos de perfume de rosas que guardaba en los cajones de su cómoda.

Cuando Mary Catherine se secó los ojos, Claire alargó la mano y la colocó encima de la de ella.

—No llores, mamá. Nunca ha habido... nada de eso... entre el señor Cassidy y yo.

—Oh —exclamó ella, con voz suave y desconsolada—. Creía que sí. Confiaba en que fuera así. Me cae muy bien. Es un joven apuesto. Y sabe cómo tratar a una dama.

«Oh, sí —pensó Claire—, es apuesto.» Recordó con claridad su rostro oscuro y rebosante de pasión, los labios acariciando sensualmente sus senos, su pecho cálido, desnudo y velloso. Y, por supuesto, sabía cómo tratar a una dama, especialmente en la cama. Proporcionaba placer en la misma medida que lo buscaba, quizás incluso más. Una forma tan perfecta de hacer el amor casi tenía que estar calculada, ¿no?

Apartó ese pensamiento de su mente. Resultaba demasiado doloroso recordarlo. Estaba desesperadamente enamorada de Cassidy. La palabra clave era desesperadamente. No podían tener un futuro juntos. Aunque no estuvieran en bandos opuestos en una investigación criminal, él representaba al sistema que ella temía y por el que sentía rencor. Por mucho que amara al Cassidy hombre, creía que nunca podría confiar plenamente en el Cassidy fiscal.

Para Claire era un conflicto que le desgarraba el

corazón. Cuando pensaba en ello, se sentía paralizada por la desesperación, de modo que guardaba aquel amor secreto encerrado en su corazón y hacía ver que no estaba allí.

Alargó su taza.

—Por favor, dame un poco más de té, mamá. Haces el té mejor que nadie. —Claire desvió la conversación hacia temas menos inquietantes.

Media hora más tarde, Mary Catherine se marchó con la bandeja, dejando otra vez sola a Claire, que se dedicó a examinar cuidadosamente los periódicos.

Joshua Wilde negaba con vehemencia haber tenido algo que ver con la muerte de su padre. Ariel acusaba a Cassidy de implicarlos únicamente para ocultar su ineptitud. Sugería que, por razones personales, estaba encubriendo al principal sospechoso, aunque se negaba tímidamente a decir quién era ese sospechoso, incluso cuando le preguntaron abiertamente si se refería a Claire Laurent. Pero el hecho de que no quisiera decirlo confirmaba la insinuación.

Por supuesto que Claire se sentía aliviada de no ser ya la principal sospechosa de Cassidy, pero todavía no se permitía sentirse definitivamente a salvo. Había estado durante un tiempo en el ojo del huracán y todavía tenía que afrontar la segunda parte, y quizá la más feroz, de la tormenta. Si Joshua Wilde se ponía nervioso por las acusaciones de Cassidy, podría decir o hacer cualquier cosa para que lo dejaran en paz. En vez de un enemigo, Claire tendría dos.

Estaba pensando en todo eso cuando el sonido del teléfono que estaba junto a su codo le hizo dar un salto. No contestó hasta la tercera llamada.

—¿Sí?

—Claire, ¿eres tú?

—¿Andre? *Bonsoir*. Me alegro de oírte. ¿Cómo estás?

—Bien, bien, estoy muy bien. Bueno, no, en realidad... —Hizo una pausa—. Estoy terriblemente preocupado por Yasmine.

Claire frunció el entrecejo, pues comprendía la preocupación que manifestaba Andre. Desde que rompió con su amante, Yasmine se comportaba de un modo extraño. No sabía a ciencia cierta de qué se trataba, pero había algo que no iba bien. En apariencia, Yasmine era la de siempre. Cuando acabaron su trabajo en Rosesharon, bromeó con el personal, se metió con Leon y comentó cada fotografía del catálogo con la imaginación y habilidad acostumbradas. Pero su entusiasmo y su risa sonaban falsos.

Después de las sesiones en Misisipí, Claire esperaba que Yasmine acompañara al grupo a Nueva York, para realizar el resto de las fotografías del catálogo en el estudio.

Pero Yasmine regresó con ella a Nueva Orleans. Una vez instalada cómodamente en Sedas de Francia, dejó de fingir y se volvió hosca y silenciosa.

Yasmine no dijo nada de terminar el catálogo. A Claire le preocupaba aquello como empresaria que era, pero dado que aún faltaban varias semanas para que se cumpliera el plazo límite con la imprenta, dejaba transcurrir el tiempo pacientemente. Yasmine pasaba el día encerrada en su habitación, un día y otro, y salía por las noches y no regresaba hasta altas horas de la madrugada. Nunca decía a dónde iba ni invitaba a Claire a acompañarla.

Claire suponía que se dedicaba a espiar la casa del congresista Petrie o intentaba verlo. Tuvo la tentación de advertir a Yasmine de que se comportaba como una adolescente, pero la actitud de Yasmine no invitaba al diálogo. De hecho, la evitaba para no tener que hablar. La puerta de su habitación siempre estaba cerrada con llave. Y no comía con Claire y Mary Catherine.

La Yasmine de antes se rodeaba de gente, siempre estaba entre admiradores y disfrutaba de su atención. Normalmente odiaba estar sola, por lo que aquel cambio de comportamiento resultaba preocupante. Claire respetaba el deseo de su amiga de estar sola, ya que, sin duda, así era como Yasmine curaba su corazón destrozado. Sin embargo, quizá ya empezaba a ser hora de intervenir.

Al parecer, Andre compartía su preocupación.

—¿Has visto últimamente a Yasmine? —le preguntó.

—No, desde la semana aquella que estuvisteis en Misisipí. Vino al hotel, estuvo aquí más o menos una hora y se marchó. Claire, tú sabes que nunca divulgo las confidencias, pero como sé que eres amiga íntima de Yasmine...

—No hay discusión sobre tu lealtad, Andre. Ni sobre tu discreción. Me lo has demostrado en muchas ocasiones. Estáte tranquilo, porque no te voy a sonsacar chafarderías.

—Si lo creyera, no te habría llamado.

—Algo te ha obligado a llamar. Noto preocupación en tu voz. Supongo que hablaste con Yasmine cuando la viste.

Entonces él le relató la conversación que mantuvieron en el pasillo del hotel y lo trastornada que parecía Yasmine cuando salió de allí.

—Nunca la había visto así. Estaba completamente fuera de sí. ¿Está bien ya?

Claire, siempre respetando el derecho a la intimidad de Yasmine, contestó:

—Aquella noche ocurrió algo que la trastornó. Me lo explicó a la mañana siguiente. Yo creo que hablar de aquello le hizo bien.

—¿Regresó a Nueva York?

—No, se quedó aquí. Probablemente porque esto

es más tranquilo. Hay menos jaleo. Creo que trata de poner su vida en orden antes de volver a casa.

«Y Alister Petrie vive aquí» pensó Claire, recordando que había visto su fotografía en la primera página del periódico de la mañana. Sin embargo, no mencionó al congresista a Andre. Si él conocía la identidad del amante de Yasmine, se comportaba con su característica discreción. En ningún momento mencionó el nombre de Petrie durante la conversación. Ante el riesgo de colocar a Andre en una posición comprometida, Claire tampoco lo hizo.

—¿Crees que se está recuperando de esta... experiencia desagradable? —preguntó él.

Aquélla era una pregunta difícil. Aunque vivían bajo el mismo techo, Claire tenía menos contacto con Yasmine que cuando estaba en Nueva York y le telefoneaba varias noches a la semana para charlar largo y tendido. Su respuesta fue inteligente:

—Creo que no está peor.

—Ah, menos mal, eso me tranquiliza —dijo él. Soltó una risita ahogada—. No es un secreto para ti que tengo a Yasmine en mucha estima.

—No, no es un secreto. —La sonrisa burlona de Claire pronto fue reemplazada por una actitud de preocupación—. Puede que yo también la haya tenido demasiado abandonada. Ya es hora que tengamos otra charla de mujer a mujer.

—Por favor, dime si puedo hacer algo. Lo que sea.

—Te lo diré.

—Claire, ¿no est... no estarás enfadada conmigo? Aquel asunto con el señor Cassidy...

—Olvídalo, Andre. Por favor. Te tendieron una trampa sin ningún escrúpulo. Como me ha pasado a mí —añadió ella, sosegadamente—. No te preocupes por eso.

Le aseguró que se necesitaba mucho más que las tretas de Cassidy para dañar aquella larga amistad que los unía. Acordaron ir a cenar juntos muy pronto. Poco después de decirse adiós y colgar el teléfono, Claire volvió a levantar de nuevo el auricular.

Cassidy se acercó con disimulo al policía de paisano encargado de seguir a Joshua Wilde. Como un extraño a otro, le pidió fuego.

—No sabía que fumases —dijo el poli en voz baja y confidencial. De su bolsillo extrajo un encendedor y lo encendió. De éste brotó una llamarada que parecía surgir de un lanzallamas en miniatura.

—Lo dejé hace un par de años —replicó Cassidy, sofocado por el humo que inhalaba.

—¿Y ahora has vuelto otra vez?

—Sólo te he pedido fuego, ¿vale? ¿Por qué otra razón iba a acercarme a ti? ¿Para pedirte que me la chuparas?

El hombre delgado y negro sonrió. Llevaba su cabello largo recogido en la nuca en una coleta y sujeto con una cinta estrecha de goma. Le guiñó un ojo y le dio a Cassidy un ligero apretón en el hombro.

—Soy caro. ¿Podrías pagarme?

Cassidy se soltó.

—Que te jodan.

—Oooh, suena delicioso, cariño.

Era obvio que el joven poli, que como Cassidy ya sabía de homosexual no tenía ni un pelo, se divertía a su costa. El individuo era alto, esbelto y bien parecido, por lo que a menudo trabajaba en el barrio Francés con esa tapadera. Era la viva imagen de la insolencia y la despreocupación, apoyado como estaba contra una farola de gas situada frente a The Gumbo Shop, en la calle St. Peter. A través del micrófono oculto bajo la solapa de su traje de piel de tiburón, había informado a un monitor central que había seguido a Josh hasta el popular restaurante. Cassidy, demasiado excitado para permanecer en su oficina o en su apartamento mal ventilado y solitario, había decidido participar activamente en la vigilancia.

—¿Cuánto tiempo hace que está ahí dentro?

El policía echó un vistazo al Rolex de imitación que llevaba en la muñeca.

—Treinta y dos minutos.

—¿Está cenando?

—Eso parece.

Cassidy entrecerró los ojos, molesto por las espirales de humo que salían de entre los labios del joven y se elevaban en el aire. Aguzó su mirada a través de la neblina azul-grisácea, tratando de ver más allá de las ventanas del restaurante.

—¿Cuánto tiempo puede tardar una persona sola en comer?

Muy en su papel, el poli contempló a Cassidy como haría un prostituto que examina a un posible cliente. Asumiendo el argot normal del personaje que representaba, dijo:

—Eh, tío, tienes el culo demasiado apretado. Si quieres divertirte un poco, tienes que relajarte.

Cassidy lo fulminó con la mirada, y estaba a punto de alejarse cuando Josh apareció en el callejón cerrado que servía de entrada al restaurante. Cassidy se volvió de espaldas rápidamente y fingió estar comprando las camisetas que colgaban en la puerta de una tienda de recuerdos.

Mirando a Josh por encima del hombro, Cassidy pudo comprobar que su mandíbula estaba apretada y su aspecto en conjunto exteriorizaba enfado.

—Mira, mira... —murmuró el poli—. Nuestro hombre está cabreado.

Su mente continuaba atenta a lo que sucedía detrás de él, pero una vez más Cassidy fingió interesarse por unas camisetas con una frase obscena impresa con letras brillantes. Un empleado asiático se dirigió hacia él sonriendo para intentar hacer una venta.

—No, gracias. Sólo miraba.

—Tendría que haberlo supuesto —murmuró el poli—. Sólo una tía puede hacer que un hombre se cabree tanto.

—¿Una mujer? —Cassidy miró hacia el restaurante, situado al otro extremo de la calle, y luego volvió la cabeza de golpe—. ¡Joder! —exclamó con énfasis, de un modo suave pero potente.

—¿Cómo dice? —preguntó el sonriente asiático.

El poli se rió entre dientes.

La mujer que salió del restaurante con Josh no prestó atención a lo que ocurría alrededor de ella. Le dijo algo al hombre, luego dio media vuelta y se dirigió acera abajo. Parecía que Josh estaba a punto de seguirla, pero se lo pensó dos veces y se contentó solamente con mirar cómo la mujer se alejaba. Cerró sus dedos largos de músico en puños. Luego, con el aspecto de un profeta agraviado, bajó de la acera y se alejó en dirección opuesta.

Cassidy tiró el cigarrillo a la cuneta y se encaró con el poli.

—Creía que habías dicho que estaba solo.

—Me estás estropeando mi disfraz, hombre. —Se sonrió y colocó la mano sobre el brazo de Cassidy. Con los ojos ardiendo de indignación y una sonrisa seductora, dijo en un susurro—: Estaba solo cuando entró aquí. Debió de encontrarse con ella dentro.

—Síguelo. —Cassidy señaló con la barbilla hacia Josh, quien ya había alcanzado el cruce con la calle Royal.

—¿Y tú seguirás a la dama?

—No es una dama —respondió Cassidy mientras se apeaba del bordillo y empezaba a cruzar la calle para ir tras ella—. Es Claire Laurent.

23

Claire se quedó de piedra cuando dio la vuelta a la esquina y vio a Cassidy delante de la puerta de Sedas de Francia. Era la primera vez que lo veía desde la mañana en que salió hecho una furia de su habitación de Rosesharon. Verlo tan inesperadamente le cortó la respiración. El corazón le dio un vuelco. Sin embargo, conservó una expresión serena y trató de aparecer imperturbable mientras se acercaba a él.

—¡Hola, Cassidy!

—Claire —saludó con un movimiento de cabeza—. Bonita noche, ¿verdad? —Estaba sudando y parecía que le faltaba más el aliento que a ella.

—Hace un calor que no es normal en esta estación. El otoño aún no ha llegado a Nueva Orleans.

Él se secó una gota de sudor que descendía por su densa ceja y se encaminaba hacia uno de sus ojos.

—Tienes razón. El ambiente está tan caliente y pegajoso como una puta barata un sábado por la noche.

Claire se indignó.

—No comprendo su analogía vulgar, señor Cassidy.

—Oh, ahora volvemos a lo de señor Cassidy.

A Claire le hubiera gustado borrar la sonrisa zala-

mera del rostro de él de una bofetada. Con frialdad
dijo:

—Me voy adentro. —Los manifestantes marcha-
ban frente al edificio. Su coro de *Adelante, soldados de
Cristo*, era lento y pesado. Claire esperaba que un día
se cansaran y les salieran ampollas en los pies.

Entró por la puerta lateral sin que la vieran. Antes
de que pudiera cerrarla, Cassidy se coló tras ella.

—¿Qué quieres? —preguntó ella de modo poco
hospitalario—. Creo que ya hemos agotado el tema del
tiempo.

—Estaba por el barrio —contestó Cassidy—, y se
me ocurrió pasarme por aquí y decirte hola.

Ella notó que el pecho de él se alzaba y se hundía
con rapidez: todavía no había recuperado el aliento.
Debajo de la chaqueta, la parte delantera de su camisa
estaba cubierta de sudor.

—Aprecio este gesto tan amistoso —le respondió
ella—. Y ahora, si me perdonas...

—¿Quieres que vayamos a cenar algo a algún sitio?

—No, gracias. Ya he cenado con mamá.

—Oh, ¿has cenado en casa esta noche?

—Sí.

—Entonces, ¿solamente has salido a dar un paseo
vespertino?

—He estado ocupada todo el día, en mi despacho.
Necesitaba estirar las piernas.

—¿Has ido a algún sitio en particular?

—No. Me he limitado a pasear. —Pasó junto a Cassidy y trató de abrir la puerta para que se marchara—.
Lo siento, pero es mejor que suba y compruebe si mamá
está bien. He tenido que dejarla so...

Cassidy la cogió por los hombros y la apoyó contra la puerta.

—La has dejado sola para poder acudir a tu cita
con Joshua Wilde en The Gumbo Shop.

Ella empezaba a olerse una trampa, pero se quedó atónita al verse irremediablemente atrapada. Buscó de inmediato una explicación lógica, pero no se le ocurrió ninguna, por lo que respondió con un contraataque.

—¿Me estabas siguiendo? ¿Es que los artículos de los periódicos sólo eran un señuelo para hacer que bajara la guardia?

—Tú no estabas bajo vigilancia. Seguíamos a Josh. Imagina mi sorpresa cuando resultó que tú eras su acompañante.

—Si sabías dónde estaba y con quién, ¿por qué toda esta comedia, Cassidy?

—Tomé por otro camino y vine hacia aquí a toda prisa. Quería saber si me dirías la verdad. Como de costumbre, me has mentido.

—Porque sabía que no lo comprenderías.

—Y tú sabes que ya no me trago ni una más de tus mentiras. —Se acercó a ella y bajó la voz—. Pero pruébalo, Claire. Sí. Inténtalo. ¿Desde cuándo conoces a Joshua Wilde?

—Desde esta noche.

—¿Esperas que me crea esa gilipollez?

—¡Te lo juro! He hecho varias llamadas esta tarde hasta que lo he localizado. Le he pedido que se encontrara conmigo. Y ha estado de acuerdo.

—¿Por qué?

—Probablemente porque tenía curiosidad por conocer a la escandalosa propietaria de Sedas de Francia.

Cassidy movió la cabeza.

—Lo que quiero decir es, ¿por qué querías encontrarte con él? ¿De qué podíais hablar vosotros dos?

—Le he ofrecido dinero.

—¿Dinero? —repitió, estupefacto.

—Sí. A cambio de que influya sobre Ariel. Le he pedido que intente persuadirla de que deje de acusarme a mí y a mi madre y que retire los piquetes de manifestantes; en resumen, le he pedido una tregua a todo este follón. Le he dicho que quería a toda costa vivir mi vida y ocuparme de mis negocios en paz.

—¿Pretendías sobornarlo? ¿Es eso lo que me estás diciendo?

—Estás demasiado cerca —murmuró Claire—. No puedo respirar.

Los ojos de Cassidy, que escrutaban minuciosamente los de ella, parpadearon y volvieron a la consciencia. Miró hacia abajo, vio las señales blancas de sus nudillos donde sus dedos todavía apretaban los hombros de Claire y se dio cuenta de que su cuerpo oprimía el de ella contra la puerta; retrocedió y dejó caer las manos a los lados.

—Gracias —dijo ella con voz tranquila.

—Todavía no te has librado de ésta. Continúa hablando.

—Básicamente eso es todo. Sé que Jackson y, probablemente, Ariel y Josh, aceptaban sobornos de otras publicaciones a cambio de inmunidad.

—¿Cómo lo sabes?

—Es de sentido común, ¿no crees? Publicaciones que deberían haber estado en esa lista, la lista negra de Jackson, como tú la llamaste..., no figuraban allí. ¿Qué hay de *A Todo Gas* y de *Bragas Calientes*? ¿Por qué un catálogo de lencería era un blanco para el púlpito de Jackson Wilde y no aquellas revistas porno? La respuesta tiene que ser que ellos se aseguraban de que Wilde los dejara en paz. —Miró a Cassidy con perspicacia—. Probablemente tú también lo has pensado.

—Tengo gente que lo está verificando, sí. ¿Qué ha dicho Josh a todo eso?

—No ha admitido que su padre aceptara sobornos, pero tampoco lo ha negado.

—¿Por qué has esperado hasta ahora para pensar en esta solución alternativa? Podrías haber pagado a

Jackson hace un año y te hubieras ahorrado todo este lío. ¿Lo intentaste alguna vez?

—No. Solamente con aquel donativo que ya conoces.

—Entonces, ¿por qué ahora, Claire?

—¡Porque estoy harta, ésa es la razón! —exclamó—. ¿Tú no lo estarías? Las pancartas de los manifestantes me pintan como una Jezabel del siglo XX. Mi madre las lee y le afectan. La gente que las lleva molesta a mis empleadas cuando vienen a trabajar. Obstaculizan la marcha de mi negocio al provocar embotellamientos, y eso dificulta la entrega de materiales y nuestros propios envíos. Una compañía de transportes ya nos ha amenazado con incrementar los costes porque los conductores de sus camiones se han quejado de esta situación.

Claire echó la cabeza hacia atrás, como si implorara a los cielos para que la ayudaran.

—Antes de que Jackson Wilde fuera asesinado, durante meses, fue una espina en mi costado. Y ahora, semanas después de su muerte, lo sigue siendo. Quiero que su espectro salga de mi vida. Quiero librarme de él de una vez por todas.

Se dio cuenta enseguida de que no había escogido bien sus palabras. Miró rápidamente a Cassidy, quien la observaba con atención.

—¿Y no lo lograste matándolo?

—Eso no es lo que he dicho.

—¿Es que me he estado equivocando, Claire? ¿Erais tú y Josh los que os confabulabais, y no él y su madrastra?

—No seas ridículo. Esta noche he visto por primera vez a Joshua.

—Estás mintiendo, Claire.

—¡No estoy mintiendo!

Cassidy soltó una carcajada. Se alejó unos pasos, volvió la cabeza y examinó una pila de cajones de madera preparados para el embarque antes de mirarla otra vez.

—Tendrás que reconocer algo: que ahora te conozco bastante mejor que hace unas semanas.

La excitación y la pasión que se habían apoderado de ellos durante la tormenta en Rosesharon los envolvió ahora. Claire fue la primera en desviar su mirada de la del hombre.

—No miento. He conocido a Joshua Wilde esta noche y le he ofrecido dinero a cambio de paz y tranquilidad.

—Puede ser. Pero ¿qué me estás ocultando?

—Nada.

—¡Claire!

—¡Nada!

Cassidy masculló una palabrota.

—Está bien. Te seguiré el juego. ¿Cómo ha reaccionado Josh?

—Se puso furioso.

—¿Lo rechazó? —preguntó, incrédulo.

—Categóricamente. Dijo que no era un chantajista. —Dirigió a Cassidy una mirada penetrante, con la barbilla algo levantada—. Y lo creo.

—Entonces estás con la minoría, porque yo no me trago nada de toda esta mierda. Le ofreciste un soborno a Josh y él lo rechazó. ¿Es eso lo que se supone que tengo que creerme?

—Me importa un comino lo que te creas.

—Sería mejor que te importara más, Claire. Porque creo que me ocultas la verdadera razón por la cual concertaste una cita con Joshua Wilde.

—¿Qué otra razón podría tener?

—No lo sé, pero me resulta difícil creer que intentaras sobornar a alguien. En primer lugar, eres demasiado orgullosa. En segundo, te tiene bastante sin cuidado lo que piense de ti la opinión pública. Y, finalmente, me dijiste que todo este lío había sido beneficioso para tu negocio, así que los Wilde no lo están poniendo en peligro. Y encuentro aún más difícil creer que Josh haya rechazado un soborno. En cualquiera de los casos, resulta más sospechoso que el carajo.

—Nunca te das por vencido, ¿verdad?

—No. No puedo. Me pagan para que no lo haga.

—Tal vez podrías verte forzado a ello. Te van a sustituir. Gente poderosa está pidiendo tu cabeza en una bandeja. Ni siquiera tu protector, Anthony Crowder, te defenderá por mucho más tiempo.

—¿Adónde quieres ir a parar? —preguntó con voz crispada.

—Estás tratando de construir algo de la nada. Estás tan cerca de solucionar el caso del asesinato de Wilde como lo estabas a la mañana siguiente del crimen.

—No estés tan segura.

—Estoy segura de una cosa. Su hijo no lo mató.

—Entonces, eso todavía te deja a ti como sospechosa, ¿no es así, Claire?

Alargó la mano por encima de ella para abrir la puerta y se marchó sin decir adiós.

—¡Oh, Dios mío! Váyase y déjeme en paz.

—Abre.

Josh cerró la puerta de la habitación del hotel por unos instantes para poder retirar la cadena de seguridad y, a continuación, la volvió a abrir.

—Es tarde —gruñó.

Cassidy entró en la habitación y dirigió una mirada lenta a la estancia. La cama todavía estaba hecha, si bien la cubierta estaba arrugada.

—Todavía no te habías acostado. Tengo la impresión de que esta noche te costará dormir, Josh. Sé que a mí sí me costará.

Josh se dejó caer en uno de los dos sillones que había en la habitación y señaló el otro a Cassidy.

—Señor Cassidy, es usted un hijo de puta. Me acerqué a usted por mi propia voluntad, se lo solté todo, compartí con usted lo que supuse erróneamente que era información confidencial. Y lo siguiente que sé es que se ha convertido en noticia de primera página. Ariel se ha puesto como una furia y no volverá a dirigirme la palabra nunca más. Me ha despedido, ¿sabe? Desde el momento en que los titulares llegaron a los quioscos, este Judas Iscariote de aquí pasó a la historia de «La hora de oración y alabanza». Creo que lo que ella espera ahora de mí es que salga y me cuelgue.

—Seguro que eso de que te despidieran fue un golpe.

Josh se rió entre dientes con amargura.

—Es lo mejor que me podía haber ocurrido. Probablemente a usted le resultará difícil de creer, pero le juro por Dios que es la verdad. Me siento más libre de lo que me he sentido en toda mi vida.

—Es curioso. No tienes el aspecto de un tipo que está en la cima del mundo —comentó Cassidy—. Parece como si te hubieras revolcado en un baño de mierda.

—Eso se lo tengo que agradecer a usted. Los últimos artículos que estoy leyendo en los periódicos insinúan con fuerza que yo podría volver a ser sospechoso.

—Por definición, Josh, sospechoso es alguien cuyas acciones son sospechosas.

Josh se encogió de hombros inocentemente.

—¿Como cuáles?

—Como el hecho de tratar de despertar sospechas sobre tu madrastra-amante.

—Creí que hacía lo correcto.

—¿Te lo dictó la conciencia? —preguntó Cassidy en tono cáustico.

—No quería hundirme con ella. Ya se lo dije.

—Está bien. Explícame una cosa. ¿Por qué te has encontrado con Claire Laurent esta noche?

Los ojos de Josh se quedaron fijos en los de Cassidy.

—¿Y usted cómo lo sabe? ¿Es que ha hecho que me sigan?

—Yo mismo te vi cuando te marchaste de The Gumbo Shop.

—¿Pasaba por allí casualmente en aquel momento? —preguntó Josh, furioso.

—Responde a la pregunta.

El grito de Cassidy aplacó la breve explosión de indignación de Josh. Miró a su alrededor buscando algo en que fijar la mirada que no fueran los ojos incisivos de Cassidy.

—Ella me llamó y propuso este encuentro, no fue cosa mía.

—Tú y la propietaria de Sedas de Francia hacéis una pareja muy extraña.

Josh se levantó de su sillón y empezó a moverse inquieto por toda la habitación. Sus movimientos eran erráticos, espasmódicos.

—Casi se me cayó el teléfono cuando llamó y se identificó.

—¿Nunca la habías visto antes de esta noche?

—Carajo, no. Después de todo lo que le hemos hecho pasar, era la última persona que esperaba que me llamase y me pidiese que nos encontráramos para tomar una copa.

Igual que Claire, Josh mentía o al menos ocultaba parte de la verdad. Cassidy empezó a sondear.

—Una señora con clase.

—Sí, supongo que sí —respondió Josh, precavido.

—Parecías furioso cuando saliste del restaurante.

—Lo estaba.

—Dejémonos de rodeos. ¿Qué quería, Josh?

—No tiene que ver nada con el asesinato de mi padre.

—Eso lo decidiré yo.

Pareció que aquel hombre joven luchaba consigo mismo durante varios momentos antes de decir algo bruscamente.

—Me ofreció un cheque de veinticuatro mil dólares para que retiráramos a nuestros seguidores.

Cassidy soltó un silbido.

—Un precio muy alto para poner fin a una manifestación de protesta.

—A todo el follón. Los manifestantes con pancartas. Las llamadas insidiosas. Las cosas que Ariel dice a los periódicos. La señorita Laurent quiere acabar con todo esto. No se puede decir que se lo reproche.

—Entonces, ¿qué le contestaste?

—Le dije que se fuera al cuerno. Lo que obviamente ella no sabía es que yo no tengo ninguna influencia sobre Ariel. Desde que murió papá, ella es quien da las órdenes, no yo. Me resultaría imposible ponerle un bozal aunque quisiera.

—¿Conque rechazaste la oferta de Claire?

—Rompí el cheque en dos pedazos y simbólicamente se los tiré a la cara. Le dije que no tenía nada que ver con las acciones de la congregación. Que nunca he tenido nada que ver. Que nunca lo tendré. Ni siquiera nunca lo he deseado. Yo toco... tocaba... el piano. Eso es todo. Eso es lo único que siempre he deseado hacer. No hago política. No trataba con los enemigos de mi padre. Él solito tenía capacidad para hacerlo todo muy bien. Si aceptaba sobornos, era cosa suya. Yo no quiero jugar a ese juego.

—Estás sin empleo. Podrías haberle prometido lo que ella quería oír, aceptar el cheque y reírte de todo mientras ibas camino del banco.

Josh le dirigió una mirada hostil y fría.

—Es usted un gilipollas, Cassidy. Lárguese.

—No tan deprisa. Estuvisteis allí dentro más de media hora. ¿Es eso lo único de lo que tú y Claire hablasteis?

—Hubo muchos silencios embarazosos.

—¡Oh, vamos, hombre!

—Lo digo en serio. Cuando fue al grano, todo acabó en cuestión de minutos. Recogió los trozos del cheque, se los metió en el monedero y dejó sobre la mesa dinero suficiente para pagar nuestras bebidas. Cuando nos marchamos, ella me dijo adiós. Eso es todo.

—Te detuviste en la acera como si tuvieras la tentación de ir tras ella.

Josh echó hacia atrás la onda que había caído sobre su frente.

—No me acuerdo de eso.

—Yo sí. Y perfectamente. —Cassidy se inclinó adelante—. ¿Pensaste mejor lo de aceptar el dinero?

—No. No soy un asesino ni un ladrón.

Cassidy deseaba agarrarlo por el cuello y sacudirlo.

—Hay algo que me estás ocultando, Josh. Estoy harto de que te salgas por la tangente. ¿Qué te estás callando?

24

—Ella...

—¿Qué? —preguntó Cassidy.

—No lo sé. —Josh hizo un gesto de frustración—. Si la miré como si quisiera ir tras ella, como usted dice, era porque no solamente estaba furioso sino perplejo.

—¿Por qué?

—Por ella. Hay algo en ella, ¿sabe lo que quiero decir?

—No, no lo sé. Explícamelo.

—No creo que pueda.

—Inténtalo.

—Es como si ella pudiera ver lo que hay dentro de mí —gritó—. Pero en cambio, yo tuve la impresión de estarla mirando a través de un velo. Hablábamos el mismo idioma, pero las palabras no correspondían a los mensajes que recibía de sus ojos. Me dejó alucinado.

—¿De qué coño estás hablando?

En realidad, Cassidy sabía perfectamente de qué hablaba Josh. Siempre que estaba con Claire, con excepción de aquellos momentos en los que ella compartía con él su pasión libre y abiertamente, se había sentido totalmente al descubierto, mientras que un elemento esencial de Claire siempre permanecía oculto. Era como mirar el rostro enmascarado de un adversario en esgrima. Sabías quién era, pero no lo podías ver claramente.

—Sabía que usted no me creería —masculló Josh entre dientes—. Por eso no lo saqué a colación.

Con la esperanza de sacar más información al atribulado joven, Cassidy mintió y dijo:

—Creo que me estás soltando un montón de trolas para despistarme.

Josh soltó un taco e hizo un gesto como si estuviera tratando de encontrar las palabras adecuadas para expresar todo lo que estaba pensando.

—Jamás había visto a esa mujer cara a cara, pero tuve la extraña sensación de que ya la conocía. O, mejor dicho, que ella me conocía. Joder, no lo sé. A papá siempre lo iba a ver mucha gente. Puede que alguna vez me tropezara con ella y sólo lo recuerde mi subconsciente.

Dejó de caminar a grandes pasos para colocarse frente a Cassidy.

—Se me acaba de ocurrir una cosa. Puede que Claire Laurent intentara la misma táctica con mi padre y cuando él rechazó su soborno, ella se lo cargó. ¿Ha pensado en eso?

Sin responder, Cassidy se levantó y se dirigió hacia la puerta, donde se giró y dijo en tono amenazador.

—Josh, si me estás mintiendo, volveré y te romperé la cara. Luego te estiraré el labio inferior hasta que te cubra la cabeza, lo pasaré por tu espalda y te lo meteré en el culo. —Le apuntó con el dedo índice—. Te lo voy a preguntar una vez más: ¿habías visto a Claire Laurent antes de esta noche?

Josh tragó saliva.

—No. Se lo juro sobre la tumba de mi madre.

Fuera, Cassidy depuso su actitud de hombre duro. Era demasiado agotador mantenerla. Se dirigió hacia su coche con un andar pesado. La fatiga se había apoderado de él. De camino a su apartamento sintió que los ojos le escocían y le quemaban, que se le irritaban al mirar cada par de faros con los que se cruzaba, pero sabía que tan pronto como se acostara para dormir se le abrirían y permanecerían así hasta el alba, cuando la rutina improductiva de siempre se iniciara de nuevo.

Entró agotado en su sala de estar sin ventilación, seleccionó con un vistazo el correo y luego entró con paso pesado en su dormitorio. Mientras contemplaba su rostro ojeroso en el espejo situado sobre la pila del cuarto de baño, se dio cuenta de por qué se sentía tan agotado como un atleta de maratón que corre cuesta arriba. Claire había quedado limpia de una mentira esa noche, pero en el proceso había descubierto otro posible motivo para que ella asesinase a Jackson Wilde.

Cassidy había dejado a Claire muy trastornada. Mucho tiempo después de que hubiera cerrado la puerta de Sedas de Francia tras su marcha, permaneció allí con la cabeza apoyada contra el frío metal. Hubiera querido que su encuentro con Josh fuera estrictamente secreto. De ahora en adelante, tenía que tener el doble de cuidado. No volvería a cometer el error de subestimar el largo alcance de los tentáculos del señor Cassidy. Los recursos del fiscal superaban los de ella. Probablemente había puesto policías de paisano para que la vigilaran las veinticuatro horas del día.

Este pensamiento la preocupaba por múltiples razones. En primer lugar, sentía su intimidad violada. En segundo, independientemente del nuevo rumbo que hubiera tomado la investigación, ella y todos los que tenían algo que ver con Sedas de Francia todavía eran sospechosos. Pero lo más inquietante era que un hombre con quien ella había intimado ejerciera una autoridad tan poderosa sobre ella.

La superioridad de él profanaba la ternura y la dulzura de su forma de hacer el amor, como un lecho de flores que ha sido pisoteado hasta hundirlo en el barro por alguien descuidado e insensible. Las flores seguían siendo flores, pero su belleza había sido irreparablemente destruida.

Con ese pensamiento deprimente, se encaminó hacia el montacargas. Al acercarse, lo oyó bajar y vio a Yasmine a través de las puertas plegables mientras se detenía en el primer piso.

—¡Hola! —saludó, tratando de infundir en su voz más ánimo del que tenía en realidad. Por desgracia, ver a Yasmine no la alegraba precisamente. Ella era otra fuente de preocupación.

—¿Vas a salir otra vez esta noche?

—Sí, un rato.

—¿Quieres compañía? Me sentaría bien una velada fuera de casa. Podría llamar a Harry para que viniera a hacer compañía a mamá.

Yasmine ya movía su cabeza en señal de negación.

—Lo siento, Claire, pero tengo otros planes.

Con valentía, Claire trató de mantener la sonrisa.

—Me alegro de ver que vuelves a estar en circulación. Estaba muy preocupada por ti.

—No tenías que preocuparte. Todo marcha viento en popa.

—Estupendo. Sabía que sería así. ¿Necesitas mi coche? —preguntó.

—No, gracias, cogeré un taxi.

Para no parecer fisgona, Claire no se atrevió a preguntarle a dónde iba o qué planes tenía. La forma de vestir de Yasmine no le dio ninguna pista. Llevaba un vestido liso de seda, bastante clásico. El color melón daba a su tez un brillo especial. Su cabellera, secada de forma natural, enmarcaba su cabeza con bucles de ébano brillantes. Sujetos a las orejas llevaba unos enormes discos de oro. Las pulseras de marca lanzaban destellos sobre sus muñecas esbeltas. Estaba excepcionalmente guapa y Claire se lo dijo.

—Gracias. Esta noche quería estar guapa.

—Incluso en tus peores días estás guapa. —Actuando por impulso, Claire la abrazó.

Yasmine le devolvió el abrazo.

—Gracias por todo, Claire.

—No necesitas agradecerme nada. Estás pasando una mala racha.

—Pero tú has continuado siendo mi amiga cuando cualquier otra persona me hubiera dejado de lado.

—Nunca haré algo así. De eso puedes estar segura. —La abrazó aún con más fuerza.

—Cuídate esta noche.

—Ya me conoces, cariño. —Cuando dejaron de abrazarse, Yasmine le guiñó un ojo y chasqueó la lengua—. Siempre en la cresta de la ola.

Claire se rió. Así era Yasmine en sus mejores momentos de descaro. Se preguntó por un momento si Alister Petrie la habría llamado para reconciliarse. Eso explicaría los especiales cuidados que se había tomado esta noche con respecto a su aspecto.

—¿Debo preocuparme si se hace muy tarde?

—No, no me esperes levantada. Adiós. Conectaré la alarma cuando salga.

—Gracias. Adiós.

Claire esperó hasta que Yasmine cruzó la planta del almacén. Al llegar a la puerta, se volvió e hizo un pequeño gesto lleno de salero. Incluso desde aquella distancia, Claire oyó tintinear sus pulseras.

Arriba, Claire echó un vistazo a Mary Catherine, que dormía plácidamente. Mientras cerraba la puerta de la habitación, un olor a humo la inmovilizó.

Cuando llevó a cabo la renovación del viejo edificio pagó mucho dinero por un sistema muy sofisticado de extinción de incendios y detección de humo, dado que sabía que un incendio le resultaría muy costoso, tanto en pérdidas de mercancías como, posiblemente, de vidas humanas. Pero a pesar de estas precauciones, el fuego era una de sus paranoias.

Siguió las débiles bocanadas hasta el dormitorio de Yasmine. Hacía tiempo que no entraba allí, pero antes de romper con Alister, Yasmine raramente cerraba la puerta. Ahora Claire no tuvo escrúpulos en abrirla para comprobar la procedencia del humo.

Cuando atravesó el umbral y entró en la habitación, recibió una bofetada en su sensibilidad y en su sistema nervioso. Instintivamente se llevó la mano derecha a la nariz y a la boca para tapárselas y se movió hacia delante, aproximándose a regañadientes al altar improvisado que una vez fue una mesita de noche normal y corriente.

Encima de ella chisporroteaban velas humeantes que proyectaban sombras temblorosas sobre las paredes. La superficie de la mesita había sido rociada con hierbas y aceites inidentificables, que provocaban algunos de los malos olores que impregnaban la habitación. Pero solamente algunos.

En el centro del altar había un cuenco de loza tosca. Estaba lleno de lo que parecían ser las entrañas de un animal pequeño. En algún momento tal vez se habrían podido distinguir los órganos. Ahora era una masa de carne y sangre seca. El hedor le provocó arcadas y enseguida volvió a taparse la boca con la mano.

La sangre, vertida cuidadosamente sobre la superficie, formaba dibujos simbólicos. La pequeña efigie de Alister Petrie, el muñeco que Claire reconoció como el que Yasmine le había enseñado, había sido decapitado y castrado. Como una estaca atravesándole el corazón, un alfiler sobresalía hacia arriba desde el centro del pecho.

—¡Dios mío! —gimió Claire, dando la espalda a la espantosa visión—. ¡Oh, Dios mío, Yasmine! ¡No!

Tan pronto como llegó Harry en respuesta a su frenética llamada, Claire salió corriendo a buscar su coche y se dirigió hacia el barrio exclusivo situado en la orilla del lago Ponchartrain, donde el congresista Alister Petrie vivía con su esposa e hijos. Esperaba no llegar demasiado tarde.

—¿Quiere que la espere? —El taxista dejó colgando el brazo por encima del respaldo del asiento y se quedó boquiabierto al ver a su increíble pasajera.

—No, gracias. —Yasmine le alargó un billete de veinte dólares—. Quédese con el cambio.

—Gracias, señorita, es usted muy amable. Dígame, ¿la conozco? Quiero decir, ¿debería conocerla? ¿No es usted famosa?

—Yo era modelo. Puede que haya visto mi foto en las revistas.

Él se golpeó la frente con el borde de la palma de la mano.

—¡Hostia! Ya me había imaginado que era usted. —Él sonrió, dejando al descubierto, a la débil luz de su taxi, unos dientes torcidos y manchados de nicotina—. ¿Quién podía imaginarse que usted subiría a mi taxi? Llevé otra celebridad en mi taxi, aquella guapa señora que cocinaba en la televisión, Julia no sé qué. Oiga, estaré encantado de volver a buscarla más tarde. Le puedo dar mi tarjeta. Puede llamarme cuando quiera que la recoja.

Yasmine agitó la cabeza en señal de negación y descendió del taxi.

—Gracias.

—Bueno, adiós. Ha sido un placer.

Él puso la marcha, la saludó y se separó del bordillo. Yasmine lo observó mientras se alejaba. Sonreía, contenta por haber alegrado el día al hombre. Hablaría de ella durante meses, puede que durante años; contaría a todo el mundo que había llevado a Yasmine en su taxi la noche en que ella se hizo famosa de verdad.

—Que tengas suerte, cariño —murmuró en el aire calmado del anochecer. De pie sobre el bordillo, contempló la mansión situada al otro lado de la calle. Habría resultado una bonita imagen para una postal. Incluso el musgo negro que colgaba de las ramas de los robles estaba perfectamente colocado.

No había sangre en la ventana del comedor, que estaba a oscuras. La habían limpiado a la mañana siguiente de aquel día que pagó para que «entregaran» el pollo muerto. Ese día pasó por allí con el coche para verlo. No había resto alguno del terror que ella esperaba que su maleficio causara a ese presumido hijo de puta.

Él no sabía lo que era el terror. Todavía no.

Bajó del bordillo y se dispuso a cruzar la calle. Introdujo la mano en el gran bolso de cuero y sacó un revólver. Aunque había comprobado los cilindros más de cien veces durante aquella larga tarde, mientras esperaba que anocheciera, los comprobó una vez más. El arma estaba cargada.

Empezó a subir por el camino que dividía el césped frontal en dos mitades inmaculadamente ajardinadas. Sus pasos eran largos y seguros, como lo habían sido durante años en las pasarelas de las casas de modas de todo el mundo. Nueva York. París. Milán. Nadie andaba como Yasmine. Nadie podía imitar su estilo. Muchas lo habían intentado, pero ninguna había sido capaz de combinar el movimiento sensual de caderas y hombros con la elegancia y la gracia de ella.

Tan sólo vaciló durante una milésima de segundo sobre el peldaño inferior que conducía hacia el porche, y luego se dirigió a grandes pasos hacia la amplia puerta principal y llamó al timbre.

—Papá, el sábado tengo partido de fútbol. ¿Crees que podrás venir esta vez? Juego de portero.

Alister Petrie alargó la mano a través de la esquina de la mesa de la cocina y despeinó el cabello de su hijo.

—Lo intentaré. Es todo lo que te puedo prometer. Pero de veras que lo intentaré.

—¡Vaya, eso sería fantástico! —dijo el muchacho, rebosante de satisfacción.

Desde el incidente del pollo muerto, que le había hecho envejecer diez años, Alister había vuelto una nueva página de su vida. Durante días había vivido tremendamente aterrorizado y sólo se aventuraba a salir de su casa cuando era imprescindible y siempre bajo la protección de los guardaespaldas que Belle insistió en contratar.

Mientras pronunciaba los discursos programados de la campaña, le temblaban las rodillas debajo del estrado por el miedo a ser asesinado. Durante las noches, en sus sueños, se imaginaba que una bala se dirigía hacia él a una velocidad imparable, le atravesaba la frente y hacía que su cabeza explotara como una sandía. Vivía constantemente para ser testigo de su ejecución y se despertaba temblando y gimoteando.

Belle estaba permanentemente a su lado, para darle ánimos y consuelo. Atrayendo su cuerpo tembloroso hacia el de ella, le aseguraba en voz baja que su amante ya había desahogado su ira con aquella asquerosa y salvaje exhibición y que ya no ocurriría nada más.

No obstante, Belle se las apañaba siempre para clavarle sus dardos afilados y envenenados.

—Quien siembra vientos, recoge tempestades, Alister. Quien mal anda, mal acaba. Por tus obras te conocerán. —Ella se sabía una letanía de refranes, todos con referencias bíblicas.

Como si fueran anzuelos, a Alister se le clavaban muy dentro en la piel. Pasaría tiempo antes de que se sintiera con valor suficiente para echar un polvo por ahí. Había aprendido la lección. Cuando sintiera la necesidad de desviarse del camino, tendría que asegurarse de que la tía no tenía nada que ver con el vudú. Podía ser algo inofensivo, pero te jodía la mente como una mala cosa.

Poco a poco, cuando creyó que lo del pollo muerto había sido efectivamente un incidente aislado y la única venganza de Yasmine, Alister empezó a relajarse. Volvió a reanudar su ajetreado programa normal. Despidieron a los guardaespaldas. Pero la armonía familiar fue una consecuencia duradera. Ahora estaba en casa tan a menudo como le era posible. Les deseaba buenas noches con un beso a sus dos hijos cada día y dedicaba un rato a intercambiar frases con ellos en algún momento del día.

Belle participaba en su campaña más activamente que antes. Raras veces se separaban. Ella no le dejaba mucho margen, lo que por una vez él no lamentó, dado que la mujer había cumplido su promesa de no reducir ni suspender las aportaciones a la campaña que provenían de sus recursos privados y de los de su numerosa familia.

Sin embargo, no habían vuelto a comer en el comedor oficial desde aquella noche fatídica.

Esta noche, los Petrie estaban reunidos alrededor de la mesa situada en un rincón confortable contiguo a la cocina. Rockwell no podría haber pintado una escena más representativa de la armonía doméstica. Habían comido de postre tarta de manzana recién hecha. El aroma de la canela y las manzanas Granny Smith asadas flotaba en el aire por toda la cocina iluminada. Podían haber sido cualquier familia norteamericana... si no fuese por la criada uniformada, quien, a una señal silenciosa de Belle, empezó a recoger los platos de la mesa y a llevarlos al fregadero.

—¿Papá?

—¿Sí, cariño? —Él prestó atención a su hija.

—Hoy en el colegio he pintado un dibujo que he hecho de ti.

—¿Ah, sí?

—Mmm. Eres tú pronunciando un discurso frente a la bandera de Estados Unidos.

—¿De verdad? —respondió él, comunicativo—. Bueno, vamos a verlo.

—Mamá, ¿me dejas? Está arriba, en mi habitación, en la cartera de la escuela.

Belle sonrió con indulgencia.

—Por supuesto, querida.

La más joven de los Petrie se levantó de su silla y salió corriendo de la cocina. Acababa de cruzar la puerta de batiente cuando sonó el timbre.

—¡Ahora lo traigo! —Su voz infantil y aguda hizo eco por todas las habitaciones. Oyeron las suelas de goma de sus zapatillas de deporte mientras pisaba el suelo de madera dura, pisadas ocasionalmente silenciadas en las zonas alfombradas.

Sonó el teléfono. La criada contestó desde la cocina.

—Residencia de los Petrie.

Oyeron cómo se abría la puerta principal.

—No —respondió la criada—. Aquí no hay nadie que se llame así.

—¿Quién era? —preguntó Belle cuando la asistenta colgó.

—Se han equivocado de número. Una mujer que parecía histérica buscaba a alguien llamada Yasmine.

Alister se puso lívido y se levantó.

—¿Yasmine?

Belle lo miró. Simultáneamente, a ambos les asaltó el mismo pensamiento escalofriante.

—¿Es ésa...? —preguntó Belle.

—Sí. —Alister tropezó al cruzar la puerta de batiente.

—¿Qué pasa, mamá?

—Nada, hijo.

—Haces mala cara.

La criada dijo:

—¿Señora Petrie? ¿Pasa algo?

—No seas tonta —replicó Belle bruscamente—. ¿Qué podría pasar? —Entonces oyeron el disparo.

—¡No, no cuelgue! —gritó Claire al auricular del teléfono público. Cuando oyó el tono de llamada, lanzó el auricular contra la caja—. ¡Le he dicho que no cuelgue!

Después de perderse irremediablemente en una zona que no le era familiar, se detuvo en un teléfono público para llamar a los Petrie. Sin estar del todo segura de cómo avisarlos, marcó con torpeza el número que había encontrado en la guía telefónica. Le contestaron a la primera llamada, pero obviamente la criada a quien ella había transmitido su histeria colgó como si se hubiesen equivocado de número o se tratase de la llamada de algún chiflado.

Metió otra moneda y marcó el número otra vez. La línea estaba ocupada. «Vamos, por favor. Por favor.» Volvió a meter la moneda y probó otra vez. Esta vez el teléfono sonó repetidas veces, pero nadie contestó. Pensó que con las prisas había marcado mal y repitió el proceso. Continuaba dando señal de llamada.

Momentos después oyó que se aproximaban sirenas. El miedo como un puño en el interior de su pecho, se apoderó de su corazón. «¡Oh, no! ¡Por favor, Dios mío, no!» Pero sus oraciones no fueron escuchadas. Las ambulancias pasaban veloces, con sus luces relampagueantes. Claire dejó caer el auricular del teléfono, corrió hacia su coche y salió en persecución de las ambulancias. Cuando llegaron a su destino, salió del vehículo, agarró del brazo a un vecino en pijama y preguntó:

—¿De quién es esta casa?

—Del congresista Petrie.

Los policías ya subían por el otro lado del césped y los enfermeros corrían apresuradamente transportando una camilla hacia la puerta abierta. Claire empujó al atónito vecino y empezó a ascender a toda prisa por la pendiente de césped. Un policía trató de cerrarle el paso, pero ella hizo caso omiso a los gritos que le pedían que se detuviera.

—Mi amiga me necesita.

Sin aliento, llegó a los peldaños del porche y los subió corriendo hacia la aglomeración de gente en la entrada. Se oyeron los alaridos histéricos de un niño que procedían del interior de la casa. Detrás de ella, unos oficiales de policía le ordenaban que se detuviese.

Sus peores temores se confirmaron cuando divisó un cuerpo envuelto en unas cortinas que yacía en el suelo, al otro lado del umbral. ¡Había llegado demasiado tarde! ¡Yasmine lo había matado! Buscó frenéticamente a Yasmine entre las personas que deambulaban por allí, llenas de confusión y dolor.

De repente, los ojos de Claire se encontraron con los de Alister Petrie. Casi se rió, aliviada. Parecía aturdido, pero ileso.

Luego se dio cuenta de que estaba salpicado de sangre fresca que no era la suya. Estaba de pie sobre un charco de sangre que fluía de un río que provenía de debajo de la sábana de plástico.

Los ojos de Claire bajaron otra vez hacia el cuerpo y en aquel momento divisaron algo que yacía fuera de la sábana y que le había pasado por alto en un primer momento: una mano de hermosa forma, larga y esbelta, de color café con leche.

Y alrededor de la muñeca había pulseras de oro que lanzaban destellos.

25

Cuando Claire salió de la pista de aterrizaje, los flashes de las cámaras y las luces de los vídeos la cegaron por unos momentos. Instintivamente se tapó los ojos con el brazo. Quería huir, pero no había ningún sitio a donde ir. Otros pasajeros salían en fila detrás de ella y bloqueaban aquella vía de escape y, frente a ella, había un enjambre de periodistas y fotógrafos.

En Nueva York había tenido que soportar el frenesí enloquecido de la publicidad causada por el suicidio de Yasmine. Esperaba la atención de los medios de comunicación, conque se mentalizó para ello y cogió al toro por los cuernos. Sin embargo, confiaba en que cuando regresara a Nueva Orleans todo habría pasado ya a un segundo plano. No estaba mentalizada para aquel bombardeo de preguntas ni preparada para la avalancha de periodistas que se le acercaron en masa.

—Señorita Laurent, ¿qué opina usted de la implicación de Yasmine...?

—¿Prosperarán las alegaciones...?

—¿Qué sabe usted acerca de...?

—Por favor —suplicó ella, tratando de pasar a empujones a través de ellos.

Pero eran como una hilera sólida de soldados armados con cámaras y micrófonos. No cedieron ni un centímetro. No se iban a marchar sin una declaración.

—Es evidente que mi amiga era muy desgraciada. —Claire habló parapetada detrás de unas gafas de sol y trató de conservar su rostro apartado de los brillantes focos—. Lamento muchísimo haberla perdido, pero lo que ella me dio como persona y lo que aportó a la industria de la moda conservarán viva su memoria durante muchos años. Perdónenme.

Continuó estoicamente cruzando el aeropuerto, negándose a contestar más preguntas. Finalmente, un guardia de seguridad del aeropuerto se ofreció a reclamar su equipaje y a ayudarla a entrar en un taxi. Cuando llegó a Sedas de Francia, no sólo la saludaron los miembros de la prensa sino también los discípulos devotos de Jackson Wilde que continuaban manifestándose allí delante. Pagó rápidamente al taxista y entró en el edificio a toda prisa.

Se sintió satisfecha al ver que sus empleadas estaban trabajando, aunque parecían inusualmente melancólicas. Varias le dieron el pésame en voz baja y ella lo aceptó cortésmente. En el ascensor se quitó las gafas de sol, se pintó los labios con presteza y recobró la compostura. No quería que Mary Catherine se disgustara aún más por el suicidio de Yasmine. Cuando dejó a su madre y a Harry a punto de subir a un reactor en La Guardia con destino a Nueva Orleans, tras el funeral, Mary Catherine se mostró distraída y desorientada. Claire estaba preocupada por el equilibrio mental de su madre y le desesperaba tener que separarse de ella, pero creyó que Mary Catherine se sentiría mejor en un entorno familiar que en Nueva York, donde Claire no podía dedicarle mucho tiempo ni atención.

Esforzándose en sonreír, abrió la puerta principal del apartamento y entró.

—¡Mamá, estoy en casa! —Sólo había dado unos pasos cuando vio a Mary Catherine en la sala de estar, sentada en un rincón del sofá, lloriqueando y secándose la nariz con un pañuelo. Harry estaba de pie junto a las ventanas, rígida y seria, con expresión de disgusto.

Después de comprender el significado de la escena, los ojos de Claire se dirigieron hacia Cassidy, que estaba sentado junto a su madre.

—¿Qué demonios está haciendo?

—Yo ya le dije que no era una buena idea, pero él insistió en hablar con ella.

—Gracias, Harry. Ya sé lo persuasivo que puede llegar a ser el señor Cassidy.

Claire lo fulminó con la mirada, se dirigió rápidamente hacia el sofá y se arrodilló delante de su madre.

—Mamá, estoy en casa. ¿No estás contenta de verme?

—¿Claire Louise?

—¿Sí, mamá?

—¿Han venido por ti?

—No. Nadie ha venido por mí.

—No quiero que te lleven por culpa de lo que yo hice.

—No pueden hacerlo. No voy a ir a ninguna parte. Ahora estoy en casa. Estamos juntas.

—He tratado de hacerlo mejor —dijo Mary Catherine entre hipos débiles—. De verdad que lo he hecho. Pregúntaselo a tía Laurel. Sólo es que... —Se llevó la mano a la sien y se hizo un masaje—. A veces me siento tan trastornada cuando pienso en mi pecado. Mamá y papá se enfadaron mucho conmigo cuando les conté lo del bebé.

Claire atrajo hacia sí a Mary Catherine y murmuró:

—No te preocupes, mamá. Ahora ya estoy aquí. Siempre cuidaré de ti. —Claire la abrazó hasta que dejó de llorar, luego se separó de ella y sonrió a aquel rostro cuajado de lágrimas—. ¿Sabes lo que me encantaría cenar? *Gumbo*. ¿Me lo harás? Por favor.

—La mezcla para espesar la salsa nunca me sale tan buena como a tía Laurel —dijo Mary Catherine tímidamente—, pero si de verdad te apetece comerlo...

—Sí, me apetece. —Hizo un gesto hacia Harry—. ¿Por qué no lo empiezas a hacer ahora para que pueda hervir a fuego lento todo el día? Ve con Harry. Ella te echará una mano. —Ayudó a Mary Catherine a levantarse.

Mary Catherine se volvió y tendió su mano a Cassidy.

—Ahora tengo que irme, señor Cassidy, pero le agradezco su visita. Traiga a sus padres cualquier tarde para tomar una copa de jerez.

Él asintió con la cabeza. Harry la acompañó a la cocina.

—Todavía no he terminado de interrogarla.

Claire se volvió en redondo hacia él.

—¡Y un cuerno que no has terminado! ¿Cómo te atreves a colarte aquí y molestarla mientras yo no estoy? ¿Qué querías de ella?

—Tenía que hacerle algunas preguntas concretas.

—Al diablo con tus preguntas concretas.

—Como ayudante del fiscal tengo derecho...

—¿Derecho? —repitió ella, incrédula—. Hemos tenido una muerte en la familia, ¿o es que lo has olvidado?

—Siento lo de Yasmine.

—Seguro. Es una sospechosa menos para ti, ¿no es cierto?

—No eres justa. Mi intención no era trastornar a tu madre.

—Muy bien, pues es lo que has conseguido. Y si alguna vez vuelves a intimidar a mi madre, te mataré. Ella no sabe las respuestas a tus malditas preguntas.

—Pero tú sí —replicó él—. Y por eso vas a venir al centro de la ciudad conmigo.

—¿Para qué?

—Te lo diré cuando lleguemos allí. —Él la cogió del brazo y se lo apretó de forma inexorable.

—¿Vas a arrestarme? ¿Que le has obligado a decir a mi madre?

—Despídete de ellas, Claire, y no opongas resistencia —dijo él tranquilo, pero con firmeza—. Otra escena sólo serviría para trastornar más a Mary Catherine.

En aquel momento Claire lo odiaba.

—Hijo de puta.

—Coge tu bolso y diles adiós.

En esta escaramuza, él era el vencedor indiscutible. Por el bien de su madre, ella ni siquiera podía competir. Él lo sabía y lo utilizaba a su favor. Claire lo contempló de arriba abajo; su aversión era evidente. Por fin dijo:

—Harry, me voy un rato con el señor Cassidy al centro de la ciudad. Adiós, mamá.

Su salida de Sedas de Francia causó un gran revuelo entre los periodistas y los manifestantes. Lanzaron a Claire una docena de preguntas a la vez.

—La señorita Laurent no tiene nada que comentar —dijo Cassidy concisamente a los periodistas.

—Cassidy, ¿qué piensa usted...?

—Sin comentarios.

—¿Cree usted que ha encontrado a su asesino?

—Sin comentarios. —Hizo caso omiso de los micrófonos que le metían por las narices y se abrió paso a empujones con Claire entre el gentío. Ella estaba exhausta, afligida y confusa, conque se dejó llevar dócilmente. Al menos Cassidy era un adversario conocido.

Los pasos largos de Cassidy pronto los separaron de la multitud. Dos policías uniformados cerraron filas tras ellos. Empezaron a bajar por la acera sin perder el tiempo.

—Yo la llevaré al centro en mi coche —dijo Cassidy a los hombres de la patrulla.

—Sí, señor.

—Muchas gracias por su ayuda.

—Sí, señor.

—Hagan todo lo posible para dispersar esa multitud y mantengan el lugar vigilado.

—Sí, señor.

Los policías se alejaron para cumplir las concisas instrucciones de Cassidy. Sin detenerse en ningún momento, escoltó a Claire hasta su vehículo, que estaba mal aparcado junto al bordillo. Le abrió la puerta del acompañante y se hizo a un lado. Puesto que estaba demasiado agotada en aquel momento para batallar con él, Claire entró en el coche y se sentó.

—¿Cómo te las has arreglado para mantener a la televisión al margen del funeral? —preguntó Cassidy de camino a la ciudad.

—Les puse un cebo. Un coche fúnebre con un féretro falso condujo a los sabuesos de la prensa hacia Nueva Jersey antes de que se dieran cuenta de que los había engañado. —Tocó la pulsera de oro que tintineaba en su muñeca. Era una de las favoritas de Yasmine. Claire sabía que a ella le hubiera gustado que se la quedara—. No podría haber soportado el funeral si hubiera sido un carnaval lleno de extraños.

Había pasado más de una semana desde que Claire llegó a casa de Alister Petrie y vio a su amiga muerta en el suelo, frente a la puerta. Delante de él y de su hija, Yasmine se había disparado en la nuca, de una forma implacable, casi vengativa, y el proyectil destruyó así, al salir, su rostro encantador. Yasmine estaba indiscutiblemente muerta. Sin embargo, había momentos en los que Claire casi lo olvidaba. Luego la realidad caía sobre ella como una avalancha de ladrillos.

Apenas había tenido tiempo para llorar su muerte. Los días que siguieron al suicidio fueron de una actividad lúgubre: formularios que firmar, preparativos que hacer, asuntos de Yasmine que poner al día, esquivar a la prensa, responder a preguntas que carecían de respuesta. ¿Qué motivo podía tener una mujer que aparentemente lo poseía todo para autodestruirse de una manera tan grotescamente poética?

Claire se guardó para sí los secretos de Yasmine. No traicionaría la confianza de su amiga ni siquiera ahora, cuando ya no importaba nada. A los amigos comunes, que se habían quedado conmocionados al enterarse de la noticia y necesitaban respuestas, Claire les dijo tan sólo que Yasmine últimamente se había sentido muy desgraciada. No divulgó los detalles del fracaso de su aventura amorosa ni sus dificultades financieras.

Puesto que todo lo que quedaba de la familia de Yasmine eran unos cuantos primos diseminados por la costa Este, con los que ella nunca había tenido demasiada relación, la responsabilidad del funeral y del entierro recayó sobre Claire. Yasmine no había dejado instrucciones, y Claire se guió por su instinto e hizo incinerar el cadáver. La ceremonia del funeral fue tranquila e íntima, abierta solamente a unos cuantos invitados. Ahora, una urna sellada en un mausoleo era todo lo que quedaba de su hermosa amiga, vital y con tanto talento, que había sentido un gran entusiasmo por la vida hasta que se enamoró del hombre equivocado.

Acordándose de Petrie, Claire se volvió hacia Cassidy, que conducía en silencio.

—La hijita de Petrie, ¿se encuentra bien?

—Por lo que he leído, se está recuperando. Aún tiene pesadillas, según decían ayer los periódicos. Está bajo el cuidado de un psicólogo infantil.

—Me cuesta imaginarme que Yasmine pudiera hacer algo tan espantoso delante de una criatura.

—Petrie era el amante que la plantó, ¿verdad?

—Has acertado.

—Oí que más tarde se encontró toda clase de parafernalia vudú en su habitación.

—Sí.

—Y también que estuviste en el lugar del suicidio, Claire.

—Encontré el altar en su habitación. Pensé que quería hacer daño a Petrie. Salí corriendo tras ella, pero llegué demasiado tarde.

—La doctora Dupuis me ha dicho que te negaste a abandonarla y que acompañaste su cuerpo al depósito de cadáveres.

—Era mi amiga.

—Tu gesto es digno de elogio.

—No necesito tus alabanzas.

—Estás decidida a ser mi enemiga, ¿verdad?

—Creí que el día que nos conocimos ya quedó bien claro que no podíamos ser amigos. —Se miraron y luego, rápidamente, desviaron la mirada. Después de un rato, Claire dijo—: Esto representará una mancha en la campaña de Petrie. ¿Y él qué tiene que decir a todo esto?

—¿No lo has leído?

—No. He evitado deliberadamente leer todo lo relacionado con el suicidio o las especulaciones sobre por qué lo hizo. Seguro que me habrían puesto enferma.

—Entonces no te recomiendo los últimos números de cualquier periódico. Todos, desde el *New York Times* hasta el *National Inquirer*, tienen una teoría.

—Es lo que me temía. Dame una idea de con qué me voy a enfrentar.

—Que era adicta a las drogas.

—Ya me lo esperaba.

—Que guardaba rencor a Petrie por cuestiones raciales.

—Era apolítica.

—Que era una amante secreta a la que él había plantado.

—Cosa que por supuesto él habrá negado.

—Hasta ahora no ha dicho muchas cosas. Se oculta

tras las faldas de su esposa y deja que sea ella la que haga todas las declaraciones. Bien pensado, es una buena táctica de relaciones públicas. Si la esposa lo apoya de ese modo, no es posible que haya tenido una aventura secreta, ¿no es cierto?

—Correcto. Así presentan a Yasmine como si fuera un caso de desequilibrio mental.

—Básicamente, sí. —Cassidy llevó su vehículo hasta el aparcamiento que le correspondía junto al edificio de la oficina del fiscal.

—¿Por qué me has traído aquí? —preguntó Claire con resentimiento—. Estoy sucia después de tanto viaje. Estoy cansada. No estoy de humor para contestar a ninguna pregunta. Y estoy furiosa contigo por importunar a mi madre. Además, creía que ahora ya no estabas en el caso. ¿Es que Crowder no te ha sustituido todavía?

—No, ya que últimamente hemos hecho algunos progresos.

—Felicidades. ¿Pero qué tienen que ver esos progresos conmigo? Ni siquiera he estado aquí.

Cassidy se volvió hacia ella, colocando su brazo a lo largo de la parte trasera del asiento.

—Hemos hecho una serie de pruebas rutinarias de balística con la bala que mató a Yasmine. Tenía las mismas marcas que las que mataron a Jackson Wilde. Todas fueron disparadas con el revólver del calibre 38 que le quitaron a Yasmine de la mano una vez muerta.

26

Andre Philippi se limpió las uñas con un cepillo y jabón líquido. Era la quinta vez que se lavaba las manos de esa manera meticulosa y compulsiva desde que se había despertado aquella mañana. Cuando sus manos estaban limpias a su satisfacción —temporalmente— se las aclaraba en agua tan caliente como podía soportar y se las secaba con una toalla blanca y esponjosa procedente directamente de la lavandería del hotel.

Se examinó ante el espejo situado encima del lavabo. Sus ropas estaban inmaculadas, sin una mota de polvo ni una arruga. El clavel rosa que lucía en la solapa estaba fresco y húmedo. Ni un cabello engomado estaba fuera de su sitio. Debería haberse sentido espléndido y bien vestido, como un coche nuevo y resplandeciente sobre el suelo de una sala de exposición.

Pero se sentía inseguro, temeroso y afligido.

Salió del cuarto de baño y apagó concienzudamente todas las luces para volver a su oficina. En comparación con otras oficinas, la suya estaba excepcionalmente limpia y bien ordenada. A Andre le parecía el colmo del desorden. Sobre su escritorio había montones de correspondencia aguardando su atención, además de las hojas de horarios del personal, notas de marketing y cuestionarios para los clientes Todos los papeles de trabajo que por lo general disfrutaba seleccionando y despachando metódicamente se habían amontonado mientras lloraba la pérdida de Yasmine. No había tenido ganas de trabajar desde que recibió la noticia devastadora de su suicidio. Considerando la devoción que sentía por su trabajo, esa actitud equivalía a un sacrilegio.

Cuando Claire lo llamó para comunicarle la muerte de Yasmine, Andre la acusó descaradamente de mentir. La idea de aquella criatura adorable destruyéndose a sí misma de aquella manera tan espantosa era demasiado horrible de creer y demasiado dolorosa de soportar. Era una lamentable reminiscencia del día en que regresó a su casa después de la escuela y encontró a su hermosa *maman* desnuda dentro de una rebosante bañera de la que goteaba agua tibia y sangre caliente al suelo de azulejos.

Las dos mujeres que había amado y venerado por encima de todas las demás criaturas de Dios habían preferido morir a vivir. No sólo habían elegido estar en un mundo sin él, sino que ni siquiera se les había ocurrido decirle adiós. Como si tuviera propiedades físicas, la pena le oprimía el pecho hasta el punto de que no podía respirar sin experimentar un dolor atroz alrededor del corazón.

Se negó a viajar a Nueva York para asistir al funeral que Claire había organizado. Permaneció junto a la tumba de su *maman* mientras la sellaban y se juró a sí mismo que nunca volvería a tener contacto con la muerte hasta que le tocara a él.

A fin de superar el suicidio de Yasmine, había tratado de consolarse con tópicos familiares: «La belleza extraordinaria puede ser una maldición para quien la posee.» «El precio de la fama y la fortuna resulta demasiado elevado.»

Incluso había recurrido a algunos de esos refranes

que los amigos de su madre habían pronunciado cuando ella se suicidó. «Algunos ángeles —le había dicho un amigo de su madre bien intencionado—, son tan bellos que Dios no puede soportar la idea de estar separado mucho tiempo de ellos. Sus vidas están destinadas a ser breves incluso antes de haber nacido. Impacientes con el destino, a menudo tienen prisa por regresar a un reino tan perfecto como ellos.» Según la tradición de Nueva Orleans, se celebró un desfile con la colaboración de una banda de jazz, por todo el barrio Francés para celebrar el paso de su madre a un mundo más digno de ella.

Él no había creído aquella sandez cuando era un adolescente que luchaba con valentía por no llorar abiertamente sobre el cuerpo de su madre. Ahora tampoco lo creía. Pero ahora, fingir estar de acuerdo con aquello lo ayudaba a sentirse mejor. También asistía cada día a misa y rezaba con fervor por el alma de Yasmine.

Como si su muerte no fuera ya difícil de sobrellevar, se sentía trastornado por la forma perversa con que la trataba la prensa. Las acusaciones que se hacían de ella parecían injustas en sobremanera, sobre todo porque Yasmine no se podía defender. Contempló con irritación el periódico doblado que, enfurecido, había tirado a la papelera situada debajo de su mesa después de haber leído los insultantes titulares. Tonterías. Mentiras. Especulaciones sin sentido.

Sin embargo, el ayudante del fiscal Cassidy sí se las creía.

Cassidy llamó a Andre aquella mañana temprano. Después de leer los titulares, no se sorprendió de tener noticias de él. Ya se lo esperaba. Casi lo deseaba para así poder demostrar su desprecio por la manera irrespetuosa con que trataban a Yasmine.

—Esa mujer está muerta, señor Cassidy —dijo Andre con amargura—. Al igual que un ave depredadora, usted vuela en círculos sobre su cadáver. La forma en que usted se ceba en los indefensos es obscena, vergonzosa y abominable.

—Corta el rollo, Andre. Soy un cabrón y lo admito. Por desgracia, los contribuyentes, incluido tú, me pagan para ser un cabrón. Ahora tengo que hacerte una pregunta y es mejor que me digas la verdad o iré ahí y te arrancaré el capullo, y no estoy hablando del clavel que luces en la solapa. ¿Estuvo Yasmine en el hotel Fairmont la noche que asesinaron a Jackson Wilde?

—Su lenguaje es ofensivo y estoy decidido a quejarme de usted a...

—¿Estuvo en el jodido hotel o no? —gritó Cassidy.

Andre se sosegó, se alisó el cabello con su mano húmeda y contestó:

—Usted ya vio los archivos. ¿Figuraba el nombre de ella entre los huéspedes registrados?

—No es eso lo que te he preguntado.

—No tengo nada más que decir.

—Mira. —Cassidy probó otra táctica, y empezó a hablar con voz mucho más amable y conciliadora—. Sé que Yasmine era amiga tuya. Siento que esté muerta. Aunque no tuve tiempo de conocerla bien, fue suficiente para despertar mi admiración por su talento. Era preciosa. Mirarla era como una experiencia religiosa. Nuestro planeta es menos hermoso porque ella ya no forma parte de él. Simpatizo con tus sentimientos. De veras que sí. Su muerte ha sido trágica y prematura, y tan sólo podemos especular por qué motivo eligió poner fin a su vida.

»Si has leído los periódicos —prosiguió—, sabrás que algunas de estas especulaciones carecen de base. Yasmine no era una drogadicta. Ni una militante activista de los derechos civiles. No era ninguna de las cosas que han escrito sobre ella. De modo que, Andre, te lo digo de verdad, si confías en mí puedes librarla de mucha de la basura que la prensa ha echado sobre ella. Y piensa en lo que esto significará para Claire.

—No juegue a enfrentar a mis dos amigas, señor Cassidy.

—No es ésa mi intención. Pero si Yasmine era culpable de la muerte de Wilde, eso significa que Claire es inocente. ¿No quieres demostrar su inocencia?

—No, si eso significa inculpar a otra amiga que es igualmente inocente y además resulta que está muerta y no puede defenderse.

—Su culpabilidad o inocencia probablemente se decidirá en una investigación —le replicó Cassidy, de nuevo con un tono bastante impaciente—. Solamente dime si viste a Yasmine en tu hotel aquella noche.

—Señor Cassidy, lo ha pintado usted muy bonito, pero lo hace por motivos egoístas. Es obvio que no tiene pruebas contra Yasmine. Y si dependiera de mí, nunca las tendría. Usted ya me engañó una vez. Y con una vez basta. Adiós.

—Puedo enviarte una citación para declarar —amenazó Cassidy.

—Haga lo que tenga que hacer. Mis respuestas a sus preguntas serán las mismas.

Y así quedó el asunto. Andre casi llegó a temer que una avalancha de policías de asalto le destrozara la puerta para entregarle una citación judicial. Sin embargo, nada de lo que hiciese Cassidy le podía afectar. Ni siquiera la fuerza bruta lo podría doblegar. La teoría de que Yasmine hubiera asesinado a Jackson Wilde era ridícula. Ni era fundada ni cierta. De hecho, corroboró Andre mientras se lavaba las manos una vez más, era imposible.

—Eso es imposible.

Claire trató de clavar los tacones al suelo, pero Cassidy prácticamente la arrastró a través de la entrada lateral del edificio de la oficina de la fiscalía del condado. La parte frontal estaba sitiada por los discípulos de Jackson Wilde, que celebraban una vigilia de oración. Habían olfateado sangre fresca, en esta ocasión la de Yasmine, aunque ella ya estaba muerta.

Sin duda alguna, Ariel Wilde había recogido el rumor de que el suicidio de Yasmine y el asesinato de Jackson Wilde estaban relacionados por un informe de balística. No perdió el tiempo y enseguida llevó a sus seguidores a un frenesí espiritual. Cassidy había comentado con amargura a un compañero que aquella mujer sería muy valiosa en el Pentágono. Era una maestra en estrategia que sabía cómo lanzar un ataque rápidamente organizado y altamente eficaz. También poseía la lealtad inquebrantable de sus seguidores, que la adoraban tanto como a Jesucristo, lo que en opinión de Cassidy era el problema que se planteaba con los predicadores de televisión. Fomentaba más la fama de los predicadores que de las divinidades.

—¿Estás insinuando que Yasmine mató a Jackson Wilde? —preguntó Claire cuando Cassidy la empujó hacia el interior de un ascensor y pulsó el botón del segundo piso.

—Escucha —le contestó él en tono tajante—. Yo tampoco me lo creí hasta que estudié personalmente los informes de las pruebas.

—Tiene que haber un error. Alguien ha cometido un terrible error.

—Los he comprobado una y otra vez, Claire. La evidencia es indiscutible. La misma arma disparó aquellas balas. ¿Por qué carajo no me dijiste que Yasmine tenía un arma? Si me lo hubieras dicho, tal vez tu amiga aún estaría viva.

Con expresión ofendida, Claire se pegó a la pared del ascensor, como si quisiera alejarse lo máximo posible de él.

—Eres un pérfido hijo de puta, Cassidy.

Se abrieron las puertas del ascensor.

—Tú primero —dijo él suavemente. La esperó, y ella no tuvo más opción que salir—. Por aquí. Vamos a aclarar este follón de una vez por todas. —Una vez dentro de la oficina de la esquina, Cassidy cerró de golpe la puerta tras ellos, se quitó la chaqueta y ordenó a Claire que se sentara en una silla—. Será mejor que te pongas cómoda. No vas a salir de aquí hasta que lleguemos al fondo de esto.

—Le preguntaste a mi madre si Yasmine pudo haber matado al reverendo Wilde. Por eso ella estaba tan trastornada.

—Le pregunté si sabía que Yasmine tenía un arma. Le pregunté si Yasmine alguna vez había mencionado algo sobre disparar a Wilde. Cosas por el estilo. Te juro que fui tan considerado como me fue posible. —La expresión de Claire aún era de reproche—. Sólo estaba haciendo mi trabajo, Claire.

—Oh, sí, tu maldito trabajo. —Claire se echó atrás un mechón de cabello. Incluso aquel gesto instintivo exigía, por lo visto, un montón de energía. Bajo sus ojos había sombras profundas y era evidente que estaba completamente agotada—. ¿Puedo al menos telefonear y comprobar si se encuentra bien?

Él señaló el teléfono, luego asomó la cabeza a través de la puerta y pidió dos cafés. Cuando llegó un ordenanza con dos tazas de plástico humeantes, Claire ya había concluido su breve llamada.

—La sopa está en el fuego. Juegan al *gin* y mamá está ganando.

La sonrisa de Claire podría haber encajado bien en el rostro de una Virgen que contempla a su hijo dormido. Sus labios tenían un aspecto suave y hermoso cuando sonreía de esa manera. Cassidy trató de no pensar en el sabor que tenían.

—¿Café?

—No, gracias.

—Bébetelo. Lo vas a necesitar.

Se acercó la taza, pero no la cogió. Se colocó en una posición más cómoda en la silla, cruzó las piernas y entrelazó las manos sobre el regazo. Luego alzó la vista hacia él.

—¿Y bien? Dispare, fiscal.

—No me hagas esto, Claire.

—¿Hacer qué?

—No me hagas mi trabajo más difícil de lo que ya es.

—Yo creo que cuánto más difícil es, más disfrutas.

Cassidy se inclinó sobre ella.

—¿Tú crees que me divierte hacerte preguntas acerca de Yasmine, sabiendo lo unidas que estabais, sabiendo lo desconsolada que debes de sentirte por su suicidio?

—Pero eso no te detiene, ¿verdad que no? Necesitas un culpable para alimentar a los leones.

Él golpeó la mesa con la palma de la mano.

—¡Sí, maldita sea! ¡Y quiero que lo sea cualquiera menos tú!

Durante un momento largo y tenso ambos guardaron silencio. Los ojos de él revelaban más de lo que le estaba permitido decir, pero ella captó el mensaje. La mirada de Claire se desvió y con ella su aire desafiante.

—Yasmine no pudo haber matado a Jackson Wilde —dijo, con suave énfasis—. Seguro que ni tú te crees que lo hiciera.

—¿Por qué no lo iba a creer?

—Ni siquiera lo conocía personalmente. ¿Qué motivo podría haber tenido?

—El mismo que tú. Quería hacerlo callar. Ponía en peligro su fuente de ingresos, y Yasmine estaba hasta arriba de deudas. Lo reveló cuando comprobamos su donativo a Wilde.

—Yasmine atravesaba dificultades financieras, pero Wilde nunca fue una amenaza para Sedas de Francia. Ella pensaba que era muy divertido que su táctica no sólo hubiera fallado sino que encima hubiera producido el efecto contrario. Nuestro negocio iba viento en popa por la publicidad que él nos proporcionó, y a Yasmine aquello le encantaba. De todos modos, si tenía o no motivo, eso es anecdótico. Aquella noche Yasmine estaba en Nueva York.

—No, no estaba allí.

—Yo la recogí en el aeropuerto a la mañana siguiente.

—Y yo he examinado los archivos de las líneas aéreas con una orden judicial, Claire. Hace semanas. Ella no estaba registrada en el vuelo de aquella mañana. Llegó la noche anterior, doce horas antes.

Claire lo miró, incrédula.

—¿Por qué no me lo dijiste?

—No vi ninguna razón para descubrir el secreto de Yasmine. Pensé que llegó antes para ver a su amante y no quería que tú lo supieras porque desaprobabas la aventura. Era una cuestión entre dos amigas y yo no quería estar enmedio. Sin embargo, ahora su mentira ha adquirido un nuevo significado.

Cassidy se sentó en una esquina de su mesa, de cara a ella.

—Claire, ¿sabías que Yasmine estuvo aquella noche en Nueva Orleans?

—No.

—¿Te pidió prestado el coche?

—No. No la vi hasta la mañana siguiente.

—¿Sabías que llevaba una pistola?

Ella titubeó. Él se dio cuenta de que ella sopesaba la idea de mentir, por lo que se sintió aliviado cuando Claire respondió:

—Sí. Sabía que tenía una pistola. Cuando la conocí ya la tenía. Le pedí muchas veces que se deshiciera de ella.

—¿Por qué no me lo dijiste antes?

—Porque... Yasmine dijo que la había extraviado.

—¿Quieres decir que la había perdido?

—Durante un tiempo, sí. Después la encontró.

—¿Quieres decir que la perdió y luego volvió a aparecer?

Claire asintió con la cabeza.

—La guardaba en el equipaje cada vez que volaba para que no se la confiscaran los agentes de seguridad del aeropuerto. Dijo que probablemente la dejó en una maleta y allí pasó desapercibida.

—¿Y aún así no me lo dijiste?

—Las cosas a veces se pierden —replicó ella, irritada.

—Estamos hablando de un arma mortal, Claire. Te lo repito, ¿por qué no me hablaste de la pistola de Yasmine?

—Porque no creí que fuera importante.

—Eso es una asquerosa mentira.

—Está bien —gritó ella—. Tenía miedo de que relacionaras la maldita pistola con el asesinato de Jackson Wilde.

—Está relacionada con el asesinato.

—Ella no usó aquella pistola para matar a Jackson Wilde.

—Alguien lo hizo.

—Pero no Yasmine.

—¿Quién más tenía acceso a la pistola?

—Nadie, que yo sepa.

—Tú.

—Yo nunca he disparado una pistola. No sabría cómo hacerlo. Ya te lo he dicho una docena de veces.

—Que podría ser otra docena de mentiras.

—No estoy mintiendo.

—¿Cómo dijo Yasmine que había perdido la pistola?

—No lo sabía.

—¿Dónde la perdió?

—Entre su equipaje, supongo. No lo sé.

—¿Cuánto tiempo estuvo extraviada?

—Dos o tres semanas. No estoy segura.

—¿Cómo la recuperó?

—Dijo que volvió a aparecer de repente en su bolso.

—Claire...

—¡No lo sé!

—¿Cassidy? —Un hombre llamó bruscamente a la puerta antes de abrirla. Percibiendo la tensión, dirigió una mirada inquieta a Claire y luego se volvió hacia Cassidy—. Crowder quiere verlo.

—Hablaré con él más tarde.

A pesar de la irritación de Cassidy, el joven novato se mantuvo en sus trece.

—Perdone, señor, pero el señor Crowder ha dicho que ha de ser ahora. Me dijo que se cagaría en mí si no lo llevaba a su despacho. Está con alguien y ha ordenado que vaya usted también allí.

27

Cassidy masculló algunas palabrotas y cogió su chaqueta. Mientras se la ponía, dijo:

—Si Yasmine estuvo aquella noche en la habitación de Wilde, fue ella quien dejó allí las fibras de la alfombra de tu coche.

—Por enésima vez te repito que no vi a Yasmine aquella noche. Yo utilicé mi propio coche. —Claire mantuvo baja la cabeza; sus ojos miraban hacia otro lugar y su voz era inflexible—. No vi a Yasmine hasta la mañana siguiente, cuando la fui a recoger al aeropuerto. Si estuvo en Nueva Orleans, lo mantuvo en secreto. En cualquier caso, no tuvo acceso a mi coche.

—Procuraré que la reunión con Crowder sea lo más breve posible. No salgas de esta habitación. —Salió y cerró la puerta tras él.

Mientras se dirigía al ascensor, se encontró con Howard Glenn.

—¡Hola, Cassidy! Ahora iba a verte.

—¿Hay algo nuevo?

—Están saliendo cosas muy interesantes de aquella lista de contribuyentes de Wilde.

—Gracias. —Cassidy cogió los papeles que Glenn

le entregó, los dobló dos veces y se los guardó en el bolsillo superior de la chaqueta—. Les echaré un vistazo tan pronto como me sea posible. Ahora me esperan en la oficina de Crowder. Mientras tanto, sigue investigando.

Cassidy entró en el ascensor. Cuando salió no se detuvo hasta llegar ante el borde del escritorio del despacho de Crowder.

—¡Por el amor de Dios, Tony! ¿Qué es eso tan puñeteramente importante que no puede esperar? Estaba interrogando a Claire Laurent. Está protegiendo a Yasmine, pero cuanto más le sonsaco, más convencido estoy de que Yasmine asesinó a Wilde.

—De eso queríamos hablar contigo.

Cassidy, recordando que el subalterno había mencionado que Crowder estaba con alguien, siguió la dirección de su mirada. Alister Petrie estaba sentado con aire de satisfacción al otro extremo de la habitación en un sillón de cuero de orejas.

A Cassidy nunca le había caído bien Petrie, ni como individuo ni como hombre de Estado. Sus únicos méritos para legislar consistían en poseer contactos políticos muy importantes. Las raíces de la familia Petrie estaban profundamente hundidas en las tierras del delta del río, pero no tanto como las de la familia de su esposa. Cassidy lo consideraba un plomazo con dinero suficiente para comprar un escaño en el Congreso a pesar de no contar con ningún mérito para ello. Ya que Cassidy había sido educado de acuerdo a los principios de la ética del trabajo, tenía una mala opinión acerca de Petrie, cosa que apenas se molestaba en ocultar.

—Hola, señor congresista.

—Señor Cassidy —contestó Petrie con frialdad.

—Siéntate, Cassidy —dijo Crowder, sin más, señalándole una silla.

Los instintos de Cassidy crepitaban como unos cables eléctricos al descubierto. Se estaba tramando algo, y si tenía que confiar en su intuición, se trataba de algo que no le iba a gustar. A Tony Crowder le costaba un esfuerzo mirarlo a los ojos. Eso era mala señal.

—Dejaré que el congresista Petrie nos explique por qué nos ha pedido que mantuviéramos esta reunión. —Tony tosió, incómodo, colocándose el puño delante de la boca—. Cuando hayas oído lo que tiene que decir, te darás cuenta de la importancia y urgencia de esto. ¿Señor congresista?

—Me he quedado atónito al leer los titulares de los periódicos de esta mañana, señor Cassidy —empezó a decir Petrie.

»Es un asunto sorprendente. Si el técnico de balística no hubiera estado tan atento, no se habría dado cuenta de las similitudes entre los resultados de las pruebas que practicó con la bala que usó Yasmine para suicidarse y las que realizó hace poco con las balas que se extrajeron del cuerpo de Jackson Wilde. Había un surco profundo a lo largo de las balas que era digno de recordar, dijo. Conque los comparó. Y, ¡bingo!, la misma arma.

—La disparó para comprobarlo. No existe ningún error.

—Tiene que haberlo.

—No lo hay.

—De todos modos, debe poner fin a la investigación que relaciona el suicidio de Yasmine con el asesinato de Jackson Wilde. Inmediatamente.

La orden fue expresada con tanta pedantería y con tal arrogancia que la primera reacción de Cassidy fue soltar una carcajada. Miró a Tony Crowder, pero no había ni el menor rastro de sonrisa en el rostro de su superior. En realidad, parecía tan austero e indómito como un tótem esculpido en un sólido roble.

—¿Qué cojones está pasando aquí? —Se enfrentó nuevamente a Petrie—. ¿Y usted quién es para decirme a mí que ponga fin a mi investigación?

—Yasmine no mató a Jackson Wilde.

—¿Y usted cómo lo sabe?

—Porque ella estuvo conmigo aquella noche. Toda la noche.

El silencio se extendió por la habitación. Una vez más Cassidy se volvió hacia Tony, puesto que la mirada dura de éste exigía una explicación. El fiscal se aclaró la garganta con obvio malestar. El respeto que Cassidy sentía por él disminuyó notablemente. Tenía edad para ser el padre de Petrie, pero le lamía el culo a aquel imbécil como si se tratara de un jodido príncipe.

—El congresista Petrie vino a verme esta mañana y admitió abiertamente que había tenido... es decir... que él y esa Yasmine habían tenido una relación.

—¿De verdad? —dijo Cassidy con sarcasmo—. Ya sé lo de su aventura con ella.

—La señorita Laurent te lo ha contado, supongo —contestó Crowder.

—Así es.

—Entonces te darás cuenta de la vergüenza que pasarían el congresista Petrie y su familia si se llevase a cabo una investigación.

—Eso tendría que haberlo pensado antes de dedicarse a ir por ahí jodiendo.

Petrie montó en cólera.

—Toda esa vergüenza sería en vano, señor Cassidy, porque, como ya le he informado, yo soy la coartada de Yasmine. Ella estaba conmigo.

Cassidy lo contempló con desdén.

—Y usted tiene la culpa de que se suicidara, ¿no es cierto, Petrie? Salpicó las paredes de su casa con su cerebro porque usted es un jodido embustero. ¿Qué ocurrió para que rompieran? ¿Es que la novedad se convirtió en rutina? ¿O le entró un sudor frío al ver que se acercaban las elecciones? ¿Se asustó al pensar que sus votantes blancos no mirarían con buenos ojos a su amante negra?

—¡Cassidy! —Tony dio un puñetazo en la mesa.

Cassidy saltó disparado de su silla y volvió su rabia contra Crowder.

—Ésta es la primera prueba auténtica que hemos descubierto desde que empezamos a investigar este crimen. ¿De verdad espera que la pase por alto porque eso podría revelar que la mujer implicada en el crimen era la amante de nuestro ilustre congresista?

La actitud despreocupada de Petrie se había desvanecido. Con el rostro rojo de ira, también se puso en pie.

—Yasmine no era mi amante. Había creado un vínculo artificial hacia mí al que yo no correspondía. Una atracción fatal.

—Usted es un embustero. Era una aventura amorosa por las dos partes hasta que usted se acojonó.

—Era una joven terriblemente perturbada.

—Eso es una gilipollez.

—Era adicta a drogas que alteran la mente...

—El informe de la doctora Dupuis revela que no tenía en su cuerpo ni siquiera una aspirina.

—Es obvio que Yasmine no estaba de acuerdo con mi postura sobre...

—Oh, apuesto a que ustedes estaban de acuerdo con la mayoría de las posturas. ¿Qué prefería? ¿Estar encima o debajo?

—¡Cassidy, esto es demasiado! —bramó Crowder, poniéndose en pie—. No permitiré que se insulte al congresista Petrie en mi oficina, ha venido aquí por su propia voluntad y corriendo un gran riesgo.

—¡Joder, Tony, me niego a creerlo! ¿Va usted a barrer esto debajo de la alfombra, a fingir que aquellas pruebas de balística no existen?

—Tú sabes tan bien como yo que esas pruebas no son decisivas. Además, lo que él dice tiene sentido. Escúchalo.

—¿Por qué, Tony? —preguntó Cassidy, muy excitado.

—Me ha convencido de que la mujer no tenía motivo para matar a Wilde.

Cassidy movió la cabeza y miró a Petrie con dureza.

—Tiene la palabra. Procure hacerlo bien.

Petrie dio un tirón al borde de su chaqueta y se serenó.

—Yasmine pensaba que Jackson Wilde era un chiste —dijo—. Aunque calificaba de pornográfico el catálogo de Sedas de Francia, ella no se lo tomaba en serio. Para ella era una figura cómica. Eso es todo. Se reía de mí porque le ponía la alfombra roja cuando venía a la ciudad.

—Usted es un lameculos de primera.

—¡Cassidy, cállate!

Ignorando a Crowder, avanzó hacia Petrie.

—Se le veía muy cómodo sentado en el estrado, junto a Wilde. Usted es tan hijo de puta como él. En mi opinión, Wilde era el Alister Petrie de los predicadores. Al igual que usted, era un oportunista presuntuoso y egoísta cuyo único talento era saber embaucar a la gente.

El rostro de Petrie cada vez estaba más rojo, pero mantenía su voz en calma.

—Insúlteme todo lo que quiera. Los hechos siguen siendo los mismos. Yasmine estaba conmigo la noche en que dispararon y mataron a Jackson Wilde.

—¿Dónde?

—En el Doubletree.

—¿Pasó toda la noche en el Doubletree y no levantó las sospechas de la señora Petrie?

—A menudo paso la noche en la ciudad, si tengo que estar fuera hasta muy tarde y tengo programada una reunión temprano al día siguiente. Quedarme a dormir aquí me ahorra una noche corta y un largo viaje a la mañana siguiente.

—Y le da la oportunidad de engañar a su esposa.

—Intento ser sincero —exclamó Petrie, muy enfadado—. Ya he confesado que estuve con Yasmine en el Doubletree.

—Lo comprobaré.

—Me consta que lo hará.

—¿Cómo explica que la pistola se utilizara para matar a Wilde si ella no apretó el gatillo?

—Creo que puedo darle alguna idea sobre esto.

—Entonces, hágalo, por favor.

Después de esa petición sarcástica, Petrie se dirigió a Crowder.

—Yo estaba con Yasmine cuando encontró otra vez su pistola.

—¿Encontró otra vez?

—Sí. Se sorprendió al hallarla en el fondo del bolso que llevaba en aquel momento. Comentó que la había echado a faltar. Creía que la había perdido en un viaje entre aquí y Nueva York.

Mentalmente, Cassidy profirió un taco. Eso cuadraba a la perfección con el relato de Claire y enviaba su caso al carajo. Su expresión, sin embargo, siguió siendo belicosa.

—Le sugiero que empiece a interrogar a los que hayan podido tener acceso al bolso de Yasmine —dijo Petrie—. Y deje de investigar las actividades de ella durante aquella noche.

—Y eso le beneficiará a usted enormemente, ¿no es así?

Imperturbable ante el comentario sarcástico de Cassidy, Petrie se agachó para recoger su maletín.

—En sus manos, señor Cassidy, dejo la solución del crimen, haga las acusaciones pertinentes. —Esbozó una débil sonrisa—. En realidad le estoy ahorrando mucho tiempo, esfuerzo y tal vez deshonra pública. Yo no tenía por qué venir aquí y admitir que estuve con Yasmine aquella noche. Creí que era una responsabilidad cívica por mi parte hacerlo. Ahora el dinero de los contribuyentes no se malgastará inútilmente.

—Al único que está protegiendo es a usted mismo —replicó Cassidy con sarcasmo—. Nos ha confesado que usted y Yasmine eran amantes sólo para no tener que confesarlo a sus electores.

De nuevo Petrie le dedicó una sonrisa fugaz.

—Hará bien en seguir el consejo de su protector, el señor Crowder. Ha demostrado que tiene ambición, señor Cassidy, y eso nos consta. Pero si desea ocupar ese sillón —dijo, y señaló con la cabeza hacia la mesa de Crowder—, será mejor que aprenda las reglas del juego.

—Yo no estoy dispuesto a limpiar a paletadas la mierda política, si es eso lo que quiere decir.

—Todo es política, señor Cassidy. Y casi todo es también una mierda. Si quiere ocupar un cargo público, tendrá que acostumbrarse a usar la pala.

Cassidy inclinó la cabeza a un lado.

—Ha sido un buen discurso, Petrie, pero suena a ensayado. ¿Se lo ha escrito su esposa?

La arrogancia de Petrie se vino abajo como un paracaídas que se deshincha. Farfulló:

—Espero leer en el *Times Picayune* de esta tarde que el técnico de balística que ha practicado las pruebas con el arma ha cometido un enorme error, que las suposiciones del ayudante del fiscal del distrito Cassidy en lo referente a Yasmine eran incorrectas, que esta oficina retira sus afirmaciones previas que sugerían su posible implicación en el asesinato de Wilde y que usted dirige la investigación hacia otro punto. Deje que su suicidio se considere el acto inexplicable de una mujer desequilibrada, quien, por razones conocidas únicamente por ella, eligió acabar con su vida en la puerta de mi casa, tal vez en un intento por hacer una declaración política radical.

—¿Ya ha lavado usted los restos de cerebro del papel de las paredes?

—Cassidy.

—¿O ha cambiado el papel de las paredes?

—¡Cassidy!

Una vez más, ignoró las reprimendas de Crowder.

—¿Puede usted limpiarlo con tanta rapidez, Petrie? ¿Un cubo de agua y un poco de detergente y, ¡zas!, borrada del mapa? ¿Es ése todo el valor que la vida de ella tenía para usted?

Utilizando sus palabras como un ariete, Cassidy esperaba destrozar el muro protector inherente al cargo público que Petrie ostentaba. Deseaba enfrentarse a Petrie de hombre a hombre, pues de ese modo estarían en igualdad de condiciones, o incluso gozaría de alguna ventaja. Quería que Petrie se enfureciera, se asustara y se encolerizara. Finalmente logró lo que deseaba.

—Yasmine no valía el infierno que me hizo pasar. —Petrie sonrió con afectación—. No era más que una puta con el mejor coño que he conocido. Ha tenido usted muy mala suerte al haberse dedicado a su fría amiga Claire Laurent y no a Yasmine.

Cassidy se abalanzó sobre él, le dio un golpe que lo envió contra el sillón de cuero y acabó con su brazo en la garganta de Petrie y su rodilla marcándole la entrepierna.

—Si Yasmine era una puta, ¿qué eres tú entonces, cabrón? —Aumentó la presión contra las vías respiratorias de Petrie y le clavó la rodilla en sus vulnerables testículos. Petrie lanzó un chillido agudo. Cassidy se deleitó al ver el terror en sus ojos.

Pero el placer de Cassidy fue breve. Crowder era casi treinta años mayor, pero pesaba dieciocho kilos más que él y era más fuerte que un toro. Sus manos aterrizaron sobre los hombros de Cassidy como si fueran sacos de cemento mojado, provocando que la pierna que lo sostenía casi se doblara. Lo apartó de Petrie, que se frotaba la garganta y jadeaba. Acobardado, se apartó de Cassidy y dijo, lloriqueando:

—E-Está loco.

—Le pido disculpas por el temperamento irascible de mi ayudante —dijo Crowder. Apoyaba la mano abierta sobre el pecho de Cassidy, quien hacía esfuerzos por desasirse. Crowder le lanzó una mirada de advertencia.

Petrie recogió lo que le quedaba de dignidad, se estiró la chaqueta y se alisó el cabello con la mano.

—Presentaré cargos por agresión. Tendrán noticias de mi abogado.

—No, no las tendremos —replicó Crowder lacónicamente—. No, a menos que quiera exponer públicamente el motivo de la discusión que hemos mantenido aquí esta mañana. En este momento es algo confidencial. Si va a juicio, todo se hará público.

Petrie estaba indignado. No obstante, tomó la sutil amenaza de Crowder por lo que era. Sin pronunciar una sola palabra, salió con paso airado de la oficina.

Durante unos momentos después de que Petrie se hubo marchado, ninguno de los dos se movió. Por fin, Cassidy alargó la mano y, enfurecido, se sacudió la de Crowder del pecho.

—Ya sé lo que estás pensando —dijo Crowder.

—No puede ni imaginárselo.

Cassidy controlaba en aquel momento su genio, pero todavía habría de pasar un rato antes que su ira se aplacara. Estaba furioso con el hombre que antes respetaba y admiraba. A semejanza de un niño desilusionado que descubre que su héroe es débil, estaba tan herido como rabioso.

—¿Por qué lo ha hecho, Tony?

Crowder regresó a su mesa y se sentó pesadamente.

—Le debía el favor a Petrie. Me apoyó durante las

últimas elecciones. Es un hijo de puta rastrero, petulante y engreído, pero por desgracia detrás de él hay mucho dinero y fuerza política. Lo reelegirán. Me jubilo el año que viene y no deseo sentir el pie de Petrie apretándome la garganta durante mi último año en el cargo. Quiero marcharme tranquilamente, sin meterme en follones políticos.

Levantó la vista hacia Cassidy, pidiéndole silenciosamente su comprensión. Sin decir nada más, Cassidy se dirigió hacia las ventanas. Desde allí vio a Petrie en la calle, rodeado por la prensa, haciendo declaraciones ante los micrófonos y las cámaras. No podía oír lo que decía el congresista, pero cada palabra suave y falsa aparecería con seguridad en las noticias de las cinco. Lo triste era que el público crédulo que tendía siempre a confiar en un rostro agraciado y una sonrisa sincera se lo tragaría todo.

—Puede que tiempo atrás, cuando yo era joven y estaba lleno de mala leche, como tú, le hubiera cortado los cojones —dijo Crowder—. Le habría dicho que las investigaciones criminales estaban excluidas de la mesa de negociaciones. Que no se pueden hacer tratos cuando éstos entran en conflicto con el proceso legal. Que eso de rascarse la espalda unos a otros no pasa por mi puerta. —Señaló hacia la puerta de su oficina.

»Sin duda le habría dicho todo eso y lo habría enviado a hacer puñetas esta mañana si tuviera un caso sólido que respaldara mi postura. Pero, en el fondo, Petrie tiene razón, Cassidy. Si viene aquí por su propia voluntad y reconoce tener una amante, tenemos que creerlo cuando dice que ella estuvo con él aquella noche.

Cassidy miraba todavía por la ventana, observando la pantomima que se desarrollaba allí abajo. Los discípulos de Wilde vitorearon a Petrie cuando se marchó de la zona. Los de su séquito lo metieron en un vehículo que partió a toda velocidad. La policía motorizada lo escoltaba.

—¡Joder! —murmuró Cassidy, mientras se daba la vuelta—. A veces creo que he soñado el cadáver de Wilde, aquellas tres heridas de bala, la sangre. Lo asesinaron, ¿verdad?

—En efecto.

—Entonces, maldita sea, alguien lo mató.

—Pero no fue Yasmine. Ya he enviado a una agente al Doubletree para que comprobara la historia de Petrie. Antes de que entraras aquí, telefoneó. Petrie estuvo registrado allí aquella noche. Ha hablado con cuatro personas que recuerdan haberlo visto allí. El portero, un botones...

—Muy bien. Muy bien. ¿Y qué hay de Yasmine?

—Nadie reconoce haberla visto. Pero si tenían una cita es normal que intentara pasar desapercibida. Y si se entra por la puerta lateral del hotel, se puede llegar hasta los ascensores sin tener que atravesar el vestíbulo.

Cassidy se metió las manos en los bolsillos del pantalón.

—Estamos como al principio...

—En realidad, no —dijo Crowder sosegadamente.

—¿Qué quiere decir?

—Es tremendamente sencillo, Cassidy. Lo ha sido desde el principio. Mientras estamos hablando, la asesina está sentada en tu oficina.

—No fue Claire.

Crowder clavó el dedo índice en la superficie de la mesa.

—Tenía el mismo motivo que Yasmine, más fuerte incluso. Tuvo ocasión de hacerlo, porque no puede justificar lo que hizo aquella noche a esas horas. Tenemos su voz grabada pidiendo a su amigo del Fairmont que mintiera por ella. Las fibras encontradas en la escena del crimen son iguales que las de la alfombra de su coche. Tuvo acceso a la pistola de Yasmine y la oportunidad de volverla a colocar en su sitio después de usarla. ¡Por Dios, hombre!, ¿qué más necesitas?

—No fue ella —replicó Cassidy con obstinación.

—¿Tan seguro estás de que es inocente?

—Sí.

—¿Tan seguro como para jugarte la carrera por ella?

La secretaria de Crowder asomó la cabeza por la puerta.

—Lo siento, señor Crowder, pero ella ha insistido...

Ariel Wilde apartó bruscamente a la secretaria. Entró majestuosamente y su cabellera rubia ondeó sobre sus hombros. Vestía un traje chaqueta blanco que recordaba la túnica que llevaba en su programa de televisión.

—Bueno, señora Wilde, qué amable por su parte pasarse por aquí —dijo Cassidy, con sorna—. ¿Conoce al fiscal del condado, el señor Anthony Crowder? Señor Crowder, la señora Ariel Wilde.

Ella dirigió su gélida mirada azul hacia Cassidy.

—Dios lo castigará. Está convirtiendo el asesinato de mi esposo en una parodia.

Cassidy alzó las cejas.

—¿Una parodia? ¿Quiere hablar de parodias? ¿Qué me dice de la parodia que hizo usted de su matrimonio al tener una aventura con su hijastro?

—Ya no tengo ningún hijastro. Influido por usted, se ha convertido en un Judas. Dios también lo castigará.

—¿Cómo castiga Dios a los embusteros, señora Wilde? Porque usted me mintió, ¿no es cierto? La noche en que su esposo fue asesinado, usted salió de la habitación de Josh para ir, a eso de la medianoche, a su suite del hotel.

—Cassidy, ¿adónde quiere ir a parar? —preguntó Crowder.

—Hace unos días me enteré de que Josh alquiló un Chrysler LeBaron descapotable mientras estaba en Nueva Orleans. Casualmente es similar al coche de Claire Laurent y tiene el mismo tipo de alfombra.

—He venido aquí para decirle...

Cassidy no dio a Ariel la oportunidad de hablar.

—Usted subió en el coche alquilado de Josh. Pudo haber dejado las fibras de la alfombra en el dormitorio de su marido cuando entró allí para matarlo.

—Las pude haber dejado allí dentro en cualquier momento —gritó ella—. Y en lugar de encontrar al asesino de mi marido, usted insiste en torturarme a mí y al hijo que llevo dentro.

Como si obedecieran a una indicación, dos periodistas y un cámara de vídeo pasaron apresuradamente junto a la agitada secretaria y atravesaron la puerta abierta. Ariel se cubrió el abdomen con las manos.

—Si pierdo a mi hijo, usted será el culpable, señor Cassidy. Por lo que he leído en los periódicos, parece como si la muerte de mi marido tuviera relación con esa porquería de catálogo y con la puta que posaba en él.

—Yasmine no era una puta.

Aquella declaración sosegada provenía de Claire, quien apareció inesperadamente en el umbral de la puerta.

Cassidy perdió los estribos de nuevo.

—Te he dicho que no te movieras de allí.

—¡Ramera! —gritó Ariel, señalando con el dedo a Claire.

—¡Que todo el mundo salga de inmediato de esta oficina! —vociferó Crowder—. ¿Quién ha dejado entrar aquí a la prensa? —El operador de vídeo dio una vuelta completa con la cámara para conseguir un plano del rostro enfurecido y sonrojado del fiscal.

Ariel se acercó a Claire. Sus ojos se entrecerraron y se convirtieron en rendijas maliciosas.

—Finalmente nos encontramos cara a cara.

—Lo he evitado tanto tiempo como he podido.

—El precio del pecado es la muerte —siseó Ariel.

—Exactamente —contestó Claire—. Por eso su esposo tenía que morir. —Volvió la cabeza y miró directamente a Cassidy a los ojos—. Por eso tuve que matarlo.

28

A partir de aquel momento todo sucedió tan rápidamente que, más tarde, Claire no pudo recordar la secuencia exacta de los acontecimientos.

Ariel Wilde se arrodilló, alzó sus manos entrelazadas hacia el cielo y en voz alta empezó a dar gracias a Dios por esgrimir su poderosa espada de justicia.

Crowder vociferaba para que los guardias de seguridad sacaran a toda aquella gente de su oficina.

Los periodistas acercaron los micrófonos a Claire y empezaron a dispararle preguntas.

El operador de vídeo plantó sus sucias zapatillas de deporte encima de una silla de tapicería exquisita con el fin de conseguir un mejor ángulo de cámara de la escena que se estaba desarrollando.

La secretaria, situada detrás de Claire, gritó «¡Oh Dios mío!» cuando se volvió y vio que los discípulos de Wilde se acercaban en tropel a la oficina.

Cuando Claire tuvo tiempo para reflexionar sobre aquellos primeros momentos tumultuosos que siguieron a su confesión, los recuerdos eran imágenes borrosas, como si los hubiera vivido desde detrás de un cristal empañado. Sin embargo, un recuerdo permanecía vivo con dolorosa claridad, la forma en que Cassidy la miró.

Innumerables emociones pasaron por el rostro del hombre. Incredulidad. Remordimiento. Culpabilidad. Perplejidad. Desilusión. Dolor. Sin embargo, ese calidoscopio de reacciones no afectó su mirada, brillante y dura, que permanecía fija en ella.

Sólo desvió la mirada cuando uno de los seguidores de Ariel empujó a Claire por detrás y, para conservar el equilibrio, ella tuvo que agarrarse al quicio de la puerta. Sin encontrar obstáculos a su paso, porque los guardias de seguridad todavía no habían llegado, la multitud presionaba desde atrás para entrar.

Ariel finalizó su plegaria y se puso en pie de un salto, señalando con dedo acusador a Claire.

—¡Ella asesinó a mi esposo, a uno de los líderes espirituales más eminentes de este siglo!

Al cámara de vídeo le resultaba difícil grabarlo todo en la cinta. Los periodistas continuaban lanzando preguntas al rostro de Claire. Aquellos que se encontraban en el exterior de la oficina se movían en oleadas hacia la puerta, como un maremoto, avanzando por momentos, pasando por encima de las mesas de las secretarias o rodeándolas, luchando con el personal de Crowder y entre sí para ganar posiciones.

El nombre de Claire se extendió como un murmullo entre el gentío a medida que se iban enterando de que había confesado. Lo repetían con odio creciente. Al cabo de pocos momentos la multitud ya parecía un pelotón de linchamiento.

—¡Pues cómo no iba a ser ella! —oyó Claire que gritaba alguien.

—¡Que ella y Sedas de Francia sean condenados al fuego eterno!

La animosidad iba en aumento. Los gritos subían de volumen, los epítetos eran cada vez más crueles. Crowder ordenó a los periodistas que se marcharan. De un tirón hizo saltar al operador de vídeo de su posición elevada. Aquello desequilibró la cámara que llevaba sobre el hombro, que se estrelló contra el suelo. Furioso, el hombre empezó a acusar a Crowder de violar los derechos de la Primera Enmienda.

Puesto que la cámara había dejado de ser operativa y, por consiguiente, era inofensiva, Crowder lo ignoró y se dirigió a Ariel Wilde.

—¡Saque de aquí a su rebaño!

—La venganza es mía, dijo el Señor —gritó ella, con ojos brillantes de fanatismo.

Cassidy, que se vio obligado a actuar por la enorme muchedumbre que iba aumentando y por su hostilidad creciente, se dirigió apresuradamente hacia Claire y la cogió por el brazo.

—Si esto sigue así, la harán pedazos —gritó a Crowder para hacerse oír—. Voy a sacarla de aquí.

—¿Adónde la llevas? ¡Cassidy!

A partir de ahí, Claire ya no vio ni oyó más a Crowder, porque Cassidy le pasó el brazo por los hombros, le hizo dar la vuelta y empezó a abrirse paso a empujones a través del muro de descontentos.

—¡Despejen la zona! ¡Saquen a toda esa gente de aquí!

Las secretarias y empleados respondieron al tono de voz autoritario de Cassidy e intentaron, inútilmente, dispersar a la multitud pidiendo amablemente que se marcharan. El gentío no escuchaba. Finalmente aparecieron guardias de seguridad uniformados y se unieron a la refriega, vociferando órdenes y lanzando amenazas de arresto inminente a las que la gente hizo caso omiso.

Claire comprendió que Cassidy intentaba llevarla hasta el hueco de la escalera. Pero cuando llegaron a la salida, un fornido fanático de la Biblia que vestía una camiseta con la frase DIOS ES AMOR bloqueó la puerta y sonrió a Claire con desprecio.

—Arderás en el infierno por lo que has hecho, hermana.

—Hazte a un lado o verás el infierno antes que ella —le amenazó Cassidy.

El hombre gruñó, alargó la mano, le cogió un puñado de cabello a Claire y estiró con fuerza, arrancándole varios mechones. Claire profirió un grito de dolor y levantó las manos instintivamente para protegerse la cabeza.

Cassidy actuó también por instinto. Le propinó un puñetazo al hombre en el estómago, y cuando éste se dobló, le dio un golpe debajo de la barbilla que lo envió de cabeza contra la pared.

La gente que estaba más cerca de ellos empezó a dar alaridos. En cuestión de segundos cundió el pánico. Cassidy abrió la puerta de golpe y dio un empujón a Claire en medio de la espalda que la envió, tambaleándose, al rellano de la escalera.

Luego agarró a un guardia de seguridad por la parte trasera del cuello del uniforme y lo utilizó como escudo para bloquear la salida.

—Dame tiempo para que la saque del edificio. No dejes que nadie pase por esta puerta —gritó, mientras cerraba la puerta de un empujón.

El guardia, todavía sin comprender lo que estaba pasando, asintió con la cabeza estúpidamente.

Cassidy la agarró de la mano y empezaron a bajar corriendo las escaleras.

—¿Estás bien? —le preguntó.

Claire descubrió que estaba demasiado asustada para hablar. Al igual que el guardia desconcertado, asintió con la cabeza, pero con las prisas Cassidy ni siquiera había mirado hacia atrás.

Las escaleras servían de vía de escape en caso de incendio y daban al exterior, de modo que pudieron evitar el caos que reinaba en el vestíbulo de entrada del edificio. Estaba plagado de seguidores de Jackson Wilde, empleados confusos y personas lo bastante desafortunadas como para tener algún asunto pendiente en la oficina del fiscal aquella tarde.

Tan pronto como estuvieron fuera, Cassidy la arrastró tras él, dieron la vuelta por la parte trasera del edificio y se dirigieron hacia el extremo opuesto, donde tenía aparcado su coche.

—¡Mierda! —Se detuvo tan de repente que a Claire le chirriaron los dientes—. Me he dejado las llaves del coche encima de mi escritorio.

Sin perder un momento en lamentaciones, fue a buscar algo conque romper la ventanilla. Regresó al cabo de unos preciosos segundos con un ladrillo procedente de una obra cercana.

—Vuelve la cabeza.

Cassidy rompió el cristal con el ladrillo, introdujo la mano en el interior del coche entre los cristales rotos, abrió la puerta y apenas dio tiempo a Claire para que entrara antes de volverla a cerrar de golpe. Ella alargó la mano hasta el otro extremo y le abrió la puerta del conductor.

—¿Cómo lo vas a poner en marcha?

—Como lo hacen los ladrones.

Mientras Claire sacudía los cristales rotos del asiento, él hizo un puente en el contacto. A los pocos minutos lograron huir. Alrededor del complejo del Ayuntamiento había un laberinto de calles de una dirección que obligaban a conducir con precaución incluso a aquellos que circulaban por allí a diario. Mientras conducía, Cassidy sacó de un tirón el teléfono portátil y colocó el auricular en el regazo de Claire.

—Llama a Sedas de Francia y diles que cierren por el resto del día. Que todos se larguen de allí enseguida.

—No se atreverán...

—Ya los has visto. Sólo Dios sabe lo que esos chalados son capaces de hacer cuando se enteren de que has confesado.

Claire temía por su edificio y por su valioso inventario, pero sobre todo por la seguridad de sus empleadas. Torpemente oprimió los dígitos recubiertos de goma del transmisor.

—Mi madre. Tengo que conseguir llevarla a un lugar seguro.

—Estoy pensando —respondió él tenso mientras pasaba a toda velocidad con un semáforo en ámbar.

Claire habló con su secretaria.

—Ha habido novedades en el caso de Wilde. —Dirigió su mirada hacia Cassidy; él la miró durante breves instantes—. Podría ser peligroso que Sedas de Francia esté hoy abierto. Envía a casa a todo el mundo. Sí, inmediatamente. Les dices que no vuelvan al trabajo hasta que se les avise, pero asegúrales que recibirán la paga entera. Cierra bien el edificio. Deprisa. Ahora, por favor, pásame con el teléfono del apartamento.

Mientras se cumplían estas órdenes, Claire dijo a Cassidy:

—Tienes que llevarme a casa para que pueda ver a mi madre.

—No puedo llevarte cerca de aquel lugar, Claire. Ariel posee un sistema de comunicación más eficaz que cualquier servicio público. Pero tienes razón, si asaltan el edificio, será peligroso que Mary Catherine permanezca allí.

Claire sintió pánico.

—Tienes que llevarme a verla ahora, Cassidy.

—No puedo.

—Y una mierda que no puedes.

—¿Puede irse con Harry a su casa?

—Tengo que...

—¡No discutas conmigo, maldita sea! ¿Puede Harry llevársela a su casa o no?

Cassidy desvió los ojos del tráfico el tiempo suficiente para mirarla. Claire quería discutírselo, pero la sugerencia era viable. Habló por teléfono con voz tensa:

—Hola, Harry, soy yo. Escúchame con atención. —Le explicó lo que quería de ella y añadió—: Reconozco que es una imposición, pero necesito saber que mamá está a salvo y bien atendida. No la asustes. No, estoy segura de que lo harás de maravilla. Pero el tiempo es vital. Sácala de ahí inmediatamente. Sí, tendré cuidado. Te llamaré después y te diré dónde estoy.

Volvió a colocar el teléfono en su sitio y se sentó, rígida, mirando hacia delante. Cassidy serpenteaba a través del tráfico, recorriendo las calles en zigzag. Conducía bien, pero deprisa. Sus ojos estaban en constante movimiento, iban de un lado al otro como un detector de minas.

—¿No me tendrías que llevar a la comisaría de policía?

—Después. Cuando hayan dispersado a esos locos y no tenga que preocuparme de rescatarte de algún fanático que quiera poner en práctica el ojo por ojo.

—Entonces, ¿adónde vamos?

—Estoy abierto a cualquier sugerencia.

—¿Quieres decir que no has pensado en un destino?

—Como en una docena hasta el momento. Y los he descartado todos. No te puedo llevar a Sedas de Francia. En cuanto se den cuenta de que no estás allí, te buscarán en mi apartamento.

—Existen cientos de hoteles y moteles.

—Comprobarán los libros de registro.

—¿Incluso fuera de la ciudad?

Él movió la cabeza en señal de negación.

—Con una ventanilla rota no puedo ir con este coche por la carretera durante mucho tiempo. Es demasiado fácil de localizar.

—Pues volvamos.

Soltó un sonido de burla.

—No es posible. Y aunque tú tengas ganas de morir, yo no.

—He confesado un asesinato, Cassidy. No un crimen. Todos los policías del Estado me estarán buscando. No quiero que el asunto empeore convirtiéndome en una fugitiva.

—No eres una fugitiva mientras estés bajo mi custodia. Tan pronto como lleguemos a algún sitio, telefonearé a Crowder. Cuando no haya moros en la costa, te llevaré al cuartel de la policía para que te fichen. Espero poder meterte allí antes que la prensa se entere. —Lanzó a Claire una mirada rápida—. Hasta entonces, tengo que asegurarme de que no caigas en las manos de algún hijo de puta que tenga una Biblia en una mano y una escopeta de cañones recortados en la otra.

No estaba exagerando la nota. Claire se llevó la mano al punto de la cabeza que le dolía y se estremeció al recordar el odio que había visto en los ojos de aquel hombre.

—¿Alguna idea? —le preguntó él—. Por desgracia, no tengo una cabaña de pesca, ni una barca, ni un lugar...

—La casa de tía Laurel —dijo Claire de repente—. Lleva años cerrada. Muy poca gente sabe que todavía soy la propietaria.

—¿Llevas encima la llave?

—No, pero sé dónde hay una escondida.

Encontró la llave debajo de la piedra situada bajo el tercer arbusto de camelias, sobre el parterre de flores del lado izquierdo del porche, donde había permanecido oculta durante tanto tiempo como Claire podía recordar. Cassidy estaba muy preocupado por tener que dejar su coche en la calle, frente a la casa, pero lo aparcaron en el callejón trasero.

Entrar en la vieja casa fue como penetrar en el túnel del tiempo. Aunque olía a cerrado y a humedad como cualquier vivienda deshabitada, el olfato de Claire se despertó con docenas de recuerdos queridos: saquitos perfumados con pétalos de rosa de tía Laurel, bolas perfumadas hechas con pieles de naranja seca y clavos, encajes antiguos empolvados, té de jazmín y velas de Navidad.

El camino de entrada catapultó la infancia de Claire a un primer plano de su mente. Algunos recuerdos eran tan diáfanos como las cortinas que colgaban en las esbeltas ventanas que flanqueaban la puerta principal. Otros, tan vívidos como los colores de la alfombra persa auténtica. Algunos, dorados, como la luz del sol color mantequilla que proyectaba sombras moteadas sobre las paredes. Otros, austeros como el reloj de pared que había dejado de hacer *tic tac* y se alzaba sereno y silencioso.

Cassidy cerró la puerta tras ellos y volvió a echar la llave; luego dio un vistazo a través de las cortinas hasta que estuvo seguro de que nadie los había seguido y que no habían despertado la curiosidad de vecinos entrometidos. Volviéndose de espaldas a la ventana, examinó el lugar. Claire observó cuidadosamente su reacción, consciente de que deseaba que a él le gustara la casa tanto como a ella.

—¿Cuándo estuviste aquí por última vez? —preguntó Cassidy.

—Ayer. —Él le lanzó una mirada de asombro y ella sonrió—. Tengo esa sensación.

Los ojos de él examinaron con detalle la entrada de la casa de dos plantas.

—Parece la casa de una abuelita.

—¿Tuviste alguna abuelita, Cassidy?

—Sólo una. Por parte de mi madre.

—¿Y tías, tíos y muchos primos?

—Un montón.

—Mmm. Yo siempre deseé tenerlos. —Claire le dirigió una sonrisa melancólica y luego le pidió que la siguiera—. Déjame que te enseñe el patio. Es mi lugar favorito de la casa. Después te llevaré arriba.

—¿No hay teléfono?

—Lo desconectaron cuando nos mudamos.

—Tendré que utilizar el de mi coche.

—¿En este momento? —preguntó ella, decepcionada.

—No en este momento, pero pronto, Claire.

—Lo comprendo.

Él la siguió por un comedor tradicional y una original cocina hacia lo que ella denominaba el cuarto del sol. Tenía ventanas en tres lados y muebles de mimbre blanco y almohadones de zaraza, con estampados de flores confortablemente hundidos en el centro. El cuarto del sol daba al patio. Claire abrió la puerta vidriera y salió fuera para pisar los viejos ladrillos.

—Allí, donde se ven las puertas vidrieras dobles, está la sala de estar —dijo ella, señalándola—. O el salón, como lo llamaba tía Laurel. Y encima del salón, en el segundo piso, está mi dormitorio. A veces, en verano, cuando no había demasiados mosquitos, mamá y tía Laurel me dejaban colocar un jergón en la galería. Me encantaba dormirme oyendo el sonido del agua que manaba lentamente de la fuente. Y por la mañana percibía el olor a café recién hecho y a madreselvas antes de abrir los ojos.

Una resistente enredadera y un camaleón veloz y tímido eran todo lo que quedaba con vida en el patio. La base de la fuente estaba resquebrajada y se caía a pedazos. La pila situada alrededor del querubín desnudo estaba llena de agua de lluvia estancada y de hojas secas. El columpio estaba oxidado y chirrió cuando Claire lo empujó suavemente.

—Solíamos tener helechos que colgaban por todas partes. Cuando los helechos aéreos se reproducían, los cortábamos y colocábamos las raíces en el agua antes de plantarlos en las macetas de barro. Cada primavera plantábamos plantas perennes en los parterres de flores y los capullos brotaban a veces en diciembre. En los anocheceres cálidos cenábamos aquí fuera. Antes de que empezara a ir al colegio, mamá solía sentarse en esta silla y me contaba cuentos de hadas —dijo, deslizando su mano con cariño por encima del hierro labrado oxidado.

»Verlo así me entristece. Es como contemplar el cadáver de alguien a quien amas. —Lanzó una mirada conmovedora al patio y luego entró otra vez en el cuarto del sol. Ya en la cocina, buscó una lata en la alacena y comprobó que todavía contenía té Bigelow.

—Preparé té la última vez que estuve aquí. ¿Te apetece una taza?

Sin esperar respuesta, Claire puso agua en la tetera y encendió el hornillo. Cuando se disponía a sacar las tazas de porcelana del armario, Cassidy cogió sus manos ocupadas y le hizo dar la vuelta hasta quedar frente a él.

Era inevitable que llegara aquel momento. Sabía que finalmente Cassidy se lo preguntaría y ella se lo tendría que contar. Lo había prolongado tanto como le había sido posible y ya no podía retrasarlo más.

—Claire —preguntó él con delicadeza—, ¿por qué mataste a Jackson Wilde? —Los ojos de él estaban fijos en los de ella. Había llegado el momento.

—Jackson Wilde era mi padre.

29

Primavera de 1958.

Hacía mucho calor en el Vieux Carré, aunque el mes de mayo apenas acababa de comenzar. Los capullos se habían abierto en tal abundancia que el aire estaba intensamente perfumado. Las hojas eran nuevas y de un verde vibrante. La vitalidad de la primavera corría veloz por las venas de tres colegialas, llenándolas de un ansia de vivir que ni la literatura inglesa, la geometría, el francés ni la química podían aplacar.

Saturadas de energía y con la necesidad de una válvula de escape, abandonaron sus tareas en la escuela y se escabulleron en busca de los placeres prohibidos que se podían encontrar en el barrio Francés.

Se atiborraron de perritos calientes que compraron a un vendedor ambulante y se hicieron leer la mano por una gitana nómada que llevaba un loro encima del hombro.

Desafiada por Lisbet, Alice echó un vistazo rápido al interior de uno de los antros de *strip-tease* situados en la calle Bourbon en el momento en que el provocativo portero abría la puerta. Chillando, volvió corriendo al lugar donde sus amigas la esperaban.

—¿Qué has visto?

—Algo bastísimo —dijo Alice con un chillido.

—¿Estaba desnuda?

—Sólo llevaba unas borlas. Las hacía girar rápidamente.

—Embustera —la acusó Lisbet.

—Te lo juro.

—Nadie puede hacer algo así. Anatómicamente es imposible.

—Sólo si no son mayores que las tuyas —replicó Alice, sarcástica.

Mary Catherine Laurent intervino diplomáticamente. A menudo le tocaba hacer el papel de pacificadora, puesto que le disgustaban las peleas de cualquier tipo, sobre todo entre sus amigas.

—¿No llevaba puesto nada más?

—Nada de nada. Bueno, llevaba un triángulo diminuto y brillante tapándole el tú-ya-sabes-qué.

—¿El chocho? —Desconcertadas, las otras dos niñas contemplaron boquiabiertas a Lisbet—. Bueno, así lo llama mi hermano mayor. —El hermano de Lisbet era un estudiante de segundo año en la Universidad de Tulane y solía inspirar respeto a las amigas de su hermana menor.

Alice hizo un gesto de desprecio con la nariz.

—Ya, muy propio de él. Es grosero, vulgar y socialmente inaceptable.

—Y tú estás locamente enamorada de él —observó Mary Catherine, tomándole el pelo.

—No es verdad.

—Que sí.

—Qué más da —dijo Lisbet bajando la acera de un salto. Los pliegues de la falda del uniforme azul y gris de la escuela religiosa le rozaron las pantorrillas—. A él le gusta Betsy Bouvier. Me contó que le había puesto la mano debajo de la falda en su última cita. —Miró a Ali-

ce por encima del hombro, y ésta parecía afectada—.
¡Te he pillado, Alice!

—¡Oh!

—¿Coño significa lo mismo que chocho? —preguntó Mary Catherine mientras saltaba para alcanzarlas.

—¡Chsss! —Sus dos amigas la reprendieron al unísono—: ¡Dios mío, Mary Catherine! ¿Es que no sabes nada?

—Bueno, yo no tengo hermanos —se disculpó ella—. ¿Significa lo mismo o no?

—Sí.

—Pero —añadió Alice—, si alguna vez un hombre te dice eso, tienes que darle una bofetada.

—O darle un rodillazo fuerte en los huevos.

—¿Entonces es malo?

—Es lo peor —contestó Lisbet, moviendo en círculo los ojos de forma teatral.

—Ayer dijiste que «joder» era lo peor.

Las dos niñas se miraron y sacudieron la cabeza ante la ignorancia y la confusión de Mary Catherine.

—No tiene solución.

Curiosearon por las llamativas tiendas de *souvenirs* que se alineaban a ambos lados de la calle Bourbon, haciendo ver que admiraban las máscaras de carnaval confeccionadas con plumas y lentejuelas, cuando lo que realmente hacían era mirar una jarra de café con un asa en forma de falo.

—¿Tú crees que de verdad se hacen tan grandes cuando... ya sabes, cuando lo estás haciendo? —susurró Alice.

Lisbet respondió con aire de superioridad.

—Oh, mucho más grande que ésa.

—¿Cómo lo sabes?

—Lo he oído.

—¿Quién te lo ha dicho?

—No me acuerdo, pero me dijo que era enorme y que le hizo un daño espantoso cuando él se la metió.

Mary Catherine estaba horrorizada.

—¿Conoces a alguien que lo haya hecho de verdad?

Cuando la presionaron, Lisbet no acertó a decir ningún nombre concreto, por lo que la exactitud de su declaración era dudosa.

—Estoy impaciente por hacerlo —confesó Alice cuando salieron de la tienda y siguieron andando por la acera.

—¿Aunque duela? —Mary Catherine pensó que todo ese asunto del sexo sonaba a repulsivo y era impropio de una dama.

—Sólo hace daño la primera vez, tonta. Cuando él te hace polvo el filetito, todo va bien.

—¿Qué es eso del filetito?

La pregunta provocó que las otras dos niñas, de diecisiete años, se apoyaran contra la pared de un tugurio de jazz presas de un ataque de risitas tontas.

Invariablemente sus conversaciones versaban sobre la sexualidad humana. Las monjas les habían dicho que era pecado mortal pensar en tales cosas, por lo que ese tema era el que les ocupaba la mente la mayor parte del tiempo.

Mary Catherine y sus dos mejores amigas especulaban sobre todas las cosas, desde si las monjas se afeitaban el vello púbico además de la cabeza, hasta discutir los pormenores de la anatomía masculina.

Se hicieron con ejemplares de novelas escritas por James Joyce, James Baldwin y James Jones —Lisbet opinaba que debía de haber algo en el nombre de James que hacía que los hombres que los ostentaban estuvieran tan pendientes de la sexualidad— y reflexionaron detenidamente sobre los pasajes que describían la copulación, los cuales ya habían sido convenientemente subrayados con anterioridad por otros lectores. Pero a veces incluso aquéllos eran fastidiosamente eufemísticos y poco precisos.

Mary Catherine tenía la sensación de que cuanto más aprendía acerca del sexo, mucho más le quedaba por aprender. Para dar salida a su frustración, añadía cada nueva información en su diario. Cada noche, después de rezar sus oraciones, confiaba fielmente todo al libro encuadernado en piel con el pequeño cierre de oro.

Esa noche podría llenar páginas con impresiones y nuevas palabras.

Ella y sus amigas pasearon por todo el barrio, un trío de chicas llamativas cuyos cuerpos jóvenes y maduros parecía que estaban fuera de lugar dentro de los austeros uniformes escolares. Sus esbeltas pantorrillas parecían hechas para usar tacones altos y medias de seda en lugar de aquellos odiosos zapatos bajos de cordones y los calcetines cortos.

Llegaron a la plaza Jackson y se detuvieron para flirtear con un artista callejero con barba pelirroja de chivo que importunaba indolentemente a los turistas para que le compraran sus pinturas. De los ejemplares expuestos, su mejor obra era un retrato de Marilyn Monroe de yeso coloreado.

—Seguro que le ha hecho otro desnuda —dijo Lisbet con aplomo.

»Lo tiene escondido en su buhardilla infestada de ratas. Por las noches lo saca y se la pela mientras lo mira con avidez.

—¿Creéis que algún hombre se la pelaría al contemplar mi retrato? —preguntó Alice con aire pensativo.

—Lo mejor que puedes hacer es irte a confesar dos veces esta semana —replicó Lisbet—. Tienes el sexo en el cerebro.

—¿Yo? Tú eres la enciclopedia andante de este tema. O al menos te crees que lo eres.

—He visto mucho más que vosotras. He visto a mi hermano...

—Está aquí otra vez.

La discreta observación de Mary Catherine hizo que las otras dos niñas se detuvieran. Siguieron la mirada absorta de ella hasta la estatua de Andrew Jackson, situada en el centro de la plaza. Y de allí, en particular, al joven que pronunciaba un apasionado sermón ante unos pocos transeúntes, un borrachín inconsciente y una bandada de palomas.

—El Señor está hasta las narices de que sus hijos pequen —declaraba golpeando con la palma de la mano la Biblia gastada que tenía en la otra—. Cuando mira hacia la Tierra ve la mentira y el engaño y el juego y las borracheras y la fornicación...

—Ésa es otra palabra para decir joder —informó Lisbet a Mary Catherine con un susurro.

Mary Catherine, impaciente, hizo caso omiso de ella. Estaba absorta en el joven predicador, no tanto por lo que decía como por la pasión con que lo decía.

—El Día del Juicio está próximo, damas y caballeros. Él no soportará nuestros pecados por mucho tiempo. No, señores.

Sacó un pañuelo del bolsillo superior de su reluciente traje azul marino y se secó la frente, húmeda bajo un mechón de cabello rubio oscuro.

—Lloro para que se salven los pecadores. —Con rechinar de dientes, cerrando los ojos, echó la cabeza hacia atrás e imploró al cielo—. Dios, nuestro señor, ábreles los ojos.

»Buen Jesús, ten misericordia de los débiles. Concédeles fuerza para luchar contra Satanás y sus artes astutas y malvadas.

Las niñas cruzaron la verja y se acercaron más para verlo mejor.

—Es bastante guapito —dijo Lisbet.

—¿Tú crees? —preguntó Alice, observando al predicador con ojo crítico.

—Pues sí.

Lisbet se volvió hacia Mary Catherine, quien todavía contemplaba extasiada al predicador callejero.

—Hmm. Creo que Mary Catherine está enamorada, Alice.

Ella se ruborizó.

—Ya lo he visto aquí antes. El sábado pasado mi papá me llevó a desayunar al café Du Monde. También estaba aquí. Había mucha más gente. Él impuso las manos sobre algunas personas.

—¿Sobre qué? —preguntó Alice, acercándose más a Mary Catherine.

—Sobre la cabeza, estúpida —replicó Lisbet en tono de burla—. Era sobre la cabeza, ¿verdad?

—Sí —respondió Mary Catherine—. Cuando alcanzas la salvación, él impone las manos sobre ti para que recibas al Espíritu Santo.

—Salvémonos —sugirió Lisbet con entusiasmo.

—Nosotras ya estamos salvadas. —Luego, con menos convicción, Alice preguntó—: ¿Lo estamos?

—Pues claro que sí. Estamos bautizadas. Vamos a misa. Pero él no lo sabe. —Lisbet se volvió hacia Mary Catherine—. Ve allí y que te salven.

—Eso —la apoyó Alice—. Nosotras vigilaremos. Adelante.

—¡No!

—¡Cobarde!

El predicador invitaba a los que lo escuchaban a que tomaran su mano.

Sería lo mismo que aceptar la mano de Jesús, explicó a sus oyentes.

—Queridos hermanos y hermanas, ¿verdad que no queréis ir al infierno?

—¿Verdad que no quieres ir al infierno, Mary Catherine? —preguntó Alice muy seria—. Adelante. Te está mirando a ti.

—No, no es verdad. Nos está mirando a todas.

—Te está mirando a ti. Puede que se haya dado cuenta de que eres una verdadera pecadora. Ve y sálvate. —Lisbet propinó un fuerte empujón a su amiga.

Mary Catherine se resistió, pero por un motivo que no podía comprender ni explicar, se sintió atraída por el tono de voz apremiante del joven predicador. Años antes, un sacerdote joven y bien parecido había hecho prácticas en su parroquia.

Ella y todas sus amigas se habían encaprichado apasionada y pecaminosamente de él. Asistían a casi todas las misas que él celebraba. Sin embargo, Mary Catherine nunca se había sentido tan conmovida por aquel joven sacerdote como lo estaba por este predicador callejero mal vestido, poco elocuente, pero tremendamente dinámico.

Apremiada por sus amigas, avanzó hacia él, dispersando a las palomas que merodeaban por allí, atraída por un poder que estaba fuera de su control. Cuando se encontraba a poca distancia del predicador, él se acercó unos pasos y le tendió la mano.

—Hola, hermana.

—Hola.

—¿Quieres que Jesús entre en tu corazón?

—Yo... creo que sí. Sí. Sí, quiero.

—¡Aleluya! Coge mi mano.

Ella dudó. La mano de él estaba perfectamente formada y tenía aspecto vigoroso, y se la tendió con la palma lisa vuelta hacia arriba en señal de invitación. Ella extendió la suya y la colocó encima. Pensó que oía a Alice y Lisbet gritar de sorpresa, incrédulas ante su valor, pero todos sus sentidos se bloquearon cuando de repente el puño del predicador se cerró alrededor de su mano.

—Ahora, arrodíllate, hermana.

Ella obedeció. Sintió dolor al tocar el pavimento duro con las rodillas desnudas, pero cuando aquel hombre le colocó las manos sobre la cabeza e imploró el perdón y la bendición de Dios, ella ya no sintió nada excepto el calor que surgía de los dedos y de las palmas de las manos de él. Tras una larga oración, él la asió por el codo y la ayudó a levantarse.

—Como dijo Jesús a la mujer adúltera, ve y no vuelvas a pecar.

Luego, de una maleta vieja y estropeada que yacía abierta a sus pies, sacó una bandeja de madera para donativos y la colocó delante de ella.

El gesto la cogió por sorpresa.

—¡Oh! —Durante un momento se sintió demasiado nerviosa para pensar; luego abrió rápidamente su bolso, sacó con torpeza un billete de cinco dólares y lo dejó caer en la bandeja.

—Muchísimas gracias, hermana, Dios te recompensará por tu generosidad.

Apresuradamente, el predicador volvió a colocar la bandeja de los donativos y el billete de cinco dólares, junto con la Biblia, dentro de la maleta y la cerró de golpe. A continuación la cogió y se alejó con aire desenvuelto.

—¡Eh, espere! —Mary Catherine no podía creer que pudiera ser tan atrevida, pero permitir que se alejara así de su vida era inconcebible—. ¿Cómo se llama?

—Reverendo Jack Collins. Pero todo el mundo me llama Wild Jack*.

Se crió en una ciudad rural muy pobre de Misisipí. Casi lo único que tenía la ciudad era el ferrocarril. Una parte de los empleados del ferrocarril tenía allí su

---

* *Wild*, en inglés, significa «salvaje». *(N. de la T.)*

cuartel general. La mayoría de los hombres eran solteros y vivían en casas de huéspedes.

La madre de Jack les proporcionaba entretenimiento por las noches.

Al ser la única prostituta de la ciudad, hacía un gran negocio. Había concebido y dado a luz al pequeño Jack sin saber con cuál de sus clientes lo había engendrado. El primer recuerdo de Jack era el de entrar a gatas en la habitación desordenada de su madre para coger sus Lucky Strikes y llevárselos. Cuando tenía ocho años, se peleaban por los paquetes que los amigos de su madre se dejaban a veces al marcharse.

Iba a la escuela únicamente porque el empleado que controlaba a los que hacían novillos reprendía a su madre si no lo despertaba a tiempo y lo enviaba allí. Ella, a su vez, lo reprendía a él si no iba. Por pura testarudez, aprendió tan poco como le fue posible, si bien era un líder nato.

Puesto que nunca le había importado un comino nada ni nadie y ni siquiera gimoteaba cuando lo golpeaban, sino que miraba al director del colegio fijamente a los ojos con visible desprecio, se ganó el temor y la admiración de sus compañeros de clase. Eso lo utilizaba en beneficio propio y ejercía más autoridad en el patio de la escuela que el director.

Cuando tenía trece años llamó demasiadas veces a su madre puta gorda y maloliente. La mujer engatusó a uno de sus fulanos para que preparara una emboscada y le propinara una paliza tremenda. Al día siguiente volvió en sí junto a las vías del ferrocarril, mientras un tren de mercancías descendía por allí a poca velocidad. Sosteniéndose con una mano las costillas rotas, saltó al tren de mercancías. No regresó jamás ni volvió a ver a su madre. Esperaba que se muriera y se pudriera en el infierno.

Anduvo errante por el sur durante varios años,

desempeñando algún que otro trabajo hasta que conseguía dinero suficiente para emborracharse, para irse con mujeres y para meterse en peleas, y a continuación se trasladaba a otro lugar.

Una noche, el tren de mercancías en el que viajaba se detuvo en algún lugar de Arkansas. Parecía que en el pueblo se celebraba algún espectáculo, de esos que atraían a tiparracos jóvenes como él. Pero para su irritación, el espectáculo resultó ser una reunión evangelista en una tienda de campaña. El siguiente tren de mercancías no pasaba hasta la mañana siguiente y aquella tarde cayó un aguacero, por lo que llegó a la conclusión de que al menos la tienda de campaña le proporcionaría cobijo, conque asistió a la reunión con los demás habitantes de la ciudad.

Se mofó de todo lo relacionado con la ceremonia y de todos aquellos que escuchaban con inmerecida confianza al predicador el cual aconsejaba a su congregación que buscara los tesoros en el cielo, no en la tierra. «Vaya rollo», pensó Jack.

Cambió de opinión cuando vio lo repleta que estaba la bandeja de los donativos cuando se la pasaron a él. Fingió depositar un billete, pero en realidad cogió uno de diez dólares.

Sin embargo, desde aquel momento contempló con más respeto a aquel predicador engreído subido en el púlpito.

Jack Collins decidió cuál sería su carrera aquella noche lluviosa en Arkansas. Con una parte de aquellos diez dólares adquirió una Biblia y, no sin dificultad, hizo una primera lectura. Asistió a más reuniones evangélicas; escuchaba y aprendía; para matar el tiempo en los vagones de mercancías, imitaba las inflexiones y los gestos de los predicadores. Cuando se sintió preparado, se situó en la esquina de una calle de un pueblo de paletos de Alabama y predicó su primer sermón. Las monedas que le echaron sumaban un total de un dólar con treinta y siete centavos.

Era una manera de empezar.

—¡Hola! Probablemente no se acuerde de mí.

Mary Catherine lo interceptó tímidamente en la esquina del presbiterio. Había dado por finalizado el sermón y empezaba a cruzar la plaza a paso rápido y ligero. Después de observarlo durante varios días, ella se dio cuenta de que siempre caminaba como si tuviera prisa en llegar a donde se dirigía.

Él sonrió.

—Por supuesto que te recuerdo.

—El otro día buscaba la salvación.

—Y has vuelto dos veces desde entonces. Sin tus amigas.

Se colocaba detrás de todos, oculta entre la multitud, temerosa de parecer atrevida. Pensó que él no se había dado cuenta de su presencia. Halagada al ver que sí lo había hecho, ella se ruborizó.

—No quiero molestarlo.

—No me molestas, hermana. ¿Qué te preocupa?

—Usted dijo que el Señor necesitaba ayuda para llevar a cabo su tarea.

—Sí. ¿Y qué?

—Pues que le he traído esto. —Depositó un billete de diez dólares en la mano de él.

Él miró el billete durante unos momentos antes de alzar sus ojos hacia los de ella y decir, emocionado:

—Que Dios te bendiga, hermana.

—¿Le servirá de ayuda?

—Más de lo que puedas imaginar. —Se aclaró la garganta—. Oye, tengo más hambre que un oso. ¿Te apetece una hamburguesa?

Las citas anteriores de Mary Catherine siempre ha-

bían llegado en forma de llamadas telefónicas. Nunca
había consentido en salir con un chico sin contar primero con la aprobación de sus padres. Le parecía deliciosa-
mente perverso que le pidieran para salir y ella aceptara
sin que nadie lo supiera, ni siquiera Alice o Lisbet.

—Suena estupendo.

Él sonrió y la cogió de la mano.

—Si vamos a ser amigos, tengo que saber cómo te
llamas.

Durante las vacaciones estivales de la escuela, a Mary Catherine le fue más fácil despistarse y encontrarse
con Wild Jack Collins donde él predicaba diariamente,
en las esquinas de las calles del barrio Francés. Tomaban
cenas baratas que casi siempre pagaba Mary Catherine.
A ella no le importaba. Él era la persona más fascinante
que Jamás había conocido. La gente se sentía atraída de
forma natural hacia él, desde las damas más desharrapa-
das de la noche hasta los estafadores más astutos que
trabajaban en las calles.

Jack la entretenía con anécdotas que le habían
sucedido durante los siete años que llevaba en el ministerio.

Había tenido más aventuras de las que Mary Catherine podía soñar, mientras iba de ciudad en ciudad
difundiendo el evangelio, predicando el amor de Dios
y la salvación de los pecadores.

—Lo que necesito es alguien que sepa cantar —le
comentó una tarde—. ¿Tienes talento musical, Mary
Catherine?

—No, me temo que no —respondió ella, contrariada.

¡Qué estupendo habría sido unirse al ministerio de
Jack y viajar con él! Sus sermones no tenían ninguna semejanza con las misas rituales y formales a las que ella

estaba acostumbrada. Aunque el mensaje implícito de la redención de Jesucristo era el mismo, ella dudaba de que sus padres aprobaran los modales callejeros y toscos de Jack o la doctrina fanática que él predicaba. Ésa era la razón de que mantuviera en secreto sus encuentros con él, compartiéndolos únicamente con su diario.

Cuando el verano se hizo más caluroso, sucedió lo mismo con sus relaciones. Una noche, Jack le sugirió que compraran comida china y se la comieran en la vivienda de él. A Mary Catherine le remordía la conciencia. Entrar en el apartamento de un hombre joven sin una dama de compañía conducía a la deshonra y a la destrucción. Pero cuando observó la mirada herida en el rostro de Wild Jack provocada por su vacilación, aceptó y pagó la comida china.

El edificio sórdido y lleno de cucarachas en el que vivía Jack hirió la sensibilidad de Mary Catherine. Incluso la gente de color que trabajaba en el jardín su familia vivía en casas en mejores condiciones. Lo miserable del lugar demostraba con exactitud lo pobre que era Jack, cómo se dedicaba de forma tan poco egoísta a su misión y la educación tan materialista que ella había recibido. Sintiendo vergüenza y lástima, Mary Catherine empezó a llorar.

Cuando le explicó a Jack la razón de sus lágrimas, él la tomó en sus brazos.

—Tranquilízate, cariño. No llores por mí. Jesús también era pobre.

Estas palabras hicieron que llorara aún con más fuerza. Él la abrazó más fuerte, y pronto sus manos empezaron a rozar la espalda esbelta de la joven y sus labios a moverse entre sus cabellos, murmurando cuánto la necesitaba, lo encantadora qué era y cuán generoso era por su parte contribuir con donativos a su ministerio.

Finalmente, los labios de él alcanzaron los de ella.

Cuando la besó, ella gimoteó. No era la primera vez que un chico la besaba, pero sí era la primera vez que alguien la besaba con la boca abierta y que sentía el empuje apremiante de la lengua de un hombre contra la suya.

Confusa y temerosa, luchó por liberarse de su abrazo y corrió a toda prisa hacia la puerta. Él la alcanzó allí, la tomó de nuevo entre sus brazos y le alisó el cabello con las manos.

—No me ha sucedido nunca nada parecido, Mary Catherine —dijo en voz baja, deprisa—. Cuando te he besado, he sentido que el Espíritu Santo se movía entre nosotros. ¿Tú no lo has sentido?

Ciertamente, ella sentía que algo se agitaba en su interior, pero nunca hubiese supuesto que se tratase del Espíritu Santo.

—Tengo que irme a casa, Jack. Mis padre empezarán a preocuparse.

Cuando llegó al fondo de la escalera descuidada y sombría, él la llamó desde el umbral de su puerta.

—Mary Catherine, creo que Jesús quiere que estemos juntos.

Durante los siguientes días, llenó su diario con preguntas angustiadas para las que no tenía respuesta. Por supuesto, no podía plantear el problema a sus padres. Intuitivamente sabía que mirarían de arriba abajo a Jack, enfundado en su traje barato y brillante, verían sus puños raídos y el cuello deslustrado y lo echarían a patadas como si se tratase de escoria.

Implicar a sus amigas sería forzarlas a dividir lealtades y no podía arriesgarse a que se lo contaran a sus padres, quienes a su vez se lo contarían a los de ella. Consideró la posibilidad de confiárselo a su tía Laurel, quien tenía un corazón comprensivo y bondadoso, pero finalmente decidió no hacerlo. Tía Laurel también podría creer que era su deber informar a sus padres de aquel amor que acababa de nacer.

Se hallaba frente a un problema de persona adulta, el primero de su vida, y debía resolverlo como tal. Ya no era una criatura. Jack le hablaba de adulto a adulto. La trataba como a una mujer.

Pero ése era el problema que más le preocupaba de todos. El hecho de que alguien la hiciera sentir como una mujer era una perspectiva aterradora. De las monjas de la escuela había aprendido todo lo relacionado con el sexo: los besos conducían a las caricias íntimas. Las caricias íntimas conducían al sexo. El sexo era pecado.

Pero, razonaba ella para sí, Jack había dicho que se sentía imbuido por el Espíritu Santo cuando se besaron. Puesto que las monjas que condenaban la gratificación de la carne nunca habían experimentado algo así, ¿cómo podían saber lo que era? Puede que la despreocupación, el estado febril y el anhelo que uno sentía cuando se besaba con alguien no fueran en absoluto reacciones carnales sino espirituales. Cuando la lengua de Jack había rozado la suya, se sintió transportada. ¿Cómo se podría alcanzar un estado espiritual más elevado?

Unos días después del primer beso, ella lo esperaba en su apartamento cuando él regresó a casa. Había preparado la cena encima de la destartalada mesa de patas desiguales. Había pegado una vela en un charco de cera que había fundido en un plato. Junto con un florero con capullos de margarita, la luz de la vela ayudaba a ocultar la espantosa pobreza de la habitación.

Se sintió violenta cuando lo saludó:

—¡Hola Jack! Quería darte una sorpresa.

—Lo has conseguido.

—He traído cangrejo en salsa y... y una barra de pan francés. Y esto. —Le alcanzó un billete de veinte dólares doblado por encima de la mesa.

Él lo miró pero no lo cogió. En lugar de eso, se pellizcó el puente de la nariz y cerró los ojos. Inclinó la cabeza como si estuviera rezando. Pasaron unos momentos.

—¿Jack? —La voz de Mary Catherine tembló al pronunciar su nombre—. ¿Qué te pasa?

Él alzó la cabeza. Las lágrimas brillaban en sus ojos.

—Creía que estabas furiosa conmigo por lo de la otra noche.

—No. —Rodeó la mesa rápidamente para que no fuera una barrera entre ellos—: Me asusté cuando me besaste, eso es todo.

Él la abrazó con fuerza.

—¡Oh, Dios mío, gracias! ¡Buen Jesús, gracias! —Deslizó sus manos por los cabellos de ella—. Creía que te había perdido, Mary Catherine. No merezco a alguien tan dulce como tú en mi vida miserable, pero he rezado una y otra vez para que Dios te hiciera regresar otra vez a mi lado. Oremos.

Se arrodilló y la empujó para que ella también se arrodillase. Mientras así estaban, uno frente al otro sobre el linóleo mugriento que se despegaba a tiras, él ofreció una plegaria en la que alababa la pureza y la belleza de ella. Los adjetivos que empleó para describirla hicieron que se ruborizara. De los labios de él brotaron palabras de adoración, así que en el momento en que dijo «Amén», ella lo contemplaba con admiración y amor.

—No me imaginaba que sintieras algo tan fuerte por mí, Jack.

Él la contempló como si fuera una visión.

—Si no pareces un ángel con la luz de la vela que resplandece sobre tus cabellos, le pido a Dios que me deje ciego antes de que mi corazón vuelva a latir.

Dios no lo hizo, de modo que con precaución levantó la mano y le tocó el cabello. Mientras lo acariciaba, se inclinó hacia delante y colocó sus labios sobre los de ella. Mary Catherine se sintió decepcionada de que no la besara otra vez con lengua, pero cuando Jack apretó los labios separados contra su garganta, Mary Catherine exhaló un agradable suspiro de sorpresa y placer.

Antes de que ella se diera cuenta de lo que pasaba, él le mordisqueaba los pechos a través del vestido fino de algodón y le desabrochaba los botones de nácar.

—¿Jack?

—Tienes razón. Deberíamos ir a la cama. Dios no dispuso que te hiciera el amor en el suelo.

La llevó a la cama y la estiró allí encima. Sin darle tiempo para protestar, la besó en la boca mientras le desabrochaba el vestido hasta la cintura. El tejido pareció fundirse tan rápidamente como el algodón de azúcar bajo sus manos ávidas y ardientes. Ella llevaba una combinación entera y un sujetador blanco y rígido, tan inexpugnable como una armadura, pero él se libró de todo con destreza. Las manos de Jack se movieron por encima de su carne desnuda de una manera que solamente podría ser descrita como carnal. Las caricias provocaron en la joven sensaciones maravillosas y horriblemente pecaminosas. Pero Jack era un predicador, ¿cómo podía eso entonces estar mal? Él alejaba a la gente del pecado, no la hacía pecar.

Mientras le quitaba el resto de la ropa, él hizo comentarios en voz baja sobre la belleza y la perfección de su Eva.

—Dios la creó para Adán. Para ser su esposa, su compañera en el amor. Ahora Él te ha entregado a mí.

Las referencias bíblicas calmaron las preocupaciones morales de Mary Catherine. Pero cuando Jack se quitó los pantalones y ella sintió su sexo duro y apremiante contra ella, levantó la vista hacia él sobresaltada y atemorizada.

—¿Me vas a hacer polvo el filetito?

Él se rió.

—Supongo que voy a hacerlo, sí. Tú eres virgen, ¿verdad?

—Por supuesto, Jack. Sí. —Su confesión jadeante se convirtió en un grito de dolor.

Lisbet tenía razón. Hacía un daño horroroso. Pero la segunda vez no estuvo tan mal.

Una tarde lluviosa del mes de septiembre, Mary Catherine informó a Wild Jack Collins que iba a ser padre. Ella lo esperaba bajo los arcos del Cabildo, uno de sus múltiples lugares de encuentro. Él había acabado temprano de predicar porque la llovizna se había convertido en un chaparrón.

Compartieron el paraguas de ella, corrieron hacia el apartamento de Jack, donde el hedor a comida podrida y cuerpos sin lavar provocó náuseas a Mary Catherine. Cuando llegaron a la habitación de Jack, se quitaron las ropas mojadas y se acurrucaron en la cama bajo las sábanas color pardo; entonces ella le susurró:

—Jack, voy a tener un bebé.

Los labios de él cesaron de explorar el cuello de ella. Levantó la cabeza de golpe.

—¿Qué?

—¿No me has oído?

Nerviosa, Mary Catherine se mordió el labio inferior, no quería repetir las palabras. Durante semanas se había angustiado ante aquella posibilidad. Después de la segunda falta, a la que se añadían las náuseas matutinas y una constante dificultad para respirar, quedaban pocas dudas.

Vivía con el temor de que sus padres se dieran cuenta de que sus pechos estaban más abultados y su cintura más ancha. No se lo contó a nadie. Hacía meses que había abandonado a sus amigas por la compañía de Jack y en aquel momento no se sentía capaz de dirigirse a ellas con un problema de tal magnitud. Además, todo el mundo, inclusive sus mejores amigas, se burlaba y rehuía a las chicas que se metían en estos problemas. Aun en el caso de que Lisbet y Alice decidieran seguir siendo sus amigas, sus padres nunca se lo permitirían.

Se había confesado en una iglesia que no era de su parroquia. Mientras cuchicheaba a la voz impersonal de detrás de la reja, sus mejillas enrojecieron y vaciló al admitir las cosas lascivas que ella y Jack habían hecho. Confesarlas a una persona real, cara a cara, habría sido algo mortificante siquiera de considerar. Por eso cargó sola con el peso de la culpa.

Ahora se sentía aterrorizada ante la reacción de Jack.

Él se levantó y se quedó junto a la cama, la miró pero no dijo nada. Parecía que su labia lo había abandonado.

—¿Estás enfadado? —preguntó ella con voz débil.

—Oh, no. —Y luego, con más convicción—. No. —Se sentó y tomó entre sus manos la mano húmeda y fría de ella—. ¿Creías que me enfadaría?

El alivio de ella fue tan grande que apenas pudo hablar. De sus ojos brotaron lágrimas ardientes y saladas.

—Oh, Jack, no sabía lo que pensarías. No sabía qué hacer.

—¿Se lo has dicho ya a tus padres? —Ella negó con la cabeza—. Bien, eso está bien. Es nuestro bebé. No quiero que nadie se entrometa en nuestra alegría hasta que llegue el momento.

—Oh, Jack, te quiero tanto. —Ella le rodeó el cuello con los brazos y le besó el rostro con éxtasis.

Jack la dejó hacer, riendo, y luego la alejó de él.

—Sabes lo que esto significa, ¿verdad?

—¿Qué?

—Tenemos que casarnos.

Ella entrelazó las manos bajo la barbilla. Tenía los ojos radiantes y resplandecientes.

—Esperaba que me lo pidieras. Oh, Jack. Jack, soy la persona más feliz del mundo.

Hicieron el amor y luego pasaron varias horas abrazados bajo las sábanas, planeando su futuro.

—Hace varios meses que quiero marcharme de Nueva Orleans, Mary Catherine. No lo he hecho antes por ti. —Le acarició el vientre—. Pero con el pequeñín en camino, tengo que considerar nuestro futuro según los designios del Señor.

Explicitó sus planes para ampliar su evangelización.

—Puede que encuentre a alguien que toque un instrumento y cante himnos. Algunos predicadores tienen gente que trabaja para ellos. Estos ayudantes visitan primero las ciudades y preparan el terreno, igual que los discípulos acostumbraban a hacer para Jesús. En el momento que los predicadores llegan allí, ya hay gente que les está esperando con ansia. Eso es lo que yo deseo. No estoy hecho para predicar por cuatro centavos en las esquinas de las calles. Algún día incluso podría acceder a la radio. Y luego a la televisión.

Mary Catherine se sintió conmovida por el celo evangélico que ardía en los ojos de él.

—Haré todo lo que sea necesario para ayudarte, Jack. Tú ya lo sabes.

—Es que la clase de ayuda que necesito ahora... bueno, no importa.

—¿Qué? —Ella se sentó y le sacudió el hombro—. Dímelo.

Jack se mostró abatido.

—No sé qué puedo hacer para conseguir dinero, sobre todo ahora que tengo que alimentar dos bocas más. Supongo que mi misión tendrá que esperar hasta que consiga un trabajo fijo.

—¡No! No quiero que digas eso. Tienes que continuar predicando, pase lo que pase.

—No veo cómo lo puedo hacer.

—Déjalo de mi cuenta. Tengo un poco de dinero.

Jack, que parecía a punto de llorar, la apretó contra su pecho y la abrazó muy fuerte.

—No te merezco. Eres una santa. Mira este sitio asqueroso. Tengo que encontrar un alojamiento mejor en la siguiente ciudad. —Contempló con repugnancia manifiesta la habitación destartalada—. Este lugar estaba bien para mí. San Juan Bautista comía cigarras y vivía en el desierto. Pero yo no puedo pedir a mi esposa que haga este sacrificio.

Al día siguiente, ella le llevó veinte billetes de cien dólares.

—Los he sacado de mi cuenta. Es el dinero que me han ido regalando por Navidad y mi cumpleaños y que he ahorrado durante años.

—Es demasiado. No puedo aceptarlo, Mary Catherine.

—Por supuesto que puedes —replicó ella, y devolvió los billetes a sus manos cuando él intentó devolvérselos—. Voy a ser tu esposa. Lo que es mío es tuyo. Es para nosotros. Para nuestro bebé. Para la obra de Dios.

Planearon escaparse tres noches después para casarse en secreto.

—¿Por qué tenemos que esperar tanto tiempo? ¿Por qué no mañana? —preguntó ella.

—Tengo que arreglar algunas cosas —le explicó él—. No puedes casarte sin hacer un montón de papeleo, ¿sabes?

—¡Oh! —exclamó ella, decepcionada, pues no lo sabía—. Bueno, dejo todos los asuntos legales en tus manos, Jack.

Se desearon buenas noches con un beso; les costó despedirse: temían las horas de separación que les esperaban. Mary Catherine volvió a su casa, se encerró en su habitación y escribió varias páginas en su diario. Más tarde, incapaz de dormir debido a una ligera indigestión provocada por el embarazo y la excitación, se dirigió a su armario y escogió lo que se pondría cuando fuera a reunirse con su prometido.

30

—Por supuesto, cuando fue a reunirse con su novio, él no estaba allí.

Las sombras en las paredes de la cocina de la casa de tía Laurel eran alargadas. Se extendían por la mesa redonda donde Claire y Cassidy se habían sentado, uno frente al otro, ante las tazas de té aromatizado con naranja que ya se había enfriado.

Claire hablaba con voz distante; su expresión era melancólica.

—Al principio mamá pensó que con la excitación del momento había entendido mal la hora y el lugar de la cita. Fue al edificio de apartamentos donde vivía Jack, pero había desaparecido. No dejó ninguna dirección al encargado del edificio. Ni ningún indicio sobre el lugar donde Dios lo enviaría a continuación —añadió, con sarcasmo—. Cuando transcurrió una semana y mamá no tuvo ni una noticia de él, se dio cuenta de que le había robado el dinero y la había abandonado. —Alzó la vista hacia Cassidy—. ¿Quieres más té?

—No, gracias —respondió él con aspereza.

Claire prosiguió su relato.

—Wild Jack Collins jugó sus cartas extremadamente bien. Cuando mamá le comunicó que estaba embarazada, podía haber desaparecido del mapa. Pero era demasiado listo. Sin duda alguna había descubierto que los Laurent estaban bien relacionados. Por lo que él sabía, mamá podía haberlo denunciado a la policía. Vio que era más aconsejable proponerle que se casaran. Hizo que todo sonara muy romántico. Fugarse y casarse en secreto. Escapar juntos para cumplir una misión del Señor. Recuerda que mamá era cristiana devota y creía en salvar a los que estaban perdidos. Pero también era increíblemente ingenua.

La expresión de Claire se volvió lejana y fría.

—Hasta el día que murió, hasta el día que yo lo maté, debió de reírse de ella, de darse palmaditas en la espalda por haber sido un tío tan listo. Vaya, si en algún momento se acordó de ella. Es imposible saber a cuántas otras mujeres abandonó con hijos ilegítimos durante aquellos primeros años de su prédica ambulante.

Cassidy apartó a un lado la taza y el plato y colocó los codos sobre la mesa.

—¿Cómo te has enterado de todo eso, Claire?

—Por los diarios de mamá. Documentaban meticulosamente todos los hechos desde aquel sábado por la mañana en que su padre la llevó a desayunar al café Du Monde y vio a Jack Collins predicando en la plaza. Encontré los diarios cuando murió tía Laurel. Ella continuó el diario cuando mamá ya no fue capaz de hacerlo.

—¿Entonces ella siempre supo quién era tu padre?

Claire asintió con un movimiento de cabeza.

—Pero nadie más. Cuando mi madre se dio cuenta de que la había dejado plantada, se enfrentó a sus padres y les dijo que estaba embarazada.

—¿Intentaron denunciar a Jack Collins?

—No. Ella nunca identificó a su amante, hizo creer a mis abuelos que pertenecía a la elite de su círculo de conocidos. La única persona que sabía la verdad era tía

Laurel. Mamá le había confiado el secreto. Conque cuando Wild Jack Collins apareció años más tarde como el evangelista Jackson Wilde (y el cambio de nombre se debió indudablemente a que tenía que borrar su rastro), tía Laurel empezó a escribir acerca de su ascensión a la fama.

»Por lo visto, sedujo a la madre de Josh igual que a la mía. La familia de ella era protestante, y por eso aceptaron a Jack algo mejor de lo que habrían hecho los Laurent, que eran católicos hasta la médula. Eran también mucho más ricos que mis abuelos. Él vio una buena oportunidad y la aprovechó. Según sus escritos, tía Laurel supuso que él utilizó el dinero de sus suegros para ampliar su evangelización a la radio y a la televisión.

—Eso significa que Josh...

—Es mi hermanastro —le interrumpió ella con una sonrisa dulce.

—Y por eso decidiste encontrarte con él.

—Quería saber si era como nuestro padre o si por el contrario era un hombre íntegro. Es débil; sin embargo, a pesar de que sólo nos hemos visto una vez y poco rato, creo que es una persona respetable.

—No demasiado respetable. Se acostaba con la esposa de su padre.

Claire no percibió el leve reproche de él y se apresuró a defender a su hermanastro.

—Josh era otra víctima de los abusos emocionales de Jackson Wilde. Tener una aventura con Ariel fue su forma de vengarse.

—Y la tuya fue matarlo.

—Le hice un favor al mundo, Cassidy. Ariel finge ser una viuda afligida, pero ha obtenido de la muerte de Jackson lo que deseaba: la fama que antes tenía él. Y Josh se ha liberado de la persona que lo atormentaba.

—¿No estás exagerando un poco? Wilde no tenía encadenado a Josh.

—A nivel emocional, sí. Josh quería ser concertista de piano. Wild Jack tenía otros planes. Quería un músico que se identificara plenamente con su obra, así que se mofó de las ambiciones de Josh y menospreció su talento, hasta que Josh perdió la seguridad en sí mismo. En definitiva, se convirtió en lo que su padre quería que fuera.

—¿Todo esto te lo contó Josh?

—Me dijo que puesto que Ariel lo había expulsado de la congregación, él quería volver a reemprender sus estudios de música clásica, su primer amor. Luego fui atando cabos.

—¿Y tu madre?

—¿Qué pasa con mi madre?

—¿Ha relacionado alguna vez a Jackson Wilde con Wild Jack Collins?

—No, gracias a Dios. Debió de haber cambiado mucho durante los últimos treinta años. Ya sabes que es incapaz de retener en la mente un pensamiento durante mucho tiempo, así que aunque lo hubiera reconocido de forma fugaz, no lo recordaría.

Cassidy frunció el entrecejo y la miró de reojo con escepticismo.

—Claire, te aconsejo de verdad que no digas nada más sin que esté presente un abogado.

—Renuncio a mi derecho a un abogado, Cassidy. He hecho una confesión pública y una multitud ha sido testigo de ello. No tengo intención de retractarme. Te diré todo lo que quieras saber. Aunque —añadió ella—, tú ya lo habías adivinado casi todo.

—¿Qué quieres decir?

—Que acertaste en lo de cómo entré en la habitación de Jackson Wilde. ¿Recuerdas nuestra charla mientras paseábamos por el barrio Francés, cuando reconstruimos la ruta que hice la noche del asesinato?

—Estás a punto de decirme que todo aquello fue una pérdida de tiempo.

—En realidad, aquella noche di un paseo. Mucho después. Cuando regresé a Sedas de Francia de mi paseo descubrí que mamá se había marchado.

—Por una extraña coincidencia, ella se había ido al hotel Fairmont aquella noche.

—Sí.

—Pues hizo una buena excursión.

—Tal vez cogió un autobús.

Cassidy se abstuvo de hacer comentarios.

—Continúa —dijo él—. Estabas a punto de decirme cómo entraste en la suite de Wilde. ¿Te ayudó Andre?

—No. En ningún momento —afirmó ella, negando rotundamente con la cabeza—. Andre es completamente inocente. Jamás he mentido acerca de eso. Nadie sabía lo que yo planeaba.

—¿Ni Yasmine?

—Ni siquiera ella. Lo hice todo sola. Jamás habría comprometido a un amigo.

—¡No, por Dios! Sin embargo, has sido capaz de asesinar a un hombre a sangre fría.

—¿Quieres oír esto o no?

Cassidy se levantó de un salto de la silla, haciendo tintinear las tazas.

—¿Qué demonios te crees? ¡No, maldita sea! ¡No quiero oírlo! —gritó él—. Y si tuvieras una pizca de sentido, llamarías a un abogado, y éste te prohibiría hasta decir «salud» si yo estornudaba.

Cassidy se había quitado la chaqueta al entrar en la casa, antes de que las ventanas que habían abierto tuvieran la oportunidad de ventilarla y refrescarla. Unos tirantes grises se cruzaban en su espalda. Se había subido las mangas de la camisa hasta los codos. Ahora se aflojó la corbata.

Claire observaba cómo los dedos ágiles de Cassidy aflojaban el nudo Windsor, sabiendo que jamás volvería a sentirlos sobre su piel. El recuerdo le provocó dolor en la parte inferior de su cuerpo, un vacío doloroso y penetrante. En lugar de recrearse en aquella nostalgia, Claire se concentró en la ira de él y la utilizó para convertirlo en su adversario.

—Mientras estábamos en el café Du Monde —prosiguió ella—, dijiste que suponías que el asesino estaba esperando a Wilde cuando él regresó a su suite. Tenías razón.

—No me lo digas, Claire.

Haciendo caso omiso de su consejo, ella continuó:

—Me dispuse a esperarlo en un pasillo contiguo. Cuando entró la camarera para abrir la cama, me colé en la suite de Wilde y me escondí en un armario. Estuve allí casi una hora antes de que él entrara.

—¿Solo?

—Sin Ariel, sí. Estuvo un rato mirando la televisión. Yo la oía desde el armario. Se duchó y luego se acostó. Cuando lo oí roncar, salí y me metí de puntillas en su dormitorio. Le disparé tres veces.

—¿Llegaste a hablar con él?

—No. Tuve la tentación de despertarlo. Quería ver el miedo en sus ojos. Me habría gustado que supiera que iba a morir a manos de su propia hija. Me habría gustado hablarle en nombre de mamá para comprobar si eso provocaba alguna respuesta por su parte, si despertaba algún recuerdo. Pero era un hombre corpulento. Tuve miedo de despertarlo. Podría haberse resistido y arrebatarme la pistola.

»Pero me quedé a los pies de su cama durante mucho rato. Lo contemplé, sintiendo que lo odiaba; odiaba la forma en que había abusado de las personas que lo habían amado. Mamá. Josh. Ariel. Lo hice por todos nosotros.

»Él estaba allí, tumbado, durmiendo con aquel aire de satisfacción en una suite de lujo pagada por personas que no disponían de medios económicos para enviarle donativos, y que lo hacían porque creían en él. Había un Rolex encima de la Biblia, en la mesita de noche. Ese simbolismo me hizo sentir ganas de vomitar. Se aprovechaba de aquello por lo que los mártires habían muerto a través de los siglos, por lo que todavía mueren.

Impaciente, Cassidy regresó a su asiento, frente a ella.

—Le disparaste tres veces. ¿Por qué, Claire? ¿Por qué tres?

—En la cabeza por la forma en que deliberadamente distorsionó el cristianismo para servir a sus propósitos personales. En el corazón para que pagara por todos los corazones que había roto. En su virilidad por la forma poco escrupulosa en que sedujo y luego abandonó a una mujer joven y sana que merecía ser amada.

—Lo destrozaste, Claire.

—Sí. —Ella tragó con dificultad—. Fue repugnante. No esperaba... Cuando vi la sangre me marché corriendo.

—¿Cómo saliste del hotel?

—Igual que entré. Nadie del piso me vio porque los únicos que estaban registrados en aquellas habitaciones eran los Wilde. Bajé en el ascensor hasta el vestíbulo y salí por la salida de la calle University. —Se humedeció los labios y contempló a Cassidy con nerviosismo—. Y para ocultar mejor mi identidad, en caso de haber dejado alguna pista, me vestí como mamá.

—¿Que hiciste qué?

—Me puse uno de sus vestidos y el sombrero que utilizaba cuando planeaba fugarse, y llevaba su maleta.

—Muy inteligente. Y luego, si le preguntaban a un testigo a quién había visto en el hotel a aquella hora de la noche, describiría a Mary Catherine. Y luego la dejarían marchar inmediatamente, porque es sabido que ella actúa de una manera extraña y el personal del hotel está acostumbrado a verla pulular por allí vestida de aquella manera, con una maleta en la mano.

—Exacto. Con lo que no contaba es con que mamá fuera allí de verdad aquella noche.

—¿Sin su sombrero y sin su maleta?

La pregunta la desconcertó durante un momento.

—Por supuesto que los llevaba.

—Creía que habías dicho que los llevabas tú.

—Los llevaba yo. Pero volví a casa y me cambié de ropa antes de irme a pasear. Fue entonces cuando ella se escapó.

—No estoy seguro de que todo eso coincida con la hora de la muerte de Wilde —respondió Cassidy ceñudo—. Si yo fuera tu abogado, utilizaría esas discrepancias de horario para sembrar una duda razonable entre el jurado.

—No habrá jurado porque no habrá juicio. Ya he confesado. Una vez se dicte la sentencia, todo habrá terminado.

—Parece como si lo estuvieras deseando —protestó él, enfadado—. ¿Tantas ganas tienes de pasar el resto de tu vida en la cárcel? ¿El resto de mi vida?

Ella apartó la mirada.

—Lo que quiero es acabar enseguida con esto.

Soltando tacos a mansalva, Cassidy se mesó los cabellos con los dedos.

—¿Por qué no te deshiciste de la pistola, Claire? ¿Por qué no la echaste al río aquella noche mientras paseabas?

—Ojalá lo hubiera hecho —contestó ella con tristeza—. Nunca imaginé que pudiera ir a parar al laboratorio de la policía.

—Las únicas huellas que había en aquella pistola eran las de Yasmine.

—Yo llevaba los guantes de mamá.

—Podemos examinarlos para buscar restos de pólvora.

—Los destruí y le compré unos nuevos. No encontraréis nada.

—Eres realmente lista, ¿verdad?

—Bueno, ¡en principio pretendía salir impune de esto! —dijo ella con aspereza—. Pero tú eres tan perseverante...

Él hizo caso omiso de aquello y preguntó:

—¿Cuándo birlaste la pistola del bolso de Yasmine?

—La semana antes de utilizarla. Ella vino aquí para pasar una noche. Viajaba tan a menudo en avión y era tan descuidada con sus pertenencias que yo sabía que cuando se diera cuenta de que la pistola había desaparecido no le daría importancia. La devolví unos días más tarde, después de que tú me interrogaras acerca del arma. Tal y como esperaba, Yasmine pensó que no la había buscado bien.

—Esto no cuadra con tu carácter, Claire. Al utilizar la pistola de Yasmine, la estabas implicando en un asesinato.

—No imaginé que esa pistola volvería a dispararse. Y ciertamente no esperaba que Yasmine se suicidara con ella. —Las lágrimas se agolparon en sus ojos. Los acontecimientos se habían desarrollado muy rápidamente desde su regreso de Nueva York, aquella mañana, y todavía no había tenido la oportunidad de llorar en privado la pérdida de su amiga—. Ojalá me hubiera deshecho de aquel maldito trasto. Yasmine estaba más destrozada emocionalmente de lo que pensaba. Se veía a la legua que ocurriría algo desastroso. Pero estaba demasiado ocupada para darme cuenta de eso, demasiado enfrascada en mi propia crisis, demasiado involucrada en... —De repente interrumpió la frase y miró a Cassidy, luego, rápidamente, bajó los ojos—. Estaba demasiado involucrada en esta investigación de asesinato para darme cuenta de que, aunque en silencio, estaba pidiendo ayuda a gritos. Le fallé.

Cassidy guardó silencio durante un momento. Luego preguntó:

—Aquella noche, cuando te encontraste cara a cara con Jackson Wilde en el Superdome, ¿qué sentiste por él?

—Es curioso —respondió ella suavemente—. No sentí el odio implacable que esperaba sentir. Creyó que yo era una nueva conversa y me colocó las manos sobre la cabeza. No hubo corriente cósmica. No sentí ningún vínculo místico, ni físico ni emocional. Cuando lo miré a los ojos esperaba experimentar una chispa de reconocimiento, un clic biológico, algo profundo dentro de mí.

»En lugar de eso, me encontré mirando a los ojos a un extraño. No sentí ninguna clase de atracción magnética hacia él. No quería reivindicarlo como mi padre, igual que él no deseó hacerlo conmigo hace treinta y dos años. —Levantó ligeramente la cabeza—. Me alegro de que nunca me conociera. Después de destrozar el corazón y la mente de mi madre, no merecía el privilegio de conocerme.

—Bravo por ti, Claire.

Él la contempló durante mucho rato, con una mirada rebosante de admiración. Incluso levantó la mano hacia la mejilla de ella, pero la dejó caer antes de tocarla. Por fin se levantó.

—Tengo que ir al coche y llamar a Crowder. Probablemente a estas horas ya se estará subiendo por las paredes. ¿Hay algo de comer en la casa?

—No tengo hambre.

—Tienes que comer algo.

Claire se encogió de hombros con indiferencia.

—Hay un café en la esquina. No parece nada especial desde fuera, pero el señor Thibodeaux hace unos bocadillos de ostras fritas muy buenos.

—Suena bien. Vamos.

—Yo me quedo aquí...

—Ni hablar. Además, prometiste a Harry que la telefonearías.

Claire no tenía energía suficiente para discutir con él. Su boca expresaba resolución y su postura no invitaba a discusión. Sintiéndose como si pesara quinientos kilos, Claire salió de la casa delante de él.

—Quiero hablar con el ayudante del fiscal Cassidy.

—Ha marcado un número equivocado. Está llamado al departamento de policía, señor.

—Ya lo sé. Pero la oficina del fiscal ya está cerrada.

—Así es. Llame mañana.

—¡No, espere! No cuelgue.

Andre Philippi se estaba poniendo nervioso. Finalmente se había armado del valor suficiente para llamar a Cassidy, pero sus intentos se habían frustrado, primero por el horario y luego por aquel funcionario incompetente, negligente y abúlico de la comisaría de policía.

—Es imprescindible que contacte esta noche con el señor Cassidy. Debe de haber alguna manera de encontrarlo después de las horas de trabajo. ¿Tiene un buscapersonas?

—No lo sé.

—Entonces, ¿puede preguntárselo a su superior?

—¿Es que quiere denunciar un crimen?

—¡Quiero hablar con el señor Cassidy! —La voz de Andre, de timbre agudo ya por naturaleza, se elevó hasta un falsete. Consciente de que se estaba poniendo histérico y dándose cuenta de que su forma de hablar lo delataba, se obligó a calmarse—. Es sobre el caso de Jackson Wilde.

—¿El caso de Jackson Wilde?

—Así es. Y si usted se niega a cooperar, estará obstruyendo el curso de la justicia. —Andre esperaba que ése fuera el término correcto. Había leído una vez esa frase y parecía apropiado utilizarla ahora. En cualquier caso, intimidaba lo suficiente para obtener resultados.

—No cuelgue.

Mientras Andre esperaba que el funcionario volviera a la línea, examinó una vez más la primera página de los periódicos de la tarde. Según los artículos de última hora, Yasmine había sido descartada de cualquier implicación en el caso del asesinato de Wilde. Pero el pie de una fotografía borrosa en blanco y negro sugería que Yasmine había participado en actividades subversivas y que posiblemente estuviera mentalmente perturbada. La injusticia de las alegaciones sentó a Andre como una bofetada. Al igual que su *maman*, a Yasmine no la habían apreciado ni protegido debidamente. No lo podía tolerar por más tiempo.

Y para empeorar más aquella injuria, el segundo titular decía que Claire Laurent había confesado ser la asesina de Jackson Wilde. Con seguridad, allí había algún error. ¿Por qué, en nombre del cielo, iba Claire a confesar ser la autora de un asesinato? Era absurdo. Y además era mentira. Sus intentos por encontrarla para que le diera una explicación no tuvieron éxito. En Sedas de Francia nadie contestaba al teléfono.

Todo el mundo parecía haberse vuelto loco. Él era el único que aún estaba cuerdo en medio de aquel desenfreno. Para acabar con esos lamentables malentendidos, no le quedaba otra opción que ponerse en contacto con el señor Cassidy.

—¿Hola? ¿Está usted ahí todavía?

—Sí —le contestó Andre con impaciencia—. ¿Me puede dar el número privado del señor Cassidy?

—No, lo siento. Me han dicho que él no estará en todo el día y que probablemente mañana por la mañana hará una declaración.

—Yo no soy de la prensa.

—Claro. Si usted lo dice.

—Lo juro.

—Mire, si quiere le daré su nombre y número a un detective que se llama Howard Glenn y que ha estado trabajando con Cassidy.

Andre se acordó de aquella bestia desaliñada que irrumpió en su hotel al día siguiente del asesinato.

—Sólo hablaré con el señor Cassidy.

—Como usted quiera, amigo.

El policía colgó, dejando a Andre nervioso y perdido. Reflexionó acerca de lo que debería hacer. Era incapaz de concentrarse en su trabajo. Por primera vez durante el ejercicio de su cargo como responsable de noche desatendía sus responsabilidades y a sus huéspedes. ¿Por qué no contestaba nadie el teléfono en Sedas de Francia? ¿Dónde estaba Claire? ¿Dónde estaba el señor Cassidy?

Y cuando finalmente hablara con él, ¿tendría el valor suficiente para decirle lo que tenía que decir?

31

Desde el coche de Cassidy, Claire telefoneó a su madre a casa de Harry.

Por el momento, Mary Catherine estaba a salvo. Cassidy no había podido localizar a Crowder y se había enfadado muchísimo por ello.

—Llama a aquel detective con el que has estado trabajando —sugirió Claire después de escuchar una letanía de tacos.

—No. Ya sé lo que él querría que hiciera.

—¿Que me llevaras allí esposada y encadenada?

—Algo así. —Cassidy movió la cabeza en señal de negación—. Es imprescindible que hable primero con Tony. No te llevaré allí otra vez hasta que lo haga.

De modo que Claire tenía garantizada una noche de respiro.

Regresaron a la casa de tía Laurel. Después de comer la cena que habían comprado en el café del señor Thibodeuax, Claire alegó estar agotada y se retiró a su dormitorio del piso de arriba. Se desnudó y colgó sus ropas en el armario donde todavía había algunos vestidos pasados de moda. A continuación se mojó el rostro y el cuello con agua fría de la pila con pedestal.

El cuarto de baño tenía el mismo aspecto que el día que se fue de casa de tía Laurel. Ella misma había diseñado el de estilo art *déco* de su nuevo apartamento, pero aún le encantaba la singularidad victoriana de ese cuarto de baño, con la bañera asentada sobre garras, la pila con pedestal y los suelos de azulejos. Encontró toallas y manoplas en el *chiffonier*. Olían a popurrí floral.

Claire usó una de las toallas para secarse el rostro empapado de agua.

Cuando se incorporó vio a Cassidy reflejado en el espejo ovalado con marco situado sobre la pila. Estaba de pie en el umbral de la puerta, silencioso y sereno, y la observaba.

La luz de la lámpara que procedía del dormitorio situado detrás de él era tenue, por lo que la mitad del rostro del hombre permanecía oculto entre las sombras, realzando así su intenso aspecto depredador. Iba desnudo de cintura para arriba y los tirantes se le habían caído de los hombros, con lo que ahora formaban lazos sobre sus caderas. Tenía un brazo levantado, con el que se apoyaba en el quicio de la puerta, y el otro estirado a un lado. Aunque no se movía, su postura transmitía poder, fuerza y una insinuación de violencia latente.

Claire, que sólo llevaba puesto un sujetador de satén color albaricoque y unas bragas a juego, se sentía más desnuda que si lo hubiera estado por completo. Resistió el impulso de coger una de las toallas para cubrirse.

La expresión del rostro de Cassidy en la sombra daba a entender que cualquier intento de adoptar una actitud recatada resultaría inútil. Además, ella no se sentía con fuerzas para moverse. El hombre la había hechizado con su mirada.

Cassidy dio unos pasos hacia delante, hasta colocarse a escasos milímetros de ella. Se miraron en el espejo con ojos hambrientos. Él levantó las manos, las deslizó bajo el cabello de ella y las apoyó sobre sus hombros desnudos.

—Voy a hacerte el amor.

Los hombros de ella se hundieron hacia delante, como si las manos de él pesaran demasiado.

—No puedes. No podemos. —Él le apartó los cabellos a un lado y depositó un tierno beso sobre su hombro—. No lo hagas, Cassidy —murmuró Claire—. No lo hagas. —En contradicción con sus protestas, cuando los labios de él se movieron hacia su nuca, la cabeza de Claire cayó hacia delante obedientemente.

—Claire —susurró él en su cabello—. Me he enamorado de ti.

—No me digas estas cosas.

—Te deseo. Ahora.

—Déjalo, por favor. Más tarde te arrepentirás de esto. Te conozco, Cassidy —dijo ella con voz cargada de sentimiento.

»Sé cuál es tu forma de pensar. Te odiarás durante el resto de tu vida si lo haces.

—No, no me arrepentiré.

—Sí, te digo que sí.

—Shh.

Él bajó la mano por la espalda de ella y le desabrochó el sujetador.

Claire exhaló un gemido cuando las manos de él se deslizaron bajo las copas ribeteadas de encaje. Él le tocó los pechos con las palmas de las manos, remodelándolos al apretarlos con suavidad. Luego le acarició los pezones con las puntas de los dedos hasta que se ensancharon e irguieron. La boca de él se movió hacia el otro lado del cuello de ella y le dio tiernos mordisquitos.

—Cassidy, no lo hagas. No quiero ser una mancha en tu conciencia. Esto no está bien y tú lo sabes. Déjalo, por favor.

Las súplicas de Claire sonaban débiles y poco sinceras incluso a sus propios oídos y, cuando la mano de él se deslizó por la parte inferior de su vientre y se metió en sus bragas, dejó de protestar. Ella podía mentir, pero su cuerpo no. El corazón de su sexo estaba cremoso y ardiente.

Cassidy le bajó las bragas y ella se las acabó de quitar. Él se desabrochó los pantalones y se acercó más a ella, hasta que Claire sintió la firme presión de su sexo. Cuando él la penetró hasta lo más profundo de su húmedo y sedoso túnel, los suspiros de placer de ambos armonizaron.

Apoyada contra la pila de porcelana, Claire respondió a los empujones lentos y profundos de Cassidy. El hombre tomó las caderas de ella entre sus manos vigorosas y la atrajo hacia el cálido vello de su pubis. Luego, extendió su mano sobre el abdomen de ella y la mantuvo allí inmóvil.

Ella utilizó sus paredes interiores como un puño apretado para estrujarlo.

Él hizo muecas de éxtasis y volvió su rostro hacia el cuello de ella.

—¡Oh, Dios mío! —gruñó Cassidy—. Nunca había estado tan dentro de ti.

Claire ladeó la cabeza y la frotó contra la de él.

—Cassidy.

Él alargó la mano, colocó la punta de los dedos sobre los labios entreabiertos de ella y luego los cubrió con su mano.

Ella le besó las palmas y le humedeció los dedos con la lengua, para luego hundir los dientes en la base carnosa de su pulgar. Las arremetidas de él se hicieron más rápidas, apremiantes, más animales y posesivas. La pasión de Claire alcanzó también un nivel febril. No pudo contener un grito cuando él trasladó su mano del vientre hacia la parte interior de los muslos y le acarició la abultada y sensible caperuza de su sexo que él llenaba tan plenamente. En respuesta a aquellas caricias, una corriente eléctrica recorrió el cuerpo de Claire. Se extendió a través de sus muslos, con fuerte presión, subió hacia arriba por su vientre, alcanzó sus pechos y se concentró en sus pezones congestionados.

Cassidy cruzó los brazos alrededor de la cintura de la mujer y se apoyó encima de ella hasta que Claire se dobló sobre la pila y el pecho de él descansó sobre la espalda de ella. Ella estaba totalmente rodeada por él, llena de él e inmersa en él. La exultación que aquello le causaba hizo que su corazón volara. Con un gemido de placer, sucumbió a un estallido de amor y plenitud. Cuando el torrente ardiente del clímax de él la llenó, Claire giró la cabeza y buscó la boca de Cassidy para enzarzarse en un beso largo, profundo e intenso, aderezado con sus lágrimas.

—No tenías que decirme que me amabas —susurró Claire mientras introducía sus dedos en la cabellera de él que estaba despeinada y necesitaba un buen corte. Le gustaba más de aquella manera, desaliñado y rebelde.

»Hubiera sucumbido a tus encantos de todos modos —explicó, en tono coqueto.

—Te lo dije porque es verdad. —Él ajustó su pierna más cómodamente contra la de ella bajo las sábanas de la cama—. Me enamoré de ti en el momento de conocerte. O puede que fuera cuando soplaste aquellas condenadas burbujas del frasco que llevabas colgando del cuello. Fue simbólico, sugerente y erótico a más no poder.

—No lo hice con esa intención.

—¿No? Puede que fuera el modo en que pusiste la boca. —Cassidy recorrió los labios de ella con uno de sus dedos, sonriendo melancólicamente, antes que su expresión se volviera desolada—. Cada vez que Crowder me acusaba de dejar que mis sentimientos por ti interfiriesen en el curso de la investigación, yo lo negaba. Pero tenía razón. —Cerró los ojos y los mantuvo apretados unos instantes—. Yo no quería que tú fueras la asesina, Claire.

Ella ocultó su rostro en el vello del pecho de él.

—No quiero hablar de eso. Por favor, hablemos de cualquier otra cosa, de lo que hablan los amantes normales y corrientes.

—Nosotros no somos normales y corrientes, Claire.

—Pero durante una hora finjamos que lo somos. Esto es Nueva Orleans, donde todo es posible. Conque hagamos ver que nos conocimos en circunstancias normales.

»Nos sentimos instantáneamente atraídos el uno hacia el otro. Hemos hecho el amor, pero todavía nos encontramos en aquella etapa mágica en que empezamos a conocernos. —Se incorporó, apoyándose sobre los codos, y bajó la vista hacia él—. Cuéntame lo que te hizo tanto daño.

—¿Qué quieres decir?

—No insultes mi inteligencia, Cassidy. Hay algo muy doloroso en tu pasado. Reconozco los síntomas. ¿Qué fue lo que te hirió? ¿Qué es lo que te hizo enfurecer tanto y te decidió a hacer el bien a toda costa? ¿Fue tu esposa? ¿El divorcio?

—No. Fue amistoso. Yo no la quería. —Él acarició un mechón de cabello de ella entre sus dedos—. No como te quiero a ti.

—Estás cambiando de tema.

—Trato de hacerlo.

—No funcionará. Soy tan perseverante como tú.

Él suspiró con exasperación.

—No es un tema muy agradable para hablar en la cama, Claire.

—Pero yo lo quiero saber.

—¿Por qué?

—Porque me queda muy poco tiempo para estar contigo —le gritó ella con impaciencia, prescindiendo de todo tono de broma. A continuación, con voz más tranquila, añadió—: Deseo aprovecharlo al máximo. Eres el último amante que tendré, Cassidy. Quiero saber todo lo que pueda acerca de ti. Es importante para mí.

Los ojos de él se mantuvieron fijos en los de ella durante un instante y, a continuación, dijo:

—Te arrepentirás de haber insistido. —Claire negó con un gesto de la cabeza.

Tras una breve vacilación, Cassidy le relató la dolorosa historia que había contado a Tony Crowder hacía poco tiempo.

Claire no dijo nada, dándole tiempo para que lo explicara todo a su manera. Terminado el relato, Cassidy añadió:

—¿Sabes dónde encontraron a aquel hijo de puta? Jugando al billar y bebiendo cerveza con sus compinches. Había dejado a una niña de once años violada y asesinada en un riachuelo seco y estaba por ahí de juerga con los amigotes. No tenía miedo de que lo arrestaran. Creía que nada ni nadie podría con él. Yo contribuí a que fuera tan arrogante.

Ella apoyó la mano suavemente sobre el pecho de él.

—Su absolución la decidió un jurado de doce personas. Tú no fuiste el responsable.

—Yo hice mi parte —replicó él, con amargura.

—Tenías una obligación hacia tu cliente.

—He tratado de justificarlo de mil maneras diferentes, Claire. No hay justificación posible. Si no hubiera sido por mí y mi comedia, él no hubiera estado libre por las calles. Aquella niñita sufrió y murió en el altar de mi vanidad y mi ambición.

El corazón de Claire se desgarraba por él. Cassidy viviría con ese sentimiento de culpabilidad hasta el final de sus días.

Ella no podía decir o hacer nada para cambiar el pasado, pero deseaba que él comprendiera que ya había pagado por eso.

—Fue una lección dura, Cassidy, pero aprendiste de ella.

»Aquello te ayudó a convertirte en un mejor fiscal.

Él exhaló un profundo suspiro.

—Ésa es mi única esperanza de redención.

—Lo siento —dijo ella con sinceridad.

Él la miró sorprendido.

—¿Lo sientes?

—Siento que te haya sucedido esto.

—Creía que te sentirías decepcionada.

—No. Sólo me sentiría decepcionada si no te hubiera afectado tanto.

Agachando la cabeza, Claire le besó el pecho, dándole suaves golpecitos con su lengua juguetona mientras sus labios continuaban hacia abajo. Le besó cálidamente el ombligo y siguió avanzando poco a poco por la sedosa franja de vello situada debajo del ombligo del hombre, y luego se acurrucó entre aquel montón de pelo denso y oscuro que rodeaba su sexo.

Cuando los labios de ella rozaron su pene, él pronunció el nombre de ella con voz ronca, le cogió la cabeza con las dos manos e introdujo los diez dedos entre sus cabellos.

Delicadamente, la lengua de Claire humedeció la aterciopelada punta y acarició el terso fuste. Ella no se guardó nada, se lo dio todo, lo saboreó, jugueteó con él, lo amó con plenitud.

Él la izó hacia arriba para sentarla a horcajadas sobre su regazo y la penetró unos segundos antes de su asombroso orgasmo.

Estrujando su rostro contra los pechos de ella, le chupó un pezón y se lo metió en la boca. Claire se agarró a la cabeza de él y cabalgó encima de su miembro, todavía estaba erecto y firme dentro de ella. Cuando sintió una sacudida en su interior, cantó mentalmente lo que no podía decir en voz alta: «Cassidy, amor mío... amor mío... amor mío.»

32

Cuando Claire se despertó, estaba sola. Apresuradamente se puso la ropa que se había puesto en Nueva York el día anterior y bajó corriendo las escaleras. Una agente de policía y su compañero varón la esperaban en el vestíbulo. Cuando los vio, Claire se quedó cortada y, nerviosa, empezó a peinarse hacia atrás con los dedos su cabello enmarañado.

—¡Hola!

—El señor Cassidy ha tenido que marcharse por un asunto urgente —dijo la agente—. Nos ha ordenado que la llevemos al cuartel general.

—¡Oh! —Ella se sintió enormemente decepcionada por la forma que Cassidy había elegido para resolver la situación. ¿Por qué no la había despertado antes de marcharse para tener una última conversación íntima?

—En cuanto esté preparada, señorita Laurent —le dijo la agente con tacto.

Claire cerró con llave la casa de tía Laurel, dejando allí dentro los recuerdos de sus momentos de amor con Cassidy además de los tesoros que las habitaciones ya guardaban para ella. Se le desgarró el corazón al cruzar el porche, ya que seguramente sería la última vez que lo cruzaba; sin embargo, no podía arrepentirse. Éste era únicamente el primero de los muchos sacrificios que se vería obligada a hacer.

—Me gustaría ducharme y cambiarme de ropa, si es posible. No he estado en casa desde que regresé ayer de Nueva York.

Los funcionarios que la custodiaban estuvieron de acuerdo en pasar por Sedas de Francia. Cuando se detuvieron delante de la puerta principal, Claire se alarmó al ver varios agentes apostados alrededor del edificio.

—¿Qué están haciendo aquí? —Su primera preocupación fue por su madre, aunque Mary Catherine estaba a salvo, instalada cómodamente en casa de Harry.

—Están aquí para evitar que Ariel Wilde cause daños.

—¡Ah! Gracias.

Los funcionarios subieron con ella en el ascensor hasta el tercer piso y esperaron a que se bañara y se vistiera. Aquella vanidad parecía fuera de lugar, pero Claire deseaba tener el mejor aspecto posible y se tomó la molestia de maquillarse y peinarse a conciencia. Se vistió con un sencillo y elegante traje sastre de dos piezas, la falda corta y de tubo. La chaqueta llevaba un chal blanco en el cuello. En la solapa se prendió un broche de marcasita, regalo de tía Laurel. La pulsera de plata que se colocó en la muñeca había pertenecido a Yasmine. Y en el bolso introdujo uno de los pañuelos bordados a mano de Mary Catherine.

Pertrechada con las propiedades de las personas que la habían amado, salió del dormitorio y anunció con voz firme:

—Estoy preparada.

Pero su confianza se tambaleó cuando lanzó una última mirada a la espectacular panorámica del río.

Todo en el apartamento era testimonio de las muchas horas de trabajo duro que había dedicado para crear un negocio próspero. Lo había hecho muy bien para ser una chica con una madre emocionalmente inestable, sin padre y cuyos únicos instrumentos de trabajo habían sido una máquina de coser Singer y una imaginación muy fértil.

Cuando atravesó el almacén por última vez, las lágrimas nublaron su visión. ¿Qué sería de Sedas de Francia sin ella y sin Yasmine? Se despacharían los pedidos que estaban en marcha, se cobrarían las deudas y se pagarían las facturas. Pero no habría nuevas operaciones. No se editaría ningún otro catálogo. Sedas de Francia dejaría de existir.

¡Vaya ironía de la vida!, Jackson Wilde había conseguido su objetivo.

Mentalmente, Claire sacó pecho. Había hecho lo necesario. Conocía las consecuencias de su decisión y estaba completamente dispuesta a aceptarlas.

El edificio de la fiscalía estaba todavía sitiado por los discípulos de Wilde. *Adelante, soldados de Cristo*, cantaban éstos mientras desfilaban con pancartas que condenaban a Claire Laurent al fuego eterno. Unos guardias armados la escoltaron para entrar en el edificio.

—Creía que me llevarían directamente a la comisaría de policía —dijo, cuando la metieron en el ascensor—. ¿No es allí donde me ficharán formalmente?

—El señor Cassidy nos dio instrucciones para que la trajéramos aquí, a la oficina del fiscal —le informó el agente.

—¿Sabe usted por qué?

—No, señora.

La llevaron directamente a la oficina de Tony Crowder. Por lo visto, la zona exterior no había resultado afectada por el caos que se había organizado allí el día anterior. Las secretarias estaban en sus mesas de despacho realizando su trabajo. La secretaria personal de Crowder se levantó cuando los vio acercarse. Mantuvo la puerta abierta para que Claire pasara y la cerró inmediatamente detrás de ella, dejándola sola con el fiscal.

Él estaba sentado detrás de su escritorio, con expresión seria. Sus ojos revelaban que estaba enfadado.

—Buenos días, señorita Laurent —dijo con brusquedad.

—Buenos días.

—¿Le apetece un café?

—No, gracias.

—Siéntese. —Una vez ella se hubo sentado en la silla que él le indicó, dijo—: Le pido disculpas por lo que sucedió ayer tarde en esta oficina.

—Yo tuve parte de culpa, señor Crowder.

—Pero su seguridad estuvo en peligro. Y eso es imperdonable. Hemos reforzado la seguridad esta mañana.

—Ya me he dado cuenta. También deseo darle las gracias por enviar policías a Sedas de Francia. Aunque mi negocio ya no tiene futuro, me molestaría que fuera destruido por vándalos.

—Fue idea de Cassidy.

—Ya veo —respondió ella suavemente—. Tendré que acordarme de agradecérselo.

—Él tiene que llegar dentro de unos minutos. No me pregunte por qué.

—¿No lo sabe?

—No tengo la menor idea. Me llamó esta mañana antes de levantarme y concertó esta reunión.

Dobló las manos sobre el borde de la mesa y se inclinó hacia ella.

—Señorita Laurent, ¿mató usted a Jackson Wilde?

—Sí.

—¿Con la pistola de su amiga?

—Sí.

—¿Cuánto tiempo hace que Cassidy lo sabe a ciencia cierta?

La puerta situada detrás de ella se abrió y penetró una ráfaga de aire y un estallido de energía que se podía palpar. Claire se volvió con rapidez. Los pasos de Cassidy eran largos y firmes cuando entró en la oficina. Se había lavado el cabello y se lo había peinado cuidadosamente. Se acababa de afeitar. Su traje negro no tenía ni una sola arruga, desde el chaleco que le moldeaba el torso hasta el borde de los pantalones que quebraban el empeine de sus zapatos en el punto exacto.

—Buenos días, Tony.

Claire estaba estupefacta. No conocía a aquel Cassidy. No era el Cassidy que le había hecho el amor con dosis iguales de ternura y pasión, el que le susurró palabras eróticas al oído mientras su cuerpo se movía en el interior de ella, el que la había acariciado tanto física como emocionalmente como nadie lo había hecho jamás. Este Cassidy era un extraño.

—Buenos días, Claire.

Su voz era la de siempre. Sus facciones varoniles eran las que ella amaba y adoraba. Era aquel traje de corte impecable lo que la desconcertaba. Aquel uniforme burocrático lo convertía en su enemigo desde el momento en que cruzó el umbral de la puerta.

—Buenos días, señor Cassidy —replicó ella con un tono grave y ronco.

—¿Puedo ofrecerles un café antes de que empecemos?

—Olvídate del café —contestó Crowder malhumorado—. ¿A qué viene esta reunión? Y no es por nada, pero ¿no sería más correcto haber convocado también a Glenn?

—Él está ocupado con otros asuntos. Trataremos

de eso más tarde. —Cassidy no perdió el tiempo, y fue directo al grano—. La confesión de Claire es falsa. Ella no mató a Jackson Wilde.

—¡Oh, por el amor de Dios! —explotó Crowder—. Ella misma lo ha confesado, sentada ahí, treinta segundos escasos antes de que tú entraras aquí despreocupadamente.

—Está mintiendo. —Cassidy bajó la vista hacia Claire con un vestigio de sonrisa—. Es una mala costumbre que tiene.

—Parece que está en pleno control de sus facultades. ¿Por qué iba a confesar un crimen que no ha cometido? —Crowder pidió una explicación.

—Para proteger a otra persona.

—¡Eso no es verdad! —exclamó Claire.

—Ella dice que no es verdad —repitió Crowder.

—Tenga paciencia conmigo, Tony —respondió Cassidy—. Déme cinco minutos.

—Ya he empezado a contar.

—Anoche hice que Claire reconstruyera el crimen.

—¿Sin la presencia de un abogado? ¡Dios mío! —Crowder se cubrió el rostro con las manos.

—Cállese y escúcheme —dijo Cassidy con impaciencia— Claire renunció a su derecho a que estuviera presente un abogado, pero esto ahora no viene al caso. Ella no mató a Wilde. Ni siquiera estuvo allí.

—¿Quieres decir en la escena del crimen?

—Exactamente eso es lo que quiero decir. —Cassidy sacó algo del bolsillo superior y se lo entregó a Claire—. Lee la parte que está subrayada.

—¿Qué es eso? —preguntó Crowder.

—Es un fragmento del informe que entregamos a la prensa la mañana siguiente al asesinato.

Claire examinó las frases subrayadas. Describían la escena del crimen.

—No entiendo nada.

—La declaración es imprecisa —explicó Cassidy—. Se hizo así deliberadamente. Yo coloqué una trampa con un hecho falso para poder descartar a los locos y a los confesos crónicos que aparecen invariablemente después de un asesinato sensacionalista.

El corazón de Claire empezó a latir con violencia contra sus costillas. Volvió a leer las frases, tratando frenéticamente de descubrir el señuelo.

Cassidy se inclinó sobre la silla de ella y bajó la voz.

—Anoche, cuando volviste a relatar el asesinato, citaste esto casi palabra por palabra, Claire. Sacaste los hechos del periódico y no de la escena del crimen.

—Yo estuve allí. Yo lo maté.

—Si es así, dime cuál es la discrepancia —la desafió él.

—Yo...

—No puedes, ¿verdad que no?

—No. Sí. —Con torpeza, Claire buscó una salida—. No puedo acordarme de todos los detalles.

—Anoche te acordabas.

—Me estás confundiendo.

—A mí también me estás confundiendo, Cassidy —dijo Crowder—. Si ella dice que lo hizo, es que lo hizo.

—Lo único que usted quiere es resolver el caso —gritó Cassidy.

—Y tú lo único que quieres es continuar acostándote con la señorita Laurent.

—¡Maldita sea, Tony!

—¡Entonces niégalo!

—No puedo. Ni siquiera quiero negarlo. Pero independientemente de que me acueste con ella o no, ¿quiere usted condenar a cadena perpetua a una mujer por algo que no hizo?

La pregunta hizo callar momentáneamente a Crowder, si bien continuó bufando de cólera. Cassidy se arrodilló frente a Claire y cubrió sus manos, que se aferraban con fuerza a sus rodillas.

—Claire, anoche dijiste que mientras estabas a los pies de la cama de Wilde, viste su Rolex sobre la Biblia que había encima de la mesita de noche. Dijiste que el simbolismo de aquello te dio ganas de vomitar.

—¡Espera! No era un Rolex. Era un reloj de pulsera caro, pero puede que no fuera un Rolex. Nunca he dado demasiada importancia a las marcas, por lo que cuando dije «Rolex» era en sentido genérico. Después de leer los hechos en el periódico, probablemente se me quedó en la cabeza que se trataba de un Rolex.

—¿Entonces me estás diciendo que el reloj que había sobre la Biblia no era un Rolex?

—Tal vez sólo me lo pareció.

Una sonrisa se dibujó lentamente por el rostro de Cassidy.

—Era un Rolex, pero allí no había ninguna Biblia.

Claire dio un respingo.

Crowder gruñó.

Cassidy se inclinó más cerca de ella.

—Claire, tú no mataste a Jackson Wilde, ¿verdad que no? Antes del día de ayer tuviste docenas de oportunidades de confesarlo.

—Pero nunca lo negué ¿no es así? Piénsalo bien. Me acusaste repetidas veces de haberlo hecho, pero yo no lo negué ni una sola vez.

—En principio. Es muy propio de ti. También es propio de ti confesar para proteger a otra persona.

—No —dijo ella, negando con la cabeza—. Yo lo maté.

—Tienes que confiar en mí. Por una vez, ¡maldita sea!, tienes que confiar en mí lo suficiente para decir la verdad.

Claire intentó concentrarse sólo en la sinceridad de

su voz y en las apremiantes chispas de sus ojos, pero lo que él representaba hacía que olvidara todo lo demás. Él le recordaba a los asistentes sociales que aseguraban estar haciendo lo mejor para la pequeña Claire Louise, que le pedían que confiara en ellos mientras la sacaban a rastras de casa de tía Laurel y su madre gritaba y lloraba.

—Claire, ¿me quieres?

Las lágrimas brotaron en los párpados de Claire y resbalaron por sus mejillas, pero se negó a contestar porque la verdad podría atraparla.

—No puedes quererme de verdad si no confías en mí. Anoche tenías razón, ¿sabes? De ningún modo podría haberte hecho el amor si hubiera estado convencido de que eras la asesina. Pero estoy convencido de que no lo eres. Y te juro que todo se arreglará si ahora me dices la verdad.

Las palabras pugnaban por salir. Le rozaban la parte superior de la garganta. Pero tenía miedo. Diciéndole la verdad, le estaría confiando su vida. Y mucho más que eso, le estaría confiando la vida de alguien a quien ella amaba. Aquellas personas a las que ella amaba eran más importantes que la verdad. Las personas eran más valiosas que los ideales. Las personas eran más valiosas que cualquier otra cosa.

—Claire. —Él le apretó los dedos hasta que los huesos le dolieron—. Confía en mí —murmuró, apremiante—. Confía en mí. ¿Mataste a Jackson Wilde?

Ella se encontraba al borde de un precipicio y él la apremiaba para que saltara a lo desconocido. Si ella lo amaba, tenía que creer que la caída sería suave y segura. Si lo amaba, tenía que confiar en él.

Y, cuando lo miró a los ojos, supo de un modo inequívoco que lo amaba.

—No, Cassidy —respondió ella, con la voz quebrada por la emoción—. No lo maté.

La tensión de él se desvaneció de inmediato. Su cabeza cayó hacia delante, entre los hombros, y permaneció inclinada sobre sus manos entrelazadas durante unos momentos de silencio. Finalmente, Crowder preguntó:

—¿Por qué confesó usted un asesinato que no cometió, señorita Laurent?

Cassidy alzó la cabeza.

—Porque protegía a su madre.

—¡No! —Los ojos grandes e incrédulos de Claire lo siguieron mientras él se levantaba—. Tú dijiste...

—Todo irá bien, Claire —respondió él, y le acarició la mejilla—. Pero tengo que decirle a Tony todo lo que me contaste anoche.

Claire vaciló y luego asintió con la cabeza. Cassidy se volvió hacia Crowder y dijo bruscamente.

—Jackson Wilde era el padre de Claire.

Crowder escuchó en silencio, asombrado y absorto, mientras Cassidy relataba la historia de la seducción y del abandono de Mary Catherine por el predicador callejero Wild Jack Collins.

—A medida que avanzaba la investigación, Claire empezó a creer que, en un momento de lucidez, Mary Catherine había reconocido a Wilde y decidido matarlo. Sus sospechas se vieron confirmadas cuando nosotros determinamos que el revólver del 38 de Yasmine era el arma asesina. Mary Catherine tuvo acceso al arma; algunas veces «cogía prestadas» cosas para devolverlas más tarde donde las había encontrado. —Cassidy explicó a Crowder lo del incidente con su pluma estilográfica en Rosesharon.

»Ayer, Claire temía que yo recordara el incidente y sumara dos y dos, exactamente como hizo ella, de modo que confesó rápidamente para desviar la atención de Mary Catherine.

Crowder exhaló un profundo suspiro y se recostó

sobre el respaldo de su sillón. Fijó su mirada ceñuda más intimidatoria sobre Claire.

—¿Es correcta la suposición de Cassidy?

Ella lanzó una mirada a Cassidy, quien hizo un breve gesto afirmativo con la cabeza. Ésta vez le resultó más fácil confiar en él. Tendió la mano para coger la de él. Él la asió con fuerza.

—Sí, señor Crowder —admitió con voz calmada—. Poco después del asesinato, Yasmine me comentó que había perdido su pistola, pero que había vuelto a aparecer misteriosamente. Entonces se me ocurrió por primera vez que mamá podía haberla cogido, usado y colocado de nuevo en su sitio. Estuvo en el hotel Fairmont aquella noche y había demostrado más que un interés pasajero por las noticias relacionadas con Jackson Wilde y el caso del asesinato.

—Pero usted no le dijo a Cassidy nada de esto.

—No. En realidad, cada vez que Ariel Wilde mencionaba el nombre de mi madre, me entraba pánico. Temía que alguien, especialmente el señor Cassidy, descubriera que Jackson Wilde era el amante perdido desde hacía tanto tiempo, lo que ciertamente le proporcionaba un motivo para matarlo. Pensé en ejercer una acción legal para hacer callar a la señora Wilde, pero un abogado me convenció de que el litigio solamente provocaría más interés. Yo deseaba evitar eso a toda costa.

—Se le podría acusar de obstrucción a la justicia.

—Yo protegería a mi madre hasta con mi último aliento, señor Crowder. Ella no constituye ninguna amenaza para la sociedad y yo no voy a juzgarla por vengarse de Wild Jack Collins.

—Usted creyó que después de un tiempo Cassidy se rendiría, suspendería la investigación y el caso quedaría sin resolver.

—Esperaba que sucediera algo así.

—¿Y qué hubiera pasado si hubiéramos condenado a otra persona?

—Nunca habría ocurrido nada semejante. No tenían pruebas.

—Ya veo que lo tenía todo pensado —respondió él, mirándola con cierta admiración.

—Todo excepto una cosa. No imaginé que la pistola de Yasmine se dispararía otra vez. —Claire bajó la vista y tocó la pulsera que rodeaba su muñeca—. Cuando Cassidy me dijo que aquélla era el arma que habían usado para matar a Wilde, confesé para que las sospechas no recayeran sobre mi madre.

Claire dirigió una mirada suplicante a Crowder.

—No pueden echarle la culpa a mi madre. Ni siquiera es consciente de haber hecho algo malo. Es como si un niño matara a un escorpión que le hubiera picado y provocado un dolor tremendo. Con toda probabilidad ella ni siquiera recuerda ahora que...

—Claire, no tienes por qué preocuparte por Mary Catherine —dijo Cassidy—. Ella no mató a Wilde.

—Aquella declaración dicha en tono tan seguro los sorprendió.

—¿Cómo lo sabes? —preguntó Crowder.

—Porque lo mató el congresista Alister Petrie.

33

—Esto ya está resultando una estupidez.

Belle Petrie, que se estaba haciendo la cama, dirigió a su marido una mirada interrogadora.

—¿Qué es lo que ya resulta una estupidez, querido?

Petrie sintió una necesidad casi apremiante de orinar sobre la alfombra, hacer añicos la vitrina llena de cristal de Baccarat estrellándola contra el suelo o echarle las manos al cuello a Belle y estrangularla. Deseaba hacer algo impetuoso para acabar con el desdén frío con que su mujer lo trataba.

—Ya me estoy cansando de dormir en la habitación de invitados, Belle —protestó, malhumorado—. ¿Durante cuánto tiempo más voy a estar condenado a la Siberia marital? Ya he confesado haber sido un muchacho travieso, conque, ¿cuándo me vas a dejar que vuelva a dormir en mi jodida cama?

—Baja la voz. Los niños te oirán.

Se abalanzó hacia ella; de un golpe la obligó a soltar la almohada decorativa de respaldo y la cogió por los hombros con rudeza.

—Ya me he disculpado mil veces. ¿Qué más quieres?

—Quiero que me sueltes. —Las palabras fueron tan cortantes y gélidas como carámbanos. Combinadas con el brillo ártico de sus ojos, sirvieron para acabar con el golpe de mal genio de Alister. La soltó y retrocedió.

—Lo siento, Belle. Este último mes ha sido una pesadilla viviente.

—Sí. Me imagino que el hecho de que tu querida se volase la tapa de los sesos delante de tu hija puede que haya añadido una arruguita en tu boca.

—¡Dios mío! No vas a ceder ni un ápice, ¿no?

Se había disculpado repetidas veces por su aventura y por el terrible desenlace. Pero hasta el momento, sus disculpas no habían hecho mella en la dura armadura de Belle. La armonía conyugal que habían recuperado brevemente cuando puso fin a la relación con Yasmine se hizo añicos otra vez a raíz del espectacular suicidio. Cuando se relacionó la pistola de Yasmine con el asesinato de Wilde, a Petrie le entró pánico y se puso en manos de la misericordia de Belle, suplicándole que lo ayudara.

—He hecho todo lo que me recomendaste que hiciera, Belle —le dijo—. He confesado mi aventura a Tony Crowder y a ese tal Cassidy. —Los ojos de Petrie se oscurecieron—. Si puedo evitarlo, jamás ocupará el cargo de fiscal. Ese engreído hijo de puta. Deberías haber oído cómo me habló. ¡Me atacó físicamente!

Por lo visto ella no sentía ninguna lástima por él.

—Está bien, me metí en un lío. Teníamos que detener la investigación de Cassidy antes de que mi aventura con Yasmine se hiciera pública. Y con ese fin, le pedí un favor a Crowder. No me hizo ninguna gracia aparecer allí y bajarme los pantalones ante ellos, pero lo hice porque tú me lo aconsejaste y, bien pensado, creo que fue un buen consejo. Crowder ordenó a Cassidy que desviara la investigación hacia otro punto, enseguida.

En uno o dos días nadie se acordará del suicidio de Yasmine porque la atención de todo el mundo estará centrada en la confesión de la tal Laurent. Conque, ¿no podemos dejar esto de una vez por todas? ¿Puedo dormir en mi cama esta noche?

—Nunca me dijiste que era negra.

—¿Qué?

—Tu querida era negra. —Belle tenía los puños crispados a los lados. Las aletas de la nariz se le ensanchaban de indignación y asco—. Ya es de por si humillante para los dos que tuvieras que buscar diversión fuera de esta habitación. Pero el hecho de pensar que el padre de mis hijos dormía con una... ¿La besaste en la boca? ¡Oh, Dios mío! —Con el dorso de la mano se frotó los labios como si con el movimiento quisiera borrar algo—. La sola idea me pone enferma. Tú me pones enferma. Por eso no quiero que duermas en mi cama.

A Alister no le gustaba que lo reprendieran como a un chico de doce años al que han pillado masturbándose. El día anterior ya había sufrido suficiente humillación en la oficina del fiscal, conque decidió contraatacar.

—Si tú supieras sólo la mitad de los trucos sexuales que sabía Yasmine, yo no habría necesitado una querida. Ni blanca, ni negra ni de ningún color.

Los ojos de Belle taladraron los de él. No alzó la voz, pero el tono suave con que habló fue más siniestro que un grito.

—Ve con cuidado, Alister. Has cometido una serie de errores garrafales. Si te hubiera dejado a tu aire, seguramente te hubieras hundido tanto que ya no podrías salir. Pero gracias a que yo he pensado con rapidez, has salido impune de tus errores.

Belle dio media vuelta y cogió algo del cajón de la mesita de noche.

—Siento curiosidad por los delitos que has cometido y que todavía no han salido a la luz. —Ella lanzó al aire un pequeño objeto y éste giró sobre si mismo en el aire como una moneda—. Yo sé que tuviste unas palabras con el reverendo Wilde el día de su muerte, ¿sabes? A pesar de las apariencias, vosotros dos no estabais en buenos términos cuando aquella noche te reuniste con él en el estrado.

Cogió de nuevo el objeto con la mano y le echó una vistazo, pensativa, antes de seguir hablando:

—Si yo descubrí que tenías una querida, quizá también lo descubrió el reverendo. No eres lo suficiente listo para contratar a alguien que te hiciera el trabajo sucio de forma discreta. Tal vez hayas sido lo bastante estúpido como para encargarte personalmente del asunto, tal vez hayas tratado de resolver el problema sin que nadie te orientara, y tú y yo sabemos que necesitas desesperadamente orientación. —Alister la observaba mientras ella volvía a guardar en el cajón de la mesita de noche una caja de cerillas con el logotipo del hotel Fairmont.

»Espero estar equivocada, pero tengo la sospecha de que te agarraste a mi idea de confesar lo de tu querida únicamente para ocultar un crimen aún mayor.

»Si es así, entonces presta atención a esta advertencia. No voy a seguir encubriendo tus errores, Alister. Por ejemplo, si el señor Cassidy viniera a preguntarme acerca de aquella noche, me vería forzada a decirle que llamé varias veces a tu habitación del Doubletree y no obtuve respuesta. A fin de protegerme a mi misma y a mis hijos me vería obligada a enseñarle esta caja de cerillas.

Su voz se volvió fría mientras le apuntaba con el dedo.

—Te lo advierto muy en serio... si te desvías otra vez del camino, me divorciaré de ti, te deshonraré y te desheredaré. Y cuando mi familia y yo hayamos acabado contigo, tendrás suerte si encuentras un trabajo limpiando retretes.

»Estás a prueba, querido —insistió Belle, con sarcasmo empalagoso—. En público serás el ejemplo brillante de la verdad, la justicia y el estilo de vida norteamericano. Serás un esposo fiel y un padre ejemplar, un pilar fuerte y sonriente de virtud y de integridad.

»Pasado un tiempo, si te portas bien, tal vez puedas volver a tu lugar en mi cama. Hasta el momento que yo te considere digno de eso, ni siquiera te atrevas a pedírmelo. No soporto la idea de sentir tus manos encima de mí. ¿Está claro?

—Como el tañido de una campaña —replicó él, en tono impertinente—. Y no pretendía hacer un juego de palabras*.

Alister salió de la habitación, cerrando la puerta de golpe tras de si. Quién necesitaba la cama árida y estéril de Belle, se preguntó, furioso, mientras regresaba a la habitación de invitados para terminar de vestirse. Ella estaba siempre tan tiesa y seca que a él le daría igual joder con la farfolla del maíz.

Saboreó su rabia. Así evitaba reconocer el miedo que sentía y que acechaba insidiosamente como una rata en las sombras negras de su mente, a la espera del momento oportuno para apoderarse de él.

Ni por un solo momento dudó de las amenazas de Belle de denunciarlo y abandonarlo si se metía otra vez en un follón. Ni cuestionó la habilidad de ella para arruinarlo si así lo deseaba. A Belle no solamente la motivaba el despecho de una mujer engañada, sino que además tenía agallas y estaba respaldada por el dinero, lo cual le permitía cumplir sus amenazas.

Le gustaba ser la esposa de un congresista. Eso la elevaba, le daba prestigio. Pero, ¡carajo!, con su fortuna se podía comprar un juez o un gobernador o incluso

* Se refiere a *bell*, «campana», que en inglés se pronuncia como el nombre de la esposa, Belle. *(N. de la T.)*

un senador si así lo deseaba. En otras palabras, podía reemplazar a Alister Petrie. ¿Qué pasaría si Cassidy no se hubiera tragado toda su historia? ¿Y si interrogara a Belle?

Esa posibilidad hizo que le flaquearan las rodillas y sus tripas se revolvieron. Se dirigió tambaleándose hacia la cama deshecha y se sentó en el borde, sujetándose con las manos su cabeza que le martilleaba. Belle lo tenía bien agarrado y ella lo sabía perfectamente. La muy puta.

¿Y qué podía hacer él?

De momento, sólo esperar. Se había escapado varias veces por los pelos. Belle estaba todavía de su lado, pero ¿por cuánto tiempo? Únicamente mientras su posición acomodada en el mundo no se viera amenazada. «Y Dios no permita que eso suceda».

Lo único que podía hacer era rezar al buen Jesús para que la falsa confesión de Claire Laurent se diera por buena.

La asombrosa declaración de Cassidy hizo que Crowder se pusiera en pie de un salto.

—¿Has perdido el jodido juicio? Perdóneme, señorita Laurent.

Claire no advirtió el lenguaje soez. Estaba conmocionada y, al mismo tiempo, profundamente aliviada. ¡Su madre no era sospechosa! Pero ¿y eso de Alister Petrie?

—Sé que parece una locura —reconoció Cassidy—, pero cuando le exponga todos los hechos, usted mismo se dará cuenta, como me ha pasado a mí, de que Petrie es el asesino de Jackson Wilde.

—Lo que te pasa es que estás cabreado con él —replicó Crowder—. Si quieres un buen consejo, Cassidy, no te metas con él. Es puro veneno.

—Se está entrometiendo en mi caso, Tony.

—Petrie tiene dinero suficiente para fletar un acorazado.

Cassidy alzó ambas manos.

—Su mujer es la que tiene el dinero. Y Petrie lo utilizaba para pagar a Wilde.

Crowder volvió a embutir su mole en el sillón.

—¿Pagar a Wilde? ¿Quieres decir que Wilde lo estaba chantajeando?

—Mire esto. —Cassidy sacó la lista de los contribuyentes de Wilde—. Glenn me la dio ayer justo antes de que se armara todo el follón. Me olvidé de la lista cuando Claire confesó y no he tenido oportunidad de mirarla hasta esta mañana temprano. Pero por aquel entonces nada más demostraba lo que yo ya me imaginaba.

—Eso no prueba ni una mierda —protestó Crowder, y dio un manotazo a las hojas de papel con aire malhumorado.

—Escúcheme, Tony. Algunas personas y un montón de empresas han estado canalizando «donativos» a la congregación de Wilde. Glenn ha encontrado a varias personas que están dispuestas a testificar que este dinero servía para comprar su silencio.

—Joshua me confesó que su padre aceptaba sobornos a cambio de la absolución —dijo Claire a Crowder.

—También me lo confesó a mí —añadió Cassidy—. Esta empresa, la Block Bag y Box, es un negocio poco importante que pertenece a la familia de la mujer de Petrie. Justo después de casarse con ella, a Petrie lo nombraron presidente de la corporación, un cargo honorífico pero del que saca un bonito sueldo mensual. Eso también le da acceso a los libros de la compañía y le autoriza a firmar cheques.

Cassidy señaló el material impreso que yacía sobre la mesa de Crowder.

—¿Por qué demonios iba Block Bag y Box a contribuir con más de cien mil dólares a la congregación de un predicador de televisión, Tony? Empezaron con un cheque por valor de cinco mil dólares, fechado hace casi un año. Las cantidades fueron incrementándose con el tiempo.

—Alguien más podía haber revisado los libros.

—Si alguien le hubiera preguntado al respecto, probablemente Petrie habría justificado las contribuciones como deducciones de impuestos necesarias. ¿Quién iba a contradecir al yerno del propietario?

—¿Por qué Wilde lo chantajeaba? Eran uña y carne —preguntó Crowder, mordiéndose el labio inferior.

—Sólo en público. Y porque los beneficiaba a los dos. Me imagino que Wilde sabía lo de la aventura de Petrie con Yasmine y lo amenazaba con hacerla pública.

—Yasmine me dijo varias veces que Petrie odiaba secretamente a Jackson Wilde. Sólo lo utilizaba para ganar votos —apuntó Claire.

—Petrie tenía acceso a la pistola de Yasmine, Tony. Pudo cogerla, usarla aquella noche y luego volverla a poner en su sitio durante una de sus citas. Estoy seguro de que fue lo bastante listo para usar guantes o borrar las huellas digitales.

—¿Cómo entró en la suite de Wilde?

—Puede que Wilde estuviera esperando a Petrie para que le entregara otro «donativo» —contestó Cassidy con sarcasmo—. A él no le suponía ningún problema dejar entrar a Petrie en su habitación a aquellas horas de la noche.

—¿Desnudo? —preguntó Claire.

—Los periódicos dijeron que aquella tarde ambos habían estado juntos en un balneario local. Probablemente a Wilde no le importaba estar desnudo ante Petrie. —Cassidy se volvió hacia Crowder—. Ayer me dirigí a aquella ventana —dijo él, señalándola—. Observé cómo Petrie salía del edificio. Sus guardaespaldas lo hicieron entrar en una camioneta. Es blanca con el interior azul. Es una camioneta Chrysler, Tony.

La mente de Claire trabajaba a más velocidad que la de Crowder.

—La alfombra de la camioneta debe de ser como la de mi LeBaron —dijo, entusiasmada.

—Es muy probable. Petrie estuvo en la camioneta la noche que Wilde fue asesinado. Él llevó las fibras a la habitación de Wilde. Si cogemos fibras de la alfombra de esa camioneta, apuesto a que coincidirían con las que tomamos de la escena del crimen.

Crowder empujaba las anchas puntas de sus dedos unas contra otras.

—Todo eso es muy interesante, pero no es suficiente. ¿Qué más tienes?

—Petrie es astuto. Lo bastante listo para disparar en los lugares apropiados para que pareciera que el autor era una mujer.

—Funcionó. Te despistó desde el primer día.

—Sí —admitió Cassidy con aire sombrío—. Petrie pensó que probablemente Ariel sería nuestra principal sospechosa. Conocía a los Wilde y sabía que su matrimonio no era precisamente celestial. Tal vez incluso sabía lo de su aventura con Josh.

—¿Por qué vino a vernos ayer?

—Para cubrirse las espaldas. Nuestra investigación sobre la implicación de Yasmine hubiera puesto al descubierto su aventura con ella, pero también podía implicarlo en el asesinato. Confesó uno de sus pecados con el fin de lanzar una cortina de humo que ocultara el otro.

—Pero hay gente en el Boubletree que testificará que él estuvo allí aquella noche —le recordó Crowder.

—Y estuvo allí. Se registró en recepción y se aseguró que lo vieran. Pero pasó una buena parte de la noche en el hotel Fairmont.

Crowder movió la cabeza con obstinación.

—Todo eso siguen siendo sólo suposiciones y pruebas circunstanciales, Cassidy. Un abogado defensor (y él puede pagarse el mejor) te lo desmentirá ante el tribunal a menos que puedas demostrar que Petrie estuvo en el hotel Fairmont aquella noche.

—Puedo demostrarlo.

—¿Puedes?

—Tengo un testigo ocular.

Las cejas de Crowder se arquearon.

—¿Quién?

—Andre Philippi.

—¿Andre? —Claire se quedó boquiabierta.

Cassidy asintió.

—Trató de ponerse en contacto conmigo varias veces ayer por la noche, y cuando vio que no podía, cedió y habló con Glenn, quien desde entonces no lo ha perdido de vista. Tan pronto he recibido el mensaje esta mañana, me he reunido con ellos. Claire lo entenderá. Y usted también cuando lo conozca, Tony. Es por esa pasión que tiene por salvaguardar la intimidad de sus huéspedes. Para él es como un código de honor. Está obsesionado con eso. Guardó el secreto de Claire hasta que lo cogimos *in fraganti*, ¿lo recuerda? Del mismo modo guardaba el de Petrie. Hasta esta mañana.

—¿Y por qué delata a Petrie ahora?

—Parece que la segunda pasión de Andre era Yasmine.

—Eso es cierto —dijo Claire. Les contó lo de la madre de Andre y las similitudes entre las dos mujeres—. Andre creció dolido por el hecho de que su padre estuviera distanciado de su madre, a pesar de que la ayudaba económicamente. Pocos días antes del suicidio de Yasmine me llamó y estaba terriblemente preocupado por ella. Seguro que se dio cuenta del paralelismo entre su trágico final y el de su madre.

Cassidy fue atando cabos.

—Él sabía que Yasmine se suicidó por Petrie. Y puesto que Petrie permite que el nombre de ella se arrastre por el lodo y hace correr mentiras atroces, Andre ya no se siente obligado a protegerlo. Ha jurado sobre la tumba de su madre que Petrie pasó la noche en el Fairmont con Yasmine. Llegó poco después de las once y se marchó alrededor de las siete de la mañana siguiente, antes de que Ariel descubriera el cuerpo de Wilde y nosotros precintáramos las puertas. El mismo Andre llamó a un taxi para Yasmine. Ella se fue al aeropuerto para encontrarse con Claire a la hora acordada. Apostaría a que nadie en el Boubletree puede declarar bajo juramento que vio a Petrie entre las once de la noche y las siete de la mañana.

—¿Y por qué iba a creer un jurado a ese tal Andre?

—Lo creerán —replicó Cassidy con aire resuelto—. Además, creerán a Belle.

—¿A su esposa? —preguntó Crowder.

—Eso mismo. No me sorprendería que ella supiera lo del asesinato. Hasta ahora ha encubierto a Alister, pero no creo que ella se siga arriesgando si hay un asesinato de por medio.

—Yo tampoco —dijo Claire con serenidad—. Solamente la he visto unas pocas veces, y hace años, pero me dio la impresión de que era una mujer que valora su propio pellejo.

Crowder se mordió el labio inferior.

—Petrie podría darle la vuelta a la tortilla y decir que fue Yasmine quien mató a Wilde. Ella tenía un motivo y el arma asesina le pertenecía. Incluso podría acusar a la señorita Laurent.

—Podría —replicó Cassidy, sonriendo con astucia—. Pero tendría que dar una explicación de por qué había pasado la noche en el hotel Fairmont con su querida. De un modo u otro, está jodido. Y como mínimo es culpable de haber ocultado información importante para la investigación de un asesinato.

Cassidy se inclinó sobre la mesa de Crowder.

—Quiero a ese hijo de puta, Tony. Quiero poner en marcha una investigación con todas las de la ley, pero muy en secreto. Ahora debe de estar perplejo preguntándose por qué Claire confesó y probablemente ha llegado a la conclusión correcta de que lo hace para proteger a Yasmine o a Mary Catherine. En cualquier caso, cree que se ha librado de la acusación de asesinato. Y no es así.

Tony Crowder sostuvo la mirada de Cassidy durante unos momentos, miró a Claire y luego volvió a dirigir la mirada a su ayudante.

—Procede con cautela y absoluta discreción, pero crucifica a ese hijo de puta.

Cuando Cassidy llamó a la puerta, Ariel Wilde contestó con la cordialidad de una serpiente de cascabel preparada para atacar. Lo que estaba a punto de decir murió en sus labios cuando vio quién lo acompañaba.

—Pensaba que a estas horas ya estaría entre rejas.

—Le pedí al señor Cassidy que organizara este encuentro —respondió Claire—. ¿Podemos pasar?

Irradiando un aura hostil, la viuda se apartó y los dejó entrar en su habitación de hotel. Sin explicar por qué, Cassidy le había telefoneado una hora antes para decirle que quería verlos a ella y a Joshua solos.

Josh, que estaba tumbado en el sofá y parecía muy infeliz por estar allí, se levantó cuando entraron. Sus ojos iban del uno a la otra, con expresión de curiosidad y cautela en iguales proporciones.

—Estoy esperando —dijo Ariel, cruzando los brazos sobre la cintura—. Esta tarde estoy muy ocupada.

—¿Organizando más manifestaciones? —preguntó Cassidy amablemente.

—Están funcionando, ¿verdad? La obligaron a confesar.

—Yo no maté a su marido, señora Wilde.

—¿Qué? —Ariel se volvió hacia Cassidy—. Usted se acuesta con ella, ¿no es cierto? Y por eso no permitirá que la confesión prospere. Espere a que la prensa se entere de esto. Usted no...

—Señora Wilde. —Claire habló en voz baja, pero con tal autoridad que Ariel se calló de golpe—. Confesé porque creía que de ese modo protegía a mi madre. Creí que ella había matado a su esposo.

—¿Y por qué creía una cosa así? Su madre está absolutamente loca.

Claire se irguió cuan alta era e intentó dominar su genio.

—Mi madre tiene problemas emocionales, es cierto. Se remontan a más de treinta años atrás, cuando se enamoró de un joven predicador callejero llamado Jack Collins, a quien se le conocía por el apodo de Wild Jack. Él la sedujo, le robó su dinero y la abandonó, dejándola embarazada. Wild Jack Collins era Jackson Wilde. Y yo el bebé.

Ariel soltó una carcajada dura.

—¿Qué demonios trata de insinuar? ¿Es que...?

—Cierra el pico, Ariel. —La inesperada reprimenda provenía de Josh, quien estaba mirando fijamente a Claire—. Ya sabía yo que había algo... Cuando me encontré contigo... eres mi hermanastra.

—Sí. Hola de nuevo, Josh. —Claire sonrió y le tendió la mano. Él la cogió y se la estrechó, pero sin apartar los ojos de los de ella—. Espero que me perdonarás por poner a prueba tu carácter al ofrecerte un soborno. No me decepcionaste al rechazarlo.

—Todo esto es muy conmovedor —se burló Ariel—,

pero que me aspen si tengo que creerme todas estas estupideces.

—Todo es verdad —replicó Josh—. Antes de que se casara con mi madre, a papá se lo conocía como Wild Jack Collins. Una vez oí a mi abuelo que se dirigía a él con ese nombre y papá se puso furioso de verdad.

Claire apretó ligeramente la mano de Josh antes de soltarla y se volvió otra vez hacia Ariel.

—No tengo la intención de revelar mi parentesco con Jackson Wilde. Francamente, no me siento orgullosa de eso en absoluto y sólo conseguiría atraer la atención hacia mi madre, cosa que espero evitar.

—¿Entonces a qué ha venido aquí?

—A sugerirle que se olvide por completo de Sedas de Francia y de cualquiera que esté relacionado con Sedas de Francia.

—¿O qué?

—O explicaré al mundo entero quién era realmente Jackson Wilde. Estoy segura de que no desea que su fallecido esposo sea denunciado en público como un seductor de jovencitas, un fornicador, un ladrón, un embustero y un hombre que abandonó a su hija. Eso no sería bueno para la congregación, ¿verdad?

Los enormes ojos azules de Ariel parpadearon rápidamente. Era obvio que estaba asustada, pero todavía no estaba dispuesta a darse por vencida.

—No puede probarlo.

—Y usted no puede rebatirlo. Y la gente siempre cree lo peor, ¿no es así, Ariel? En realidad, usted se ha aprovechado de este rasgo humano cada vez que ha mencionado mi nombre a la prensa.

Ariel abrió la boca, pero fue incapaz de pronunciar palabra.

—Estaba segura de que se daría cuenta de lo sensato de mi razonamiento —dijo Claire—. Creo que lo mejor para ambas será echar tierra sobre este asunto.

No quiero nada que pertenezca a Jackson Wilde. Ni siquiera su odioso nombre. Si se me permite seguir con mis asuntos en paz, sin que haya más interferencias por su parte, la traición de su marido permanecerá en secreto. Sin embargo, si continúa con la cruzada contra mí y contra Sedas de Francia, me veré obligada a reconsiderar mi posición. —Claire sonrió—. Pero estoy segura de que no ocurrirá así.

Claire miró a Josh.

—Adiós. Pronto me pondré en contacto contigo. —Se volvió de espaldas y se dirigió hacia la puerta.

Cassidy se detuvo un momento para lanzar un cañonazo de despedida.

—Sigo con la investigación del asesinato de su esposo, señora Wilde. Poseo nuevas pruebas que estoy seguro que desembocarán en una condena. Mientras tanto, le aconsejo que no se entrometa en mis asuntos, que no se cruce en mi camino, que dirija su culo hacia Nashville y que se concentre en ganar almas perdidas.

—Me gustaría ayudar a Josh para que continúe su carrera musical. Conozco a mucha gente en Nueva York. Podría presentarlo a esas personas, hacer que entre en los círculos adecuados. Debería tener la oportunidad de cultivar su talento como siempre ha deseado.

Claire y Cassidy estaban abrazados en el columpio del patio de la casa de tía Laurel. A última hora de aquella tarde había llegado a la prensa la noticia de que se había retractado de su confesión. Todos los periodistas de la ciudad querían obtener declaraciones de ella y de Cassidy. Crowder les había dicho «que se esfumaran y permanecieran escondidos durante un par de días», y dejaran que él se ocupara de todo. Tenía la intención de dar una conferencia de prensa y anunciar que Claire Laurent había hecho una confesión falsa con el fin de evitarse a sí misma, a su negocio y a su familia más perjuicios. Pensaba desmentir aquella confesión afirmando que había sido provocada por el acoso de la prensa y por la congregación de Jackson Wilde, y por la aflicción por la pérdida de su amiga y socia Yasmine. También sugeriría que los investigadores disponían de pruebas que invalidaban cualquier implicación de la señora Laurent y que abrían un amplio y nuevo camino en la investigación. Aquello era un poco exagerado, pero Crowder era por encima de todo un político.

Después de despedirse de él, Claire y Cassidy fueron a casa de Harriet York a ver a Mary Catherine. Había derrotado a Harry en todas las partidas de *gin* que habían jugado y les mostró orgullosa los ochenta y dos centavos que había ganado.

—Harry es una anfitriona perfecta, pero ¿cuándo regresaremos a casa, Claire Louise?

—Considera esto como unas vacaciones, mamá. Dentro de pocos días volveremos todos a casa. —Atrajo a su madre hacia sí y la abrazó con fuerza.

—Siempre has sido una hija maravillosa —le dijo Mary Catherine, acariciando suavemente la mejilla de Claire—. Cuando volvamos a casa, te prepararé uno de los famosos pasteles Sedas de Francia de tía Laurel. ¿Le gusta el pastel de chocolate, señor Cassidy?

—Me encanta.

El rostro de la mujer se iluminó.

—Entonces tendremos que hacer uno muy pronto.

—Me gustaría mucho. Gracias por su invitación.

Ahora Claire acurrucaba su cabeza sobre el hombro de Cassidy, contenta de encontrarse en aquel retiro silencioso. Habían puesto un edredón sobre los cojines de lona del columpio, deteriorados por estar a la intemperie. El columpio oxidado chirriaba cada vez que se movía, pero Claire jamás se había sentido tan cómoda.

—¿Vas a adoptar también a Josh? —preguntó Cassidy sonriendo.

—¿Qué quieres decir?

—Tienes la costumbre de adoptar a la gente y asumir sus problemas como propios. Mary Catherine. En parte, Andre. Yasmine.

—Yasmine no. Fue ella la que me adoptó a mí.

—Puede que al principio. Pero tú eras la fuerte, Claire. La columna vertebral de Sedas de Francia. El genio creador y la persona con sentido para los negocios capaz de comercializar el producto con éxito. Seguramente su nombre te ayudó a introducirte, pero ella llegó a necesitar Sedas de Francia más que la empresa a ella.

Claire sabía que lo que él decía era cierto, pero pensó que era una deslealtad hacia su amiga reconocerlo.

—La echaré de menos. A veces me encuentro pensando qué día ha de llegar de Nueva York antes de recordar que ya no vendrá.

—Eso es natural. Tardarás algún tiempo en superarlo.

—Mucho tiempo.

Durante un momento permanecieron en silencio, y éste sólo se quebró por el chirrido del columpio.

—¿Y yo, qué? —dijo finalmente Cassidy.

Claire levantó la cabeza y lo miró con curiosidad.

—¿Y tú qué?

—¿Vas a adoptarme a mí también?

—No lo sé —respondió ella alegremente—. Lo único que me faltaba es otro protegido. ¿Qué voy a hacer contigo?

—Podrías enseñarme el Vieux Carré, que a ti te encanta y que forma parte de ti como los latidos de tu corazón. Darme clases de francés. Hablarme de tus ideas para Sedas de Francia. Discutir conmigo mis casos más interesantes. Escuchar cómo me quejo. Salir a comprar helados. Besarnos en los lugares públicos.

—En otras palabras, ser tu compañera y amante.

—Exactamente.

Se besaron a la tenue luz del crepúsculo. Varias manzanas más abajo, un saxofón gemía interpretando *blues*. Alguien que vivía cerca cocinaba con *filé* y pimienta de cayena. El aroma de las especias impregnaba el aire. Cassidy le abrió la chaqueta y le cubrió un pecho con una mano posesiva. Su beso se volvió más profundo. Claire frotó su rodilla doblada contra la bragueta de él, y éste murmuró su nombre con voz llena de deseo.

Cuando hicieron una pausa para respirar, él dijo:

—Eres una mujer realmente fascinante, Claire Louise Laurent. Eres de lo más intrigante. De lo más misterioso que yo jamás haya visto.

—Ya no, Cassidy. —Ella le cogió la cara con las dos manos—. Ahora ya conoces todos mis secretos. Lo sabes todo de mí. Espero que puedas comprender por qué te mentí tantas veces. Tenía que hacerlo. Tenía que proteger a mamá para que no sufriera más.

Cassidy asumió aquella intensa expresión oscura que ella asociaba con él y que había llegado a amar.

—Jamás he conocido a ninguna mujer, ni a ningún hombre, que tuviera tal capacidad de amar que incluso sacrificara su vida por ello. Ya sé que las cosas deberían ser así, pero hasta que te conocí creía que era un ideal inalcanzable. Lo que quiero saber es si ese amor se extiende a mí.

—Te amo desde el día que te conocí. Te tenía miedo y despreciaba el sistema que representabas, pero a pesar de todo te amaba.

—No tengo mucho que ofrecerte —dijo él con expresión triste—. Lo que quiero decir es que no soy tan rico como tú. Me encanta mi trabajo. Y soy bueno en lo que hago, pero no soy un empresario. Mientras esté en el ámbito público, mis ingresos tendrán un tope.

—Los ojos de él recorrieron el rostro de Claire, explorando cada rasgo. Luego murmuró—: Pero te amo, Claire. Dios sabe que es verdad. ¿Quieres casarte conmigo?

—Qué injusticia —replicó ella, cuando él inclinó su cabeza sobre los pechos de ella—. Me lo pides en un momento de debilidad.

—¿Sí o no?

—Sí.

Con ansia y torpeza, lucharon con la ropa hasta que ella se colocó a horcajadas sobre el regazo de él. Cuando ella cubrió su miembro duro, los suspiros de ambos se alzaron en el aire crepuscular.

El saxofón inició otra canción sentimental. Estaban llamando a una tal Desiree a cenar. Un grajo azul entró volando en el patio, se posó sobre la pila de la fuente y bebió del charco de agua de lluvia. Una ráfaga de brisa movió las hojas de la colgante enredadera, que golpearon contra el antiguo muro de ladrillos, lo que sobresaltó al camaleón, que huyó en busca de refugio. Y el rítmico chirriar del columpio fue en aumento hasta que, con un repentino y dulce suspiro, quedó en silencio y se dispuso a reposar.